U0688082

政协委员文库

我与文学

梁晓声 ◎ 著

中国文史出版社

《政协委员文库》丛书
编辑委员会

主　任　刘家强

委　员　沈晓昭　刘　剑　韩淑芳　刘发升　张剑荆

主　编　沈晓昭　韩淑芳

编　辑　（按姓氏笔画排序）

卜伟欣　于　洋　马合省　王文运　牛梦岳

卢祥秋　刘华夏　刘　夏　全秋生　孙　裕

李军政　李晓薇　张春霞　张蕊燕　杨玉珍

金　硕　赵姣娇　胡福星　高　贝　高　芳

殷　旭　徐玉霞　梁玉梅　梁　洁　程　凤

詹红旗　窦忠如　蔡丹诺　蔡晓欧　潘　飞

薛媛媛　戴小璇

梁晓声（2000年）

1

辑三　文学与评论

辑一

小 说

中篇小说

今夜有暴风雪

一

公元一千九百七十九年，春节后，东北松嫩平原，仍然寒凝大地，千里冰封，万里雪飘。

一辆从黑河开往嫩江的长途汽车驶入孙吴县境内不久，突然刹住了。一只羊站在公路正中，拦住了汽车。司机不停地按喇叭，它一动也不动，像具石雕。司机只得跳下车去赶它，走近才发现，它用三条腿站立着。这显然是一只被狼伤害过的羊，它失去了整条后腿，胯上血肉模糊。司机不禁骇然倒退一步。羊，却突然僵硬地倒下了。一位乘客也跳下了车，走到司机身旁，踢了死羊一脚，肯定地说："是兵团的羊。"

司机愕然地看着他。

乘客抬起手，朝远处一指："都走光了，放羊的小伙子连羊群都没顾上移交。"

司机朝乘客指的方向望去，雪原上，几排泥草房低矮的轮廓，不见炊烟，不见人影，死寂异常，仿佛一处游牧部落的遗址——那里几天前还是黑龙江生产建设兵团的一个连队。

乘客瞧着那只死羊："奇怪，狼怎么没把它整个吃掉呢？"看了司机一眼，又说："不捡白不捡，够吃几顿的，羊皮也小不了，我帮你搬到车上！"

"别，别……"司机皱起了眉，他觉得不是好预兆，用手势叫乘客把死羊拖到公路边去……

这辆长途汽车又开动了。

它开出不到一个小时，第二次被拦住。

手提包和行李捆连接在一起，在公路上"筑"起两道"路障"。十几个人站在公路边，从衣着一眼就可以看出，是建设兵团的知识青年，有男有女。

司机只得将车缓缓停下。

知青们有的搬开了"路障"，有的围住了汽车。

司机打开驾驶室车门，用商量的口气对他们说："你们人不少，东西又多，先别急着上车，车上已经没有空地方了，等我动员一下乘客，给你们腾出点地方……"

一个男知青感激地说："那你可真是个好人！"司机砰地关上驾驶室车门，见"路障"已搬开，便呼地将车开过去了。乘客中有人扭转身，朝后车窗看了一眼，说："何必呢，大家互相挤一点，就可以让他们都上来了！""让他们上来，一路准没好事！"司机嘟哝一句，加快了车速。司机忽然从车镜里看到有人骑马从后面追赶，顿时神色惊慌。骑马的人转眼赶上来，却并没有拦车，超车奔驰而去。司机暗暗吁了口气。汽车顺公路刚拐过一个山脚，几乎所有的乘客都和司机同时发现，三台拖拉机并列在公路上，四个人站在拖拉机前，三个抱着肩膀，一个牵着马，虎视眈眈地从车前窗瞪着司机。这里附近也有一个生产建设兵团的连队。"糟了！"司机叫苦一声，刹住车，双手从驾驶盘垂下，无可奈何而又忐忑不安地朝驾驶座上一靠。一辆马车这时也从后面赶了上来，车上是刚才被甩下的十几个男女知青和他们的行李捆、手提包。牵马的人走到车前，拉开驾驶室车门，对司机怒吼一声："下来！"他是那十几个知青中的一个。司机脸色苍白，十分惧怕，不敢下去。有一个知青走过来，推开了那个牵马的，对司机说："别害怕，他吓唬你，我们不会把你怎么样的。请你打开车门，让我们上车吧！车上有我们，再碰到拦车的知青，我们保你平安无事，顺利通过！"羊剪绒的帽子底下，露出两条短辫，一双俊秀的大眼睛恳求地望着司机。是个姑娘。车门打开了……汽车又路过了一个被遗弃在雪原上的生产建设兵团的连队。又路过了一个……

当这辆长途汽车开到嫩江火车站，天黑了。十几个知青拎上手提包走向托运处，托运处更加混乱，吹毛求疵的手续，认真过分的查看，咒骂、哀求、抗议、威胁……角落里，在破碎了镜子的立柜旁，一个知青和一个身份不明的旅客正做着一笔买卖："三十元……""三十元？！我从连队辛辛苦苦折腾到这儿，要不是无法托运我才舍不得……""三十五！再多一元也不加！""好，好，三十五就三十五！"卖了立柜的知青，接过钱就走。刚走了几步，又转回来，还给对方钱，大声说："不卖了！"抬腿一脚，大头鞋将立柜踢了个窟窿。接着又是一脚，又一个窟窿……一个怀里抱着孩子的女知青跑过来阻拦，用上海口音嚷叫着：

"你疯了！好端端的一个立柜，泄啥气！""哇！……"孩子哭了……列车进站了。几百名知青像狩猎一只庞大的野兽般，包围了每一节车厢的车门、窗口。手提包、行李捆，纷纷从打开的窗口塞进车厢。等不及从车门挤上车的，就从窗口爬。"孩子别从窗口……"已经塞进去了。车厢里传出孩子的哭声……

另一个窗口，一场难舍难分的离别！

姑娘在站台上，小伙子在车厢内。小伙子从窗口探出身，姑娘拽住他的胳膊，哭着、喊着："我不放你走！我不放你走！我不放你……"

小伙子泪流满面。

几个知识青年同情地望着他们。

有人摇着头，轻轻地说："北大荒姑娘……"

车站上的广播喇叭响了："各位旅客请注意，本次列车晚点四小时……下面广播天气预报，嫩江地区，零下二十四度。黑河地区，气温继续下降，受西伯利亚寒流影响，今夜有暴风雪……"

……

这是北大荒四十余万知识青年大返城期间的一个夜晚，在东北最北边陲，在驼峰山上，黑龙江生产建设兵团某师三团工程连战士裴晓芸，今夜第一次在边境哨位上站岗。

"六号坐标"矗立在积雪皑皑的驼峰山顶。它被寒冬包裹了一层霜的外壳，远远望去，通体反射着镀银般的冷冽的光。

月，凝冻在夜空，似一面冰块磨成的圆镜，刚用雪擦过，连蟾宫的虚影也擦去了。夜空澄净，澄净得异常，令人感觉到潜伏着某种不祥，仿佛大自然正暗暗汇集威慑无比的破坏力量。偶尔，纱绢一样的薄云从夜空疾迅掠过，云影在苍茫的雪原上匆惶地追随着。稀寥的星星怯视着大地。大地上的一切都显出畏惧，屏息敛气。没有风，伸出雪面的蒿草的枯叶，树木细弱的秃枝，都是静止的。荒原一片沉寂。驼峰山两峰之间的山沟里，狼嚎声不绝，引起近处村子里阵阵狗吠。狗吠声过后，愈加沉寂。这种凛峻的沉寂，是北大荒暴风雪前虚

5

伪的征兆。

　　裴晓芸肩枪站在哨位上。她摘下棉手套，借着月光看手表——差七分九点。今天是她的生日，九点是她的诞生时刻。二十五年前，这一天，这一时刻，她从母腹中降生。刚生下来不会哭，护士倒提着她的身子，在她屁股上打两巴掌，她才哇地哭响。在她对这个世界发出第一声啼哭的同时，母亲猝然离开了人间，没来得及看她一眼，也许听到了她那一声啼哭……

　　是父亲告诉她的，在她的第五个生日，那天，父亲从幼儿园接她回家，她一路哭着闹着向父亲要一个妈妈。幼儿园的孩子们都有妈妈，为什么单只她没有妈妈呢？那是她幼小心灵首次意识到比别的孩子缺少什么，首次感到生活对她不公正，首次向生活提出抗议，用跟父亲哭闹的方式。她不愿比别的孩子缺少什么，她要一个妈妈，正如向父亲要一个布娃娃。回到家里，她哭闹得乏了嘅着小嘴生闷气，不吃饭，不睡觉，不理睬父亲。父亲是大学哲学系讲师，在社会科学方面，是辩证唯物主义的忠实宣传者。但在解释自身生活时，又是个带有宿命论色彩的人。"别哭。"父亲对她说，"从小失去妈妈的孩子，生活中不止你一个。告诉我，你为什么忽然想要一个妈妈呢？""小朋友都说，妈妈比爸爸好。"父亲呆呆地注视着她，许久无言。"爸爸，我要一个妈妈，就要！"父亲默默地从床下拖出皮箱，打开来，找到旧相集，把她抱在膝上，一页一页翻给她看。所有照片，都是一个年轻而美丽的女人的。父亲合上相集后，说："她就是妈妈。"妈妈？妈妈多年轻！妈妈多美丽！每张照片上的妈妈，都面露温柔的婉雅的微笑。那种微笑告诉别人，也告诉自己的女儿——我曾在这个世界上非常幸福地生活过。"妈妈在哪呀？为什么从来不回家？""妈妈在另一个世界。""我要到那里去，我要去找妈妈！"父亲苦笑了。"孩子，我们每一个人迟早都是要到那个世界去的，但我们现在不能去找妈妈。我在这个世界上还有许多没做完的事，而你呢，还没有开始做什么……"她不明白父亲的话。"妈妈……死了……"死——她明白。她哭了。"记住，妈妈是为生下你而死的。"父亲轻轻抚摸着她的头，向她讲述了在她出生那一天妈妈所经受的痛苦。"妈妈是歌唱家，你想听妈妈唱的歌儿吗？"泪珠从她的小脸蛋上滚落下来，落在花兜兜上，落在父亲手上。宝贝，你爸爸参加游击队，正在过着那动荡的生活……

唱片缓缓旋转，播放出妈妈唱的动听的歌声。她觉得唱片就是父亲说的"另一个世界"，妈妈就生活在那里，在那里天天都唱歌。妈妈的歌声冲淡了"死"这个严峻的字在她那颗幼小心灵中造成的阴霾。父亲收起唱片说："孩子，挑选一张妈妈的照片吧，由你自己珍藏。"她凭孩子的意识得出判断，那些照片，不，妈妈，对于她也许还不如对于父亲那么重要。她从中挑选了一张最小的二寸照片。从那一天开始，她那儿童的心理和情感世界，比一般孩子更早地趋于成熟、趋于丰富了。以后，她经常在小朋友们面前声明："我也有妈妈。""你妈妈在哪儿上班呀？""你妈妈怎么从来没到幼儿园接过你呀？""你是个撒谎的孩子！撒谎就不是好孩子！""骗人！狼来啰！狼来啰！……"被羞辱所包围时，她就从兜里取出妈妈的照片，大声说："喏，你们看，我妈妈！"大声地说出这句话，她获得一种朦胧的安慰，一种空泛的满足。渐渐长大，她才愈来愈体会到，母亲对一个人，尤其对一个人的童年和少年时期，何等重要！人，首先是从母亲身上来洞察生活，认识生活的。也首先是从母爱之中体验到自己的存在价值的。父亲往往教会孩子用理智的眼睛去看世界，母亲则往往教会孩子用情感的眼睛去看世界。从小失去母爱的孩子，生活在其短浅的视野中难以展现全貌。仅仅这一点，就意味着不幸。

　　上体操课，她从平衡木上摔下来，左腿骨折，在家中躺了一个多月。父亲给她洗脸、洗手、洗脚、梳头，甚至给她剪手指甲和脚指甲。有一天，父亲给她朗读《海涅诗选》，她突然说："爸爸，给我擦擦身子吧！"父亲怔怔地瞧了她一会儿，没有回答，没有任何表示，合上了诗集。晚上，她的三个女同学来到家里。父亲预先烧好了一大盆热水，备好了毛巾和香皂，找出了她需要换的内衣，而后对三个女同学说："麻烦你们了。"便转身走出她的房间。门，被一个女同学轻轻从里面插上了。她们开始七手八脚地给她脱衣服，脱得一丝不挂……

　　同学走后，她无声地哭了。她虽然感谢她们，虽然觉得身体清洁爽适了，但内心却受到一种不能明言的挫伤，萌生了一种复杂的委屈……父亲走进房间，她用被子蒙上了头。父亲默默地在她床边站立许久才离去。她听到了父亲离去之前轻微的叹息，不知是为他自己，还是为她……那一年，她十五岁。从此，夜晚九点这一时刻，对她来说就变成神圣的时刻了。每到这一时刻，她就凝视着大挂钟。久久地凝视着。她那少女的心灵便超越了时间和空间，与另一个世界中的不曾见过面的母亲的心灵贴近了，融合了，合而为一……

少女的心灵具有特殊功能，愈是感到缺少什么，愈容易靠想象来弥补。想象总是比生活本身更完美更迷人。对母爱的殷殷向往和饥渴，使她对仅有的父爱更加感到不满足。

　　不久之后，父亲也被从这个世界上夺走了，那是在十年动乱的第二年……她成了一个情感方面的赤贫者。对于情感需求极其细腻，内心世界稚嫩而丰富的少女，这种赤贫状态是足以风化灵魂的。幸而，她熬过来了。灵魂熬过来了。灵魂孕育着对生活的一点点的希望，便不会像肝脏一样硬化……此刻，裴晓芸又看一眼手表——九点。这大概是她第一百次独自膜拜这一神圣时刻了。她摘下手套，一只手伸进内衣兜，摸出一个小小的塑料夹，里面夹着母亲那张二寸照片。端详着母亲的照片，二十五岁的上海姑娘情不自禁地跪下了，月光将她肩枪的身影，清晰地映在雪地上。

　　她心中有许多许多话要对母亲说，在这个夜晚，在这一时刻。她想说："亲爱的妈妈，今夜我是这么高兴！我被批准成为战备分队的战士了！今夜我第一次站岗……"

　　她想说："亲爱的妈妈，我肩上这支枪，得来可真不易啊！别人早就发给了枪。而我，在不久前才获得这样的信任……"

　　她想问："妈妈，我，是同别人一样离开北大荒，还是留下呢？离开，这里有我感情上难以割舍的东西。留下，我会感到孤独，感到被遗弃……"

　　她想问："妈妈，即使我回到上海，谁又是我的亲人呢？上海有我可以得到关怀，可以完全信赖的人吗……"

　　她想问……

　　忽然觉得有什么东西触碰她——一只狗，一只体大如豹的狗。浑身黑毛，在月光下闪着黑缎般的光。粗颈、方头、大耳、阔嘴，样子十分凶猛。

　　她没受惊吓，这只狗对她有特殊的感情。它叫"黑豹"，名字是工程连的知青们起的。它的母亲一共生下六只小狗崽，连它在内。老母狗一天跟着砍柴的马车上山，被猎人设下的野猪套套住，活活喂了狼。六只小狗崽因断奶饿死五只，"黑豹"被男知青排排长曹铁强抱回宿舍，像哺喂婴儿般，养活了下来。它是男女知青们的宠物。它长大以后，看仓库、守麦场，报答知青们的恩泽。有人带它到哨位来站过一次岗，它便又增加了一项义务，每到深夜，自觉跑来，和站岗的人做伴，直至天明。

"黑豹"认出裴晓芸，两只前爪扑在她身上，伸着脖子要舔她脸，讨她的喜爱。她拍拍"黑豹"的头，又捧着它的阔嘴巴往自己冻红了的脸颊上贴一下，推开它，缓缓站起来。因刚才跪在雪地上，即使在"黑豹"面前她也难为情了。她心中顿时萌发了哨兵的神圣责任感和战士的英武气概。

"黑豹"耍着活泼劲纠缠她。

"'黑豹'，不许跟我胡闹！"她严厉地呵斥它，挺直身，肩正枪，目光巡视着冰封的黑龙江江面。"黑豹"听话地卧在她脚边，昂头专注地望着天空中的一颗星。

一会儿，她感到寒冷了。她后悔没穿棉大衣，棉大衣太肥，平时就不爱穿。何况今夜她第一次站岗，臃臃肿肿的，有失一个哨兵英姿！可是毕竟感到寒冷了。又看一次表，过两个小时，就会有人来接岗，坚持得了。她双手都摘下手套，放在嘴边哈了一阵，又搓了一阵，解开一个衣扣，交叉地伸进棉衣里，紧紧地夹在腋下取暖。脚也冻得有些疼了，她轻轻跺踏着。"黑豹"披着毛皮大氅，似乎并不寒冷，卧在雪窝里一动也不动，不再望星星，侧头瞧着她，眼睛流露出对她的嘲意。

"坏东西！"她骂它一句，转身向山下望去。团部机关一片漆黑，一幢幢砖房和机关食堂的高大烟囱，轮廓分明。只有团部会议室的四扇窗子，透射出灯光。

她不禁想到了他，他下午四点就到团部去开紧急会议，显然到现在这个会还没散。不知这是一次什么样的重要会议？为什么开到这样晚？

他，或许在发言吧？

或许，发过言了，正从窗口朝外望，想望到她？

傻瓜！他根本望不到她！

她微笑了……

二

全团各连连长、指导员聚集在团部会议室。室内烟雾缭绕，空气污浊得令人窒息。几个烟灰缸插满烟蒂，像小盆景中的假山石。不少人继续吞云吐雾。

会议从下午四点开到六点，吃过晚饭，接着开到现在。每个人都意识到，这是一次严峻的会议。

团长马崇汉，比任何一个人都更加清楚这次会议的严峻性。知识青年大返城的飓风，短短几周内，遍扫黑龙江生产建设兵团。某些师团的知青，已经十走八九。四十余万知识青年返城大军，有如钱塘江潮，势不可挡。一半师、团、连队，陷于混乱状态。唯独三团，由于地处最北边陲，交通不便，消息阻隔，返城飓风的势头还没有真正席卷到这儿。三团的知识青年们，近几天才刚刚开始从亲友、同学和家书中获得返城信息。各种迹象表明，他们也在暗中骚动起来了。

兵团总部下发了一个紧急文件：为缩短从兵团体制恢复到农场体制的过渡时期，为尽快稳定各师团的混乱局面，组建起各师各团连队新的领导机构，重新形成生产秩序，确保春播。知识青年的返城手续，必须在三天以内办理完毕，逾期冻结，春播后各师团酌情自决。

急件被马崇汉扣押，不向连队传达。

三天，三个二十四小时，只要拖延过三个二十四小时，全团八百余名知识青年，就可能被永久地钉在各连队的花名册上了。他曾同政委孙国泰就这一点交换过看法，却遭到老农场干部孙国泰的坚决反对。

"我们没有权利扣押兵团总部的急件。没有权利。"政委严肃地回答他。

"当然，我一个人是没有权利这样做的，因此才同你商量嘛。你，和我，如果我们两个人的意见统一了，在特殊情况下是可以代表党委的嘛。"马崇汉温良恭俭让地说。

凭着与对方多年共事的经验，孙国泰知道，对方越是在他面前表现得温良恭俭让，越证明根本没把他的意见当成一回事。虽然他是政委。孙国泰也明白，马崇汉所以要在决定八百余名知青命运的这一严峻大事上"征求"自己的意见，无非是要自己表明一种态度，表明一种"赞同"的态度。有了他这种态度，哪怕是一种含糊"赞同"的态度，不，哪怕是缄口不言，那么，这件严峻的事情，这一首先从马崇汉头脑中产生出来的个人意志，便可以被对方也被别人认为是"党委的决定"了。

"党委也没有权利作出这样的决定。"老政委态度鲜明。

"政委同志！"马崇汉语气强硬起来，"别忘了，你是一位团级领导，是一位思想工作者，在当前这种局面下，为生产建设兵团保留一部分青年力量，是你我的共同责任！"

老政委被激怒了。政委同志？他曾被对方当作同志看待过吗？思想工作者？多么尊重的称谓。可是在这方面，对方曾允许他充分发挥过作用吗？说什么为兵团保留一部分青年力量，说什么共同责任，真是冠冕堂皇！好听的话都叫你马崇汉挑着说了。难道你心里就一点都不感觉对这些知识青年们有愧吗？

他压下怒气，慢言慢语地说："团长同志，你不觉得为生产建设兵团思考的晚了些吗？许多知识青年是怎样来到北大荒的，你应该比我心里更清楚！"

"你！……"马崇汉一时说不出话来。

兵团组建的第二年，马崇汉作为兵团代表，乘飞机来往于各大城市之间，作了一场又一场的精彩演说式的动员报告：正规部队的性质，不但发军装，还发特别设计的领章帽徽，居住砖瓦化，生活军事化，生产机械化……如此这般天花乱坠，欺骗了多少知识青年啊！

马崇汉立了一功，但他也被多少知青诅咒啊！……

此刻，老政委孙国泰盯着团长马崇汉那张刮得发青的五官分散的脸，不禁又想到了十年前就是在这个会议室里，为他召开的"欢迎会"上的情形。那次"欢迎会"也是由团长马崇汉主持的。马崇汉向全团机关工作人员介绍他时，十分钟大摆他的老资格和革命经历，三十分钟大批他在农场时期犯下的种种"路线错误"。

他当时猛然站起来，声音洪亮地说："马团长对我的介绍，等于为我树了一个碑，立了一个传，盖棺论定。千秋功罪，自有历史评说。据我所知，我们共产党没有为活人树碑立传的惯例，马团长这番话，就算是我的悼词吧！既然我还没有死，追悼会现在可以结束了！"

从那一天开始，他就意识到，团长马崇汉是要故意在他们之间造成一种领导地位上的悬殊差异的。但十年之中，在每一个无论大小的原则问题上，他从没有向对方妥协过。虽然，他是一批被罢官撤职的老农场干部中，幸运地获得"解放"的，时时有从领导地位上再次被打翻下去的可能。

从开会到现在，他还一句话没说，坐在角落里，一支接一支地吸烟。

马团长今天格外沉得住气。参加会议的人们沉默着，他这个主持会议的人也沉默着。他扫视着人们的脸，想从每个人的表情上，窥测他们的内心活动。

公务员小张又一次走了进来，交给他一条"牡丹"烟。他将包烟纸扯开，东甩一盒，西抛一盒，将一条烟顷刻分光，自己仅留下一盒。他抽出一支烟，在桌面上笃笃顿了半天，却没有点燃，而拿起了暖水瓶，往茶杯里倒水，只倒出半杯水。

"小张！"

小张应声而至。

他用下巴朝暖水瓶示意，小张领会地默默拎起几只空暖水瓶去打水。

坐在马团长对面的，是工程连指导员郑亚茹，她看了马团长一眼，说："我表个态吧！"

大家的目光都集中在她身上。

团长马崇汉轻轻咳嗽了一声。"我认为……目前……对于我是一个考验关头。我……赞同团长……不，赞同团党委……"大家都听得出来，这几句话，她说得并不轻松。

团长嘴角浮现了一丝不易被人察觉的微笑，向她投去极为满意的一瞥。

她刚抬起头，一接触到团长的目光，立刻又将头低了下去，掏出手绢擦汗。她是出汗了，细密的汗珠沁聚在她那清秀的眉宇间和端正的鼻梁上。

老政委孙国泰站了起来，用纠正的口气缓慢地说："不，不是团党委的决定，团党委没有作出过这样的决定。"

马团长怔了一下，随即大声说："不错，党委是没有来得及作决定。"他用一种特别加以强调的语调说出"没来得及"四个字，之后也站了起来，肩膀一耸，将披在肩上的大衣抖落在椅背上，接着说："不过，今天在座的，除了我和孙政委，还有几位也是党委委员，其他同志，都是各连队的连长和指导员，我看，这次会议就算是一次党委扩大会议也未尝不可嘛！"他停顿了一下，将脸转向郑亚茹，换了一种亲切的安抚的口吻又说："你刚才的发言很好，态度很明确嘛，你就算代表工程连党支部第一个表态了。"

"郑指导员只能代表她自己，不能代表我们工程连党支部。"在最后一排座位上，有人说话了。大家的脸一齐转向这个人，说话的是工程连连长曹铁强。

郑亚茹尴尬又不知所措地瞧着他。

马崇汉从桌上拿起刚才想吸而没吸的那支烟，已经划着根火柴，听罢曹铁强的话，脸色沉了下来。燃烧的火柴在手中晃了晃，熄灭了，被狠狠地插在烟灰缸里。

"这么说，你，是反对的啰？如果是这个意思，也算一种表态嘛！"他说这话时，并不看曹铁强。说完，紧接着喊："小张，倒烟缸！"

小张立刻悄无声息地走进会议室，从桌上拿起烟灰缸。

"叫你打开水，你怎么没打来？"马崇汉又一次拿起水杯。

"开水房锁着门。"小张讷讷地回答。

"再去打一趟！"马崇汉口气中流露出愠怒。

曹铁强瞅了团长一眼，又瞅了小张一眼，待小张走出去，才说：

"是的，我反对。"

郑亚茹的脸红得像要渗出血来。马崇汉的目光如伤人利器，咄咄地射向工程连连长。对于这个东北小子，他心中耿耿于怀地记着一笔账。此时此刻，这笔账的账簿子又翻开了……

全兵团大搞"公物还家"运动那一年，马崇汉亲自带着工作组，坐镇工程连抓试点。他是个很善于总结各种运动经验的人。在这一点上，能力要比政委孙国泰高一筹。几天内，他就总结出了一套"三字经"——一看，二查，三搜。就是：各家各户的天棚地窖要看看，所有知青的箱子要查查，凡属公家的东西，一针一线，都要搜回来。"三字经"通过电话线，由马团长亲口传达到全团三十几个连队，指示照办之，推广之。"运动"得全团鸡犬不宁。

一天，马崇汉来到男知青宿舍，发现大火炕炕头一床褥子底下，垫着三块杨木板。他亲自动手将木板抽了出来，木板着炕的一面已经烤黄。"是谁垫在褥子底下的？"中午召开了全连大会，马崇汉指着三块搬到会场的木板，严厉追究。"团长，是我……"小瓦匠单书文怯怯地站了起来。"你为什么要把公家的木板垫在褥子底下？"团长瞅定他的脸，字字拖长地问。军大衣很有派头地披在团长高大魁梧的身上，风度如革命样板戏《智取威虎山》中的"二〇三"首长。"我……我……我怕烤着了褥子……"小瓦匠脑袋耷拉在胸前，不敢正眼看团长。"抬起头！"小瓦匠的头沉重地抬了起来，眼睛却盯着自己的衣扣。"你自己的褥子烤着了，你心痛。公家的木板烤着了，你就不心痛。这叫什么？这就叫——损、公、利、己！"团长的大手掌啪地在桌子上拍了一下。小瓦匠浑身一颤。"岂有此理！限你明天早饭以前，把检查交到工作组来，不得少于五千字！"团长声色俱厉。

晚上，小瓦匠从炕洞里往外扒炭火，一锹锹端到宿舍外，倒在雪地上。"哎，你这是干什么？"有人抗议了，"我褥子底下还冰凉呢？""将就点吧！"从不跟任何人发生口角的小瓦匠，憋了一肚子的气，都通过这四个字发泄出来。抗议者二话不说，从炕上蹦下来，往炕洞里塞满了木柴。出身于封建官僚家庭的小瓦匠由于背着个甩不掉的包袱，甘做人下人，是知青中的弱者，对别人一向逆来顺受，不敢也没有能力维护自己的尊严。他没再从炕洞里往外扒火，默默地卷起自己的褥子，无法睡觉，便将一只小肥皂箱搬到地上，坐着个木墩写检查。

写了撕，撕了写，写写撕撕，撕撕写写，一本信纸转眼扯去了大半本。五千字！自己把自己往高得不能再高的纲上线上联系，搜肠刮肚，抓耳挠腮，却无法写满一页纸！

当年的男知青排排长曹铁强从外面查岗回来，见状问："你怎么还不睡？""你叫我怎么个睡法？"小瓦匠可怜巴巴地反问一句。曹铁强摸了一下炕面，不再说什么，转身又走出去了。一会儿，他从外面扛进了那三块杨木板。"垫上吧！""我……不敢……""叫你垫上你就垫上，明早再扛回原处去，没人知道。""万一……""我顶着！"马团长是一位最讲"认真"二字的共产党员。当男宿舍响起一片鼾声时，他又神不知鬼不觉地来了。他是为那三块杨木板而来。拉亮电灯，见三块杨木板又被垫在了小瓦匠的褥子底下，马团长愤慨极了。他不惟最讲"认真"二字，而且最讲"服从"二字。军队使他养成了坚决服从首长一切命令的习惯，他要将这一点作为优良传统灌输到知识青年们的脑袋里去。他最不能容忍对首长的命令阳奉阴违。在他本人即首长，阳奉阴违者又是他的战士的情况下，更不能容忍。

他猛地掀掉小瓦匠的被子，拽着小瓦匠的胳膊，将小瓦匠扯到了地上。

小瓦匠穿着衬衣衬裤，光脚站在地上，揉开蒙眬的睡眼，半睁半闭的，也没看清对方是谁，啪地甩手给了对方一记耳光："开你妈的什么玩笑！"

马团长被这一耳光打愣了，呆呆地站在小瓦匠对面。小瓦匠跳上炕，钻进被窝，又蒙头睡了。马团长一声未吭，转身就走。这一幕，被排长曹铁强躺在被窝里看得分明。马团长一出门，他立刻爬起来，跨过几个人的身子，推醒了小瓦匠。"你知道你刚才打了谁一记耳光？""打谁谁挨着！""你打了团长！""别……逗了……""你看，地上是谁的大衣？"小瓦匠爬起，探身朝地上一瞧，心中不由暗暗叫苦。地上果然有件军大衣，不是团长的是谁的！"快起来，把木板拆下！"曹铁强帮他的忙，二人慌乱地从褥子底下抽木板。

其他人被惊醒，一个个翻身趴在被窝里，莫名其妙地瞧着他俩。

"深更半夜，你们搞什么名堂？"不知哪一个，从地上拎起一只大头鞋，朝他俩扔过去。大头鞋打在小瓦匠后脑勺上，小瓦匠"哎哟"一声，双手倒捂着后脑勺，仰躺在炕上。

"谁打的？谁？！"曹铁强厉声喝问。几颗脑袋畏惧地缩进了被窝。这时，外面进来三个人，都是团警卫排的，是跟马团长一块儿来到工程连的。为首的，是警卫排排长刘迈克。他们，虽不属于工作组成员，但在工程连战士们面前，却显示出一种优越感。这种优越感似乎在时时表明，他们，即使算不得"高级知青"，起码也是"特别知青"。因为他们是"拿枪杆子"的，是经常跟随各级团首长的。他们是半享受职业军人待遇的。

刘迈克一进大宿舍，首先从地上捡起马团长的军大衣，拍拍土，然后踢了踢小瓦匠垂在炕沿的赤脚："起来起来，跟我们走。"

小瓦匠坐起，一见是三个警卫排的，顿时变了脸色，讷讷地问：

"到哪儿去？""连部，马团长有请。"警卫排排长一副闹着玩的样子。"我……我不去……"小瓦匠往曹铁强身后躲。"不去？那哪成啊！"小瓦匠的胆怯使警卫排排长开心，他用命令的口气对另外两个警卫排的战士说："带走。"那两个便上前去拖小瓦匠。他们被曹铁强推开了。曹铁强抢先一步，身子挡在宿舍门口，冷冷地说："你们，简直成了马团长养的狗了，叫你们咬谁就咬谁？"刘迈克愣了一下，后退一步，眯缝起眼睛，咄咄地盯住曹铁强的脸，一字一句地反问："你说什么？我没听明白。"曹铁强讥讽地说："你腰间扎条武装带不伦不类，劝你还是解下来的好。""你看不惯？"刘迈克真的缓缓解下了武装带，在手中摇晃着。"别碰着我！"曹铁强又说了一句。刘迈克唰的一声将武装带朝他抽过去。曹铁强一偏头，武装带的铁卡子抽在门框上。他朝门框瞥了一眼，门框上留下了一道痕迹。"别怕，吓唬吓唬你，闪开吧！"刘迈克的武装带仍在手中摇晃。曹铁强动也不动。武装带第二次抽了过来。这一次，他躲闪未及，肩头挨了一下，白衬衣绽破，立刻渗出血来。他捂着肩头，从门旁闪开了。刘迈克也不看他，悍然往外就走。曹铁强出其不意，照他下巴猛击一拳！这一拳那么有力，刘迈克跟跄倒退，撞在脸盆架上。一排脸盆翻落，一只漱口缸子滚到红火彤彤的炕洞里。刘迈克爬起，惯于争凶斗狠的脸扭歪了，扑过来与曹铁强扭打作一团。小瓦匠吓傻了，瞪大惊骇的眼睛，像只耗子似的缩在墙角。另外两个警卫排的战士，同时上前，对曹铁强拳打脚踢。刘迈克的霸悍早已激起工程连知青们的公愤，这时眼见自己的排长要吃亏，哪里还按捺得住！他们发声喊，纷纷从火炕上跳下地，一个个赤腿露胸地投入了恶斗。从地上打到炕上，从炕上滚到地上。战斗结束后，警卫排排长和他的两个战士被结结实实地捆了起来。

刘迈克凶恶地说："曹铁强，你不计后果是不是？"

"啪！"有人给了他一耳光。

连部里，团长马崇汉坐在椅子上吸烟。

他好生恼火！

身为团长，被知青打了一记耳光，简直是奇耻大辱！

对于知识青年，从正规部队到生产建设兵团那一天起，他就产生了一种敌对情绪。不，也许用敌对心理这个词更准确。

什么生产建设兵团？用他自己的话说，参加革命多年，到头来落了个"七〇（零）八三（散）的装甲（庄稼）部队"的团长当！幸而，没脱掉军装。当上三团团长后，了解到这个团原先不过是个劳改农场，更令他替自己愤愤不平！这么个团长和"草头王"有什么两样？

然而，"草头王"却并不那么好当。知识青年，既不同于"一切行动听指挥"的正规部队的战士，也不同于"向解放军学习，向解放军致敬"的革命群众。他们到底算什么呢？在他眼中，他们简直是"蝗祸"，是"洪水猛兽"，是从城市蔓延到边疆的"瘟疫"！可他们毕竟是成千上万，几万，十几万，几十万，浩浩荡荡的四十多万！一批又一批地涌来了，卷来了。是戴着大红花，敲锣打鼓地被从城市欢送来的。一来就声明："我们要做北大荒的新主人！"不错，"最高指示"说他们是来"接受再教育的"，而且"很有必要"。但实际上，他们的马列主义水平高不可攀。若要问共产主义运动发展史、巴黎公社失败的经验教训、当前中央路线斗争的营垒划分和斗争焦点，他们都能侃侃而谈。在这方面，每一个都有资格当他这位团长的教师！他们不但了解过去，而且仿佛能预知未来，中国革命和世界革命，整个儿装在他们发热的头脑里！他们是经过风雨，见过世面的，根本不把他一个小小的团长放在眼里！连中央首长，他们也敢炮轰，也敢油炸，何况他马崇汉！

他深知自己缺少驾驭他们的能力，恰如一个人，完全没有信心和气魄，但又被命运所捉弄，不得不驾驭一匹难驯的劣马。

多可悲！

有时扪心自问，他承认，他们中的一些人，是被他骗到北大荒的。但他自己不也是被骗来的吗？何况说到四十万的话，那可没他的干系。他马崇汉没这么大本事，那是一场运动的力量。

他所有郁闷在胸，积压在胸的怨气、怒气，准备痛痛快快地发泄在小瓦匠身上。他要好好调教"它"，当成一匹牲畜调教。当然，犯不上用鞭子的。

听到外面的脚步声，他坐得更端正，表情更威严，目光更冷峻，咄咄地盯着连部的门。

门开处，第一个进来的是警卫排排长刘迈克。鼻青脸肿，浑身灰土，双臂被反绑着。衣领撕掉了。衣扣只剩下了一颗。第二个进来的，是警卫排战士。第三个进来的，是警卫排战士。一个排长两个战士，他派去传带小瓦匠的，都成了狼狈不堪的"俘虏兵"。

他霍地站了起来！跟在三个"俘虏兵"后面走进连部的，是曹铁强。"他们，据说奉了你的命令去绑我排战士单书文的，我反对这样做。他们不听我的阻拦，首先动武，我命令我的战士教训了他们一顿。现在我把他们给您带回来了。我自己，明天听从你的发落。"曹铁强说完就走。已经走出门外，又转过身，对团长点了一下头，那意思好像是说："祝您晚安！" ……曹铁强一回到大宿舍，就被他的战士们团团围住。"我早就瞧着警卫排这三个家伙狐假虎威的样子不顺眼，今天可让他们知道咱们工程连的人不好惹了！" "刘迈克在'文化大革命'中欠了我一笔账，今天我才出了口恶气！" "这就叫不是不报，时候未到，时候一到，一切都报……"七言八语，激昂兴奋。小瓦匠满面阴云，一言不发，默默叠被子，卷褥子，叠好卷好，用毯子包上，用行李绳捆上。"你这是干什么？"曹铁强问。"干什么？今天的事，全是我惹起来的。马团长能放过我吗？我今天夜里就扛着行李到团部警卫排去投案自首，当二劳改！"这话，像一盆冷水，劈头盖脸朝大家泼来。曹铁强沉默了一会儿，在小瓦匠后脑勺轻轻拍了一下，说："你犯什么案了，竟要自首去？你别怕，我一人做事一人当。"

男女宿舍是一栋房子，中间被过道分隔开。这时女知青们也都来了，询问刚才发生的事。

有人问、有人答的时候，裴晓芸挤到曹铁强跟前，神色慌张地说："不好了！马团长给团部警卫排打电话，说咱们工程连的男知青聚众闹事，要警卫排立刻派三十个人来，还说，还说……"

　　曹铁强追问："还说什么？""还说……全副武装，一级战斗准备……""你怎么知道？""我今天夜里看麦场，刚才经过连部门口。"身材瘦弱娇小的裴晓芸，替男知青们担惊受怕得瑟瑟发抖。沉默。各种表情在一张张脸上变化着，每个人都预感到面临着威胁。"你们……快躲起来吧！"裴晓芸比谁都焦急不安。所有人的目光，同时集中在排长曹铁强身上，那些目光是复杂的。"躲？……"他被这个字激怒了。这个字从一个姑娘嘴里说出来，而且分明是主要针对他说的，他觉得当众受辱。

　　"听着。"他对全排战士说，"事态是我扩大的，我还是刚才那句话，一人做事一人当。你们可以预先把我捆起来，等警卫排的人到了，将功赎罪！"

　　言词刚烈，语气豪壮。这番话，是从小说里读到过的，还是看了什么电影印象太深记住了，连自己也闹不清楚。

　　大家被感动了。由感动而敬佩，由敬佩而义愤，由义愤而激发起一种类似"同仇敌忾"的情绪。这种情绪抵消了年轻人们本来就易于丧失的理智。而丧失理智有时是件痛快的事。

　　"排长你说的算什么话？！把我们都看得胆小如鼠吗？！""警卫排有什么了不起？比这严重的事件我们经历得多了！""与其在这儿瞎嚷嚷，等着警卫排的人来，像抓犯人似的一个个把我们抓走，莫如跟他们大干一场！""对！咱们去打他们的埋伏。"于是，在"文攻武卫"中培养起来的盲目英雄主义的驱使下，他们匆匆穿好衣服，拥出了大宿舍，各人找到可以当作武器的物件，集合起来，向村外而去。女知青们也不肯错过这一表现英雄主义的机会，纷纷跟了去。只有几个没有去，她们赶紧跑向连长和指导员那儿报信。离连队十几里远的山坡下，他们埋伏在公路两旁的小树林中。不久，一辆卡车从山路上缓驶下来，工程连的战士齐声呐喊，冲出树林，包围了卡车。车下，铁锹钢叉，横握竖举；棍棒锄头，左右相逼。车上，警卫排的枪口，也指向了工程连的战士们，双方剑拔弩张。一触即发的关头，有人策马从山上飞奔而下。来人是老政委孙国泰。马头几乎碰上了车头。他才猛勒马嚼，勒得那马竖起前蹄，打了个立桩。

"给我把枪都放下，妈妈的！"他两眼闪亮，样子十分可怕。警卫排的枪纷纷挎到肩上去了，但有人还不服气，说："我们是奉团长的命令……"

"现在命令你们的是我政委孙国泰！谁再啰唆，我叫他就地挺尸在这里！"老政委从腰间嗖地拔出了枪，用枪筒在卡车驾驶室的铁顶上砸了一下，向司机喝道："你给老子把车开回团部去！"

司机乖乖地掉转车头，卡车顺原路开回去了。老政委长长地吁了口气，跳下马，扫视着工程连的战士们，问：

"谁带的头？""我。"曹铁强低声回答。老政委走到他跟前，目光死死地盯在他脸上，又问："你是谁？""工程连男知青排排长。"声音更低了。啪！一记耳光打在他左脸上，他的手刚捂住左脸，右脸又挨了一记耳光！

又有人骑马从连队的方向赶到这里，跳下马，双膝跪在雪地上，说出一句震动人心的话："你们都是离家千里的孩子，你们要互相动武，就先打死我！……"

是指导员，当地剿匪战斗中立过一等功的英雄……铁锨钢叉，木棍锄头，从一双双手中落地。一片哭声惊扰了林中的宿鸟。政委孙国泰一迈进工程连连部，就指着团长马崇汉大吼："马崇汉！老子毙了你！"……

这件事虽然发生在知识青年刚到边疆不久，但曹铁强却永远也无法忘记。每每回想起，总还会产生不寒而栗的后怕。那时，自己多么缺少理智，多么鲁莽啊！他曾不止一次半夜三更从噩梦中醒来，浑身冷汗淋漓地想到，如果老政委那天夜里迟一步赶到，自己还会不会躺在这个知青大宿舍的火炕上？还有他们，他排里的战士，是不是也还会躺在火炕上，发出那么安然的鼾声？如果他和他们中的某些人，成了那次"英勇行动"中的不幸者，幸存的人今天将会怎样谈到他，谈到那次"英勇行动"呢？

他们会恨他的。

不幸者的父亲和母亲们也会恨他的。

如果别人成了不幸者而他自己是个幸存者呢？

那更加可怕，对他来说。

每天清晨出早操，他站在全排战士的面前，望着他们的脸，心中便会产生一种对他们的深深的内疚和愧意，恨不得跪在他们面前，请求他们的饶恕。

这种负罪感折磨了他的心灵若干年。虽然，他的任何一个战士都没有在他面前提起过当年那件事。也许大家都忘记了，也许谁也没有忘记，而是有意不提。但他自己却经常想在某一种场合，某一种时机，重提当年那件事。目的只有一个，希望大家痛骂他一顿，甚至暴打他一顿。

理智是年轻人在成熟过程中攻克的最后一个堡垒。攻克了，他们便成为能够掌握自己命运，也能对别人的命运施加影响的生活中的强者。这是要付出代价的。不过有人付出的代价惨重，相比之下有人付出的代价轻微罢了。付出代价的同时，他们也必然会丢掉对他们来说是十分有害的东西——轻举妄动和不计后果。

曹铁强正是从当年那件事中发现了自己危险的弱点，也正是从那件事之后，他成熟起来了。

当年的男知青排长成为今天工程连的连长，从某种意义上讲，"袭击警卫排事件"对他来说是一次"淬火"。经过那次"淬火"，他才成为一个具有钢一样的弹性和硬度的人。

但是其中的哲学，是不会从团长马崇汉的头脑中产生的。马崇汉因为当年那件事，受到了党内记大过的处分，而且被通报全兵团。如果将他今天主持召开紧急会议的动机再深剖一层，也是和当年那件事分不开的。

他希望，为兵团保留八百余名青壮年劳动力，能够被上级赞赏，撤销干部档案中的处分。而这关系到，兵团解体之后，他能不能重新回到部队去。档案中带着一次处分，他是没指望重返部队的。不能重返部队，他便只能落到一种无可奈何的境地——由团长变为一个农场场长。这无疑更加可悲。八百余名知识青年一走而光，将他这位团长弃留在北大荒，那岂不等于是命运对他的一种恶意捉弄和冷酷惩罚吗？

他今天的内心活动，可以用八个字概括——瞻念前程，意冷心灰。不过这种内心活动并没从他脸上暴露丝毫。他此时恍然醒悟，到会者们沉默的原因只有一个——在这么严峻这么重大的问题上，他们要首先知道政委是什么态度。

他意识到，自己十年来那种在任何事情上都能左右局面，举足轻重的威信，今天面临了公开的挑战！甚至怀疑他自以为曾有的威信，根本就没存在过！

他感到一种惆怅和悲哀。而政委孙国泰刚才的发言又是对他那么不利！工程连连长曹铁强又分明不把他这位团长的意志放在眼里！他现在毕竟还是团长！纵然八百余人的去留他决定不了，一个连长的命运他还是可以决定的！

"交代工作"，只消他一句话，就可以拖住这名哈尔滨知青三天，叫他终身后悔！难道这哈尔滨的小子就毫无顾忌吗？他怎么敢？！马崇汉盯着曹铁强正要说句什么有分量的话，一个女人突然闯进会议室，身后跟进两个女孩。是他的妻子和女儿。马崇汉好不惊诧！四天前他打发她们回老家，怎么这会儿又做梦似的出现在他面前了？"把宿舍钥匙给我。"妻子向他伸出一只手。"你……车票丢了？"他怔怔地问。"根本就没买到火车票！"妻子大声嚷嚷，"要不是在黑河碰上个熟人，连长途汽车票也别想买到！我们娘儿仨好不容易挤上一辆长途汽车，开出黑河镇不到两小时就被知识青年给截住了。嫩江县城、火车站，返城知青像逃荒，连大车店都住满了！我们娘儿仨……火车站蹲了两天……跟你来到兵团，可倒了八辈子霉！待不下，走不了，亏你还大小是个团长呢！呜呜呜……"团长妻子放声哭起来。公务员小张拎着几只暖水瓶走进来。马崇汉心烦意乱，拿起水杯朝小张递过去。好像胸膛内有干柴烈火在燃烧，他觉得口干舌燥。"水房锁着，到处也找不见烧开水的人。"小张嘟哝地说明没打来水的原因。"岂有此理！"马崇汉把手中的水杯高高举起，狠狠摔在地上，啪的一声粉碎了。小张一反往常对团长的敬畏，大声说："少来这套，我不侍候你了！"说罢，扬长而去。

马崇汉脸色青了。他的目光又瞪向妻子，从衣兜里掏出串钥匙，扔在她脚边。妻子怯怯地瞄他一眼，赶紧弯腰捡起钥匙，扯着两个孩子离开会议室。

电话铃响了。郑亚茹也瞄了团长一眼，走过去拿起听筒，低声问："找谁？……"接着把听筒递给团长。马崇汉皱着眉头接过听筒。对方问："你是马团长本人吗？""我是马崇汉！"他粗声粗气地回答。"马崇汉，听着！你召开的这个紧急会议，不必再开下去了！"

就这么两句，口气像"最后通牒"，一说完，对方就挂上了电话。

马崇汉拿话筒的手剧烈地抖动。许久，他才扫视着大家，沙哑地说："有人把我们开这次会的内容泄露了。"接着，严厉地问："谁会议期间打过电话？或者，接过电话？"

"我接过一次电话。不过，是长途。"曹铁强回答。他这时站了起来。"长途？……"马崇汉根本不相信地追问。"是长途。"曹铁强很镇定地回答。尽管他很镇定，尽管大家对召集这样一次会议内心各持己见，但目光还是同时质疑地射向了他。政委孙国泰，也严肃地望着他。"好像……有什么情况！"郑亚茹突然离开窗口，走到会议室门前，同时推开了两扇门。

一股寒风灌进来，将雪粉扬在人们脸上。几扇没插上的窗子被这股寒风吹开了。开会的人们，或从窗口向外望，或从门口向外望，但见不计其数的火把，分成几队，从山坡上，从荒原上，从公路上，从四面八方，朝团部汇聚而来……

三

裴晓芸站岗两个多小时了，再过一小时，就该下岗了。但她这会儿就已经快被冻僵了。"黑豹"也感到了寒冷，它开始在雪地上兜着圈子奔跑。它身上发出的热量结成霜，染白了黑皮毛。

"'黑豹'！"裴晓芸把狗唤到身边，弯下腰对它说，"回去吧，'黑豹'，回去吧，回到连队去吧！到大宿舍去，趴在炕洞前，那多舒服，多暖和，何苦陪着我一块儿挨冻呢？"她简直是在哄它，像在哄一个人。

"黑豹"瞪着那双善于和人交流情感的眼睛瞅她，分明听懂了她的话。它的眼睛追随着她的目光，也朝连队的方向望去。"瞧，最南边那一排灯光，就是大宿舍！"她又低下头对它说了一句。"黑豹"却一动也不动。它的身子忽然抖了一阵，又开始在雪地上奔跑。她望着它，拿它毫无办法地摇摇头。月亮好像挂在原来的地方，一寸也没移动。但月面已不那么明净，变得朦胧了。夜空的蓝色加深了，深蓝混合着漆黑。夜空似乎被来自宇宙之外的某种自然力量所压低。起风了。这风是突然刮起的，异常猛烈，而且辨不清方向，朝她迎面横扫过来。她侧转身，弯下了腰。风过之后，四野顿时迷茫。

"黑豹"在奔跑中突然站住，昂着头，略显不安地瞭望着荒原。

在荒原的尽头，在寒夜神秘而威严的幽远处，一场大暴风雪狰狞地注视着生产建设兵团的女战士和这只狗。

然而她并没有预感到什么威胁，她在瞅着那只狗。

"黑豹"使她又想到了他……

也许因为她和他不是同一个城市的知识青年？也许因为她和他不是同一批来到北大荒的？也许因为她是全连姑娘中最其貌不扬、最沉默寡言的一个？也许因为她是一个政治上有"特嫌"的歌唱家和某个大学里的"反动讲师"的女儿？……他不曾注意过她。而她，也从来不敢主动接近他，主动跟他说一句话。因为，他是威信很高的男知青排排长，是全连最英俊的小伙子。

年轻人们，小伙子也罢，姑娘也罢，总是希望从自己身上发现某种值得自信的东西——高于别人的威望、渊博的知识、受人赞扬的品质、友好相处的人缘、家庭出身优越、政治有前途，甚至，包括俊美的容貌，等等，一点儿值得自信的东西也没有，这样的年轻人便会离群索居，产生自卑感。

裴晓芸在所有人的面前都会产生这种自卑感，她有时甚至自己鄙视自己。

她身上半点值得自信的东西也没有，连一个少女最可自慰，最起码的那点儿自信——容貌方面的自信都没有。

她到北大荒以后，从来也没有像其他的姑娘那样，偷偷拿面小镜子自己端详自己，欣赏自己。她认为自己是个半点可爱之处都没有的丑姑娘，一只丑小鸭。

是啊，她的身材那么瘦弱，小手小脚的，像是发育不良没长开似的。她那张小女孩般的脸上，永远笼罩着悲哀的愁云，一接触到什么人的目光，她便会情不自禁地立刻垂下睫毛，掩住那双怯生生的眼睛。

一方面，她因为自己是那么不引人注意而自卑。另一方面，她又但愿任何人在任何场合下都不注意到她的存在。有天中午下暴雨，男女知青跑出大宿舍，遮盖土坯。苫席不够用，她把自己身上披的雨衣也盖到土坯上了。她在暴雨中淋得像一只落汤鸡，衣服裤子紧紧地贴在身上，模样滑稽而可怜。他不禁多看了她几眼，她竟像被一只大猩猩所注视似的，吃惊地呆愣了一刻，转身而逃，令他大惑不解。那天他才知道，女知青排还有这么个叫裴晓芸的上海姑娘，才十六岁，在全连知青中年龄最小。但她也并没有从此引起他多注意一点。而她，后来则更加有意地处处回避他。

就在那一年冬季的一天半夜里，全连紧急集合，男女知青都拉出了连队，一气儿跑了十多里路远。演习紧急集合，大宿舍里是不许开灯的，手电筒也不许打亮。

跑步急行军途中，又演习了一次"围山搜敌"。曹铁强是演习行动的总指挥，在大家都已经搜索到半山腰时，他回头望了一眼，见有人刚跑到山脚下，艰难地踩着没膝的深雪向山上攀登。"那是谁？快跟上来！"他大声喊。落伍者摔倒了，而且没有立刻爬起来。他跑到那人跟前才认出，是她。"跑一段路就受不了啦？别那么娇气！都像你这个样子，打起仗来怎么办？"他有些生气，对她大加训斥。他拉着她的一只手，将她从雪窝里拽起来，也不管她跟得上跟不上，几乎是粗暴地拖着她往山上跑。她一声不响地被他拖着跑了一段山路，又一个筋斗跌倒在雪中。"你别装熊，快起来！自己跟上去！"他更加生气了，索性放开她的手，那语气完全像在战斗中，呵斥一个无能的士兵。

"我……我的脚……""你的脚怎么了？"她扒开埋住双脚的厚雪，甩掉两只手上的棉手套，双手攥成拳，使劲搐自己的双脚。借着月光，他这才发现，她穿的竟是一双网球鞋！他怔住了，半天才说出话："你……怎么穿着这样一双鞋？"她没有回答，她不再搐自己的脚了。她的双手忽然捂住了脸。她的肩头开始轻轻耸动着，她无声地哭了。他猛地弯下腰，将她再次拉起，强行背上，朝山下就跑。"不，不，我不！冻掉双脚，我也要……"她挣扎着，拳头搐着他的背。

他并没有放下她，任她的拳头一下接一下地在自己背上搐打。他背着她深一脚浅一脚地跑下山，接着跨开大步朝连队跑。十几里路，他的脚步毫不减慢，越跑越快，径直背着她跑进女宿舍，将她放在火炕上，拉亮了灯。

她那张小脸哭得如同泪人儿一般，泪水在她脸上结成薄冰，一缕鬓发冻在她的脸颊上。他呼哧呼哧地大口喘气，汗水湿透了衬衣和绒衣。"别动！"他对她说，摘下帽子，扔在炕上，拿起一只脸盆，转身奔出宿舍。他从外面端进一盆雪，她果然一动未动地垂着双脚坐在炕沿上。

网球鞋和她的双脚冻在一块儿了，他无法替她脱下来。"剪刀！"她茫然地瞧着他。"你的嘴巴也冻住了吗？我问你有没有剪刀！"她默默地朝摆在窗台上的一只小木箱指了指。从小木箱里取出一把剪刀，他从她脚上剪下了那双网球鞋。接着，小心翼翼地剪下了她的袜子。他将她的双脚按在雪盆中，迅速地用雪搓起来。他一边搓她的脚，一边抬起头，瞧着她的脸，低声问："疼吗？"她垂下了睫毛，只吐出一个字："不……""不疼才糟糕！"他更快地用雪搓她的脚。一盆雪搓化了。"这会儿开始疼了吧？""不……""还不？有没有……像被火烧一样的感觉？""有……一点点……""冻掉双脚，在北大荒可不是没有过的事！小时候我的脚也冻过，我妈妈就像这样子给我搓。"他从毛巾绳上扯下条毛巾，要替她擦脚。"别，那不是我的毛巾。"她用轻微的声音说，这时才怯生生地看了他一眼。他的目光不禁注视在她脸上，心中实在不可理解，这种时候，她为什么还会对生活中的这般小事如此认真。"那是我们排长的擦脸巾。""那又怎么样？""她会生气的。"

"是你自己这样认为吧？"

她摇了摇头："她真会生气的。她对我和对别人不一样。"

"为什么？"

"因为……因为我和别人不一样。"

他不再问她什么了。他心中明白了。他缓缓地将郑亚茹的毛巾搭在毛巾绳上。"边上第三条毛巾是我自己的。"他取下了她自己的毛巾。"让我自己……"她向他伸出一只手要毛巾。他没给她，他轻轻地替她擦干了双脚，慢慢解开自己的衣扣，撩起绒衣和衬衣，半裸出宽阔的结实的胸膛，将她的双脚暖在自己胸上。"啊！不，不！……"她慌乱起来，她骇然了。她欲缩回自己的双脚，他用绒衣将她的双脚包裹住，紧抱在怀里。"别动！"语气那么严厉，同时瞪了她一眼。她挣动了几下，没有挣回双脚。他的手那么有力！她的脸红极了，她一下子用双手捂上了脸。"当年我妈妈对我也是这样做的。"第二次提到他的妈妈，他的语调中流溢出一种深情。她还能再有何种表示呢？还能再说什么呢？她一动也没再动，双手依旧捂着脸。渐渐地，她感到自己的两只脚恢复了知觉，温暖了，也开始疼了。他胸膛里那颗年轻人的心强有力地跳动，传导到她的心房。她自己那颗少女的稚嫩的心，也仿佛刚从一种冷却状态中复苏，怦怦地激跳。许久许久，他们之间没有再说一句话。一滴泪水，从她的指缝中滴落下来，随即，又是一滴，又是一滴……是因为过分受感动？是的，当然是。但泪水绝不仅仅是因为受感动而倾涌，还因为……他提到了他的母亲，用那样一种深情的语调提到他的母亲。而她却从未领受过母爱的慈祥和温柔。为了领受一次，她宁肯自己的双脚被冻掉！同样的做法，这北方的小伙子从他母亲那里学到，施加于她，诚挚之中带有几分强迫。

如果是母亲的话，她起初心理上会产生慌乱和骇然？区别就在于此。虽然深受感动，但也触碰到了她的隐衷。她那颗少女的心不但稚嫩，而且那么细腻。所有细腻的情感都被她的双唇封锁在心里。因此，她的内心世界比别的姑娘更加丰富，也更加充满矛盾和变化。这样的一颗心当然不是他所易于了解的。他发现她在落泪，问："你怎么又哭起来了？"

这时，外面响起一片纷乱的脚步声，夹杂着吵嚷。紧接着，门开处，女排的姑娘们拥进宿舍。她们一见他在女宿舍中，他和她那种不寻常的样子，都呆呆地站立住，用猜疑的目光望着他们。

在众人的目光之下，她显出无地自容的样子，仿佛自己是个小偷，被当场逮住。她猛地从他怀中收回双脚，窘迫而羞涩。"用被子包上脚。"他平静地对她说。转过身，问姑娘们："你们这样看着我干什么？"没有谁回答他的话。"简直是拿着弟兄们开玩笑！演习演习，半路上丢了战备演习指挥员！""不是丢了，咱们大排长准是叫敌人俘虏啦！"男宿舍传来发牢骚的怪话和嘻嘻哈哈的笑声。郑亚茹最后一个走进宿舍，她的目光在曹铁强身上差不多停了半分钟，然后，缓缓地转移到裴晓芸身上。裴晓芸已经坐到火炕上，用被子包住了双脚。她低着头，不敢瞅姑娘们。"哼！真丢人！"郑亚茹大声说了一句。"你说谁？"曹铁强有点恼火了。"我说谁，你心里明白！"郑亚茹向裴晓芸瞪了一眼。他的同班同学，当着所有姑娘们的面，对他说出这般带有侮辱性的话，使他感到格外不能容忍。他几步跨到她面前，咄咄地盯着她的脸，质问地说："我不明白！你今天非得当着大家的面对我讲清楚不可！""讲清楚就讲清楚！我说的不是别人，就是你！还有她！你们俩！趁着大家演习，你们两个跑回来，在宿舍里搞什么见不得人的勾当！"

"你……混蛋！"曹铁强大吼一声，对郑亚茹扬起了拳头。但他毕竟克制住了自己，拳头并没有落下去。如果不是当着所有姑娘们的面，这一拳也许会落下去的。

"裴晓芸穿了一双网球鞋就跑了出去，你们知道不？她的脚冻伤了，如果不是我把她背回来……可你们，都想到什么地方去了！"郑亚茹怔住了。曹铁强指着一个姑娘说："你，去把那盆雪水倒了！"又指着另一个姑娘说："你，去把卫生员找来！"两个姑娘不知是慑服于他的恼怒，还是出于同志之间的义务感，彼此望了一眼，一个服从地去倒那盆雪水，另一个立刻转身去找卫生员。其余的姑娘，都向裴晓芸围拢过去。郑亚茹独自站在原地，显得极尴尬。"你和我的关系，并不比别人特殊，不过曾经是同班同学，你没有资格像刚才那样对待我！"曹铁强冷冷地对她说完这番话，愤愤地离开了女宿舍。郑亚茹慢慢走到自己的铺位前，呆立了一会儿，突然扑倒在火炕上，抱着自己叠得四四方方的被子，哇地一声大哭起来。"排长，都是……都是我不好，就算他刚才的话，是对我说的……"裴晓芸望着排长，心里感到无比内疚。"你别装好人！"郑亚茹倏地坐起身，对裴晓芸狠狠地嚷了一句，之后又倒下去抱着被子哭。有几个姑娘赶紧过来劝排长。从那一天起，女排所有的姑娘都看得出来，排长对裴晓芸更加冷漠了，好像排里从此不存在裴晓芸这个人了似的。她们也看得出来，她们的排长和男排排长之间，以前那种比别人亲近的同学关系中，出现了一道看不见的屏障。

而裴晓芸和曹铁强之间，又恢复到了那种几乎谁都不接触谁的关系。

然而，裴晓芸多想找个时机对曹铁强说句感激的话啊！即使仅仅从情理上讲，这样的话也是应该对他说一句的。可是，每当她和他单独在一起，还没来得及开口，郑亚茹便会忽然出现。能够和他单独在一起的机会又是那么难得！

春节前，连里不知出于何种安排，对每一个请假回城市探家的知青，都毫无例外地批准。也许是出于对知识青年的体贴和关怀吧！知青先后离开连队。最后，男排只剩下了一个人——曹铁强，女排只剩下了两个人——郑亚茹和裴晓芸。裴晓芸知道，排长所以迟迟没有动身离开连队，一定是想和曹铁强结伴探家，同去同归。可曹铁强为什么迟迟不回城市探家呢？他舍不得他养的那只小狗？也许是的。他那么喜爱那只狗？她哪里知道，出于对她的同情，他决定放弃那次探亲假了。他不忍心将知青中的一个小阿妹，孤独地撇在连队。

她和排长两个人住在空荡的宿舍里，却谁也不理睬谁。在排长郑亚茹面前，裴晓芸更自卑。排长是一位军队干部的女儿，正牌的"红五类"：排长是老初三毕业生，在学校成绩优异，据说要不是因为"文化大革命"，学校要保送她上重点高中呢；排长是市红代会常委，来到北大荒之后，还被请回城市参加过一次红代会常委会；排长在全排姑娘们眼中是具有男性威严的；排长是在全团名声响亮的人物；排长是很美的，高于一般姑娘们的个子，飒爽的身姿，乌黑而浓密的短发，裹着一张椭圆形的五官端正的脸，两条眉毛不但细而长，还很英气，一双丹凤眼，总是投射出自信的矜傲的目光。

女排的姑娘们谁都知道，她们的排长在暗暗地爱着男排排长曹铁强。天生一对，地产一双，大家都这么认为。但也有姑娘对两位排长之间的关系发表过预言性的看法："两个自尊心都太强的人，是无法结为生活伴侣的。"这话是背地里谈论过的。

姑娘们都不能理解的是，她们的排长明明爱着人家，又总是随时随地有意无意在她们面前扮演一个无穷烦恼的被追求者的角色，尽管这种角色她扮演得极成功。

裴晓芸在这一点上却自以为是能理解排长的。"不会高傲，就不懂得爱情的艺术。"她忘记了自己过去曾从哪一本小说里读到这句话的。排长一定也读过这本小说，因为排长既会高傲，必然也就对爱情的艺术深通谙达了。

　　她非常希望排长也能理解她，哪怕一点点。非常希望自己能和排长处好关系——一般的战士和排长的关系，对她来说就很知足了。她不敢奢望比这更进一步的友好关系。她觉得自己不配，排长是什么样的人物！

　　两个人，按照同样的时刻，早、午、晚活动在大宿舍里，却彼此不说一句话，不正视一眼，这是多么别扭！有几次，她想主动张口和排长说话，排长却好像能够猜到她的心思，每每在这时候走出去了。其实，她最想对排长说的，无非只有一句话："排长，我是敬佩你的呀！我心甘情愿处处听你的吩咐，服从你的命令！"

　　就像一粒沙子含在河蚌体内，久经揉磨，变成了珍珠。这句话也是许许多多话在她内心经过无数次筛选的结果，这句话无论从任何意义上都是她的心里话。

　　排长竟不给她说出这句话的机会。有天晚上，排长不知到哪里去了。她一个人百无聊赖地坐在火炕上，坐在窗前，把嘴贴在玻璃上，一口接一口地用哈气暖化玻璃上的霜花。

　　玻璃上渐渐哈出了一个可见夜色的小洞。从这个小洞，她朝外面窥望。有两个人在月辉下向宿舍走来，分明是排长和他——曹铁强。他们走到宿舍门前那棵大杨树下，同时站住了，对望着。

　　她向他走近了一步。他也向她走近了一步。他们拥抱在一起了。他们的嘴唇相吻了。裴晓芸的脸倏地从窗前侧转开，双手下意识地捂上了那个小小的霜洞。少女的心狂跳不已。这是她第一次亲眼看到男女之间的情爱举动。她仿佛看到了自己所绝不应该看到的，愧怍极了，不安极了。虽然是无意中看到的。她赶紧展开被子，钻进了被窝。用被子蒙上脸。一会儿，听脚步声，知道排长走进了宿舍。又过一会儿，灯熄了。第二天，当她醒来时，见排长在捆行李。"你醒了吗？"排长说。她没有回答，一时不能相信排长是在对自己说话。排长转身看了她一眼，又说："帮我捆一下行李可以吧？"不是在对她说话又是在对谁说话呢？她立刻从被窝里爬起来，顾不上穿衣服，也顾不上蹬鞋子，光着脚就跳到了地上。"你先穿好衣服，别冻着。"排长这种从来没有施舍给她的关心，令她深深地感动了。

她匆匆忙忙地穿上衣服，趿着鞋走过去帮排长捆行李。一根绳子，一人手里攥一头。"用不着勒太紧，捆上点就行。"排长一边勒绳子，一边说：

　　"我也要回去探家了，今天就走，和他一起走。"她知道排长说的"他"是谁。内心的欢喜反射在排长的脸上和眼睛里。排长的眼睛比以往更明亮，脸上焕发着娇红的光彩，洋溢着少见的柔情。排长的心境一定像早晨的花园一样！而她自己的内心里，却感到一种空旷和苍凉。从今天起，两个大宿舍，只剩我一个人了，她心中不禁这么想。别人都有家可归，她没有家了，也没有亲人。在大上海，连一个亲人也没有。帮排长捆好行李时，他来到了女宿舍，怀里抱着小狗"黑豹"。"我们今天也要离开连队了，大宿舍就剩下你一个人了，我把它托付给你。"他像将什么贵重之物至诚相托。她从他怀里接过"黑豹"，抚摸着，一句话也没说，只是值得信任地点点头。他默默地环视着女宿舍，问："你怎么不回上海呢？""我……回去没意思。"她故意用一种平淡的语调回答他，并且，对他微微笑了一下。

　　她不愿因自己的凄婉处境破坏他们此刻的良好心境。但她的微笑并没有如她所愿。因为他从她那一现即逝的微笑中，分明细心地观察到了一种苦涩的意味。

　　"也许，'黑豹'和你在一起，会减少一点你的孤寂。"他对她这么说，目光是怜悯的。听了他的话，她不禁低下头，将脸贴在小狗身上。她抱着小狗，站在大宿舍门口，久久地目送他们所坐的马车离开了连队……

　　从那一天，大宿舍里就只剩下她一个人，和一只小狗。白天，她并不感到特别孤独，因为她还要和老职工们一起劳动。他们对她表示了种种关怀。他们，只有他们，才公正地、平等地把她看作几十万来到北大荒的知识青年中的一个。一个从小生长在城市而如今远离城市的女孩子，到了夜晚，那种孤独之感，才咄咄逼人。当外面呼啸起西北风，小"黑豹"就跃上火炕，往她被窝里钻，它也感到了孤独。刚过完春节，他就从城市返回连队了，是全连第一个回来的知青。那天中午，她正在宿舍里独自吃饭，忽听外面有人叫："'黑豹'！'黑豹'！"接着，是一声口哨。"黑豹"愣怔了一下，立刻像支箭一般蹿到宿舍外面去了。她跟了出去，看见他拎着提包，站在男女宿舍之间的过道里。"他在叫狗，并没有叫我。"见他将"黑豹"抱起，亲爱地抚摸着，她这样想。他对她笑笑："我应该感谢你，小狗长大了不少！离开这么几天，我还真想它呢！"同样是离别，他心中想的只是狗，一句话也不问到她。她的心被挫伤了。她习惯地在他面前垂下了睫毛，一声不响地退回宿舍。一会儿，他来到了女宿舍，送给她一些从家中带回来的糖、花生、瓜子。"我不要，你自己留着吃吧。"她拒绝收下。她把这些东西视为他给予她的报酬，因为她替他喂养了几天小狗。"这是我的一点心意。"他把那些东西放在火炕上，转身就走。那天深夜，外面又刮起了西北风，像是一头怪兽在嘶叫。她躺在被窝里，难以入睡。她心中产生了一种莫名其妙的委屈，仿佛又受到了什么人的欺负。她哭了，开始哭声还很低微，后来哭声渐渐大起来，无法克制。

第二天早晨，她端着脸盆走到宿舍外面倒洗脸水，他跑步回来，拦住她，问："你昨天夜里为什么哭？""我没哭。"她低下头，想绕过他身边走进宿舍。他挡在宿舍门口，固执地问："是不是你一个人在连队的几天里，有谁欺负你了？你不告诉我？我就不让你进去！"她摇了摇头。他又说："你为什么不信任我呢？像信任一个大哥哥似的。你……简直不像一个女知识青年，像一个小女孩。我是很愿意在什么事情上帮助你的，真的！"

她还是默默不语。

"世界上有一样东西，对任何人都越多越好，那就是友情。"听了他这句话，她渐渐抬起头，第一次那么勇敢地面对面地正视他的脸。她的目光中既有信任，也有疑问。他脸上的表情是真挚而坦率的。于是，她喃喃地说："我……怕……""怕？……怕什么？""怕……夜晚……""夜晚有什么可怕的？你不是已经一个人度过好多夜晚吗？""那些夜晚，有小狗和我做伴。现在你回来了，连小狗也不肯和我做伴了。"他的心弦被她低声说出的话语拨动了。对面前这个出于怜悯而想给予一些关照的少女，他是多么缺乏理解啊！当天，他在男女宿舍的墙上各凿了一个小孔，将一根绳子穿过小孔，抻到女宿舍来。"你要干什么？"她瞪大眼睛看着他在这样做，很奇怪地发问。他将绳子引到她的铺位前，绳子的一端交在她手中，说："我在绳子那头拴了一个小铃铛，向大车老板要的，马铃铛，就吊在我头顶上。你睡时，手里握着绳子，做噩梦也不会感到害怕了，梦中我肯定会像天神一样降临你的身边，解危救难！"他因为自己竟想出这样一个哄小孩的主意，说完有点不好意思地笑了。

"你……真逗……"她也笑了。她果然天天晚上手里握着那根绳子睡觉，果然从此不感到孤独，也不怕夜晚，不怕西北风的呼啸了。知青们陆陆续续地返回连队了。绳子被她收起来了，小铃铛他送给了她。他依然是男排的排长。

她依然是女知青中最沉默寡言的一个姑娘。生活又回到了原来的样子。虽然如此，她还是真实地感觉到生活对自己来说发生了些什么变化。这感觉是朦胧的。正因为是朦胧的，似乎发生了但又似乎并没发生的变化，才既令她入迷，又令她感到新奇。她是怀着连自己都难以解释清楚的微妙的心理，去细细体验这种新奇的变化的。她颤栗地期待着更重要的变化某一天突然发生。她究竟期待的是什么呢？期待着一种什么意义上的变化呢？将会发生什么呢？怎样发生呢？……她什么都不能回答自己，然而她又的确体验到了什么，的确在期待着什么，的确被什么诱惑了。也许什么变化都没有发生？也许什么都不存在？也许令她内心骚动的，不过是虚幻缥缈不可捉摸的憧憬？……

女排排长郑亚茹最后一个返回连队，她超假半个月。一回到连队，她就立即向党支部补交了一张诊断书，她在探家期间生病了。诊断书证明这一点，但女排的姑娘们却都看得出来，排长绝没有生过病。并不是从排长外在精神状态得出的结论，而是她处处不自禁地有所流露的内心情绪的真实色彩告诉了她们。一个姑娘若被许多姑娘加以研究，那她内心是难以隐藏住什么秘密的。何况，女排排长早就成为她的战士们的重点"研究项目"了。她们在对她加以诸方面的研究之后，已经积累了不少经验呢！经验告诉她们，排长准是在爱情方面获得了极大成功！不，更准确一点说，是在爱情的"拉锯战"中获得了决定性的胜利。那被征服了的一方，当然是男排排长曹铁强。她们既替曹铁强惋惜（未免被攻克得太轻松了些吧！），同时，也不无对郑亚茹的嫉妒。瞧她不论说什么话做什么事时，那种自信劲儿！瞧她那双被内心的爱情之火燃烧得多么明亮的眼睛！瞧她浮现在脸颊上的那种幸福的红晕！瞧她独自呆坐，凝眸出神时那暗暗得意的模样！唉！唉！哈尔滨的小伙子那种刚愎和高傲哪去了？怎么就招架不住姑娘的一两个回合呢？在她们面前，他对郑亚茹像块百炼钢，说不定背人时，就变成了绕指柔呢！小伙子们差不多都是这德行吧！

曹铁强的确是被征服了，被情愿地征服了，在和郑亚茹一块儿探家的短短十几天中被她征服了。有谁会想到，小伙子刚愎高傲的性格的茧衣内，包裹着一颗充满情感矛盾的心呢？又有谁能真正理解小伙子对北大荒的开拓事业那种特殊的崇敬呢？他的父亲和母亲，都是北大荒的第二代创业者。父亲原是东海舰队某舰的轮机班长，母亲原是哈尔滨军事工程学院医务所的护士长。父亲是随着十万转业官兵的行列来到北大荒的，当上了开垦雁窝岛的第一支垦荒队的队长。为了给垦荒队踏勘出一条道路，他牺牲在绵亘的大沼泽里，连遗体也无法寻到。母亲哭了三天。三天后，将刚刚背上小学生书包的儿子寄养在老上级家中，自己也坐上了北去的列车。母亲一到北大荒，就坚决要求到以父亲的名字命名的那支垦荒队去。她不久成为中国最早的几名女拖拉机手之一。她驾驶着父亲生前驾驶的那台拖拉机，追随着垦荒队，驰骋在北大荒。艰苦并没有把这个刚强的女性从男子汉们的队列中甩掉。她终于像父亲一样赢得了他们的敬佩，担任了父亲生前的职务——垦荒队队长。她是中国第一名女垦荒队队长。她曾出国参加世界劳动妇女联欢节。以后，她成为中国第一名女农场场长。曹铁强永远也忘不掉九岁时看过的一部影片——《英雄战胜北大荒》。他当时比看任何电影都更加被吸引、被激动。虽然，他没有从银幕上看到爸爸和妈妈，但顶着暴风雪向荒原挺进的垦荒队出现在银幕上时，他相信其中有一台拖拉机一定就是爸爸妈妈驾驶过的。他对北大荒的向往，他对垦荒者们的崇敬，就是从那时开始的。一个五六岁的小女孩，用手绢兜着种子，跟在父亲身后，向肥沃的土地点种……这是影片的一个镜头。他对那小女孩多么羡慕多么嫉妒啊！他在寄给妈妈的信中写上了这样一句话："妈妈，我要到北大荒去！"妈妈的回信很短："孩子，你要学好文化知识，你要长大以后再来！妈妈在北大荒等待着你！"他没有因为妈妈的信写得这样短而沮丧。他完全能够理解，刚刚建立起来的农场，需要创业者们做多少事情啊！何况妈妈不但是创业者，而且是农场场长……

他长大了。每天都带着一种迫切希望自己早些长大的心理一年年地长大了。母亲那封信至今他仍保留着，但母亲，却已长眠在地下数载了。

批判会。批判修正主义建场路线，批判"黑劳模"，批判中国第一个女农场场长。第一个，这本身就是一种罪过！哥白尼是第一个向全人类大声说"地球是绕着太阳转"的人，结果支持他的布鲁诺被教皇下令烧死了。除了耶和华，教会是不能容忍人类还在其他某方面产生什么"第一个"的。中国人虽然相信上帝的不多，原来却有许多人同样具有不能容忍"第一个"的劣根性。

对中国第一个女农场场长的批判形式是别出心裁的。父亲生前开过的那台英雄的拖拉机被用黑漆画上了"×"，母亲被迫令驾着这台拖拉机来到批判会场接受批判。拖拉机像坦克一般冲乱了会场，碾过会台。母亲将拖拉机一直开到山崖畔，她纵身跳下了山崖……

这就是中国第一位女农场场长的结局！这就是十年动乱中发生在北大荒的一幕悲剧！

刚满十八岁的曹铁强没有哭。他在全校第一个报名要求到北大荒去，他要见识见识北大荒那一片吞没了他父亲的沼泽！他要知道母亲是从哪一座山崖跳下去的！他要擦掉父亲和母亲都开过的那台拖拉机上的黑"×"！他要告诉每一个北大荒人，他是谁的儿子，他来了！

他的要求竟没有被批准。

他哭了。只因为此。

代替父母像抚养自己的儿子一样抚养了他十年的恩人，母亲生前的老上级，哈尔滨军事工程学院一位当时也遭到政治厄运的副院长，陪同他第二次来到黑龙江生产建设兵团驻哈联络处。

老人大声质问："你们为什么不批准他？"

得到的回答是："因为他母亲的问题……还没有最后作结论，我们政审很严。"

"可他也是他父亲的儿子啊！他父亲的烈士碑还立在北大荒！"老人的手杖使劲捣着地板。

接待人员搓着手说："我们……做不了主啊！"

"烈士的儿子，竟连继承烈士遗志的权利都被剥夺了！"老人叹息一声，突然拉起他的手，愤慨地大声说："我们走！北大荒不要你，我带你到五七干校去！"

"等等！"那接待人员叫住了他们，走到他跟前，拍着他的肩说，"如果你决心到北大荒去，不批准你也可以去嘛！当年转战北大荒的十万官兵，都知道你的父母，都非常怀念他们……"

得到这种暗示，几天之后，他混在第一批奔赴北大荒的知识青年中间，乘上了开往最北边陲的列车……

虽然他是"混"到北大荒来的，但并没有因此被遣送回城市去。北大荒用沉默的诚意接收了他。只有他，才能体察到这种沉默胜过热情的诚意。一下火车，多少人在那一批知识青年中寻找他，握他的手，对他说"好好干"，或者"别给你爸爸妈妈丢脸"。他们，有的认识他的父母，有的并不认识他的父母。他们都是《英雄战胜北大荒》中的那一代创业者。他们从十几里，甚至几百里地外赶来，只是要在火车站见到他，握一下他的手，对他说一两句话。他一个也不认识他们，连他们之中一个人的名字都没有记住。

他要求把自己分到雁窝岛，他的要求没费口舌便如愿以偿。可是，雁窝岛并不像他在《英雄战胜北大荒》中所见的那么荒凉了。那里已经建立起了农场。荒原已经被征服，吞没了父亲的那片沼泽，已经变成水库。来到雁窝岛的第一天傍晚，他独自伫立在水库闸坝上。赤红的晚霞燃烧着淡蓝色的水面，水面浮现出了父亲的容貌。父亲生前经常用口琴吹奏《水兵之歌》，他耳旁仿佛又听到了这支歌那充满火热激情的欢快节拍。口琴是父亲任何时候都揣在衣兜里的爱物，肯定和父亲一起沉没在当年的沼泽底了。父亲的碑就立在水库闸坝的一端，他沿着闸坝走到碑前，仰望着碑顶那台石雕的翘首的拖拉机，心中默默地说："爸爸，我来了！"他心中突然产生一种悲哀的遗憾。他但愿眼前没有这水库，而仍是一片狰狞的沼泽！对于吞没了他父亲的那一片沼泽，他心中是有种强烈无比的挑战情绪，甚至可以说是复仇般的征服意志的啊！但它却已经被征服了。不是被他，而是被别人！他扑倒在岩石碑座下，痛哭了一场。附近没有一座山。不必问什么人他也知道，母亲并非是在这里遭到了那次不公正的批判。有人主动带他来到了机车库，告诉了他哪一台是他父母生前开过的拖拉机，它已经旧了，但保养得很精心。在并列的十几台拖拉机中，它最洁净，黑"×"被用汽油认真擦掉了，还看得出被什么东西认真刮过的痕迹。

带他来到机车库的陌生人告诉他："这台拖拉机仍保持着当年的作业效率。"

此话对他是多么大的宽慰啊！

第二天，他悄悄地告别了雁窝岛。

他要在北大荒做一个像父母那样的创业者，而不甘仅仅做一个继业者！

于是他被重新分配到了最边远的刚刚开始组建的三团……

他也像所有的知识青年一样想念过家吗？想念过的，不惟想念，更其惦念。虽然军事工程学院的老副院长并非他的父亲，虽然老副院长的女儿并非他的妹妹。但他们与他有着父子一样的兄妹一样的感情。多少个不眠之夜，他担虑着那善良而正直的老人将会进一步遭到什么迫害，担虑着那脆弱的、因小儿麻痹而残疾了一条腿的异姓妹妹的处境。

和郑亚茹一块儿探家回到城市后，他才得知老人确诊为肝硬化后期。他不忍离开他们了。假期一天天接近，他烦躁，他彷徨，他不知道自己应该作出怎样的决定才对。一天晚上，在省军区大院郑亚茹的家中，在她的房间里，在她关心而温柔的询问下，他向她讲起了自己的父亲、母亲，讲起了老院长父女，讲起了他对他们的感恩之情，倾吐了他内心的矛盾。他想要留在城市照料老院长父女，但又怕连队里的任何一个人都不会理解他，把他视为北大荒的"逃兵"。

他讲完才发现，她早已泪流满面。她忽然像个小孩子似的哭了。她是深深地被他讲述给她听的这一切所打动了。他第一次向她讲述了这么多这么多，而且讲述的都是内心最真实的思想和感受。她不仅感动，同时感激。同学三年，她那一天才知道，他有那样的父亲、那样的母亲！他能够把这一切都毫无隐瞒地告诉她，这足以证明，她在他心目中的位置，毕竟高于所有那些他所认识的姑娘们！

她擦干眼泪，盯着他，问："今天你对我讲的这些，从没有对任何人讲过吗？"

他发誓般地回答："没有。"

"如果不是我，换一个人，比如，另外一个你认识的姑娘，你也会把这一切统统告诉她吗？"

他沉默片刻，摇摇头："不，绝不会……"

她对他的回答非常满意，低下头微笑了。

当她送他走出家门时，说："你明天有时间的话，我希望能和你一块儿到江畔去走走。"见他犹豫，她又补充了一句："我有重要的事和你商量。"

第二天，两人徐徐漫步在松花江畔。她默默地和他并肩来回走了许久，才靠着一根栏杆站住，告诉他，省里的几所大学已经开始试行招收工农兵学员，她要尽一切努力为他争取到一个名额。如果争取到了，他就可以有三年的时间，一边在城市学习，一边照料他的恩人父女了。他感激得紧紧握住她的手，不知说什么话才能表达自己的心情。

她听凭他握住自己的手，将脸侧转向松花江，瞭望着冰封的江面，说："你应该明白，我是因为爱你才这样做的。"

他没有回答她这句话，但他在自己心中暗暗立下了誓言：我今后要开始爱这个姑娘，我再也不能挫伤她对我的爱情！

全连只有他一个人知道，郑亚茹超假半个月，是为他在城市多方奔走。

不久，连里收到了由团部转来的一份哈尔滨医科大学的录取通知书。

曹铁强要离开北大荒，去上大学了！消息在全连传开，所有的知识青年都感到意外。他们从那一天开始用另外一种眼光审视他了。那种目光向他表明，他们怀疑他过去是否值得受到他们那么多的尊敬。

他是怀着一种悲凉的心情离开连队的。

只有一个人为他送行——郑亚茹。

当夜住在团部招待所里，已经十点多了，忽然有人敲门。

他打开门，见门外站着一个陌生的知青。

"你是曹铁强？"

他点点头。

对方走进房间，说："我想和你谈几句话，你接到了一份哈尔滨医科大学录取通知书吗？"

他迟疑了一下，点点头。他觉得并没有隐瞒的必要。

"你热爱医生这种职业吗？"

"……"

"你愿意毕业后还回到北大荒吗？"

"……"

"你能够成为一名北大荒所需要的出色的医生吗？"

他生气了。反问："你是谁？我根本不认识你，你有什么权利这样质问我？"

对方缓慢地从兜里掏出一盒烟，缓慢地抽出一支，叼在嘴上。缓慢地擦着火柴，缓慢地吸了几口，眯起眼镜后面一双沉静的眼睛瞧着他，用缓慢的语调说："我叫匡富春，团部的卫生员。谈到权利，我不但认为我有这种权利，而且认为，任何一个北大荒人都有这种权利。北大荒需要医生，需要出色的医生。争取到一个上医科大学的名额是很不易的，如果被一个对医生毫无职业感情的人，或者被一个仅仅想利用上大学的机会离开北大荒，回到城市去的人占有了这个名额，那未免太令人失望和遗憾了！"

对方的表情和语气，都流露出毫不掩饰的嘲讽，甚至侮辱。但对方所说的这番话，又是那么理直气壮。令人丝毫也不能怀疑这番话有任何不光明磊落的企图或动机。

他虽然感到受了难以容忍的嘲讽和侮辱，但他还是容忍了。他第一次觉得在别人面前心中有愧。

对方又开口说："这个名额本是我争取到的。我曾给医科大学写过一封信，向他们反映了北大荒缺少医生的实际情况，并向他们提出请求，允许我去自费学习。我的祖父和父亲都是医生，而且是很出色的医生。我从小热爱医生这一职业。我向他们提出请求，没有任何个人目的，我只是想成为北大荒所需要的一名出色的医生。我相信给我一次学习的机会，我可以成为一名好医生。他们回信答应了我的请求。可是最近他们给我的又一封信中解释，由于某种原因，答应了我的名额，被我们团里的另外一个人顶替了……"

他怔怔地望着对方，一句话都说不出来。

"我并不想责怪你，更不想和你吵架。我只是来对你说，不管你是否已决定将来当一名医生，我希望你能珍惜这一次学习机会，希望你三年后还能回到北大荒来。北大荒需要出色的医生……"对方看了他一眼，缓慢地抬起手，用食指朝鼻梁上推了一下眼镜，没有任何告别的表示，一转身走出了房间……

第二天，他又回到了连队。

可想而知，郑亚茹对他这样做恼怒到何种程度！无论他怎样向她解释，都不能求得她的谅解。

他几乎是把匡富春对他所说的话一字不差地复述给她听，一遍又一遍，但却只能愈加激起她的恼怒。

"你多高尚啊！可我是为了谁？我在城市四处奔波，拉关系，挖路子，走后门，求爷爷告奶奶，就差没给别人下跪了！整整半个月，两条腿都跑细了，舌头都磨短了，为了谁？！团长心里记着你一笔账呢，根本就不同意让你上大学！也是我一次次跑到团部替你说情，装哭、耍赖，连一个姑娘的自尊心都不顾惜了。可你！你倒成了无比高尚的人，我倒成了顶顶卑劣的人了！高尚不过是一种自我表现欲，这一套我也会。我从明天起要每月给这个匡富春寄十元钱，写一封信，要写得情意缠绵，鼓励他为北大荒好好学习！他会比感激你更加感激我！……"

她果然说到做到，第二天就给匡富春寄出了一封信和十元钱。不过信中写了些什么，是否情意缠绵，他却不知道了。

他和她又一次闹僵了……

发枪了！

随着边境局势的恶化，全团几个重点连队，包括工程连，组建了"战备分队"。真枪实弹，代替了每天清晨出操训练时的木枪木手榴弹。枪，比镰刀，比锄头，比拖拉机和收割机更使生产建设兵团的知识青年感觉到，他们不同于一般下乡插队知识青年的特殊价值。

这种特殊价值是他们每个人自我意识的支撑点。他们早已不满足于一年四季仅仅播种和收获了。他们渴望着浴血战场报效国家的机会！因为他们是生产建设兵团——战士！当初，他们中许许多多的人，正是为了这两个字，放弃了到离家较近，生活条件较好的农村插队的机会，而千里迢迢奔赴北大荒的。他们不怕死，只要能做英雄。他们就怕平凡的生活，艰苦他们已经习惯了。习惯了的就是平凡的，而"平凡"对他们来说是一种软性的挑战。他们没有足够的耐力应付这种挑战。渐渐冷却的政治兴奋在他们身上转化成追求那种惊天地，泣鬼神的英雄壮歌的激情。

但，并不是每一个人都有资格获得战斗武器。枪，只能发给"红五类"。这是内定的原则，但战备形势报告会上的动员令，却是向每一个知识青年发出的。于是一份份申请书由班排长递交到连部。连部讨论通过的申请书，附上鉴定和意见，密封后报到团军务股审批。裴晓芸也写了申请书。那不是一般的申请书。那是用指血写成的申请书。别人，钢笔写的字，尽可表达对党对祖国对人民的忠诚和献身精神。但她不可以，她是入了"另册"的，她十分清楚这一点。只有用血来表达。她想：一腔血都洒在战场上，乃是她心甘情愿的。在烈士队伍中，也许是没有"另册"的吧？她这样相信。她没有按正常程序将申请书交给排长郑亚茹。晚上，连部开会，讨论确定"战备分队"的战士名单。老指导员一份接一份地翻阅申请书，忽然问郑亚茹："裴晓芸没写？"

女排排长点点头。

指导员又问："是不是写了没交？"能不能被批准为"战备分队"的战士，和有没有这种要求，意义是并不相同的，每一份申请书，都要作为一种忠诚的证物入档案的。"根本没写，或者写了没交，对她还不是一回事吗？"女排排长不以为然地回答指导员的问话。"这不一样。"指导员很严肃。"你有必要去问问她。"曹铁强看着郑亚茹说。"我认为没有必要。"郑亚茹顶了他一句，坐着不动。裴晓芸就在这时走进连部，将申请书交给指导员，立刻低着头转身走了出去。指导员看着她的申请书，脸色肃穆起来。申请书从指导员手中传到曹铁强手中，又从曹铁强手中传到郑亚茹手中。"我们就最先来讨论这份血书吧！"指导员说完这句话，开始卷烟。这是他内心不平静时的习惯动作。郑亚茹许久都没有放下那份申请书。虽然纸上仅写着五个字：我要一支枪。曹铁强的目光盯着郑亚茹，举起了一只手。指导员随即举起了手。郑亚茹仿佛受到迫使，也缓缓地举起了自己的手。第二天，曹铁强在食堂门口碰见裴晓芸时，对她低声说了一句话："连队通过了。"裴晓芸的脸色霎时苍白，连薄薄的嘴唇也哆嗦起来。她呆呆地望着他，半天才说："别骗我啊！""真的！"曹铁强对她微笑着，肯定地点点头。然而发枪仪式那天，公布完了战备分队战士的名单——竟没有她的名字。眼看着别人从指导员手中接过一支支枪，没等发枪仪式举行完结，她悄悄地转身离开了。她一跑回大宿舍，就哇地一声哭了。曹铁强也跟在她身后来到女宿舍，他想安慰她，却找不出能够安慰她的话。

一个在伤心地哭，一个呆呆地陪坐在炕沿上。一会儿，女排的姑娘们都回到宿舍里了。被批准为战备分队的姑娘们，兴奋地哼唱着，说笑着，一个个将枪拉得哗哗响。郑亚茹拿着两支枪走到曹铁强跟前，说："给你枪，我替你领了！"他双手接枪时，她一字一句地说："我判断的果然不错，那里是庄严的发枪仪式，这里是默默的儿女情长。""就算你说的一点不错，那又怎么样？"他瞪着她。"我能把你怎么样？你就是爱上她了，我也管不着！"他站了起来，将枪朝肩上一挎，走到裴晓芸面前，说："打起仗来，我要用这支枪，从敌人手里为你缴获一支枪！"

裴晓芸转身欲朝宿舍外跑，被曹铁强拦住了。他扳住她的双肩，盯着她的眼睛，说："我爱你，听明白了？我爱你！"说罢，他在她唇上吻了一下，这才放开她，挑衅地扫了郑亚茹一眼，走出女宿舍。

他刚出门，裴晓芸晕倒了……

她接连在床上躺了三天，三天内没吃一口饭。卫生员来看过她几次，认为她没有生病，但心理受到了严重刺激。三天内，她憔悴得像一株枯黄的小草。

第四天，她起来了，吃饭了，和大家一起出工了。但不说一句话，像哑巴了。

曹铁强为此深感不安和懊悔。女宿舍只有她一个人在的时候，他来到女宿舍，内疚地对她说："请你相信，我那天对你并无恶意，半点恶意也没有，我……"

　　"你当众侮辱了我！"她凌厉地打断他的话，"你并不爱我，你只不过是同情我，怜悯我，仅凭这一点，你就以为自己有权当众吻我了吗？就算你真爱我，你也没有这种权利！你曾问过我，我是否爱你吗？"

　　他像是在被审讯，狼狈极了。她又说："虽然你的同情曾使我感激，但从今以后，我不再需要你的同情了，更不需要你的怜悯。""我……我……"他情不自禁地握住她的一只手，要进行解释。"别碰我！"她严厉地叫了一声，从他手中抽出了自己的手。他默默地注视了她一会儿，退出了女宿舍，郑亚茹站在过道里，显然什么话都听到了，脸上浮现着幸灾乐祸的神情，对他冷笑……

　　夜里，他翻来覆去，难以入睡。

　　是啊，我爱她吗？爱这个瘦弱的，阴郁的，内心的自卑和高傲都那么强烈的上海姑娘吗？

　　同时他想到了郑亚茹。她是爱他的，这一点他毫不怀疑。和许多姑娘比，她身上自然有不少超群压众之处。他曾经以为自己是爱她的，他甚至无数次地迫使自己爱她。然而他却渐渐感觉到这样的爱竟成了一种沉重的负担。他总觉得她身上缺少些什么，也许还是最重要的什么。她并不缺少姑娘的温情。尽管别人如此认为，但那是不公正的。她曾给予过他多少温情啊！天理良心！她也绝不缺少美，缺少魅力。他不能不承认，她是个美丽的姑娘，即使和一百个姑娘站在一起，她也还是会吸引任何一个小伙子的目光。他也不能不承认，她身上具有某种特殊的魅力。更不能不承认，这种魅力常常令他心动。那么她身上究竟缺少的是什么呢？他还思考不清。她似乎像一幅大写意山水画，只可远瞻，不能近观，更不能细细审看。他与她几次和好，又几次疏远，却仍对她很茫然……

　　这一夜晚，裴晓芸也同样多思少眠。

　　她为自己对他说的话而追悔莫及。

　　她是爱他的呀！

　　我的话对他是不是太过分了呢？如果我不对他说那些话，这爱情会不会变为可能的呢？如果仅仅因为我已说出口的话，伤了他的自尊心，可能而变为不可能，那我是一个多么愚蠢多么不幸的姑娘啊！他多么可恨！他为什么没有想到我也是有自尊心的呢？仅凭这一点就足以证明，他根本不爱我，绝不会爱我。啊，我太自作多情了，我和他之间根本没有什么可能……

回忆，这是一种特殊的精神享受，如果谁确有值得回忆的经历。内心的痛苦、感情的折磨、不公平的处境、破灭的希望、萌发的希望，种种希望变为种种失望后，心灵受到的极猛烈的冲击，这些经历，便是回忆对人具有的非凡魅力。尤其在谁认为自己获得了幸福之后。

今天，站在哨位上的裴晓芸，充满信心地认为自己是一个获得幸福的人。尽管此刻她正受到寒冷的威胁。

突然，她发现了出现在山林中、荒原上、公路上那几队火把。

"黑豹"竖起了耳朵……

四

最先进入团部区域的，是一辆马车。坐在马车上的人们举着数支火把，火焰被风朝后拉扯成不规则的三角形，仿佛像一面面燃烧的小旗。团部会议室门前宽阔的大道与公路相连。马车从公路拐上大道，马铃哗哗，毫不减速，带股来势汹汹、横冲直撞的劲头，有如驰骋沙场的古战车。它直抵会议室门口，老板子才高喝一声"吁"，猛刹住车，险些闯进了会议室。

二十几个青年跳下马车。火把的光在夜的胶卷上耀映出一张张若明若暗的脸，每一张脸的表情都那么严峻而冷峭，分不清男女。他们与从会议室走出来的人们对峙着。

三匹马，马腹剧烈地起伏着，喘息声短促而厚重，鼻孔喷出团团热气。它们贪婪地舔着雪。政委孙国泰，走到一匹马跟前，在马身上摸了一下，像洗了把手似的。马身上汗如雨淋。"你们，是哪个连队的？"他问。他们谁也不回答。"把马累成这样，你们于心何忍？"仍没有人回答。沉默，既流露出含蓄的敌意，也分明对他显示出客气。他回头对站在身后的几位连长和指导员说："你们认认，是不是自己连队的马车？""是我们三连的马车。"三连的大胡子连长说着走上前来。"你们会后悔的！你们要对今天的行为所造成的后果负

41

责任！你们每一个人！"他对他的战士们大声吼。"到了这种关头，我们还考虑什么后果？""连长，别吓唬我们，我们不怕。"

"我们什么都不怕，我们豁出去了！"

……

这些话，在另外几位连长和指导员听来，简直等于挑战！等于公开蔑视他们所有人在连队中的威望，而且是当着团政委的面，他们都气愤了。无论在任何情况之下，当对一个人的放肆，代表对一种领导权利的挑战时，被领导者们就将领导者们的意志统一起来了。

"我提醒你们，你们现在还是兵团战士，我现在还是你们的连长，在你们的返城手续上，还要我签字的！"三连长暴跳如雷。虽然，他不是一个知识青年，可刚才在会议上，他是准备为知识青年，为本连战士的命运大声疾呼地发言的。没想到，他的战士们此刻当众往他脸上抹黑！

"连长，你敢不签字，我们就剁掉你的手！"他的一个战士，慢言慢语地说出这话。说得那么从容镇定，说得那么轻松。但只有白痴才可能会把这样的话当成玩笑。

"住口！"三连指导员也从会议室走了出来，呵斥道，"兵团最高军事法庭还没有解散呢！""我把你捆起来！"三连长朝那个扬言剁掉他手的战士怒冲冲地走过去。"对，把他捆起来！他既然能说出这种话，就能做出这样的事！"另外两个连干部上前欲助三连长一臂之力。"太不像话！"政委孙国泰突然极其严厉地说。三连长站住了，转过身看着政委，不明白政委是在说自己，还是在说自己那个混蛋战士。"三连长，你把马卸了，牵到团部马号去喂料。"孙国泰低声对三连长吩咐。三连长和指导员对视一眼，服从地去卸马。孙国泰又对三连的战士们说："大家熄灭火把，都进会议室来吧！"他们互相望着，犹豫着。"政委，你们不是还在开会吗？"一个细小的声音问，听得出是个姑娘。"会议室容得下我们二十几个，容得下全团八百余名知识青年吗？"又一个声音紧跟着说，语调中不无嘲讽。

"我们没有必要进会议室！"第三个声音很强硬，口吻中透露着威胁。政委沉吟着。他意识到，作为一个团领导，他平定眼前这种严峻局面的个人能力，也许比自己估计的还要渺小得多。

又有几路人，坐着马车、拖拉机牵引的木爬犁、卡车和二八型轮胎式拖拉机拖曳的挂斗，顺着团部大道朝这里汇聚而来。人嚷声，马嘶声，各种发动机的轰响声，粉碎了夜的暂时的宁静，搅乱了整个团部。

曹铁强发现三连的战士中有一个自己认识，便走上前低声问："我们工程连也有人来吗？""全团知识青年统一行动，你们工程连的人会不来？"对方朝团部大道尽头小桥那里指了指，随后低声问他："结果如何？""什么结果？""你们开的会……""无可奉告。"他应付了一句，匆匆朝小桥的方向走去。是谁泄露了会议的内容呢？他边走边想，无论用多么充分的理由解释，这个人也要对今夜这场骚乱负责。可是，他自己却成了最被怀疑的人。开会期间，他接了一次电话。因为是长途，他才违反了会前宣布的纪律。电话是妹妹从哈尔滨打来的。先打到了连队，由连队转到团部电话总机，又由总机转到会议室隔壁的宣传股。是宣传股的小尤把他从会议室叫出去的。妹妹在电话里告诉他，父亲住院，病情险恶，很想念他，要他无论如何赶快回家一次，动身晚了，也许老人就见不到他了……虽然是长途，他也听得出，妹妹是一边哭着一边和他通话的。他很后悔，刚才在会上没有向大家作一番解释。在会上错过了解释的机会，便意味着永远错过了解释的机会。明天和后天，生产建设兵团将会在它的最后一页历史上记载些什么呢？……

小瓦匠是工程连第一个知道团部紧急会议内容的人。他当时握着电话听筒呆住了。他立刻想到了家中无人照看的体弱多病的老母亲，半天说不出话来。"哥哥，你倒是有什么办法没有啊！""消息……可靠吗？""绝对可靠！"绝对可靠！他多年来连做梦都实现过无数次的返城希望，完全破灭了。

他……能有什么办法呢？

弟弟向他讨办法，莫如向自己的脚后跟讨办法。

从连部回到大宿舍，他失魂落魄地坐在炕沿上，如痴如呆。

"小瓦匠，你这又是怎么了？想老婆了吧？"

"老婆？他丈母娘还不知道在谁的腿肚子里转筋呢！"

"在我腿肚子里！"

"哈哈哈哈！……"

大家拿他逗乐开心。

"你们还笑。我这会儿想哭都哭不出来……"他的眼泪顿时唰唰地落……

生活是一个大舞台，每人都是这舞台上的角色。人与人之间的关系，按照生活的规定情景经常重新排列组合。

小瓦匠如今和刘迈克结下了亲如手足的友情。

当年的团警卫排排长，现在是工程连的事务长了。生活本欲捉弄他一次，却启迪了他对生活的悟性。团长马崇汉因为在工程连耍弄军阀作风受到兵团总部的党纪处分之后，警卫排排长刘迈克也成了被奚落讥诮的对象，在团部抬不起头来。团党委会上，政委孙国泰直截了当地提出，刘迈克不适合担任警卫排排长职务，并且严肃批评马崇汉用人不当。马崇汉自己也觉得，刘迈克的确成事不足，败事有余。继续将他留在警卫排，或者安排在团部机关，说不定今后还会给自己招惹什么是非。于是找他谈了一次话，婉言暗示，希望他自己能主动提出到基层连队去"锻炼锻炼"，并且向他保证，"锻炼"一个时期之后，还会把他再调到团部来。刘迈克不是傻瓜，听了团长的话，明白自己受到团长信任和器重的日子结束了。他只说了一句话："团长，您随便安置我好了！"第二天，就同时交了两份报告，一份提出辞职，一份要求下连队。收下两份报告，马崇汉内心很歉疚，他毕竟还是挺赏识挺喜爱自己提拔起来的警卫排排长的。他希望刘迈克参加全团排以上干部军事常识训练班之后，再考虑具体到哪一个连队去，以此表示安抚。这样做，他觉得心头的歉疚轻松一些，面子上也抹得过去。自己提拔起来的警卫排排长这么一个重要角色，岂能悄无声息地就被从团部扒拉到随便哪一个连队去？那也太有损于自己的威望了。作为一个领导者，威望乃是树立自己形象的基础，全部领导艺术的内核。只能不断增强，绝对不能稍有逊减。尤其是在自己刚刚受到处分这一段"非常时期"内。刘迈克清楚团长的良苦用心，也很能体谅团长的处境。他违心地参加了军事常识训练班。训练班结束那一天，马团长作完总结报告后，似乎临时想到地说："有件与训练班无关的事，也在这里向诸位连长指导员们讲一下，警卫排排长刘迈克，主动提出要求下连队去锻炼锻炼。你们哪个连队缺少骨干，当场声明一下。晚了，小刘可就是待嫁的大姑娘，有主了！"他以为自己的话定会造成一种"争夺骨干"的气氛。朝坐在身旁的政委孙国泰瞟了一眼，心中暗想：你不是要把我提拔起来的人撸到连队去，借此机会在团机关拆我的台，不轻不重地整治我一下吗？那么就让你亲眼看到，我提拔起来的人，是很受各连队欢迎的哩！不料他的话说完良久，那些连长和指导员们，竟没有一位应声而起的，刘迈克这个知识青年鲁莽成性，桀骜不驯，他们早有所闻。何况他又无形中成了团长所推荐的人物，要了而不重用，等于扫了团长的面子。委以重任，又肯定会给自己添麻烦。权衡利弊，还是"礼让"了的好。

各连的连长和指导员，都沉默"礼让"起来，团长马崇汉在台上如坐针毡，尴尬极了。

"李连长，小刘到你们连队去怎么样啊？"马崇汉点起九连连长，慢腾腾地问。

九连连长站起来打着哈哈说："团长，我们连……这个……这个……不是我们不欢迎，实在是这个……这个……"他并没有说出个什么来，就又坐了下去。

马崇汉皱起了眉头。

"许指导员，你们连哪？"马崇汉又点了十四连指导员。

"我们连？团长，我们连的骨干力量还比较强，是不是优先考虑一下其他连队。"十四连指导员姿态很高似的回答，连站都没站起来一下。如果团长"推销"的不是刘迈克这个知青，而是一台拖拉机，哪怕是台破的；或者一匹马，哪怕是匹瘸的，他也准不会有这么高的姿态。

这两个连队干部平时最听马团长的话，此刻却"拒人千里"之外，他坐在台上不能自持了。

"老马，这件事以后考虑吧！"政委孙国泰用商量的口吻对他说，分明在给他垫一块踏脚石，扶他下台阶。

他却不领这个情，他觉得自己不能当众领这个情。如果是别人从尴尬局面中解脱了他，他会很感激的。但对政委孙国泰，他非但不感激，而且产生了误解，认为政委不是在"拯救"他，是在有意刺激他，当众"将"他的"军"。

"小刘，刘迈克，你站起来。你自己说，你想到哪个连队去吧？你说到哪个连队，你今天就是哪个连队的人了，这个主我还是做得了的！"他不理睬政委，却把刘迈克也点了起来。

刘迈克本已处在一种如同当众受辱的地步，这时又不得不站起来。他感到自己像一件卖不出去的什么东西，在被团长"压价拍卖"。明明是"压价"也卖不出去的了，又要拿他强加于人。他紧闭双唇，一句话也不说，脸上红一阵白一阵。自尊心，被当众煎烤着。他过去以为自己是知识青年中一个非凡人物的那种骄矜的自信，在这一刻彻底被从心理上切除了！

曹铁强忽然站起来说："刘迈克，我们工程连欢迎你！"

这句话从曹铁强口中说出，使马团长大出所料，使所有的人都大出所料。连在台上点燃了烟斗的政委，也拿着烟斗忘记了吸，显出愕异的表情。马团长的目光，一会儿落在刘迈克身上，一会儿又落在曹铁强身上，他感到这么一来自己反而难于做主了。

曹铁强站起来说出这句话，也顿时后悔了。第一，他不是连长，也不是指导员，从职位上讲，他无权说这句话。连长指导员就坐在他身后，他说出这句话，既对他们很不尊重，又会使他们很被动。第二，刘迈克会怎样理解呢？所有的人会怎样理解呢？虽然，他绝非出于半点不良动机。作为一个知识青年，他不忍看到另一个知识青年当众受辱。他觉得那也是对他自己的一种侮辱，是对所有知青的一种侮辱。他必须维护知识青年的共同的人格不受亵渎。他是经常用这把尺子度量自己，也度量每一个知识青年的品格高下的。

刘迈克终于开口说话了："团长，我到工程连，其他任何一个连队也不去！"

说完，他离开了会场……

聚餐的饭桌上，刘迈克和工程连的连排干部们坐在了一起。他是心里憋着股劲，偏要和他们坐在一起的，而且偏要坐在曹铁强对面。但他并不看曹铁强一眼，像对面根本没有坐着曹铁强这个人。他的脸冷如冰霜，毫无表情。在聚餐气氛之下，这种毫无表情的表情，恰恰是一种与周围气氛形成反差的异常特殊的表情。这一桌，因为他在座，使每个人都感到很不自在。而这正是他坐到这一桌要达到的意图，给你们制造一点小小的不愉快，他心中暗暗报复地想。我刘迈克到哪儿也是刘迈克，今后领教你们！

当天下午，工程连的马车赶到公路口，有人在路边拦住了车——是刘迈克，身旁放着一只旧木箱，箱子上是行李。他将箱子和行李放到马车上，自己坐在马车最后边，不跟他今后的连长指导员说一句话，更没有理睬曹铁强，呆滞地望着团部渐渐离远……

马车进入连队，首先停在大宿舍门口。指导员对曹铁强说："小曹，你负责在大宿舍给他安排个铺位。"

"不必劳驾。"刘迈克扛着箱子，提着行李，一脚踹开宿舍门，猝然而入。

像从外面闯进来一个强盗，宿舍里的人看见他，立刻停止正做着的事，将目光投射到他身上。他们先是愕然，继而漠然，继而悻悻然、陶陶然。他分明是被"革职发配"，落魄到此。他们看出来了。他们觉得生活的安排真好玩。这令他们满意极了。

刘迈克谁也不看，如入无人之境。他那双蛮性未泯的眼睛，从北炕炕头扫到炕尾，又缓慢地转向南炕，从南炕炕尾扫到炕头。身子，未动一动。

只有南炕，还空二尺宽的位置，在炕头。那是小瓦匠的铺位。小瓦匠挪到炕尾挤了个能铺下半条褥子的地方。

刘迈克先放下箱子，接着把行李放在箱子上。走到那个空铺位前，摸了一下炕面，热得像炭火上的平底锅。炕席，蛛网似的，只剩几条席筋残连。

他犹豫着。

曹铁强走进来，他们默默对视。

"那地方好，预先给你空出来的。"谁冷冷地说这么一句。

刘迈克下了决心，将行李提起，放在炕上，慢慢解行李绳。曹铁强看他一会儿，转身走出去了。

刘迈克刚铺下褥子，曹铁强又走进来，扛着三块木板。

"把木板垫上。"他低声说。

是小瓦匠单书文在褥子底下垫过的三块杨木板。

刘迈克有点茫然地凝视着曹铁强……工程连的男知青们，并不像他们的排长那样宽厚地对待"公敌"。晚上，一盆洗脚水从门顶扣下来，扣在刘迈克头上。"昨晚是谁干的那件事？"第二天出早操，曹铁强向全排战士追究。大家列队在他面前，没人承认。"鬼干的？！"他目光咄咄地扫视着他们。一个个都像聋哑人。刘迈克从队列中站了出来。"我，没必要挨冻吧？"他不卑不亢地说。"你可以回宿舍。"曹铁强平静地回答。望着刘迈克不慌不忙地朝大宿舍走去，曹铁强皱起了眉头。"没有人承认，我就不解散你们！"把脸转向他们时，他又说。

谁都从他的语气中听出来了，排长的犟劲儿发作了。半个小时过去，有人开始搓手、跺脚、捂耳朵。"立正！"排长高喊一声口令。大家顿时肃立不动。"排长……"小瓦匠怯怯地从队列跨出一步。"你？""我……""行啊！你也从被人欺负学会欺负人了？""我……""归队！"小瓦匠忐忐忑忑地退回到队列中。"全排听口令，向右转，目标——宿舍，齐步——走！"人人疑惑，不知排长会怎样惩罚小瓦匠，暗暗替他担心。全排进入宿舍，南北两列，站立炕前。刘迈克坐在两列之间火炉前的一块劈柴上，烤破毡袜，毡袜散发出了一股难闻的怪味，他连眼皮都不撩一下。炉盖上放只脸盆，哪个懒汉洗完脸没倒水，一截烟蒂绕着盆边作圆周运行。显然水在由凉渐热。曹铁强将宿舍门敞开一半，从炉盖上端起那盆水，很悬乎地架在门框上。

刘迈克没抬头，目光从眼角瞥视着曹铁强，仍一动未动。"你，去开门。"曹铁强盯着小瓦匠说。小瓦匠朝架在门框顶上的脸盆瞅了一眼，怔怔地瞧着排长。排长神色无情。小瓦匠一步一步向门走去，走到门前，站住，缓缓地扭回头，眼中流露出哀求。曹铁强表情凛然不变。小瓦匠慢慢伸出一只手推门。"住手！"曹铁强厉喝一声。小瓦匠伸出的那只手没立刻收回，他像木偶似的僵立。"把脸盆端下来！"排长又对他吼了一句。小瓦匠一声不响地搬个木墩踏着，小心翼翼，双手把脸盆从门框顶上端下来。"放回原处！"小瓦匠端着脸盆一步一步走到炉前，轻轻将脸盆放在炉盖上。"入列！"小瓦匠看了排长一眼，站到队列中去。所有的人都舒了口气。"大家听着，再发生类似的事，我就以其人之道，还治其人之身！"停顿片刻，排长接着说："我们不是被流放到北大荒的乌合之众，我们是兵团战士！以后，绝不允许谁敌视谁，绝不允许谁欺负谁，绝不允许谁坑害谁！我们应该学会自己管理自己。我们谁的父母不为我们操心？让父母和亲人少为我们操点心吧！解散！"

"哎呀，什么东西烤着了！"几个人同时叫起来。

刘迈克用木棍掀开炉盖，将烤着了的毡袜塞进炉膛……

挨饿……

兵团战士挨饿了。

一评小镰刀战胜机械化。

二评小镰刀战胜机械化。

三评小镰刀战胜机械化。

四评——小镰刀就是能战胜机械化。

第二年麦收时节，正值报纸发表社论：《发扬延安精神》，团麦收指挥部提出响亮口号——靠小镰刀夺丰收！

"靠小镰刀，可以兼收并得，既获粮食丰收，同时也获思想丰收。南泥湾时期有机械化吗？没有。解放区军民靠什么丰衣足食？靠镰刀！南泥湾精神今天过时了吗？没过时！我们就是要发扬光大南泥湾精神，通过劳动、体力劳动，而非机械化，改造我们的世界观！小镰刀和机械化相比，我们每一个兵团战士要付出更多汗水的！流汗是大好事，种种非无产阶级思想，都会和汗水一起从我们体内排出。也许有人认为，这是自讨苦吃。但这种自讨苦吃的精神，是光荣的精神，革命的精神，应该千秋万代永远继承的精神！自讨苦吃的精神万岁！……"

在麦收誓师大会上，马团长的动员报告气吞山河。广播线将他充满革命激情革命信心的高昂而雄浑的声音，传送到各个连队。据说，又是政委孙国泰为首的几名党委委员，坚决反对。因此才产生了"四评"。又据说，文章是团长的秘书起草，团长亲自动笔修改才定稿的。每天天刚亮，《东方红》乐曲结束之后，团部女广播员甜美的声音便开始广播："全团指战员注意，全团指战员注意，下面广播重要文章，一评……"

从"一评"至"四评"，每天一评。政委孙国泰为首的反对派，就这样被彻底评倒了。小米加步枪，不是战胜了飞机加大炮吗？小镰刀究竟能不能战胜机械化问题上存在的种种"糊涂思想"，就这样被评得人人明白了。机械收割，以手操纵拖拉机，成了很不体面的事。

《小镰刀万岁！》

团宣传队配合麦收下连演出，场场少不了这样一个赶排出来的节目。五男五女，十个宣传队员，手握镰刀，左翻右舞，伴以歌唱：

> 小镰刀，就是好，就是好，
> 思想革命化，谁也离不了，
> 发扬好传统，
> 它是一个宝，一、个、宝……

麦收战役，在《小镰刀万岁》的歌舞中揭开了序幕。

"喜看稻菽千重浪，
遍地英雄下夕烟……"
　　汗，为播种洒下的汗水、为丰收洒下的汗水、兵团战士的
汗水、廉价的汗水，渗透进北大荒的土地里。
　　这片土地，曾是荒凉的土地。
　　这片土地，也是肥沃的土地。
　　这片土地，吸收劳动者的汗如海绵吸水。
　　这片土地，报答劳动者的汗慷慨无限。

　　那是怎样的丰收在望的壮丽画卷啊！麦海泛金，一望无边，波翻浪涌，接
天铺地。清晨，红日从麦海中跃出。傍晚，夕阳在麦海中沉落。
　　那是多么喜人的麦子啊！饱满的完全成熟的麦粒，整齐地排列在茁壮的麦
秆上。连麦芒，也向收割者们显示出诱惑力。
　　那是怎样的收割啊！一人一把镰，一人一条"收割带"，用丈量尺划分。
宽——一米，长——一百米？一千米？一里？一公里？两公里？……五公里，
十里，最大的地块。一个连队的百十号人，分散在这样的麦地里，一到中午，
赤日炎炎，前后左右，不见人影，但见麦海无边！谁也接应不了谁。手臂机械
地挥运着镰刀，腰，弯酸了，疼了，麻木了。然而，谁也不敢直起腰或者躺下
歇一会儿。
　　都怕"打浪"——成为落在最后的一个。
　　一旦落在最后，那你就会面对丰收，产生绝望，甚至产生恐惧。你会觉得
被麦海所吞。尽管你不停地割、割、割，尽管一片又一片的麦子在你眼前倒
下、倒下、倒下，但麦海仍然是无边无际的，你别指望有人接应你，谁也顾不
了你，谁都在拼命地机械地割。即使有人只超你十米，你也休想赶上！劳动在
每个人的心理上只造成一种体验——刑罚。劳动只剩下了单一的目的——摆脱
这种劳动！你始终在割，你始终在追赶别人，你无论如何追赶不上，你永远是
最后一个。你哭也罢，你喊也罢，你怒也罢，你骂娘也罢，你在地上打滚也
罢，随你怎么样！分给你的那条"收割带"，你是必须收割完的。它那么长，
那么长，你望不到头！仿佛你在不停地割，它在不断地延长！于是你会感到人
的渺小、可悲、可叹、可怜，你会诅咒大丰收！你被这种惩罚式的劳动彻底异

化了！

小镰刀，它像孩子抻牛皮筋一样，拽扯着人的意志，意志失去了弹性。

工程连也被拉到了麦收第一线，他们第一次参加麦收。他们握惯了锹、镐、钢钎和大锤的手，拿起小镰刀，眺望着无边无际的麦海，简直不知所措。他们割了半个月，连一块麦地的地头还没啃下来！这样的麦地划分给他们四块！

小瓦匠可悲地成为全连"打浪"的一个。第二十几天早晨，全连队都来到麦地边，一个个瘫软地坐在或者躺在麦捆子上，谁也不想第一个走入麦海。

不知哪连机务排的十几个人走过来，其中一个对他们说："小镰刀不是能打败我们的机械化吗？这会儿熊了吧？"小瓦匠跳起来，破口大骂："放你妈的狗臭屁！是我们提出来小镰刀打败机械化的？"他是在发泄。

而他们，拖拉机手和收割机手们，何尝不更想找个时机发泄一下？他们也是和别人一样手握小镰刀战麦海的呀！他们认为他们更有理由发泄。

"这小子骂人，教训他！"他们围住小瓦匠，七手八脚将他抬起，抛向空中。小瓦匠落在几捆麦堆上，他们又将他抬起，又一次将他抛向空中。

小瓦匠爬起来，紧闭两眼，挥舞镰刀，朝他们乱砍乱劈！他们哄笑着逃走了。小瓦匠继续发泄，从地上拖起一个个麦捆，东甩西扔，却没人制止他，大家都用呆滞的目光瞧着他。曹铁强实在看不过眼，喝了一句："你疯了！"小瓦匠一屁股坐在麦捆上，呼呼地喘粗气。有几个姑娘哼唱起来：

> 昏暗的油灯下，
> 我们想念着爸和妈，
> 迎着太阳出，
> 顶着月儿归，
> 劳累得像牛马，
> 谁来可怜我们这些城市娃？
> 爸爸和妈妈呀，
> 后悔当初不听你们的阻留，
> 到如今只有沉重地修理地球，
> 命运像苦酒，没有欢乐只有愁，

何日是个头？

何日是个头……

　　这支歌，当年曾在北大荒知识青年中怎样地流行过啊！它是知识青年自己谱写的。后来被批判为"反动歌曲"，便没人敢唱了。所有的姑娘们都肆无忌惮地跟着哼唱起来。只有裴晓芸没跟着唱，但她的嘴唇也分明在动。一个男知青扯着嗓子仰天怪叫："啊！呀！呀！呀……""哈哈哈哈！哈哈哈哈！哈哈……"几个男知青搂抱在一起，狂笑着，在地上打滚，扑滚散了一捆捆麦子。小瓦匠突然用镰刀往自己手上砍！边砍边发狠地嘟哝："叫你割！叫你割！叫你割！……"曹铁强倏地跳起，一把夺下小瓦匠的镰刀。鲜血从小瓦匠手上涌出……"我受不了呀！……"小瓦匠嘶哑地喊出一句，号啕大哭，像孩子般跺着两脚。"卫生员！卫生员！……"曹铁强寻找着卫生员。卫生员没来。他"自己解放自己"了。曹铁强立刻从衬衣上撕下一条布，包扎小瓦匠的手。他鼻子一阵发酸，眼泪唰地淌下来！这时，姑娘们慌乱起来。郑亚茹呕吐一阵之后，昏倒了。她这几天正是"例假"期……全团耕地面积上的小麦，刚有百分之几收获到各个连队的麦场上，连绵的雨季开始了。实践证明了一条荒谬的"真理"，小镰刀打败了机械化，彻底打败了机械化。几台企图发挥作用的拖拉机，一开进麦地边，就陷住了。像被剁掉四条腿的蛤蟆，寸步难移。手持镰刀的收割者们，在每一步都深陷到膝盖的麦地里，艰难地跋涉着，抢收着。麦地一片汪洋！割下的泡湿了的麦子，只好用毯子、褥单兜回连队，摊在各家各户和大宿舍的火炕上。

　　收割者们眼睁睁地看着小麦在麦秆上发芽！

　　金色的麦海违反季节地变成了绿色的麦海！

　　放弃小麦！抢收大豆！麦收指挥部不得不改变原定的麦收方案，采纳了政委孙国泰的措施。

　　就在当天夜里，下雪了。

　　第二天，全团几百垛大豆被盖在雪被下，白茫茫一片大地好干净……

　　工程连，从麦收第一线撤下来了。知青们，一个个都折腾垮了，从精神到肉体。休息了两天，他们又接受了修筑战备公路的任务。繁重的体力劳动继续考验着他们的意志。抵御零下三十几度严寒的体内热量，靠的是每天三个馒头勉强供应着。面粉，是发了芽的潮湿的麦子，在团部加工厂连壳磨的。蒸出的馒头，是黑绿色的。生时揉不成形，熟了拿不成个，而且像切糕一样黏手。掉在泥土中，是不太容易寻找到的。

慰问信从各个兄弟团寄到三团党委，需要援助吗？精白面粉会无偿地从各条公路上运到三团来的。

不。不需要援助。

"我们绝不吃亏心粮！我们不能够靠兄弟团养活！我们要勒紧皮带。"

三团党委，代表它的指战员们，用如此有志气而豪迈的词句回答兄弟团的慰问。

马团长带头勒紧了自己的皮带，他每天都节约一顿饭。他明显地消瘦了，但是，他那革命乐观主义的精神，并没有稍减。

每天清晨，他都准时地来到团部广播室，亲口对着广播器朗读同一条语录："我们的同志，在困难的时候，要看到成绩，要看到光明，要提高我们的勇气。"接着，播放这首语录歌。怨言，每个人都发过的，骂娘的人也不少。但同甘共苦，这种精神上和心理上的特效稳定剂，抵消掉了人们的抱怨情绪，阻碍了人们大脑的正常思考。

一天，兵团副司令员来到工程连施工工地视察。视察之后，将全连战士集合在一起，作了一次简短讲话。

副司令员说："同志们，你们修筑的是一条很重要的公路。我亲眼看到，你们的劳动是很繁重很艰苦的。也亲眼看到了，你们吃的是什么。我，钦佩你们。我向你们致以军人的崇高敬意！"白发苍苍的副司令员，庄严地举起右手，向大家长久地敬军礼。

大家被深深地感动了。在那一时刻，大家忽然觉得，他们所受的一切苦和累，都是不值一提的了。

副司令员问："哪位是刘迈克同志？"

刘迈克局促地站了起来。"谢谢你，谢谢你向兵团总部反映了情况。"副司令员又向刘迈克敬军礼……第二天起，各个连队的大喇叭里就不再听得到马团长朗读"最高指示"了。生活中忽然缺少了这种声音，人们也似乎并不觉得怎样寂寞。第三天，一辆兄弟团的卡车开上山，车上满载一袋袋面粉和蔬菜。公路中段，半山腰，要开凿出一个山洞，作战备油库。炸药代替了镐头。两人一组，轮番爆炸。不知曹铁强是不是有意的，将刘迈克和小瓦匠分在一组。排长这样分了，小瓦匠只好服从，不过心里挺别扭。下班前最后一次爆炸，点了七炮，响了六炮。两人在山洞外等了许久，第七炮还没响。"我去看看。"刘迈克钻进了山洞。山洞里，烟雾刚消散出去，但还弥漫着火药味。刘迈克找到第七个炮眼的位置，见炮眼被炸下的乱石埋住了。

小瓦匠也跟进了山洞，冒冒失失地搬起一块埋住炮眼的大石头。已经燃烧掉一截的导火索，被乱石之间锐利的棱角切压住了，但并没完全死灭。小瓦匠刚搬起那块石头，它又嗤地冒烟了。

"危险！"刘迈克大叫一声。小瓦匠扔下石头，拔腿就朝洞外跑，被另一块石头绊倒。他发懵了，不立刻爬起，反而闭上眼睛，双手捂着耳朵，身子贴地不动。小瓦匠不知自己在地上趴了多久，却没听到爆炸声。他睁开双目，见刘迈克扑在炮眼上，口中咬着导火索。小瓦匠赶紧跳起来，小心地抠出雷管，拔下了导火索。刘迈克额头上沁出一层冷汗，他浑身瘫软，再也没有一点力量站起来了。他脸色苍白，头，一下子抵在乱石堆上。小瓦匠也一屁股坐在地上，怔怔地看着刘迈克。过了许久，他才慢慢站起，去扶刘迈克。刘迈克从口中吐掉导火索，看了小瓦匠一眼，说："这件事你告诉任何一个人，我就揍你！"一出山洞，刘迈克的双唇和半边脸肿了起来。小瓦匠扶着他回到帐篷，大家见状围住了他们，七言八语地询问。刘迈克不理睬众人，一步步走到自己的铺位前，将身子沉重地仰面躺倒，扯下枕巾盖上了自己的脸。小瓦匠呆立了一会儿，转身跑出帐篷去找卫生员。卫生员跟在小瓦匠身后赶来，从刘迈克脸上掀开枕巾，倒吸了一口冷气。"被火药烧的？……"卫生员的脸转向了小瓦匠，"怎么搞的？怎么……会烧到嘴？……""我……"小瓦匠不知如何回答是好。刘迈克瞪着小瓦匠，他脸上冷汗淋漓，眉头拧在一起。曹铁强走进帐篷，走到刘迈克铺位前，俯下身看着刘迈克。刘迈克在他的注视下，又用枕巾盖上了自己的脸。曹铁强抓住小瓦匠的一只手，扯着小瓦匠走到帐篷外。"说！"小瓦匠哇地一声哭了。他心中是多么羞惭啊！扑在炮眼上的应该是他，受伤的应该是他，掩护别人的应该是他，应该是他小瓦匠！他不是对自己那么自信过，在危险的时候，自己肯定会表现得像个英雄人物吗？他不是曾经希望过生活为自己创造一次这样的时刻，让自己有机会表现出英雄的行为吗？他不是曾经对自己说过许多不怕死的话吗？这类豪言壮语不是都工整地写在自己的日记上了吗？他不是曾经那么神往地想象过，假如某一天自己英勇壮烈地牺牲了，他小瓦匠的日记，也会像张勇、金训华等烈士的日记一样，被千百万知识青年满怀敬意地去读吗？这种想象曾给他带来过多少不被人知的安慰！

小瓦匠啊小瓦匠，这个常常受到别人揶揄和奚落的弱者，这个在现实中常常对自身的价值产生悲哀的心灵苦闷孤寂的人儿，仅仅是靠着这样一种对英雄人物和英雄行为的想象，才能够在心理上获得一点点和别人平等的自我意识啊！

可是今天，连这一点点稳定自己心理天平的虚幻而又真实的东西，他都丧失了。他的整个心理天平倾斜了。他对自己彻底绝望了。在危险的时刻，他成了一个可耻的逃生者，作出英雄行为的时机被别人占有了。

他简直觉得无地自容！他哭得那么悲哀！那是一种对自己悔恨到极点的大的悲哀。可是排长并不能理解他的心情。"别哭！"排长吼了一句。小瓦匠猛然跑进帐篷，跑到刘迈克跟前，扑在他身上，边哭边说："迈克，迈克，我一辈子也不会忘记，是你救了我的命！从今往后，你，就是我的亲哥哥。我，就是你的亲弟弟。我们俩这一辈子都是亲兄弟，我要是做一件对不起你的事，天打五雷轰！……"

刘迈克的双臂，一下子紧紧搂抱住了小瓦匠。盖在刘迈克脸上的枕巾微动着，他也哭了……半个月后，刘迈克嘴角带着永不消失的伤疤，从团部医院回到了筑路工地。小瓦匠对他说的第一句话就是："我把咱俩的铺位连在一起了。"他会心地笑了。来到工程连之后，他第一次露出这样的笑容。曹铁强走进来之后，大家仿佛意识到了什么，纷纷退出帐篷。帐篷里只剩下曹铁强和刘迈克两个人，他们面对面站着，默默地、长久地注视着对方。谁也不清楚，是自己脸上的表情首先发生微妙的变化，感染了对方，还是被对方所感染。他们同时很难为情地笑了。生活，有时像一位父亲，有时像一位母亲，有时严厉，有时慈祥，有时不免粗暴，有时感情细腻，但它总是不忘自己的责任，开导着它年轻的孩子们。

马团长并没有彻底遗忘掉刘迈克。两年前，团里曾调过刘迈克一次，要他当团部招待所所长。他没有离开工程连，他已经和一个老农场职工的女儿组成了工程连的第一个知青家庭……

今天晚上，他怀了孕的妻子秀梅，安闲地靠墙坐在火炕上，一针一线地缝做小衣小裤。他自己，在给未出世的孩子做木马，他的木工手艺很不错呢。

　　一阵很重的敲门声将这个小家庭的宁静气氛破坏了。刘迈克放下手中的工具，开了门。

　　在他的小院里，站着全连的男女知识青年。他从他们脸上的表情判断不出发生了什么事情，一时并没有开口问话，而是等待着他们说明情况。

　　"事务长，连长和指导员都在团里开会，你是唯一的一个知青连队干部，因此，我们来告诉你，我们现在就要到团里去，都去。我们觉得……不告诉你不对。"

　　瞅着说话的人，他仍闹不明白到底发生了什么事，问："为什么都要到团里去？"

　　小瓦匠回答他："迈克，我们大家都正在被蒙骗啊！"

　　"蒙骗？谁蒙骗我们？"

　　"团里。再过三天，就停止办理知识青年返城手续了。可是团里要封锁这个消息，不让全团的知识青年知道。连长和指导员在团里开的就是这个会。对我们大家，只有明后两天的时间了！"

　　刘迈克不禁"哦"了一声，他想了想，又问："团里不太可能这样做吧？"

　　"迈克……你，这都什么时候了，你还不信！……已经有好几个连队给咱们连的知识青年打了电话。今晚，每一个连队的知识青年都会到团部去的，这是一次统一行动。我，今天晚上要代表咱们连队每一个知识青年的意志……"

　　"你？……"刘迈克看着小瓦匠，一时不知自己对这样一件事该表示什么样的态度。

　　"是的。"小瓦匠点了一下头，"迈克，你知道，我是……非常懦弱的。但团里这样做，对我们知识青年太不公正了。你难道想象不到这意味着什么吗？会有多少像我这样的知青，他们家里正有像我的母亲一样的老母亲，或者老父亲，正在眼巴巴地盼望着他们回到母亲身边，给予父母一些照顾啊！今天，我要代表大家的意志，并非因为受了大家的怂恿。不，完全不是，我是自愿的。迈克，你能理解我此刻的心情吗？能吗？……"小瓦匠很有感情地说出了这番话，他显得有些激动。

　　"我……理解……"刘迈克的目光，从小瓦匠脸上移开，逐一地注视着站在小瓦匠身后的每一个知青的脸。他们脸上，也都流露出希望得到他理解的表情。

"你们……需要我怎样做呢？"他终于找到了一句适当的话。

"好迈克，大家预先就猜到了你会说这句话的，我们什么都不需要你做，我们只不过来告诉你，因为你是事务长。而我自己，是希望得到你的理解。你理解我，我……谢谢你！"小瓦匠说完，立刻低下头，转过身，对大家说："现在咱们走吧！"

他第一个走出了刘迈克家的小院，走得很快，头也不回。好像他怕一回头，就会被刘迈克叫住，加以阻拦似的。"事务长，我们走了。""事务长，天挺冷的，你快进屋去吧！""事务长，不管我们到团里去的结果如何，回连队后，我们一定再上山给你家砍一车柴。"他们一齐走出了他家的小院。刘迈克呆呆地站在小院里，望着他们走远。他推开家门，见妻子只穿着袜子站在门旁。"你下地干什么？你这样子会着凉的！"妻子退到炕沿前，缓缓地坐下了。目光，却胶着在他脸上，一刻也不离开。他拿起刨子，又放下了，呆呆地看着没有做成的木马。"他们，都要走吗？"妻子小声问。他抬头看了一眼妻子，似乎不明白她的话，反问："什么走不走的？""我全听到了。"妻的声音更细小了。他没有回答，将木匠工具一件件归拢起来，塞到桌子底下去了。

然后，他走到窗前，出神地朝外面望去。"我刚才问你话呢，你聋了？"他仍然一声不响。妻不再问什么，默默地拿起炕上的小衣小裤，接着做。但只缝了一针，便放下了，轻轻地叹了口气，不安地瞅着他。他忽然转过身来，从炕上拿起棉衣，匆匆地穿上，衣扣也没扣好，帽子也没戴，就大步往外走。

"你……上哪儿去！""你都听到了还问什么？我要到团里去！"他的语气中流露出内心的烦乱。

妻从墙钉上摘下他的帽子，递给他。他走回到妻身边，无言地接过帽子。妻，又默默地替他将衣扣扣好。他想说什么，但张了张嘴，却什么话也没说出来。他戴上帽子，走出了家门。工程连的知识青年们，刚走出连队不远，刘迈克开着二八型拖拉机挂斗车从后面赶了上来。"糟糕，事务长要来截我们回去了！"一个男青年对小瓦匠说。"咱们等他一下，也许他还有什么话。"小瓦匠第一个站住了。大家也都站住了，众人对他的话这样服从，很出他的意外。消息是他第一个知道的，也是他告诉大家的。因此他才无形中成了众人这次行动的组织者。十年来，他第一次体验到，能够代表许多人的意志，每一句话都能够被众人服从，这种感受是多么不一般！然而，这是一次怎样的带头行动啊！内心充满自信的同时，又是那么空泛，甚至有点苍凉，有点苦涩。迈克果真会是来阻拦我们的吗？倘若他很坚决地阻拦，我将如何对待他呢？他这样想，自信动摇，内心开始矛盾着。挂斗车开到他们身旁，停住了。坐在驾驶座上的刘迈克对他们说："都上车吧，我开车送你们！"小瓦匠一挥手，大家都爬上了车。刘迈克将车开出一段路，忽然在野地里兜了个圈子，调转车头，朝连里开。"事务长，你开大家的玩笑吗？"车斗里有人嚷起来。"迈克，你……"和刘迈克并坐在驾驶座上的小瓦匠，也不免吃惊。刘迈克一边开车，一边大声说："我得回家一次，跟秀梅说句话。""什么话，那么要紧？"小瓦匠很难相信。"非常要紧的话！"刘迈克将变速杆推到了快挡的位置上。挂斗车开进连队，直开到刘迈克家的小院外。他跳下驾驶座，几大步就跨进了家门。妻仍像他临出家门时那样子坐在炕沿上，显然都不曾动过一动，低垂着头，黯然神伤，独自落泪。

"秀梅……"他轻轻叫了妻一声。

妻倏地抬起头，有些意外，赶紧侧转身，掩饰地拭去泪水。"秀梅，我回来对你说句话。"他走到了妻身边。"你，你别说了……我知道你要说什么，求求你，别说了。我不怪你就是了，真的。我绝不埋怨你抛弃了我，更不会记恨你的。我不是那样的女人……知青都走了，你留下也会感到孤单的……只是，只是，只是你要……给咱们的孩子起个名……"喃喃的话语变成了伤心的呜咽，妻向墙壁转过身去。

刘迈克用双手扳住了妻的肩头，将妻的身子扳正了过来，盯着妻的眼睛，说："我不走。""别骗我。"泪水模糊了妻的眼睛。刘迈克大声说："我不骗你，我不走。我骗过你一次吗？我就是回来告诉你这句话的，即使所有的知青都走了，我也不走。"泪水从妻的眼中溢了出来，然而那对眸子，还凝聚着疑惑。"我不能不和他们一块儿到团里去，我不放心。我是事务长，连长和指导员不在连队的情况之下，我对他们每一个人都负有责任啊！可是，我又无权阻拦他们……"妻终于相信了他的话，含着泪微笑了。"去吧，快去吧，别让他们等急了。"妻低声说，轻推着他。他双手捧着妻的脸，俯下头，在妻挂着一滴泪珠的唇上狠狠地亲起来……

曹铁强来到桥头，见"二八"已经过了桥面，挂斗却脱了钩，栽在公路旁。他的战士们，或蹲或站，围聚一起。

他走上前，分开众人——刘迈克紧闭双眼坐在雪地上。小瓦匠和另一个战士，扳着刘迈克的一条腿。活动着刘迈克的膝关节。活动一下，刘迈克皱一次眉头，吸一口冷气。

"怎么回事？"他尽量用平静的语气问。众人都不吭声。小瓦匠抬头看连长一眼，嘟哝："事务长摔伤了。"刘迈克睁开眼睛，低声骂了句什么话，被小瓦匠扶着站了起来。

发现曹铁强，他顿时停止呻吟，默默地瞅着连长，仿佛有意等待对方首先开口。他已不再是多年前的刘迈克了。生活已经把他磨砺成熟了。他今天夜晚格外理智，心机格外缜细。他觉得连长此刻出现在大家前面，对连长是很不利的。倘若自己说出一句不适当的话，都可能无意之中将连长推到极被动的地位上。

不料曹铁强如此问道："是你开车把大家拉来的？"他点了一下头。曹铁强紧接着说了一句欠思索的话："你也来凑这份热闹！"语气中不无恼怒。刘迈克默然良久，才低声回答："我能不来吗？"从他的表情，从他的语调，曹铁强立刻领悟到，他在违心地扮演着一个多么不轻松的角色！他惭愧了，于是又低声问："你……伤得重不重？"刘迈克摇了摇头。"连长，你……你们……果然开的是那样一个会吗？"黑暗中，不知是谁大声问了一句。曹铁强转过身，一一扫视着他的战士们，似乎想寻找出那个问话的人。但他实际上，是在心中暗暗点了一次名。全连三十二名知识青年，此刻站在周围的是三十一个人，只有一人没来。虽然，月色朦胧，辨不清这三十一人的脸面，但他知道，没来的那个人一定是她——裴晓芸。他抬起手腕，仔细看了一下表——她该下岗了。可是这沉默的一分钟，就等于他对刚才的问话做了回答。而这种形式的回答，当然不令大家满意。

有人愤怒地大声说："我们还在这儿浪费时间干什么？去砸了军务股，各人拿走各人的档案！""对！一不做，二不休！""走呀！""谁打退堂鼓，就他妈的是知青叛徒！"在互相怂恿和互相鼓动下，大家一哄而走。"站住！"曹铁强猛然喝了一声。大家，都站住了。一个个，缓慢地回转过身。一双双眼睛，在月辉下闪烁着不驯的，甚至是敌意的目光。这一双双咄咄地盯着自己的目光，使曹铁强意识到，今天夜晚，他，和他们——自己朝夕相处的战士们之间的关系，是异乎寻常的。他们随时都可能将他——他们每一个人平时都很信任很敬重的连长，视为共同的敌人。正是由于清醒地意识到了这一点，他瞬忽间觉得，内心产生了一种奇异的自信力。他仿佛觉得，自己的身体倏然高大了许多，高大得完全有足够的力量担负今夜可能面临的无论多么严峻的事件。

"这里是生产建设兵团的团部，不是夹皮沟，你们，也不是土匪。我更不是土匪头子，而是你们的连长，我绝不允许你们每一个人胡作非为。"这番话他说得很镇定，镇定中显示出凛然的刚勇，语势中暗示出明显的潜台词——今夜我是怎样说就要怎样做的！

"今夜不服从连长命令的人，绝没有好下场！"刘迈克冷冷地说出了这句话。

曹铁强向刘迈克投去感激的一瞥，接着改换一种缓和了的语气说："也许，今天夜晚，就是兵团历史上的最后一页。兵团的历史，就是我们兵团战士的历史。我们每一个人，都应该尊重这段历史。不论今后社会将要对生产建设兵团的历史作出怎样的评价，但我们兵团战士这个称号，是附加着功绩的，是不应受到侮辱的！……"

他不能准确地判断自己的话是否打动了他的战士们，但没有人反驳。这便使他对自己的话增强了自信。他受到这种自信心的鼓舞，大声说："听我的口令，整队集合！"

大家在犹豫状态之下迟缓地排成了并不整齐的队形。他走到队形前，面对面地望着他们，问："你们每一个人，是不是都已经作出了决定，要离开北大荒？""连长，这还用问吗？"是小瓦匠说出了这句话。大家用沉默表示，这句话代表他们作了回答。"既然如此，你们到团部来，就只有一个目的，办理返城手续。我相信，团里是会作出正确的决定的。现在，全体向右转，齐步走。"工程连的战士们，在其他各个连队的混乱人群和车辆之间，列队向团部机关区走去。曹铁强走在大家后面，刘迈克一拐一拐地紧随在他身旁。许久，两人之间没说一句话。只听无数双脚踩着积雪，发出沙沙的响声。刘迈克首先打破沉默："团里怎么能够召开这样的会呢？"曹铁强没有回答。刘迈克又问："连长，你……也要走的吧？"

曹铁强这才回答："留下来就真的那么可怕？"

刘迈克理解了连长的话，他感到慰藉地说："连长，咱俩今后就是伴儿了。"

这句话，使曹铁强的心感到异常温暖。他情不自禁地伸出一只手，轻轻搀扶着刘迈克。

一辆马车从他们身旁飞奔过去……

全团八百余名知识青年，从各个连队来到了团部。远的，几十里；近的，十几里。他们围聚在团部会议室外面，数百支火把，将团部机关区映照得如同白昼。没有叫嚷声，没有示威声，他们默默地静立在凛冽的严寒中。

团长马崇汉披着军大衣出现在八百余名知识青年面前。

"知青同志们！……"他用作报告时那种洪亮的嗓音说，但却不知道接下去该说什么，于是又重复了一遍："知青同志们，我保证……"却同样不知道自己应该保证什么。

"滚你妈的！"

一个声音从八百余名知青中突然地迸发出来。

"我们不听！我们不受你的骗了！"数百人几乎是异口同声地说。

马团长愣怔了一秒钟，仅仅一秒钟，便低下头，转身走进了会议室。在这一秒钟里，他意识到，自己被知识青年们视为团长的历史，过去了。永远。他心中产生了一种悲哀，一种大悲大哀。但仅仅是悲哀，绝不是悔悟。悔悟是反思的结果。任何虔诚的反思，都是在一秒钟内不会萌发的。

从会议室外走入会议室内，几步路，他却觉得脚下无根，步步艰难。他感到自己仿佛一棵大树，骤然被雷电击倒了。

他若有所失地走到政委孙国泰面前，第一次用真正恳切的语调说："孙国泰同志，我……请求你……以一个共产党员的……"他无法用语言明确地将自己的意思表达清楚。

政委孙国泰伸出一只手，像是要把对方轻轻推开去。他用这样的手势告诉对方，他完全理解了对方的话。请求他站出来扭转眼前的局面，对方要说的无非就是这句话。请求？他感到这个词对他带有一种侮辱性，尽管他相信对方是恳切的。难道不用这样的词，他会袖手旁观，幸灾乐祸吗？那他还算是一个老共产党员吗？不，连一个北大荒人都算不上了。至于能否扭转这种局面，怎样扭转，他并无把握，更缺少自信。不错，在知识青年当中，他深知自己有着比团长马崇汉牢固的根基。十年来，他的足迹遍布全团二十几个连队。他熟悉他们，爱护他们，关心他们，甚至，还很有些同情他们。他骂过他们，也挨过他们的骂。他的耳膜曾被他们的牢骚怪话几度磨起茧子，他也时时将自己胸中的郁闷愁绪借机朝他们发泄过。这种正常而又畸形的沟通，在他和他们之间架起了理解和谅解的桥梁。可是今天夜晚……

他犹豫片刻，稳步走出了会议室，目光深沉地望着知青们，良久，终于开口说出三个字："孩子们……"他是情不自禁地说出这三个字的。没有用"知识青年们"，没有用"同志们"或"兵团战士们"这样的称谓，而对他们说"孩子们……"，使他们被深深地感动了。他们极安静地望着老政委。"孩子们，"老政委说，"你们，在北大荒度过了整整十年，你们是当之无愧的一代北大荒人。我，以一个老北大荒人的资格对你们说，我感谢你们！因为，你们将青春贡献给了北大荒！……"停了一刻，他接着说，"如果来得及，我要为你们开隆重的欢送会，欢送你们……离开北大荒……你们相信我的话吗？"

经久的鸦雀无声之后，有人大声说："政委，我们相信你，但我们不相信团党委！""对，我们不相信！""我们相信你又有什么用？"……老政委被震撼了！相信一个共产党员，但不相信党的一级组织！

这是多么可悲的现实，这是怎样的错误啊！他略加思索，转身走入会议室内，对团长马崇汉和各连的连长指导员们说："我要求给我代表团党委的权利！"连长指导员们的目光，都集中在马崇汉身上。马崇汉的腮帮子抽动了一下，用记录速度的缓慢语调说："一切都听政委的……"

老政委第二次走出会议室，对知青们大声说："现在，我代表团党委宣布，为了尽快办理每一个人的返城手续，各连队选派两名代表，组成一个临时小组，我任组长……"

这时，暴风雪开始从荒原上向团部区域猛烈袭击了……

五

像台风在海洋上掀起狂涛巨浪一般，荒原上的暴风雪的来势是惊心动魄的。人们最先只能听到它可怕的喘息，从荒原黑暗的遥远处传来。那不是吼声，是尖厉的呼啸，类似疯女人发出的嘶喊。在惨淡的月光下，潮头般的雪的高墙，从荒原上疾速地推移过来，碾压过来。狂风像一双无形的巨手，将厚厚的雪被粗暴地从荒原上掀了起来，搓成雪粉，扬撒到空中。仿佛有千万把扫帚，在天地间狂挥乱舞。大地上的树木，在暴风雪迫近之前，就都预先妥协地尽量弯下了腰。不甘妥协的，便被暴风雪的无形巨手折断。暴风雪无情地嘲弄着人们对大地母亲的崇拜，而大地，则在暴风雪的淫威之下，变得那么乖驯，那么怯懦……

八百余名知识青年被突如其来的暴风雪震慑住了。许多人从连队匆匆出发，穿戴得并不暖和。一路上，差不多已经冻透了。而现在，暴风雪的无形的触手只从他们身上一抚而过，就带走了他们身体内的最后一丁点热量。火把，顿时熄灭了半数。

人群骚乱起来。

"别让火把都灭了啊！"

"快将没灭的火把扔到一起！"

"点火堆！"

……

几条具有号召力的粗犷嗓门疾呼大喊。

火把，一支，两支，三支……纷纷投聚到一起。

篝火，一堆，两堆，三堆……熊熊燃烧起来了。

有人不知从哪儿拎来一桶柴油，浇在火堆上。光焰升腾着，蹿跃着，在暴风雪中"垂死"挣扎着。

人群分散开，围向十几堆篝火旁。

一阵折裂声，一棵大树"扑通"倒下。又一棵，又一棵……有人在锯团部大道两旁的杨树——也许就是他们当年亲手栽下的杨树。

劈砍声。砰……砰……砰……听声音，不像是用的利斧，而像是用的大锤。也许根本不是大锤，而是别的什么铁器。一节节树杈连带枝丫被拖向火堆。

篝火旺烈起来。小瓦匠见大家围在火堆旁，一个个也还是寒冷得瑟瑟发抖，忽然说："跳舞吧！""跳舞？哪有这份闲情逸致！""大家跳吧！跳什么舞都行，比如，'忠字舞'……"小瓦匠在火堆旁跳起了"忠字舞"，跳得极其认真，像是在台上"献忠心"。

也许是受到他的蛊惑，也许是由于抵抗不住寒冷了，大家先后跟着小瓦匠跳起舞来。起先跳的还算是"忠字舞"，后来跳的便什么舞都谈不上了。

围在其他火堆旁的人们，也跳起来。所有火堆旁的人们，都跳起来。在这个暴风雪夜，在严寒和篝火的环形夹缝之间，动作古怪地跳动着八百余名被冻得半僵的躯体。生产建设兵团团部笼罩着一种中世纪非洲土人部落的野蛮、原始而神秘的气氛。"他妈的！这些代表们，怎么还没研究出个结果来？"有人开始咒骂。

"关系到八百余名知识青年命运的大事，总得给他们点时间啊！跳吧！不要停下来……"小瓦匠像一个消防队员，谁刚刚冒出点怒火，他就立刻说一句息事宁人的话。

哐……哗啦！是玻璃破碎的脆响。接着，是一阵门窗的木框被劈砍的声音。"听！……"小瓦匠停止了"跳舞"。大家都伫立住了。又是一阵玻璃破碎的脆响。"有人在砸机关食堂的门框和窗框。"一个男知青判断地说。"准是为了往火堆里烧！"一个女青年说，"这也太过分了！"

"我们去看看！"小瓦匠朝机关食堂跑去。

"这是什么时候，还管闲事！"一个小伙子嘟哝了一句，却第一个跟在小瓦匠身后，也朝机关食堂跑去。"他俩别吃亏啊！"到底是一个连队的，有人担心了。"男的都去，女的留下，继续跳你们的舞吧！"于是工程连的男知青们，都离开火堆，朝机关食堂跑去。机关食堂的门被撬开了。知青们在食堂里翻找吃的东西。有人掀开蒸笼，叫起来："包子！"大家同时围了上去。几十双手在黑暗中抢夺着。"生的！""呸！呸！呸！……""点火！蒸熟它！""别费那事，连蒸笼一块儿抬到火堆去，吃烤包子！""好主意，抬！"几个人将蒸笼抬出了食堂。"咸菜要不要？""要！凡是能吃的，都要！"于是有人捧起咸菜坛子往外走，被门槛绊倒，坛子掉在地上，碎了，咸菜疙瘩滚了一地。后来的几个人，什么吃的都没翻找到，狠狠地骂："这伙自私的强盗，扫荡了个一干二净。""嘿！发面缸里还有发的面！""有发面也不错，火堆上烤酸面包吃！"他们把发面团也用衣襟兜走了。小瓦匠跑到食堂，果然看见有几个人在砸食堂的门窗。小瓦匠跑到他们跟前，大喊一声："住手！"他们中的一个，身材高大魁梧，半截黑塔似的，不屑地扫了小瓦匠一眼，高高举起手中的大斧，继续劈砍窗框。"你们这是搞破坏！土匪！"小瓦匠扑了过去。对方一拳，就将他打得倒退数步，一屁股坐在雪地上。小瓦匠呼地跳起，骂道："你妈妈的！这机关食堂是我们工程连一砖一瓦盖起来的，老子今天就是不许你们破坏！"他被激怒了，又毫不畏惧地朝对方扑了过去。

他胸前又挨了狠狠一拳，又跌倒了。"这小子找不自在，揍他！"他们团团围住了他。工程连的男知青们赶到，一见小瓦匠果然吃亏了，纷纷动起手来。正打得难解难分，老政委孙国泰走到了这里，喝止住了他们。两伙知识青年虽然不再厮打，却虎视眈眈。老政委横身在他们之间，厉声问："怎么回事？"小瓦匠一指机关食堂的窗子，狠狠地说："你问他们。"老政委这才发现被砸毁的门窗，心中立刻明白了，问那几个破坏者："你们是哪个连队的？""我们，我们……"为首那个剽悍魁梧的，嘴里讷讷着，一转身想跑。其余的几个也想跟着跑。"都给我站住！"老政委猛喝一声，都乖乖地站定了。"说！哪个连队的？""木材加工厂的。"声音低得勉强能听见。老政委从地上捡起一节被砸散的窗框木，盯着为首的那个破坏者，问："要投进火堆？"对方畏怯地点了一下头。"这不是你们木材加工厂做的吗？""是……""亲手破坏自己的劳动成果？要离开北大荒了，就一点值得北大荒人怀念的都不留下？""……""我本有权将你们一个个当作破坏分子逮起来……可是我不想这样做。拿去吧，烧吧，烧你们自己的劳动成果吧！当它燃烧的时候，你们好好想想你们的行为吧……""……""拿去，拿去烧吧！今天夜晚别让我再看见你们可耻的几个，滚！"他们一个个默默地转过身，渐渐地走开。"站住！"他们站住了。

"把它拿走！"

他们犹犹豫豫地互相望着，终于有一个人扛起了那扇砸毁的窗架子。他们走远了，消失在黑夜之中了。老政委将注视着他们的目光收回，望着身旁的这一伙知识青年，问："你们是哪个连队的？"小瓦匠回答："我们是工程连的。"老政委"哦"了一声，又问："你叫什么名字？""我……单书文……""小瓦匠？……我知道你！想不到我们会在这样的一天认识……"他伸出一只手。小瓦匠迟疑了一下，握住了老政委那只大手，他感到了那只手的劲力和厚厚的茧子。"让我说一句俗话吧，后会有期！"老政委苦笑了一下，放开了小瓦匠的手，对其他人点点头，说：

"多谢了！"大步走开。

暴风雪以更加猛烈的来势扫荡着团部区域，几堆篝火一下子就熄灭了。受到严寒威胁的人们立刻分散开，围聚到仍在燃烧的火堆旁。他们像羊群似的，互相紧紧靠拢着。与其说火堆的存在才不致使他们冻僵，莫如说他们是用身体组成围墙，守护着火堆不被暴风雪扑灭。而暴风雪是那么嚣张！它嘶叫着，想将八百余名知识青年们从大地上扫荡起来，扬到空中。

聚在篝火旁的人的围墙渐渐缩小着，缩小着。

最里层的人喊："别挤了！要把我们挤倒在火堆上了！"

"我的衣服烧着了！让我挤出去！让我挤出去！"

最外层的人，却呻吟着，蜷缩着，蹲下去了，卧倒下去了。

又一堆篝火熄灭了，引起一片恐惧的骚乱。

"有人昏倒了！"

"快！快背到火堆旁来！"

昏倒的是个女知青。

"她都快被冻僵了！得把她背到谁家里去！"

于是有人背起她朝附近的一幢房子跑去。

砸门声，狗叫声，呼喊声……

团军务股长就是当年工程连的老指导员，他和老连长调到团部后，曹铁强和郑亚茹才被任命为工程连的连长和指导员。他家住在靠山坡的最后一排干部宿舍。

他没有睡，站在家中窗前，一支接一支地吸着卷烟。卷了一支，吸上几口，就扔在地上，踏灭，再卷一支。他出神地望着外面一堆堆篝火的光焰。

他老婆也没睡，坐在炕沿上，陪伴着他。"你，睡吧！"他说，并没有对女人转过身。女人被烟呛得咳了起来，边咳边说："我看，你……今晚还是找个地方躲躲吧！……"军务股长一动也不动。"你不听我的，要是有个三长两短，叫我和孩子们……"女人抽泣起来。"别来这个！"股长不耐烦地吼了一声，仍不转身。女人止住了抽泣。她从墙上摘下股长的手枪，走到股长身边，轻轻推了股长一下："要不你身上带着这个……"股长这才看了女人一眼，见她递给他的是枪，顿时火了，一掌将女人推了开去："你叫我拿枪对付知识青年？！""你……他们来找你的时候，你也好吓唬吓唬他们呀……""胡说！你给我把枪挂到墙上！""别的团里，知识青年不是割掉过一个军务股长的两只耳朵吗？""谣言！""你亲口对我讲过的！"女人也火了。"我……我……我揍你！"股长凶狠地对女人挥起了拳头。"你，你打吧！给你打！用枪打！打死我！……"女人委屈地哭起来，往股长跟前凑，将手枪塞在股长怀中。股长不得不接住了枪。"你开枪呀！你先打死我呀！别让我亲眼看见你叫知识青年们……"女人的声音越来越高。啪！股长打了女人一记耳光。女人哇地放声大哭。炕上的孩子被惊醒了，也"爸爸""妈妈"地喊叫着哭起来。就在这时，门开了。刘迈克首先一步跨进屋来，后面跟着两名知青，三人肩上都背着步枪。

他们出现得这么突然！而且连门也不敲一下。

女人马上不哭了，从炕上拖过孩子，紧紧搂抱在怀里，目瞪口呆，神色惊恐地瞅着三个不速之客。股长也愣了一下，随即镇定下来，若无其事地将枪挂到墙上，之后，从容而端正地坐在一把椅子上。"股长，对不起，我们没敲门就……"刘迈克开口道歉。股长看着他，问："什么事？""请你立刻就去打开档案柜，为知识青年办理返城手续。""是你们请我？""不，是政委。""政委？他为什么不亲自来？""这……我有政委亲笔写给你的命令。"刘迈克从兜里掏出折叠着的纸条，递给股长。股长接过纸条，看了一眼，慢慢从椅子上站了起来。刚站起，又坐下去，问："你们是靠枪从政委那里得来的这张纸条吗？"刘迈克赶紧解释："股长，枪，是政委同意发给我们十几个人的。今天晚上情况特殊，我们十几个人组成了一支纠察小队。"股长摇摇头："刘迈克，我不相信你。"刘迈克急了："股长，你……你这是跟政委过不去呀！你不跟我们走，我们可要……""要怎么样？"股长瞪起了眼睛，"要用枪逼着我跟你们走？"广播喇叭忽然响了。"全团机关工作人员注意，我是政委孙国泰，我现在代表党委讲话，我命令你们，将知识青年接到你们各家各户去。机关食堂、礼堂、招待所，所有办公室，今夜都要容纳他们。我同时命令你们，立即担负起各自的职责，做好明晨七点开始办理知青返城手续的种种准备，不得有误。全团机关工作人员注意，我是政委孙国泰，我现在代表党委……"

股长注意聆听着政委的每一句话，从政委的声音里，没有听出违心或被胁迫的屈服语调，他暗暗吁了口气。"我们走吧？"股长第二次从椅子上站起，披上大衣之后，想了想，从墙上摘下手枪，对刘迈克说："我也算你们那十几个人中的一个。"股长跟着刘迈克他们出了门，股长女人抱着孩子跟到门外，不安地目送他们。

四人从宿舍区往机关区大步匆匆地走。刘迈克走在最后，和股长三个人相隔十几步远。他的左腿开始疼痛了。从挂斗车上摔下来时受的伤并不轻，流了不少血，棉裤和伤处被血粘在一起，每迈一步，都撕扯着伤处，他都吸一口冷气。

他忽然想到了秀梅，她准是还没睡，在等待着他，从团部回去。也想到了自己还未出世的孩子，别人都说她怀的是个男孩，他也希望是个男孩。男孩才似乎更对得起"北大荒人"这四个字。他，一个城市知识青年，将要在北大荒的土地上扎下自己生活的根，并且为北大荒增添了一个小北大荒人，这不是一件寻常的事情。他这么认为，不管别人对这件事如何看法。别人都离开了，他要留下来。他在城市里的所有亲友都会替他惋惜，甚至责骂他。随他们去吧！反正他不能将妻子和孩子抛弃在北大荒，只身回到城市去。他刘迈克生来就不是这样的人，做不出这样的事。

何况她对他那么好，婚后两人还没有红过一次脸呢！他不能想象，没有了她，生活还有幸福可言。他留恋北大荒，他崇拜北大荒，崇拜它的荒凉和广袤，崇拜它的严峻和粗犷，崇拜它春天的朴素，夏天的烂漫，秋天的实惠，冬天的气魄。而她，就像是整个北大荒的化身，当他拥抱她的时候，亲吻她的时候，心中也会肃然起敬，对她产生崇拜之情。她并不漂亮，但她健壮，充满了青春气息，充满了生命力，充满了对他和对生活的爱情。她又是那么温柔，那么善于体贴人，那么能吃苦，能劳动……

他，一个矿工的儿子，能够找到这样一位妻子，还有什么不称心如意的呢？

而更主要的是，在他最孤独的时候，在他被许多人视为"公敌"的时候，她是第一个同他接近的人。她，用北大荒姑娘淳朴而富有同情感的心，融化了他对工程连每个人都怀有的敌意。她重新设计了他。她像给小孩子洗脸一样，洗去了他个性上的种种劣质，使他懂得了如何尊重自己和尊重别人，使他获得了人们的信任……

不但是爱情，而且是恩情啊！

这样的妻子怎能遗弃？怎能舍得遗弃？

当！……当！……当！

物资仓库方向，突然响起急促的钟声。

刘迈克抬头望去，见库房升腾起一股浓烟和火焰。股长三人，已经迈开大步朝那里跑去了。他追在他们后边跑了几步，左腿的伤处一阵剧烈疼痛，使他不由得站住了。他跪下右腿，双手紧紧按住左腿膝盖，想借此减轻一点疼痛。被血痂粘住的棉裤里子和伤处扯开了，他感觉到血又涌了出来，顺着小腿往下淌。

"妈的！"他咬紧牙关，站了起来。忽然，他发现一幢房子里有光亮在漆黑的窗上一掠，分明是手电筒的光亮。那幢房子是团部银行，他警觉起来。他顿时忘记了疼痛，朝银行走去。走到门前，轻轻推了一下门，门虚掩着，被无声地推开了。他一步跨进屋去，大声喝问："谁在这里？"他头上猛然挨了重重的一击！但他并没立刻倒下去，他的身子摇晃了一下，靠在墙上。同时，他的一只手下意识地抓住了步枪枪带。他没来得及从肩上取下步枪，匕首的寒光在他眼前一晃，刺进了他的胸腔。接着，又刺进了他的腹部。

他缓缓地贴着墙滑倒下去了。

然而，意识并没有从他头脑中消失，他心中十分清楚，自己遇到了什么事情。他看见了一个人影从自己身上跨过，蹿出门去。他双手扶着墙壁，从地上跪了起来。又拄着枪，挣扎着站了起来。一步，两步，三步，他艰难地走到了门外。月光下，银白的雪地上，一个人影慌慌张张向后山跑，拎着一只大手提包。

"妈的，跑不掉你！"他靠着门框，举起了步枪。步枪变得很沉重，手臂颤抖着，瞄不准。他遗憾地放下步枪，托枪的那只手，在衣服上擦了一下，擦到了一种温热的黏糊糊的东西。他知道，那是自己的血。

血，自己的血，令他愤怒了。怒使他倏然产生了一种力量。他第二次举起步枪，手臂不再颤抖了。人影被步枪的准星牢牢地咬住了。他很有把握地勾了一下扳机。砰！枪声很脆。那家伙一跟头栽倒了，手提包落在雪地上。一丝冷冷的微笑，浮现在他嘴角上。他瞄的是后脑勺。"妈的……老子打发你……"他嘟哝着，拄着步枪，像老人拄着拐杖一样，每一步都很吃力地朝那个倒在雪地上的家伙走去。

走近被击毙者身边，他首先看到的，是一双眼睛，一双瞪大的眼睛，目光已经凝滞，但全部地摄录了一颗灵魂的最后欲念——贪婪。月光反射在这双眼睛里，使它们发出幽冷的光。接着，他看清了一张和自己差不多年龄的脸，咧着嘴，仿佛在临死前要喊叫出什么。

羊剪绒的棉帽子，拆洗过的黄棉袄，崭新的大头鞋……

他不禁倒退一步。

他打死了一名知识青年。

拄在手中的步枪，失落在雪地上。

他愣了片刻，转过身去寻找手提包。手提包离他仅有几步远，但他已走不过去了。他扑倒在雪地上，一寸寸地爬了过去，张开双臂，紧紧搂抱住了手提包。他曾听人说过，临死前抱住不放的东西，死后也不会放开。

"抱紧，抱紧，抱紧……我要抱得紧紧的……"对自己的生命下达了最后一次命令，他的头，蓦然地垂了下去，垂在手提包上……

六

暴风雪最初的淫威发作过了，天地间从混沌状态澄清下来，四野暂时恢复了寂静。严寒，则愈加肆虐地折磨着大地上的生命。

站在哨位上的裴晓芸被冻僵了。她感觉不出身体仍是属于自己的，只有大脑还能按照神经信号进行思想。

此刻，她想到了那著名的童话——《卖火柴的小女孩》。她真希望衣兜里装着一盒火柴，不，哪怕仅仅是一根火柴！她明知这是自己的幻觉，但意志受这种幻觉的诱惑，迫使她那戴手套的被冻得硬邦邦的手，在衣兜外面碰了一下。衣兜里什么也没有。她苦笑。她以为自己苦笑了，其实并没有任何一丝表情呈现在她脸上。

严寒"凝结"了这张脸。

要进行思考，不论想什么都可以，但一定要进行思考。要保持住意识的清醒，千万千万不要让意志也被严寒所"催眠"！这是此刻她整个人的唯一生命火种了。她一遍遍地这样警告和命令着自己。

为什么还没有人来换岗呵！……她想转过身朝团部的方向望一眼，但她的双脚像被和大地焊在了一样，无法转动。

火，团部那里有火。有熊熊的篝火。到团部去，到篝火旁去，或者，回到连队去，回到大宿舍去……有一个人的声音，像是她自己的声音，又像是别的什么人的声音，在她耳畔催促着，劝说着。

不，不能够。我是哨兵。我站在边境哨位上。今夜是我第一次站岗。她冷酷无情地答复了自己生命的求存的呼叫。"今夜是你第一次站岗，你会感到害怕吗？""不，不怕。我很兴奋。""等你下岗，我来接你，在白桦林旁……""不……你不是要到团里去开会吗？""我从团部来。我有话对你说……""什么话呢？现在不能对我说？""好多话，现在……来不及了……"
她回想着上岗之前曹铁强和她的对话。她知道他要对自己说什么。他要说的话早
该对她说了。可他却非等到今夜来接她的时候才说。为什么当时不对她说呢？好
多话？不，不，她只要听一句话就够了。他要说的话，不是应该在两年前就对她
说的吗？不是应该在驼峰山上那顶帐篷里就对她说的吗？她真恨他！哦，那是一
个多么美好的夜晚啊！那烧得彤红的大火炉！棉帐篷里，只有他和她。整个驼峰
山上，只有他和她。整个世界……仿佛也只有他，和她。那条战备公路上，洒下
了工程连队的多少劳动汗水啊！为他掌钎，那是她最愉快的劳动。他抡着十八磅
的大锤，一下接一下砸在钢钎上，声音那么有力，那么有节奏。在她听来，那简
直是一种音乐。虎口都被震裂了，手都被震麻木了，手指从早到晚紧握钢钎，放
下钢钎，都伸不直了。吃饭的时候，都端不住碗，拿不住筷子了。然而劳动中的
心情是多么欢畅啊！她真希望那条公路无止境地向前伸延，他天天抡大锤，她
天天为他掌钎。双手磨起了多少血泡？一点水也不敢沾。洗脸的时候，只能叫别
人替拧一把湿毛巾，胡乱地擦擦脸了事。可是她和他一块儿采下了多少路石啊？
十几吨？几十吨？上百吨？从秋季一直到第二年夏季，绝不会比女娲补天的石头
少！虽然没有计算过。

　　那一次她是多么……神经过敏啊！

　　当他挂着锤柄，撩起肮脏的衣襟擦汗时，她放下了钢钎，抬头望着他。一
块巨石就悬在他头顶上，瞬间就要塌落下来。她尖叫一声，朝他猛扑过去，一下
子将他扑倒，搂抱住他，在刚刚铺好石头的路面上滚出十几米远。大家都被她这
一迅猛的举动惊得目瞪口呆！当她和他从地上爬起，巨石并没有塌落下来。这时
她才看清，巨石是不会塌落下来的，它连着半面山壁，除非用十公斤以上的炸药
炸。险情不过是她的幻觉。人们哄然大笑。她尴尬极了，狼狈极了。

　　他哭笑不得地对她说了一句："神经过敏！"

　　"我……"在周围的哄然大笑中，她觉得自己像是一只耍了什么可笑把戏
的猴子。她一扭身跑开了。一直盲目地跑到山背后，蹲下身，双手捂脸，哭了。

　　她觉得自己心底里对他的最隐秘的情感，滑稽地暴露给众人了。

　　而这正是她最最不愿被人所知的啊！

　　他竟也不能够理解她！

　　大家的哄笑对她是多么不公平啊！

姑娘的心受到了多么严重的羞辱啊！

虽然大家的笑声里并没有恶意，也没有嘲弄的成分，不过是劳动休息时一种驱除疲累的无谓的大笑而已……

公路一直修到第二年冬季才竣工。

最后一天，大家都从山上撤回连队去了。只剩下了一顶帐篷，没吃完的粮食、蔬菜，没用光的炸药、工具。

她没有和大家一块儿下山，主动要求留下来看守东西。她内心里有一个小小的个人打算，她要一个人留在山上，将帐篷烧得暖暖的，痛痛快快地洗一个澡。她预先就物色好了一个大油桶，用雪刷干净，在里面是可以洗得很舒服的。从第一年秋季到第二年冬季，全连哪一个人也没有洗过澡。山中有一口小泉眼，但那是炊事班做饭用水的"井"。洗脸水是按供给制限量的，每人每天一盆。在炎热的夏季也不放宽供给。冬季，大家都是用雪来擦脸的。

她，却已经整整七年都没有洗过一次澡了。知识青年返城探家，最大的享受是什么？——洗澡。谁也不会放过多在城市的浴堂里洗一次澡的机会。到家的第一天，往往最迫切要实现的愿望，便是洗澡。离开城市的那一天，最愿意再获得一次享受的，也是洗澡。

她七年内没有探过一次家……

可是，在她那一天晚上将帐篷里的温度烧暖了，并将那只大铁桶费尽气力从外面挪进帐篷，认真仔细地刷干净，和大铁炉并靠在一起后，他却回到山上来了。

那天，他清早就搭一辆顺路的汽车到团里去汇报筑路工程。她以为他会住在团里一天，或者直接赶回连队去。所以当他走进帐篷，出现在她面前，她意外得有些沮丧。

"你……怎么又回到山上来了？"

"我以为大家不会都回连队的呢，怎么就你一个人留下来？"

"我……看守东西。"

"山上又不会有贼，真是多此一举。"

"排长……排长说……需要留下一个人。"

他在大铁炉旁坐下了，看她一眼，然后摘下棉手套，一边烘烤，一边问："于是她就指定你留下来？"她从他的语调中分明听出对排长郑亚茹的某种积压已久的不满，赶紧解释："不，不是，是我自己主动要求留下的。"他沉默了。一会儿，朝她的铺位瞅了一眼，用商量的口气问：

"可不可以……把你褥子底下的草分一半给我？""当然，当然可以……"她走到铺位前，掀起了褥子。"我自己来吧。"他立刻站起，走到她身边，抱起一抱麦秸草，似乎觉得抱的过多了，又放下一些，说："足够了，这就足够了。"

他抱着草转过身，目光在整个帐篷里扫视一遍，走到帐篷口旁堆放劈柴的一个角落，将草铺在地上，满意地点点头，扭头对她问道："我就睡这儿，不……妨碍你吧？"

她没有立刻回答，也从自己的铺位上抱起一大抱草，铺在离火炉不远的地方，然后说："你该睡在这儿，帐篷口很冷。""不，我就睡这儿。"他在自己铺好的草上坐了下去，身子靠着柴堆，摆出一副舒适的样子。

"随你的便。"她一转身走到自己的铺位前，放下褥子，背朝着他坐在褥子上，从枕头下摸出笔记本和钢笔，开始写什么。"你还写日记吗？"听见他问，她抬起头来，侧转过身，发现他已将帐篷口的那抱草抱到了火炉旁铺下，正坐在上面吸烟。"我从来不写日记，没事儿在纸上随便画……你别乱扔烟头，烧了帐篷我可要负责任的。"她合上了笔记本，重又压在枕头下。她和他差不多是面对面地坐着，之间距离不到三步远。她却一时找不到什么话对他说，连自己也感觉得出，自己的一举一动都极不自然。"有什么吃的没有？"他终于又问了一句。"有……"她从枕头旁拿起书包，从书包里掏出两个馒头，接着从兜里掏出小刀，将馒头细心地切成片，走到火炉前，放在炉盖上烤。

他显然是没吃晚饭，已经饿极了，几片馒头被他狼吞虎咽了下去。吃罢，脱了棉袄，往草上侧身一躺，将棉袄蒙头往身上一盖，似乎就要这么睡了。

忽然，他猛地掀掉棉袄，坐了起来对她问道："有毯子吗？"她一声不响地从自己的褥子底下抽出毯子，递给他。他站起来，将毯子展开，搭在毛巾绳上。毯子成为一道"墙"，将他和她分隔开了。她站在"墙"这边，问："有这种必要吗？"他站在"墙"那边，回答："这样不是对你……方便些吗？"她将毯子拉下来，抛给他："你盖在身上不是更好吗？"他似乎想说什么，但只张了张嘴，并没有说出一个字。他又躺下了，将毯子盖在身上。

她，将马灯的光亮拧暗，退回自己的铺位，缓缓地坐下，从枕头底下再次摸出笔记本，可是并没有打开，拿在手中一会儿，又塞在枕头底下了。她深长地叹了口气，双手捧着腮，郁郁的目光呆滞地凝视着炉膛内闪烁的火亮，脸上呈现出淡淡的忧情苦绪。

他朝她看了一眼，欠起身，盯着她的脸，低声问："你想什么呢？""我……真想洗次澡啊！"她回答，声音同样很低微。这句话是情不自禁地说出来的，话一脱口，她觉得自己的脸倏地火热起来。什么话呀！她追悔莫及。

他又缓缓地坐起来了。她窘迫地避开他的目光，垂下了头。他随即站起身，走到炉前，拨弄炉火，将炉火拨得又红又旺。他又走到柴堆前，抱了一抱劈柴，轻放在火炉旁，一块接一块地往炉膛里塞。塞满炉膛之后，他拿起脸盆，一声不响地走出了帐篷。一会儿，他从外面端进来一盆雪，倒进她刷干净了的那个大铁桶里。

"你……这是做什么？"她明知故问。"雪很快就会化。"他这样回答，拿着脸盆又走出了帐篷。他第二次从外面端进一盆雪倒进铁桶里时，她又问："为我？……"他点点头。"我不会……"她本想说，"我不会当着你的面跳进桶里去的。"但出口的话却是："我不过随便说了那么一句，你别当真。""你不洗，我自己洗。"他大步走了出去。他一次又一次出出进进终于将铁桶里倒满了雪。雪在桶内渐渐融化着。他们都保持着沉默，仿佛各自想着心事，谁也不愿主动开口似的，目光也都尽量不去注意对方。不知过了多久，桶内发出了水热时的响声。终于，热雾弥漫，帐篷里的空气由干燥而潮湿了。他走到大铁桶跟前，一只手伸进桶内，试了一下水温，弯腰从铺地草上拎起棉袄，转身向帐篷外走。她倏地站起来，抢先几步走到帐篷口，回转身，面对面地拦住他，说："既然是你自己想洗，那么应该出去的是我。"他不回答，默默地盯住她的脸，分明用目光对她说："你心里是知道的，我并不是为自己，而是为你。别这样对待我真诚的好意吧！"在他这种目光的注视下，她不忍再与他僵持了，从帐篷口闪开了身子。于是他脸上浮现出一种战胜者颇得意的表情，一步跨到帐篷外面去了。她呆呆地站立着，心中忽然竟有些生他的气。他在强迫我。他！分明是的。我为什么要对他妥协呢？我这傻瓜！

然而要痛痛快快地洗一次热水澡的欲念竟那么强烈！她简直无法抗拒桶内

冒着蒸汽的热水的诱惑。她情不自禁地走到桶前去，一个手指伸进水里泡了一会儿。水，热度正好。她挽起衣袖，整只手都伸进热水里去了。泡了一会儿，她感到自己的那只手，似乎溶解在水中了似的。

她忽然从桶内收回手，走到铺位前，开始急迫地脱衣服。衣服一件一件地从身上脱下来，外衣、绒衣、内衣……胡乱地扔在褥子上。

当她光着双脚，全身赤裸地站在地上之后，她一时间对自己产生了一种莫名的惊惧。马灯的昏黄的光亮，将她的身体涂上了一层枯黄色。她那线条优美的裸体的身影，被清晰地投射在帐篷的帆布墙上。看到自己的身影，她仿佛看到了可怕的魔怪，几乎失声惊叫，下意识地从褥子上扯起一件衣服，围罩在身上。同时，她那恐惧的目光，迅速朝帐篷口一瞥。

只有清冷的月光从外面洒进帐篷。仿佛只在这时她才发觉，周围的世界是多么宁静，一种神秘的宁静。帐篷里是多么暖和！炉火烘烤着她的身体，像夏日的阳光照耀着她。围罩着身体的衣服无声地落在地上了，像跳舞似的，她用脚尖走到铁桶前……啊！……在这个夜晚，在这座山林中，在这顶棉帐篷里，在一只铁桶内，颗粒状的陈雪融化、加热的水，浸泡了她七年没有洗过一次澡的身体。她瘫软在水中了。水没过她的肩部，头枕在桶边上，下面垫着毛巾——一次真正的"盆浴"！

她娴静地闭着眼睛，微微张开着嘴唇，双手交替地，动作极轻缓地搓洗着身体。好像生怕将水搅浑，生怕将一滴水溅到桶外似的。她从容地，不断地朝肩上、脸上、头上撩泼着水。

她真实地体验到人的一种似乎是极端快乐的享受。她快乐得想唱歌，想欢叫。"啊！……"但是从她口中只发出了一种类似叹息，类似轻微的呻吟般的声音。她突然深吸了一口气，两臂抱着双膝，将头也沉没到水中了。她在水中潜了足有半分钟才冒出头来。身体贴着桶壁喘息了一阵，开始漂洗自己的黑发……

她洗了好久好久才恋恋不舍地出水。穿好衣服，在火炉边烤干头发，往褥子上仰面一躺，展放开四肢，她就一动也不想动了。她产生了一种奇特的感觉，好像自己的身体失去了重量，在空中漂浮着，比一根羽毛还轻……

她竟那样渐渐地睡着了。她睡了将近一个小时，身体感到冷，才猛然醒来。哦！天啊！他……她一下子跳了起来，跑到帐篷外。月光之下，她看见他站在离帐篷挺远的地方，没有戴帽子，双手捂着耳朵，不停地跺踏着两脚。她呆住了。两人一同走进帐篷后，他首先走到炉前，将落架了的炭火拨旺，塞进炉膛几块劈柴，这才站起身，瞧着她的脸，问："洗得还好吗？"她很难为情地回答："好极了！"他，微笑了。那是非常亲近的微笑。他第一次对她流露出这样的微笑。她感激地望着他，说："如果今天夜里这件事，让连里其他任何一个人知道，不知会对我……和你，作何想法？"他那双也在瞧着她的眼睛里，有某种奇特的亮光闪过。他用平静的语调说："如果有第三个人知道，那么一定是你自己告诉这个人的。"停顿片刻，他又说："生活中有些事情，还是永远只有两个人知道的好。"他这句话使她的脸红了。他走到马灯前，要拨亮灯芯。"别……就这样，挺好。"她轻声制止他。说完这句话，她觉得脸上更加火热了。心，也无缘无故地急跳起来。她掩饰地拿起脸盆，走到铁桶边去了。"还是我来吧！"他走到她身旁，从她手中轻轻夺下了脸盆，说："你刚洗完澡，冷风一吹，会感冒的。""不，不，这……太过分了！"她要把脸盆从他手中夺回来。

他伸出一只胳膊挡住了她的手。

"难道都不给我一次报答你的机会吗？你曾救过我的命。"她知道他提起的是哪件事，低下了头，讷讷地说："可是，那一次……并没有危险……""难道那块石头果然塌落下来，我才应该对你说感激的话吗？""……""有些事情，只有过后思考，才会理解究竟意味着什么。"她慢慢抬起头，可一接触到他的目光，又立刻将头低下了，许久没有勇气再抬起头正视他一眼。他的眼睛在那一个夜晚好明亮！他不再和她说什么，开始一盆接一盆地往外倒水。当她坐在自己的铺位，他坐在草上，默默相对时，炉火旺起来了。她毫无困意。他分明躺下也是睡不着。外面起风了，帐篷帘被吹得啪啪响。"我们谈点什么不好吗？"他终于主动开口说，语调中带着恳求，仿佛此时此刻的沉默对他是一种难以忍受的折磨。她用勉强能令他听到的细小声音问："谈……什么呢？""你觉得，你们排长是个怎样的人？""这……你应该比我更了解她。""你为什么会这样认为呢？""大家……都是这样认为的。""大家？……""我们女排的姑娘们……"他忽然生起气来，大声说："可是我并不了解她。我曾想努力去了解她，却很难做得到。如果她是你，我相信自己早就了解她了……"她抬起头，吃惊地瞪着他："你……"他不容她打断自己的话，继续说："我是一个烈士的儿子，我父亲是在这块土地上牺牲的，我在生活中处处受到另眼相看，就是犯了错误也会得到庇护，即便做了蠢事也会得到原谅，但我厌烦这个！我是我自己，我要走我自己的生活道路。我不是烈士，我不过是烈士的儿子。可是她却经常对我说这样的话：'你太不会利用你的政治资本了。你是一个政治上的浪费者！'而且摆出一副苦口婆心，谆谆教诲的样子，我不能忍受这种教诲！……"

她突然叫起来："你不要再说下去了！"他顿时哑然了。"求求你，不要说了，不要对我说这些话，不要对我说到她，我不想听，我今天什么也没有听到……"她忽然双手捂住脸，侧转身，低声哭了起来。

他不能理解自己说的这些话为什么伤害了她，他怔怔地注视了她一会儿，站起来，慢慢走到她身边，握住她的双手，将她的双手从脸上移开。

她不肯仰起脸来，满怀苦衷地摇着头。他不放开她的双手，将她拉了起来。"不，不……"她仍在摇着头，想从他手中抽出自己的双手，但他将她的双手握得那么紧，那么紧。"我……我……我……"他的呼吸那么急促。她甚至清楚地听到了他的心在胸膛内怦怦地跳。"放开……我……"她呻吟般喃喃地说。她全身都失去了力量，她几乎要昏倒了。他终于放开了她的手，扶住她，使她慢慢坐下去。"我……我……也许，我是不该对你说……这些话……"他的语调中带有几分歉疚。

她将头垂得很低很低，交换地轻轻地抚摸着自己的手背。双手被他握得很疼，手背上留下了他的浅浅的指印。一滴眼泪落在她的手上，接着，又是一滴……自己的泪。

她感到内心里委屈极了。虽然他并没有伤害她。她紧咬着嘴唇，控制住自己没有放声哭出来。"我并没欺负你呀！"他的话显出急躁来。"别理我。我也不知道自己这是怎么了，过一会儿就好了。"她轻声说，抬起头看了他一眼，凄婉地一笑。他一动不动地在她面前站了片刻，猛然转身走开了，并随手拧灭了马灯。帐篷内黑暗了。黑暗中，她听到他在草上躺下去的声音。一声粗重的叹息之后，黑暗邀请来了寂静。她，也轻轻地躺下了。然而，她无法入睡。

一阵窸窣之声告诉她，他又爬了起来。炉中闪耀的火光，映照出了他的身影。他在拨火、加柴。他站起身，他呆立了一会儿。他向她走来，在她的铺位前站定了。他，小心翼翼地替她盖上了被子，大概以为她睡着了。他……双膝跪了下去。她立刻闭上了眼睛，一动不动。凭直觉，她判断他正在俯视着自己。她的脸上感到了他的呼吸，男性的缓重的呼吸。这呼吸扑到她脸上，使她心慌意乱。然而她屏息静气，仍然一动也不动。她的双唇，却微微张开了，本能地要求承受某种接触……

竟什么事情也没有发生。她感觉到他慢慢地站起来了，轻轻地离开了她。又是一阵他重新躺在草上的窸窣声……当她从沉睡中睁开眼睛，天已经亮了。炉火还在燃烧着，帐篷里依旧很暖和。她的毯子，盖在她的被子上面。他已经不在帐篷内了。她匆匆地穿好衣服，走出帐篷。昨夜下了一场大雪，松软的雪地上，留下了一行朝山下而去的脚印……排长郑亚茹和另外两个女知青跟车到山上来拉载最后一批物品。排长见了她的面，没跟她打招呼。她和她们共同往车上搬东西。

她并非由于过分敏感才觉察到，排长异常的目光不止一次地在她身上扫来扫去。"你昨天夜晚一个人留在山上怕不怕？""睡得踏实吗？"另外两个姑娘在排长不注意她的时候，一人一句，几乎是同时问她。

问过之后，似乎并不想得到她的回答，相互交换着含义玄妙的微笑。她什么话都没有回答她们，只是默默地一件接一件地往卡车上搬装东西。装完车，两个姑娘钻进了驾驶室，她爬上了卡车车厢。"排长，你坐驾驶室吧？我坐车厢。"一个姑娘见郑亚茹还站在车下，打开驾驶室的门，对排长讨好，但又空卖人情，并未跳下来。"不，我要坐在车厢上。"郑亚茹说着，爬上了车厢，坐在她对面的一捆麻绳上。汽车开动了。她和排长虽然面对面地坐着，却谁也不瞧谁一眼。

当汽车在下坡的山路上减慢了速度，排长忽然开口问："他昨天夜晚，和你一块儿在山上？"犀利的目光冷冷地盯在她脸上。不待她回答，排长又说："雪地上留下了他的脚印。"和这句话同时说出的潜台词是："你无法否认的。"她以同样的目光迎视着排长，只简短地回答了两个字："是的。"也附带着一句潜台词："那又怎样？""他……和你……睡一顶帐篷里？"完全是逼问的口气，但吞吞吐吐。"山上不就剩一顶帐篷了吗？"她故用反问的语气回答，并为自己作出这样的回答感到满意。"这一夜……你们是……怎么度过的？""审讯吗？""回答我，我有权利问你！你知道我和他是怎样的关系！虽然现在不像我们刚到北大荒的头几年那样……约束严格了，但对道德败坏的

78

事连里还是要追查的！"排长羞恼了，语势中含着威胁。"无耻！"她冷冷地吐出了两个字。"你！……"排长那张好看的脸扭歪了。她也被自己的胆量所震慑了，立刻将目光从排长脸上移开，茫然地瞭望着冬天的荒野和远山的银色轮廓。她内心里却感到一种从来没有过的畅快。汽车在公路上飞快地疾驰，她们时时被颠起来，碰撞在一起，彼此却再没说一句话……回到连队，他几次迎面碰到她，都侧脸而过，不理睬她，严重地伤了她的心。一天，全连都在大食堂看电影，只有他一个人坐在连部守着电话机，记录电话会议。她突然闯进了连部。他手里拿着电话机，吃惊地瞪着她。"我……我有话和你说。""我在记录。"他生硬地回答。她扑到他跟前，一下子从他手中夺下电话听筒，使劲摔在桌上，大声嚷："你……我恨你！"

"岂有此理！"他霍地站了起来。

她呆呆地站在他面前，胸脯剧烈地起伏着，嘴唇抖动着，目光盯着他，两只眼睛里渐渐盈满了泪水。那是从心底的感情之泉涌出的泪水。他不知如何是好了，张了几次嘴，才低低叫出她的名字："晓芸……"他第一次在称呼她的时候将她的姓省略了。她猛地扑在他怀里，像一个受尽了委屈的孩子，放声大哭。"别，别这样……"他拥抱着她，抚摸着她。她却止不住自己的哭声。他冲动地双手捧住她的脸，疯狂般地吻她。吻她的嘴唇，吻她的眼睛，吻她的额头……他的双唇封住了她心中的泪泉。桌上的电话铃嘟嘟地响着。他冷静下来了，朝电话机看一眼，替她拭干眼泪，轻轻将她推开。她，也理智了，难为情地背转过身。"喂，是我。我守着电话机呢！刚才……一个家属，和丈夫吵架了，对，两口子吵架。我已经把他们劝走了……"他已经坐在椅子上，又拿起了听筒。她转过身来看了他一眼，扑哧笑了。他对她眨了眨眼睛。她凝视了他一刻，悄悄地退出了连部。第三天，他带着一队人到师部参加水利大会战去了。她，则留在了连队。一次长久的分离——两年半。通信是保持的，但仅仅几封，几封很短的信，他告知她水利会战的工程情况，她在信上对他讲述连队发生的种种事情……

再后来呢？再后来，再后来，再后来……

站在哨位上的裴晓芸，什么也不能够再回忆起来了。

水……

多热的水啊！

炉火……

熊熊的炉火！

她觉得自己此刻身在两年前大山林中那顶帐篷里，泡在那只大铁桶里，又潜没到雪化的热水中去了……

突然，她的两只眼睛异常明亮起来，她清清楚楚地看见他站在面前。不是别人，正是他！她的他！

啊！他到哨位来接她了。

她向他扑过去，紧紧地搂抱住了他。

"啊！亲爱的，亲爱的，亲爱的……水太热了，真烫啊！不，冷……我真寒冷啊！我眼看就要冻僵了！抱紧我，抚摸我，吻我……我觉得我的双唇好像两块冰一样冻在一起了，用你的嘴唇融化了它吧！吻我，吻我，吻……"

其实，她一个单音也没有发出来。

然而她感觉到了他的拥抱，他的抚摸，他的亲吻……听到了他的声音，像就是在她的耳畔喃喃絮语，又像是从相当遥远处，从太空对她呼唤："晓芸，亲爱的姑娘！……"

她挺立在哨位上，像"六号坐标"一样。月光将她的黑色身影，投映在边疆大地银白色的底片上。

她面对黑龙江，大睁双眼，枪上的刺刀闪耀着寒光……

她脸上浮现着微笑……

"黑豹"像跑马场上进入亢奋状态的一匹赛马，以疯狂的速度跑回了连队，直奔知青大宿舍。它如猛兽般，撞开男宿舍的门，冲了进去。空无一人……它木立了一刻，腾跃起来，在空中返身，又蹿了出去，扑进女宿舍。女宿舍也空无一人……它在男女宿舍间窜来窜去，往返数次，发出呜呜的低吠。它彻底失望了，焦急地摇动着尾巴，站在大宿舍的过道走廊里，怒吼了两声。它发现了团部方向的火光，一动也不动了。突然，它箭一般向团部奔去……

在团部，在八百余名知识青年中，在十几堆篝火间，在物资库的救火现场，在每一处有人群的地方，这只狗横冲直撞，寻找着工程连的知识青年。

"嘿！这狗真肥，捉住它，捉住它！烤狗肉吃。"围聚在一堆篝火旁的几个男知青，四面围住了它。有的握着刀子，有的持着木棍，有的拿着石头。他们要结果它的性命，要剥下它的皮，要肢解它肌腱发达的身体，放在火上烤熟，吃掉。

他们是又冷又饿。

不知哪一个首先朝它扔出了石头，击在它头上。它嗷地叫了一声，向后退，而后胯上又挨了狠狠一棍。它摇摆了一下栽倒了。他们立刻围上去，一个绳套套住了它的脖子，勒紧了，把它拖拽到一棵树下，吊了起来。求生的本能和兽性在这只驯良的狗身上勃发了。它侧头一口咬住了绳子，用锐利的牙齿将绳子咬断，从半空掉在雪地上。

他们又朝它围上去。它像一头真正的豹子一般跃起，扑向离它最近的一个人，它扑倒了他，朝他的脖子咬下去。他用手一挡，咬住了他的手。一声惨叫，它觉得自己从那只手上咬下了什么。它口中含着咬下的东西，龇着白森森的利牙，呜呜低吠，竖起了脖颈上的长毛，伺机再扑。

在痛叫声中，他们惧怕了，退缩了。两根手指从它嘴里吐在雪地上。它突破包围，向救火现场奔去。在那里，它在纷乱的救火人群中，第一个发现的是它的主人。他扛着一箱手榴弹从火海中冲出来，刚刚放在安全的地方，它立刻蹿过去咬住了他的裤角不肯松口。他低头看见是它，骂了一声："滚开！"用另一只脚将它踢得翻了个身。

"工程连，跟我来，赶快扛手榴弹箱！"他大喊着，又冲进了火海。十几条人影跟随在他身后，也冲进了火海。"黑豹"又发现了小瓦匠，蹿上去咬住了小瓦匠的裤角。小瓦匠蹲下身，拍着它的头说："黑豹，你到这里来干什么？你帮不了一点忙，去吧，去吧，回连队去吧！"它迷惑地松了一下口，小瓦匠挣脱裤角，也冲进火海去了。"工程连的，组成人墙！"火海中，它辨听出了主人的大喊声。一道人墙隔立在火海之中。他们手挽着手，靠得那样紧密，火舌舔着他们的后背。更多的人在他们的掩护下去扛手榴弹箱。"黑豹"也想冲进火海去，但大火的烈焰令它害怕。它在大火外围来来回回地奔跑着，奔跑之中俯下头啃了几口雪。它突然又朝驼峰山上的哨位奔去……

刘迈克怀孕的妻子在家中期待着他。她安静地坐在炕上，一针接一针给未出世的孩子缝做小衣服。

孩子不会见不着父亲了。这将在北大荒出生的小生命，在她腹中轻轻地动弹呢！她为孩子而庆幸，也为自己感到了幸福。她那颗将要做母亲的心，此刻踏实极了。她内心充满了对生活的信赖和深情，也充满了感激。

听到狗叫声和狗爪子的扒门声，她愣了一下，放下手中的小衣服，下地开了门。门刚打开一条缝，"黑豹"就挤了进来，口中叼着一只棉手套。

"'黑豹'？……"她从它口中取下手套，立刻认出，是裴晓芸的。在全连的女知青中，她和裴晓芸最要好。她是连队后勤班班长，裴晓芸曾是后勤班的唯一一个知识青年。缺少友谊的上海姑娘，把她当姐姐一样看待。

裴晓芸上岗之前，还背着枪来到她家里，笑盈盈地问她："秀梅姐，你看我像一个哨兵吗？"这只手套破了个洞，是她当时给补好的。"黑豹"围着她转，咬住她的衣服，将她向外面扯拽。一种不祥的预感立刻遍布她的全身。她慌忙地穿上大衣，扎上围巾，跟着"黑豹"走出家门。她跑到马房，拉出一匹马，跨上马背，还没坐稳，就喝马朝驼峰山飞驰。来到哨位上，她跳下马，见裴晓芸朝她伸着双手，似乎在迎接她。她几步跨到裴晓芸身前，握住了她的双手，但立刻又缩回了自己的手。裴晓芸那只失去手套的手，像岩石一般硬！她呆住了。"晓芸，晓芸，晓芸……"她喃喃地。微笑依然呈现在裴晓芸脸上。"裴晓芸！……"她嘶声大喊。泪水顿时蒙住了她的两只眼睛。她又向裴晓芸扑过去。可是……女哨兵颓然地、僵直地朝后倒了下去，倒在铺雪的大地上，恋恋地瞪视着夜空。"裴晓芸……"她扑在女友身上，泣不成声地呼唤着。"黑豹"发出一声悲怆的哀吠……

七

黎明的曙色从驼峰山顶显现出来了。隔夜间，驼峰山耀眼的银铠甲不知被暴风雪卷到这世界的哪一个角落去了，裸露出灰色的岩质的嶙峋峰体。北面半山坡，暴风雪推到一起的积雪，顺坡呈现着波浪般的层次明显的叠状，像一位巨人缠在腰间的衣裾。"六号坐标"仍然竖立得那么笔直，这大地的立体指南，被无数次的暴风雪和暴风雨挥发尽了体内代表生命的水分，由一棵树成为了一根枯杆。荒原上，鬼使神差地出现了一堆堆的雪堆，小则如坟，大则如丘。太阳也从驼峰山后面庄严而矜持地升起来了，在驼峰山巅滞停了片刻，仿佛有弹性似的，轻轻一跃，便悬在半空中了。灿烂的霞光普照大地，白雪闪耀着宝石一样的红色的柔和的光芒。

团部区域，一堆堆篝火已熄灭，但仍冒着袅袅的青烟。冬晨清新而充满冷意的空气中，飘漫着燃烧后松脂产生的特殊气味。十几辆马车、挂斗车、拖拉机，随心所欲地停在各处。昨夜没有卸套的马，身上披着霜，像古战场上的银甲马，舔着雪，猪一样地拱食着雪下的枯草。

在一片平坦的雪地上，苫布蒙盖着从火中抢搬出来的物资。桶、扁担、锨、镐，分类整齐地堆放着。

知识青年们，此刻都聚集在干部股、组织股、财物股……有纪律地办理返城手续。只有会议室空无一人，门敞开着，对流风横穿室内，将烟灰、烟头、烟盒、报纸刮落满地。小公务员在独自打扫着。他在履行自己最后的职务，他办理完了返城手续。

礼堂里，舞台上，并放着两张桌子，一摞摞的档案，将要在这里改变它们过去十年中的人格化的价值。今后它们记载些什么，那要由知识青年返城后的命运所决定了。

军务股长，郑重地坐在一张桌子后面。知识青年们在此办理最后一道返城手续——领取各自的档案。他要在他们的密封的档案袋上和准迁卡上盖章，这是他最后一次为他们履行职务。

他见人到的不少了，站起来，大声说："现在，我开始办公，首先，你们必须按照我的要求，分成两排。"说罢，他从侧梯上走下来，走到他们之中，指点着他们说："你，站到左边。你，站到右边。你，左边。你，左边。你……也左边去。你，右边。左边，左边，右边……"

他们很快被他分成两排，一排人多，一排人少。他环视着两排人，说："左排优先办理。"他把"优先"两字说得很重。说罢，一转身大步朝台上走去。"你这是什么意思？有没有个先来后到了？我早就在这里等候你办公了。"右排中，有谁嚷叫起来。"对！说清楚。""别以为公章在你手里握着，就可以独断专行！"……右排的人附和着，抗议着，甚至威胁着。军务股长在舞台侧梯上站住了，缓缓地转过身，目光盯向右排，用冷峻的语气说："你们睁大眼睛，看看左排的每一个人，然后再互相看看你们自己！"

右排的人，将狐疑的愤愤不平的目光投向左排——他们的脸，一个个都是黑的，肮脏的。还有带着伤痕的。他们的裤筒、鞋上，挂着水湿后冻结的冰。他们的衣服上，这里那里尽是烧破的洞……他们的样子都是那么狼狈不堪。

右排的人，一个个显得比左排的人更加狼狈起来，他们互相一看就明白，他们昨夜没有救火。

这是一种对比明显的排列组合。弟兄、姐妹、好朋友、同班同排同连队的，彼此有着各种关系的知识青年，被这种排列组合分隔开了。右排的人不得站到左排去，左排的人绝不会愿意站到右排去，他们只能面对面地望着。

在这种默默的持续的对望中，股长站在台上又大声说："我要求你们保持肃静。如果有谁大叫大嚷，我提议你们，就将他轰出去！"他在办公位置坐下了，拿起一张卡，一字一字地念道："一连……李庆丰……"右排的人，谁都无法经受等待的寂寞和左排的注视，他们先后退出了礼堂。退出时，每个人都低垂着头，脸上不无惭愧。

左排的人，他们保持着一种持久的，近似庄严的肃静。连咳嗽声，都是控制着的，没人交谈。熟悉的也罢，陌生的也罢，他们用目光彼此表达着淡微的敬意和……庆幸。此时此刻，他们昨夜自发的救火行动，受到这种特殊形式的重视，他们怎能不感到莫大的欣慰？一有人走入礼堂，他们便纷纷将目光投射到那个人身上。如果他或她身上，和他们有相似之处，他们便点头致意，打手势叫他或她排到队列中来。如果他或她的脸不是黑的，衣服是完好无损的，他们的目光，便是他或她怯于正视，难以承受的。那种目光是极其复杂的，内含着质询、谴责、惋叹，甚至包含着同情。

他或她如果不是反应迟滞的，就会意识到什么，愧然退出。

站在队列中的小瓦匠，瞧着那些领到准迁卡和档案的人欢天喜地的样子，心中产生了一种淡淡的忧郁和不满。他认为他们不应是这种样子离开，应是怎样呢？……他自己也不知道。

他觉得需要和别人交谈一下，随便交谈些什么，心情才会轻松点。于是，他问身旁的一个小伙子："你是哪个连的？"

"三连的。"对方好像也和他有同样的需要。

"你们连……也都走光了？"

对方肯定地点点头："文书、会计、卫生员、小学教员……三十几名知识青年，一锅端。"

"哪年来的？"

"我？一九六八年。六月十八日，正是'六一八'指示那一天到的北大荒。我们问带队的，毛主席对兵团的指示才传达下来，你们怎么会提前一个多月在对我们宣传动员时，就打出了兵团的旗号呢？带队的回答：'宣传是为了目的嘛！'他居然不怕落个编造主席指示的罪名！"

"那你是第一批到北大荒的了？"

"当然。我们那一批是北大荒的知青元老！我们都是自愿报名的。我报名后一直瞒着父母，到临走的前一天才告诉他们。母亲哭闹得天昏地暗，可我还是走了……我是独生子。后来想返城也回不去了。你呢？哪一年？"

"一九七一年。"

"'一片红'那一年？"

"是的，当时我母亲正瘫痪在床上，街道上山下乡动员组的人，有天敲锣打鼓将光荣花送到我们家。我和弟弟说：'我们没报名呀！'他们说：'没报名也批准了！'"

"'一片红'，'一片红'，从城市走的干净，也从北大荒走的干净……四十多万啊！不知道留下来的会有多少？"

"想不到，我们会是这么离开的。别的都不讲，就拿我们团来说，全团百分之九十的农机具手都是知识青年，都走了，怕是今年开春连小麦大豆都播种不下去……仔细想想也真有点觉得对不起北大荒！"

"是啊，政委还说要给我们开欢送会呢，我看还是不要开的好。"

小瓦匠忽然看见弟弟走进了礼堂，弟弟身穿一件军大衣，军大衣过肥过长，弟弟穿着太不合适。脸，弟弟的脸——是清洁的。为什么是清洁的？！为什么不是肮脏的？！

他自己，他们所有这些脸上肮脏的人的目光，都投射到弟弟身上。小瓦匠心中替弟弟难受极了！他将身子转过去了。可是弟弟已经发现了他。弟弟不理会投射到身上的那些目光。弟弟向他走过来，走到他身边站住，轻轻叫了声："哥……"大家默默地注视着他们兄弟二人。小瓦匠猛地转过身，吼道："别叫我哥！"弟弟吃惊地不解地瞪着他。"你……你不是我的弟弟，你给我滚出去！""我……""我揍你！"小瓦匠猛地抓住了穿在弟弟身上的军大衣的领口。

刚才和他交谈的那个小伙子，用胳膊架住了他挥起的拳头。他使劲一推，弟弟跌倒在地上。那小伙子上前扶起弟弟，看了当哥哥的一眼，对弟弟说："现在办理手续的，都是昨天夜里救过火的。你……过会儿再来吧。"

弟弟的眼睛呆望着哥哥，一只手，一颗一颗地解开了军大衣的衣扣。肥大的军大衣，从弟弟瘦而窄的肩头落到地上。弟弟完全变成了另一副样子，棉袄面和棉花差不多烧光了，穿在身上的不过是破棉袄里子。裤子，膝盖以上烧得和棉袄一样，一条包皮电线穿着裤里，勉强将棉裤吊在皮带上……

小瓦匠怔住了。所有的人都怔住了。

弟弟那双瞪着哥哥的眼睛，渐渐充满了委屈的泪水。

军务股长不知何时停止办公，从台上走下来，走到了弟弟身边。他捡起军大衣，拍去灰土，轻轻披在弟弟肩上，说："这是马团长的大衣吧？"

弟弟点了一下头，嘟哝："他命令我穿的。"

"快穿好，别冻着。"军务股长的手搭在弟弟肩上，目光却责备地看着当哥哥的。

小瓦匠走到弟弟跟前，像给小孩子穿衣服一样，将军大衣穿好在弟弟身上，替弟弟扣上了纽扣。

"跟我来，我现在就给你办理手续。"股长拉住弟弟的一只手，和弟弟一块走上了舞台……

党委办公室里，政委孙国泰背对着曹铁强和郑亚茹，用极低极沉重的语调说："你们可以走了……"

隔夜之间，他苍老了那么多！两眼网满了血丝，脸上的每一条皱纹都加深了。

悲痛像一双无形的大手，挤压着他那颗在战争年代、在艰苦的农垦创业时期，锻炼得非常刚强的退伍老战士的心。

有不少人为开发和建设北大荒献出了生命。这些人的名字有的他还铭记着，有的他已经忘却了。将身躯埋葬在北大荒土地上的知识青年，也绝不只两个。但昨夜两个知识青年的死，在他心灵中造成的却是一种混合着负罪感的悲痛。

他们死了。一个上海姑娘和一个哈尔滨市的小伙子。一个三十一岁。一个二十五岁。一个，还没有结婚，没有来得及成为妻子，甚至也许——还没有来得及爱过。他这样猜想。另一个，撇下了年轻的妻子，和妻子腹中还没有出世的儿子，也许是女儿。一个，刚被连队团支部讨论通过为共青团员不久。但不知为什么，团里还没有正式批准下来。这些共青团团委的干部们！在他们看来，批准一个共青团员，似乎比批准一位中央委员还要严格！而另一个，迫切要求加入党组织而生前并没有成为一名中国共产党党员，却仅仅是由于他自己随口说出的一句话："对于像刘迈克这样的知识青年的入党问题，审查要严，考验要久。"

一句话使工程连党支部三次呈送到团里的发展党员的报告，都被团组织股长长久地压了下来……对于当年的团警卫排排长，他的成见是那么深！在今天以前是那么难于改变……

对于他们的死，谁来承担责任呢？是暴风雪？还是昨夜的混乱？是团长马崇汉？还是他们的连长和指导员？或者是……他自己。作为政委，他觉得自己有推卸不掉的责任。责任……即使每一个活着的人都愿意承担什么责任，甚至处罚，他们……也还是丧失了生命。

一个死得……悲惨，一个死得……庄严。一个死得……英烈，一个死得……神圣。一个的死，换得了可见的代价。一个的死，升华了兵团战士的称号……

曹铁强和郑亚茹一齐走进党委办公室，便一言未发。刘迈克和裴晓芸的死，使他的心由悲痛而麻木了。是郑亚茹回答了政委提出的一切问题。政委问一句，她回答一句。

郑亚茹见政委不再问什么，缓慢地站起身，朝外面走。她走到门口，站住了，忽然扑在门框上，哇地一声大哭起来。老政委走到她身边，低声说："坚强些。"郑亚茹突然扑到曹铁强跟前，双膝跪地，痛哭着说："我有罪啊！会议的内容是我泄露的，混乱是我造成的。刘迈克的死，是我造成的。裴晓芸的死，也是我造成的！我……我没有指定人换她的岗……我……"她突然跳起来，疯了一般冲出党委办公室。曹铁强一下子伏在桌上，额头抵着桌面，双拳不停地狠狠地擂着桌子。不久，一声呻吟才伴随着他的哭声爆发出来。"我……我为什么不早一天明明确确地告诉她……我……是爱她的……"这句话像是从他破裂了的心灵迸发出来的，带着心灵伤口的血。老政委这才真正理解，知识青年连长的悲痛，远比自己预想的要巨大得多！可是，他却找不出一句话来安慰这年轻人，让这年轻人痛痛快快地大哭一场吧！

他走出了党委办公室，站立在门外。泪水这时才从他眼中淌出来，溢满了脸上深深的皱纹中。见两名团委的干部远远朝他走来，他掏出手绢擦了擦眼睛。

"政委，你派人找过我们？"他们走到他跟前，低声问，表示出他们以往对他的尊敬并未丧失的样子。他问："你们的返城手续办理完了？""办完了！"他们仍然低声回答，就像他所问的是某件工作。他眯起眼睛，注视了他们一会儿，极平静地说："既然你们的返城手续办完了，那么，我现在就有理由宣布，解除你们共青团组织者的一切职务。"他们互相看了一眼，以为政委派人把他们找来，就是为了当面向他们宣布这一点。他们缓缓转过身，各自怀着复杂的心情要离去。"等一下。"政委叫住他们。老政委又说："我以团党委的名义命令你们，在正式移交共青团组织工作之前，批准工程连上海知识青年裴晓芸为中国共产主义青年团团员。"两位共青团的干部又互相看了一眼，同时点点头。"我的话还没完。"当他们第二次要离去时，老政委又把他们叫住了，接着说："所有本连队团支部已经通过的知识青年的入团志愿书，我都要求你们在移交工作之前，全部批准，并代他们办理好组织关系，交给他们本人，不许有任何差错！"

……

办理完了最后一道返城手续的知青们，有些一拿到档案和准迁卡，就迫不及待地赶回连队去了。他们需要筹划种种返城的准备。更多的人没有回到连队去，仍留在团部，他们要等待开欢送会，因为这是老政委说过的。他们并不希望为他们召开多么隆重多么有场面的欢送会，他们只是希望在离开北大荒之前，有人能够代表北大荒对他们说些什么。他们每个人都很想通过一种仪式，哪怕是最简单的仪式，集体向北大荒告别。有没有这样的仪式，对他们来说，并不是无所谓的。

此时此刻，他们对北大荒是怀着一种由衷的留恋之情的。或者换一种说法，他们是对他们的青春，对他们当年的热情，对他们付出的汗水和劳动，对他们已经永远逝去的一段最可宝贵的生命，怀着由衷的留恋之情。

留恋，但却要离开，多么矛盾啊！但这是时代的矛盾在一代人身上、思想上和心理上的折射。谁不能客观分析我们过去了的那个时代的矛盾，不能得出正确的结论，便无法理解他们将要离开北大荒时的复杂心情，无法理解他们对北大荒那种眷眷的留恋。

除了工程连的少数几个人之外，他们都还不知道，就在昨天夜里，有两个知识青年长眠了……

九点整，团部的广播喇叭传出了集合号声。各个连队，在礼堂外的广场上排好了队列。

礼堂的门，从里面缓缓打开了。

他们一进入礼堂，都惊诧得呆住了。首先映入他们眼中的，是一条横幅挽幛——

知识青年刘迈克、裴晓芸千古

老政委臂戴黑纱，肃穆地站立在舞台上。他望着大家，用流溢着感情的目光望着大家，许久才开口说道："兵团战士们，这是我最后一次这样称呼你们了！我相信，今后，在许多年内，在许多场合，这个称呼，将被你们自己，也被别人，多次提到。这是值得你们感到自豪的称呼，也是值得和你们没有共同经历的同代人、下几代人充满敬意的称呼。虽然，你们就要离开北大荒了，生产建设兵团的历史，结束了，但开发和建设边疆的业绩并没有结束，也是不会结束的！我代表北大荒，要大声对你们说，感谢你们——兵团战士们！因为你们，在北大荒的土地上，留下了垦荒者的足迹！因为你们，十年内打下过何止千百万吨的粮食！因为你们，今天是要回到城市去，而不是，要跑到黑龙江的那一边去！我相信，今后在全国各个大城市，当社会评论到你们这一代人中最优秀的青年时，会说到这样一句话：'他们曾在北大荒生活过！'"

无数双眼睛，一眨不眨地注视着老政委。

老政委那般激动！

他接着说："我昨天答应你们，要为你们开欢送会。我真心实意地想到，要像你们当年被欢迎来北大荒一样，敲锣打鼓地欢送你们离开北大荒。你们是有功绩的，虽然，这功绩不见得会被书写在历史上，但它是会被历史所公正地承认的！十年中，有不少知识青年，为北大荒献出了生命。就在昨天夜里，你们之中的两位知识青年，你们的两位兵团战友……你们要永远铭记他们的名字！他们叫……刘迈克……裴晓芸……北大荒将永远怀念他们……"

老政委垂下了白发苍苍的头。

所有的人，都垂下了头。

广播喇叭传出了哀乐声。

曹铁强、小瓦匠和工程连的两名战士，抬着用白布罩起的自己兵团战友的遗体，从外面缓缓地走入礼堂，走上舞台，将战友的遗体，轻轻地平放在桌子上。放得那么轻，像怕惊醒了他们的睡眠。

"大家，向烈士告别吧！"

老政委的话音刚落，立刻有人失声哭了起来。哭声响成一片！

这些知识青年们，在近几年中，为领袖，为敬爱的周总理，为朱委员长，为许许多多老一辈革命家的逝世，如此痛哭过。今天，为两个知识青年，为两位兵团战友，他们又一次痛哭了……

数百人组成的送葬队伍，没有戴黑纱，没有戴白花，连一只花圈也没有抬着，从礼堂出发，沿着团部大道，缓慢地走向驼峰山。

镐头刨开了冰冻得铁一般硬的土层，一把铁锨，在数百人手中传递着。北大荒的土，掩埋了两个知识青年。北大荒的土地上，又堆起了，也遗留下了，两个知识青年的新坟。

排枪响了三次。

这是工程连的战士们，遵照连长曹铁强的话做的安葬仪式。裴晓芸这个刚刚被批准为战备分队战士的上海姑娘，生前还没有机会放过一枪。排枪声震动了穹空，三次回音在驼峰山谷之间回鸣，绕着山峰，长久不断地延续。

像一支黑色的箭从半山腰的哨位上朝这里射来——是"黑豹"……

郑亚茹没参加安葬，她没有勇气。她独自一人来到石锦河边，坐在一棵树干曲扭的大柳树下。她的头脑很乱。准迁卡和档案袋放在书包里，书包背在身上。但回到城市去，还是留在北大荒，她内心充满了矛盾，犹豫不决。而容许她进行选择的时间，竟是那么短，那么紧迫。

这里静悄悄。每次到团里来开会或参加干部集训学习班，她一有空就喜欢独自到这里来，消磨一点余暇，无论冬夏春秋。老柳树昨夜之前缀满树挂，像一株巨大的银珊瑚。冰冻的河在暴风雪前如镜子一般光洁。这里曾令人勾留忘返。然而暴风雪一夜间将这里的美好彻底破坏了。老柳树的枝条光秃得像丑怪的豪猪，河面被苍凉的厚雪所覆盖。望着驼峰山蜕了一层皮似的山峰，她对自己今后要走的人生道路那么茫然。

她明白，自己站在一个十字路口。

在昨夜之前，她对自己的生活之途充满信心。她是全团仅有的三个女知识青年提拔起来的正连职干部的一个，是唯一的一个知识青年团党委委员。在全团培养团一级青年干部的名单中，她是名列第一的。虽然，她也同许多知识青年一样，对城市，对城市生活，时时产生情不自禁的眷恋。但更多的时候，她是压制着这种眷恋，不像别人那样随时随地流露出来。她不，她从没如此过，她不允许自己那样。在对种种离开兵团的途径和去向都思考过，对比过，暗中尝试过之后，她曾放弃了返城的念头。只要默默耕种，总会有收获，她相信这一点。谁知再过十年之后，她不会成为生产建设兵团的女团政委，甚至女师政委呢？那时，她也不过才人到中年。那么再过十年呢？她五十岁的时候呢？生产建设兵团总部的领导们，是部长级，是大军区级。一切都非梦想，一切都不是不可能。一切都只有留在兵团，留在北大荒才会实现。在任何一座城市里，都不会为一个二十九岁的女青年创造这样的条件，提供这样的机遇。可是突然她和所有知识青年一样，被推到了走与留的十字路口。她根本没有来得及思考，就作了后一种选择，甚至可以说，不能算是一种选择，而只是一种身不由己的盲目的附随。后悔了吗？也许是的，的确是的。返回城市之后，她和全团八百余名知识青年，和几千、几万、几十万、几百万、全国几千万知识青年的命运，还会有什么不同？城市会像久别的情人一样张开双臂拥抱她吗？待业、临时工……她能够心平气和地忍受这些吗？不错，父母会尽快为她安排一个较理想的职业，在这一点上，她可能会比别的知识青年幸运些。以后呢？结婚，生孩子，贤妻良母加先进生产者。在北大荒的种种荣誉和资本，都将是过了时的记录。一切都得从新的起跑线上再次开始。对于这种人生途程上的竞赛，她已经感到疲倦了。她已经竞赛了整整十年啊！……何况，她已经二十九岁了，一个老姑娘。城市对于一个二十九岁的返城的姑娘，绝不会是含情脉脉的。她不由得想到了曹铁强，想到了十年来她和他之间的关系。她是爱他的，现在仍爱，可以对天盟誓！可是，他究竟为什么不爱她呢？她至今不明白。他一度曾想把爱情双手奉献给她，在这一点上他并没有欺骗她。她自己也不是一个容易感情迷乱，容易被装虚作假的人所欺骗的姑娘。不，不，他不是一个玩弄姑娘感情的人！尽管她已永远不可能获得他的爱情了，她却不能够允许自己诋毁他，不能够允许自己诽谤她和他之间过去的，那种似爱情然而又被什么东西与爱情所分割的关系。

爱情曾经环绕在她身边，她却没有捕捉住。她那么希望和企图获得，但终于还是失去了。他把爱情给予了别人，给予了一个在自己看来完全没有可能得到的姑娘，却真实地甚至可以说慷慨地给予了！

是生活本身犯了错误？是他错了？还是她自己错了呢？错在哪里呢？包

和行李捆，跳下汽车，奔进了车站。那个姑娘临走时还对司机说了声："谢谢！"车站内，站台上、候车室里，几百名知青在等待列车。他们随身所带的手提包、行李捆堆积得像小山。焦急、茫然、惆怅、沉思、冷漠、凄凉、庆幸、肃穆、严峻……各种各样的神色和表情，呈现在一张张男女知青疲惫的脸上。他们有的人从连队到这里，需要四五天。和伙伴们失散了的，大声呼喊着，奔来跑去。丢掉了什么东西的，在别人的手提包或行李堆中翻找着，惹起一片片斥责、争吵。

大前年探家的时候，她就开始意识到，她和他的关系中出现了最严重的一次"危机"。可是，他们并没有发生争吵啊！应该说，那一次探家还是很有收获的。她温柔地哄劝他、恳求他，甚至耍了一些小小的计谋，编造了种种借口，领着他一家又一家地登门拜访自己父亲的老战友、老领导、老下级，从省军区司令员到某某副市长，从某某局长到某某区长。不错，都是纯礼节性的拜访。但这种纯礼节性的拜访，难道不是可以积累成亲近的感情吗？难道与这些人物之间缔结下的感情韧带，可以被愚蠢地认为是没有必要，没有意义，没有价值的吗？白痴才会那么认为。不论任何一个人，要生活得比别人更充满自信，要实现比别人更大的作为，要在同代人中出类拔萃，都必须在生活中借助别人的力量。谁的生活能摆脱得了在社会上的傍依性？谁？即使非凡的人物。何况，她仅仅只是为了她自己吗？难道不也是为了他吗？不是为了她和他共同的将来吗？

如果是在这一点上他不理解她，轻蔑她，鄙视她，他是公正的吗？将来总有一天她要寻找机会质问他的，她要和他辩论明白的。他可以不爱她，但她有权要求回答。她不能既失去了，又糊涂着啊！

她又想到了团部卫生院的主治医生匡富春，收到他从哈尔滨医科大学寄给她的第一封回信，她当时多么惶然！从那封信的字里行间，她看得出来，他被她深深地感动了，他对她充满由衷的感激之情。感激一个不相识的姑娘对他的经济资助和真诚勉励。而她给他写信，寄给他十元钱，不过是出于和曹铁强赌气！而且，过后她就把这件事忘了。既然收到了回信，就不能不认真对待了。那太卑劣了！几经犹豫和思考，下个月她又给他寄出了一封信和十元钱。当然，她又收到了回信。复信，寄钱，复信，寄钱……感激之词和"希望你刻苦学习"一类话语在来往书信中渐渐被剔除了。她觉得寻找到了一个可能向对方倾吐自己内心许多忧烦苦闷的人。她也体验到了被别人信任，由信任而得到一种友情，同时给予别人信任，给予别人友情是生活中一件多么美好的事！他在信中表示，盼望和她早日相见一面了。

在又一次探家期间，他们相见了。假期结束，他送她上火车时，郑重地交给她一封信，他向她求爱了。那正是她和曹铁强之间的关系令她最苦恼最绝望的一段时期。她站在列车两节车厢的过道，背着陌生的人们哭了一场。一返回连队，她就给匡富春写信。在信中告诉他，他上医科大学的机会，当初差点是被她所断送。告诉他，她曾热烈地爱过另一个小伙子……她是怎样地盼望着他的回信啊！不久便收到了回信。信纸上只写了一行字：因为你是一个如此坦率的姑娘，所以你便值得我爱。……今天，她不禁向自己发问：我爱他吗？究竟爱他到什么程度呢？

他是卫生院受人普遍尊敬的医生，长得也不错。和曹铁强比较，一个英俊，一个文秀。他爱自己的职业不亚于爱她。他比曹铁强能够理解她，虽然不见得事事赞同她。

只有他，才能医治曹铁强在她心灵上造成的爱情伤痕。只有他，才能在她心目中和曹铁强并列。也只有能够和曹铁强并列的人，才能在她心目中取代曹铁强，才能最后占据她的整个心！她心目中是有一种被别人整个占据的愿望的啊！

我为什么要想到爱情？在这里，在这个时候？她又抬起头向驼峰山看去。那里，在进行安葬，而我坐在这里……多么可鄙啊！"留下，还是离开？我必须在半个小时内作出最后的决定。"她看了一眼手表，从雪地上抓起一把雪。雪的冰冷的刺激，使她打了个寒战，也使她的心绪稳定了些。"在半小时内，如果我手中的雪还没有融化，我将离开……如果融化了，我将留下……"一滴雪水顺着她的指缝慢慢淌着，终于滴落在雪地上，在雪壳表面冻结成一颗小珍珠。不到十分钟，她手中的雪便融化尽了。手，太热了。留下？……八百余名都走了，四十几万都走了，自己留下来？选择和大多数人背道而驰的生活之路，别人的经验告诉她，那是太冒险了！一个孤独的女知识青年，难道还要在北大荒经历无数次像昨夜那么猛烈的暴风雪？！

不，不，不！那太可怕了。何况，此后她的双脚踏在这块土地上，心灵会感到时时不安宁的。因为，这里埋下了刘迈克和裴晓芸，在今天。一想到这一点，她的心像是被放在炭火上烧烤着。她同时想到了不久前的一件事：连里有天突然收到了兵团总部的公函，上面用打字机打着十几行字——所谓裴晓芸的母亲是外国特务的疑案，纯属"四人帮"对爱国归侨的政治迫害。她父亲的政治问题，也获得彻底的平反昭雪。她在国外的姨父母，要求批准她到国外去继承遗产。如本人同意出国，连队要举行欢送会。欢送会作为一项政治任务，必须举行……

当把公函给裴晓芸看时，裴晓芸哭了。"我在国内一个亲近的人都没有了，我需要亲人！"凭裴晓芸的这句话，郑亚茹主持召开了欢送会。她是这样说开场白的："今天，我们为裴晓芸女士，召开出国欢送会。我们希望，裴晓芸女士到了国外，能够做一个红色资本家。这就算我代表全连对裴女士的临别赠言……"这开场白是用笔起过草，背过的。为什么要用"女士"这样的称呼？话中有没有讥刺和嘲讽？她无法否认这一点。

她讲完话之后，裴晓芸站起来说："我需要亲人，需要关心我爱我的人，但我不愿离开祖国，不愿离开北大荒！我相信在北大荒我会寻找到关心我爱我的人……"说完，便离开了会场。

欢送会没开成，人们纷纷散去，最后只剩下了她和曹铁强。曹铁强瞧着她，想说什么，却什么话都没说，只是摇了摇头，也撇下她走了。就是从那一天，她意识到，不但失去了爱情，同时，也失去了友情。他对她责备的话都不愿说了。

想到这件事，郑亚茹站了起来，匆匆朝团部走去。她要去找匡富春。她下了走的决心。"没有十字路口，"她在心里对自己说，"对于我，只剩一种选择，离开北大荒。"她明白，曹铁强是不会离开北大荒的了。在昨夜以前，她和他既是领导着一个连队的两个合作者，又是生活道路上的两个竞争者。就像运动场上的两个竞走运动员，比的是在北大荒坚持下去的耐力和毅力。只有爱情才能改变他们之间这种关系，而爱情早已在他们之间死亡了。剩下的，只是怨恨，也许更甚，是仇恨。难道有谁可以原谅导致他所爱的姑娘死亡的人吗？即使他亲口对她说出原谅的话，她也不能相信。即使她相信了他，她也不能饶恕自己。离开，离开……绝不留下……要和匡富春一同离开，和匡富春一同。走在半路，她忽然放慢了脚步。她终于……站住了。她终于……转变了方向，她朝驼峰山走去。

她来到了埋葬刘迈克和裴晓芸的地方。她久久地站立在两堆新坟前。她在雪地上跪了下去。她用双手扒开积雪的硬壳，扒得露出了地面，十指在地面上使劲抠着。扒开的雪接受到阳光，化了。坚硬的地面潮湿了一点儿。她终于抠起了极小的一捧土。指甲裂了，十指鲜血淋淋，她却并不觉得疼。她双手捧起这一小捧土，缓缓地站了起来，虔诚地将土分撒在两座坟头上。

她在心中乞求："刘迈克，裴晓芸，你们饶恕我……"

团部紧急会议的内容，是她透露的。会前，马团长找她单独谈了一次话，指示她开会时要首先发言，表明态度，并答应她，如果想离开北大荒，全部手续包在他身上。趁团长出去了一会儿，她急忙抓起电话，将关系到知青命运的这一重要情况，告诉了在水利连当文书的表姐，敦促对方赶紧采取对策……

当她转过身准备离开时，发现曹铁强站在几步远处，正望着她。两人默默地对峙了片刻，她迎视着他的目光，向他一步步走去，走到他面前，说："你惩罚我吧，我请求你……"他摇摇头："不，我的拳头从来也没有落在悔过的人身上……""打我吧，打吧，打呀！我求你……"泪水从她眼中流了出来。"不，我不能够……我知道，你是要离开的了。希望你，今后在回想起，在同任何人谈起我们兵团战士在北大荒的十年历史时，不要抱怨，不要诅咒，不要自嘲和嘲笑，更不要……诋毁……我们付出和丧失了许多许多，可我们得到的，还是要比失去的多，比失去的有分量。这也是我对你的……请求……"他说完这番话，注视了她良久，一转身大步走了。

她望着他的背影，又回头望着两堆新坟，双手缓慢地抬起来，捂住了脸……

老北大荒人的女儿躺在团部卫生院的病床上，面如白纸。昨夜，她骑马驮着裴晓芸狂奔到团部，半途便在鞍上流产了。马到卫生院门前，她便昏了过去，滚落地上……

她在流泪，为失去了没出生的孩子和女友而流泪。在情感和心理方面，她都已具有了细微悱恻的母性的特征。而此种从未承受过的悲痛，像轰击宇宙的大雷电，猛烈地横扫着她的内心世界。

工程连的知青们来到了卫生院里。他们在走廊里被医生匡富春拦住，不许他们进入病房。

"我只能允许两个人进入病房。"他双手插在白大褂的衣兜里，用没有商量余地的口吻说，"其他的人，都请自觉到外面去。"仿佛他是一位国王，而这里是他的宫殿。

"连站在病房门外看看也不行吗？"有谁嘟哝了一句。他没有回答，朝贴在墙上的"病房秩序"翘翘下巴。小瓦匠大声说："这是什么时候，还来这一套？"他看了小瓦匠一眼，回答："现在正是我值班的时候，我是医生，我在尽着我的责任履行我的职权。"大家都无可奈何地望着曹铁强。曹铁强说："那么请允许我进入病房。"匡富春上下打量着曹铁强，认出了他。小瓦匠赶紧从旁说："他是我们连长。"又对曹铁强说："连长我和你一块儿进去吧？"曹铁强点了一下头。匡富春闪开了，对两人说："十分钟。我看着表。提醒你们，不要谈到那个对她很不幸的事件。""大家，就都……这么走了吗？"当曹铁强和小瓦匠走入病房，走到秀梅的病床前，她这样问，含泪的两眼望着他们。"不，不是都走。我留下，我不走。"曹铁强说，"大家都要来看你，被医生拦住了。""连长，我谢谢你。迈克有个知青做伴了。"秀梅说，又问，"他为什么不来看我？他在哪里？我多么需要他来看看我……"曹铁强情不自禁地握住她的一只手："他在做着很重要的事情……他要我对你说，别因此生他的气。"秀梅微微地笑了一下，将脸转向小瓦匠，友好地说："小瓦匠，回到城市里，别忘了给我和事务长写信，要经常写信，不然他一定会对我骂你的。他对你像对亲弟弟一样……"

小瓦匠紧紧地咬住嘴唇，点了点头。

……

卫生院的值班室里，郑亚茹和匡富春之间，也在进行着一场谈话。

他问："你的返城手续全办好了？"

她点了一下头，反问："你呢？"

他摇摇头。

"为什么？为什么还不去办理？"

"我……当初的决定，在今天，也还是没有改变。"

"你？……别跟我开这样的玩笑，我怕，我怕从你口中听到这样的话！"她望着他的那双眼睛瞪大了，眸子里闪现出恐惧。

他摇着头："不，不是玩笑。"

"你……你怎么仍不改变你当初的决定？你不能这样，这太轻率了，你将后悔一辈子的！"她扑到他跟前，双手死死地揪住了他白大褂的衣襟。

他理智地分开她的手，退后一步，抚平白大褂，说："也许会的，但那肯定是将来的事。可现在我还没有后悔，所以我还不能动摇我的决定。是兵团送我上了医科大学，是兵团为我创造了从事医生这一职业的条件。毕业的时候，我本来有可能留在大学。只因为我想到了这一点，我才回到北大荒。回来之后，我多么希望在我所生活的北大荒的这一片土地上，会盖起一所很像样子的医院。现在，这样一所医院盖起来了，我对这里的条件感到满意。我时常因为意识到自己是这所医院里很重要的一名医生而感到自豪。更重要的是，我对这所医院里的一切都产生了感情……"

　　"不，不，我不听！我不听这些！……"她绝望地叫起来，双手捂上了耳朵。

　　看了她一眼，他接着说："你不要捂上耳朵，你应该听，否则，你无法理解我……昨天夜里到今天上午，我一直在值班。当我巡视病房的时候，我从病人们的眼中看出，他们都希望用那种默默的目光挽留住我，我被他们感动了。我忽然问自己，我究竟为什么要离开这里，离开我的病人们回到城市去？一个医生不是应该在最需要医生的地方起作用吗？难道北大荒不是全中国最需要医生的地方之一吗？在我向自己提出这样的问题之后，我决心永远留在北大荒了。你刚到北大荒的时候，难道没有听说过女人因为一般性难产，男人因为患阑尾炎就发生死亡的事吗？……我不能承认我的决定是轻率的……"

　　她慢慢地放下了捂住耳朵的双手。她怔怔地望着他，一动不动，完全呆住了，像雕塑一般。她的双眸顿时变得异常灰暗了。

　　"我知道，我这样决定，会令你非常难过的。我……很内疚，觉得对不起你。我希望，能够得到你的原谅……"她那副样子，使他心里很难受。他向她跨近一步，握住她的双手，直视着她的眼睛，低声但充满感情地说："原谅我吧！"

　　她忽然紧紧抱住了他，仰起脸，怀着最后一线希望哀求道："别让我伤心，别叫我绝望！我需要你和我一起离开北大荒！我不能失去你，我爱你！我不能什么都遗失在北大荒啊！我在北大荒付出了那么多，失去了那么多，我一定要带着什么离开这里！我要带着你，我要带着爱情回到城市！……"她的声音颤抖不已，她的话说得那么急切，她眼睛里那种哀求的目光令他不忍迎视。

　　但他还是轻轻推开了她，摇摇头，说："你们连队的人都在外面……"他忽然想起了什么，看了一眼手表，又说："你等我一会儿，我就回来。"说罢便撇下她走了出去。

他从秀梅的病房有礼貌地"请"走了曹铁强和小瓦匠，立即匆匆回到值班室。她，却已经不在了。他在门口呆立了一刻，慢慢地走到桌子前，慢慢地坐了下去，慢慢地用一只手撑住了额头……他极轻微而又极痛苦地说出了两个字："亚茹！"中午，一辆小吉普车从团部开出，开向公路。车内坐的是团长马崇汉、他的爱人和两个女儿。车开到公路口，司机首先看见政委孙国泰站在公路边上，减慢了速度，扭回头问："团长，要跟政委告别一声吗？"马团长像没有听见司机的话，阴郁的脸上毫无反应。司机也不再说什么，加快车速，吉普车从政委身旁驰过。马团长忽然在司机肩上拍了一下："停……"吉普车偏向路边，停住了。马团长打开车门，跳下车，朝政委大步走去。老政委刚刚送走一批团部直属连队的知识青年，他们是乘长途公共汽车走的，有的连铺盖和箱子都丢弃不要。行程长达九个小时，当今夜的定更星出现之后，他们便会从此脱离了北大荒的土地。他心中涌起了一种对他们无限依恋的眷情，和一种……失落感。北大荒毕竟是多么需要他们啊！马团长走到他身旁，叫了一声："老孙……"他转过身，见是团长，有些意外。团长那身崭新的草绿色军装上，也留下了昨夜救火时被烧的处处破绽。马团长向他伸出一只手："我也决定要走了。已经向师部发出了转业申请报告，要求回地方老家……今天先送家属走。"老政委没有说什么，默默地握住了他的手。马团长苦笑了一下，又说："我的错误，我不会推卸给别人的。我接受组织给我的任何处分……我的检查已经写好了，放在我的办公桌上……"老政委还是没有说话。"老孙，十年来，我们之间在工作上配合得很不好……反思许多往事，我很惭愧。我……有些事情，积十年的教训，往往还不能一下子使人认识到自己的错误。但一次严峻的事态发生之后，便会使人猛醒。昨夜的混乱没有到不堪设想的地步，我……感谢你！"他将政委的手使劲握了一下，放开后，转身就走。

老政委完全相信，对方的这番话，是由衷的，是诚恳的。可是他却不知道自己在此时此刻应该向对方说些什么。当团长走回到吉普车前，他才叫了一声："老马！"大步赶过去。

"老马，我有句话对你说，并且希望你能够记住。"他走到团长身边，用深沉的目光注视着对方。"无论在总结经验方面，还是在总结教训方面，我们都不能把个人的作用估计得太重，结合时代的错误来认识我们个人的错误，这也许才更客观一些。"

马团长沉重地叹了口气。

老政委又说："知识青年的返城浪潮，绝不是我们个人的意愿所能遏止的。无论我们的意愿是良好的……还是……你，我，每一个兵团干部的最后义务和责任，不应该是想方设法阻拦知识青年返城，而应该是，认真总结各方面各种因素的经验和教训，把它记载到边疆的农垦发展史上。"他沉默了一会儿，似乎觉得还应该说几句道别的话，但又觉得最重要的话已经说了，道别的话在此刻反而会显得很不相宜，便缄口不语了。

马团长掏出烟盒，取出一支烟，递到老政委面前。

老政委本不想接，他口中仿佛刚嚼过苦艾，苦涩得很，但见对方脸上是一种"临别敬赠"的庄重表情，意识到了这支烟在此刻有非同寻常的价值，便接在手中。

马团长自己也叼上了一支，随后掏出打火机，首先给老政委点燃了烟。不知为什么，团长自己却不想吸了，取下叼在嘴上的烟，放进了烟盒。他那沉思着的缓慢的动作，使老政委觉得，似乎他这一次合上烟盒，有可能永远不再打开了。

口唇不但苦涩，而且干燥。老政委只吸了两口烟，便将烟掐灭了。

老政委替团长打开车门，马团长的目光在老政委脸上最后凝视了一秒钟，高大魁梧的身材很不灵便地钻进了小吉普车。

老政委发现，坐在车内的女人和两个女孩的脸上，流露着微微的不安。他对女人笑了笑，在小女孩的头上抚摸了一下。见小女孩没戴头巾，摘下自己的围巾，围在了小女孩颈上。

老政委轻轻地替这一家人关上了车门。他久久地站在公路边上望着小吉普车疾驰而去，拐弯后消失在驼峰山脚下……

他转过身，面对团部的方向，从这里直通往团部区域的大道上，留下了混乱后的残迹：雪地上纷杂的脚印和交叉的各种车辙、道旁被砍倒并劈烂的杨树，显然是从车上甩下或丢弃不要的知识青年们的种种用物……

他顿觉心中那么惆怅，那么空荡！

老政委回到团部，刚走进办公室，军务股长也走了进来，双手捧着一摞档案。

军务股长说："政委，这是三十九份档案，他们从我手中领走，又交回到我手中……"见政委一时没有明白他的话，又说："三十九名知青表示要留在北大荒。"

老政委双手接过这三十九份档案袋，像双手接过一锭世界上最大的金块，觉得此刻无论有一杆什么样的秤，都无法称出这三十九份档案袋的宝贵的重量。

他，落泪了。

他说："不是三十九名，是四十一名，是四十一名知识青年，留在了北大荒的这一片土地上。我要重新盖起我们农场的场史馆，那两份知识青年的档案，要放在场史馆，和为了开发北大荒而献身的烈士们的遗物摆放在一起。"沉默了一刻，他继续说："我还要建议，为两名知识青年修建一座碑，碑上要饰有石雕的象征，交叉的麦穗和枪，托举着一台拖拉机。这是四十余万知识青年希望实现而始终没能实现的兵团战士服的帽徽设计，也是当初兵团曾向四十余万知青许下的诺言。过去的十年中，曾有许多向知识青年们许下的诺言成为空话，我要为两名知识青年，实现其中的一个诺言。"

军务股长说："政委，我第一个赞同你的建议。""你，替我深深地感谢这三十九名知识青年。""他们，也要我转告你，他们感谢你，感谢你给予他们的评价……"这时，电话铃响了。"是我，我是政委孙国泰。我？……是，我服从组织决定……"

老政委缓慢地放下电话听筒，转过身，注视着军务股长。"哪儿打来的电话？""兵团总部。""什么事？""调我到三师去任师长职务，他们的师长……回部队了。""那……那么我们团……""现在不同平常，我任命你为代理团长兼政委。""我？……""现在不是推辞的时候。从今天起，你就接替我和马团长的工作吧！不久，兵团就要恢复到农场的体制了。你，大概和我一样，是要把骨头埋在北大荒的吧？"股长默默地点了一下头。两位北大荒的第一代创业者，彼此用目光说出了要向对方说的许多话……

工程连的"二八"型拖拉机挂斗车，最后才离开团部。离开之前，他们将团部区域的混乱残迹清除得干干净净。小瓦匠的弟弟找到了他，问他何时动身返城。他回答："为什么要跟我一起走？你不能自己先走吗？你又不是三岁的小孩子，路上需要我照顾你。"当弟弟的，无法理解哥哥为什么发火。

曹铁强将小瓦匠的弟弟拉到一旁，说："我请求你一件事，我的养父现在病情很严重，正住在市立第一医院，我妹妹看护着他老人家。他们虽然不是我的亲父亲、亲妹妹，但他们非常爱我，我也非常爱他们。你一下火车，先不要回自己家，先要赶到医院去，告诉他老人家，就说我请求他老人家，千万要坚持住，几天内我就会回到他老人家身边。可是我现在不能离开连队，我是连长……"

"需要我告诉他们，你决定留在北大荒吗？"他摇了摇头："不，只有我自己告诉他们，他们才会理解。"……"二八"型拖拉机挂斗车行驶在荒原上，像一艘驳船行驶在夜的海面上。每一个人，都无语地沉思着。不知是谁问了一句："咦，咱们指导员呢？"没有人回答。郑亚茹，这时坐在长途汽车上。她不要铺在连队大宿舍里的被褥和那只伴随她十年的木箱子了。她临登上长途汽车，从北大荒的土地上装了一牙具缸雪。雪，已经化成了水，可她双手仍捧着牙具缸。

哦，北大荒的雪呀，这表现在北大荒版画上是那么美那么迷人的雪，但一离开北大荒的土地，竟是这么迅速地融化了！汽车里的温度不是和外面一样寒冷吗？她不明白，是她的手温将雪融化了。

难道我连一捧雪都带不走吗？既然带不走，就归还给北大荒的土地吧！让这雪水再冻结成冰，让这冰在春天再融化，渗进北大荒的土地吧！她轻轻摇下一半车窗，将那半牙具缸雪水洒到了窗外，连同她落进雪水中的几滴泪水……"驳船"仍在夜的荒原上行驶。北大荒的荒原啊！如果你也有思想，也有语言，你将对十年和两个不平静的夜晚，作怎样的评说呢？荒原的夜"海"是那么沉寂！坐在车上的小瓦匠，从兜里掏出什么，背着人悄悄撕碎了。几片白色的纸片从他手中飘落在雪地上。驼峰上，又传来一声苍凉的狗吠——那是"黑豹"的声音。荒原是那么沉寂，那么沉寂，那么沉寂……

哦，松花江之波

一

公元一千九百八十一年十二月的某一天，一辆上海牌小汽车驶进了A城市立第二医院很有些气派的铁栅栏门内。

传达室里，一个值班的姑娘正跟一个看自行车的老太婆聊山海经，差不多聊到了"山穷水尽"。姑娘看到那辆小汽车驶进来，有意引发新的话题，便断言道："瞧，市长又来看病了！"

"市长？"老太婆趋步走至窗前，对着玻璃哈了几口气，擦擦玻璃上的薄霜，把脸贴着玻璃朝外瞅。她在这个城市生活了几十年，还没有机会见过本市父母官的尊容。

窗外，车门开处，走下一个人。这人，高，瘦，还有点儿驼背。一张长脸，两腮如削，眼窝深陷。面容灰白，苍老，憔悴，皱纹纵横，像没有规划好地界的犁沟。如果去掉他鼻梁上那副眼镜，如果在他下巴上增添一绺胡子，如果把他那件打过补丁的呢大衣换成一件黑斗篷，这个人很容易使我们联想到塞万提斯笔下那位鼎鼎大名的西方骑士——唐·吉诃德。

生活中有许许多多的人，你一背转身便立刻把他们的容貌忘了。一旦几天未见，任你苦思冥想，却不能在记忆中重新清晰地勾勒出他们的轮廓来。可也有一些人，你仅仅朝他注视过半分钟，即使是无意的也罢，他便会给你留下极其深刻的印象，这印象此后若干年内都难以磨灭。你不知道他的姓名，对他毫无了解，想不起在什么地方、什么场合见过他，但他的身影和容貌却莫名其妙地经常浮现在你眼前，令你想忘掉而不能够。

对于这些人，简直可以反过来说，不是我们记住了他们，而是他们强占了我们的记忆！

102

他——就是这类人中的一个。

他给人留下的印象是双重的——一个命运坎坷的人，一个不甘对命运低头的人。前种印象是他那双眼睛所留给你的，后种印象也是他那双眼睛所留给你的。那双眼睛，咄咄逼人的目光笼罩在悲哀的迷雾之后，像夜空中一颗清冷的星倒映在幽邃的深潭。那双眼睛，显示出内在气质的某种刚勇，也流露出心灵之中的绝望和凄凉。

那双眼睛！

看自行车的老太婆，隔着玻璃看了这个人一阵之后，回头笑了，对传达室的值班姑娘说："哟！今天我可开了眼了，咱们的市长就这模样呀？像只面拖虾！"

老太婆目不识丁，当然没有读过塞万提斯那部两卷本的世界名著，不知唐·吉诃德是何许人也，当然无可指责。何况，谁也不能说"面拖虾"的联想就不够形象思维的水平。

"面拖虾？胡扯！"姑娘显然认为老太婆对市长这种类比不成体统，走到窗前，想看个究竟。"不像么？面拖虾。"老太婆洋洋自得地反问，从窗前闪开了位置。

"他……他不是市长……"姑娘仅朝外看了一眼，脸上顿时现出诧异的神情。

"我瞅也不像么！市长！嘻……"老太婆睥睨了姑娘一眼，更加得意，一副还有半句话没说出口的样子：蒙我没见过世面的老婆子么？姑娘分明有些尴尬起来，脸红了，讷讷地嘟囔："反正这小汽车肯定是市长的，没错。"

老太婆偏不肯给姑娘台阶下，撇了一撇嘴："没错？嘻……你坐过市长的车？"

姑娘最不能容忍的就是这个。她羞恼了，脸愈加红，一把扯住老太婆的袖子："你以为我蒙你？走！问司机去！……"

姑娘一心替自己夺回个面子，哪里管老太婆乐意不乐意，情愿不情愿，强拉硬拽，将老太婆扯出了传达室，径直扯到小汽车跟前。司机是个小伙子，摇下了一扇车窗，一边叼着烟卷吞云吐雾，一边优哉游哉地聆听车内半导体播讲的评书《三国演义》。

"喂！"姑娘的皮鞋尖在车轮胎上砰地踢了一脚。

小伙子从车窗里探出头，把姑娘从上到下细细打量一番之后，眯起眼睛，目光盯着姑娘那张惹人喜爱的白嫩的脸蛋："干吗？"

"这车是不是市长的？"

"是又怎么样？不是又怎么样？"

姑娘瞪着黑晶晶的眸子，瞄了他一眼："怎么样也不怎么样！随便问问。是，你就回答是。不是，你就回答不是。哪来这么多废话！""废话？跟别人我还不乐意说呢！"小伙子嬉皮笑脸，朝姑娘吐过去一串烟圈。

"这车正是市长大人的。怎么，想搭个方便吗？说几句求我的话就行！"

"缺德！"姑娘不友好地骂了他一句，分明是骂给老太婆听的。因为，在这两个字从她嘴里吐出的同时，她那双灵活的眼睛飞快地向小伙子送过一个媚眼。

"我胡扯吗？唵？"她用终于获胜的口吻问老太婆。

老太婆此刻感到兴趣的，已不是小汽车，而是乘车人。

"刚才下车的，是市长的什么亲戚？"

小伙子的目光仍然没有从姑娘脸上移开，心不在焉地随口回答老太婆："不是亲戚，是个官。"

老太婆追问："什么官呀？坐市长的小汽车！"

小伙子不得不将目光从姑娘脸上收回，颇不耐烦地瞥了老太婆一眼："建规办主任。""噢……"老太婆似懂非懂。不过"主任"是个官职，她还是明白的。

"城市建设规划办公室主任。"姑娘从旁加以解释，对老太婆的孤陋寡闻显出毫不掩饰的嘲意。

"对对！你说的一字不错。"小伙子又立刻把目光盯在姑娘脸上，显出讨好的笑容。

姑娘趁机又飞快地对他回报一个媚眼。

"他这个主任，是管哪行哪业的呀？"老太婆仍在一旁喋喋不休。其实，她若是个识趣的，早该借故走开了。

"怎么对您老说呢？"小伙子话是回答老太婆的，眼睛却在瞅着姑娘，慢条斯理地说，"打个比方吧！比方我和这个姑娘如果结婚了，就需要房子。如果她再给我生个大胖小子，我们就需要两屋一厨一个单元的房子……那，全部希望可就得寄托在他身上了。"

"啧，啧！……给这么大权力的主任开汽车！"老太婆顿时对小伙子刮目相待，肃然起敬。

"呸！你缺德！"姑娘却发怒了。

"我不过是打个比方嘛！"小伙子装憨卖傻。

"你说谁给你生个大胖小子？美的你！"

"生个大胖丫头也行嘛！"

"你，你流氓！"

"血口喷人了！流氓能给市长开车吗？"

……

其实，姑娘是佯装发怒，以维护她在老太婆面前的尊严。小伙子是闲得没事，有意用言语挑逗她，打嘴仗解闷。而老太婆，则认认真真地劝起架来。

殊不知这场架，不劝也罢的，倒是会自平自息。有个人夹在中间劝解，反而使双方都为了顾全自己的面子，各不相让，谁也不甘拜下风，竟到了剑拔弩张的地步。

于是，这医院的大门口平地生起一场风波来。

那个客观上毫无疑问是引起这场风波的人，此时已经走进了门诊大楼里。

他在一楼过道拦住一个护士，问："张医生在第几诊室？"

护士站下，打量着他，反问："哪个张医生？"

"张士纯。"

"主任医生张士纯？"

他点点头。

"在三楼，四号诊室。"

由于他要找的人在这所医院里的地位和威望，护士给予他的回答相当客气。

六十五岁的主任医生张士纯，正在看一份病例，听到有人敲门，还没来得及应一声，一抬头，则见那个人已经推开门，站在门口了。张士纯立刻将手中的病例掩上，放进抽屉，站起身，说："志皓，按照住院通知单，你应当三天前就住院了。可是，我们简直无法找到你。"城市建设规划办公室主任高志皓，似乎不想在这里多耽误一分钟。他站在门口，一动也不动，脸上毫无表情地说："我不是来住院的，我只想知道我的病情。"

"肝炎。"

"肝炎?"

张士纯肯定地点点头。

高志皓几步跨到他跟前,双手紧紧抓住他的一只胳膊,用几乎命令式的口吻说:"告诉我真话!"

"肝炎。"张士纯又镇定地重复了这两个字。

"士纯,我请求你!不,我要求你,以一个病人的权利要求……"

"我也要求你……"张士纯打断他的话,慢慢掰开他的双手,"我以一个医生的权利要求你,立刻住院!"

"你!"高志皓显出了无可奈何的妥协的表情,"好吧!我可以住院。不过,有一个条件,让我看看我的诊断。"

"这……"张士纯略微一怔,随即委婉地回答,"这当然可以,但诊断书不在我手边。你先住院,回头我亲自把诊断书给你看。"

高志皓眯起眼睛,并不完全信任地凝视着对方。

这时,一个护士探进头来,对张士纯说:"您的电话。"

张士纯像怕高志皓会在他离开时偷什么东西似的,瞟了一眼抽屉,犹豫了一下,才匆匆走出去。

房门一关,高志皓便几步跨到门前,将门从里面反锁上了。他回转身,又几步跨到桌子前,从镇纸下抽出一摞诊断书,急切地翻看起来。他这一连串的举动,与他那种迟滞的外表,形成强烈的对比。他在桌面上,没有寻找到他所需要的东西,便哗地拉开了抽屉。由于用力过猛,抽屉完全拉脱了,里面的东西全部散落在地上……

张士纯敲了半天,才将房门敲开,房间里凌乱的情形令他目瞪口呆。

"志皓,你?"

"我看过我的病例了。"

"不!那不是你的病例。那病例上错填了你的名字,是肝炎,不是肝癌!不是!"

"我不是孩子。告诉我,我……还能活多久?"

两人的目光,睽睽地对视着,较量了足有一分钟。

张士纯终于抵挡不住高志皓的目光,首先屈服了,木然地跌坐在椅子上。

"士纯，告诉我。"

"不，我不能够。"

"你以为，我怕死么？"

"不，别对我说，别对我说那个字！"

"我要说，你得听着。我并不怕死，真的。但我怕猝然的死亡降临在头上，这也是真的。我知道，你比我更清楚地知道，我的时间不多了……"他缓慢地，异常平静地说出这番话来，仿佛不是在谈论死亡对自己生命的威胁，而像一个在谈论生命的哲学家。他又仿佛认为，这种谈论本身都是一个对生命的浪费，因而下意识地看了一眼手表。尽管他的语调那样平静，表情也那样平静，但对于主任医生张士纯来说，这种谈话内容本身，无疑地是一种压力，一种无形的压力。

"志皓，你……在逼迫我。"

"是请求。"

高志皓在张士纯的一只手背上，轻轻拍了拍。他那双眼睛，冷静地咄咄逼人地盯视着张士纯。张士纯避开高志皓的目光，缓缓地翻动起台历来。一页，两页，三页……他的手停住了。

"半个多月？"

问得那么轻松。

张士纯默默地把翻台历的手撑在了自己额头上。一滴泪水，在那只手的遮掩下，滴落在他的衣襟上。

当他那只手终于放下的时候，高志皓不知何时离开了……

二

我们人类自从为自己创造了"爱情"这高尚而美好的两个字那一天起，便尽情地享受着这两个字所带给我们的欢乐、幸福、温暖、甜蜜。同时，又承担着这两个字所带给我们的悲哀、痛苦、绝望、创伤。难怪有位著名的人物说过这样的话："爱，或者它是一种正在退化的东西，一种本来是伟大的东西的残余。或者，它是一种将要变成伟大的东西的因子；可是现在，欲使人不满意，它所给的比人所希望的少得多。"于是便产生了与"爱情"两个字有关的种种法律条文和道德制约。于是，文学、戏剧便寻找到了"永恒主题"。然而，我们下面记述的故事，可并非文学家或者戏剧家的虚构，却是我们生活中的一个真实的故事……

二十四年前，A城人民，战胜了松花江的一次特大洪水灾难。为了纪念这次抗洪，在松花江畔建立了一座防洪纪念碑。不久，又在江畔建筑了青年宫，它们相继落成之后，江畔便逐渐成了人们喜欢散步的地方。又不久，便美化成了江畔公园。这里成为A城人们流连忘返的地方。

经常到江畔散步的人们，几乎每天的傍晚，都可以看到一男一女，沿着江畔由西向东徐徐漫步。男的，四十一二岁，中等身材，微胖，相貌和蔼可亲，风度庄重矜持。女的，二十二三岁，青春焕发，苗条，美丽。女的挽着男的手臂，两人迈着和谐的步子，从青年宫走到防洪纪念碑，然后再转回去。

那年轻女子的美丽，吸引了许多人注目。她，却从来也不注意任何人，仿佛她的唯一目的，就是陪着那个男子散步。

他们是父女？兄妹？师生？没人知道。

有一天傍晚，当他们又来江畔散步的时候，青年宫前的广场上围着不少人。那女子默默地征询地看了那男子一眼，他微笑了一下，点点头。于是，他们都稍稍加快了脚步，朝人群走去。

广场上，人们正在观看一尊接近完成的天鹅石雕。那石天鹅，引颈朝天，舒展双翅，似乎就要凌空而起，倏然飞去。那造型之优美，那羽翼之逼真，那充满生命活力的线条，那雕法的娴熟和劲柔有致的凿痕，引起了旁观者们的交口称赞。

雕塑者是个年轻人，二十四五岁，一张英俊的脸，一双炯炯闪亮的眼睛，显示出内心里的自信和激情。他一手持凿，一手握锤，正在聚精会神地凿雕底座。

那女子和那男子，这时已跻身于围观者之中。那女子望着那雕塑者，脸上渐渐显出敬佩的神情来。她用胳膊肘轻轻碰了一下那男子，拍拍挎在肩上的照相机，又朝那雕塑者努了一下嘴儿。那男子，又微笑了一下，点点头。

于是，那女子取下照相机，退后几步，对好焦距，选好角度，蹲下身去。那年轻的雕塑者抬起头，用戴着手套的手背拭了一下额头上的汗。那女子手中的照相机，恰在这时啪嗒响了一声。虽然这声音极小，但雕塑者却听到了，他诧异地望着她。

"对不起！"那女子笑了笑，"没有得到您的同意，却给您照了一张相。"

那年轻的雕塑者，在众多目光的注视下，窘迫起来，迅速低下头去。不知为什么，当他那双戴着白纱手套的手重新握起雕塑工具时，动作明显地不那么老练了。锤子落下，不再那么准确了。手劲，也显然失去了控制。

"小伙子，歇歇手吧！"

旁观者中，有人好心地说了一句。

那年轻人，不肯住手，也不回答，只是把头更低了下去。那女子，换了另一个角度，又将镜头对准了雕塑者。这时，好几个人突然同时惊叫起来。那女子愕然地抬起头，朝雕塑者看去，发现他的白纱手套上，浸透出一片血红。

"哎呀！你砸着手了？！"

那年轻的雕塑者，对她这句话没有作出任何反应。他默默地摘下手套，用另一只手压住了伤口。

几个旁观者，将谴责的目光投到那女子身上。

那女子惶遽了。她掏出手绢，讷讷地对年轻的雕塑者说："真对不起，都怪我……"

年轻的雕塑者终于抬起头，目光在她那张因为羞怯而绯红的脸上扫视了一瞬。她当时那副样子，像个做错了事，准备挨大人训斥的孩子，立刻就要哭起来似的。惭愧不安的表情浮现在她脸上，使她那张美丽的脸增添了一种楚楚动人的魅力。

年轻的雕塑者宽厚地笑了一下："没什么，擦破点皮，完全不怪你，是我自己失手了。"

他没有接她的手绢，却开始收拾工具箱。她拿着手绢站在那里，被无意地冷落了，不知如何是好，由惶遽而有些尴尬了。她把求援的目光转向她身旁的那个男子。于是，那男子走到年轻的雕塑者跟前，弯下腰有礼貌地轻轻拍了一下他的肩：

"到我家去上点药吧！我家就在这附近。"

年轻的雕塑者，抬起头来，这时才注意到男子的存在。他拎着工具箱缓缓站起来，猜测地看看那男子，又看看那女子。那女子向他微微一笑，不明确地表示了她和那男子的某种关系。

年轻的雕塑者立即把目光收回，犹豫了一下，回答："谢谢！不必了。"说罢，他挎上工具箱，分开众人，大步离去。

第二天上午，年轻的雕塑者又来雕塑没有最后完成的石天鹅。他发现有一个人比他更早地站在那里——就是昨天那个男子。那男子吸着烟，正在欣赏他的雕塑。

他们彼此友好地点了点头。

"我在这里等了你很久。"

"等我？"年轻人疑惑地望着他。

"是的。"他从衣袋里掏出一个笔记本，打开，里面夹着两张放大照片。

他把照片递给年轻人："这是她昨天给你拍的。她今天上午有课，不能当面交给你。"

两张照片拍得相当不错。"太感谢了！"年轻人出乎预料地获得了自己这两张难得拍下的照片，非常高兴。他赶紧掏出钱包，往外取钱，"我想，我应当付您钱，起码付胶卷和相纸钱。""如果你要付钱的话，"那男子不动声色地说，"我就只好代替她收回照片，并且只好当着你的面撕毁了。她是会赞同我这么做的。"

年轻人一怔，不好意思地将钱包放回衣袋里。

年轻人觉得应该主动说点什么才对，可是当他思忖着正欲开口时，那男子却突然转身走开了。年轻人狐疑地看着他跨过马路，走到一个垃圾桶旁，这才明白，他是把刚才吸的烟头丢了进去。他这一细小的举动，立刻使那年轻人心里产生了对他的最初的好感。

他又走回来，说："她还要我问你，她准备留下一张你的照片，当然，如果你允许的话，如果你不同意，她会把留下的两张照片连同底片，一块儿寄给你。我想，你大概会同意的吧？"

没等年轻人说什么，他又说："她是一个摄影爱好者，她认为这两张照片是值得她保存的。"

"当然！当然同意。"

年轻人除了欣然答应，还能说什么呢！

那男子露出了笑容："你是搞雕塑的？"

"不。我是建筑工程学院的学生，今年毕业，雕塑是我的业余爱好。"

"只要有爱好，生活就有意味。"

那男子用哲学家的口吻说。

年轻人表示完全同意地点了一下头："我雕塑这只天鹅一是征得有关部门的同意，自愿的义务。我认为，每座城市都应该有自己独特的象征。比如，广州的象征是五羊雕塑。"

"好。这想法本身就很独特。从地图上看，我们这座城市有点儿像一只展翅飞翔的天鹅，而代表我们这座城市的那个三重蓝圈，就像天鹅颈下的一颗蓝宝石。看得出，你很爱我们这座城市。"

"很爱！"

"我们这座城市很美。"

"很美！"

"二十年后一定会建设得更美。"

"一定会。"

结束这几句简短对话之后，那男子瞄了一下手表，又问："你的手，昨天伤得重吗？"

"不重。"

"可以让我看看？我是医生。"

年轻人摘下手套将受伤的手伸到他面前。

那男子很认真地看了看年轻人手上的伤口，皱起了眉头："没有上过药？"

"没有。"

"已经感染了。我就猜到会如此。你们年轻人，总是这样粗心大意。记住，即使一个小小的伤口，就算是破了点皮，也会死人的！看来，我不得不尽一个医生的义务了。"

年轻人不好意思起来。

那男子从衣袋里掏出了一小瓶碘酒，一只医院里用的药袋。他从药袋里抽出一支裹了药棉的小棍，蘸着碘酒，很仔细地替年轻人擦拭伤口。而后，又从药袋里取出纱布，替年轻人熟练地包扎了那只手。他满意地做完这一切，将碘酒瓶、药袋都塞进了年轻人的衣兜，叮嘱："再涂两次药水，如果感染不消，就到卫生所去看看，你们学校有卫生所吧？""有的。"

他注视着年轻人，坦率地说："我挺喜欢你。"

年轻人对这句话，不知如何作答，脸红了。

他亲昵地拍拍年轻人的肩："现在只剩一件事应该做了。让我们彼此自我介绍一下姓名吧，我叫张士纯。"

"张士纯？您就是报纸上最近介绍过的市立二院，最年轻的那位主任医生！？对病人像对亲人，成功地做了七次复杂的大手术，把病人从死亡线上……"

张士纯打断年轻人的话："这么说，你读过那几篇介绍我的文章了？"

"读过！"

"有什么感想？"

"我……我很敬佩您！"

"为什么对我称起'您'来了？"

"我……"

出了名的主任医生不以为然地笑道："那几篇文章把我赞扬得太完美了！我还有许多缺点并不被人所知，比如，不能容忍哪怕是一次对自己不公正的批评、自负、睡觉打鼾、爱挖苦人、烟瘾大、喜欢争论，并且认为正确的永远是自己……我自我介绍得够详细了！该轮到你了！"

"我？高志皓。"

"高志皓！有抱负的名字。"张士纯又瞧了一眼手表，朝不远处的一幢新建的四层楼房一指，"我家就住在那幢楼里，三门二楼四单元，我和我的妻子都欢迎你去做客。她的名字写在你的照片背面，再见！"

张士纯伸出一只手来，高志皓缓缓地伸出了自己的手，他们握了下手，张士纯便转身大步走去。

高志皓呆呆地站在原处，望着张士纯走远，立刻从上衣袋里取出照片，翻过来一看，秀丽的笔迹写着这样一行小字：邹心萍敬摄于仲夏江畔。

三

天鹅石雕，几乎将全市的人都相继吸引到了松花江畔，它成了男女青年们照相时的最佳景地。而高志皓，却再也没有出现在江畔一次，也没有到张士纯家中去做过客。并非他学习紧张，过于珍惜时间。也并非他性格孤独，不愿交往。更非因为他对偶然性的结识习以为常，"相逢开口笑，过后不思量"。

不，不。年轻美丽的邹心萍的倩影，已经十分清楚地印在他心灵的底片上。她为他拍的两张照片，夹在他的照片簿里，每天都要翻看几次。三门二楼四单元，这个住址他也铭记不忘。他用塑料皮包裹着的铁丝做了好几个邹心萍的三寸多高的身形，固定在一个安装了机关的木托板上，一触机关，那些各种姿态的小巧身形就会翩翩活动起来。他还不止一次地在江畔那幢新建的四层楼房对面的人行道上徘徊。猜测哪几个窗口可能是二楼四单元的窗口。

这年轻人终于不得不向自己承认，爱情在他身上产生了奇妙的作用。爱情？难道这也能算爱情？这种可怜的单相思？！而且，爱的是别人的妻子！如果不是张士纯亲口告诉他，他绝对不可能想到邹心萍是张士纯的妻子。

按照某些过来人的经验之谈，爱情是不可能一见面就萌发的。或者，更确切地说，某些人认为，爱情不应该是那么回事。应该是怎么回事？应该是先有某种程度上的了解，经人介绍的也罢，自己结识的也罢，然后，产生好感，缩短彼此关系的距离……最后，水到渠成，瓜熟蒂落，不错，不错！这是很有道理的，也堪称经验之谈。许许多多的人，不都是这样获得爱情上的成功，一对一对地结为夫妻，并且生活美满吗？

所有的人如果在所有的事情上，都能够按照现成的经验去做，那我们的生活中可就会减少大量的烦恼了。遗憾的是，生活中经验确实不少，而烦恼却仍然很多！尤其是在爱情方面，奈之何呢？

高志皓是一个没有在爱河中学会游泳的年轻人。如果说他也曾爱过什么人的话，那，便是他的姐姐。他的母亲在他幼小的时候就去世了。他的父亲很快便跟另一个女人结婚，把他和他的姐姐视为新家庭的拖累。父子感情的冷漠，继母的白眼和无缘无故的责骂，在他幼小的心灵上留下了极深的创伤。世上只有一个人疼他，爱他，关心他——姐姐。他也爱姐姐。姐姐一有工作，父亲便在继母的怂恿下，断绝了对他们姐弟俩的一切经济负担。他能读完中学，接着上高中、考大学，全靠姐姐省吃俭用，从微薄得可怜的工资中提供他的学费。姐姐代替了母亲的义务，为了把他培养成人，一拖再拖，不肯嫁人。就在他考上大学那一年，就在他收到了录取通知书那一天，姐姐被一个罪恶的男子诱骗失身后，跳进了松花江。姐姐啊，离开这个世界之前，竟没有对任何人说出那个罪恶的男人的姓名，简短的遗书上只写下了她对弟弟的羞惭和对自己的悔恨……

邹心萍长得多么像他的姐姐呀！

高志皓对邹心萍一见之下产生的那种倾心和思慕，我们能够理解也罢，不能够理解也罢，承认那是爱情也罢，讥为单相思也罢，斥为荒唐也罢，骂为轻薄也罢，但那感情却是真实的。那感情寄托了他心灵深处的一种渴望，渴望着能够和一个像姐姐那样的女子生活在一起。哪怕那个女子只是在容貌上像他的姐姐，哪怕他永远只能对她保持一种弟弟对姐姐的感情！只要能和这样的一个女子生活在一起，感受到她是他生活中的一部分，是他的一个心室。而且，我们也无权从任何道德观念的角度去谴责他。因为，他只是把他对邹心萍的那种感情深深地隐藏在心底，怀着羞愧和不安。每个人的心灵里都有一个小宝盒，里面珍藏着一段回忆，一次忏悔，一种情愫，一缕相思，几许哀愁……像一颗被生活的松脂凝成的小琥珀。高志皓不过是把邹心萍的倩影收藏进了自己的小宝盒，怀着十二万分的虔诚，没有半点亵渎的念头。并且，用理智封上了无数条庄重的封条。如果，我们有权利谴责他的话，不妨同时要求生活中的每一个人，都出示心灵中的那个宝盒，当众打开看看！……

半年后，国庆之夜，松花江畔，灯火辉煌。防洪纪念碑下，成为各种游艺的中心。围绕天鹅石雕，举行了露天舞会。高志皓被几个同学强拉硬拽地来到了江畔公园。这半年内，他一次也没有来过这里，他唯恐碰到张士纯夫妻，他没有足够的勇气再见他们。他自愧对一个一见倾心的人和一个一见而起敬的人，同时犯有一种心灵上的罪过。他和同学们被游人冲散了。他本想独自回去，但双脚却不由自主地把他带到了青年宫前，他不想跳舞，也不想看别人跳舞，他只想看看他的天鹅。人们给天鹅的长颈子戴上了一个大花环，这使他心里感到说不出的快慰。他本来是站在人墙外围的，但里层的人纷纷都被舞曲吸引到中央去了，他便在不知不觉中成了最里层的一个围观者，正当他打算转身离开时，他被没有准备地邀请了。一个女子走到他跟前，模仿西方的屈膝礼，向他弯下腰，同时用文雅的语调轻轻说了一个字："请。"任何表情、任何方式、任何语言的拒绝，在这种场合下都是不合适的。他是个自尊心很强的人，更懂得尊重别人。当对方直起腰时，他握住了她的一只手。

"你？"两人几乎同时吐出了这个字。

她是邹心萍!

他迟疑了一瞬,不得不移动脚步,他们缓缓地旋转着,加入了一对对舞伴之中。

"我给你拍的照片满意吗?"

"满意。"

"你为什么不到我们家里来玩呢?"

"我,学习紧张。"

"星期天总该会有点时间吧?"

"星期天,也有许多事要做。比如,洗衣服……"

她谅解地笑了一下,不再问什么,她陶醉在舞曲的旋律中。她自然地扬起脸儿,微微地闭着眼睛,嘴角浮现着快乐的笑意。她跳得很好,舞步非常熟练。她轻轻搭在他肩上的那只手,柔软、温热,使他立刻想到了他的姐姐,姐姐的手也是这么柔软,姐姐的双手曾给过他多少爱抚啊!他真想紧紧握住此刻搭在他肩上的这只手,放在自己的唇上狂吻一阵!他真想对眼前这个年轻美丽的女子亲昵地叫一声:"姐姐!"他心中有一种难以控制的感情的波澜在冲动,然而他努力控制住了自己。这张脸,这张年轻的、妩媚的、亲切的、微笑着的脸,多么像姐姐啊!这双眼睛,这双微闭着的、长睫毛、闪耀着陶醉神采的眼睛,多么像姐姐的一双眼睛啊!他的理智一遍又一遍地向自己的心灵提醒:"不,她不是姐姐,姐姐死了!她不是姐姐,姐姐死了!"他的思想不能集中在舞曲的节奏上,舞步时时错乱。他几次踩了她的脚,她连眉梢都没有动一动,更没有流露一次嗔怪的表情。她脸上始终保持着那种陶醉的由衷的快乐。每当他踩到她的脚一次,她的双唇便微微努一下,现出一种宽容的友好的笑意。他,却感到自己像一截僵硬的木头,分明是在她的带动下才机械地旋转。

一段舞曲终了,她余兴未尽地收住舞步,缓缓地睁大眼睛。

"怎么,你……"她见他脸上是一种心不在焉的忧郁的表情,显出诧异的样子,颇感不安地问,"我令你不得不奉陪了吧?""不,不。"他分辩道,"我太笨,跳不好。"

"我宁愿这么相信。"她莞尔一笑,"你四次踩脚!"

他不禁朝她脚上看了一眼,见她的一双白色皮鞋,印满了他的黑鞋底印。

"真对不起!"他诚心诚意地道歉。

"别不好意思，你不是在跳舞的时候第一个踩过我脚的人。"她模样极认真地回答，"我倒是宁愿带着别人旋转，而不愿被别人带着旋转。我各方面都想做一个主动的人！跳舞是踏着音乐散步，你不这样认为吗？"

"我……找不出这么美妙的比喻。"

舞曲重新奏起的时候，他们退出了舞场。他们走到江堤前，同时站住了，万点灯火和节日的礼花倒映在江面上，松花江像一条黑色缎带，缀满了闪闪烁烁的珠宝和钻石。江风带着惬人的凉意吹抚过来，她的连衣裙迎风飘动着。她双手背在身后，斜倚着一根石栏，注视着他。他被她注视得心慌意乱，低下头去。

她扑哧笑了。

"是很像。"她莫名其妙地说了这么一句。

"什么？"他抬起头，不解地望着她。

"像雪莱，你！"她仍然注视着他，说，"苍白的脸色，深沉的目光，忧郁的神情……完全是诗人的气质。他认为你有点像拜伦呢！"

"谁？"

"我丈夫。不过我认为你更像雪莱。我不喜欢拜伦，真的。我认为拜伦和雪莱有同样的天才。天才可以使一个人变成天使，也可以使一个人变成魔鬼。雪莱是天使，拜伦是魔鬼！雪莱尊重女性，拜伦玩弄女性！我想大概因此上帝才令他先天不足，是个跛子！……"

他是个拜伦的崇拜者，听她当面这样无情地评价他心中的偶像，他不平起来，有些激动地说："拜伦是个伟大的诗人，这一点全世界都公认……"

"别跟我争论，也别想说服我！"她愤愤地打断了他的话，"如果唐璜会写几行漂亮的诗句，难道你也认为是个伟大的天才吗？幸亏我认为你并不像拜伦，而像雪莱！别在这一点上破坏你给我的好印象。"她生气地转过身去。

没想到她的性格是这样的，这性格又多么不像姐姐呀！姐姐可从来都是避免和任何人争论的。姐姐没听说过拜伦，姐姐也不知道雪莱是谁，姐姐连小学都还没有读完。面对眼前这个容貌那么酷似姐姐，而性格又那么与姐姐不同的年轻女子，他不知如何是好了。

"哦，对不起，也许我使你生气了。不过，我并非有意和你争论。"她倏地转过身来，脸上露出了开朗的笑容："我可没有生气呀！瞧你对我说话的语气，彬彬有礼，我想雪莱一定就是用这种语气跟女人说话的。"

"我不愿意被人认为像拜伦，也不愿意被人认为像雪莱。我要在任何人眼里都是我自己。"他故意改变了一种粗鲁的语气对她说，"再见！""等等！"她叫住了他，盯着他轻声问，"怎么？你倒生气了？千万别，我们和好吧！我请求你，跟我去见见他吧！"

　　"谁？"

　　"我的丈夫呀！"

　　"我为什么一定要答应你这种请求呢？再见！"

　　"等等！你，你什么意思？你为什么突然变得这么傲慢？要知道他很喜欢你呀！我们都很喜欢你这样的年轻人，我们都愿意诚心诚意地成为你的朋友，我们时常谈到你，期待着你有一天，会突然到我们家来玩，可你……"她果真生气了。她突然转过身，把他撇下，径自走了。他，愣了一下，却不由自主地跟在了她身后。

　　她走了几步，回过头来，发现他跟在身后，笑了。

　　当她带着他找到丈夫时，张士纯正在猜谜语。他已经猜中了不少，手里捏着一把领奖的纸条。一些屡猜不中的人，向他投来不无嫉妒的目光。而几个孩子，则围着他央求："叔叔，给我一个纸条吧！"连主持节目的人，都对他说："同志，适可而止，适可而止，要照顾到其他同志的情绪嘛！"

　　邹心萍连叫了他两声，他才转过身来。

　　邹心萍快乐地说："士纯，你看我把什么人给你带来啦？"

　　"高志皓！"张士纯一眼就认出了他，像老朋友似的在他肩上拍了一下，"稍等片刻，我正在猜一个谜语。"

　　邹心萍跺了下脚："算了！你要把这里的奖品都搬回家怎么的，别太贪心了！"

　　"这……好吧，不过我正在兴头上。"张士纯把手中的领奖纸条，给了向他央求的孩子两个，其余的全交还给了节目主持人，跟着妻子和高志皓离开了那里。刚走出几步，他忽然站住，一只手指敲点着额角，口中念念有词："上有可耕之田，下有流水之川，一家六口人，两口不团圆，两、口、不、团、圆……我猜到了！"他兴奋地转过身，又疾步走回去，对主持节目的人大声说："我猜到了，是个用字！有用无用之用。"边说边在空中划了个大大的"用"字。

主持节目的人说："同志，你的兴趣应当更广泛一些，再到别处去碰碰运气嘛！"不得不将一张纸条塞给他。

他又把纸条还给对方："你，给我那个布娃娃！不，不要那个男娃娃，要那个女娃娃！"

他兴冲冲地抱着一个漂亮的布娃娃走回妻子和高志皓身边，将布娃娃朝妻子怀中一放，说："心萍，我可是期待着你给我生个女儿呀！小时候要像这个布娃娃一样漂亮，长大了要像你一样美丽！"

邹心萍睖着黑晶晶的眸子瞧着他，又习惯地装出那种极其认真的模样，问："要是给你生了个儿子呢？"

张士纯相当严肃："哦！别跟我过不去，我喜爱女孩，你不要辜负我。"

"好吧，只得达成这样的协定啰！"邹心萍仿佛不情愿地耸了耸肩膀，瞥了高志皓一眼，咯咯地笑起来。

张士纯双膊交叉抱在胸前，像欣赏一件工艺美术品似的瞅着妻子，不无幸福感地对高志皓说："你瞧她，哪像个做妻子的，简直还是个天真烂漫的小女孩！我对她是既尽丈夫的责任，又尽父亲的义务，没法子的事，我比她大整整二十岁。"

"去你的！"邹心萍扬起手中的布娃娃，要打他。

"别拿着女儿打父亲！"张士纯说，首先哈哈大笑，直笑得妻子满面娇羞。

高志皓沉吟了一下矜持而礼貌地说："我……我该回学校了。""小高，别扫我们的兴！"张士纯一把抓住他的手不放，恳切地说，"我们早就该成为朋友了。今晚，你无论如何得到我家玩玩，不见不散。"

就这样，在那个国庆之夜，高志皓被张士纯夫妻请到了家里。他们请他吃了夜点心，喝了酒，在阳台上陪他谈了很多，谈了很久。高志皓一再告辞，都被主人诚心诚意地挽留住了。直到深夜，他们才放他走。

那一晚，高志皓感到非常失意，也感到非常幸运。这两种情绪，互相冲突地产生在他心里，令他自己也难以判断，究竟哪一种情绪为主。失意感更重些？还是幸运感更强些？他不能自答。的确，当你在生活中极其偶然地结识了两个好人，同时，他们认为你也是个品行端正的好人，对你一见如故，把你视为良友知交，真挚相待，亲如一家，你能不感到自己很幸运么？四十三岁的主任医生张士纯，性格爽朗，和蔼可亲，知识渊博，天文地理，哲学美学，古词新诗，都有真知灼见。他谈笑风生，声调稳重，妙语如珠。不错，他的确喜欢争论。但这种争论是一种机智而巧妙的谈话艺术。他能够很自然转换话题，不断增强对方的交谈兴致。他从不选择对方一无所知的话题，去强迫别人洗耳恭听，以显示自己见多识广。他对医学更是避而不谈，除非对方主动询问。他那年轻而美丽的新婚少妇邹心萍，活泼、热情、坦率，纯洁得像无邪的少女，天真烂漫又如个小女孩。她身上虽然不无娇骄二气，但又常常表现出一个能干的家庭主妇的自豪，并且，喜欢听别人在这方面对她大加赞扬。听到一句赞扬便兴高采烈，笑挂眉梢。她是个小学教师，因此，她的丈夫嘲笑她，断言她所教育的学生永远也不可能成长为大人。高志皓看得出来，她是很爱她的丈夫的，以至于时时在丈夫面前做小女儿状，情不自禁地撒娇。那绝不仅仅是一种单纯的爱，其中还包含着尊敬、崇拜。她比高志皓小一岁，却亲近地称高志皓"小兄弟"，而且有一条理论为根据，认为一个结了婚的女人，与一个没有结婚的男人相比，不管那个男人比她大多少岁，她的生活经验可一定比那个男人丰富得多。然而，高志皓不能够也不愿意欺骗自己，他在感到幸运的同时，又的的确确感到失意，感到暗暗的悲哀。他既叹息自己的命运，又因为自己内心隐藏着对邹心萍的那种不可宣示的感情，而轻蔑自己，痛恨自己。

但是，自从那个国庆之夜，他就开始成了张士纯夫妻家中的常客。一方面的原因，是这一对夫妻对他的情谊，使他难以冷漠视之。另一方面的原因，是他自信，自己是能够将心灵深处那个小宝盒的盒盖，永远地严密封闭起来的。他认为，那种感情恰如装在瓶子里的魔鬼，他要把它沉在心海的底层。

以后，每到星期日，人们经常可以看到张士纯夫妻和一个英俊的年轻人，漫步在松花江畔。有时，他们坐在长椅上低语交谈。有时，他们边走边大声争论。有时，邹心萍选取到一个好背景，便为丈夫和高志皓拍一张照片。有时，高志皓则为张士纯夫妻用小剪刀剪一帧双人剪影。更多的时候，他们并肩站在江堤，手扶着护堤栏杆，无言地欣赏落日的余晖怎样溶入江波里，观看列车通过江桥，眺望对岸太阳岛的树丛渐渐被夜幕笼罩，目光追随着江上的片片白帆，或者，联想火烧云在天空形成的奇怪形状……

他们在松花江畔，同时看秋风卷走了最后一片枯叶；也在松花江畔，同时身披了初冬的第一场雪花……

松花江冰冻了。

四

那一年的最后一天，张士纯接到高志皓的一位同学的电话，转告高志皓生病了，不能在元旦应邀到他们家去玩了。张士纯放下电话，立刻又给妻子拨了个电话，叮嘱她下班之后去看看高志皓。邹心萍顺便在路上买了一网兜水果、罐头、点心，匆匆地赶到建工学院。那是她第一次出现在高志皓的宿舍里。

高志皓孤独一个人躺在床上，见邹心萍进来，他很意外，想欠起身，被她用手势制止了。

她问："你的同学们呢？"

"都到礼堂看电影去了。"

"没有一个同学留在宿舍照顾你吗？"

"我把他们一个个打发走的，我不需要。"

邹心萍环视着到处都堆放着书的杂乱的房间，摇摇头，嘲谑地说："你们这些大学生呀，是不是认为自己居住的环境越是乱七八糟，才越能显出事业心来呢？真难以想象将来嫁给你们的那些姑娘要为你们操多少心！"

高志皓难为情地苦笑了。

"你会做饭吗？比如蒸馒头，包饺子，擀面条，炒家常菜。"

高志皓摇摇头。

"熨衣服呢？"

高志皓又摇摇头。

"真没办法！"邹心萍遗憾地摊开双手，你总该会点什么家务吧？总不能把妻子当女仆使用呀！这样看来，我没有必要再询问别的方面啰！妻子在怀孕的时候，丈夫应当如何关心照料，这方面的知识你大概等于零吧？如果一个婴儿躺在床上哇哇啼哭，你一定会慌手乱脚，无可奈何吧？"

这次，高志皓点了点头。

"真是个诚实的孩子。"邹心萍笑了。她将削好的苹果递给高志皓，又将他的枕头垫高了些，使他躺得更舒服，然后自己就坐在床沿上，看着他一口一口慢慢吃苹果。

她忽然问："志皓，你有没有女朋友呢？要诚实回答我。"

高志皓听了这话，拿着苹果的手从嘴边缓缓放了下来，沉默片刻，摇摇头。

她叹了口气。那双好看的眼睛微微眯了起来，温柔地注视着他，说："你可真需要有个姑娘经常能够照料你一下。什么样的姑娘才配做你的妻子呢？你大概不会像士纯那样，四十三岁才结婚的吧？"

"如果期待就能得到幸福，我宁愿四十三岁再结婚。"高志皓随口就说出这句话来，说得这样不加思考，令他话一出口，暗暗吃惊。邹心萍从桌上拿起一本书，又坐在床沿，瞧着他笑了，幽默地说："忍耐是期待的艺术，那你就忍耐到四十三岁吧！"

她把高志皓的话当成了一句玩笑。

她搓了一会儿手，将手搓热以后，轻轻放在他额上："呀！你还在发烧？"

"不，应该说开始退烧了。上午烧到三十九度八。"

"那我也不跟你说话啦！我给你读诗怎么样？就读这本《海涅诗集》，想听吗？读到你安静地入睡，我就走。"

"你坐在我身边，我根本不想睡。"

"那我现在就走。"

"别走。"他下意识地紧紧握住了她的一只手。

"那我就读了！"她抽出手，替他掖了掖被角，打开诗集，随便翻到一页，开始读起来：

幸福是一个轻薄的姑娘，

不爱老待在一个地方；

她抚摸你额上的头发，

慌忙地吻你，就逃得不知去向。

不幸夫人却和她相反，

总是把你搂着和你纠缠；

她说，她没有要紧的事情，

她老是坐在你的床边编织绒线。

……

"不好！不读这首诗了，这首不美！好像我就是不幸夫人似的，恰恰坐在你的床边。"于是她翻过了几页，发现书中夹着一张照片。她拿起那张照片，端详了一会儿，盯着他问，"你刚才说你没有女朋友，那么，这是哪位姑娘的照片？你这个小兄弟呀，还瞒我？"

"那是我的姐姐。"

"姐姐？"她显出怀疑的样子，抿嘴一笑。

"是的。"他从枕下抽出影集，打开来，递给她，"你看，这里夹着她好几张照片呢！那一张我找出来，本想叫你给放大的，正好你今天可以带走。"

她接过影集，看了一会儿，又注视了他片刻，说："你姐姐长得可不像你呀！"

"不像。"

"倒是……有点像我。"

"像你。"

"她现在在哪儿？"

"另一个世界。"

她，慢慢放下了影集，发现他眼角流下了泪，歉意至深地轻声说："我不该问你这些……"

她向他俯下身去，如同一个亲切的姐姐对待小弟弟一般，一边替他擦眼泪，一边柔声安慰他："别难过，另一个世界也许比这个世界更好，没有烦恼，没有忧伤……"

邹心萍起身告辞的时候，才发现摆在书架上的那套细铁丝制作的小人形。

她好奇地问："这是谁的杰作？"

"我小时候跟姐姐学会的。"

"真有意思。"

"托板上有个键子，你按一下，会动起来的。"

她按了一下键子，托扳上的小人形都同时动了起来。

"这项发明创造可以获儿童玩具奖！"她啧啧称赞，爱不释手。

"你喜欢？"

"喜欢。"

"送给你！"

"真的？"

"真的。"

她高兴极了，扑到床前，弯下腰，飞快地在他额角上印了一个吻，拿上那好玩的东西，像只鸟儿似的离去了……

五

几天之后，邹心萍第二次来到高志皓的宿舍，给他送来了放大的照片。高志皓的宿舍里空无一人，冰球场上哗声不断。她知道高志皓是学校冰球队队员，显然他正在场上赛球。桌上，凌乱地堆放着他的各类书籍，她便替他整理起来。她拉开抽屉，发现了一个厚厚的笔记本，无意地打开翻看了一下，立刻被吸引住了——里面摘录了许多条世界名人的格言：

和人玩一小时，比和他交谈一年，更能认清其为人。

——柏拉图

所知越广，所怨越多。

——喀德琳二世

我成功的原因，在于生下来就感到兴奋。

——马克·吐温

幻想当然很好，但永远不能脱离已知的事实。

——爱因斯坦

赞赏是人生的润滑剂……

重复是自然界的唯一的永久形式……

她一页一页地翻着，饶有兴趣地看下去。她绝没有想到的是，在其后记的，已不是世界名人的格言，而是高志皓的心中隐秘。让一种封闭的爱情在心里燃烧，得不到回报，并且要不被人知，一定毁灭养育这爱情的生命！世界上只有一种情感是不能隐藏至永远的，那就是爱情！如果它不可能向所爱的人表达，便只能向另一个值得绝对信任的知己倾述——日记。高志皓怎么能想到，它会将他彻底出卖？！

邹心萍的心被意外地震动了。

在他回到宿舍之前，她离开了……

世界上如果当有"偶然"这两个字，那么许多人就都可以在他或她们的生活轨道上，保持住自己心灵的平衡，彼此相安无事地生活下去。那将使生活中减少多少悲剧或喜剧发生的契机啊！"偶然"这两个字，把许许多多的人轻而易举地击出了生活的常轨，令他或她们惶遽不及。

倘若邹心萍没有翻阅高志皓的那本日记，那么，她永远也不会知道他对她的那种隐秘感情，因为高志皓到死那一天，也不会把内心真实的感情在她面前流露得超过姐弟般的情谊。不，绝不会，永远不会！那么，邹心萍也就不过仅仅以一个已婚女性那种单纯而真挚的情感，视高志皓为一个"小兄弟"而已。

可是她无意中偶然翻看了那本日记。

她受惊了！她寒栗了！

她像一只在河边安闲地喝水的小鹿，被突然滚落到河中的石头吓坏了。

她一回到家里，就扑在床上哭起来。为什么哭？连她自己也说不清楚。某些女性，尤其那些外表像邹心萍一样年轻、漂亮、具有魅力的女性，是把更多的男子对她们的钟情引以为自豪的。她们仿佛认为自己天生就是被男子们所追求，而诞生在这个世界上的。仿佛上帝当初创造了夏娃，仅仅是为了给亚当做妻子似的。她们绝不会错过，甚至有意无意地去寻求和制造某些所谓"偶然"事件，从中得到放纵的情感，情欲方面的种种满足。是的。她们就是这样的！甚至可以说，她们不过是只有情欲和类似情感的雌性生物，绝对谈不上具有什么情操。就像非洲的一种鸟，能够模仿别种鸟求偶时的啼叫，但目的不过是引诱对方飞来，并吃掉对方的内脏。她们的生活没有主旋律，不过是无数次彼此毫无关联的"偶然"事件的小插曲而已。因此，无论怎样突如其来的，哪怕是亵渎道德和伦理的"爱情"，都是她们求之不得的。她们也绝不会被惊吓而寒栗。从这一点看来，亚当为了夏娃的缘故而被逐出伊甸园，真是有点划不来。今天生活中的许多事，也是夏娃们惹出来的。

但邹心萍不属于这一类女性。她从小就失去了母亲，这种遭遇和高志皓是一样的。比高志皓幸运的是，她的父亲非常疼爱她，把她视为掌上明珠。她的父亲给予她的爱，抵得上任何一个女儿所能获得的父母双亲的爱。可敬的中学老语文教员，对独生女儿爱而不宠，娇而不纵。他把小时候私塾先生灌输给自己的终生奉守的人伦礼义的做人信条，原封不动地当成了最有价值的遗产留给了女儿。可以说邹心萍从小接受的是两种教育——封建道德的教育和反封建道德的教育。后一种教育是她从文学作品中接受的。奇怪的是，这两种教育的效果竟能在她身上体现得非常和谐。当然，也不奇怪，因为如果我们每个人的内心世界处在一种平和状态，不受丝毫外界情感的冲击和波动，我们是不太能够理解"矛盾"两个字的含义的，也不太可能真正地认识"自我"。每个人都在生活中有意识或者无意识地寻找着"自我"，其实"自我"就在我们的身边，是我们的影子。当你寻找到它的时候，你会感到多么骇然！它既像你又不是你。因为它是你的影子，它可能矫正了你外形上的某种缺点。因为它是你的影子，它也可能把你变得奇形怪状。

邹心萍还没有这种寻找"自我"的明确意念。她不能想象自己什么时候，在什么事情上，会变得既是自己又不像自己了。但她却分明从自己所熟悉的高志皓身上，发现了另一个高志皓。她不能理解这两个高志皓怎么竟会是一个人！

可想而知，她心灵上受到的意外冲击是多么大。

张士纯从医院回到家中，见桌上像往日一样摆好了饭菜，妻子端坐一旁，正等他。

他见她脸色灰暗苍白，神情恍惚异常，不安而关心地问："怎么，你病了？"

"没，没有。"她强作一笑。

"把照片送给志皓了？"

"嗯。"

"没告诉他春节来玩？"

"我……我忘了……"

"那我现在去给他打个电话！"

"别，别……"

张士纯诧异地望着妻子。

"我……明天我给他打电话。饭都凉了，你快吃饭吧！"

"你不吃？"

"我吃过了。"

"你一定没吃。不对，萍，你像有什么事闷在心里，快告诉我。"张士纯在妻子身旁坐下，搂抱着妻子，愈加不安地询问起来。

"没什么，只是有点不舒服……"邹心萍将头靠在丈夫胸前，顿时，迫令内心的风暴平息了下来。

"这么说，你还是生病了。有什么感觉？"

"只是，不想吃东西……"

"不想吃东西？你……是不是怀孕了？"

张士纯捧着妻子的脸，注视着妻子的眼睛，期待着得到惊喜的回答。

邹心萍摇摇头，又强作一笑，忽然张开双臂，紧紧搂抱住了丈夫，依偎在丈夫怀中……

这天夜里，邹心萍躺在床上，难以成眠。她心乱如麻。她想象不出，如果明天早晨高志皓突然出现在她家里，她将如何对待他。一反常态的冷淡？她不忍心。毕竟，她认为他是一个很好的年轻人。他的全部过错，无非在于他暗暗地爱着她。难道这便是一种罪过么？何况，他将这爱深深地埋在心里。她装成什么都不知晓，保持以往亲近和无拘无束的关系？能够这样最好。但她知道，自己无论如何也做不到这一点。

她扪心自问，自己有没有不够检点的地方，才使高志皓对她产生了如此错误的爱情？如果是那样，更应该受到谴责的，当然首先是她自己了。但是，任凭她像一个公正的法官一样审判自己，她也不能在这一点上给自己定下个什么罪。她甚至感到一种朦胧的惆怅，一种将要失去什么美好东西的无可奈何的惋叹。将要失去的是什么呢？

是她和他之间以往的那种友情。

友情？！在他来说，那从来就不是友情。一开始就不是友情。而是——强烈的炽热的爱情！一种无权表露的、秘密的、沉默的，埋藏在内心深处的爱情！

爱，是可耻的么？爱，是有罪的么？如果是这样的一种爱情！

她不禁想起了歌德的一句诗："如果我爱你，与你何干？"

她竟试图为他辩护，要寻找到一种观点，充分证明他是无罪的。

她在心灵里默默地自白：我，一个做了别人妻子的女人，为什么会同一个仅仅比自己大一岁的男子建立并保持了这种友情呢？为什么对失掉这种友情感到惆怅和惋叹呢？为什么，为什么呢？她向自己提出了这样的问题。他年轻、英俊，他具有诗人的气质，他追求独立的人格，他胸怀抱负，事业心强……这些，都是她所敬佩的。他喜爱诗，喜爱音乐，喜爱每一项体育……这些，也都属于她的爱好范围。他会滑冰，滑雪，游泳，拉小提琴和大提琴，有一副音质浑厚忧郁的男中音的好嗓子……她和他在一起，感到快活。如果她现在没有结婚，她无疑会爱上他的，假如生活允许她在爱情上进行第二次选择，在他和自己的丈夫之间，她将会选择谁呢？当然会选择他！哦不，不！我怎么会这样想！我怎么能允许自己这样胡思乱想？这太可怕太可耻太罪恶了！这些统统应该诅咒的想法！她朝躺在身边的丈夫看了一眼，心中憎恨自己刚才的想法太卑鄙了。因为自己心里刚才产生了那些想法，而觉得对不起丈夫。丈夫，也是一个好人，一个真正的好人，一个善良、高尚，受到许许多多人尊敬的人。一个好丈夫，爱她，关心她，体贴她。临睡前，他还拥抱过她，吻过她。可是，为什么她和他在一起时，更多地感到的是由衷的快活；而和丈夫在一起时，更多地感到的是隐隐的自卑呢？为什么她和他在一起时，感到自己是一个成年人；而和丈夫在一起时，则永远感到自己是个小女孩呢？……

古希腊一位格言家曾说过这样的话："人生第一件大事是爱一个人。第二件大事是被一个人所爱。第三件大事是使两件事同时发生。"如果我们避开这句话可能引起的关于人生的意义和人的价值的争论不谈，我们便应承认，这句话的确是句格言。但必须指出，这位格言家也犯了一个错误。实际上，"同时"发生的爱情是不存在的。在这一点上，我们世人至今也仍犯着认识上的错误。爱情，这是一连串感情和心理上产生着、变化着、发展着的思维活动。它有时微妙，有时猛烈，有时长久，有时瞬间，有时复杂，有时简单……有人可能一生爱过十次，但每一次都是真挚的。有人可能一生仅爱过一次，但那一次也是虚伪的。有时两颗心相爱需要几年、十几年，乃至几十年。有时在几秒钟内就完成了这一过程。爱情，它是颗心灵在感情长河的自然状态的流动中首先觉醒，向另一颗心灵发出呼唤，并且得到回应之后，才在彼此间发生的。

如果邹心萍对高志皓的感情仅仅是友情而已，她此刻就不会有心灵上的如此重负了。那是友情，但也是爱情。一个人，尤其是一个年轻的女子，在友情深挚的情况之下，就会丧失了对爱情的敏感。这种在深挚友谊的温床上培育起来的爱情，使她自己从没意识到。而今天她意识到了，正视到了这一点，原来在她的心灵中，高志皓早已占据了一席之地。要将他完全从心灵中抹去，已为时太晚，除非将心灵切为两半！

她用被子蒙住头，哭了。

张士纯被妻子的哭声惊醒，他翻过身，温存地搂过妻子安抚她，询问她，吻她。

她失声痛哭之后，将今天发生的事情告诉了丈夫。

她不能够可耻地隐瞒他，她不能够。

张士纯呆住了。怔怔地注视着妻子，许久许久，才冲动地问："你呢？那么，你对他……"

这太突然了。

"不，不！没有！没有……"妻子用手捂上了他的嘴，"我爱你！别问我。我永远永远爱你！"

她疯狂地亲吻着丈夫。

她终于在丈夫的安抚之中睡去了。她的心灵今天太疲乏了。

然而，张士纯却睡不着了。他轻轻起身离床，穿着睡衣，趿着拖鞋，走到阳台上去了。星空迷乱，圆月如盘。阳台下铺雪的马路，静悄悄的，没有一辆车驶过，没有一个行人的影子。

他打了个冷战，从心里往外感到一阵寒冷，又退回到房间里来了。他轻轻坐在沙发上，轻轻擦着了一根火柴，吸起烟来。

那么，现在我该怎么办呢？将高志皓从此拒之门外？这是一种强有力地维护他目前家庭幸福的手段。他有权这样做，他相信妻子不会提出异议。但这样做，太不符合他的性格了。找那年轻人谈一次，委婉地提出某种不伤对方自尊心的暗示？他能够把这件事做得很得体，但无论怎样得体，对高志皓都将是一种严重的伤害。

像他这种性格，像他这种品德，像他这种心灵的人，思考问题的方式，不是常人所能理解的。

最主要的是，她……她哭得那么悲伤！这意味着什么？她哭得那么绝望，她为何感到绝望？如果她能够保持心灵的平衡，那年轻人又为什么不可以继续成为我们的朋友呢？

可是，分明她的心灵被冲击得太猛烈了，分明她已经失去了心灵的平衡。

失去了平衡的心灵，并不像拨乱了珠子的算盘，用手一抹，便可复归原状。不，心灵平衡的复归，是心灵的一次死亡到一次复活……而她有一颗那么脆弱的心灵。虽然，它非常纯洁，非常善良。他用怜爱的目光注视着床上的妻子，在她那美丽的睡梦中的脸上，笼罩着悲哀和感伤。

他长长地叹息了一声，不禁回想起了他和妻子的结识、接触、接近、结合……

一年半以前的一天，大雨滂沱，张士纯下班之后，走出医院大门的时候，被站在树下的一个姑娘拦住了。

"您是张士纯大夫吗？"姑娘浑身上下已经快被雨淋透了。她冷得瑟瑟发抖，嘴唇青紫，一双大眼睛焦灼地望着他。

"是我。"他赶紧把伞撑了过去，问，"姑娘，你找我有什么事？"

"我……我……"姑娘一下子用双手捂上脸，哇地哭了。

"姑娘，你怎么了？有什么为难的事？只要我能做到的，我一定尽量帮助你！"他一边用令人信任的语气说出这话，一边将姑娘搀进了传达室。

姑娘一走进传达室，就扑通一声，跪在他面前。

这姑娘就是邹心萍，她的父亲患了血癌，已到晚期，几家医院都不肯收留了。姑娘怀着最后一线渺茫的希望，来向他这位受人尊重的医生求助。

张士纯深深地被一个女儿对父亲的爱所感动了。

虽然，他明知自己对一个晚期血癌患者也无能为力，但他毫不迟疑地收留了她的父亲，并将她的父亲安排在他所负责的病房里。他亲眼看到了一个女儿对重病的父亲是怎样精心服侍和无微不至体贴的。他对她从心底里产生了敬意。他尽到了一个医生的全部责任和种种努力，却没能把老教员从死神的黑斗篷下解救出来。他仅仅使孝顺的女儿更多几天厮守在父亲的病床边而已。老教员终于知道自己的生命已经没有指望，他对自己的爱女丢舍不下。在生命垂危的最后一天，他提出要立刻见到他的弟弟，将女儿托付给他。而那做弟弟的，出差在千里之外，一日之内，是无论如何也赶不回来的。托女之念令老人同冷酷无情的死神进行着悲惨的角斗，不肯最后闭上眼睛离开我们这个世界。当张士纯怀着一个医生的沉重的惭疚心情走进病房时，老人向他伸出一只手来，弥留之际的幻觉使老人把他当成了自己的弟弟。他犹豫了一下，轻轻走到老人的病床前，握住了老人那只手。一个医生和一个将死之人的手，在两个世界的门槛，彼此紧握着，紧握着，久久地紧握着。哭得泪人儿似的女儿，几次想告知父亲认错了人，但都被张士纯用目光制止了。老人的瞳孔已经放大，眼神已经涣散，灵魂已经离开了躯体正朝另一个世界飘飞，但那颗顽强的心脏，却仍在微弱地跳动，不肯停息！

张士纯竟在病床边站了两个多小时，直至老人的手终于放开了他的手，无力地垂落下去……

张士纯，一个对死亡已经司空见惯的医生，那一次落泪了。是他出面帮助邹心萍料理了父亲的后事，也是他，陪伴她从父亲的墓地回到家中。

可想而知，二十一岁的邹心萍对这个好医生是何等感激！而在他来说，不过是给予一个失去了相依为命的父亲的女儿一些同情。富于同情，是张士纯的品质之一，也是他恪守的做人原则之一。

从那之后，每当张士纯下班，总有一个美丽的姑娘等待在医院大门外……

不久，一个好心的老护士充当了月下老人的角色。

"你对那姑娘印象如何？"

"是个好姑娘。"

"将来能成为一个好妻子吗？"

"那还用说。"

"如果她愿意给你当妻子呢？"

"什么？"

"不是跟你开玩笑。"

"胡思乱想！我比她大整整二十岁！"

"我已经问过她，她愿意成为你的妻子。"

"这……"

他怔住了。年轻时，他曾爱过，也被爱过。但和他有过浪漫史的那些姑娘们，给他带来的烦恼比快乐多得多。她们对他的职业和前程比对他本人感兴趣得多。她们在感情上给予他的比在虚荣心方面要求他的多得多。她们使他一回忆起来就不禁摇头苦笑。他对爱的崇高性和纯洁性本能地看得极其神圣。要在生活中寻找到一个和他具有同样心灵的姑娘，并非一件很容易的事。如今，他已经到了不惑之年，事业心差不多抵消了他对爱情的那些浪漫幻想。别人突然向他宣告的爱情首先使他感到的是意外。

然而对方的确是一个多么值得爱的好姑娘啊！他怎能漠视这样一个姑娘对他的爱情呢？

"我……能够到您家去么？"那一天下班后，他在医院门口碰到她的时候，她怯怯地向他问道。话一出口，脸色顿时羞得绯红。看得出来，她提出这个问题，是鼓了多大的勇气啊！听得出来，她的语调中不无请求的成分。她惴惴地望着他，期待着他的回答，见他犹豫不答，她愈加窘迫不安，补充了一句："今天是中秋节，我没什么地方可去。"他马上回答："当然，当然可以去！而且，应该是我郑重地主动地邀请你才对……"

如果不是他这样回答，也许她会立刻哭起来的。她得到非常满意的回答，愉快地笑了。

一来到他的家中，她便从提兜里取出了月饼、水果、一瓶葡萄酒，一一地摆在桌子上。接着，她便利落地替他收拾房间，扎起围裙炒菜。他们把小桌搬到了阳台上，当十五的月亮高高地升起的时候，他们为彼此最美好的祝愿干了杯……

那个中秋之夜是一个多么美好的夜晚啊！

他们没有说很多话，却在阳台上坐到很晚很晚。她竟那么不胜酒量，只喝了三小杯甜葡萄酒，脸儿便红得像熟透了的石榴一样。她忽然哭了。他理解她，猜测到她一定是思念起了她的父亲，便拉过她的一只手，轻轻握着，抚摩着，无言地安慰着她的心灵。她温顺地任他轻轻握着她的手，抚摩着，用另一只手拭去了面颊上的泪水，感激地对他说："我给你唱支歌。"于是，便委婉地唱了起来：

十五的月亮升上了天空，

为什么旁边没有云彩，

我等待着美丽的姑娘哟，

你为什么还不到来……

最后一辆公共汽车从阳台下的马路上驶过，她才惊跳起来：

"呀，我只好走回家去了！"

走回家去？！从城市的这一头走到那一头，非走到天亮不可。在这样的深夜，像她这样一个年轻姑娘，而且带着明显的醉意……"我送你回去，一直把你送到家里。"他站起身来，走进房间，穿上了外衣。

谁知小小的三杯红葡萄酒竟使她变得那般软弱无力。他真有点后悔自己没有劝止她。

她跌坐在沙发上，自羞自惭地哭了。

他想了想，将她扶到了床边："躺一会儿就好了！"

她一躺到床上，竟酣睡了。

他，拉灭了灯，独自又在阳台上站立了许久，才轻轻地踱回到房间里，坐在沙发上，望着睡在床上的她，也终于支撑不住困意，坐在沙发上入睡了。

朦胧之中，他听到了低低的哭泣，睁开眼睛，发现她不知何时醒了，跪在他的面前，将脸伏在他的膝上……

他不禁双手捧起了她那被泪水沾湿的脸儿。

"让我做你的妻子吧！"她喃喃地说。

他的矜持和庄重在那一瞬间全部崩溃！

他一下子紧紧地把她拥在自己的怀里……

那个夜晚，多么像今天这个夜晚啊！他也是坐在沙发上，她也是睡在床上。不同的是，她已成为他的妻子，他已成为她的丈夫。而此时此刻，他的心情却比那个晚上要复杂得多、紊乱得多。他根本无法再躺到妻子身边入睡。

第二天，这对夫妻像往常一样开始了他们一天的生活。妻子做早饭，丈夫收拾房间。同时坐下来吃饭，同时离家上班。妻子在走出家门前，照例地亲吻了他，比以往每一天都亲吻得更久更柔情。

第三天，如此……

第四天，如此……

仿佛一切都没有发生，仿佛一切发生了的都已过去。

但张士纯心里明白，什么也没有过去。从妻子在家中那种欢天喜地的心绪中，他感觉到了这一点。从妻子对他格外细微的体贴中，他感觉到了这一点。从妻子那渐显苍白的面容和时时独自发呆的眼神中，他感觉到了这一点。

她要使自己的心灵重新平衡下来，她要努力排除那意外的感情上的冲击，她怀着自信在这样努力，然而她却分明不能够。飓风在她心灵深处呼啸！她那张苍白的脸想把这一点对他遮掩，但她那双不善于隐瞒什么的眼睛却把内心世界的动乱暴露无遗……

也许，作为一个丈夫，他应以更多更浓的柔情蜜意帮助妻子渡过这感情上的难关？他有义务有责任这样做，为了维持自己的幸福，他理应做这种主动的努力。她也有权这样要求。事实上，她已无声地向他表示了这样的请求。

然而，张士纯做了另一种选择。

第五天下班回家后，他告诉妻子，他要到农村去巡回医疗，也许时间很长。

"哪一天走？"

"明天。"

"是你自愿报名的？"她审视地盯着他的脸，像要从他脸上寻找真实的回答。

"是上级的决定。"他第一次违心地对她说了谎话。

"不，我不放你走！"她扑到他身上，紧紧抱住了他，仿佛预感到他会一走不归似的。

"别说小孩子话，我还是带队呢！"他抚摩着她的头发，哄劝着。"叫别人去！我去找你们院长！就说我现在生病，离不开你！……"她孩子般地哭了。

"别哭，别哭，我会经常给你写信……"

第二天，他走了。

送走丈夫的当天，邹心萍给高志皓寄出了一张明信片，以张士纯的名义写了这样两行字：我带医疗队下乡，心萍去外地探亲，春节不能请你来玩了，望谅之。

晚上，她将高志皓送给她的那个铁丝人形小玩具，带到松花江上，扔到了一个打鱼者砸破的冰窟窿里。木托板浮在水面，沉不下去。她抱起一块大冰块，将它压住了。她这样做了之后，一口气儿从那里头也不回地跑回了家，跑得一颗心怦怦急跳。她觉得仿佛把什么有生命的东西推进了冰窟窿似的，对自我幻想到的残忍后怕起来。

每天，她一下班，便深居简出，再也不到松花江畔散步了。她像一位一丝不苟的药剂师，每天都在为自己的感情调配安定剂。

张士纯很快就给妻子写来了信，内容简短得像便条：工作极忙，身体健康，勿需惦念。

邹心萍给丈夫的回信却很长，工工整整，清秀明丽的蝇头小楷写了十几张纸。

张士纯独自徘徊在乡间小路上，读完了那封信。

她想摆脱，但是她不能够。否则她的回信就不会写得这样长。从那封字里行间充满脉脉温情的信中，凭一个出色的医生诊断心理学方面的起码知识和经验，他怎能看不出来，她与自己的感情进行着怎样顽强的搏斗！无论在感情或者心理方面，一个人的战斗姿态愈过分地显示出来，便愈加证明他实际上已经退到了自卫和防守线上。

他仿佛在手术台上看到了一颗心在痛苦地抽动和颤栗!

他产生了对妻子的无比的怜悯。

让她在绝对独立的境况之下再重新选择吧!让这件已经发生了的事按照自然的法则去发展吧!本来,他离家出走,动机便是如此。读了妻子的信后,他更下定了这样的决心。他有权要求她,却不想要求她。责任、义务、援助,甚至同情,都可以要求。唯独爱情,那是不能要求的。即使对于法律裁判给你的一颗心,也不能够提出这样的要求。爱,这是不能要求给予,也不是能被要求给予的。

他写给妻子的第二封信更短。

妻子写给他的回信比第一封更长。

"张医生,你的妻子给你寄的大概是小说手稿吧?"一个同事这样向他打趣。

他庄重地回答:"是的。我与我的妻子合写,她写提纲,我提炼主题。"

"真的?"

"当然。"

"什么时候会发表?"

"我想,不会很久。"

"到时候要请客啰?"

"一定。"

……

邹心萍独自在家中过了一个冷冷清清的春节,既没有来客,她也没有到别人家去做客。

初五,她收到了一封信。一看字迹,就知道是高志皓写来的信。

她拿着这封信犹豫多次,终于没有拆开阅读。她一下一下慢慢将信撕毁,扔进了纸篓里。可是第二天,当她收拾房间,倾倒纸篓时,不由自主地将信纸捡出来,放在桌子上拼凑起来。

这同样是一封极短的信:

士纯哥哥、心萍姐姐:

当你们看到这封信时,我已经离开了这座美丽的北方城市,到大西北国防建筑工地去实习了。我将要求直接分配在那里，不再回到这座城市来了。虽然，我很爱这座城市，也很爱你们，但我还是要远离它。感谢你们给予我的真挚情谊，我不会忘记你们的！

他要离开了，离开他非常热爱的这座城市，他将再也不会回到这座城市。实际上，他是要远离她，带着一颗在爱情上无望的孤独的心……

可是难道只能如此吗？为什么只能如此？！难道爱情一定得要爱情回报么？

她慢慢地坐在桌前的椅子上，绝望地怔怔地注视着眼前这封四分五裂的信，像注视着一团渐渐燃起的火，不能断然决定自己是否应该彻底扑灭它。

这封信，意味着一个句号么？是句号，应该是句号，终于画了一个句号。不过，不是她自己画的，是他画的。她尽了多大努力想自己来画这个句号啊！但是她没能够。她战胜不了自己。不，那不是句号，不是！那不过是一条不能复合的圆周式曲线，是由一串删节号组成的。

最经常使人的"自我"处在失败地位的力量，乃是爱情的力量。她猛地站起来，匆匆穿上大衣，奔出家门，骑上自行车，拼命往建工学院蹬去。

人去室空，他的一个同学告诉她，他半个小时前走的，说不定已经上火车了。

当她匆匆赶到火车站，跑进站台时，列车正要开动。

她奔过每一节车厢，扫视每一个窗口，大声呼叫他的名字，全不顾一个年轻女子在公共场所应有的庄重，全不顾车上车下的人都用多么奇特的目光望着她。

"心萍姐！"

高志皓从一节车厢的窗口探出头。

她立刻蹬上了那节车厢，高志皓从车厢另一端迎着她挤来。"心萍姐，你从外地回来了？"高志皓终于挤到她身边意外而惊喜地问。

她不回答，急切地反问："哪些是你的东西？"

"喏，就一个皮箱，一个网兜。"

"跟我下车！"她挤过去，拎起了皮箱。

不待高志皓反应过来，她已经拎着皮箱朝另一个车门挤去。

高志皓只得拎起网兜，跟在她身后挤过去，两人几乎同时跳到了站台上。

"心萍姐，发生了什么事？"他迷惑地望着她。

"你为什么要离开这里？"

"我……"

"你说过你爱这座城市！"

"我……"

"不要解释，我不听，我不相信你！你害得我好苦啊！可是你却要离开……你太忍心了！"

他听了这番话，惊呆了。

这时，列车开走了。

与此同时，张士纯回到了家里。他婚后第一次与妻子离别，一个多月，时间不能说长，但对于他来说，恍如过了整整一年。他怀着极其复杂的心情敲家门，敲了半天，才发现房门未关，虚掩着。

他走进房间，第一眼就发现了桌子上的那封信。看过那封信，又看了看表，他立刻就猜想到了妻子为什么不在家，为什么离家时匆匆得连门也没锁。

他坐在沙发上吸起烟来，在一支烟被吸完的几分钟之内，他异常冷静地做出了他生活中非常严重非常严肃的决定。

他站起来，环视了一下房间，理抻了沙发罩巾，为了不留下自己回来过的痕迹。

他毅然地走出了家门。

邹心萍陪伴着高志皓走回学校，两人一路默默无语，直至分手，也没有说一句话。

她望着他一手拎皮箱，一手拎网兜，步子沉重而缓慢地走进建工学院大门，头也不回地走进了宿舍大楼。她茫然地在学院大门外伫立了很久。

当她回到家里，一进家门，立刻就断定丈夫回来过了。她对丈夫所习惯吸的那种香烟的烟味太熟悉，太敏感了！她立刻又发现了烟灰缸里的烟蒂，拿起来看了看——"牡丹"牌，正是。

桌子上，仍放着那封被自己撕毁的信。

她顿时意识到了什么，发疯地奔出房间，奔下楼梯，在最后几级楼梯上，她失足跌倒了……

六

往事如烟。

二十四年后的今天，张士纯已经是六十六岁的老人了，高志皓，也已经四十八岁了。两个人不同的生活遭遇和经历，从外表上缩短了他们之间实际上的年龄差别。谁也很难看出高志皓比张士纯年轻很多。二十四年，松花江没有丝毫改变，江畔公园也没有丝毫美化。只是青年宫前那尊天鹅石雕不见了，在"文化大革命"中被砸毁了。

二十四年啊！无限之中的短短有限。中年成了老年，青年成了中年，婴孩成了青年，时间每时每刻都创造着生命，也吞食着生命。就在这篇小说开始的这一天深夜，高志皓乘坐着曾到医院过的那辆小汽车，驶到一个昏暗的小胡同，缓缓地停住了。

仰靠在后座上的高志皓睁开眼睛，朝车窗外扫了一眼，问小司机："这是哪儿？"

小司机关掉车灯，粗声大气地回答："到我家门口了！"

"你要回家取什么东西？"

"不。"

"那为什么停车？"

"为什么？我要睡觉了。为你开了整整一天了。对不起，您下车走回家去吧！"

"可是下午我给了你三个小时的自由，嘱咐你好好睡一觉。"

"我开车办事儿去了。"

"公事私事？"

"嚯！这你就没权过问了。我这车是听市长使唤的，不是专为你开的。"

高志皓看了他一会儿，坚定地说："我不下车。"

小司机横了高志皓一眼："那好哇，你就在汽车里过一夜吧，我可要回家去了。"说罢，打开车门，一只脚踏到了地上。

"你敢！"高志皓大吼一声。

小司机扭回头，见他怒容满面，慢慢缩回了那一只脚，重又坐到司机座位上，不屑地反问："怎么说？"

高志皓生气地说："你必须开车把我送到家门口。"

"如果我不呢？"

"那你就下去。"

"我刚才已经要下去了，何必多此一举？"小司机第二次推开车门，钻了出去，伸懒腰，打哈欠。

"那么好吧！从今天晚上起，我不需要你了。"高志皓冷冷地说出这句话，砰地把车门关上。他移到司机的座位上，迅速启动汽车，将汽车倒出胡同口，疾驶而去。

小司机呆愣了一下，追赶起来："哎！别把车开去呀！"已经晚了。高志皓开着汽车，心中异常恼怒，岂有此理！一个小司机，竟全不把他放在眼里。如果他妥协了，明天那小司机准会置他于不顾，载着自己的女朋友满城兜风。看来，他这个城市建设规划办公室主任，不，副主任，如果不摆出一副官架子，学会用十足的命令式的官腔说话……而这是他所多么不情愿的事情！

他把汽车停在自己住的那幢楼前，迈着沉重的步子踏上了楼口台阶，像这座城市里的一个夜游魂，身后拖曳着长长的影子。

他一步一喘地踏上楼梯，在每一层，都停下来，手扶着楼梯栏休息一小会儿。他今天太疲倦了，他多想立刻躺倒在床上。

他轻轻推开家门，在门口摸索着拉亮了灯，弯下腰解鞋带，却竟一下子不由自主地跌坐在地上。他今天太累了，视察了几十条街道。鞋子费了好大的劲儿才脱下来，两只脚分明是浮肿了。他坐在地上换了拖鞋，扶着墙壁站起来，一拐一拐地走到桌前，想倒一杯水，拿起暖水瓶晃了晃，一滴水也没有。他只好将两片药放到嘴里，干咽了下去。他一步一步走到卧室门前，伸出手去，但却像石头人一样僵住了。

门把手上，挂着一只红色的高跟鞋。

他那只手，僵住了。他那条胳膊，僵住了。他脸上的表情，僵住了。他整个人，僵住了。他的心，他的思想，在那一瞬间，被突然冻结似的僵住了。那只红色的、式样美观的高跟鞋，像一条赤链蛇缠在门把手上。他，恐惧地，不，更准确地说，是厌恶地从门前朝后退。这个人，这个从肢体到精神，乃至灵魂今天都疲惫到极点的人，颓然地倒在一张破竹椅上。

破竹椅发出一阵吱嘎吱嘎的呻吟。

他的身躯一躺倒在竹椅上，就立刻像失去了知觉，处于一种瘫痪的麻木的状态中，然而他的头脑，却比以往任何时候都更加清醒。他闭着眼睛，一动不动地想：命运对我为何如此冷酷？难道就不肯施舍一点点幸福给我么？

幸福？似曾有过，确曾有过，那便是他和她的爱情。于是，他的思想便胶着在回忆的音带上这明朗的一段上，重新捕捉着每一节音符。那像两颗星星一样明亮的是什么？是她的一双眼睛。在他记忆最遥远的深处，她那天使般的面容出现了。

她在对他微笑。

二十四年前的那一天，她从楼梯上摔下来，这小小的不幸事件把他和她的命运最后拧到了一起……

当时，除了她学校里的几位教师到医院里去看望过她一次，对她来说，他便是次数最多地出现在她病床边的一个亲人。她左腿骨折，失去了行动的自由。在她躺在病床上的那一段时间里，他为她读完了司汤达的小说《巴马修道院》。

当医生允许她走动之后，他便扶着她走遍了医院的每一处树荫，每一片花丛，每一块草地。

一天，毛毛细雨，如烟如雾。他又去看她，她挽着他，散步在树荫下，在一条鹅卵石铺成的甬道上。那条甬道，是她最喜欢散步的地方，细嫩的青草从石缝中钻出鹅黄色的茎叶，法国梧桐吐出了喜人的新绿。雨丝耐心地一遍又一遍地冲洗着树下白色的长椅。她穿着医院里的木板拖鞋，在路面上发出清脆的叭哒叭哒的响声。

她突然低声问："你的分配去向确定了吗？"

"我不离开这座城市了。"他用同样低的声音回答。

"真的？"

"真的。"

"永远？"

"永远。"

"发誓？"

"发誓。"

她注视着他，那时刻，她的脸上呈现出极其复杂的表情，她的眸子中闪烁着一种奇特的光彩。她突然抓住他的一只手，激动地说："不要离开我，也不要离开这座城市，我爱你！我绝不失掉你！我已经失掉了他，他永远不会再回到我的身边，难道你还忍心离开我么？"

她像个孩子一样，突然张开双臂扑进他的怀抱中……

这，就是他四十八年来四十八节生命交响乐章中仅有的爱情颤音，短短的一个拍节。就在当时那几秒钟内，他所感受更多的，也是痛苦、羞愧，他想推开她，却丧失了那种力量。幸福么？似曾有过，确曾有过。然而，可怜的一点点。

三天之后，他就离开了学校。

不是到市建局去报到，而是到某一个区的清洁队去接受改造。

他由一个抱负远大的大学生成了一个右派。

为什么？因为他给市委写了一封信，对当时这座城市内那种"大跃进"式的城建规划，提出了尖锐的质疑。

"攻击城建战线上的大好形势。"仅仅这一条就够了。

他没有替自己做一个字的辩护，他不想申辩。他从别人的遭遇得出了结论，申辩是毫无意义的。清洁队为他这个被改造者在工具仓库的一角安放了一张床，床上放了一套半旧的工作服和一双新手套。

这个清洁队负责清扫的范围，恰恰包括江畔公园在内的几条街道。几天之后，一个夜晚，她来到了这里。

他觉得不需要再向她解释什么，她也分明不想听到什么解释。她只随身带了一个手提包，她向那张破床看了一眼，一句话也没有说，默默地打开手提包，从里面翻出一条新床单，铺在床上。

"走吧！"她轻轻推了他一下。

"到哪儿去？"

"登记结婚。"她回答得那么平静。

"我不能够连累你。"——也许别人当时处在他的境地，会对她说出这样的话。他，却没有说。他不能用这样的话伤害她，更不能用这样的话侮辱她。

她得到了他，同时失去了做一个小学教师的资格。她那拿惯了粉笔的手，也拿起了清洁队的扫把。

四面透风的破仓库，成了他们的家。

当他和她，手持着扫把，在松花江畔扫马路时，那些游人们的目光，足以使懦弱者投身江中！他们之中的许多人，既认识她，也认识他，怎么能不认识呢？他，她，还有他——张士纯，当初并肩漫步在松花江畔，不也是如此吸引游人的目光么？那时吸引他们的，是她的美丽，是他的踌躇满志，是张士纯的名望。

现在呢，连在江畔无事生非的流氓痞子，也敢于公开耍弄他和她。她忍受了一切。

某些女性，在冷酷的现实面前，往往表现出比男人们更大的内在刚勇。

他永远也忘不了那一个寒冷的雪夜，他病倒在床上，担心着她为什么直至深夜还没有回来。她终于回来的时候，怀里一左一右抱着两只大花猫。

"哪儿弄的？"

"偷的。给你暖脚！"她神秘地朝他一笑，揭开他的被子，将两只大花猫挨着他的脚塞进了被窝。

那一夜，他睡得那么实，觉得两只脚那么温暖。可是凌晨醒来的时候，却发现是她横卧在他的脚下，用衣襟裹着他的双脚。

"猫呢？"

"跑了。"

他……哭了。

第二年，就在这个破仓库里，儿子，哇哇坠地，妻子，却被"产后风"夺走了。

"如果你……还能见到他……恳求他……宽恕我们……"这是她留给他的最后一句话。

"这孩子，你……你怎么能养活呢？"清洁队长好心地给他出主意，"我给你找个主，送人吧！也许还能保住这一条小命。再说，就算你能把他养活……"

他明白清洁队长没有说完的话是什么意思。

清洁队长将儿子抱走了。

第二天，清洁队长交给他五十元钱。十元一张，一共五张。

"你……你卖了？！"

"怎么是卖了呢！在火车站，送给了一个农村老乡。农村人办事认真，人家强塞给五十元……我想，你也需要，就没推……"

"地址！地址！！"

"这……我没想到问……你还要地址干吗呀！"

一个儿子，亲生骨肉，换成了五十元钱！

二十四年后，长大成人的儿子，突然，在半个月前找上了他的门。离奇么？当然有些离奇！不过世界上已经发生的和正在发生的离奇事还少吗？既然中国经历了包括"文化大革命"在内的二十四年的历史演变，许多离散的夫妻可以破镜重圆，许多离散的家庭可以重新聚首，许多父母儿女可以重新相认，他的儿子，为什么不可以找到他，并和他一起生活呢？

他当时是多么喜出望外呀！

儿子，英俊、年轻、文质彬彬、衣着整洁，他仿佛看到了二十四年前的自己。他在儿子面前，有点儿诚惶诚恐。他向儿子问长问短，询问儿子这二十多年是怎样生活过来的，询问抚养儿子的那个家庭的情况……

"爸爸，别谈这些了。我的处境，你可想而知。他们待我很好，不过那两位老人都去世了。"儿子显然不愿谈论这个话题。是啊！儿子说的对，过去了的，就让它永远过去吧！父与子毕竟都拉扯着生活的破衣襟活过来了。

二十余年父子离散，一朝骨肉相聚，彼此间该给予和补偿多少至爱亲情！高志皓在和儿子共同生活的最初几天，获得了儿子的无比关怀和孝敬。他沉醉在做梦也不曾体验过的父子之情中不能自拔。儿子没有手表，他给儿子买了一块进口的高档手表。儿子衣服短缺，他给儿子买了好几套呢料衣服。儿子用商量的口气问父亲："爸爸，能给我买一辆自行车么？旧的也行。小的时候，见别的孩子骑自行车，羡慕极了，可是……"儿子的眼圈红了。"买！"他大声回答。没隔几天，儿子便骑上了一辆崭新的自行车。有一次父子俩逛商店，儿子对一台录音机表示出了极大的兴趣，他当时没有带足够的钱，回到家里之后，第二次又跑了一趟商店，将那台录音机买了下来。一个月内，他为儿子花掉了全部补发工资的半数。有了儿子留钱何用？即使儿子要买几颗天上的星星当扣子缝在衣服上，只要有卖的，他也会毫不犹豫买它。

可是不久，他便感到失望了。他观察出儿子对他的感情之中，掺杂了某种虚伪的东西。儿子开始有意无意地询问他到底存有多少钱？还剩下多少钱？

钱，使他心灵罩上了一层暗影。

在昨天和今天之间，有梦隔着。在父与子之间，有岁月隔着。在人与人之间，有思想隔着。儿子正年轻，年轻人比老年人需要花钱的地方更多。他只能这样解释，这样宽慰自己。

但当儿子再问到钱时，他却有意地不给以明确回答。他把存折放在儿子找不到的地方。这样做，仅仅是因为——怕。怕失去钱的同时，也失去儿子。他并不愿把儿子想得那么坏，但现实给了他一些间接的经验：某某被迫害至死的局长，平反后补发了近万元钱，几个子女因分配不均，动刀弄斧。某某人的儿子，一旦把父亲的存款全部弄到手，便对父亲视若路人……

他感到自己多么可怜，可卑！二十四年，生活之中发生了多少丑恶的事！怎能不在他的心灵上落下些微尘？他宁肯因自己的想法和做法承担心灵上的不安和自责，也不愿再体验一次从感情上失去了儿子的痛苦。儿子，聪明的儿子，显然敏感地窥视到了他心中的隐秘。儿子对"钱"这个字再也不提。可是他不在家的时候，儿子分明四处翻找过什么。

他感到不安了。他多想跟儿子敞开心扉谈一谈啊！有多少次话到嘴边，又咽了回去。这样的话题，在父子之间，是多么难于开口！儿子还没有落下城市户口，还没有安排工作，他心里总挂着这件事，儿子却不急。儿子说，反正这些事都是落实政策范围内的事。儿子要先快乐一个时期，要先熟悉一下这座城市。

没过几天，儿子却先把女朋友领回家里来了。她姓什么？多大年纪？做什么工作？家庭情况如何？他一无所知。儿子从未告诉过他，只是说她叫"丽丽"。

她，对他很客气，但并不尊敬。

有一天，他从外面回到家里，就像今天一样，在门把手上看到了一只红色的高跟鞋。

他敲卧室的门，儿子在里面从从容容地回答："爸爸，我和丽丽占用了卧室，你就委屈一下，睡在外面的竹椅上吧！"

委屈一下？他当时感到了一种不能容忍的屈辱。

"她，到底算你的什么人？"第二天，当她离去后，他冷冷地质问儿子。

"朋友呀！"

"既然还是朋友，你怎么能留她在家中过夜？"

儿子显出惊讶的样子："爸爸，这有什么？"一脸玩世不恭。他大怒：

"住口！"

儿子胆怯了。接着，低声下气地向他保证，绝不再发生这样的事，并说她是一个多么多么好的姑娘，以后一定会成为他的一个好儿媳妇。可是今天……

今天这个夜晚，他已不仅仅像第一次被拦在门外那样感到屈辱、感到恼怒，而是感到深深的悲哀了。他那布满鱼尾纹的眼角，渐渐溢出了泪水。

他忽然感到一阵窒息，仿佛咽喉被一团油腻肮脏的破抹布堵住了，喘不过气来。房间的四壁，仿佛四块活动的夹板，向他挤压过来。"到外面去，到外面去，到外面去！"他心里大声命令自己，便猛地从竹椅上站了起来。一呼吸到外面寒冷的空气，他像吞下了几块冰。他毫无目的地在马路上走着，肝部突然剧烈地疼痛起来。他这时才又想到，自己是一个已经被判处了死刑的人。半个月，一个月，也许，还要短，也许就在明天早上，或者晚上……

"同志！"

他站住了，抬起头，望着拦住他的人——一个深夜值勤的年轻民警。"您……是外地人么？"对方用探询的目光，不失礼貌地上下打量着他。

"不，本市人。"

他一时不明白民警为什么要拦住他，询问他。

"是回家？还是要到什么地方去？"

"从家里出来。哪儿也不去，随便走走，散散步……"

"散步？"小伙子脸上显出非常惊讶的神情，抬起腕子瞄了一眼手表，"现在已经是深夜一点三十五分了。"

他由于受到这样的盘问，愠怒起来，将手探进了大衣内，掏出了工作证："怎么，想看看么？"

"哦，不。"小伙子举手向他敬了个礼，微笑了一下，解释，"我以为您老是外地人，迷了路，或者，没赶上末班车，家很远。以为您需要一些帮助。"

他心中不禁一热！啊！这就是生活，美好的东西还存在着。

"谢谢，谢谢！"他讷讷地说，"我家就在附近，老毛病了，失眠症。"

他继续朝前走去。这条白天繁华热闹的街道，此刻，除了他自己而外，再没有第二个行人的身影。四周寂静，雪花飘落。雪花很大，很柔软，落在面颊上，顷刻融化。这也许是最后的一场雪了。这也许是他最后一次走过这条街道了……

拐过这条街道，跨过马路，他来到了公园门口。他犹豫了一下，走进了公园里。在这座城市，在这个夜晚，在这个公园里，在这个时候，他像一个神秘的影子，像一个白色的幽灵。雪花把整个世界都变成了白色的，也将他变成了白色的。

在他四周，是一尊尊晶莹的冰雕。它们，白天被阳光融化，晚上又被寒冷冻结，失去了本身的美，变得奇形怪状。是啊，冰雕不可能是永恒的艺术，它们不过是艺术的冰。人的一生，不是正像这冰雕的艺术生命一样短暂么？

就在这里，就在这个夜晚，让生命的钟摆就此停止了吧！他望着不远处的一棵秃树，这样想，一只手，下意识地，就去解自己的皮带。他忽然想到，不知明天谁会第一个发现他吊死在那棵秃树上？也许是一对相爱的青年，也许是一个天真的孩子。

他的死，将会给他们带来多大的恐怖啊！

他，心中不安……在这样的时刻，更显出不平静。

七

第二天，市长白坚在自己的办公室门口，迎面碰到市委管理处吴处长。

"市长，您天天上班都这么准时！"吴处长堆下满面笑容。他还不到五十岁，却已经很发福了，红光满面，脸上几乎找不出一条皱纹。每当他堆下满面笑容，便是有什么要向上级"请示"或"汇报"的了。

白坚非常熟悉他那种笑容，站住了。

"我听到一些反映，不过，不向您汇报也罢……无非是机关里的一些群众意见。当然，也包括一些领导同志的意见，是……是有关车辆的一些使用规定。"

白坚皱起眉头："如果你认为有必要汇报，就说。如果认为在你的职权范围内可以做出某种决定，就做。"

他不喜欢吴处长这样的人，不喜欢他在跟上级说话时用的那些"请示""汇报"一类的词，尤其不能忍受他那种毕恭毕敬和吞吞吐吐，还有，他在上级面前那种笑容。白坚知道自己并非一个令下级敬畏的人，也知道吴处长根本不敬畏自己。因此，吴处长那种笑容令他感到虚伪。但我们队伍中的某些领导人，却很赏识这位吴处长。因为，这位处长每天都在辛辛苦苦、兢兢业业地为他们服务。这位处长简直可以说是他们的"总管"。

"可，我自己做不了主啊！有人提出质问：市建规划办公室究竟算市委下属的哪一级单位？高志皓这个人，究竟算哪一级干部？"吴处长收敛了笑容，显出为难的表情。

"什么意思？"白坚冷冷地反问。

"有人对他坐专车，很有意见。"

"有意见的，叫他们当面来找我，是我批的。"

白坚推开办公室的门，大步走了进去。

吴处长也跟在他身后走了进来，唠唠叨叨地说："这，我知道。不过，目前许多局一级的干部，还都没有专车呀……这思想工作，不太好做呀！……"

白坚转身盯着他看了一眼，从桌子上拿起毛笔，饱蘸浓墨，铺开一张白纸，挥毫写了几行字，朝他一递："拿去！贴到车库。"吴处长低头一看，纸上写的是：高志皓使用专车，系我亲自批准。有意见者，可找我本人当面提，也可向市纪律检查委员会反映。还大大地书上了"白坚"两个字。

"这……"吴处长像被人逼着吃了一大捧酸枣。

白坚不再理他，端正地坐在椅子上："秘书，把今天的文件都拿来！"管理处长离开办公室之后，白坚连一页文件也没看完，突然极其烦乱地将红蓝铅笔朝桌上一摔。铅笔跳了一下，掉在地上。

女秘书弯腰将铅笔捡起，见她精心削过的笔尖断了，脸上不禁现出颇为惋惜的表情。

白坚站起身，挪开椅子，大步跨到窗前，一掌推开了窗子。一股冷风夹着雪粉猛烈地灌进室内，将办公桌上的台历、文件吹得哗哗作响。女秘书打了个冷战，瞄他一眼，迅速走到窗前，要关上窗子。

"不！"白坚制止了她，"开一会儿。"

女秘书低声说："您会感冒的。"

"我们许多人都被一种流行感冒所传染。"他若有所思地回答，"我希望我这个人能具有某种免疫力。"

女秘书对他的话似懂非懂，眯起眼睛研究似的瞅了他一会儿，脸上现出一种悉听尊便的表情，耸了一下肩膀，走开了。

白坚从窗台上抓起一把雪，双手使劲握成雪团，又放在窗台上，来回滚动。

他恼火透了！

级别？岂有此理！生活中就是有这么一些人，一只眼睛像得了严重的白内障，看不见别人在做什么，怎样做，或者说明明看见也佯装看不见。另一只眼睛却像长了钩子，专门研究别人现在是什么级别，将来可能是什么级别，目前享受着什么待遇，今后可能享受什么待遇。而他们自己，就在这门特殊学问的精通研究之中升官晋级。这种人若能少一点多好！可惜为数实在不少。在他们看来，我们这个国家机器的巨大齿轮，正是靠级别这种润滑油转动的。

然而那张图，那张城建规划图，同"级别"两个字有何相干？！级别！级别！！难道新成立的市建规划办公室内，有相当级别的干部还少吗？！局长级的一位，副局长级的两位，处长级的两位，副处长、科长、副科长级的数位。每成立一个新的单位，新的机构，就会有许许多多的人闻风争相而来，探听底细，询问情况，这个新机构主管哪些部门，哪些行业，哪些方面的工作？相当于区级、县级还是地级？有些什么实权？能带来什么利益？紧接着而来的，便是那些受人之托或者毛遂自荐的人，某某人在"文化大革命"中受到迫害，至今没有工作，或者虽然安排了工作并不满意，不给一把交椅行吗？某某是市委哪一位领导的老下级，由于种种原因不想或者不便在原单位工作了，不给点情面行吗？而这些人，在提出要求的同时便声明：患有高血压、心绞痛、关节炎、神经衰弱、糖尿病……他们要占据的，是那些有职有权，同时又不担负什么实际工作和实际责任的位置。然后，便是待遇问题：住房、小车、疗养等等，等等。再接踵而来的，便是他们的老同乡、老同学、亲爱者，乃至儿媳妇女婿、侄女外甥、小舅子大姨子连襟……可他是市长，不是前清皇帝！他所需要的是干实际工作的人。然而，他却不能摆出铁面无私的面孔，他得解释他的难处，得同那些人虚与周旋。最后，还得违心地做出种种妥协、让步、迁就。

这就是共产党的一个市长所面临的现实。

为了给高志皓在城建规划办公室的六个副主任职务中争取到一把交椅，他费了多少唇舌呀！高志皓，何许人也？从来没听说过，一点都不了解，根本不认识，从哪儿冒出来的？一个五十年代的大学生？一个当时错划的右派？错……

划？一点错误没有，当时就会被划成右派？凭什么？就凭这一点他就要占据一个副主任的职务吗？副主任这相当于副处长一级呀！在为确定职务问题专门召开的市委常委扩大会议上，到会的人向他提出了上面那一连串问题。而一位市委副书记，坐在他对面，一言不发，默默地一支接一支吸烟。他明白这位副书记为何一言不发，倘若让他所提出来的这位什么高志皓占据了第六把副处长的交椅，那对方的一位老下级往哪儿摆？老下级跟对方在"文化大革命"中一块儿陪过斗，一块儿被关过"牛棚"，用这位副书记的话说，是"共患过难"的。而现在他却提出一个高志皓来与对方抗衡。他从对方脸上的表情看得出，对方心里一定在想：搞的什么鬼！白坚理解，其他几位副市长副书记，包括市委书记在内，何以会向他提出那么许多问题。他们并无恶意，并非刁难，他们不过是在为他打圆场，暗示他，希望他让步，不致使会议陷入僵局。甚至有人调和地提出，至于那个高志皓么，可以今后再考虑，安插在更适当的岗位上去嘛！

他愤怒了，甚至拍了一下桌子。

"绝不让步，否则我不当市长了！"他这样大声说。

所有人的脸上都现出了明显不满的表情。拍桌子！在市委常委会议上，面对着同自己的级别不相上下，甚至比自己级别高的人，这算什么？！"老白，冷静点！"德高望重的市委书记含有批评口吻地提醒了他一句。

那位市委副书记缓缓地站了起来："对不起，同志们，我……头有点晕，大概，血压又升高了……我得到医院去看病……"

他分明是拂袖而去。

当天，这位市委副书记就住进了高干病房。

虽然，他胜利了，但却是一个失败了的胜利者。

第二天，他不得不抽空儿去到医院探望这位市委副书记，向对方承认自己拍桌子的错误。同时，列出几个单位的领导职务，供对方替老下级选择。

的确，副主任，一个副处长的职务，对于高志皓来说，是高了。高志皓没有半点干部资历呀！然而，他必须给高志皓争取到这样一个职务。如若没有这样一个职务，高志皓只能充当一个城建办公室小小工作员的角色。而白坚，是把莫大的希望寄托在高志皓身上的。他相信，只有高志皓，才能为他画出一张二十年内城建规划的蓝图来。难道能让他把希望寄托在那些患高血压、糖尿病的人身上吗？

方才，管理处长当面向他提出高志皓的级别不够使用专车的资格，并没有给市长白坚留下一个"执行干部待遇条例铁面无私"的好印象。如果这位处长真能够做到这一点的话，即使仅仅能够做到这一点，下次调级，他也会建议提升这位处长一级的。不，他知道，市委几位领导的老婆孩子们，使用起小汽车来是很方便的。他也知道，平时对上级看眼色行事的吴处长，如果不是背后有人怂恿，是没有胆量当面向他提出这个问题的。当然，这位处长也不是那么容易被人指使的，起码不会听其他哪位处长的指使，这一点是肯定的。他很难过，如果由一个下级干部出面无形中激化市委领导之间的矛盾，这不是有点可悲么？他也因此可怜起吴处长来。吴处长扮演这样一个角色，也肯定是身不由己。

　　不错，按照级别，高志皓是没有资格使用专车的。不要说别的资格，仅仅因为他的工资在一百元以下，血压在一百以下，就不配使用小车！但那辆上海牌小车，原是专为接送他自己上下班的。他的腿在"文革"中落了残疾，他把供自己使用的小汽车让给高志皓使用，自己宁肯去挤市委机关的接班客车，难道违反什么原则么？

　　难道，我真的用人不当么？他又一次向自己提出了这个问题。随即，他否定地摇摇头。不，在任命高志皓这一点上，他是问心无愧的，是出于党心公心的，是出于为全市二百多万人和他们的子孙后代的利益着想的公心！

　　二十四年前，他还是一位副市长，市委领导中最年轻的一位，分管市建工作。他收到了高志皓寄给市委的一张图纸和一封长信，那是一张本市二十年内的建设规划图。那封信中指出，目前城市的发展建设没有规划，缺乏长远考虑，必须引起足够重视。这封信和这张图立刻使他发生了兴趣。他派车把高志皓接到市委，请进办公室，进行了一次长谈。从谈话中他知道，即将毕业的建工学院的大学生高志皓，为了画那张图，几乎走遍了这座城市的每一条大街和小巷。他非常赏识那封信和那张图，也非常赏识高志皓本人。高志皓对这座城市那么热爱，那种赤子之心，令他非常感动。他为自己发现了一个城市建设方面的人才而庆幸，而欣慰。

　　他在一次市委常委会上出示了那封信和那张图。

　　半个多月过去了，在市委常委们中间传阅的那封信和那张图，却如泥牛入海，毫无消息。他终于耐不住性子，去找当时的市长询问。"哦，那封信，我看过的。"对方以老资格对接班人的那种教诲口吻说，"一个没毕业的建工学院的学生，会对一座城市的建设发展做出什么科学的估计呢？二十年内的建设规划！相当于四个五年计划，成了预言家啰！头脑发热嘛！再说，那封信里，分明可以看出对目前城市建设的大跃进形势持否定态度，这是一种怀疑情绪嘛！我已经给这个学生的学校领导写去了一封亲笔信，对有这种危险情绪的学生要加强思想教育……"

不久，他便得知高志皓成了右派。

今天，白坚站在市委大楼最高一层的窗口鸟瞰着整个市容，心中感到异常压抑。由于在市中心当年兴建了两座大型工业工厂，在附近生活和工作的人们，二十四年来每天都受着严重的噪音的干扰。当年诗人们写下的充满激情的诗句："高大的烟囱，喷吐着滚滚的乌龙"，如今已成了严重危害市民健康的公害。工厂纵横的地下管道，已造成了那一地区路面的塌陷。附近的几座楼房，出现了断裂现象。每天，两个工厂的几万名职工，上班下班，从城市的各个方向涌来卷去，造成了严重的交通堵塞，车祸接二连三地发生。新建筑物，没有形成建筑群，东一幢西一幢，像小孩子胡乱搭的积木……

事实证明，高志皓当年的预见对了。

二十四年前那张很有价值的图成了一张废纸，高志皓却为这张图扫了二十四年马路！

恢复市长职务后的白坚所做的第一件事，便是寻找高志皓。一位市长寻找一个二十四年前被打成"右派"的区区小人物，并不比一个厨子寻找一件二十多年不曾用过了的炊具容易。但他毕竟还是把高志皓找到了。

他亲自驱车来到了那个清洁队。

"你……就是高志皓？"望着站在工具仓库门口的那个憔悴而阴沉的人，他一时不敢相信自己的判断。

对方默默地点了一下头。

当年那个英俊的充满朝气的年轻人，竟比他自己还要显得苍老。

"你还认得我？"

对方又默默地点一下头。

"那么，你也还记得这张图和这封信了？"他打开公文包，从里面拿出那张图和那封信，很有些激动地交给对方。二十四年了啊！他一直保留着它，它像一块沉重的磨盘压在他心头二十四年。那信、那图，纸已发黄，字迹图迹已模糊不清。

对方默默地把它们撕了，揉成一团，扔在地上。

"我知道，现在谈论它们，已经毫无意义。可是，我还是来找你了，并且，想和你解释……"

解释？他觉得这个词自己用得多么愚蠢啊！解释什么？解释对方二十四年的委屈责任完全不在自己？那只会显得更加愚蠢。无须问，对方一定是把一切积怨都倾泻在自己身上，但他却不能也不想对这一点加以解释。从根本上说，这是解释不了的。

"我们……可不可以到你家去？坐我的车去，现在……"

对方反身推开仓库的门，做了一个请的手势。

"你，就住在这里？二十四年？……"走进来之后，昏暗的光线一时使他什么也看不清。

没有得到对方一个字的回答，也看不见对方的表情。

"你……已经改，不，我是说，已经落实政策了吗？"

他又觉得自己用了一个愚蠢的词，落实政策？带有宽大的含义，对他。

"我对此毫不在意，二十四年，习惯了。"对方终于冷冷地回答了一句。

习惯了？！多么尖刻的讽刺！

他不知再说什么好，沉默片刻，一转身走了出来，钻进了小汽车……

他没有想到的是，几天之后，他又收到了高志皓寄给他的一张城建规划图。

二十四年，赤子之心不灭！

他拿着那张图，眼眶湿润了。

为了使这张新的城建规划图更完善，他把自己的小汽车让给高志皓使用，为高志皓在全市范围内实地考察提供一点儿并不过分的方便，难道这样一件出自良好愿望的小事，由他，一个市长所决定，也会造成这么许多人的非议和不愉快吗？

市长白坚想不通。

办公桌上的电话突然响了起来。

白坚终于停止了滚动雪团。他已经不知不觉中滚成一个足球大的雪团，将一尺宽的水泥窗台上的积雪滚得干干净净。他轻轻关上窗子，走回到办公桌前，用那只被雪团冻得发红的手抓起了电话。

"喂，是我，什么？什么？癌！"

他抓着听筒呆愣了许久，才缓缓地放下。

坐在另一张办公桌上誊写文件的女秘书抬起头看了他一眼，见他仿佛一瞬间被冻僵了似的，那张从来不过分流露任何一种表情的脸，显示出几条内心受到震动的皱纹。

笔从女秘书手中落到桌子上，她顿时目瞪口呆："您？！……"

市长摇了摇头。

"您爱人？"

市长又摇了摇头。

女秘书由于大吃一惊而乍起来的眉毛渐渐复原了，用小学生背诵课文时的那种语调说："癌症也是可以战胜的，是个纸老虎，并不可怕。只要树立革命乐观主义精神，既来之，则安之。"她拿起笔，接着抄写起来。

白坚呆滞地盯视着女秘书那张风韵犹存的好看的脸，第一次感到这张脸上的五官似乎生长得不对劲儿，惹他看了要生气。他努力克制住了自己，没有对她说出什么生气的话来。

他又抓起了电话："我是白坚，要车库！"

话筒里传来了车库调度员恭敬的声音："白市长，您要车？"

他猛地想起了什么，改变主意地嘟囔了一句："不！"

"那……您有什么指示？"

"我的那个声明，是否贴到车库门上了？！"

女秘书不禁又抬头瞥了他一眼……

半个多小时之后，市长白坚大衣上落满雪花，匆匆走进了市立医院。医院传达室，那个值班姑娘，正在打毛衣，那个看自行车的老太婆在烤火。她无意中朝窗外瞅了一眼，对姑娘说："瞧那人，多气派！"

姑娘停下手中的活计，也朝窗外瞅了一眼，立刻站了起来："他是市长！"老太婆撇撇嘴："市长就市长呗！有什么大惊小怪的？哎，你这毛线多少钱一磅？"

八

司机小杨对高志皓客气而且显出了敬意。不是因为他把高志皓当成一位必须尊敬的领导看待了，不是因为惧怕高志皓在市长白坚面前奏他一本，而是因为市长对他叮嘱了这样的话："要为他开好车，小杨！要像给我本人开车一样，我请求你做到这一点。"

市长都对他说出了"请求"两个字，这比他挨一顿训，受到处分，扣发奖金，取消驾驶资格更起作用。

他已经知道高志皓在画一张什么图，不过不感兴趣。

当小汽车驶在一条新铺的柏油马路上的时候，小杨从反光镜里看到了高志皓那双沉思的眼睛。

"高副主任，您在想什么？"

"第一，希望你叫我老高。第二，希望称我'你'。"

"好，老高就老高吧！你，在想什么？"

"我在想一些往事……"

"有人对我说过，喜欢回忆往事的人，是因为他过去的生活比现在美好。"

"有时也因为感到空虚。"

空虚？这两个字从一个当官的嘴里说出来，倒有点意思。小杨认为找到了共同的话题，饶有兴趣地说："不错！我更赞同你的这种说法。那么，你有时候是不是也感到过空虚呢？"

"经常感到空虚，感到非常空虚。"

惊人的坦率。这是这个小司机第一次听到一个当官的说出如此坦率的话。

坦率可以在一分钟内就缩短两个陌生人之间的距离。何况，他们彼此都有了一定的了解。伙计，如果你早说出这些话，我就把你当朋友看待了。小司机心里这么想。

"老高，有件事想跟你商量。"

"说吧！"

"一个姑娘，她今年二十四岁了……"

"你的女朋友？"

"就算是吧！她活了二十四岁，可是，连小汽车都没有坐过，你说，这有多遗憾。"

"每个人都有自己遗憾的事。"

"那当然。她想……她想沾我的光，乘我们这辆小汽车，在我们这座城市里兜兜风……她正好今天休息……"

"你答应了？"

"没，没有。哪儿的话！现在这辆小汽车供你使用，完全受你支配，你不同意，我怎么敢做主？"

"我同意。"

"你太好说话了。看，她就在那儿等着呢！"

小汽车放慢了速度，缓缓地停在人行道边上。一个姑娘显然早已站在那个地方了。

高志皓默默地打开了车门。

"天真冷！"姑娘嘟囔着钻进了汽车。她看了高志皓一眼，不禁说出了三个字："是您呀！"

"你见过我？"

"不是因为你，也许我和小杨还交不上朋友呢！"姑娘咯咯地笑了——她正是市立医院传达室那个值班姑娘。

小汽车刚一开走，姑娘就活跃地说起话来："今天交班之前，我在医院里听说了一件事，一个怪人。"

"在你看来，什么人都怪。"小司机顶撞了她一句。

这一对，从认识那天起，就没停止过争吵。

"当然是怪人。这人得了癌症，只能再活十几天了，可是却要在临死之前画一张什么图！不过连市长好像都很关心这个人，今天到医院来了，召集所有的老医生……"

小杨立刻听出了她说的是谁，他真没有想到，这几天一直和他在一起的这个人，是个不可救治的癌症患者，只有十几天的生命了。刚刚觉得彼此的关系处得近了些，这样的事怎么能不更使人感到空虚而心悸！

"我不想听你讲这件事！"他粗鲁地打断她的话。

"没讲给你一个人听！"她偏要喋喋不休地说下去，"如果我知道自己快要死了，世界上就再也没有什么事情吸引我了，即使有人用枪逼着我去做。我不相信他画的那张图有什么真正的意义，根本不相信！某年某月，有人通知我搬进一幢新楼房，并且告诉我，这楼房就是他那张什么图规划的，我才会感激他，给他烧一炷高香。在这之前，我只能把他当成一个神经病，偏执狂！我在精神病院里当过护士，有一个疯子就和这个人差不多，要设计一种万能机，造福全人类……"

"住口！"小杨怒喝一声。

姑娘吓了一大跳，惊愕地瞅着他，不知他何以会发这么大的火。

高志皓平静地说："姑娘，那个人就是我。"

"是你？！"姑娘尴尬得满面通红。

她忽然尖叫："停车！停车！"

小杨把车停住了。

"对不起，我，我，我不知道……"她一边说，一边开车门，恨不得立刻逃下车去，摆脱窘境。惶然之中，她怎么也打不开车门。高志皓宽厚地笑了一下："姑娘，如果我是你，大概也会这么想。""你，你不生我的气？"

"不。"

姑娘重新安坐在座位上，再也不敢瞅他一眼。

小杨又一言不发地将汽车开走了。

"老高，快到中午了，到我家去吃一顿便饭吧？"小杨有意缓和谈话的气氛。

高志皓看了一下手表："好吧！我正想到你们那个居民区去。你们住的那地方，叫'偏脸区'，对不对？"

"对，连那一带你也熟悉？"

"二十四年来，我的两条腿走遍了这座城市的每一条大街小巷，哪条路两旁有多少棵树，哪个胡同口新增加了一个邮筒，我都清楚。"……

司机小杨的母亲，一位很慈祥的老太婆，见家中来了客人，一面数落儿子没有事先跟她打招呼，使她毫无准备，一面打发儿子去买这买那。她也知道，只有够级别的官儿们才配坐小汽车。儿子是专给官儿们开小汽车的，先是给某某局长开小汽车，后是给某某区长开小汽车，而官儿们屈尊驾到她这个小百姓家，这还是开天辟地头一遭。儿子现在是给市长开车，莫非这人竟是市长本人不成么？她心中不免诚惶诚恐起来。

"大娘，不必张罗，您老就为我们做一顿便饭吧！"高志皓用极尊敬的语气对她说。

"妈，老高不是外人，就做一顿便饭吧！"儿子也这么说。

"老高！"儿子竟对来人这么称呼。唉唉，现在的年轻人啊，不懂一点尊卑的规矩。

"那，你们想吃什么？"

小杨征求地先看看姑娘，姑娘将目光转向了高志皓，高志皓不客气地说："面条！炸酱面。"

"好、好。"老太婆连声应着，把儿子拽到厨房去了。

"是市长？"母亲在灶间悄悄问儿子。

"是个副处长。"儿子随随便便地回答。

"反正大小总是个官，你怎么敢叫人家老高？"

"他要求我这么叫的。"

"不许你再这么叫人家！"当母亲的正色训斥。

里屋，高志皓和姑娘一时找不到可以攀谈的话题，便走到书架前，独自翻看起书来。小杨走进里屋，瞅了他一眼，说："没什么好书，现在书太贵，真有点买不起。"

高志皓转过身，问："你很喜欢看书？"

当母亲的站在门槛上，一边剥蒜一边说："我这个儿子呀，简直就是个书虫！"

当儿子的淡淡一笑："不看书干什么？难道一下班就打扑克，逛大街，跳迪斯科？"

"小杨，你明天到我家去。"高志皓把一本书插回到书架上，说，"我把我的书全部送给你。"

"不，我不要。"

"为什么？"

"我听别人说过，你有好多书。所以我认为，那些书必定是你最宝贵的财产……"

156

"财产？你忘了这一点，我已经是一个不需要任何财产的人了。"

"这……"小杨后悔自己说了一句不该说的话。

高志皓微笑了一下，热情地说："我向你推荐一本书，书名叫《一生的读书计划》，作者是美国的费迪曼教授，一位学识渊博的人，当然，这是一个庞大的读书计划，如果认真去读的话，也许的确需要一生。好书往往像助产士那样，从头脑内部昏暗沉静的角落，发现蜷缩如胎儿的事物，辉耀于阳光之下……"

始终没有说话的姑娘，这时对小杨说："我到灶间去帮帮忙好不？"小杨似乎感觉到在自己的家里有些怠慢了女友，很歉意地对她笑了笑。

两人先后走到灶间去了。

门，被轻轻地关上。高志皓听到姑娘在灶间低声说："我不想在你家吃饭了。"

"为什么？"小杨在反问，同样很低的声音。

"心里有点发毛。"

"什么意思？"

"和一个快要死了的人同桌吃饭，让我感到像和一个鬼一块儿吃饭似的。虽然我不迷信，可总归不太吉利，我怕我今天晚上会做噩梦。"

"我渐渐感到，他是个好人。如果他死后会变鬼，也一定是个善鬼，像电影《古堡幽灵》里的那些鬼一样。不过，你如果真想走，我也不强留你，你请便吧！"

"怎么，他，他是个要死的人？"小杨母亲的声音，显出异常惊愕的语调。

"嘘！"

"你，你怎么把这么一个人请到家里来吃饭？"

"妈！"

虽然，门是关上了的，灶间里三个人说话的声音都很低很轻微，但高志皓还是全部听到了。

我们无法找到什么恰当的词句，能够形容出高志皓在听到这些话后那种心情。一个仍活在世上的人，可在别人眼中，已被看成了死者。还有什么比这更可悲的吗？死神每一分钟每一秒钟都在向他的生命之烛吹风，他却顽强地活着，全凭一种精神，相信自己在临死之前，所做的是一件何等重要的事，是为千百万人和他们的子孙后代谋福的事。可他们之中，究竟有多少人知道他在做着一件这样的事？即使知道，又有谁看重他所做的这件事？又有谁相信这件事的意义和价值？又有谁感激他？也许我果真是一个精神病，偏执狂！他不禁想到了姑娘在汽车里说的那番话。虽然，当时他对她那番话毫不在意，但确实给了他心灵上一种刺激。

他沉吟了一刻，毅然推开门，从里屋走了出来。

灶房里的三个人，都极不自然地瞧着他。

"大娘，小杨，我不能在你们家吃饭了。"他平静地然而非常坚决地说。

"老高……"小杨不安起来。

"饭，马上就做好喽！"当母亲的，也诚心诚意地挽留。虽然，老人家一生中还是头一次招待像他这样一位客人，但客人既然已经来到家中，就不能叫客人饿着肚子走啊！全当是给一个死人上供吧！做善事自有善报的。

"不。我忽然想起一件重要的事，必须马上回单位去一次。"

"那，吃完饭我开车送你。"

"不必。今天下午，车归你支配了。"他说着，看了姑娘一眼，"小杨，你带她在城内四处转吧！我们这座城市，值得好好看一看，然后，再读一遍安徒生童话《丑小鸭》，就会明白，为什么值得热爱。一百年前，它还不过是一个小小的渔村，它经历过沙俄的奴役，满洲国和日本的剥夺，以及松花江的两次淹没。可现在，它成了天鹅颈下的一颗明珠，全世界都知道这座城市，把它叫作东方的莫斯科，亚洲的巴黎……"他忽然感觉到自己的话说得太多了，点了点头，走出去了。他缓慢地走在这个贫穷的市民住宅区的一条小胡同里。破烂的院落、破烂的房屋、低矮的电线、孤单的路灯吊在枯死的树上……这一切，被几幢大跃进时代建起来的楼房挡在后面。这一带有几十条小胡同，像老太太的手纹，纵横交错。然而，只有一条胡同有名字，叫"百花深处"。谁也不知道这名字是什么人在哪一年起的。也许是因为被那几幢楼房挡住了的原因吧，在许多人的眼中，这一带似乎根本就不存在了。在市建局的规划蓝图中，二十多年来，这一带始终被一个符号所代替——A区。

高志皓望着那些破烂的房屋顶上各式各样的烟囱，心中暗想：如果这里不幸发生火灾的话，消防队的救火车是无论如何也开不进这些小胡同的。多大的幸运啊！二十多年来，这里竟不曾发生过一次火灾。他分明观察得出，几家房顶上的铁皮烟囱，在风中瑟瑟发抖。

也许，他——一个与这一带人们的住宅问题有关的人物，二十多年来，是唯一涉足到这种地方的人。

过去二十多年中，他曾无数次来到这一带，不过不是在白天，而是在夜晚，在结束了一天的扫马路的工作之后，或者在刮风的时候，或者在下雨的时候，或者在下雪的时候，他不止一次来到这一带……不过，那时他是一个被劳动改造的右派，一个清道夫。那时，他只能把对这里的人们的关心，倾注在一张图上。像诗人，把同情，把爱，把热望，把幻想溶化在诗句中。堪以告慰的是，在他所画的那张图上，这一带不是一个"A"。

现在，这张图就在他随身携带的公文包里，还需要往这张图上再增添什么吗？不，不需要了。既然没有什么人相信他所做的这件事，既然没有什么人相信这张图的价值和意义……不，至少有一个人相信，市长白坚。可是，难道他仅仅是为一位市长做的这一件事吗？用二十四年的自信执着地所做的这件事！……

他站住了。

他拉开公文包，取出那张图，在一刹那间，顿然产生了撕毁的念头。但这念头只主宰了他的思想一刹那而已，他只做了一个撕的动作，却没有撕。

他不忍下手！

他想到了她——邹心萍。不是她，在他决定离开这座城市的时候，别人能将他挽留下来么？

她曾对他说过："爱我，也爱这座城市吧！永远！"

像她说的那样，他真挚地爱过了。爱她，像爱这座城市一样；爱这座城市，像爱她一样。

这是两种可以区别，但绝对不可分割的爱的结合。

没有这种爱，能有这张图吗？！

二十多年来，这座城市里每新修一条路，新建一幢楼，他就必须重画一张图。

他一共画过多少张，他已记不清……

她替他描画过多少张，他已记不清……

没有这种爱，他能够活到今天吗？

也许，他早就丧失了生活的全部兴趣和勇气。虽然，他仅仅和她共同生活了一年多。但这一年多的共同生活，就是他生活到今天的力量！

他，也想到了市长白坚。

他知道白坚对他是如何信赖和关怀的。

人世上，只要有这种信赖和关怀存在，一切执着的努力都是值得的。他又把那张图放回了公文包。

按照这一天的计划，他徒步向西郊走去……

九

在A城的二百多万人中，对于高志皓，能够说出"我了解他"这句话的，只有一个人。

这人，就是张士纯。

就一般人们的世俗眼光和心理，是很难理解张士纯与高志皓两个人之间的关系的。

张士纯的某些朋友，甚至嫉妒他们那种关系，那是一种胜过朋友的关系。

其实，这是多么可以理解而且容易理解啊——对同一个女子的深深的爱和缅怀，将两个男人的情感紧紧连在一起。只要我们不按照"爱"是自私的这一古老而狭隘的定义去思想。

邹心萍像一部书，一首诗，只有他们才阅读过这部书或这首诗，但他们谁也没有幸运读完。他们都自认为比对方更多地领会了这部书或这首诗的美好，他们也都深知自己所领会的不过是某一章某一节。只有他们两人能够在一起彼此交谈这部书或这首诗。他们靠在一起回忆她，互相补充各自的心得，互相加深着各自对她的感情。这共同的回忆是他们的一种幸福。在这种回忆中，他们缅怀起逝去的往事，那些节假日里的游玩，那些明媚的早晨和寂静的黄昏，那些在阳台的争论和在江畔的漫步……

一个人的心灵越丰富，爱情遗留在他身上的痕迹就越鲜明，越清楚。他们都是这样的人。

张士纯在将妻子从家庭的桎梏下解放出来之后，便带领一支进藏医疗队到西藏去了。他在西藏生活了二十多年，他把全部身心都投入到医疗事业中去了，他再也没有产生过组建家庭的念头。他没有给高志皓或邹心萍写过一封信。不是因为怨恨，而是为了彻底的忘却。既为了忘却他们，也为了被他们忘却。他不愿自己像影子一样，经常在他们之间投下暗影。

他是一个能够牢牢把握"自我"的人，但忘却，他竟没有做到。他经常能够得知他们的情况，都是他的同事或朋友们有意无意转告他的。他在青藏高原相隔万里之遥，关注着他们。

当得知高志皓遭到政治上的厄运后，他曾回到A城一次，四方奔走，为高志皓申辩。虽然，他凭自己在医界的声望尽了种种努力，但丝毫于事无补。他只好怀着郁郁怅怅的心情回到了西藏。此事，却并不为高志皓和邹心萍所知。

离开A城的那一天，他来到了松花江畔，坐在江畔餐厅二楼靠窗口的一个位置，久久地望着高志皓和邹心萍从远处沿着马路，一下快一下慢地走过来，他潸然泪下……

由于身体的健康情况，二十多年后，他又调回了A城。一天晚上，他来到了清洁队高志皓所住的那个破仓库。

他们一眼便认出了对方。

"她死了。"这是高志皓开口说的第一句话。

"所以我才来到你这里。"这是他的回答。

他们再也没有说什么，仅仅通过这两句话，他们就已理解了对方内心世界的全部。

他们都明白，他们和她之间那种关系，原本像一个等边三角形。如今这等边三角形的顶点已被死神抹去，只存在着他们之间这条底边了。如果连接这条底边的某一点也不复存在的话，那么所剩的那一点将会多么孤独！

因此读者大概不难理解，高志皓成为一个晚期癌症患者这一事实，对于张士纯意味着什么！

市长白坚来到医院里，听取了对高志皓病情的会诊之后，一言不发地离去了。张士纯非常理解白坚的复杂心情。劝说高志皓住进医院，躺到病床上？那无疑就等于对高志皓说："你安安静静地等待死神来接你吧，想吃什么就吃点什么吧！"听任高志皓在同癌症每时每刻较量的情况之下，仍然去做那件他正在做的事情？连起码的人道主义都不允许！下午一上班，张士纯就接到了白坚亲自打来的电话。

"我听说医院里有一种进口的高级治癌药品？"张士纯一抓起听筒，彼此通了姓名后，听到的第一句就是这带着问号的话。"是的。"张士纯回答。

"那你们为什么没有给高志皓应用？"

"是这样的，那种进口的药品，首先并不是治癌的特效药，而是一种高级营养药，不过，对于癌患者，也具有恢复细胞组织，减轻痛苦，延长生命的作用……"

"够了！我不想增加什么医药常识。我只想得到回答，他每时每刻都在病痛之中，他今天或者明天就会猝然死去，既然那种药具有这样的作用，你们为什么不用？！"

"市长同志，我再说一遍，那种药品首先是一种高级营养药，医院里所存不多，而且几位市委的领导同志都已经亲自来过电话，预定了。""什么？"

张士纯冲动而且愤慨了，对着话筒大声喊一句："预定了！"说罢，啪地放下了话筒。

他坐在椅子上，瞪着电话机，呼呼地喘着粗气。被质问的难道应该是他吗？作为一个医生，他愿意见死不救吗？何况病人是高志皓。他曾多次提出为高志皓应用那种药，但市领导预定下的药品，谁敢擅自批准对一个像高志皓这样的普通病人用？谁敢？谁有这么大的权力！更何况，按照医疗条例，用那种药品是有明确的级别限制的。

电话铃又不停地响了起来，他不再想去接，可终于还是压下了怒火，第二次抓起了听筒。

"张士纯同志，"又是市长白坚，语气比方才缓和多了，"请原谅我不够冷静，让我们以个人的关系谈一谈好吗？还有什么医疗单位可以弄到这种药吗？"

"省委直属医院里也许可能有。不过，那需要通过非正常关系才能弄出来，我还没有那么大的神通。"

"是这样……"对方迟疑了一下，"好吧，我会想办法的，一会儿我再用电话通知你。不过，既然是通过非正常关系，看来我们只好保守一点秘密了，是不是？"

药，终于搞到了，三瓶。张士纯拿到手之后，像白娘子从峨眉山上盗取了救许仙性命的灵芝草！他暗自庆幸地带着药径直去高志皓家。天，已经黑了。

在他要跨过一条不太宽的马路时，一抬头望见高志皓那瘦长的背影，站立在一家小饭馆门外。他匆匆跨过马路，走到高志皓身边。

"志皓！"

高志皓转过身来，见是他，古怪地一笑。

"没吃晚饭？"

高志皓摇摇头。

"想在这里吃？"

高志皓轻轻拍了一下口袋："分文没带。真想象不到，将死之人，还有饥饿之感！"

这句话，像一根针，在张士纯心上扎了一下。

"进去吧，我们都吃点！"他说着，挽起高志皓，并肩走进了小饭馆。

两人刚刚坐定，服务员便立刻走了过来。张士纯没有权势，但却有人缘。在这座城市里，不认识市长白坚的人太多了，不知道有张士纯这样一位医生的人，却并不多。他二十多年后，重新回到这座城市中来，作为一条非官方的新闻在市民中传播。这家小饭馆，是他经常来吃早点的地方，上上下下，都很熟悉他。

服务员客气地问："张大夫，想吃点什么？馄饨、小笼包子、甜脆饼……"

张士纯看着高志皓问："随你的便。"

高志皓脱口而出："炸酱面！"

"这……"服务员抱歉地摇摇头，"就是没有面。"

高志皓脸上顿时显出极其失望的表情。

张士纯沉吟了一下，对服务员说："特殊化一次吧，替我跟大师傅好好讲一讲，就说我请人吃饭，现做点，下不为例！"

"没什么，你们耐心等会儿就是了。"服务员很好说话地转身走了。

张士纯知道，高志皓是喜欢吃炸酱面的。他们今天同桌吃饭，对他们两个人来说，将是最后一次了。按照西方医学心理学解释，一个将死之人，忽然很想吃到自己喜欢吃的东西，既是一种生存的本能，也是一种回光返照的现象。

张士纯心情更加沉重起来。

不一会儿，服务员便端上来了两碗炸酱面。

高志皓吃得很香，狼吞虎咽。他的确饿了。

张士纯，却一手端着碗，一手拿着筷子，一口也吃不下。虽然，他也很饿了。

服务员走了过来，关切地问："张大夫，咸了？淡了？"

"很好，很好。麻烦你们了。替我谢谢灶上的师傅！"张士纯感激地回答。

"你，为什么光瞅着，不吃呀？"

高志皓也抬起头，怔怔地瞅着张士纯，慢慢放下了碗。

"有点烫！"张士纯赶快低下头，大口大口地吞吃起来。泪水，滴落在碗里。

和他们隔着一张桌子，有几个小青年在赌酒划拳，个个吆五喝六，醉意醺醺。

在这闹市中心的小小饭馆里，每一个人都在同时消费着自己的生命。生者们，像腰缠万贯的大财主，毫不吝惜自己的生命。他们有酒醉的时刻，也会有清醒的时刻，他们确信今天晚上回家睡一觉，明天早晨起来，还会无恙地生活在世界上。

而高志皓，度过了这个晚上，也许就是度过了生命的尽头！

在这天晚上，在这个小饭馆里，这一碗炸酱面，这一碗想在司机小杨家吃却没有吃到的炸酱面，就是高志皓一生的最后一顿饭！

这顿家常饭成了张士纯为高志皓向生活辞别而举行的"最后晚餐"。万家灯火的时候，他们离开了那个小饭馆。两人一路默默无言地来到高志皓家，一推开门，同时站在门口怔住了。

那个"千里寻父"来到这座城市的儿子正和那个叫作"丽丽"的姑娘，忙得不亦乐乎！

屋里凌乱得很，桌上杯盘狼藉，录音机正在播放着缠绵的邓丽君的流行歌曲。看来他们刚刚寻欢作乐过不久，而且绝不止两人！地上，高志皓所有的书，被用绳子结结实实地捆了几大捆，东一捆西一捆。敞开的书橱和靠墙的书架上，已被扫荡一空。那一男一女，正在捆扎最后一捆书。那情形跟外逃或被抄家差不多。

高志皓冷冷地注视着他们。

当儿子和"丽丽"抬起头，一时间显得无比慌乱。

"爸爸，您回来了？"儿子首先直起腰，不由衷地笑着。

"丽丽"赶快去关上了录音机。

"你们在干什么？"高志皓问。

"是这样，爸爸！"当儿子的解释，"您这些书，没有多大用处，而且，占地方，我……已经跟古旧书店联系好了，正打算去卖掉，也许，可以卖不少钱！"

高志皓和张士纯走进屋内。高志皓坐在竹椅上，张士纯则站在他身后，仔细地打量着那当儿子的，张士纯第一次见到这年轻人。他努力从年轻人脸上寻找着邹心萍当年的容貌特点，不错，很符合他想象之中的模样。只是，年轻人身上缺少一种什么重要的东西，那种东西是什么，他说不出来。也许，是他所熟悉的那种气质，那种坦率、真挚的气质！

高志皓看了那姑娘一眼，用命令的口气说："你，出去！"

姑娘瞥了那当儿子的一眼，没动。

"你，出去！"高志皓又说了一遍。

当儿子的赶紧向姑娘使了个眼色。那姑娘"哼"了一声，扭动着苗条的腰肢，朝外走。"站住。"

她在门口站住了，不禁回头看了高志皓一眼，高志皓脸上的表情那么令人惧怕！

"第一，你把门关上。第二，你永远不许再来！"

姑娘怯怯地把门带上了。一阵笃笃的高跟鞋踏在楼梯上的响声，想象得出她是如何奔下楼去的。

当儿子的叫了一声"爸爸！"声调中带着明显的抗议。高志皓用同样命令的口气说："把书放回原处！"

当儿子的慑于他那忍而不发的盛怒，乖乖地做了。

"一捆一捆摆好。"

儿子不太情愿地做着。

张士纯这时劝解道："志皓，别这样。"

高志皓用手制止他说下去，炯炯地瞪着儿子，问："我让你缺过钱花吗？"

"没，没有……"当儿子的站在墙角，低垂着头，不敢正视他。

"你想买什么东西，而我没有给你买么？"

"……"

"你究竟想得到多少钱？"

"……"

"你究竟想得到钱以后干什么？"

"……"

"回答！"

"爸爸……我……我……"

高志皓从衣兜里掏出一串钥匙，扔到儿子脚下："拿去！钱，在床下的箱子里，拿起钥匙去打开箱子，去拿出那些钱吧！"

卑怯的目光，从儿子的眼角，朝高志皓迅速地一瞥。儿子犹豫了一下，弯下腰去，伸出一只微微发抖的手，抓起了地上的钥匙。从那只手上，令人看到了一颗贪婪的心！

高志皓大吼一声："畜生！"

当儿子的还没有来得及站起，听到这一声大吼，不禁跪倒了。

"爸爸，我……我……我是您的儿子呀！"当儿子的手里捧着钥匙，向父亲膝行过来，苦苦哀求，"您为什么不能把所有的钱都交给我呢？交给我有什么不放心呢？您把钱交给我之后，我会更加孝敬您呀！……"

高志皓望着向自己爬行过来的儿子，嘴唇颤抖着说不出话来。

半天，他才喃喃地出口成声："钱，钱，钱……"

他突然吐出一大口鲜血，仰倒在破竹椅上。

当儿子的呆若木鸡。"快，扶你父亲到里屋床上去！"老医生急忙指使那年轻人。两人将高志皓扶到了床上。

"拿水来！"

当儿子的端来了一杯水。

张士纯为高志皓按摩了一阵胸口，又扶着他的头，从带来的药包中选择了几片药，用水灌了下去。他轻轻把那当儿子的推出卧室，自己也跟了出来，关上门。

"你的父亲已经得了癌症，你知道吗？"

"不，不，他没有对我说过。"

"你知道他目前在做着一件怎样的事情吗？"

"不，不……"

"那么，你对你的父亲究竟知道些什么呢？只想知道他现在还有多少钱吗？"

"我……"

啪！老医生突然抡圆手臂，狠狠地打了那当儿子的一记耳光！对方的手刚刚捂上挨打的脸，第二记耳光比第一记耳光更有力更狠，在对方脸颊上印下了五个鲜红的指印。

那当儿子的被打得踉跄着朝后连退几步。

"听着！如果在他活着的这最后几天内，你没有对他尽到一个儿子的孝心，全市二百多万人都饶恕不了你！"

老医生是那般愤怒！他说罢，看也不看那年轻人一眼，大步走了出去……

那当儿子的，如泥胎一样站在那里，半天都没有动一下。不知是老医生最后那一句话，令他从心底里产生了震慑，还是那两记耳光把他的灵魂打出了躯壳。

"砰、砰、砰……"有人在敲门。

"谁？"他猛醒过来，恢复了活人的常态。

门，开了，司机小杨走了进来。

"你……找谁？"

"我来看看老高。"

"他……刚刚休息。"

"那，我就不打扰他了。"小杨这样说，却没有立刻转身就走。这两个年轻人，彼此默默地注视着。

"你，是他儿子吧？"

那当儿子的，点了点头。

"我能够看他一眼吗？"

"这……当然……不过他刚睡着……"

小杨走到卧室门前，轻轻地推开门，靠着门框，看了高志皓许久。他终于又把卧室的门轻轻关上，转过身来，环视着外间屋里的陈旧摆设，最后，他的目光落在墙角那几捆书上。

"这些书，是你父亲为我捆好的？他对我说，要把这些书都送给我。""你……是来取这些书的？"那当儿子的，口气中流露出隐隐的敌意。

"不，我不会要他一本书。他对我说过一番关于读书的话，那番话比这些书更可贵。"小杨说着，走到桌前，将始终拎在手里的皮帽子放在桌上，解开系着的帽耳朵，从帽壳里拿出一个饭盒，说，"今天中午，他本想在我家吃炸酱面，可是却没有吃上，我心里挺不安的……我开车给他送来了……还是热的。"

那当儿子的，一时不知谢绝好，还是收下好。

"也许，你听你的父亲谈起过我。我开始对他有点不够尊敬，可是以后我渐渐感到，他是个好人，真的！不过，你父亲已经原谅了我。如果你也能原谅我，就让我们今后做个好朋友吧！"

小杨伸出一只手来，真挚地望着那当儿子的。

他……也迟疑地伸出了一只手。

当房间里又剩下他一个人的时候，他也像小杨刚才一样，环视着房间。他在这里得到过爱，得到过一个父亲对儿子的爱。这种一个自知离死期不远的父亲对一个儿子带有补偿性质的爱，即使铁石心肠的人也会被感动！可是这种爱，换取了他自己感情上的一些真实的什么呢？真实？对他来说，有何真实可言？那不过是虚伪、虚伪、虚伪！应该受到诅咒的极其卑鄙的虚伪！用虚伪来对待一个将死的人真实的全部的感情，世上还有比这更卑鄙更令人诅咒的么？

"全市二百多万人都不会饶恕你！"

老医生的话，又铮铮地在他耳畔响起。

他不禁颤抖了一下。

他忽然打定了什么主意，从墙上的衣钩上取下挂着的空皮包来，匆匆地在屋里东翻西找，寻到几件衣物，塞进皮包里。他拎着皮包要离开房间时，脚下踩到了什么，低头一看，是那串钥匙。也不知什么时候从他手中掉在地上的。他弯腰捡起了那串钥匙，想了一会儿，放下皮包，轻轻地走到卧室门前，侧耳听了听，推开门走了进去。

……高志皓觉得自己的身体竟变得那么轻，轻得如一根羽毛，在空中不能自主地飘。四周一片金光灿灿！没有建筑物，没有树木，没有人……什么都没有。只有他自己，在灿灿的金光之中飘飞。他不知自己在朝一个什么去处飞，他想落到地面上却不能够！忽然，他听到有人在叫他的名字，那声音似乎极远极远，又似乎非常非常近。蓦地，他看到了自己的母亲，在空中，在灿灿的金光中，也像他一样，朝他飘飞过来……哦，那不是母亲，是姐姐！姐姐分明地在呼唤着他的名字，像神话中的飞天仙女一样，朝他伸出双臂……哦，那也不是姐姐，是她！快乐地活着，朝他越飞越近，越飞越近，整个天空都响彻着她那快乐的笑声！她终于飞到了他的身边，他们拥抱在一起了！她微笑着朝下界一指，他低头看去，一座美丽的城市，展现在他们眼底。哦，那不是他的A城么？那些街道、居民区、文化区的布局，那些建筑群，和他倾注了心血所画的规划图完全一样！他和她手携手向下界飞降……

"A城！我爱你！"

他大声呼喊，他接连地大声呼喊……

高志皓从昏睡状态中醒了过来，他睁开眼睛，看到他的儿子刚从床前站起，手里捧着一个铁盒。

在那一刹那，一老一少眈眈地对视着。一个，躺在床上；一个，站在床前。目光，比两把无形的剑更锋利，几乎能迸出火花来。"爸爸，我，我……"儿子在他面前显得比以往任何时候都更加卑怯，企图解释什么。然而他所做的事情，已是任何语言解释都没有意义的了。

"你！……"高志皓吃力地支撑着身子，在床上坐了起来。儿子向门外退去。

高志皓颤抖地抬起胳膊，伸出一只手，用发自心灵深处的痛苦的声音叫出两个字："孩子！"

这两个字，像定身法一样，将儿子定住了。

"孩子，你过来，过来。"

儿子，没有动。

两行热泪，从高志皓眼中渐渐溢了出来。顺着他那瘦削的面颊，滚落到被子上。

他目光带着哀求，注视着儿子。

儿子，终于缓缓地移动双脚，走到了床前。

"坐下。"

儿子，在床沿坐下了。

"孩子，为了你听从我的话，坐在了这里，我……谢谢你！现在，你，把这个铁盒打开……打开它！为什么你不肯打开它？你不是需要钱么？钱就在这里……"

儿子，咬着嘴唇，似乎在权衡怎样做才更有利。权衡的结果，他打开了那个铁盒。

钱，果然有钱，可太少了！在他的希望之中，应该是满满的一铁盒。希望变成了失望，他发呆地望着铁盒子。

高志皓自己从铁盒里拿出了钱，一共五张，拾元一张。五张发黄的纸钞，分开放在被子上。

高志皓说："孩子，我自知我的生命，在今天或者明天，就将完结了。我已经活得太吃力太疲劳了。二十多年来，由于我的处境，我没有积累下任何财产，在我死后，也做不到像有些崇高的人们那样，将什么有价值的东西，遗交给国家。我几乎一无所有，不多的几文钱，都花在你身上了。剩下的一个小小的数目，我也以你的名字，存在银行里了！只有这五十元钱，是不能存进银行获取利息的！今天，我亲手把这五十元钱当面交给你，并且，要告诉你，这就是二十多年前，你被人抱走时，通过第三者的手给我的！二十多年了，在我最缺钱花的时候，我也没有产生过一次花掉这些钱的念头。至于你，我的孩子，今后将用这些钱派什么用处，那是你的自由了？"

高志皓一口气说完这番话，急促地喘息起来。

那当儿子的，坐在床沿，像是突然感到了寒冷，浑身瑟瑟地发抖。

而后，高志皓缓缓地讲起了自己的全部生活，讲起了他的爱，他的痛苦，他的厄运……讲起了清洁队那个破工具仓库，讲起了妻子的死，讲起了儿子被抱走时他的绝望，讲起了他曾怎样产生过自杀的念头，又怎样战胜了灵魂的怯懦；讲起了一个自尊感强烈的人，在生活中所遭受过的那种种屈辱……也讲到了那一张城市建设规划图。

"孩子，把我的公文包拿过来。"

儿子，默默地顺从地把他的公文包取了过来，双手递到他面前。

高志皓接过公文包，轻轻地抚摩着，说："孩子，这张图，在我死后，你要亲手交给市长白坚同志，只能在我死后。孩子，我已经感到死神的嘴唇，已经吻在了我的额上。在我生命的最后时刻，我不愿意让任何人来打扰我。我只想和你，我的唯一活着的亲人，我的儿子……在一起……儿子，握住我的手吧，趁这只手还有生命的温热……我爱你，儿子！我爱所有活着的人！……"

儿子突然扑在他身上，叫了一声"爸爸！"

"孩子，把窗子打开，我要看看这世界的最后一个夜晚，看星星，看月亮……"

窗子，打开了。

星星，在夜空眨着眼睛……

月亮，那么圆，那么大，那么明……

一个静谧的夜晚！一个美好的夜晚！

……

老医生张士纯，走在半路才想起，那三瓶药，竟没有给高志皓留下，他当时气糊涂了。

他又转身向高志皓家走。

在那幢大楼的楼口台阶，他碰到了两个公安人员。

"你们……"

"张大夫，我们来执行任务的。"

他们认识他。

"执行任务？"

"高志皓家的那个年轻人，不是他的儿子，是个诈骗犯！他的儿子，在三年自然灾害时期，饿死了。"

老医生像被雷击了一样，摇晃了一下。

三双脚几乎同时踏上楼梯，走到高志皓家的门前时，老医生拦住了两个公安人员。

"请你们稍等一下，让我单独先进去一会儿。"

几分钟之后，当他走出来时，一时苍老了许多许多！"你们可以进来了，他，就要超脱了……"他用极其低沉的声音说出了这句话。

两个公安人员，跟在他身后，刚刚踏进门，听到了一句从心灵深处呼喊出的话："我爱过！……"

他们迷惑地互相看了一眼。老医生心中明白，这三个不肯带到另一个世界去的字，说明了一些什么。

他默默地低垂下了头。

卧室里静得一点声音也没有。

俄顷，是一阵抽泣……

门，开了。年轻的诈骗犯走出来，自言自语地说："他死了！"

他抬起头，发现了两个公安人员，愣了一下，缓缓地朝他们伸出了双手……

第二天，那张城市建设规划图，铺在市长白坚的办公桌上。在这张图上面，放着的是中央某部委的调令，调任白坚为副部长，即刻赴京。电话响起来了。

白坚一动也没有动，就像没有听到。

女秘书拿起了话筒，听了一下，对白坚说："市委管理处吴处长请示，高志皓的追悼会，按什么级别的范围举行？"

白坚突然大吼一声："要使全市的人都知道！知道这件事，这个人！"女秘书鹦鹉学舌似的把他的话对着话筒说了一遍。她瞥了一眼白坚，又翻开手中的一份干部档案看了看，那上面这样写着：

高志皓，本市人，四十八岁，职务——城建规划办公室副主任（无级别职务），因患癌症，医治无效死亡……

她打开保险柜，将档案丢了进去。哐当一声，合上了保险柜的厚重的铁门……

短篇小说

这是一片神奇的土地

一

那是一片死寂的无边的大泽，积年累月覆盖着枯枝、败叶、有毒的藻类。暗褐色的凝滞的水面，呈现着虚伪的平静。水面下淤泥的深渊，沤烂了熊的骨骸、猎人的枪、垦荒队的拖拉机……它在百里之内散发着死亡的气息。人们叫它"鬼沼"。

我到北大荒后，听了许多关于"鬼沼"的传说：没有月亮也没有星星的深夜，荒原在静谧的黑暗中沉睡的时候，可以看见那里有绿莹莹的忽闪的"鬼火"飘动，可以听到当年被"鬼沼"吞陷的熊的巨吼，猎人求救的枪声和其他不幸遇难者们绝望悲惨的哀呼……还可以听到一种怪异的鸟叫声，那声音仿佛一个女人在凄凉地哭嚎着："多可怜、多可怜……"然而谁也没有见过这种鸟长什么样子。鄂伦春人把这种鸟叫作"收魂鸟"，说它们是大地之神变化的精灵，在深夜招收并抚慰那些丧命于"鬼沼"的人和动物的幽魂。"鬼火"是它们打的灯笼。

"鬼沼"像希腊神话传说中令人恐怖的九头恶龙，霸占着它身后的万顷沃土一马平川，只要春天播下种子，秋天便能收回千万吨粮食。然而没有人敢涉过"鬼沼"，去播下一粒种子。据说当年日本关东军的一个大佐，对那片沃土发生了兴趣，幻想在那里创建个农场，将来做个大农场主，曾亲自率领一个勘查小队在冬季越过了"鬼沼"。他们如泥牛入海，一去未返。北大荒的老人们，有说他们被狼群吃掉了的，有说他们被零下四十多度的严寒冻死了的，有说他们给养不足饿死了的，有说他们被鄂伦春部落消灭了的，也有的说他们春天返回时，连人带车陷没在沼底……鄂伦春人把那万顷沃土叫作"满盖荒原"。"满盖"是鄂伦春语魔王的意思。冬季他们偶尔也出现在那荒原上，但绝不猎杀那里任何一只动物，惧怕受到"满盖"的惩罚。

恐怖的"鬼沼"！神秘的"满盖荒原"！

我到北大荒的第三年冬季，我们连队由十几个知识青年组成了一支垦荒先遣小队，向那里进发了！

我们这个连队，由于当初选点错误，耕地有限，低洼，麦收时一碰上雨季，收割机就陷在麦地里，像一只只瘫痪的大蛤蟆，无法作业。因此，连年歉收。那一年更惨，连种子都没有收回来。团里决定解散我们这个连队。全连二百多朝夕相处的知识青年，将被分插到各个兄弟连队去，这意味着，我们不但不能向国家贡献粮食，而且也养活不了自己了！我们刚到北大荒三年呀！许多人还要在战天斗地中大有作为呢！屯垦戍边的信念还没有动摇呢！艰苦创业的精神和热情还没有泯灭呢！

还有什么能比团里这个决定更令我们感到耻辱？！许多人听老连长羞惭地宣布了决定后，当场哭了。副指导员李晓燕，首先站起来激烈地坚决地反对接受这个耻辱的"解散令"。

她说："连队绝不能解散！我们可以去开垦'满盖荒原'！我们离它最近，早就应该想到开垦它了！我们要把连队重新建在那里！要在'满盖荒原'上留下第一行垦荒者的足迹！要向团里提出保证，当年开荒！当年打粮！第二年建新点！我们立军令状！"

我们听惯了甚至听厌了副指导员在任何场合说出的豪言壮语。可她说出的这番话，是怎样地激动了我们鼓舞了我们啊！我觉得那是她说出的最豪迈最有力量的话！许多人和我同样的看法。

团里收回了已经下达的决定，接受了我们的军令状。

几天之后，我们连队的两台最新的五十四马力的拖拉机，披红戴花，拽着赶制的木爬犁，在全连人的列队送行下，驶向茫茫雪原。

希望、信赖、寄托、无言的叮嘱，从一双双默默注视着我们的眼睛里表达出来。我们每一个垦荒队员都从这些眼睛里体验到了责任感。我们每一个人都哭了。

哦！我们这些年轻人！

我们是多么珍重责任感啊！

我们是多么容易激动和被感动啊！

第一辆爬犁装载着粮食和行李。第二辆爬犁上搭着帐篷。我们十几个垦荒队员，一个紧挨一个地挤在帐篷里。我坐在扣着的破脸盆上，用膝盖夹着一本翻开的《虹南作战史》。我猜想，它是我们这一行人唯一的精神食粮。不过我并不靠它充塞头脑和思想。我两眼注视着书页上的铅字，却在回忆我所读过的《战争与和平》《约翰·克利斯朵夫》《悲惨世界》《红与黑》……内心深处被书中人物的命运暗暗感动。

身旁坐着我妹妹，她怀里抱着一个柳条编的小笼子，笼子里关着一只小松鼠。一路上，她一句话都没有说，像个哑巴。她的脸色那么苍白，表情那么呆滞，眼神那么凄凉！我没有兄弟也没有姐姐。就只有这一个妹妹，我从小爱她，可是我当时可怜她又恨她，不久前她败坏了自己的名誉，令我丢尽了脸。

对面坐着副指导员李晓燕，身旁坐着铁匠王志刚。他黑，健壮魁梧，有一张线条粗犷的脸，给人一种意志坚定、力大无穷的堂堂男子汉的印象。他使人联想到莎士比亚悲剧中的人物奥赛罗，因此获得了一个"摩尔人"的绰号。他性格孤独，为人正直，敢于主持公道，不喜欢出风头，但一言一行都在知青中具有潜在的影响力。我嫉妒他在我们知青中那种无形的任何人不能匹敌的威信。他暗暗爱着我们副指导员李晓燕。这一点许多男知青都知道，他自己也在大宿舍里公开承认过，但却没有一个人敢在这一点上开他一句玩笑。我钦佩他公开承认爱情的勇气和惊人的坦率。从那天起，我把他看成了我的对头。因为我也暗暗地爱着我们的副指导员。他参加到我们这支垦荒队，是副指导员指名道姓点的将。这尤其使我嫉妒极了！而更加使我嫉妒的是，李晓燕此刻竟将头靠在他宽厚的肩膀上，似睡非睡地打盹！

我瞧着她，心中不禁又一次暗问自己：我为什么会爱她？她身上究竟具有什么吸引我的魅力？是因为她美么？不错，她美。她是个上海姑娘，有一张清秀妩媚的脸，脸上的皮肤白净，五官俊俏，一双眼睛很大，很明亮。眉毛又细又长，和眼睛之间的距离略宽了些，这就使她的脸上永远呈现了一种扬眉凝睇，惊诧不已的表情。自从我第一次见到她，就再也不能不注意她。她的身材也很优美，修长，苗条，亭亭玉立。据说她是上海芭蕾舞学校小班的尖子学员，许多部队文工团和地方文艺单位争着招收过她，她都拒绝了，却自愿报名来到北大荒。我见过、接触过、结识过的容貌美丽的姑娘，绝不仅只她一个，我不是那么容易被姑娘们的外表美所迷惑、所倾倒、所动心的人。越是在美丽的姑娘们面前，我越会表现出一种孤傲的清高来。我的座右铭是：绝不轻率地做爱情的俘虏。那么，是不是她那严肃庄重的性格引起了我的好感呢？也不。我更喜欢性格热情爽朗的姑娘，我甚至认为她那种严肃和庄重是做作的虚伪的，我曾因此而极端地轻蔑过她。她一到北大荒就立下了誓言，为了自觉考验自己扎根边疆的坚定性，三年之内不探家。她对全连女青年提出倡议，不照镜子、不抹香脂、不穿花衣服。她的倡议得到了一致的响应，是否真诚，大可怀疑。据女青年们透露，她经常深为自己的脸那么白嫩而苦恼，夏天里，曾偷偷地跑到小河边，独自躺在僻静的河滩曝晒过，但却只能使她的脸色白里透红，而不能进一步红里透黑。因此她故意在穿着方面比所有的姑娘更男性化，以弥补在"晒黑了皮肤才能炼红了心"这一"接受再教育"标准上的先天不足。她还有意干和男青年们同样劳累的活，想使自己的体形改造得更符合"劳动者的美"。遗憾的是成效甚微，三年来虽然健壮了些，还是那么修长、那么苗条、那么亭亭玉立，像一株挺拔的小白桦。她果真三年没有探家。第一年里她当上了排长，第二年里她入了党，第三年里她当上了我们的副指导员，成了全团知识青年扎根边疆的光荣榜样。

就在第三年的夏季，团里任命她为副指导员不久后的一天傍晚，我支着自制的简易画夹在河边写生，忽然听到小河上游有人在轻轻地唱歌：

　　　　九九那个艳阳天哪哎嗨哟，
　　　　十八岁的哥哥呀坐在小河旁……

这首歌当时是列入"黄色歌曲"一类，绝对禁止唱的。是哪一个姑娘在唱呢？她也太忘情太大意了！如果让我们的副指导员听到，少不了又要开展一场"思想意识领域内的斗争"。然而她唱得多好听呵！嗓音那么甜、那么圆润、那么婉转。我完全是出于好奇心，收起画夹，悄悄地顺着河沿朝上游寻声觅去。在一株歪脖子老柳树下，在一丛蒿草的掩蔽处，隔小河我瞧见了唱歌的姑娘，竟是我们副指导员！她坐在河边一块光滑的大青石上，两只赤脚探入水中，裤筒卷在膝盖以上，裸露着一段洁白的小腿。她正在洗衣服，那好听的甜而圆润的歌声，就是她一边洗衣服一边唱出来的：

九九那个艳阳天哪哎嗨哟，

　　十八岁的哥哥惦记着小英莲……

　　我，痴痴地隔岸望着她，完全呆住了。

　　她三搓两揉，一淘一漂，洗完了最后的一件衣服，拧干，从大青石上站起身，踏上河岸，踮着脚尖，小心翼翼地走过一片鹅卵石，将衣服晾在灌木枝上。由于她怕卵石硌脚，因此她的脚抬得高，放得轻，步子很碎，使她小心翼翼走的那几步路，很像芭蕾舞《天鹅湖》里的一段小天鹅舞。她晾好衣服，又以那样的步子走回河边。她随手在河边摘了几朵野花，闻了闻，欣赏地玩弄了一会儿，左三朵右三朵，插进鬓发里了，她蹲下身去。久久地注视着水面。她在欣赏她自己！她在欣赏她的美！她对她自己欣赏了那么久才缓缓地直起身。忽然，她轻盈地跃到那块光滑平坦的大青石上，伸展双臂，优美地旋转了半圈，竟跳起节奏欢快热情而急促的墨西哥民间舞来！

　　画夹从我手中脱落，掉进河里，顺水漂流！画夹落水发出的轻微声响，令她倏然停止了舞蹈，警觉地朝对岸看来，发现了我，便顿时僵立在大青石上。那姿态像疑惑的小鹿，又像一只受惊欲飞的仙鹤。

　　隔着小河，她望着我，我望着她。

　　我们都呆愣住了。

　　我首先恢复了常态，跳到河里，把我的画夹抢救到手，涉着浅浅的河水，装出若无其事的样子，蹚到了对岸。这时，她插在鬓发里的几朵野花已经不见了，卷起的裤筒也放了下来。

　　"你，你到河边干什么来了？"她主动问我，分明想在心理上先发制人，显出非常自然的样子，竭力掩饰着窘态，竭力保持一个庄重的姑娘在小伙子面前的矜持，竭力保持一个副指导员的尊严。然而，她却没有来得及扣上她那洗白了的兵团服的衣扣，敞露出了短小而紧束的浅粉色的衬衣，那是一件鸡心领的质地很薄的衬衣。我无意地瞥见了她那雪白的颈子，雪白的一部分前胸和同样雪白的浑圆的肩膀，瞥见了她那在紧束的衬衣下高耸的双乳的优美轮廓。我迅速地移开了目光。在那一瞬间我的心怦怦跳动，脸一阵火热，我竟莫名其妙地产生了一种可耻的罪过感，我竟觉得我亵渎了她，也亵渎了我自己。虽然我可以对天发誓，那一瞬，我心里绝对没有萌发一点点邪念，哪怕是一个小伙子对于一个动人的姑娘那种可以原谅的倏忽间的本能冲动，而这种冲动，是上帝创造的亚当对夏娃也曾萌发过的。

她太敏感了！我的目光仅仅从她身上一掠而过。她就像接受了电子信号的仪器，立刻下意识地用两只手掩上了衣襟，并且马上转过身去。当她再转过身来的时候，站在我面前的，又是我所熟悉的一位副指导员了。她连外衣的领钩都勾上了。只不过还赤着一双脚。就连这双赤脚，她也在使劲踩陷到河边的泥沙里去，用泥沙掩埋住。

她这些接连的举动，令我感到受了莫大的侮辱！我想找一句话打破这局面，但说出口的却是一句愚蠢之极的话："你……太美了！"

"什么？……"她的脸红得像一朵彤云。由于我的意外出现，使她从刚才那种自我陶醉的忘情境界之中，陷入眼前这种无法掩饰的窘迫地步，我顿感内疚，也从内心深处对她可怜起来。

"我……我是说，你刚才跳的那段舞，真美极了！如果我没说错的话，那该是一段墨西哥的民间舞吧？""跳墨西哥舞？我？！别开玩笑了，我不过是做了一套中学生广播体操！"她装出迷惑的模样，用那么严肃那么认真的口气加以解释。"这么说，你也要否认你刚才唱过歌啦？""唱歌？我刚才是唱过歌的。这有什么必要否认呐？"她脸上的表情，在伪装的迷惑之外，又增添了伪装的坦率。

> 一道清河水，一座虎头山，
> 大寨就在那个山那边……

她又唱了两句，说："我刚才就是唱这支歌。怎么，你听到了？……"这时，她脸上的绯红已消失，神态也变得自然了。我感到她简直是在把我当成一个瞎子一个聋子加以公然的愚弄！我恼怒了，冷冷地说："不！我听到你唱的不是这支歌！你唱的是'十八岁的哥哥惦记着小英莲！'"

"十八岁的哥哥？什么小英莲？你别瞎说！我听都没有听到过这支歌！"她那两条又细又长的眉毛扬了起来，使她本来有一种诧异表情的脸，显出不但诧异而且惊愕的表情来。仿佛我当面说她是一个贼！

这么富有魅力的动人的一张脸，几次虚伪的变化的表情就浮现在这张脸上。

我惊奇地凝视着这张脸，在她面前僵立了。我对她再也无话可说。她在我眼中仿佛是埃及的狮身人面怪物斯芬克司（Sphinx），斯芬克司也要比她坦白！因为斯芬克司对所有的人都说同一句话："猜不中我的谜，我将吃掉你！"斯芬克司也要比她知道羞耻！因为斯芬克司被俄狄浦斯猜中了谜语后，毕竟从巍峨的岩石上跳下去摔死了！

而她，竟要使一个神经正常的人相信自己大白天活见鬼！我几乎是恶狠狠地对她说出两个字："虚伪！"我猛转身，怀着对她的似乎永远也无法消除的鄙视，悻悻地大步走了。"等等！"她叫住了我。我站下，并没有转过身，但却想象得出她是怎样慌张急促地追到我身后，也感觉到了她那惴惴不安的呼吸。"你，你要汇报给连里知道么？……"她讷讷的语调中，带着难于明言的苦苦哀求。我心软了，背对着她，摇摇头。我走出很远，情不自禁地回头望了一下她，她仍站在小河边，像一尊石雕，一动也不动……我没有对任何人说过这件事。我还不至于那么卑劣！从那以后，过每一次团组织生活，当她诲人不倦地对我们进行种种思想意识方面的教育时，一接触我的目光，语调和神态就不自然起来……这倒使我觉得有些对不住她了。不久，我收到了母亲病重的电报。连里没有批假，理由很简单——正值夏收季节，我是康拜因手。其实我知道，主要的原因是，连长不相信这封电报的真实性。某些想父母想得厉害的知识青年或者他们的父母，曾用父母病重、病危甚至病故之类的电报，使我们的连长上了好几次当。连长是个典型的经验主义者，对这样的人，解释和哀求都是没有用的，效果只能适得其反。但我却不能对这封电报无动于衷。我父亲去世得早，母亲是街道小五七厂的工人。她在困苦的生活中把我和妹妹拉扯大是多么不容易！谁也不能比我更体谅她为我们兄妹操碎了的那颗心。如今我和妹妹都来到了北大荒，将她一个人孤苦伶仃地撇在了家里。她是个刚强的女人，无论多么想念我和妹妹，她都不会采取欺骗手段的……

我必须立刻回到母亲身边！

我在当天就悄悄地离开了连队……

呵！我的母亲！这一辈子受尽了生活辛酸磨难的女人！她太刚强太爱她的孩子了。她明明已经病得奄奄待毙，自知将不久于人世了，却只给她的儿子拍了一封"病重"的电报，她怕"病危"这样严峻的字眼会惊吓她的孩子。

母亲活在人世的最后五天，我给予了她老人家一个儿子所能给予的最大限度的爱和孝心，也代替我的妹妹，报答她把我们带到这个世界上来并抚养成人的恩情。

五天，短短的五天啊！无论我在这五天内给予她老人家多少孝心，那也只能仅仅算是一个儿子对母亲的象征性的报答啊！而这种报答却成了永恒的抵销！

母亲死前给我留下的最后一句话是："照顾好你妹妹！她就你一个亲人了！"我带着一颗悲哀得麻木的心回到连队。

回去当天，团支部按照连长的指示，讨论给我这个"逃跑主义者"以什么样的处分。事先有人向我透露，要拿我当典型，杀鸡给猴看，处分早已确定——开除团籍。讨论不过是走个组织形式。

而我，却根本对任何处分都无所谓了。

副指导员主持讨论。我想，她这下子该称心如意了！可以堂而皇之地实行报复了。我准备一言不发地听她大发一通议论，一言不发地接受她对我的批判。

她让我先谈谈对自己的错误的认识。

我，谁都不看，只漠然地喃喃说了一句："我母亲……死了……三天前……"说完这句话，便低下头，用双手捂住了脸。我凭感觉肯定，所有的人的目光都一下子投注到了我身上。

一刹那间，似乎每一个在场的人都停止了呼吸，宁静得令人窒息，好像空气都凝固了！许久许久，我听到副指导员用极其低微的刚刚能使人听到的声音说了两个字："散会……"

她第一个起身离开了。

当我迈动机械的步子经过连部时，听到里面传出了副指导员和连长激烈的争吵声，她对连长的"指示"从来是奉若神明的，我不禁停下了脚步。

"我是一连之长，难道没有处分一个战士的权力？"是连长恼怒的四川口音。"我是团支部书记，如何处分一个犯了错误的团员，这是团组织的权力！"副指导员的声音也那么激动。"你这样做，是袒护一个逃兵！""逃兵？他是从战场上逃跑的吗？他逃到黑龙江对岸去了吗？你知道吗？他母亲已经死了！他在母亲死后第三天就回到了连队！……""哦！死了？……""连长！我也是一个知识青年，我也有老父老母，他们日夜思念我，我也日夜思念他们。要不是我受自己誓言的约束，我也想立刻就回到父母身边去，但……我不能够！我不同意开除他的团籍！连长！请你设身处地想一想！……"

我听到了她的哭声。我站在连部外面，顿时泪如泉涌！我心里对她充满了感激！不是因为她代替我辩护，而是因为她说的那句话："我也是一个知识青年……"这一句话，完全消除了在此之前我对她的种种误解和偏见。凭这一句话，就足以令我心甘情愿地去为她赴汤蹈火。这句话，使我看到了一个姑娘高尚的本性！一颗富有同情的心！

　　然而，又是她，亲口告诉了我一件如雷轰顶的事，在两天后……"我们一块儿走好吗？"收工之前，她接着我锄完了最后一条漫长的田垄。当我们锄碰锄的时候，她对我说了上面那句话。这是三年来她第二次主动跟我说话。第一次，就是不久前在那条小河边。她脸上阴沉的严峻的表情，令我产生了不祥的预感。所有的人都扛着锄头列队时，她又当众大声对我说了一句："你留一步，我们一块儿走！"男女青年，都用异样的目光看着她，也看着我。当他们走远，她盯着我说："我没有得到你的同意，就把你妹妹调到我们连队来了。""啊！她……她怎么了？快告诉我！""在你回家期间，她……""说！""她做了一次人工流产……"我的身子摇晃了一下，险些栽倒！她上前一步，双手扶住了我。我粗暴地推开她，大吼："你胡说！"她跟跄着倒退一步，恐惧地瞧着我，从颤抖的嘴唇间挤出两个可怕的字："真的。"

　　我觉得自己朝脚下的土陷了进去！我想可怕地喊叫出什么，却似乎又有团东西堵住了喉咙！我张大了嘴，只发出一种嘶哑的类似呻吟的声音。我瞪大了眼睛怪异地看着她，她却在我眼前模糊起来。

　　我突然发了疯似地朝连队飞跑……

　　那天夜里，当大宿舍响着此起彼伏的鼾声时，我将头蒙在被子里，咬着被角无声地哭了一夜。我想起了母亲弥留之际的叮嘱，而我还没有将母亲的死告知妹妹，她却做出了这种身败名裂的事，还有脸调到我所在的连队来，企图得到我的庇护。不！我要严惩她，以一个哥哥的权力！替死去的母亲！

　　第二天，我被副指导员叫到连部，在那里见到了妹妹。我当时一定是恶魔附体了！我像凶猛的豹子一样朝妹妹扑过去，双手抓住她的头发，使劲把她的头接连地朝土墙上撞、撞、撞……

　　"住手！"我听到副指导员变了调的嗓音喝止，冲上前来掰我的手。我对她大吼："滚开！"我折磨的是妹妹，但又像是我自己，我在这种歇斯底里中感到了一种痛快。"啪！"我脸上挨了一记狠狠的耳光。我终于松开了手。第二记耳光比第一记耳光更狠。

这两记耳光顿时把我打清醒了，我不禁倒退数步，下意识地摸着火辣辣的脸颊。

妹妹，从始至终，一声没有吭，没有呻吟，没有叫喊，没有哀求。被我抓得凌乱的头发，遮掩了她那张毫无血色的苍白的脸，那张泪水涟涟的脸，那忍辱吞声的深陷在眼窝中的大眼睛。

副指导员的脸色像妹妹的脸色一样苍白，她紧紧地把妹妹搂在怀里，胸脯剧烈地起伏着，欲以命相搏地瞪着我。"畜生！"这是我第一次从她口中听到的一句骂人话。从那一天起，我爱上了她……她现在就坐在我对面，搭着帐篷的爬犁，被疲倦的铁牛拖着，在茫茫雪原上挺进……篷帘卷着，灌进来被西北风扬起的雪粉，我们冻得缩手缩脚，但谁也不想把帐篷帘放下来。从帐篷口望出去，始终是白色……白色的大地，白色的山峦，白色的河，白色的林。"大烟泡刮起来了"，如万千头发了疯的野牛齐头奔突，示威地追逐在大爬犁后面。

副指导员默默环视着每一个人，自言自语地说："谁来讲个故事？要不就大家一块儿唱支歌！"没有谁对她的提议做出任何反应。大家疲劳了。副指导员把目光停在我脸上。我清了一下嗓子，唱起了《兵团战士之歌》：

> 兵团战士，胸有朝阳，
> 一手拿枪，一手拿镐……

没有一个人随声附和，我只得唱了开头两句，便知趣地打住了。

这时，"摩尔人"王志刚吹起了口哨。他唱歌不行，口哨却吹得相当好。令我暗吃一惊的是，他吹的竟是著名的俄罗斯民歌《三套马车》，这个"摩尔人"！简直不把副指导员的存在当成一回事，可他那口哨声真令人着迷，像黑管，又像小号，拍节、曲调吹得准确无误，流露出淡淡的感伤和深沉的忧郁。

不知是谁，竟低声和着口哨唱了起来，接着，第二个，第三个……终于，非常自然地形成了小合唱。

我的妹妹抬起头，瞪大了黑眼睛，愕然的目光不安地瞧瞧这个，瞅瞅那个，又很快地垂下了头。她暗暗发出一声深长的叹息，使我的心灵恻然一动。

我，面对面地注视着副指导员，猜想她立刻就会严肃地加以制止了！她，却无动于衷。头，仍然在"摩尔人"肩上。她竟闭上了眼睛，装出睡意朦胧的样子。我发现，她放在腿侧的手，分明在偷偷点着节拍！我的自尊心被刺伤了，紧紧地咬住了嘴唇。

　　冰雪遮盖着伏尔加河，

　　冰河上跑着三套车，

　　有人在唱着忧郁的歌，

　　唱歌的是那……

　　夜幕悄悄降临了，暴虐的"大烟泡"不知是自甘屈服，还是被全速挺进的拖拉机远远甩到了后面，荒原那么沉静！黑暗完全替我们垂下了篷帘……

二

　　我们的拖拉机像远迁的鄂伦春部落，在茫茫的雪原上奔驶了整整两天两夜。当我们打开地图，一致确信拖拉机履带已经碾在积雪覆盖的"鬼沼"的冰面上时，正是荒原庄严而肃穆的黎明时分。

　　呵！"鬼沼"！它并非像传说中那么恐怖，也许因为它处在冬眠状态，雪被罩住了它那狰狞的真实面目吧。我们看到了什么？仿佛看到了世界最大的湖泊被冻结在眼前，"满盖荒原"——它平坦得令我们这批垦荒者难以置信，直铺到遥远的地平线。

　　"魔王！你在哪里？你出来！"我们的一个伙伴大声呼喊。

　　"魔王"没有出现。

　　铁匠王志刚突然朝不远处一指："你们看！"——一根从正中间劈开的圆木桩钉进土地，倾斜地立在那里。

　　我们都好奇地走了过去。副指导员拂掉木桩上的雪：我们看到了一块木碑，累累斧痕粗糙砍平的劈面上，刀刻的字迹被风雨所侵蚀，只能依稀认出"死于此……"三个歪扭的字。

　　我相信，我们每个人当时都和我一样，倒吸了一口冷气。

　　"那里，还有一个！"我的妹妹又发现了同样的不祥之物，她第一个朝拖拉机退去。

　　副指导员低声说："我们走吧，别搅扰他们安息了。"

……

如果有人问我："你在北大荒感到最艰苦的是什么？"

我的回答是："垦荒。"

为了寻找有水源的林子的理想地点，我们的足迹几乎踏遍了"满盖荒原"。我们发现了一条在地图上没有标出来的小河，它是"满盖荒原"上唯一洁净的水源，被我们命名为"流浪者"。我们发现它之前，它像流浪汉在荒原上不知徘徊了多少岁月，现在我们在它身边扎下了帐篷。

当冰雪消融的时候，当"流浪者"唱起了"拉兹之歌"的时候，我们闪亮的犁头劈进了"满盖荒原"的胸膛。若非垦荒者，谁能体会拖拉机翻起第一垄处女地的那种喜悦？这荒原上有那么多的狼，光天化日之下，它们三五成群，大模大样地尾随在我们的拖拉机后面，捕食被犁头翻出的肥大的土拨鼠。夜晚，它们就在我们帐篷四周嗥叫。创业的艰苦，使垦荒队的每一个小伙子都变成了圣徒。副指导员跟我的妹妹和我们同住在一顶帐篷里。一块毯子分隔开了她们的狭小世界，毯子后面是神圣不可侵犯的"巴黎圣母院"。

一天深夜，我从睡梦中偶然醒了一次，却没有听到拖拉机翻地的轰响。我一下子跳起，来不及多想，只穿着短裤，就闯进了"巴黎圣母院"，将副指导员从被窝里捅了起来。

"你！你要干什么？！"

"拖拉机不响了！'摩尔人'，在翻地！"

"啊！"副指导员顺手就操起了步枪。

拖拉机不响，意味着"摩尔人"出了事。所有的人都惊醒了！正当大家要奔出帐篷，"摩尔人"从外面钻了进来。马灯光下，我们见他身上背着一只狼，两手拽着狼的两只前爪，头顶住狼脖子；那只狼朝天张大着嘴，两只后腿抓在他的腰胯上。

"摩尔人"大声说："快动手！它还活着！"

我们各自操家伙，棍棒齐下，将那只狼在他背上打死了，好大的一只白毛老苍狼！

"摩尔人"一下子坐在地铺上，喘息了半天，才说："拴大犁的钢丝绳断了，我回来换钢丝绳，这东西跟上了我，出其不意地将两只前爪搭在我肩上……"他的脸上、手上尽是血痕，棉衣被撕成碎片。他拧着眉脱下棉衣，里面的绒衣和皮肉被狼的后爪抓得稀烂！

副指导员命令我的妹妹："快，拿医药箱来！"

这时，我们才发现，她仅穿着衬衣衬裤，光着一双脚。她也意识到了什么，在我们的目光下一时显得不知所措。随即，她镇定了下来，从容地说："都瞪着我干什么？没你们的事了，全睡觉去！"

大家都一个个顺从地钻进了被窝，我没有。我将马灯举在"摩尔人"头上。

副指导员柔情地看了我一眼，一句话也没有说，立刻从妹妹手中接过医药箱，替"摩尔人"小心翼翼地包扎伤处……

我妹妹是垦荒队员的"内务大臣"，给我们做饭、洗衣服。从连队带来的冻菜吃光了，任何一种野菜还都没有从荒原上生长出来。为了使我们能吃得稍微满足点，她对剩下的两袋面粉发挥了充分的创造性：馒头、发糕、花卷、烙饼；甜的、咸的、又甜又咸的、先蒸后烙的……

如果说我是因为副指导员而参加垦荒队的，妹妹则是因为我才来到"满盖荒原"上的，我是她唯一的亲人。我走到天边地角，她会追随我到天边地角。我那么凶狠地对待过她，她却依然在心理上对我希求着荫庇和保护。我表面上对她仍旧冰冷异常，可感情上早已彻底饶恕了她。

只有自己罪恶深重的人，才不肯饶恕别人。

何况她是我的妹妹，唯一的妹妹！

我有责任保护她。无论在那件可耻的事情发生之后或者之前，我对她尽到过一个哥哥的责任了吗？没有！到北大荒的第一天，当我们经过鹿场，她被鹿群迷住了，她请求我和她一块儿留在鹿场。只要我愿意，那是完全可以的，我却没有留在她身边。为什么？我不愿和妹妹在一个连队。我觉得她太娇气又太任性，同在一个连队会给我添无尽的麻烦。为洁身自好，我逃避一个哥哥的责任，而在她成为舆论和道德严厉谴责的对象后，我首先想到的又是她败坏了我的名声。因此我憎恨她，不肯给予她半点怜悯和同情……

在"满盖荒原"上无数个不眠之夜里，我内心进行着深刻的反省，我认识了自己的真实面目。我忏悔我是一个多么自私的哥哥，一个多么可鄙多么卑劣的人！

有一天，当帐篷里只有我和妹妹的时候，我叫了她一声："小妹！"她正在案板上揉面，听到我叫她，立刻抬起头。她怔怔地望着我，脸上浮现出无比激动的表情，一双黑眼睛里顿时充满了泪水。"小妹，你还生我的气吗？"我轻轻走到她身边。泪水，大颗大颗的泪水，慢慢从她的黑眼睛里淌出来，顺着她苍白的脸颊落到案板上，被她的双手一下一下地揉进了面团里。"小妹！……"我的声音哽咽了。她倏地转过身，扑在我身上，沾满面粉的双手紧紧抱住我的脖子，头偎在我怀里，放声大哭起来。泪水从我眼中簌簌而落。许久，她才止住了哭声。她问我的第一句话是："妈妈的病好了么？"我的心像被捅了一刀！哦，母亲！如果你在九泉之下听到妹妹这句话，肯定也会老泪纵横的罢！但愿你听不到这句话，但愿你不再为你的儿女们伤心，可我又多么希望你能够听到这句话呵！妹妹比我更爱您呵！我没有勇气实告小妹，母亲已不在人世了！她那脆弱的情感、脆弱的心灵是经不起重击的。我低声回答小妹："妈妈没有生病，妈妈太想念太惦记我们了，我告诉她我们都很好，她就放心了。"妹妹嘴角挂上了一丝笑容，一丝苦涩的笑容，几天来的第一次笑，如果那种惨然的表情也能算是笑容的话。"告诉我，那个人是谁？我要教训他！"妹妹坚决地摇了摇头。"你……爱他？"妹妹无语地点了一下头。"他呢？……他也爱你吗？"妹妹又点了一下头。我注视着妹妹。她脸上呈现出一种天使般圣洁的表情，那是心灵的反射。我茫然了。妹妹忽然肯定地问："哥哥，你爱她？""谁？""副指导员。""你听什么人胡说的？""我看出来了，她……也挺喜欢你的！""真的？"我双手紧紧抓住了妹妹的两条胳膊。"真的。""不，我知道她喜欢的是'摩尔人'！""她只是信任他，我也信任他，他是一个值得信任的人，任何一个姑娘都会信任像他那样的人。但她喜欢的是你！她说你是个具有诗人气质的小伙子，是个雪莱型的小伙子。她说她喜欢雪莱，不喜欢拜伦，虽然他们都是天才的诗人，她还说拜伦只能评定一个女性外表的美丑，而雪莱却能窥察一个女性内心的善恶。她也知道你在爱她……"妹妹突然住口了。

我们几乎同时发现副指导员不知何时呆呆地站在帐篷门口，她显然听到了我和妹妹的谈话内容。"哎呀，我晾在河边的衣服还没收回来！"我找了个借口逃出帐篷，在荒野上盲目地奔跑，我觉得"满盖荒原"成了世界上最美好的地方。

当天，吃过晚饭以后，我们又围聚在帐篷里，讲起故事来，这成了我们精神生活的唯一方式。我们什么故事都讲：神、鬼、荒诞的、恐怖的、风趣的……我们每个人，包括副指导员在内，都摆脱了在连队的种种束缚，真正成了"满盖荒原"上"顶天立地"的人。

副指导员娓娓动听地讲了希腊神话《奥德赛》中的一段故事：伟大的俄底修斯攻打了特洛伊城以后，率领他手下的勇士们从海上返回家乡伊塔克，结果被逆风吹到了一个孤岛上。岛上的居民专靠吃一种"忘忧果"度日。他们热情地把"忘忧果"捐送给俄底修斯和他的勇士们吃。勇士们吃了"忘忧果"，完全忘记了自己的家乡和父母，忘记了兄弟姐妹和妻子，忘记了一切朋友，竟无忧无虑地长久留在了孤岛上……

我惊讶地发现，她讲故事的水平超过我们所有的人，她并不绘声绘色，只是娓娓道来。但那语调中流露出来的感情，是能够打动到人的心灵深处的。

她讲完了，我们都陷入沉思。只有妹妹叹息了一声，自言自语地说："我真想获得许多许多那种'忘忧果'……"

副指导员，又是和"摩尔人"坐在一起，又是那样地将头靠在他的肩上。大铁炉子里的火光，将她的脸映照得那么红。火光一闪一闪，她那张美丽的脸忽明忽暗，浮现着一种虚幻憧憬和淡淡的愁思。

我不禁对她充满了同情。如果不是三年前她立下的誓言束缚了她，她早该回家探家了。三年呵！她一定比我们每一个人都更加思念她的父母和亲友。

我打开画夹，说："别动！'摩尔人'，我给你们画张像！"我的本意是，要给她画一张肖像。因为此时此刻的她，那么美丽那么楚楚动人，但我没有勇气坦白说出。"摩尔人"显然错误地认为我的话是对他的当众揶揄，他顶不能容忍的就是这个。所以，当副指导员下意识地将头从他肩上移开时，他一把抓住了她的手，冷冷地盯着我，说："别动！叫他画，别扫他的兴！"语势中隐含着挑衅。副指导员又顺从地将头靠在了他肩上，微微一笑，也注视着我。

我再没说什么，认真地画了起来。我看她一眼，画一笔，暗想，我一定要画得十分像。我从来没有画得那么好过，真的！最后一笔，我存心一顿，把笔尖折了。

"没画好！"我把画夹递给了副指导员。

大家都围拢来欣赏，赞叹：

"像！像极了！"

"嘿！没看出来你还有招不露！什么时候也给我画一张？"

"咦，你就画了我自己呀！"副指导员看了"摩尔人"一眼。

"我的笔尖断了。"我脸上微微一红。

副指导员拿着肖像端详了一会，问："送给我？""送给你！"我大胆地盯着她。她垂下了眼睑，说："我会仔细保存它的。"这时，"摩尔人"站了起来，一声不响地钻出了帐篷。从那一天起，他更加沉默寡言了……然而，什么都可以转让，唯独爱情。我要执着追求，绝不弃她的爱。绝不……

三

第一场春雨降临了。

我们开垦的乌油油的沃土，贪婪地吸吮着大自然母亲的乳汁。人们都习惯把春天比作花枝招展的少女，可是当她在"满盖荒原"上旅行时，却更像一位庄重的夫人，脚步懒散而从容，带着唯一的颜色——淡绿，所到之处，漫不经心地随意点染，画出了绿的世界。

副指导员有一天昏倒在"流浪者"河边，她病了。她接连两天昏迷不醒。在昏迷中，她时时念叨着两个字："麦种，麦种……"医药箱里所有的药，都不能减退她的高烧。第三天，她稍微清醒了一些，首先把妹妹唤到她铺前，问："还有多少粮食？"

妹妹回答："只剩一点点了！"

她亲切地环视着我们，微笑了，说："伙计们，我代表连队谢谢大家。我要建议党支部，给大家都记一功，放进档案里。现在，这里留下几个人就够了，其余的全部回老连队去，帮助老连队迁移来……一定要赶在'鬼沼'开化之前！"她轻轻地拉着妹妹的一只手："你留下吧，没有你在身边，我会寂寞的。"

妹妹说："副指导员，我留下！"

我说："我也留下。"

"摩尔人"看着副指导员，问："如果你同意，我也留下。"

副指导员默默地点了点头。

"满盖荒原"上就留下了我们四个人。

一天，两天……四天过去了，连队没有到达。整整一个连队，几百口人，搬迁到这里来不是一次简单的行动，会有许许多多的困难。在这四天之内，"鬼沼"卑鄙地联合了起来，向我们示威！当我、妹妹、"摩尔人"第四天早晨走出帐篷时，都被惊慌得呆住了！清可见底的"流浪者"河，不知从哪里汇集了那么多水，隔夜之间变成了一匹脱缰的野马，浊流湍急，打着漩涡，夹杂着雪坨、冰决、枯枝断树，甩了一个直角弯，奔泻而下，河水溢出河床，灌进沼地，"鬼沼"一片汪洋！

妹妹忧愁地说："今天连队再不到达，我们就一点吃的也没有了。"

我和"摩尔人"同时看了她一眼，都没说什么。我们担心着更严峻的事情……连队将如何涉过"鬼沼"？

妹妹一声不响地又钻进帐篷里去了，我和"摩尔人"也跟进帐篷，见她坐在副指导员的地铺旁，瞧着昏迷中的副指导员垂泪。我们进来，她赶紧抹去眼泪站起来，拿上一把镰刀和一个小土篮，说："我去挖野菜。"

将近中午，妹妹的喊声突然从远处传进帐篷："哥哥，哥哥，快来呀！"

我和"摩尔人"同时跳了起来，奔出帐篷，但见妹妹像一只小猎犬，在追赶一头弱小的狍子。她一扬手，将镰刀飞抛出去，砍中了狍子后腿，狍子一头栽倒。她猛扑上去，却扑了个空。那小动物挣扎着跳了起来，带着伤向沼地里逃窜，妹妹跟在后面紧追不舍。小狍子在沼地边沿停了一下，似乎还回头看了她一眼，跃进了沼地，一拐一拐地向沼地深处逃去。

"站住！"

"小妹！"

我和"摩尔人"对妹妹大声喊。

妹妹追到沼地边，欲罢难舍，焦急地来回奔跑。她终于停住了，望着陷住四蹄寸步移动的狍子，迟疑了一下，小心翼翼地向"鬼沼"迈出一步。

"回来！危险！""摩尔人"高吼一声。我和他同时朝妹妹跑去。

妹妹回过头来望了我们一眼，挥动了一下手臂，好像是在任性地说："你别管我！"她跑进了"鬼沼"。

当我和"摩尔人"追到沼边时，她已捕住了小狍子。她和那小动物在沼泥中搏斗了几下，一眨眼间，忽然深陷了下去，一下子被吞陷到胸部！还没等我和"摩尔人"有所反应，沼泽中便只露出了她的一只小手。那小手也只来得及在空中抓了几下，倏忽间便从眼前消失了！

"哥哥！别过来！"她留在这世界上的最后一句话，击响我的耳鼓！

"小妹……"我发出一声可怕的叫喊，不顾一切地向沼泽冲去。

"摩尔人"两条有力的手臂，从后面紧紧将我搂抱住了。我挣动了几下，眼前一黑，昏倒在他怀里。

当我醒来的时候，已经躺在帐篷里。妹妹的那只小手像电影中的叠印镜头一样，重复地在我眼前出现。我耳边又响起了母亲临终的叮嘱，泪水唰的一下淌了出来。我硬撑起身，看见"摩尔人"那高大的身躯，一动也不动地伫立在帐篷外。惨白的月光照在大地上，将他的身影衬托得格外分明。"鬼沼"那边，传来了令人毛骨悚然的怪异鸟叫，也许是"收魂鸟"将妹妹的魂灵收走了罢？我虽然并不迷信，但这种迷信的思想却在我头脑中闪过。我盯着"摩尔人"的身影，心中突然对他产生了强烈的憎恨！甚至思路狂乱起来。如果不是他搂抱住我，我相信我是一定可以救出妹妹的！对小妹的死他是有罪过的！

我站了起来，一步一步走出帐篷。"摩尔人"听到我的脚步声，缓缓地转过身来。他骇然地瞪大了眼睛，也许他看到了我怒不可遏的狂乱的脸色，本能地朝后退了一步。

我霍然对他扬起了拳头。

"你……"他惊愕地朝后退了一步。

"我恨你！"我咬牙切齿地说出了这三个字。

他的目光，盯在我脸上，低沉地说："如果是因为你的妹妹，那我有权替自己辩护。你以为我有一颗魔鬼的心吗？你以为我就不为你妹妹的死难过吗？如果当时我的生命能换取她，甘愿躺在沼底的是我！如果你是因为她……"他朝帐篷里看了一眼："那你尽管动手！只要我活着，只要她还没有宣布做你的妻子，我就有权爱她，并且追求她！"

他的话，令我的双手发抖了。好像为我的小妹致哀，我垂下了头。宁静的夜晚，荒原显得更加沉寂，连"收魂鸟"那种怪异的叫声也听不到了。

"摩尔人"注视了我一瞬间，慢慢朝我背转了高大的身躯，朝荒原黝黑的深处走去，消失在黑夜的巨口中。

"你们吵嚷什么？"

我扭回头，见副指导员站在帐篷口。四天内，她病得虚弱不堪，如果她松开拽着帐篷帘的那双手，一定会无力地瘫软在地。我半天才从双唇间挤出一个字："狼……"

"狼？"她怀疑的目光久久地审视着我，追问："你一定有什么事情瞒着我！'摩尔人'呢？你妹妹他们到哪儿去了？快告诉我，发生了什么事？！"

"我妹妹……她……她……她死在'鬼沼'里了！"我双手捂住脸，克制不住巨大的悲痛，失声号啕了。

副指导员像被猛击了一锤，发生短促的一声"啊"，昏倒在帐篷口。

深夜，"摩尔人"还没有回来，他到哪里去了？在我缺乏理智地对待了他之后，他会不会也恨我呢？他还会回来跟我同住在一顶帐篷里吗？他会不会遭到什么不幸？如果他真遭遇到什么不幸，那杀害他的就是我了……

我忏悔极了，不安极了，我感到黑夜的漫长。我守护着昏迷中的副指导员，第一次体验了在这广袤无垠的荒原上，孤独是一种多么可怕的处境。我整夜没有合眼。

黎明时，一阵急促的马蹄声由远而近。我奔出帐篷，"摩尔人"已经在帐篷外跳下马背。

"马？哪来的马？……"我忘记了我们之间发生过的一切不愉快的事，亲切地跟他说话。

他说："前几天，我曾在树林中发现了被猎刀砍断的树枝，断定这附近可能有鄂伦春猎人。昨天夜里我找到了他们，向他们借了这匹马。副指导员怎么样？"

"还是昏迷不醒。"

"鄂伦春猎手们说，可能染上了出血热。""出血热？！"

我的心顿时冷却了。我听说过这种病，夺走一个人的生命，像秋风吹落一片树叶。

"摩尔人"又说："你立刻骑上这匹马，顺着我们的来路护送副指导员过去！你一定能迎到我们的连队，副指导员就有救了！"他完全是命令的口气。

"不！你护送她，我留在这里！""我的身体太重，半路上非把这匹马压垮不可。它已经跑得够累了！由此向西五十里，可以绕过'鬼沼'，你们沿沼地向西走吧！"再争执就是卑劣的虚伪。"摩尔人"用行李绳将昏迷中的副指导员缚在我后背，扶我跨上了马鞍。"把枪带上。"他把步枪递给了我。"你留下！""你带上，以防万一。"他将步枪挂在马鞍上，拉着马缰掉转马头，用充满信赖的目光看了我一眼，在马屁股上猛搐了一拳。那马嘶叫一声，撒开四蹄，朝西疾驰而去。朝西虽然比朝东少绕三十里路，但却要经过一片"塔头"甸子。

幸亏那马是纯种鄂伦春猎马，在"塔头"地里也行走如飞。这种马体形矮小，其貌不扬，但能吃苦耐劳，是猎人之友，是荒原上的骆驼。

绕过"鬼沼"，仍一路不停地踢着马腹。那马仿佛体谅我的心情，速度毫不懈慢。又疾驰了大约三十里路，我的棉裤被马身上的汗湿透了。突然它打了几个响鼻，四腿发抖，蹄步摇摆起来，它似乎还想全力奔驰，但前蹄却跪倒了。我的双腿刚刚离开马鞍，在地上站稳，它便侧身一卧，伸长了脖子——它彻底累垮了！马腹忽起忽落，鼻孔喷出热气，嘴里吐出白沫来。这有灵性的动物，在倒下时，也绝不用身子压住骑者的腿，它那双琉璃眼，歉意地悲哀地望着我。

"放下我，放下我！这是什么地方？我们为什么在这里？你要把我背到哪儿去？"副指导员从昏迷中清醒过来了，她在我背上挣动着被缚住的身子。我解开绳子，将她轻轻放在地上，让她的头和肩靠在我的胸前。我轻轻对她说："副指导员，我要护送你迎接连队，你病得很严重！"

她喃喃地问："我要死了，是么？"

听我所爱的人说出这种话，我如万箭穿心，难受极了！我大声回答她："不，你不会死的！"

她吃力地微笑了一下："我不怕死，真的。你忘了，我们的扎根誓言中，不是有这样两句话么，埋骨何须故土，荒原处处为家。遗憾的是，我再有几个月就可以回家探望我的爸爸妈妈了，我真想他们啊！他们想我，大概都想疯了呢。我已经给他们写了信，保证我们在'满盖荒原'上秋收之后……"

我呜咽了，眼泪一滴一滴落在她脸上。

"别哭，"她轻轻握住了我的一只手："如果我真的死了，就把我埋在'鬼沼'旁，我要和你的妹妹做伴。她是个好姑娘，我喜欢她。我只有一点请求，在我的碑上，在我的名字前面，刻上垦荒者三个字……"一大滴泪水，从她的眼角慢慢淌了出来。

我紧紧搂抱着她，放声大哭。

"你看，那是什么？多像书上写的那种忘忧果！你给我折一枝来，好么?"她那双美丽的大眼睛忽然闪亮闪亮的,盯着附近的什么东西。

我顺着她的目光,发现了一丛紫红的尚未开放的达子香花。我将她靠在马鞍上,站起身去折那丛达子香花。待我折了一束花回到她身边时,她已经闭上了眼睛。

她和那匹鄂伦春猎马同时停止了呼吸!

大地在我脚下旋转,蓝天变成了黑色。

我擦干了眼泪,将那束达子别在她的衣扣里,跪了下去,在她渐渐消失着血色的双唇上,长久地亲吻着。我相信,她若有灵,是不会嗔怪我的。

我又背起她,继续朝前走。

这时,在地平线上,我看到了我们搬迁的连队的带状的影子……

全连队为副指导员默哀了许久许久。

每一个人都流出了真诚的眼泪。

当我们全连队的马车、爬犁、拖拉机和团里支援我们搬迁的卡车所组成的车队行进到"鬼沼"前,冥冥的暮色开始在荒原上织成了帏幔。有人发现了一顶棉帽子,挂在倾斜的作为坟碑的木桩上,还压着一块石头。我首先走过去取下那顶帽子,认出是"摩尔人"的狗皮帽。帽兜里有一张纸,上面写着这样几行字:"我探出了一条涉过'鬼沼'的路,以树枝为标记,由此向东,一里远处……"

当天晚上,我们将可能陷没的车辆停在了原地,全连队的人都平安地涉过了"鬼沼"。可是我们却到处也寻找不见"摩尔人"。

第二天黎明,在"流浪者"河边,发现了"摩尔人"的血迹斑斑的衣片,一柄大斧,三只死狼……周围的一切,都无声地向我们作证,这里曾进行过怎样触目惊心的人与兽的搏斗,可以想见,强壮勇猛的"摩尔人"是怎样拼搏尽了最后的气力才倒下去的……

我们在悲痛的日子里,开始在"满盖荒原"上播种。

按照副指导员的遗嘱,我们将她埋葬在"鬼沼"旁。我们从百里外的驼峰山上运回了一块大青石,连队的老石匠将它凿成了石碑,碑文上刻着:垦荒者李晓燕和她的战友王志刚、梁珊珊长眠于此。

我们从驼峰山上伐下了上千棵义气松。沿着"摩尔人"做的标记,在"鬼沼"上铺了一条垦荒者之路。第二年,又有好几个连队建点在"满盖荒原"上。

"鬼沼"，它终于被征服了！

当我带着垦荒者的胜利，在一个黄昏默走到"垦荒者"墓前凭吊的时候，一个陌生的青年也在那里。我发现墓碑上放着一束达子香花，那是妹妹生前最喜爱的花。

我立刻明白，他是妹妹生前所爱并爱过妹妹的那个人！

他脸上的表情令我深信，他永远也不会离开"满盖荒原"了！

我们对望了一眼，他便掉头缓缓离去了。

我没有叫住他，没有问他的姓名，甚至没有想到问问他是哪一个城市的青年……

他是我们那一代中的一个，这一点足够了。

我们经历了北大荒的"大烟泡"，经历了开垦这块神奇的土地的无比艰辛和喜悦。从此，离开也罢，留下也罢，无论任何艰难困苦，都决不会在我们心上引起畏惧，都休想叫我们屈服……

呵，北大荒！

一只风筝的一生

这是春季里一个明媚的日子。阳光温柔，风儿和煦，鸟儿的歌唱此起彼伏。

一丛年轻的竹，在一户人家后院愉快地交谈。它们都正感觉一种生命蓬勃生长的喜悦，也都在预想和憧憬着它们的将来。有的希望做排，有的希望做桅杆，有的希望做家具，有的希望做工艺品……

还有一个说："我才不希望被做成另外的任何东西呢！我只想永永远远地是我自己，永永远远地是一棵竹！但愿我的根上不断长出笋，让我由一而十，而百，而生发成一片竹林……"

它的话音刚落，有一个男人握着砍刀走来。他是一个专做风筝卖风筝的男人。他这一天又要做一只风筝。

他上下打量那一丛年轻的竹。它们在他那种审视的目光之下，顿时都紧张得叶子瑟瑟发抖。

此刻，对那一丛年轻的竹而言，那个瘦小黧黑其貌不扬的男人，乃是决定它们命运的上帝。他使它们感到无比的忧畏。

他的目光终于只瞧着那棵"不希望被做成另外的任何东西"的竹了。他缓缓地举起了砍刀……

不待那棵竹做出哀求的表示，他已一刀砍下——在一阵如同呻吟的折断声中，它的枝叶似乎想要拽住另外那些竹的枝叶，然而它们都屏息敛气，尽量收缩起自己的枝叶避免受它的牵连……

它无助地倒下了……

被拖走了……

做风筝的男人将它剁为几段，选取了其中最满意的一段。接着将那一段劈开，砍成了无数篾子。

他只用几条篾子就熟练地扎成了一只风筝的骨架。其余的篾子都收入柜格中去了。而剩下的几段，已对他没什么用处了。被他的女的抱出去，散乱地扔在院子里，只等着晒干后当柴烧。

美丽的、蝶形的风筝很快做好了。它是用兜风性很好的彩绸裱糊成的。当做风筝的人欣赏着它的时候，风筝得意地畅想着——啊，我诞生了！我是多么漂亮多么轻盈啊！我要高高地飞翔……后来那风筝就被一位父亲替自己六七岁的儿子买去。在另一个明媚的日子里，父亲带着儿子将风筝放起来了。它越飞越高，越飞越高，飞到了一只真的蝴蝶所根本不能达到的高度。他们还用彩纸叠了几只小花篮，一只接一只套在风筝线上，让风送向风筝……许多行人都不由得驻足仰头观望那只美丽的风筝。风筝也自高空朝地面俯瞰着。它更加得意了。它对另一只风筝喊："瞧，多少人被我的美丽和我达到的高度所吸引呀！我比你飞得高！""我比你飞得高！那些人是被我的美丽和我达到的高度所吸引的……"另一只风筝不服气起来。"我飞得高！""我飞得高！""我美丽！""我比你美丽！我像蝴蝶，而你像什么呀！不过像一只普通的毛色单一的鸟儿罢了……"于是它们在空中争吵。于是它们都不顾风筝线的松紧，各自拼命往更高处升。都一心想超过对方的高度……不幸得很，蝶形的风筝，首先挣断了控制它高度和操纵它方向的线，从空中翻着筋斗坠落着……一阵突起的大风将它刮走了……翌日，一个女人站在自家窗前，若有所思地凝视着它——它被缠在电线上了……

几只麻雀——城市里司空见惯的，最普通毛色最单一的小东西也落在电线上。它们对那只美丽的、蝶形的风筝感到十分好奇，叽叽喳喳地评论它。不久开始啄它。还大不敬地往它上面拉屎……

第一场雨下起来了……

然后风开始刮得尘土飞扬令人讨厌了……

被缠在电线上的风筝，湿了又干了，干了又湿了。它沾满尘土，肮脏了……

最初它还能吸引一些人的目光。他们一旦发现它，都不禁驻足望它一会儿，都会说出一两句惋惜的话，或内心里产生一些惋惜的想法。

风筝不但肮脏了，而且破了。它的竹篾编扎成的骨架暴露了，像鱼刺从一条烂鱼的皮下穿出来一样。

一旦发现它的人都赶紧低下头。它容易使人产生不好的联想了。只有麻雀们仍愿落近它，仍喜欢啄它。当然，更加肆无忌惮地往它上面拉屎。仿佛它变得越狼狈不堪，越使它们感到高兴似的。

还有那个女人，也一直在天天隔窗关注着它由美变丑的过程。

她是一位女散文家。那风筝触发了她的某种文思，于是不久她写成了一篇充满伤感意味的叹物散文发在报上。于是此篇散文一时被四处转载，被收入什么什么"散文精品文丛"之类。不久获奖。

女散文家用三千元奖金买了一套时装。

她的亲朋好友都说她穿上那一套时装显得气质特别的端庄，特别的高贵，总之是特别的超凡脱俗。她穿着它出现在文化活动中的社交场合，甚至行走在路上时，常会招来刮目相看的目光。她也十分需要这个，这也能使她那颗女人的心获得极大的满足。她因此暗暗感激那只被电线缠住的风筝……不，更真实更准确地说，是暗暗感激"俘虏"了那只风筝的电线……

有一位摄影家，从报上读到了女散文家的那篇散文。并且，也从报上知道她那篇散文获奖了。

于是有一天，他挎着照相机，提着三脚架，按照她那篇散文所提供的线索，来到了她家住的那一条街。男摄影家被女散文家以感伤的文字所描写的一只风筝由美变丑的过程所影响，来为那只不幸的风筝拍一张艺术照片。他的初念并没什么功利目的，只不过受种中年人常常会产生的感事伤怀的心绪的驱使，想以摄影的方式，抒发凭吊某一事物的忧郁情怀罢了。

他选好了角度，支牢三脚架，耐心地期待着光线的变化，连拍了一卷儿才离去。

他将胶卷冲洗出来惊喜地发现，有一张的意境拍得格外之好。他在暗房中又进行了几次艺术处理，使那一张成了很独特的艺术照片。后来他举办了一次个人摄影展。那一张照片当然也放大了悬置其中。取题为《一只风筝的弥留之际》。他是位颇有名气的摄影家。参观的人不少。许多人都在《一只风筝的弥留之际》前沉思冥想，或故作沉思冥想状。其实那也算不上是一张怎样出色的照片，只不过令人看了觉得感伤忧郁罢了。

但当代人的问题是物质生活水平越提高了心情越忧郁，精神生活内容越丰富了精神越空虚，越没多少值得感伤的事了，越空前地感伤。这是一种时尚，一种时髦，一种病，一种互相传染而且没什么特效药可治的病。人们都觉得自己也处在弥留之际了似的，包括正年轻着的男女。

替摄影家操办摄影展的经纪人，从人们的神情中预测到了这一艺术照片的商业价值。他起先估计得太低了。他让手下人暗中将出售标价牌儿为他偷来了，打算再加一个零，或再加两个零……

突然响起了一个孩子的哭叫声——"这是我的风筝！我到处找过它！我能认出这就是我那只风筝……"这孩子曾因失去了那只风筝而非常难过。他和它之间似乎已存在着一种感情了。他央求他父亲替他将那摄影作品买下……当父亲的不忍拒绝儿子，领着儿子找到了那经纪人。经纪人伸出了一根指头。"一千？"经纪人摇摇头，向那当父亲的出示标价牌儿——一千后已被加上一个零了。孩子很懂事。知道这完全超出了父亲的经济实力，噙着泪，一步三回头地跟着父亲走了……

那摄影作品立即被一位"大款"买定。"大款"倒不太喜欢它。他喜欢的是当众在别人买不起时，自己一掷万金买下任何东西的那份儿好感觉。

那摄影作品被一位"大款"以万金买定的事见了报。并且，此消息报道配有那摄影作品。

女散文家那天一看报，当即给自己的代理律师拨通了电话——指出这是公然的侵权，甚至是公然的剽窃。因为摄影作品的构思，分明的来自于她那篇不但获奖还被收入"精品丛书"的散文……

于是一场"版权"官司又见报。寂寞的报界大喜过望，"炒"得个天翻地覆。那当父亲的看到了有关报道，心想若说"版权"，"原始版权"是属于我的呀！

他向女散文家和男摄影家同时进行了起诉，使得报界更加大喜过望。电台、电视台也不甘落后，分头进行采访。由于案例独特，律师界终于被诱上钩，自觉不自觉地卷入了大讨论。媒体推波助澜，使讨论发展成了辩论。于是有经济头脑的人，不失时机地就此事组织了一场法律系大学生们的辩论大赛。于是学生们在电视里唇枪舌剑，势不两立。于是有人从中大发广告效益之财。于是引起一位杂文家对此现象的批评。于是引起另一位杂文家的措辞激烈的"商榷"。于是有人支持前者，有人支持后者，掀起了一场杂文大战，使各报战火弥漫，硝烟滚滚。于是引起一部分社会学家的忧患，而另一部分社会学家认为这一切其实很正常，大可不必杞人忧天……

第二年的春天里的一个日子，在那一户人家后院，那一丛都长高了几节的年轻的竹子，又在愉快地交谈着……"还记得咱那个不希望被做成另外的任何东西的兄弟么？可怜的家伙，结果落了个尸骨不全的下场！""嗨，你不提，我们早把它忘了！我一点儿也不同情它，谁叫它那么狂妄呢……"那用完了竹篾的男人，又握着砍刀走来了。竹们顿时全吓得悄无声息，连一片最小的叶子也不敢抖动一下……又一只美丽的风筝将诞生了。又一根竹四分五裂了。许多种美的诞生是以另外许多种美的毁灭为代价的。而在这过程和其后，更会有许多无聊的没意思的事伴随着……

父　亲

　　关于父亲，我写下这篇忠实的文字，为一个由农民成为工人阶级的一员"树碑立传"，也为一个儿子保存将来献给儿子的记忆……

　　小时候，父亲在我心目中，是严厉的一家之主，绝对权威，靠出卖体力供我吃穿的人，恩人，令我惧怕的人。

　　父亲板起脸，母亲和我们弟兄四个，就忐忑不安，如对大风暴有感应的鸟儿。

　　父亲难得心里高兴，表情开朗。

　　那时妹妹未降生，爷爷在世，老得无法行动了，整天躺在炕上咳嗽不止，但还很能吃。全家七口人高效率的消化系统，仅靠呛哑一个三级抹灰工的汗水。用母亲的话说，全家天天都在"吃"父亲。

　　父亲是个刚强的山东汉子，从不抱怨生活，也不叹气。父亲板着脸任我们"吃"他。父亲的生活原则——万事不求人。邻居说我们家："房顶开门，屋地打井。"

　　我常常祈祷，希望父亲也抱怨点什么，也唉声叹气。因为我听邻居一位会算命的老太太说过这样一句话："人人胸中一口气。"按照我的天真幼稚的想法，父亲如果能唉声叹气，则会少发脾气了。

　　父亲就是不肯唉声叹气。

　　这大概是父亲的"命"所决定的吧？真很不幸！我替父亲感到不幸，也替全家感到不幸。但父亲发脾气的时候，我却非常能谅解他，甚至同情他。一个人对自己的"命"是没办法的。别人对这个人的"命"也是没办法的。何况我们天天在"吃"父亲，难道还不允许天天被我们"吃"的人对我们发点脾气吗？

　　父亲第一次对我发脾气，就给我留下了终生难忘的印象。一个惯于欺负弱小的大孩子，用碎玻璃在我刚穿到身上的新衣服背后划了两道口子。父亲不容我分说，狠狠打了我一记耳光。我没哭，没敢哭，却委屈极了，三天没说话。在拥挤着七口人的不足十六平方米的空间内，生活绝不会因为四个孩子中的一个三天没说话而变得异常的。全家都没注意我三天没说话。

第四天，在学校，在课堂，老师点名，要我站起来读课文。那是一篇我早已读熟了的课文。我站起来后，许久未开口。老师急了，同学们也急了。老师和同学，都用焦急的目光看着我，教室的最后一排，坐着七八位外校的听课老师。

我不是不想读。我不是存心要使我的班级丢尽荣誉。我是读不出来。读不出课文题目的第一个字。我心里比我的老师，比我的同学们还焦急。

"你怎么了？你为什么不开口读？"老师生气了，脸都气红了。

我哇的一声大哭起来。

从此我们小学二年级三班，少了一名老师喜爱的"领读生"，多了一个"结巴磕子"，我也从此失掉了一个孩子的自尊心……

我的口吃，直至上中学以后，才自我矫正过来。我变成了一个说话慢言慢语的人。有人因此把我看得很"成熟"，有人因此把我看得"胸有城府"。而在需要"据理力争"的时候，我往往成了一个"结巴磕子"，或是一个"理屈词穷"者。父亲从来也没对我表示过歉意。因为他从来也没将他打我那一耳光和我以后的口吃联系在一起……

爷爷的脾气也特火暴。父亲发怒时，爷爷不开骂，便很值得我们庆幸了。

值得庆幸的时候不多。

母亲属羊，像只羊那么驯服，完全被父亲所"统治"。如若反过来，我相信对我们几个孩子是有益处的。因为母亲是一位农村私塾先生的女儿，颇识一点文字。遗憾的是，在家庭中，父亲的自我意识，起码比"工人阶级领导一切"这条理论早形成二十年。

中国的贫穷家庭的主妇，对困苦生活的适应力和忍耐力是极可敬的。她们凭一种本能对未来充满憧憬。虽然这憧憬是朦胧的，盲目的，带有浪漫的主观色彩的。期望孩子长大成人后都有出息，是她们这种憧憬的萌发基础。我的母亲在这方面的自觉性和自信心，我认为是高于许多母亲们的。

关于"出息"，父亲是有他独到的理解的。

一天吃饭的时候，我喝光了一碗包谷面粥，端着碗又要去盛，瞥见父亲在瞪我。我胆怯了，犹犹豫豫地站在粥盆旁，不敢再盛。

父亲却鼓励我："盛呀！再吃一碗！"

父亲见我只盛了半碗，又说："盛满！"接着，用筷子指着哥哥和两个弟弟，异常严肃地说："你们都要能吃！能吃，才长力气！你们眼下靠我的力气吃饭，将来，你们是都要靠自己的力气吃饭的！"

我第一次发现，父亲脸上呈现出一种真实的慈祥、一种由衷的喜悦、一种殷切的期望、一种欣慰、一种光彩、一种爱。

我将那满满一大碗包谷面粥喝下去了，还强吃掉半个窝窝头。为了报答父亲，报答父亲脸上那种稀罕的慈祥和光彩。尽管撑得够受，但心里幸福。因为我体验到了一次父爱。我被这次宝贵的体验深深感动。

我以一个小学生的理解力，将父亲那番话理解为对我的一次教导、一次具有征服性的教导、一次不容置疑的现身说法。我心领神会，虔诚之至地接受这种教导。从那一天起饭量大了，觉得自己的肌肉也仿佛日渐发达，力气也似乎有所增长。

"老梁家的孩子，一个个都像小狼崽子似的！窝窝头，包谷面粥，咸菜疙瘩，瞧一顿顿吃得多欢，吃得多馋人哟！"这是邻居对我们家的唯一羡慕之处。父亲引以为豪。

我十岁那年，父亲随东北建筑工程公司支援大西北去了。父亲离家不久，爷爷死了。爷爷死后不久，妹妹出生了。妹妹出生不久，母亲病了。医生说，因为母亲生病，妹妹不能吃母亲的奶。哥哥已上中学，每天给母亲熬药，指挥我们将家庭乐章继续下去。我每天给妹妹打牛奶，在母亲的言传下，用奶瓶喂妹妹。

我极希望自己有一个姐姐。母亲曾为我生育过一个姐姐。然而我未见过姐姐长得什么样，她不满三岁就病死了。姐姐死得很冤，因为父亲不相信西医，不允许母亲抱她去西医院看病。母亲偷偷抱着姐姐去西医院看了一次病，医生说晚了。母亲由于姐姐的死大病了一场。父亲却从不觉得应对姐姐的死负什么责任。父亲认为，姐姐纯粹是因为吃了两片西药被药死的。

"西药，是治外国人的病的！外国人，和我们中国人的血脉是不一样的！难道中国人的病是可以靠西药来治的吗？！西药能治中国人的病，我们中国人还发明中医干什么？！"

父亲这样对母亲吼。

母亲辩驳：“中医先生也叫抱孩子去看看西医。”

“说这话的，就不是好中医！”父亲更恼火了。

母亲，只有默默垂泪而已。

邻居那个会算命的老太太，说按照麻衣神相，男属阳，女属阴，说我们家的血脉阳盛阴衰，不可能有女孩。说父亲的秉性太刚，女孩不敢托生到我们家。说我夭折的姐姐，是被我们家的阳刚之气"克"逃了，又托生到别人家中去了。

一天晚上，我亲眼看见，父亲将一包中草药偷偷塞进炉膛里，满屋弥漫一种苦涩的中草药味。父亲在炉前呆呆站立了许久，从炉盖子缝隙闪耀出的火光，忽明忽暗地映在父亲脸上。父亲的神情那般肃穆，肃穆中呈现出一种哀伤……

我幼小的心灵，当时很信服麻衣神相之说。要不妹妹为什么是在父亲离家，爷爷死后才出生的呢？我尽心尽意照料妹妹，希望妹妹是个胆大的女孩，希望父亲三年内别探家。唯恐妹妹也像姐姐似的"托生"到别人家中去。妹妹的"光临"，毕竟使我想有一个姐姐的愿望，某种程度上得到了一种补偿性的满足。

父亲果然三年没探家，不是怕"克"逃了妹妹，是打算积攒一笔钱。

父亲虽然身在异地，但企图用他那条"万事不求人"的生活原则遥控家庭。

"要节俭，要精打细算，千万不能东借西借……"父亲求人写的每一封家信中，都忘不了对母亲谆谆告诫一番。父亲每月寄回的钱，根本不足以维持家中的起码开销。母亲彻底背叛了父亲的原则。我们家"房顶开门、屋地打井"的"自力更生"的历史阶段，很令人悲哀地结束了。我们连心理上的所谓"穷志气"都失掉了……

父亲第一次探家，是在春节前夕。父亲攒了三百多元钱，还了母亲借的债，剩下一百多元。

"你是怎么过的日子？啊？！我每封信都叮嘱你，可你还是借了这么多债！你带着孩子们这么个过法，我养活得起吗？！"父亲对母亲吼。他坐在炕沿上，当着我们的面，粗糙的大手掌将炕沿拍得啪啪响。

母亲默默听着，一声不吭。

"爸爸，您要责骂，就责骂我们吧！不过我们没乱花过一分钱。"哥哥不平地替母亲辩护。

　　我将书包捧到父亲面前，兜底儿朝炕上一倒，倒出了正反两面都写满字的作业本，几截手指般长的铅笔头。我瞪着父亲，无言地向父亲声明：我们真的没乱花过一分钱。"你们这是干什么？越大越不懂事了！"母亲严厉地训斥我们。父亲侧过脸，低下头，不再吼什么。许久，父亲长叹了一声，那是从心底发出的沉重负荷下泄了气似的长叹。那是我第一次听到父亲叹气。我心中倏然对父亲产生了一种怜悯。第二天，父亲带领我们到商店去，给我们兄弟四个每人买了一件新衣服，也给母亲买了一件平绒上衣……父亲第二次探家，是在三年自然灾害期间。"错了，我是大错特错了！"——细瞧着我们几个孩子因吃野菜而浮肿不堪的青黄色的脸，父亲一迭声说他错了。"你说你什么事错了？"母亲小心翼翼地问。父亲用很低沉的声音回答："也许我十二岁那一年就不该闯关东……我想，如今老家的日子兴许会比城市的日子好过些？就是吃野菜，老家能吃的野菜也多啊……"父亲要回老家看看。如果老家的日子比城市的日子好过些，他就将带领母亲和我们五个孩子回老家，不再当建筑工人，重当农民。

　　父亲这一念头令我们感到兴奋，给我们带来希望。我们并不迷恋城市。野菜也好，树叶也好，哪里有无毒的东西能塞满我们的胃，哪里就是我们的福地。父亲的话引发了我们对从未回去过的老家的向往。

　　母亲对父亲的话很不以为然。但父亲一念既生，便会专执此念。那是任何人也难以使他放弃的。

　　母亲从来也没有能够动摇过父亲的哪怕一次荒唐的念头。母亲根本不具备这种妇人之术。母亲很有自知之明，便预先为父亲做种种动身前的准备。

　　父亲要带一个儿子回山东老家。在我们——他的四个儿子之间，展开了一次小小的纷争。最后，由父亲作出了裁决。父亲庄严地对我说："老二，爸带你一块儿回山东！"老家之行，印象是凄凉的。对我，是一次大希望的大破灭。对父亲，是一次心理上和感情上的打击。老家，本没亲人了，但毕竟是父亲的故乡。故乡人，极羡慕父亲这个挣现钱的工人阶级。故乡的孩子，极羡慕我这个城市的孩子。羡慕我穿在脚上的那双崭新的胶鞋。故乡的野菜，还塞不饱故乡人的胃。我和父亲路途上没吃完的两掺面的馒头，在故乡人眼中，是上等的点心。父亲和我，被故乡一种饥饿的氛围所促使，竟忘乎所以地扮演起

"衣锦还乡"的角色来。

父亲第二次攒下的二百元钱，除了路费，东家给五元，西家给十元，以"见面礼"的方式，差不多全救济了故乡人。我和父亲带了一小包花生米和几斤地瓜干离开了故乡……

到家后，父亲开口对母亲说的第一句话是："孩子他妈，我把钱抖搂光了！你别生气，我再攒！"

这是我第一次听到父亲用内疚的语调对母亲说话。

母亲淡淡一笑："我生啥气呀！你离开老家后，从没回去过，也该回去看看嘛！"仿佛她对那被花光的二百多元钱毫不在乎。

但我知道，母亲内心是很在乎的。因为我看见，母亲背转身时，眼泪从眼角溢出，滴落在她衣襟上。

那一夜，父亲翻身不止，长叹接短叹。

两天后，父亲提前回大西北去了。假期内的劳动日是发双份工资的……

父亲始终恪守自己给自己规定的三年探一次家的铁律，直至退休。父亲是很能攒钱的。母亲是很能借债的。我们家的生活，恰恰特别需要这样一位父亲，也特别需要这样一位母亲。所谓"对立统一"。

在我记忆的底片上，父亲愈来愈成为一个模糊的虚影，三年显像一次；在我的情感世界中，父亲愈来愈成为一个我想要报答而无力报答的恩人。

报答这种心理，在父子关系中，其实质无异于溶淡骨血深情的稀释剂。它将最自然的人性最天经地义的伦理平和地扭曲为一种最荒唐的债务。而穷困之所以该诅咒，不只因为它造成物质方面的债务，更因为它造成精神上和情感上的债务。

父亲第三次探家那一年，正是哥哥考大学那一年。父亲对哥哥想考大学这一欲望，以说一不二的威严加以反对。

"我供不起你上大学！"父亲的话，令母亲和哥哥感到没有丝毫商量余地。

好心的邻居给哥哥找了一个挣小钱的临时活——在菜市场卖菜。卖十斤菜可挣五分钱。父亲逼着哥哥去挣小钱。哥哥每天偷偷揣上一册课本，早出晚归。回家后交给父亲五角钱。那五角钱，是母亲每天偷偷塞给哥哥的。哥哥实则是到公园里或松花江边去温习功课的。骗局终于败露，父亲对这种"阴谋诡计"大发雷霆，用水杯砸碎了镜子。

父亲气得当天就决定回大西北。我和哥哥将父亲送到火车站。

列车开动前，父亲从车窗口探出身，对哥哥说："老大，听爸的话，别考大学！咱们全家七口，只我一个挣钱，我已经五十出头了，身板一天不如一天了，你应该为我分担一点家庭担子了啊！"父亲的语调中，流露出无限的苦衷和哀哀的恳求。

列车开动时，父亲流泪了。一滴泪水挂在父亲胡茬儿又黑又硬的脸腮上。我心里非常难过。却说不清究竟是为父亲难过，还是为哥哥难过。我知道，哥哥已背着父亲参加了高考。母亲又一次欺骗了父亲。哥哥又一次欺骗了父亲。我这个"知情不举"者，也欺骗了父亲。我因无罪的欺骗感到内疚极了。我，很大程度上是为自己难过……

几天后，哥哥接到了大学录取通知书。母亲欣慰地笑了。哥哥却哭了……

我又送走了哥哥。

哥哥没让我送进站。

他说："省下买站台票的五分钱吧。"

在检票口，哥哥又对我说："二弟，家中今后全靠你了！先别告诉爸爸，我上了大学……"

我站在检票口外，呆呆地望着哥哥随人流走入火车站，左手拎着行李卷，右手拎着网兜，一步三回头。

我缓慢地走在回家的路上，手中紧紧攥着没买站台票省下的那五分镍币，心中暗想：为了哥哥，为我们家祖祖辈辈的第一个大学生，全家一定要更加省吃俭用，节约每分钱……

我无法长久隐瞒父亲哥哥已上了大学这件事。我不得不在一封信中告诉父亲实情。

哥哥在第一个假期被学校送回来了。他再也没能返校。

他进了精神病院——一个精神世界的自由王国——一个心理弱者的终生归宿。一个明确的句号。

我从哥哥的日记本中，翻出了父亲写给哥哥的一封信。一封错字和白字占半数以上的信。一封并不彻底的扫盲文化程度的信：

老大！你太自私了！你心中根本没有父母！根本没有弟弟妹妹！你只想到你自己！你一心奔你个人的前程吧！就算我白养大你！就算我没你这个儿子！

有朝一日你当了工程师！我也再不会认你这个儿子！

每句话后面都是"！"号，所有这些"！"号，似乎也无法表述父亲对哥哥的愤怒。父亲这封信，使我联想到了父亲对我们的那番教导："将来，你们都是要靠自己的力气吃饭的！"我不由得将父亲的教导作为基础理论进行思考：每个人都是有把子力气的，倘一个人明明可以靠力气吃饭而又并不想靠力气吃饭，也许竟是真有点大逆不道的吧？哥哥上大学，其实绝不会造成我们家有一个人饿死的严峻后果。那么父亲的愤怒，是否也因哥哥违背了他的教导呢？父亲是一个体力劳动者，我所见识过的体力劳动者，大致分为两类。一类自卑自贱，怨天咒命的话常挂在嘴边上："我们，臭苦力！"一类盲目自尊，崇尚力气，对凡是不靠力气吃饭的人，都一言以蔽之曰："吃轻巧饭的！"蕴含着一种藐视。

父亲属于后一类。

如今想起来，这也算一件极可悲的事吧！对哥哥抑或对父亲自己，难道不都可悲吗？

父亲第四次探家前，我到北大荒去了。以后的七年内，我再没见过父亲。我不能按照自己的愿望和父亲同时探家。

在我下乡的第七年，连队推荐我上大学。那已是第二次推荐我上大学了。我并不怎么后悔地放弃了第一次上大学的机会。哥哥上大学所落到的结果，比父亲对我的人生教导在我心理上造成更为深刻的不良影响。然而第二次被推荐，我却极想上大学了。第二次即最后一次。我不会再获得第三次被推荐的机会。那一年我二十五岁了。

我明白，录取通知书没交给我之前，我能否迈入大学校门，还是一个问号。连干部同意不同意，至关重要。我曾当众顶撞过连长和指导员，我知道他们对我耿耿于怀。我因此而忧虑重重。几经彻夜失眠，我给父亲写了一封信，告知父亲我已被推荐上大学，但最后结果，尚在难料之中，请求父亲汇给我二百元钱。还告知父亲，这是我最后一次上大学的机会。我相信我暗示得很清楚，父亲是会明白我需要钱干什么的。信一投进邮筒，我便追悔莫及。我猜测父亲要么干脆不给我回音，要么会写封信来狠狠骂我一通。肯定比骂哥哥那封信更无情。按照父亲做人的原则，即使他的儿子有当皇上的可能，他也是绝不容忍他的儿子为此用钱去贿赂人心的。

没想到父亲很快就汇来了钱。二百元整。电汇。汇单的附言条上，歪歪扭扭地写着几个错别字："不勾（够），久（就）来电。"

当天我就把钱取回来了。晚上，下着小雨。我将二百元钱分装在两个衣兜里，一边一百元。双手都插在衣兜，紧紧攥着两叠钱。我先来到指导员家，在门外徘徊许久，没进去。后来到连长家，鼓了几次勇气，猛然推门进去。我支支吾吾地对连长说了几句不着边际的话，立刻告辞。双手始终没从衣兜里掏出来，两叠钱被攥湿了。

我缓缓地在雨中走着。那时刻一个充满同情的声音在我耳边说："梁师傅真不容易呀，一个人要养活你们这么一大家子！他节俭得很呢，一块臭豆腐吃三顿，连盘炒菜都舍不得买……"

这是父亲的一位工友到我家对母亲说过的话。那时我还幼小，长大后忘了许多事，但这些话却忘不掉。

我觉得衣兜里的两叠钱沉甸甸的，沉得像两大块铅。我觉得我的心灵那么肮脏，我的人格那么卑下，我的动机那么可耻。我恨不得将我这颗肮脏的心从胸腔内呕吐出来，践踏个稀巴烂，践踏到泥土中。

我走出连队很远，躲进两堆木棱之间的空隙，痛痛快快地大哭了一场。我哭自己，也哭父亲。父亲他为什么不写封信骂我一通啊？！一个父亲的人格的最后一抹光彩，在一个儿子心中黯然了，就如同一个泥偶毁于一捧脏水。而这捧脏水是由儿子泼在父亲身上的，这是多么令人悔恨令人伤心的事啊！

第二天抬大木时，我坚持由三杠换到了二杠——负荷最沉重的位置。当两吨多重的巨大圆木在八个人的号子声中被抬离地面，当抬杠深深压进我肩头的肌肉，我心中暗暗呼应的却是另一种号子——爸爸，我不，不！……

那一年我还是上了大学。连长和指导员并未从中作梗，而且还把我送到了长途汽车站。和他们告别时，我情不自禁地对他们说了一句："真对不起……"他们默默对望了一眼，不知我说这句话是什么意思。

那个漆黑的，下着小雨的夜晚，将永远永远保留在我记忆中……

三年大学，我一次也没有探过家，为了省下从上海到哈尔滨的半票票价。也为了父亲每个月少吃一块臭豆腐，多吃一盘炒菜。

毕业后，参加工作一年，我才探家，算起来，我已十年没见过父亲了。父亲提前退休了。他从脚手架上摔下来过一次，受了内伤，也年老了，干不动重体力活了。

三弟返城了。我回到家里时，见三弟躺在炕上，一条腿绑着夹板，吊在半空。小妹告诉我，三弟预备结婚了。新房是傍着我们家老屋山墙盖起的一间"偏厦子"。我们家的老屋很低矮，那"偏厦子"不比别人家的煤棚高多少。

我进入"新房"看了看，出来后问三弟："怎么盖得这么凑凑乎乎？"

三弟的头在枕上侧向一旁，半天才说："没钱。能盖起这么一间就不错了。"

我又问："你的腿怎么搞的？"

三弟不说话了。

小妹从旁替他说："铺油毡时，房顶木板太朽了，踩塌掉进屋里……"

我望着三弟，心里挺难受。我能读完三年大学，全靠三弟每月从北大荒寄给我十元钱。

吃过晚饭后，我对父亲说："爸爸，我想和你谈件事。"

父亲看了我一眼，默默地等待我说。父亲看我时的目光，令我感到有些陌生。是因为我们父子分别了整整十年吗？是因为我成了一个大学毕业生吗？我不得而知。他看我那一眼，像一匹老马看一头小牛。

我向父亲伸出一只手："爸爸，把你这些年攒的钱都拿出来，给三弟盖房子用吧！"

父亲又用那种有些陌生的目光看了我一眼，低下头，沉默半晌，才低声说："我……不是已经给了吗？……"我说："爸爸，你只给了三弟二百五十元钱呀！那点钱能够盖房子用吗？""我……再没钱……"父亲的声音更低。我大声说："不对！爸爸，你有！我知道你有！你有三千多元钱！……"父亲腾地从炕沿上站了起来，脸色涨得紫红，怒吼道："你！……你简直胡说！我什么时候攒下过三千元？！"

躺在炕上的三弟插嘴说："二哥，你何必为我逼爸爸呢！爸爸一辈子都想攒钱，如今总算攒下了，能舍得拿出来为我盖房子？"口吻中流露出一个儿子内心对父亲的极大不满。

我生气了，提高嗓门说："爸爸，你这样做不对！三弟能在那样一间煤棚似的破屋里结婚吗？那里出生的，将是你的孙子，或是你的孙女！你将在子孙后代面前感到羞愧的！……"我心中倏然对父亲鄙视起来。

"住嘴！……"父亲举起了一只拳头。拳没落到我身上，在空中僵了片刻，沉重地落在了父亲自己的脑门上。母亲、四弟和小妹赶紧从里间屋出来，把我往里间屋拉。"你！……十年没见我，一见我就教训我吗？！好一个儿子啊！你就是这样给你弟弟妹妹们做榜样的吗？你可算念成了大学了！你给我滚！……"父亲脸腮抽搐着，眼中喷射出怒火。他那凶暴的语调中，有一种寒透了心的悲凉成分。他用手朝我一指，又吼出一个"滚"字，再说不出别的话来。

我一下子挣脱了母亲和四弟拉住我的手，大声说："爸爸，我永远不再回这个家！"说完，冲出了家门。我一口气走到火车站，买了一张三个小时后开往北京的火车票，坐在候车室的长凳上，一支接一支吸烟。不知过了多久，听到有人轻轻叫我，抬起头，见母亲和四弟站在面前。四弟说："二哥，回家吧！"母亲也说："回家吧，妈求你！"

"不……"我坚决地摇摇头。

母亲又说："你怎么能那样子跟你父亲争吵呢？他的确是没攒下那么多钱呀！他攒下的一点钱，差不多全给你三弟了……下个月初就要给你哥交住院费……"

几个好奇的男人女人围住了我们，用各种猜疑的目光注视我。我听到一个上了年纪的女人离开时叹了口气，说："可怜天下父母心啊！"我分明是被看成一个不孝之子了。我打断母亲的话，说："妈妈，您别替我父亲辩护了！我在大学时，您求人写信告诉过我，父亲已积攒下了三千元钱。他怎么能对他的儿子那么吝啬？"母亲怔了一下，说："傻孩子，是妈不好，妈那是骗你的呀！为了让你在大学里安心读书，不挂虑家中的生活……"听了母亲的话，我呆呆地望着母亲那张憔悴的脸，发愣许久，说不出话来。"听妈的话，回家吧！回家跟你爸认个错……"母亲上前扯我。我低下头哭了……我跟着母亲和四弟回到了家里。我向父亲认了错。父亲当时没有任何原谅我的表示。

小妹那时已中学毕业，在家待业两年了，一直没有分配工作。母亲低眉下眼地去找过街道主任几次，街道主任终于给了个话口说："下一次来指标，我给使把劲试试看吧！"

母亲将这话学给父亲，对父亲说："为了孩子，这人情，管多管少，无论如何也得送啊！"

父亲拉开抽屉，取出一个牛皮纸钱包，递给母亲，头也不抬地说："我这个月的退休金，刚交了老大的住院费，剩下的都在里边了……"

牛皮纸钱包里，大票只有两张十元的了。母亲犹豫了一阵，将其中一张交给妹妹。妹妹就用那十元钱买了点不成体统的东西，当天拎着去街道主任家"表示表示"。怎么拎去的，又怎么拎回来了。

母亲诧异地问："怎么拎回来了？"

小妹沮丧地回答："人家不肯收。"

母亲又问："嫌少？"

"人家说，多年住在一条街上，收了，就显得不好了。人家说，要是咱们非要表示表示，她家买了一吨好煤，咱们帮忙给拉回来……"小妹说罢，怯怯地瞟了父亲一眼。

父亲始终没抬头，听罢小妹的话，头更低下去了。过了好一会儿，父亲才开口说："我和你四哥……一块儿去给拉回来……"

四弟刚巧从外面回来，问明白后，为难地对父亲说："爸，我们厂的团员明天要组织一次活动，我是团支部书记，我不能不去呀！"

小妹急了："什么破团支部书记，你当得那么上瘾？！明天不给拉回来，人家的煤票就过期了！"

这一节话，我都在里屋听到了，我跨出里屋，对小妹说："明天我和爸去拉。"

父亲突然莫名其妙地火了："谁都用不着你们！我明天一个人去拉！我还没老得不中用，我还有力气！"

头天晚上就下起了大雨。第二天白天，雨下得更大了。我和父亲借了辆手推车，冒雨去拉煤。路很远。煤票是在一个铁道线附近的大煤厂开的，距我们住的街区，有三十来里。一吨煤，分三趟拉。天黑才拉回第三趟。拉第三趟时，一只车轮卡在铁轨岔角里。无论我和父亲使出多大的力气，车轮都纹丝不动，像被焊住了。我和父亲一块儿推，一块儿拉，一个推，一个拉，弄得浑身是泥，双手处处是伤，始终一筹莫展。在暴雨中，我听得见父亲像牛一样的呼哧呼哧的喘息声。

我抹了把脸上的雨水，对父亲大声喊："爸爸，你在这儿看着，我去道班房找个人来帮帮忙！"

"你的力气都哪去了？！"父亲一下子推开我，弯下腰，用他那肌肉萎缩了的肩膀去扛车。

远处传来了火车的吼声。一列火车开过来了。在闪电亮起的刹那，我看见一块松弛的皮肤，被暴雨无情地鞭打着。是一个老年人的丧失了力气的脊梁。

车头的灯光从远处射了过来。

父亲仍在徒劳无益地运用着微不足道的力气。

我拔腿飞快地朝道班房跑去。

列车停住了。

道班工人和我一块儿跑到煤车前。

父亲还在用肩膀扛煤车。他仿佛根本没发现有火车开过来。

"你他妈的玩命啊！"道班工人恶狠狠地骂了一句。

火车车头的光束正照着煤车。父亲的肩膀，终于离开了煤车。父亲缓缓抬起了头。我看清了父亲那张绝望的脸。一张皱纹纵横的脸。每一条皱纹，都仿佛是一个"！"号，比父亲写给哥哥的那封信中还多……

雨水，从父亲的老脸上往下淌着。

我知道，从父亲脸上淌下来的，绝不仅仅是雨水。父亲那双瞪大的眼神空洞的眼睛，那抽搐的脸腮，那哆嗦的双唇，说明了这一点……

这个雨夜，又使我回想起了几年前那个雨夜。我躲在我们连队木棱堆之间大哭一场的那个雨夜……

今年四月的一天，我收到一封电报，电文——"父即日乘十八次去京，接站。"

我又几年没探家了。我与父亲又几年没见面了。我已经三十五岁了，可以说是一个中年人了。电报使我心中涌起了一个中年人对自己老父亲的那种情感。那是一种并不强烈的，撩拨回忆的情感。人的回忆，是可以随着年龄的增长而改变"焦距"的，好像照片随着时间改变颜色一样。回忆往事，我心中对父亲的谴责少了，对自己的谴责反而多了。我毕竟没有给过父亲多少一个儿子对父亲的爱啊！

电报没能在头一天交到我手里，却被人从门底缝塞进了我的办公室。我头一天熬夜，第二天上班很迟。看看手表，离列车到站时间，仅差一小时十五分。马上动身完全来得及接站。我手中拿着电报，心里倏忽产生了一个念头——租一辆小汽车去接站。这念头产生得很随便，就像陕西人想吃一顿羊肉泡馍。父亲生平连一次小汽车也没坐过，我要给予父亲"生平第一次"。我给几处出租汽车站打电话，都没车。二十多分钟在电话机前过去了。乘公共汽车接站，已根本来不及。只有继续拨电话。又拨了十多分钟，终于要到了一辆车。说很快就到，却并不很快，半小时以后才到。一路红灯，驶驶停停。到火车站，早已过时。

我打开车门就往下跳，司机一把揪住我："车费！"我一摸衣兜，钱包没带！只好向司机赔笑脸，告诉他我是来接人的，接到了再给他车费。说了不少好话，最后将工作证押给他，他才算松开了手。站内站外，都没寻找到父亲。我沮丧地回到出租汽车跟前，央求司机再送我回家，来去车费一块儿付。司机哼了一声，将车开走了。我见方向不对，赔着笑脸问："你要把我拉哪去呀？"司机冷冰冰地回答："出租汽车总站。我饿了，该吃午饭了。你在总站再要一辆车吧！"我自认理亏，不多说什么。在出租汽车总站，又等了一个多小时，才终于坐进了另一辆小汽车里。回来倒是一路飞快，算账时，可把我吓了一大跳——二十三元！我不由得问了句："怎么二十三元啊？"司机瞪了我一眼："加上火车站到出租汽车总站的那一段车费！""那一段路也要车费？！""笑话！你想白坐啊？"一进家门，见父亲已在家中了。我埋怨道："爸爸，你怎么不在火车站多等会儿啊？让我白接了你一趟！"父亲说："等了一会儿，没见着你，我心想你不会来接了……""拍了电报，我能不去接吗？真是的！""我心想，大概你工作忙，脱不开身……"我说："爸，先给我二十三元钱！"刚见面，伸手要钱，父亲奇怪，疑惑地瞧着我。我只好解释："爸爸，我是租了一辆小汽车去接你的，司机在下边等着呢！我的钱包放在办公室了。"仿佛为了证实我的话，司机按了几声喇叭。父亲当时那种表情，就好像听说我是租了艘宇宙飞船去接他似的。他缓缓解开衣扣，拆开缝在衣里儿的一块布，用手指捻出三张十元的纸钞，默默递给了我。我从父亲的目光中看出他心里想说的一句话："你摆的什么谱啊！"

"爸爸，这钱我会还你的……"我接过钱，匆匆奔下楼去。当我回到屋里，见父亲脸色变得很阴沉，也不瞧我，低头吸烟。

我醒悟到，我刚才说了一句十分愚蠢的话……

父亲，不再是从前那个身强力壮的父亲了，也不再是那个退休之年仍目光炯炯、精神矍铄的父亲了。父亲老了，他是完完全全地老了。生活将他彻底变成了一个老头子。他那很黑的硬发已经快脱落光了，没脱落的也白了。胡子却长得挺够等级，银灰间黄，所谓"老黄忠式"，飘飘逸逸的，留过第二颗衣扣。只有这一大把胡子，还给他增添些许老人的威仪。而他那一脸饱经风霜的皱纹，凝聚着某种不遂的夙愿的残影……

生活，到底是很厉害的。

我家住在一幢筒子楼内，只一间，十三平方米，在走廊做饭，和电影《邻居》里的情形差不了多少。走廊脏，黑，苍蝇多，老鼠肆无忌惮，特肥大。

父亲到来的第一天，打量着我们家在走廊占据的"领地"，不无感触地说："老二，你有福气啊！你才参加工作几年呀，就分到了房子！走廊这么宽，还能当厨房……你……比我强……"

这话从父亲口中说出，以那么一种淡泊的自卑的语调说出，使我心中有些凄凉之感。

父亲当了一辈子建筑工人，盖了一辈子楼房，却羡慕我这筒子楼里的十三平方米……他是被尊称为主人翁的人啊……

编辑部暂借给我一间办公室。每天晚上，我和父亲住在办公室，妻子和孩子住在家中。我虽没有让父亲生平第一次坐上小汽车，父亲却沾了我的光，生平第一次住上了楼房。

父亲每天替我们接孩子，送孩子，拖地板，打开水，买菜，做饭，乃至洗衣服，拆被子，换煤气。一切的家务，父亲都尽量承担了。

我不希望父亲，我的老父亲沦为我的老勤杂员。我对父亲说："爸爸，你别样样事都抢着做。你来后，我们都变懒了！"

父亲阴郁地回答："我多做点，倒累不着。只要能在你们这儿长住下去，我就很知足了……你妹妹结婚后，家中实在住不开了，我万不得已，才来搅扰你们……"

父亲的性格也变了，变成一个通情达理的，事事处处，家里家外都很善于忍让的毫无脾气的老头子了。

除了家务，父亲还经常打扫公共楼道、楼梯、厕所、水池。他不久便获得了全楼人的称赞和敬意。父亲初来乍到时，人们每每这么问我："那个大胡子老头就是你父亲吗？"以后我听到的问话往往是："你就是那个大胡子老头的儿子呀？"在我的意识中，父亲是依附于我的人格而存在的。但在不少人心目中，我则开始依附于父亲的人格而存在了。一些从不到我家中走动，大有"老死不相往来"趋势的工人们，也开始出现在我家了，使我同一种更普遍的生活贴近了。

我惊奇地发现，不是家属洗澡的日子，父亲也可以公然到厂内浴室洗澡；没票，父亲也可以从容不迫地进入厂内礼堂看电影；忘带食堂饭菜票，父亲也可以从食堂里先端回饭菜来。而人们还都对他很客气，很友好。这些"优待"，是连我也没受到过的。父亲终于以他所能采取的方式，获得了和我并存的独立人格。我不再阻止他打扫公共卫生。我理解，人们注意到他，承认他的独立存在，如今对他来说是何等需要，何等重要！这是一个没机会受过文化教育的、丧失了健壮和力气的、自尊心极强的老父亲，在一个受过大学文化教育的、有了一丁点小名气的儿子面前保持心理平衡的唯一砝码。我告诫自己，我要替父亲珍视它，像珍视宝贵的东西一样。

父亲身上最大的变化，是对知识分子表现出了由衷的崇敬。以前，他将各类知识分子统称为"耍笔杆子"的。靠"耍笔杆子"而不是靠力气吃"轻巧饭"的人，那是他所瞧不起的。每天接踵而来找我的，十有八九是地地道道"耍笔杆子"的。我将他们介绍给父亲时，父亲总是臂微垂，腰微弯，很不自然地做他所不习惯的鞠礼状，脸上呈现出似乎不敢舒展的恭而敬之的笑容。随后，便替我给客人沏茶、点烟。当我和客人侃侃而谈时，父亲总是静默地坐在角落，一会儿注意地瞧着我，一会儿注意地瞧着客人，侧耳聆听。倘我和客人谈到该吃饭时，父亲便会起身离去悄然做饭。倘我这个主人有时竟忘了吃饭这件事，父亲便会走进屋，低声问我："饭做好了，你们现在要吃吗？还是再过一会儿？"饭后，照例抢着刷洗碗筷。

一次，送走客人后，我对父亲说："爸爸，你不必对客人过分恭敬，过分周到，他们大多数是我的同事、朋友，用不着太客气。"

"我……过分了吗？……"父亲讷讷地问，仿佛我的话对他是种指责……

几天后，我收到了友人的一封信。信中写道："昨天我到你家找你，你不在，我和你的老父亲交谈了两个多小时。他真是一位好父亲，好老人。但我感到，他太寂寞了。他对我说，连和你交谈几句话的机会都没有。你真那么忙吗？……"

这封信使我无比惭愧，无比自责。是的，父亲来后，我几乎没同父亲交谈过。即使一次不太长久的，半小时以上的，父与子之间的随随便便的交谈也没有过。父亲简直就像我雇的一个老仆役，勤勤恳恳，一声不吭，任劳任怨地为我做着一切一切的家务。

　　而我每天不是在写、写、写，就是和来客无休止地谈、谈、谈……

　　第二天晚饭后，我没到办公室去抄那篇亟待发出的稿子，见妻抱着孩子到邻居家玩去了，我便坐到了父亲面前。

　　我低声说："爸爸，跟我聊几句家常话吧！"

　　父亲定定地看了我片刻，用一种单刀直入的语调问："老二，你为什么不争取入党啊？"

　　我怔住了。我预先猜想三天三夜，也料不到父亲会向我提出这样的问题。难道这就是父亲最想同我交谈的话题吗？

　　我低头沉默了一会儿，抬起头又说："爸爸，聊几句家常吧！"

　　"你们兄妹五个，你哥呢，就不提他了……比起来，顶数你有了点出息，可你究竟为什么不争取入党啊？听你们同事讲，你说过要入也不现在入共产党的话？你是说过这话的吗？"父亲的目光仍定定地看着我，揪住这个话题不放。

　　我默默地点了点头。是的，我说过。而且是在某个会议上当众说的。我并不想欺骗父亲。我对党的信仰是萌发于一种朴素的感恩思想的。这种感恩思想，毕竟不是建立在切身体会的基础之上，而是间接灌输的成果。是不稳固的，是易于坍塌的，也是肤浅的，不足以长久维系下去的。动摇过的事物，要恢复其原先的稳固性，需要比原先更稳固的基础。信仰不像小孩子玩积木，扰乱一百次，还可以重搭一百次。信仰的恢复需要比原先更深刻的思想和认识。这比给表上弦的时间长得多。

　　父亲的话，使我的自尊心受到了挫伤。我故意用冷漠的语调反问："爸爸，你为什么对我入不入党这么在乎呢？你希望我能入党，当官、掌权，而后以权谋私吗？"

　　父亲听出来了，我的话对他的愿望显然是嘲讽。父亲缓缓站起，一只手撑着椅背，像注视一个冒充他儿子的人似的，眯起眼睛，盯盯地瞪着我。他突然推开椅子，转身朝外就走。椅子倒在地上，发出很响的声音。

　　父亲在门口站住，回过头，瞪着我，大声说："我这辈子经历过两个社会，见识了两个党，比起来，我还是认为新社会好，共产党伟大！不信服共产党，难道你去信服国民党？！把我烧成灰我也不！眼下正是共产党振兴国家，需要老百姓维护的时候，现在要求入党，是替共产党分担振兴国家的责任！……你再对我说什么做官不做官的话，我就揍你！……"说罢，一步跨出了房间。

在那一时刻，站在我面前的，又是从前那威严而易怒的父亲了。我怀着复杂的心情离开家，来到了办公室。我坐在办公桌前，双手捧着脸腮，陷入了静静的思考。我理解父亲对共产党的感情。他六岁给地主放牛，十二岁闯关东，亲眼看到过国民党怎样残害老百姓。他被日本人抓过劳工。要不是押劳工的火车被抗联伏击，很难想象他今天还活着，也不知这个世界上还会不会有我这位"青年作家"……

但写一份入党申请书，这比创作一篇小说更为严肃。而且，在我心灵中，还有许多肮脏得没勇气告人的欲念，还时时受到个人名利的诱惑，还潜藏着对享乐的向往，还包裹着对虚荣的贪婪，还……

"全心全意为人民服务"，这句话是庄严地写在中国共产党的党章上的。我不能够怀着一颗极不干净的灵魂在一张雪白的纸上写下：我要求加入……

人可以欺骗别人，但无法欺骗自己。我在心中说："爸爸，原谅我！我不，现在还不……"办公室的门被突然推开了。父亲来了。他连看也不看我，径直走到他睡的那张临时支起的钢丝床前，重重地坐了下去。钢丝床发出一阵吱吱嘎嘎的声响。我转过身去瞧着父亲。他又猛地站了起来，用手指着我，愤愤地大声说："你可以瞧不起我，你的父亲！但我不允许你瞧不起共产党！如果你已经不信服这个党了，那么你从此以后也别叫我父亲！这个党是我的救星！如果我现在还身强力壮，我愿意为这个党卖力一直到死！你以为你小子受了点苦就有资格对共产党不满啦？你受的那点苦跟我在旧社会受的苦一比算个屁！"

我想对父亲解释几句什么，却一句适当的话也寻找不到。我一言不发地望着父亲，心想：爸爸，你说得不对，不对，我并不像你认为的那样啊！……

我觉得委屈极了，直想哭。

……

父亲对我教训了这一次之后，接连几天不理我，不跟我说一句话。一天傍晚，有一个外地的陌生姑娘来到我家中。她自称是一位文学青年，读过我的几篇作品，希望能同我谈谈。我带她来到了办公室。她很漂亮。身材很美，又高，又窈窕。一张白净的鹅蛋形的脸，容貌端庄娴雅。眼睛挺大，闪耀着充满想象的光彩。剪得整齐的乌黑的短发，衬托着她那张动人的脸，像荷叶衬托着荷花。她穿一件五彩缤纷的花外衣，只有三颗扣子，好像是骨质的，月牙形，非常别致。半敞的衣襟露出里面深红色的毛衣，裤角带有古铜色镶边的牛仔裤，奶黄色的坡底高跟鞋。她端坐在沙发上，修长的双臂微向前探，双手习惯地揽住两膝。她从头到脚焕发着浪漫气质，举止文静而有教养。

我沏了一杯茶端给她。她接过去，看了一眼，欠身轻轻放在桌上，说："我不喝绿茶。我从小就是喝花茶的。"我说："请便。"将椅子搬到她斜对面，瞧着她问："你想和我谈些什么呢？"她妩媚地一笑："当然是谈文学啦……不过，也希望不仅仅限于文学。"我说："那么就请谈吧！不过，我也许会令你失望，我不是个理想的交谈者。"

儿子有些发高烧。走出家门时，妻正在给儿子灌药。而父亲在给我洗衣服。我尽量排除思路上的干扰，集中精力。我想她一定会首先向我提出什么问题。但她没有。她用悦耳的音调向我讲述起她自己来。

她说她离开家已经一个多月了。从南到北，旅游了不少大城市，拜访了许多颇有名气的青年作家。接着，便依次向我说出他们的名字。有人是我认识的，有人是我没见过的。还说她崇拜某某及其作品，难以忍受某某及其作品，欣赏某某的作品但不喜欢作者本人。她很坦率。

我愿意同坦率的人交谈。我问："你此行是出差吗？""噢不，"她摇摇头，又是那么博人好感地一笑，"就是为了玩，散散心。""你的单位竟会给你这么长一段假？""我现在不受任何单位管束，自由公民！""你是个待业青年？""我想有工作时便可以有份工作，腻烦了就当自由公民。"我迷惑不解地望着她。她揽住两膝的双手放开了，身体舒展地靠在沙发上，目光迅速地在我的办公室内环视一番，说："你的办公室可以容得下五对人跳舞。"我说："我不会跳舞。大概是可以的。"这回轮到她迷惑不解了，怀疑地盯着我，要看出我说的是不是真话。我惭愧地笑笑。她的目光移开了，落在写字台上，又问："自由市场上买的吧？"我点点头："是的。""样式太老。""不，是太俗气。但便宜。"她的目光又盯在了我脸上，那模样仿佛我对她承认了我是一个下流坏子似的。我说："请接着谈下去吧，你刚才谈到自己的话还使我有些不明白。"

"是吗？"怀疑的神态，怀疑的口吻。接着，她轻轻叹了口气，平平淡淡地说："报考过电影学院、音乐学院，都没考上。在外贸局工作了三个月，在旅游局工作了半年，这两个单位没能更长久些地吸引住我。在省图书馆混了一年，因为那儿有书，才拴住我一年。看书也看腻烦了，于是就辞职了……回去以后，也许会到省电视台，看我那时心情好不好，乐不乐意去……"

我终于明白，她是来自另一个天地的。"你出来这么长时间，父母放心吗？""他们也没什么不放心的。每座城市都有父亲当年的老战友。或者住他们家中，或者住宾馆……"我觉得没有必要再问什么了，期待着她说。她沉默了一会儿才又开口："你一定无法理解我……小时候，我和姐姐，觉得世上任何好吃的东西都吃过了，我们就将糖和盐拌在一起，再浇点辣椒油……现在，我的心境就跟小时候似的，我觉得我丢了。我觉得我对什么都腻烦了，对生活失去了热情，就好像我小时候对食物失去了味觉一样……"

我依旧望着她那张漂亮的脸，心中对她产生了一种同情。类似对一只将要溺死在蜜中的小昆虫的同情。

她见我在很认真地听，继续说下去："本想离开家散散心，但结果心境反而愈来愈不好。每座城市都到处是人、人、人，愚昧的，没文化的，浑浑噩噩的人，许许多多的人，每天都在谈论房子问题，待业问题……"

我平静地问："你无法忍受这样一些人吗？""难道你能够忍受这样一些人吗？"她坐端了身子，目光又盯在我脸上，现出一种对我的麻木不仁开始感到失望的表情。我没有立即回答她。我又想起了我躲在木棱堆间痛哭过一场的那个雨夜。也想起了我和父亲为了妹妹早日分配工作给街道主任拉煤的那个雨夜。小雨，大雨，都是下雨的夜……为什么保留在我记忆中的都是雨夜呢？我毕竟从我生活中的两个雨夜度过来了。我毕竟扯着父亲的破衣襟，扯着一个没有受过文化教育的，头脑中有着狭隘的农民意识的父亲的破衣襟，一步步从生活中走过来了，一岁岁长大了……

"古老的国家，古老的民族，生活在这么一种氛围中，每个人都将要被窒息而死！……"那姑娘的悦耳的声音，使我的注意力不能从她身上过久地分散。

我要求说："让我们谈谈文学吧！""文学？……"她嘴角浮现一丝嘲讽，大声说，"中国目前不可能有文学！中国的实际问题，就在于人口众多。如果减少三分之二，一切都会变个样子！"

我冷冷地回答她："好主意！减少的当然应该是那些愚昧的，没文化的，浑浑噩噩的，每天都在谈论房子问题和待业问题的人啰？"

我情绪的变化并没引起她的注意。她皱起眉头，用一种忧国忧民的语调说："就在今天，就在你们北影厂门口，我看到一个白胡子老头，抱着一个傻乎乎的孩子，在围观一辆外国小汽车，我心里真是悲哀极了！我要写一篇心理小说，将我内心这种悲哀表述出来！这就是我们的人民，我作为一个中国人真感到羞耻！……"她那样子悲哀得快要哭了。或者说，她是企图要将我感动哭了。然而我并没有受到丝毫感动。我已不再像从前那么易于动感情了。我在想，她那颗心一定很渺小，因此也只能产生这么一点渺小的悲哀。我已经不再同情她。

我告诉她，那白胡子老头，肯定就是我的父亲。而抱在他怀中那傻乎乎的孩子，是我的儿子。

"是你……父亲？……"她的脸微微红了，显出动人的窘态，讷讷地说，"请原谅！我……还以为你是……"

"这不值得请求原谅！因而我也不想对你表示原谅！我并不想否认，我的父亲没有文化，他在扫盲时所认识的字，绝不会比你这件花外衣上的花朵多！他还很愚昧，由于他的愚昧，由于他的农民意识的狭隘，给我们的家庭造成重大的不幸！因为他不相信医生的话而相信算命先生的话我的姐姐夭折了！我的哥哥，因为他鄙薄文化而崇尚力气，疯了！我原谅了他，但却不能忘记这些。我要比你更加憎恨愚昧！我要比你更加明白文化对于一个国家一个民族意味着什么！我诅咒造成愚昧和没有文化的落后状况的一切因素！……"我从椅子上站了起来。我的声音很高。我内心很激动。我仿佛不是在对我面前的这一位姑娘说话，而是在对众多的各种各样的人说话。

我还想对她说，她可以对我们的人民没有感情，她也尽可以像她读过的小说中那些西方的贵夫人一样，对他们的愚昧和没有文化表示出一点高贵的怜悯，这无疑会使像她这样的姑娘更增添女人的魅力。但她没有权力瞧不起他们！没有权力轻蔑他们！因为正是他们，这在历史进程中享受不到文化教育而在创造着文明的千千万万，如同水层岩一样，一层一层地积压着，凝固着，坚实地奠定了我们的九百六十万平方公里土地！而我们中华民族正在振兴的一切事业，还在靠他们的力气和汗水实现着！愚昧和没有文化不是他们的罪过，是历史的罪过！是我们每一个对振兴我们的国家我们的民族缺乏热情，缺乏责任感的人的惭愧！

我还想对她说，至于她自己，不过是我们九百六十万平方公里土地上一小片水分充足的沃壤之中的一朵小花而已。美丽，娇弱，但没有芬芳。因为她不是树木，所以她那短细的根须是触及不到水层岩层的。她所蔑视的正是她所赖以存在的。她漠视甚至嘲讽他们的最现实的烦恼，但她那种没有什么值得忧郁的事才产生的忧郁，那种一颗空泛的心灵内的微渺而典雅的悲哀，与他们可能经历过的悲哀相比，其实是不值论道的。

我还想对她说……

我什么也不想对她说了。

我又想到了发烧的儿子。我认为我应该回到儿子身边去了。

"非常抱歉，我不能再陪你交谈下去了！"我走到办公室门前，推开了门——门外，站着我的父亲，呆呆地，一动不动地像根木桩似的。一手拎着水壶，一手拿着一瓶墨水。他是给我们送开水来的。他分明是听到了我方才大声说的某些话。那姑娘走下楼梯时，还回头来看了我一眼，我这样对待她，肯定是她绝没想到的。父亲一声不响，放下水壶，默默走向他睡的那张钢丝床。一直到熄灯，我和父亲彼此没说一句话。我静静地躺着，无法入睡。我知道父亲也是静静地躺着，没睡。

我真想翻身下床，走到父亲身边，跪下去，将头伏在父亲胸上，对他说："爸爸，原谅我那番话又无意中伤害了你，原谅我，爸爸……"

隔了一天，我从朋友家很晚才回来，一进家门，妻便告诉我，父亲走了。"走了？上哪儿去了？""回哈尔滨了！""你……你为什么不拦他？！""我拦不住。"病刚好的儿子大声哭叫："爷爷，我要爷爷！我要找爷爷嘛！……"我问："父亲临走了说了什么没有？"

妻回答："什么也没说。"

我一转身就从家中冲了出去。我赶到火车站，匆匆买了一张站台票。我跑到站台上时，开往哈尔滨的列车刚刚开动。我跟着列车奔跑，想大喊："爸爸……"却没喊出来。列车开出了站台。送行者们纷纷离去了。只有我一个人还孤零零地伫立在站台上。

望着远处的铁路信号灯，我心中默默地说："爸爸，爸爸，我爱你！我永远不忘我是你的儿子，永远不耻于是你的儿子！爸爸，爸爸，我一定要把你再接到北京来！……"

远处的铁路信号灯，由红变绿了……

母　亲

　　淫雨在户外哭泣，瘦叶在窗前瑟缩。这一个孤独的日子，我想念我的母亲。有三只眼睛隔窗瞅我，都是那杨树的眼睛。愣愣地呆呆地瞅我，我觉得那是一种凝视。

　　我多想像一个山东汉子，当面叫母亲一声"娘"。

　　"娘，你做啥不吃饭？"

　　"娘，你咋的又不舒坦？"

　　荣城地区一个靠海边的小小村庄的山东汉子们，该是这样跟他们的老母亲说话的吗？我常遗憾那儿对于我只不过是"籍贯"，如同一个人的影子当然是应该有而没有其实也没什么。我无法感知父亲对那个小小村庄深厚的感情。因为我出生在哈尔滨市，长大在哈尔滨市。遇到北方人我才认为是遇到了家乡人。我大概是历史上最年轻的"闯关东"者的后代——当年在一批批被灾荒从胶东大地向北方驱赶的移民中，有个年仅十四岁的孑然一身衣衫褴褛的少年，后来他成了我的父亲。

　　"你一定要回咱家去一遭！那可是你的根土！"

　　父亲每每严肃地对我说，"咱"说成"砸"，我听出了很自豪的意味儿。

　　我不知我该不该也感到同样的自豪，因为据我所知那里并没有什么值得自豪的名山和古迹，也不曾出过一位什么差不多可以算作名人的人。然而我还是极想去一次，因为它靠海。

　　可母亲的老家又在哪里呢？靠近什么呢？

　　母亲从来也没对我说过希望我或者希望她自己能回一次她的老家的话。

　　母亲是吉林人吗？我不敢断定。仿佛是的。母亲是出生在一个叫"孟家岗"的地方吗？好像是，又好像不是。也许母亲出生在佳木斯市附近的一个地方吧？父亲和母亲当年共同生活过的一个地方？

我很小的时候，母亲常一边做针线活，一边讲她的往事——兄弟姐妹众多，七个，或者八个。有一年农村闹天花，只活下来三个——母亲、大舅和老舅。

"都以为你大舅活不成了，可他活过来了。他睁开眼，左瞧瞧，右瞧瞧，见我在他身边，就问：'姐，小石头呢？小石头呢？'我告诉他：'小石头死啦！''三丫呢？三丫呢？三丫也死了吗？'我又告诉他：'三丫也死啦！二妹也死啦！憨子也死啦！'他就哇哇大哭，哭得闭过气去……"

母亲讲时，眼泪扑簌簌地落。落在手背上，落在衣襟上，也不拭，也不抬头。一针一针，一线一线，缝补我的或弟弟妹妹们的破衣服。

"第二年又闹胡子，你姥爷把骡子牵走藏了起来，被胡子们吊在树上，麻绳蘸水抽……你姥爷死也不说出骡子在哪儿。你姥姥把我和你大舅一块堆搂在怀里，用手紧捂住我们的嘴，躲在一口干井里，听你姥爷被折磨得呼天喊地。你姥姥不敢爬上干井去说骡子在哪儿，胡子见女人没有放过的。后来胡子烧了我们家，骡子保住了，你姥爷死了……"

与其说母亲是在讲给我们几个孩子听，莫如说更是在自言自语，更是一种回忆的特殊方式。

这些烙在我头脑里的记忆碎片，就是我对母亲的身世的全部了解。加上"孟家岗"那个不明确的地方。

我的母亲在她没有成为母亲之前拴在贫困生活中多灾多难的命运就是如此。

后来她的命运与父亲拴在一起仍是和贫困拴在一起。

后来她成了我们的母亲又将我和我的兄弟妹妹拴在了贫困上。

我们扯着母亲退色的衣襟长大成人。在贫困中她尽了一位母亲最大的责任……

我对人的同情心最初正是以对母亲的同情形成的。我不抱怨我扒过树皮捡过煤核的童年和少年，因为我曾这样分担着贫困对母亲的压迫。并且生活亦给予了我厚重的馈赠——它教导我尊敬母亲以及一切以坚忍捧抱住艰辛的生活、绝不因茹苦而撒手的女人……

在这一个淫雨潇潇的孤独的日子，我想念我的母亲。

隔窗有杨树的眼睛愣愣地呆呆地瞅我……

那一年，我的家被"围困"在城市里的"孤岛"上——四周全是两米深的地基壅壕、拆迁废墟和建筑备料。几乎一条街的住户都搬走了，唯独我家还无处可搬。因为我家租住的是私人房产——房东欲趁机向建筑部门讨要一大笔钱，而建筑部门认为那是无理取闹。结果直接受害的是我家。正如我在小说《黑纽扣》中写的那样，我们一家成了城市中的"鲁滨逊"。

小姨回到农村去了，在那座二百余万人口的城市，除了我们的母亲，我们再无亲人。而母亲的亲人即是她的几个小儿女。母亲为了微薄的工资在铁路工厂做临时工，出卖一个底层女人的廉价的体力。翻砂——那是男人们干得很累很危险的重活。临时工谈不上什么劳动保护，全凭自己在劳动中格外当心。稍有不慎，便会被铁水烫伤或被铸件砸伤压伤。母亲几乎没有哪一天不带着轻伤回家的。母亲的衣服被迸溅的铁水烧出一片片的洞。

母亲上班的地方离家很远，没有就近的公共汽车可乘。即便有，母亲也必舍不得花五分钱一毛钱乘车。母亲每天回到家里的时间，总在七点半左右。吃过晚饭，往往九点来钟了。我们上床睡，母亲则坐在床角，将仅仅二十支光的灯泡吊在头顶，凑着昏暗的灯光为我们补缀衣裤。当年城市里强行节电，居民不允许用超过四十支光的灯泡。而对于我们家来说，节电却是自愿的，因那同时也意味着节省电费。然而代价亦是惨重的。母亲的双眼就是在那些年里熬坏的，至今视力不好。有时我醒夜，仍见灯亮着，仍见母亲在一针一针、一线一线地缝补，仿佛就是一台自动操作而又不发声响的缝纫机。或见灯虽亮着，而母亲肩靠着墙，头垂于胸，补物在手，就那么睡了。有多少夜，母亲就是那么睡了一夜。清晨，在我们横七竖八陈列一床酣然梦中的时候，母亲已不吃早饭，带上半饭盒生高粱米或生大碴子，悄没声息地离开家，迎着风或者冒着雨，像一个习惯了独来独往的孤单旅人似的，"翻山越岭"，跋涉出连条小路都没给留的"围困"地带去上班。还有不少日子，母亲加班，我们一连几天甚至十天半个月见不着母亲的面儿。只知母亲昨夜是回来了，今晨又刚走了，要不灯怎么挪地方了呢？要不锅内的高粱米粥又是谁替我们煮上的呢？

才三岁多的小妹她想妈，哭闹着要妈。她以为妈没了，永远再也见不到妈了。我就安慰她，向她保证晚上准能见到妈。为了履行我的诺言，我与困盹抵抗，坚持不睡。至夜，母亲方归，精疲力竭，一心只想立刻放倒身体的样子。

我告诉母亲小妹想她。

"嗯，嗯……"母亲倦得闭着眼睛脱衣服，一边说："我知道，知道的。别跟妈妈说话了，妈困死了……"话没说完搂着小妹便睡了。第二天，小妹醒来又哭闹着要妈。我说："妈妈是搂着你睡的！不信？你看这是什么？"枕上深深的头印中，安歇着几茎母亲灰白的落发。我用两根手指捏起来给小妹看："这不是妈妈的头发吗？除了妈妈的头发，咱家谁的头发这么长？"

小妹用两根手指将母亲的落发从我手中捏过去，神态异样地细瞧，接着放在母亲留于枕上的深深的被汗渍所染的头印中，趴在枕旁，守着。好似守着的是母亲……

最堪怜是中秋、国庆、新年、春节前夕的母亲。母亲每日只能睡上两三个小时。五个孩子都要新衣裳穿。没有，也没钱买。母亲便夜夜地洗、缝、补、浆。若是冬季里，洗了上半夜搭到外边去冻着，下半夜取回屋里，烘烤在烟筒上。母亲不敢睡，怕焦了着了。母亲是个刚强的女人，她希望我们在普天同庆的节日，即使穿不上件新衣服，也要从里到外穿得干干净净。尽管是打了补丁的衣服……

她还想方设法美化我们的家。家像地窖，像窝，像土丘之间的窝。土地，四壁落土，顶棚落土。它使不论多么神通广大的女人为它而做的种种努力，都在几天内变成徒劳。

母亲却常说："蜜蜂蚂蚁还知道清理窝呢，何况人！"母亲即使拼尽她那残余的一点精力，也非要使我们的家在短短几天的节日里多少有点家样不可。"说不定会有什么人来！"母亲心怀这等美好的愿望，颇喜悦地劳碌着。然而没有个谁来。没有个谁来母亲也并不觉得扫兴和失望。生活没能将母亲变成懊丧的怨天怨地的女人。母亲分明是用她的心锲而不舍地衔着一个乐观。那乐观究竟根据什么？当年的我无从知道，如今的我似乎知道了，从母亲默默地望着我们时目光中那含蓄的欣慰。她生育了我们，她就要把我们抚养成人。她从未怀疑她不能够。母亲那乐观在当年所依仗的也许正是这样的信念吧？唯一的始终不渝的信念。

我们依赖于母亲而活着。像蒜苗之依赖于一棵蒜。当我们到了被别人估价的时候，母亲她已被我们吸收空了。没有财富和书本知识，母亲是位一无所有的母亲。她奉献的是满腔满怀恒温不冷的心血供我们吮咂！母亲呵，娘！我的老妈妈！我无法宽恕我当年竟是那么不知心疼您、体恤您。

是的，我当年竟是那么不知心疼和体恤母亲。我以为母亲就应该是那样任劳任怨的。我以为母亲天生就是那样一个劳碌不停而又不觉得累的女人。我以为母亲是累不垮的。其实母亲累垮过多次。在夜深人静的时候，在我们做梦的时候，几回母亲瘫软在床上，暗暗恐惧于死神找到她的头上了。但第二天她总会连她自己也不可思议地挣扎了起来，又去上班……

她常对我们说："妈不会累垮，这是你们的福分。"

我们不觉什么福分，却相信母亲累不垮。

在北大荒，我吃过大马哈鱼。肉呈粉红色，肥厚，香。乌苏里江或黑龙江的当地人，习惯将大马哈鱼肉包饺子，视为待客的佳肴。

前不久我从电视中看到大马哈鱼：母鱼产子，小鱼孵出。想不到它们竟是靠噬食它们的母亲而长大的。母鱼痛楚地翻滚着，扭动着，瞪大它的眼睛，张开它的嘴和它的鳃，搅得水中一片红，却并不逃去，直至奄奄一息，直至狼藉成骸……

我的心当时受到了极强烈的刺激。

我瞬忽间联想到长大成人的我自己和我们的母亲。

联想到我们这九百六十万平方公里土地上一切曾在贫困之中和仍在贫困之中坚忍顽强地抚养子女的母亲们。她们一无所有。她们平凡，普通，默默无闻。最出色的品德可能乃是坚忍。除了她们自己的坚忍，她们无可傍靠。然而她们也许是最对得起她们儿女的母亲！因为她们奉献的是她们自己。想一想那种类乎本能的奉献真令我心酸。而在她们的生命之后不乏好儿女，这是人类最最持久的美好啊！

我又联想到另一件事：小时候母亲曾买了十几个鸡蛋，叮嘱我们千万不要碰碎，说那是用来孵小鸡的。小鸡长大了，若有几只母鸡，就能经常吃到鸡蛋了。母亲满怀信心，双手一闲着，就拿起一个鸡蛋，握着，捂着，轻轻摩挲着。我不信那样鸡蛋里就会产生一个生命。有天母亲拿着一个鸡蛋，走到灯前，将鸡蛋贴近了灯对我说："孩子，你看！

鸡蛋里不是有东西在动吗？"

我看到了，半透明的鸡蛋中，隐隐地确实有什么在动。

母亲那只手也变成了红色的。

那是血色呀！

血仿佛要从母亲的指缝滴淌下来……

"妈妈，快扔掉！"

我扑向母亲，夺下了那个蛋，摔碎在地上——蛋液里，一个不成形的丑陋的生命在蠕动。我用脚去踩，踏。不是宣泄残忍，而是源自恐惧。我觉得那不成形的丑陋的一个生命，必是由于通过母亲的双手饱吸了母亲的血才变出来的！我抬头望母亲，母亲脸色那么苍白。我内心里更加充满了恐惧，更加相信我想的是对的。我不要母亲的心血被吸干！不管是那一个被踩死踏死了的无形的丑陋的生命，还是万恶的贫困！因为我太知道了，倘我们富有，即使生活在腐酸的棺材里，也会有人高兴来做客，无论是节日或寻常的日子，并且随身带来种种礼物……

"不，不！"我哭了。

我嚷："我不吃鸡蛋了！不吃了！妈妈，我怕……"

母亲怒道："你这孩子真作孽！你害死了一条小性命！你怕什么？"

我说："妈妈我是怕你死……它吸你的血！……"

母亲低头瞧着我，怔了一刻，默默地把我搂在怀里。搂得很紧……

小鸡终于全孵出来了，一个个黄绒似的，活泼可爱。它们渐渐长大，其中有三只母鸡。以后每隔几日，我们便可吃到鸡蛋了。但我在很长一段时间内不敢吃，对那些鸡我却有着种特殊的情感，视它们为通人性的东西，觉得和它们有着一种血缘般的关系……

连续三年的自然灾害使我们的共和国也处在同样的艰难时期。国营商店只卖一种肉——"人造肉"，淘米泔水经过沉淀之后做的。粮食是珍品，淘米泔水自然有限。"人造肉"每户每月只能按购货本买到一斤。后来加工"人造肉"收集不到足够生产的淘米泔水，"人造肉"便也难以买到了。用如今的话说，是"抢手货"，想买到得走后门儿。

中央人民广播电台在《为人民服务》节目中，热情宣传河沟里的一层什么绿也是可以吃的，那叫"小球藻"。且含有丰富的这个素那个素，营养价值极高……

母亲下班更晚了。但每天带回一兜半兜榆钱儿。我惊奇于母亲居然能爬到树上去撸榆钱儿，那是她爬上厂里一些高高的大榆树撸的。

"有'洋拉子'吗？"我们洗时，母亲总要这么问一句。我们每次都发现有。我们每次都回答说没有。我们知道母亲像许多女人一样，并不胆小，却极怕树上的"洋拉子"那类毛虫。榆钱儿当年对我们是佳果。我们只想到母亲可别由于害怕"洋拉子"就不敢给我们再撸榆钱儿了。

如果月初，家中有粮，母亲就在榆钱儿中拌点豆面，和了盐，蒸给我们吃。好吃。如果没有豆面，母亲就做榆钱儿汤给我们喝。不但放盐，还放油。好喝。

有天母亲被工友换了回来——母亲在树上撸榆钱儿时，忽见自己遍身爬满"洋拉子"，惊掉下来……我对母亲说："妈，以后我跟你到厂里去吧。我比你能爬树，我不怕'洋拉子'……"母亲抚摸着我的头说："儿啊，厂里不许小孩进。"第二天，我还是执拗地跟着母亲去上班了。无论母亲说什么，把门的始终摇头，坚决不许我进厂。

我只好站在厂门外，眼睁睁瞧着母亲一人往厂里走。我不肯回家，我想母亲是绝不会将我丢在厂外的。不一会儿，我听到母亲在低声叫我。见母亲已在高墙外了，向我招手。我趁把门的不注意，沿墙溜过去，母亲赶紧扯着我的手跑，好大的厂，好高的墙。跑了一阵，跑至一个墙洞口。工厂从那里向外排污水。一会儿排一阵，一会儿排一阵。在间隔的当儿，我和母亲先后钻入到厂里。面前榆林乍现，喜得我眉开眼笑。心内不禁就产生了一种自私的占有欲——要是我家的树多好！那我就首先把那个墙洞堵上，再养两条看林子的狗。当然应该是凶猛的狼狗！

母亲嘱咐我："别乱走。被人盘问就讲是你自己从那个洞钻进来的。千万别讲出妈妈。要不妈妈该挨批评了！走时，可还要钻那个洞！"母亲说完，便匆匆离开了。我撸了满满一粮袋榆钱儿，从那个洞钻出去，扛在肩上，心里乐滋滋地往家走。不时从粮袋中抓一把榆钱儿，边走边吃。

结果我身后随了一些和我年龄差不多的孩子。馋涎欲滴在瞅着我咀嚼的嘴。"给点儿！""给点儿吧！""不给，告诉我们在哪儿的树上撸的也行！"我不吭声，快快地走。"再不给就抢了啊！"我跑。"抢！""不抢白不抢！"他们追上我。推倒我。抢……我从地上爬起时，"强盗"们已四处逃散。连粮袋儿也抢去了。我怔怔站着，地上一片踏烂的绿。我怀着愤恨走了。回头看，一个老妪蹲在那儿捡……母亲下班后，我向母亲哭述自己的遭遇，凄凄惨惨戚戚。母亲听得认真。凡此种种，母亲总先默默听，不打断我们的话，耐心而怜悯的样子。直至她的儿女们觉得没什么补充的了，母亲才平静地作出她的结论。

母亲淡淡地说："怨你。你该分给他们些啊。你撸了一袋子呀！都是孩子，都挨饿。那么小气，他们还不抢你吗？往后记住，再碰到这种事儿，惹人家动手抢之前，先就主动给，主动分。别人对你满意，你自己也不吃亏……"

母亲往往像一位大法官，或者调解员，安抚着劝慰着小小的我们缓解与社会的血气方刚的冲突，从不长篇大论一套套地训导。往往三言两语，说得明明白白，是非曲直，尽在谆谆之中。并且表现出仿佛绝对公正的样子，希望我们接受她的逻辑。

我们接受了，母亲便高兴，夸我们是好孩子。而母亲的逻辑是善良的逻辑，包含有一个似无争亦似无奈的"忍"字。为使母亲高兴，我们也唯有点头而已。可能自幼忍得太多了吧？后来于我的性格中，遗憾地生出了不屈不忍的逆反成分。如今三十九岁的我，与人与事较量颇多，不说伤痕累累，亦是遍体伤痕。倘咀嚼母亲过去的告诫，便厌恶自己是个孬种。忏悔既深既久，每每克己地玩味起母亲传给我的一个"忍"字来。或曰逆反，或曰"二律背反"也未尝不可，却又常于"克己复礼"之后而疑问重重，弄不清作为一个人，那究竟好呢还是不好？……

一场雨后，榆树钱儿变成了榆树叶。榆树叶也能做"小豆腐"。做榆树叶汤，滑滑溜溜的，仿佛汤里加了粉面子。然而母亲厂里的食堂将那片榆树林严密地看管起来了，榆树叶成了工人叔叔和阿姨的佐餐之物。别了，暄腾腾的"小豆腐"……别了，绿汪汪的榆钱汤；别了，整个儿那一片使我产生强烈的占有欲并幻想以狼犬严守的榆树林……

我们是社会主义国家，按照共产主义分配原则，将可做"小豆腐"可做榆钱汤的榆树叶儿"共产"起来，原本也是情理之中的事儿。倒是我那占为己有的阴暗的心思，于当年论道起来，很有点儿自发的资产阶级利己思想的意味儿。

不过我当年既未忏悔，也未诅咒过自己。……母亲依然有东西带回给我们，鼓鼓的一小布包——扎成束的狗尾巴草。狗尾巴草不能做"小豆腐"吃。却能编毛茸茸的小狗、小猫、小兔、小驴、小骆驼……母亲总有东西带回给每日里眼巴巴地盼望她下班的孤苦伶仃的孩子们。母亲不带回点什么，似乎就觉得很对不起我们。不论什么东西，可代食的也罢，不可代食的也罢；稀奇的也罢，不稀奇的也罢，从母亲那破旧的小布包抖搂出来似乎便都成了好东西。哪怕在别的孩子们看来是些不屑一顾的东西。重要的仅仅在于，我们感觉到了母亲的心里对我们怀着怎样的一片慈爱。那乃是艰难岁月里绝无仅有的营养供给——那是高贵的"代副食"啊！

母亲是深知这一点的。某天，放学回家的路上，我被一辆停在商店门口的马车所吸引。瘦马在阴凉里一动不动，仿佛是处于思考状态的一位哲学家。老板子躺在马车上睡觉。而他头下枕的，竟是豆饼。四分之一块啊！豆饼啊！他枕着。我同学中有一个区长的儿子，有一次他将一个大包子分给我和几个同学吃，香得我们吃完了直咂嘴巴。"这包子是啥馅的？""豆饼！""豆饼？你们家从哪儿搞的豆饼？""他爸是区长嘛！"我们不吭声了。豆饼是艰难岁月里一位区长的特权。就是豆饼……我绕着那辆马车转一圈儿，又转一圈儿，猜测车老板真是睡着了，偷儿似的动手去抽那块豆饼。老板子并未睡着。四十来岁的农村汉子微微睁开眼瞅我，我也瞅他。他说："走开。"我说："走就走。"偷不成，只有抢了！猛地从他头下抽出了那四分之一块豆饼，弄得他的头在车板上咚地一响。他又睁开了眼，瞅着我发愣。我也看着他发愣。"你……"我撒腿便跑，抱着那四分之一块豆饼，沉甸甸的豆饼。"豆饼！我的豆饼！站住……"愣怔中的老板子待我跑出了挺远才明白过来是怎么一回事，边喊边追我。我跑得更快，像只袋鼠似的，在包围着我家的复杂地形中跳窜，自以为甩掉了追赶着的"尾巴"，紧紧张张地撞入家门。

母亲愕问："怎么回事？哪儿来的豆饼？"

我着急忙慌，前言不搭后语地说："妈快把豆饼藏起来……他追我……"却仍紧紧抱着豆饼，蹲在地上喘作一团。"谁追你？""一个……车老板……""为什么追你？""妈你就别问了……"母亲不问了，走到了外面。我自己将豆饼藏到箱子里，想想，也往外跑。"往哪儿跑？"母亲喝住了我。"躲那儿！"我朝沙堆后一指。"别躲！站这儿。""妈！不躲不行！他追来了，问你，你就说根本没见到一个小孩子！他还能咋的？""你敢躲起来！"母亲变得异常严厉，"我怎么说，用不着你教我！"只见那持鞭的车老板，汹汹地出现了，东张西望一阵，向我家这儿跑来。

他跑到我和母亲跟前，首先将我上下打量了足有半分钟。因我站在母亲身旁，竟有些不敢贸然断定就是我夺了他豆饼的"强盗"，手中的鞭子不由背到了身后去。

"这位大姐，见一孩子往这边跑了吗？抱着不小一块豆饼……"我说：

"没有没有！我们连个人影也没看见！""怪了，明明是往这边跑的么！"他自言自语地嘟哝，"我挺大个老爷们，倒让个孩子明抢明夺了，真是跟谁讲谁都不相信……"他悻悻地转身欲走。"你别走。"不料母亲叫住他，说："你追的就是我儿子。"他瞪着我，复瞪着母亲，似欲发作，但克制着，几乎有点儿低声下气地说："大姐你千万别误会，我可不是想怎么你的儿子！鞭子……是顺手一操……还我吧，那是我今明两天的干粮啊！……"一副农村人在城里人面前明智的自卑模样。

母亲又对我说："听见了吗？还给人家！"我快快地回到屋里，从粮柜内搬出那块豆饼，不情愿地走出来，走到老板子跟前，双手捧着还他。他将鞭杆往后腰带斜着一插，也用双手接过，瞧着，仿佛要看出是不是小了。母亲羞愧地说："我教子不严，让你见笑了啊！你心里的火，也该发一发。或打或骂，这孩子随你处置！""老大姐，言重了！言重了！我不是得理不让人的人，算了算了，这年头，好孩子也饿慌了！"他反而显得难为情起来。"还不鞠个躬，认个错！"在母亲严厉目光的威逼之下，我被人按着脑袋似的，向那车老板鞠了个草草的躬。我家的斧头，给一截劈柴夹着，就在门口。车老板一言不发，拔下斧头，将豆饼垫在我家门槛上嘿嘿几下，砍得豆饼碎屑纷落，砍为两半。他一手拿起一半，双手同时掂了掂，递给母亲一半，慷慨地说：

"大姐，这一半儿你收下！""那怎么行，是你的干粮啊！"母亲婉拒。老板子硬给。母亲婉拒不过，只好收了，进屋去，拿出两个窝窝头和一个咸菜疙瘩给那车老板。又轮到那车老板拒而不收，最后呢？见母亲一片真心实意，终于收了。从头上抹下单帽，连豆饼一块儿兜着，连说："真是的，真是的，倒反过来占了你们个大便宜，怪不像话的！"

他在围困着我们家的地基壕堑、沙堆、废墟和石料场之间择路而去，插在后腰带上的长杆儿鞭子，似"天牛"的一条触角，晃晃的……"你呀，今天好好想想吧！"直至吃晚饭前，母亲就对我说了这么一句话。不理睬我。也不吩咐我干什么活儿。而这是比打我骂我，更使我悲伤的。端起饭碗时，我低了头，嗫嚅地说："妈，我错了……""抬头。"我罪人一般抬起头，不敢迎视母亲的目光。

"看着妈。"

母亲脸上，庄严多于谴责。

"你们都记住，讨饭的人可怜，但不可耻。走投无路的时候，低三下四也没什么。偷和抢，就让人恨了！别人多么恨你们，妈就多么恨你们！除了这一层脸面，妈什么尊贵都没有！你们谁想丢尽妈的脸，就去偷，就去抢……"

母亲落泪了。

我们都哭了……

夏天和秋天扯着手过去了。冬天咄咄地来了。我爱过冬天。大雪使我家周围的一切肮脏都变得洁白一片了。我怕过冬天，寒冷使我家孤零零的低矮的小破屋变成了冰窖。

那一年冬天我们有了一个伴儿——一条小狗。我在放学回家的路上发现了它，被大雪埋住，只从雪中露出双耳。它绊了我一跤。我以为是条死狗，用脚拨开雪才看出它还活着。快冻僵了。它引起了我的怜悯。于是它有了一个家。我们有了一个伴儿。一条漂亮的小狗。白色。黑花。波兰奶牛似的。脖子上套着皮圈儿。皮圈儿上缀着一个小铜牌儿。小铜牌儿上压印出个"3"。它站立不稳，常趴着，走起来踉踉跄跄。前足抬得高高的，不顾一切地一踏，于是下巴也狠狠触地。幸亏下巴触地，否则便一头栽倒了。喂它米汤喝，竟不能好好喝。嘴在破盆四周乱点一通，五六遭方能喝到一口米汤。起初我以为它是只瞎狗，试它眼睛，却不瞎。而那双怯怯的狗眼，流露着无限的人性，哀哀地乞怜着。我便怀疑它不过是被冻坏的。它漂亮而笨拙，如同一个患羊痫风的漂亮的小女孩，它那双褐色的狗眼，仿佛是通人性的。我并未因其笨拙而产生厌恶。弟弟妹妹们也是。

我们那么需要一个小朋友。

而它可以被当成一个小朋友。

就是这样。

母亲下班回到家里，呆呆地瞅着那狗吃和走的古怪样子，愕了半晌，惊问："这是什么？"

我回答："狗。"

"扔出去！"母亲怒道，"快给我扔出去！"

我说："不！"

弟弟妹妹们也齐声嚷："不扔！不扔！"

"都不听话啦？"母亲一把抓起了笤帚，高举着首先威胁的是我："看我挨个儿打你们！"我赶紧护住头："就不许我们喜欢个什么东西吗？"弟弟妹妹们也齐声表示抗议："就不许我们养条喜欢的狗吗？""就不许我们有个捡来的伴儿吗？"母亲吼道："不许！"笤帚却高举着，没即刻落到我头上。我大胆争辩："你说过的，对人要心善！""可它不是人！"母亲举着的手臂放下了，"人都吃糠咽菜的年月，喂它什么？还是这么条狗！"我说："我那份饭分给它吃。"弟弟妹妹们也说："还有我们！"母亲长长叹了口气，逐个儿瞧我们，垂下了手臂。在一中住读的哥哥那天晚上也回家了，研究地望着那条狗说："我知道了，这是条被医院里做过实验的狗，跑出来了！老师带我们到医院参观过，那些狗脖子挂的都是这种编了号码的小铜牌儿。肯定做的是小脑实验，所以它失去平衡机能了。生物课本上讲到这一点。不养它，它只有死路一条……"

可怜的我们的小朋友！母亲又长长地叹了一口气。不知是因狗，还是因她的儿女们集体的发难。宽容的我们的母亲……那么样条狗，却也是可以和我们在雪地上玩耍的。感谢上帝，它的大脑里的狗性是没被人做过什么实验的。它那种古怪的滑稽的笨拙的动态，使我们发出一串串笑声，足以慰藉我们幼小的孤独的心灵。雪地上留下一片片生动的足迹。我们的和狗的……一天上午，趴在窗前朝外望的三弟突然不安地叫我："二哥你快看！"外面，几个大汉在指点雪地上的足迹。他们朝我家走来。"是想抢我们的狗吧？"

我也不安了，惶惶地将"三号"藏入破箱子内，将小妹抱到箱子盖上坐着。大汉们在敲门了。高叫："我们是打狗队的！""我们家没养狗！"然而他们闯入家中。"没养狗？狗脚印一直跑到你家门口！""它死了。""死了？死了的我们也要！""我们留着死狗干什么？早埋了。""埋了？埋哪儿？领我们去挖出来看看！""房前屋后坑坑洼洼的，埋哪儿我们忘了。"他们不相信，却不敢放肆搜查，这儿瞧瞧，那儿瞅瞅，大扫其兴地走了。"他们既然是打狗队的，既然没相信你们的话，就绝不会放过它的……"晚上，母亲为我们的"小朋友"表现出了极大的担心。我说："妈，你想办法救它一命吧！"母亲问："你们不愿失去它？"我和弟弟妹妹们点头。母亲又问："你们更不愿它死？"我和弟弟妹妹们仍点头。"要么，你们失去它。要么，你们将会看到打狗队的人，当着你们的面儿活活打死它。你们都说话呀！"我们都不说话。母亲从我们的沉默中明白了我们的选择。母亲默默地将一个破箱子腾空，铺一些烂棉絮，放进两个掺了谷糠的窝窝头，最后抱起"三号"，放入箱内。我注意到，母亲抚摸了一下小狗。我将一张纸贴在箱盖里面儿，歪歪扭扭要写的是——别害它命，它曾是我们的小朋友。我和母亲将箱子搬出了家，拴根绳子，我拖着破箱子在冰雪上走。月光将我和母亲的身影印在冰雪上。我和母亲的身影一直走在我们前边，不是在我们身后或在我们身旁。一会儿走在我们身后一会儿走在我们身旁的是那一轮白晃晃的大月亮。不知道为什么月亮那一个晚上始终跟随着我和我的母亲。

半路我捡了一块冰坨子放入破箱子里。我想，"三号"它若渴了就舔舔冰吧！我和母亲将破箱子遗弃在离我家很远的一个地方……第二天是星期日。母亲难得休息一个星期日，近中午母亲还睡得很实。我们难得有和母亲一块儿睡懒觉的时候，虽早醒了也都不起。

失去了我们的"小朋友"，我们觉得起早也是个没意思。"堵住它！别让它往那人家跑！""打死它！打呀！""用不着逮活的！给它一锹！"……男人们兴奋的声音乱喊乱叫。"妈！妈！""妈妈！"我们焦急万分地推醒了母亲。母亲率领衣帽不齐的我们奔出家门，见冬季停止施工的大楼角那儿，围着一群备料工人。母亲率领我们跑过去一看，看见了吊在脚手架上的一条狗，皮已被剥下了一半儿。一个工人还正剥着。母亲一下子转过身，将我们的头拢在一起，搂紧。并用身体挡住我们的视线。"不是你们的狗！孩子们，别看，那不是你们的狗……"然而我们都看清了——那是"三号"。是我们的"小朋友"。白黑杂色的那漂亮的小狗，剥了皮的身躯比饥饿的我们更显得瘦。小女孩般的通人性的眼睛死不瞑目……母亲抱起小妹，扯着我的手，我的手和两个弟弟的手扯在一起。我们和母亲匆匆往家走。不回头。不忍回头。我们的"小朋友"的足迹在离我家不远处中断了。一摊血仿佛是一个句号。

自称打狗队的那几个大汉，原来是工地上的备料工人。

不一会儿，他们中的一个来到了我家里，将用报纸包着的什么东西放在桌上。母亲狠狠地瞪他。他低声说："我们是饿急眼了……两条后腿……"母亲说："滚！"他垂了头往外便走。母亲喝道："带走你拿来的东西！"他头垂得更低，转身匆匆拿起了送来的东西……

雨仍在下，似要停了，却又不停。窗前瑟缩的瘦叶是被洗得绿生生的了。偶尔还闻一声寂寞的蝉吟。我知道的，今天准会有客来敲我的家门——熟悉的，还是陌生的呢？我早已是有家之人了。弟弟妹妹们也都早是有家之人了。当年贫寒的家像一只手张开了，再也攥不到一起。母亲自然便失落了家，栖身在她儿女们的家里。在她儿女们的家里有着她极为熟悉的东西——那就是依然的贫寒。受着居住条件的限制，一年中的大部分日子，母亲和父亲两地分居。

那杨树的眼睛隔窗瞅我，愣愣地呆呆地瞅我。古希腊和古罗马雕塑神祇们的眼睛，大抵都是那样子的，冷静而漠然。但愿谁也别来敲我的家门，但愿。在这一个孤独的日子让我想念我的老母亲，深深地想念……我忘不了我的小说第一次被印成铅字的那份儿喜悦。我日夜祈祷的是这回事儿。真是了，我想我该喜悦，却没怎么喜悦。避开人我躲在个地方哭了，那一时刻我最想我的母亲……

我的家搬到光仁街，已经是一九六三年了。那地方，一条条小胡同仿佛烟鬼的黑牙缝。一片片低矮的破房子仿佛是一片片疥疮。饥饿对于普通的人们的严重威胁毕竟开始缓解。我是小学五年级的学生了。我已经有三十多本小人书。

"妈，剩的钱给你。"

"多少？"

"五毛二。"

"你留着吧。"

买粮、煤、劈柴回来，我总能得到几毛钱。母亲给我，因为知道我不会乱花，只会买小人书。每个月都要买粮买煤买劈柴，加上母亲平日给我的一些钢镚儿，渐渐积攒起来就很可观。积攒到一元多，就去买小人书。当年小人书便宜。厚的三毛几一本，薄的才一毛几一本。母亲从不反对我买小人书。

我还经常去出租小人书。在电影院门口、公园里、火车站。有一次火车站派出所一位年轻的警察，没收了我全部的小人书，说我影响了站内的秩序。

我一回到家就号啕大哭。我用头撞墙。我的小人书是我巨大的财富。我觉得我破产了。从绰绰富翁变成了一贫如洗的穷光蛋。我绝望得不想活。想死。我那种可怜的样子，使母亲为之动容。于是她带我去讨还我的小人书。

"不给！出去出去！"

车站派出所年轻的警察，大檐帽微微歪戴着，上唇留两撇小胡子，一副"葛列高利"那种桀骜不驯的样子。母亲代我向他承认错误，代我向他保证以后绝不再到火车站出租小人书，话说了许多，他烦了，粗鲁地将母亲和我从派出所推出来。

母亲对他说："不给，我们就坐台阶上不走。"他说："谁管你！"砰地将门关上了。"妈，咱们走吧，我不要了……"我仰起脸望着母亲，心里一阵难过。亲眼见母亲因自己而被人呵斥，还有什么事比这更令一个儿子内疚的？"不走。妈一定给你要回来！"母亲说着，母亲就在台阶上坐了下去。并且扯我坐在她身旁，一条手臂搂着我。另外几位警察出出进进，连看也不看我们。"葛列高利"也出来一次。"还坐这儿？"母亲不说话，不理他。"嘿，静坐示威……"他冷笑着又进去了……天渐黑了。派出所门外的红灯亮了，像一只充血的独眼，自上而下虎视眈眈地瞪着我们。我和母亲相依相偎的身影被台阶斜折为三折，怪诞地延长到水泥方砖广场，淹在一汪红晕里。我和母亲坐在那儿已经近四个小时。母亲始终用一条手臂搂着我。我觉得母亲似乎一动也没动过，仿佛被一种持久的意念定在那儿了。

我想不能再对母亲说——"妈，我们回家吧！"那意味着我失去的只是三十几本小人书，而母亲失去的是被极端轻蔑了的尊严。一个自尊的女人的尊严。我不能够那样说……几位警察走出来了。依然没看见我们似的，纷纷骑上自行车回家去了。终于"葛列高利"又走出来了。"嗨，我说你们想睡在这儿呀？"母亲仍不看他。不回答。望着远处的什么。"给你们吧！""葛列高利"将我的小人书连同书包扔在我怀里。母亲低声对我说："数数。"语调很平静。我数了一遍，告诉母亲："缺三本《水浒》。"母亲这才抬起头来。仰望着"葛列高利"，清清楚楚地说："缺三本《水浒》。"他笑了，从衣兜里掏出三本小人书扔给我，嘟哝道："哟哈，还跟我来这一套……"母亲终于拉着我起身，昂然走下台阶。"站住！""葛列高利"跑下了台阶，向我们走来。他走到母亲跟前，用一根手指将大檐帽往上捅了一下，接着抹他的一撇小胡子。我不由得将我的"精神食粮"紧抱在怀中。母亲则将我扯近她身旁，像刚才坐在台阶上一样，又用一条手臂搂着我。"葛列高利"以将军命令两个士兵那种不容违抗的语气说："等在这儿，没有我的允许不准离开！"我惴惴地仰起脸望着母亲。"葛列高利"转身就走。他却是去拦截了一辆小汽车，对司机大声说："把那个女人和孩子送回家去。要一直送到家门口！"

……我买的第一本长篇小说是《红旗谱》。一元多钱。母亲还从来没有一次给过我这么多钱。我还从来没向母亲一次要过这么多钱。我的同代人们，当你们也像我一样，还是一个小学五年级学生的时候，如果你们也像我一样，生活在一个穷困的普通劳动者家庭的话，你们为我作证，有谁曾在决定开口向母亲要一元多钱的时候，内心里不缺少勇气？

当年的我们，视父母一天的工资是多么非同小可呵！但我想有一本《红旗谱》想得整天失魂落魄，无精打采。我从同学家的收音机里听到过几次《红旗谱》长篇小说连续广播。那时我家的破收音机已经卖了，被我和弟弟妹妹们吃进肚子里了。直接吃进肚子里的东西当然不能取代"精神食粮"。我那时还不知道什么叫"维他命"，更没从谁口中听说过"卡路里"，但头脑却喜欢吞"革命英雄主义"。一如今天的女孩子们喜欢嚼泡泡糖。

在自己对自己的怂恿之下，我去到母亲的工厂向母亲要钱。母亲那一年被铁路工厂辞退了，为了每月十七元的收入，又在一个街道小厂上班。一个加工棉胶鞋帮的中世纪奴隶作坊式的街道小厂。

一排破窗，至少有三分之一埋在地下了。门也是。所以只能朝里开。窗玻璃脏得失去了透明度，乌玻璃一样。我不是迈进门而是跌进门去的。我没想到门里的地面比门外的地面低半米。一张踏脚的小条凳权作门里台阶。我踏翻了它，跌进门的情形如同掉进一个深坑。

那是我第一次到母亲为我们挣钱的那个地方。

空间非常低矮。低矮得使人感到心里压抑。不足二百平方米的厂房，四壁潮湿颓败。七八十台破缝纫机一行行排列着，七八十个都不算年轻的女人忙碌在自己的缝纫机后。因为光线阴暗，每个女人头上方都吊着一只灯泡。正是酷暑炎夏，窗不能开，七八十个女人的身体和七八十只灯泡所散发的热量，使我感到犹如身在蒸笼。那些女人们热得只穿背心。有的背心肥大，有的背心瘦小，有的穿的还是男人的背心，暴露出相当一部分丰厚或者干瘪的胸脯。毡絮如同褐色的重雾，如同漫漫的雪花，在女人们在母亲们之间纷纷扬扬地飘荡。而她们不得不一个个戴着口罩。女人们母亲们的口罩上，都有三个实心的褐色的圆。那是因为她们的鼻孔和嘴的呼吸将口罩濡湿了，毡絮附着上面。女人们母亲们的头发、臂膀和背心也差不多都变成了褐色的。毛茸茸的褐色。我觉得自己恍如置身在山顶洞人时期的女人们母亲们之间。

我呆呆地将那些女人们母亲们扫视一遍，却发现不了我的母亲。七八十台破缝纫机发出的噪声震耳欲聋。"你找谁？"一个用竹箆子拍打毡絮的老头对我大声嚷，却没停止拍打。毛茸茸的褐色的那老头像一只老雄猿。"找我妈！""你妈是谁？"我大声说出了母亲的名字。"那儿！"老头朝最里边的一个角落一指。我穿过一排排缝纫机，走到那个角落，看见一个极其瘦弱的毛茸茸的褐色的脊背弯曲着，头凑近在缝纫机板上。周围几只灯泡的电热烤我的脸。"妈……""……""妈……"背直起来了，我的母亲。转过身来了，我的母亲。肮脏的毛茸茸的褐色的口罩上方，眼神儿疲惫的我熟悉的一双眼睛吃惊地望着我，我的母亲的眼睛……母亲大声问："你来干什么？""我……""有事快说，别耽误妈干活！""我……要钱……"我本已不想说出"要钱"两字，可是竟说出来了！"要钱干什么？""买书……""多少钱？"

"一元五角就行……"

"……"母亲掏衣兜，掏出一卷毛票，用指尖皲裂的手指点着。旁边一个女人停止踏缝纫机，向母亲探过身，喊："大姐，别给！没你这么当妈的！供他们吃，供他们穿，供他们上学，还供他们看闲书哇！"又对我喊："你看你妈这是在怎么挣钱？你忍心朝你妈要钱买书哇！"

母亲却已将钱塞在我手心里了，大声回答那个女人："谁叫我们是当妈的啊！我挺高兴他爱看书的！"母亲说完，立刻又坐了下去，立刻又弯曲了背，立刻又将头俯在缝纫机板上了，立刻又陷入手脚并用的机械的忙碌状态……

那一天我第一次发现，我的母亲原来是那么瘦小，竟快是一个老女人了！那时刻我努力要回忆起一个年轻的母亲的形象，竟回忆不起母亲她何时年轻过。

那一天我第一次觉得我长大了，应该是一个大人了。并因自己十五岁了才意识到自己应该是一个大人而感到羞愧难当，无地自容。我鼻子一酸，攥着钱跑了出去……那天我用那一元五角钱给母亲买了一听水果罐头。"你这孩子，谁叫你给我买水果罐头的？！不是你说买书，妈才舍得给你钱的嘛！"那一天母亲数落了我一顿。数落完了我，又给我凑足了够买《红旗谱》的钱……我想我没有权力用那钱再买任何别的东西，无论为我自己还是为母亲。从此我有了第一本长篇小说……后来我有了第二本、第三本、第四本、第五本……《钢铁是怎样炼成的》《牛虻》《勇敢》《幸福》《青年近卫军》……我再也没因想买书而开口向母亲要过钱。我是大人了。我开始挣钱了——拉小套。在火车站货运场、济虹桥坡下、市郊公路上……用自己辛辛苦苦挣的钱买书时，你尤其会觉得你买的乃是世界上最值得花钱最好的东西。

于是我有了三十几本长篇小说。十五岁的我爱书如同女人之爱美。向别人炫耀我的书是我当年最大的虚荣。三年后几乎一切书都成"毒草"。学校在烧书。图书馆在烧书。一切有书的家庭在烧书。自己不烧，别人会到你家里查抄，结果还是免不了被烧。普通的家庭只剩下了一个人的书，并且要摆在最显眼的地方。街道也成立了"无产阶级文化大革命执行委员会"——使命之一也是挨家挨户查抄"毒草"焚烧之。"老梁家的，听说你们这个院儿里，顶数你们孩子买的黑书多啦，统统交出来吧！"面对闯入家中的人们，母亲镇定地声明："我是文盲，不知哪些书是黑书。""除了毛主席和林副统帅的书，全是黑书，'毒草'。这个简单明白的革命道理文盲也是应该懂得的！""我儿子的书，我已经烧了，烧光了。现时我家只有那几本红宝书啦。"母亲指给他们看。他们怀疑。母亲便端出一盆纸灰："怕你们不信，所以保留着纸灰给你们验证。若从我家搜出一本黑书，你们批判我。""听说你儿子几十本书哪，就烧成这么一盆纸灰？""都保留着？十来盆呢。我不过只保留了一盆给你们看。"母亲分外虔诚老实的样子。他们信了。他们走时，母亲问："那么这一盆纸灰我也可以倒了吧？"他们善意地说："别倒哇！留着，好好保留着。我们信了，兴许我们走后再来查一遍的人们还不信呀。保留着是有必要的！"纸灰是预先烧的旧报纸。我的书，早已在母亲的帮助下，糊在顶棚上了。我下乡前，撕开糊棚纸，将书从顶棚取下，放在一只箱子里，锁了，藏在床底下最里头。我将钥匙交给母亲时说："妈，你千万别让任何人打开那箱子。"母亲郑重地接过钥匙："你放心下乡去吧！若是咱家失火了，我也吩咐你弟弟妹妹们先抢救那箱子。"我信任母亲。但我离开城市时，心里怀着深深的忧郁。我的书我的一个世界上了锁，并且由我的母亲像忠仆一样替我保管，我没有什么可不放心的。然而谁来替我分担母亲的愁苦呢？即使是能够分担一点点？我知道，不久三弟也是要下乡的。接着将会轮到四弟。那么家中只剩下挑不动水的妹妹，疯了的哥哥和我瘦小的憔悴的积劳成疾的母亲了！我们将只能和父亲一样，从相反的两个方向，大东北和大西北遥遥地关注我们日益破败的家了……母亲越是刚强地隐藏着愁苦，我越是深深地怜悯母亲。上帝保佑，我的家并没失过火。却因房屋深陷地下，如同母亲挣钱的那个小厂一样，夏季里不知被雨水淹了多少次。

一九七九年，时隔五载，我第一次从北京回去探家，帮助母亲从家中清除破烂东西，打床底下拖出了那一只挺沉的箱子。它布满了滑溜溜的霉苔。

我问母亲："妈，这箱子里装的什么呀？"母亲看着，回忆着，和我一样想不起来。"妈，把打开这锁的钥匙给我……""妈也记不清楚哪把钥匙是开这把锁的了，你试吧！"母亲从兜里掏出一串钥匙给我。锁已锈死。哪一把钥匙也打不开。最后被我用砖头砸开了。掀开箱盖，一股霉味直冲鼻腔。一箱子书成了一箱子发黄的碎纸。碎纸中有几个粉红色的小小生命在蠕动，像刚刚被剁下来的保养得极润的女人手指。我砰地关上了那箱子盖，并用双手使劲按住，仿佛箱子内有一个面目狰狞的魔鬼。即使将世界装在那样一口箱子里也是会发霉的。"箱子里到底是什么啊？"

母亲困惑地又问了一句……

父亲带着一颗受了伤害的心离开北京回四弟家中去住了。我致信三弟希望母亲能到北京来住。这是一九八五年的事。算起来我又六年未见母亲了。父亲的走，使我更加想念母亲。我心中常被一种潜在的恐慌所滋扰，我总觉得一个不可避免的事实伏在距离我很近的日子里，当它突然跃到我跟前时，我不知我如何承受那悲哀、内疚和惭愧。

母亲便很快来到了北京。母亲是感知到了我的心情吗？我和妻每夜宿在办公室，将我们十三平方米的小小居室让给了母亲和安徽小阿姨秀华和我们三岁半的儿子。一老一少两个女人和一个孩子夜夜挤在一张并不宽大的硬床上。母亲满口全是假牙了。母亲的眼病更严重了。"你是她什么人？"在积水潭医院眼科，医生对母亲的双眼仔细检查了一番后，冷冷地问我。"儿子。""为什么到了这种地步才来看？"我无言以对。我知道弟弟妹妹们为了治好母亲的眼睛，已是付出了许多儿女的义务和孝心。我也听出了医生话中谴责的意味。"眼翳是难以去除了，太厚，手术效果不会理想的。而且也极可能伤到瞳仁……""那……至少，是应该植假睫毛的吧？"可怜的母亲，双眼连一根睫毛也没有了！失去了保护的眼睛常被炎症所苦。"应该想到的事，你不认为你想到的有些晚了吗？眼皮已经这么松弛了，植了假睫毛还是会向内翻，更增加痛苦。""那……""多大年纪了？""六十七岁了。""哦，这么大年纪了……开几瓶常用药水吧，每天给你母亲点几次，保持眼睛卫生……这更现实些……"

我搀扶着母亲，兜里揣着几瓶眼药水，缓慢地往医院外面走。

默默地我不知对母亲说什么话好。十五岁那一年，我去到母亲为养活我们而挣钱的那个地方的一幕幕情形，从此以后更经常地浮现在我脑际，竟致使我对类似踏板缝纫机的一切声音和一切近于褐色的颜色产生极度的敏感。

"儿，你替妈难过了？别难过，医生说得对，妈这么大年纪了，治好治不好的又怎么样呢？"

八岁的儿子，有着比我在十五岁时数量多得多的"书"——卡通连环画册、《看图识字》《幼儿英语》《智力训练》什么什么的。妻的工资并不高，甚至可以说是低收入阶层，却很相信智力投资一类宣传。如是等样的书，妻也看，儿子也看。因为妻得对儿子进行启蒙式教育。倘我在写作，照例需要相对的安静，则必得将全部的书摊在床上或地下，一任儿子作践，以摆脱他片刻的纠缠。结果更值得同情的不是我，而是那些"书"。

触目皆是儿子的"书"，将儿子的爸爸的"读物"从随手可取排挤到无可置处，我觉得愤愤不平，看着心乱。既要将自己的书进行"坚壁清野"，又要对儿子的"书"采取"三光政策"。定期对儿子那些被他作践得很惨的"书"加以扫荡，毫不吝惜。

这时候，母亲每每跟着我踱出家门，站于门口望我将那些"书"扔到哪儿去了。随后捡回，而我不知觉。一天，我跨入家门，又见满床满桌全是幼儿读物的杂乱情形，正在摆布的却不是儿子，而是母亲。糨糊、剪刀、纸条，一应俱全。母亲正在粘那些"书"。那些曾被儿子作践得很惨被我扔掉过的"书"。

母亲唯恐我心烦，慌慌地立刻就要收起来。

我拿起一册翻看，母亲粘得那么细致。

我说："妈，别粘了。粘得再好，梁爽也是不看的。这些书早对他失去吸引力了！"

母亲说："我寻思着，扔了怪让人心疼的不是……要不让我都粘好，送给别人家孩子吧！这也比扔了强呀！"

我说："破旧的，怎么送得出手？没谁要。妈你瞧，你也不是按着页码粘的，隔三差五，你再瞧这几页，粘倒了啊！"

母亲说："唉，我这眼啊，要不寄给你弟弟妹妹们的孩子，或者托人捎给他们？"我说："千里迢迢，给弟弟妹妹们的孩子寄回去捎回去一些破的旧的画册？弟弟妹妹们心里不想什么，弟媳和妹夫还不取笑我？"

母亲说："那……我真是白粘了吗？……就非扔了不可了吗？粘好保存起来，过几年，梁爽他长大了几岁，再给他看，兴许他又像没看过一样了吧？"

我说："也可能。妈你愿粘，就粘吧。粘成什么样都没关系，我不心烦。"于是我和母亲一块儿粘。收音机里在播着一支歌：

旧鞋子穿破了不扔做啥？

老太太老爷子他们实在啰唆……

我想象我这样的一个儿子，是没有任何权力嘲弄和调侃穷困在我的母亲身上造成的深痕的。在如今的消费心理和消费方式的对比之下，这一点并不太使我这个儿子感到可笑，却使我感到它在现实中的格格不入的投影是那么凄凉而又咄咄逼人。

我必庄重。对于我的母亲所做的这一切似乎没有意义的事情，我必庄重。我认为那是母亲的一种权力。一种特权。我必服从。我必虔诚。我不能连母亲这一点点权力都缺乏理解地剥夺了！我知道床下、柜下，还藏着一些饮料瓶儿、饼干盒儿、杂七杂八的好看的小瓶儿什么的，对于十三平方米的居室，它们完全是多余之物，毫无用处。我装作不知。是的，我必庄重。它没什么值得嘲弄和调侃的。倘发自于我，是我的丑陋。尽管我也不得不定期加以清除。但绝不当着母亲的面，并且不忍彻底，总要给母亲留下些她也许很看重的东西……一天，我嘱咐小阿姨秀华带母亲到厂内的浴室洗澡。母亲被烫伤了，是两个邻居架回来的。我问邻居："秀华呢？"他们说她仍在洗。我从没对小阿姨表情严厉地说过话。但那一天我生气了。待她高高兴兴地踏进家门之后，我板起脸问她："奶奶烫伤了你知道不知道？"知道呀！""知道你还继续洗？""我以为……不严重……""你以为……你以为！那么你当时都没走到奶奶身边儿去看看？我怎么嘱咐你的！"母亲见我吼起来，连说："是不严重，是不严重，你就别埋怨她了……"半个多月内，母亲默默忍受着伤痛。没说过一句抱怨话。母亲又失去了假牙。一天母亲取下假牙泡在漱口杯里，被粗心大意的小阿姨连水泼掉了。母亲没法儿吃东西了，每顿只能喝粥。我正要带母亲去配牙的那一天，妹妹拍来了电报。我看过之后，撕了。母亲问："什么事？"我说："没什么事。""没什么事哪会拍电报？"母亲再三追问。尽管我不愿意，但终于不得不告诉母亲——长住精神病院的大哥又出院了……母亲许久未说话。我也许久未说话。到办公室去睡觉之前，我低声问母亲："妈，给你订哪天的火车票？"母亲说："越早越好，越早越好。我不早早回去，你四弟又不能上班了！"

母亲分明更是对她自己说。

我求人给母亲买到了两天后的火车票。

走时，母亲嘱咐我："别忘了把那瓶獾油和那卷药布给我带上。"

我说："妈，你的烫伤还没好？"

母亲说："好了。"

我说："好了还用带？"

母亲说："就快好了。"

我说："妈，我得看看。"

母亲说："别看了。"

我坚持要看。母亲只好解开了衣襟——母亲干瘪的胸脯上有一大片未愈的烫伤的溃面！我的心疼得抽搐了。我不忍视，转过脸说："妈，我不能让你这样走！"母亲说："你也得为你四弟的难处想想啊！"……母亲走了。带着一身烫伤。失落了她的假牙。留下的，是母亲的临时挂号证，上面草率的字写着眼科医生的诊断——已无手术价值。

今年春季，大舅患癌症去世了。早在一九六四年，老舅已经去世了。母亲的家族，如今只活着母亲一个女人，老而多病，如同一段枯朽的树根。且仍担负着一位老母亲对子女们的种种责任感。那将是母亲至死也无法摆脱的了。

我想我一定要在母亲悲痛的时候回到母亲身旁去。我想如果我不去就简直太混蛋了！于是我回到了哈尔滨。母亲更瘦更老更憔悴了。真正的就好似根雕一个样子！母亲面容之上仿佛并无悲痛。那一副漠漠然的神态令我内心酸楚。母亲其实已没有了丝毫能力担负她的责任和使命了呀！母亲好比是一只老猫，命在旦夕，只有关注着她的亲人和儿女们，然后从这个世界上平平常常地死去的份儿了！母亲她苍老的生命大概已完全丧失了体现她内心悲痛和怜悯之情的活力了吧？

在四弟的家里，只有我和母亲两个人的时候，母亲强打起她最后的尊严，语调缓慢地对我说："听着，妈和你爸从来没指望你当什么作家。你既然已经是了，就要好好儿地当。妈和你爸都这么大年纪了，别在我们活着的时候，给我们丢脸……"

那一时刻，我真想给母亲跪下，告诉母亲，我会永远记住她的话……

母亲对我已无他求。

"不会干别的才写小说"——这一句话恰恰应了我的情况。

在这大千世界上我已别无选择，没了退路！

母亲，放心吧。我记住了你的话，一辈子！

……

若有人问我最大的愿望是什么？我会毫不犹豫地回答：将我的老母亲老父亲接到我的身边来，让我为他们尽一点儿拳拳人子的孝心。然而我知道，这愿望几乎等于是一种幻想一个泡影。在我的老母亲和老父亲活着的时候，大致是可以这样认为的。

我最最衷心地虔诚地感激哈尔滨市政府为我的老父亲和老母亲解决了晚年老有所居的问题。使他们还能和我的四弟住在一起。若无这一恩德降临，在我家原先那被四个家庭三代人和一个精神病患者分居的二十六平方米的低矮残破的生存空间，我的老母亲老父亲岂不是只有被挤到天棚上去住吗？像两只野猫一样！而父亲作为我们共和国的第一代建筑工人，为我们的共和国付出了三十余年汗水和力气。

我的哈尔滨我的母亲城，身为一个作家，我却没有也不能够为你做些什么实际的贡献！

这一内疚是为终身的疚惭。

对于那些读了我的小说《溃疡》给我写来由衷的信的，愿真诚地将他们的住房让出一间半间暂借我老母亲老父亲栖身的人们，我也永远地对你们怀着深深的感激。这类事情的重要的意义是，表明着我们的生活中毕竟还存在着善良。

我们北影一幢新楼拔地而起。分房条例规定：副处以上干部，可加八分。得一次全国奖之艺术人员，可加二分。我只得过三次全国中短篇小说奖。填表前向文学部参加分房小组的同志核实，他同情地说："那是指茅盾文学奖而言，普通的全国奖不算。"我自忖得过三次普通的全国中短篇奖已属文坛幸运儿，从不敢做得三次茅盾文学奖的美梦。而命运之神即便偏心地只拥抱我一个人吧，三次茅盾文学奖之总分也还是比一位副处长少二分，而我们共和国的副处长该是作家人数的几百倍呢？

母亲呵，您也要好好儿地活着呀！您可要等啊！您千万要等啊！求求您，母亲！母亲呵，在您那忧愁的凝聚满了苦涩的内心里，除了希望您的儿子"好好儿地"当一个作家，再就真的别无所求了吗？……

淫雨是停歇了。瘦叶是静止了。这一个孤独的日子，我想念我的母亲。有三只眼睛隔窗瞅我，都是那杨树的眼睛。愣愣地呆呆地瞅我，瞅着想念母亲的我。

邻家的孩子在唱着一首流行的歌：

杨树杨树生生不息的杨树，

就像妈妈一样，

谁说赤条条无牵挂？……

由我的老母亲联想到千千万万的几乎一整代人的母亲中，那些平凡的甚至可以认为是平庸的在社会最底层喘息着苍老了生命的女人们，对于她们的儿女，该都是些高贵的母亲吧？一个个写来，都是些充满了苦涩的温馨和坚忍之精神的故事吧？

我之愀然是为心作。

娘！……

遥远地，我像山东汉子一样呼喊您一声，您可听到？……

关于慈母情深

对于父母，每一个大人的心里都会保留有这样或者那样的记忆。

以上一句话中有一个问题——按说，记忆是脑的功能，为什么大人常用"记在心里"或"铭记在心里"来表述对人和事的难忘呢？

这是因为，有些事是知识性的，而有些事是情感性的。有些人和我们的关系是社会性的关系、一般性的关系，而有些人和我们的关系却是极为亲密的，它超出了一般性的社会关系。

古代的人认为，心是主导情感的。

所以，如果某些人或某些事给我们留下的是很深的情感印象，我们就习惯地说是"记在心里"或"铭记在心里"。"铭记"的意思，那就是形容像刀刻下的痕迹一样。

人和父母的情感，是世界上最真实的情感。尤其从父母对于小儿女这一方面来讲，又是最无私的情感。不爱自己小儿女的父母确乎是有的，但那是世界上很个别的不良现象。

当我们是孩子的时候，我们受到父母的种种关怀和爱护；如果我们的愿望是对于我们的成长有益的，哪怕仅仅是会带给我们快乐的，父母都会尽量地满足我们的愿望。即使因为家庭生活水平的限制，实现我们的愿望对父母来说不是一件轻易而取的事，父母也往往会无怨无悔地尽力去做。但由于我们还是孩子，在我们的愿望实现了以后，我们往往只体会到那快乐，却很少想到父母为了满足我们的愿望，自己曾克服了多少困难。

父母总是这样——将为难留给自己，将快乐给予自己的孩子们。

可以这么说，一个人从儿童时期到少年时期到青年时期，他或她的大多数愿望，全都是父母帮着实现的。比如，在《慈母情深》这篇课文中，《青年近卫军》这一部长篇小说的价格，等于母亲两天的工资。而且，当年的母亲，又是在那么糟糕的条件下辛劳工作着的。一个孩子开始体恤父母了，那就意味着他或她开始长大成人了。

《慈母情深》这一篇课文，大约节选于我的小说《母亲》。

作为作家，我为自己的父亲写出一篇小说《父亲》，它获得一九八四年的全国优秀短篇小说奖；其后我又为自己的母亲写出了一篇小说《母亲》，它获得一九八六年的《中篇小说选刊》的优秀中篇奖。

情况可能是这样，某少年报刊向我约稿，希望我为小学生们写一篇童年往事之类的短文，于是我就从《母亲》中截取了一小段寄给对方了。而题目，则肯定是编者们加的。

为什么约我写一篇"童年往事"，我却寄了一篇关于母亲的回忆性文字呢？我童年时期有趣的事情太少了吗？比起现在的孩子，肯定是少的。但那时也还是有一些的。比如，走很远的路去郊区的野地里，一心为弟弟妹妹逮到最大的蜻蜓和最美的蝴蝶……但比起别的事情来，这一篇课文中所记述的事情在我内心里留下的记忆最深。我就是从那一天开始体恤自己的母亲的。我也认为，我就是从那一天开始长大的。我的小学时代，中国处于连续的自然灾害年头。无论农村还是城市，大多数人家的生活都很困难。我自己的母亲是怎样的含辛茹苦，我的同学们的母亲们，甚至我这一代人的母亲们，几乎也全都是那样的。我想要用文字，为自己的，也是我这一代大多数人的母亲画一幅像。我想，我们常说的一个人的"爱心"，它一定是从对自己父母的体恤开始形成的。世界上有爱心的人多了，世界就更加美好了。一切自然界为人类造成的苦难，人类也就都能通过彼此关怀的爱心来减轻它了……

我的父母·我的小学·我的中学

我的父母

一九四九年九月二十二日，我出生在哈尔滨市安平街一个人家众多的大院里，我的家是一间半低矮的苏式房屋。邻院是苏联侨民的教堂，经常举行各种宗教仪式，我从小听惯了教堂的钟声。

父亲目不识丁，祖父也目不识丁。原籍山东省荣城温泉寨村。上溯十八代乃至二十八代三十八代，尽是文盲，尽是穷苦农民。

父亲十几岁时，因生活所迫，随村人"闯关东"来到了哈尔滨。

他是我们家族史上的第一个工人，建筑工人。他转折了我们这一梁姓家族的成分。我在小说《父亲》中，用两万余纪实性的文字，为他这一个中国的农民出身的"工人阶级"立了一篇小传。从转折的意义讲，他是我们家族史上的一座丰碑。

父亲对我走上文学道路从未施加过任何有益的影响，不仅因为他是文盲，也因为从一九五六年起，我七岁的时候，他便离开哈尔滨市建设大西北去了。从此每隔两三年他才回家与我们团聚一次，我下乡以后，与父亲团聚一次更不易了。在我的记忆中，父亲是反对我们几个孩子看"闲书"的。见我们捧着一本什么小说看，他就生气。看"闲书"是他这位父亲无法忍受的"坏毛病"。父亲常因母亲给我们钱买"闲书"而对母亲大发其火。家里穷，父亲一个人挣钱养家糊口，也真难为他。每一分钱都是他用汗水换来的。父亲的工资仅够勉强维持一个市民家庭最低水平的生活。

母亲也是文盲。外祖父读过几年私塾，是东北某农村解放前农民称为"识文断字"的人，故而同是文盲，母亲与父亲不大一样。父亲是个崇尚力气的文盲，母亲是个崇尚文化的文盲。崇尚相左，对我们几个孩子寄托的希望也便截然对立。父亲希望我们将来都能靠力气吃饭，母亲希望我们将来都能成为靠文化自立于社会的人。父亲的教育方式是严厉的训斥和惩罚，父亲是将"过日子"的每一样大大小小的东西都看得很贵重的。母亲的教育方式堪称真正的教育，她注重人格、品德、礼貌和学习方面。值得庆幸的是，父亲常年在大西北，我们从小接受的是母亲的教育。母亲的教育至今仍对我为人处世深有影响。

母亲从外祖父那里知道许多书中的人物和故事，而且听过一些旧戏，乐于将书中或戏中的人物和故事讲给我们。母亲年轻时记忆强，什么戏剧什么故事，只要听过一遍，就能详细记住。有些戏中的台词唱段，几乎能只字不差地复述。母亲善于讲故事，讲时带有很浓的个人感情色彩。我从五六岁开始，就从母亲口中听到过"包公传""济公传""杨家将""岳家将""侠女十三妹"的故事。母亲是个很善良的女人，善良的女人大多喜欢悲剧。母亲尤其愿意尤其善于讲悲剧故事"秦香莲""风波亭""杨业碰碑""赵氏孤儿""陈州放粮""王宝钏困守寒窑""三勘蝴蝶梦""钓金龟""牛郎织女""天仙配""水漫金山寺""劈山救母""杜十娘怒沉百宝箱"……母亲边讲边落泪，我们边听边落泪。

我于今在创作中追求悲剧情节、悲剧色彩，不能自已地在字里行间流溢浓重的主观感情色彩，可能正是由于小时候听母亲带着她浓重的主观感情色彩讲了许多悲剧故事的结果。我认为，文学对于一个作家儿童时代的心灵所形成的直接或间接的影响，对一个作家在某一时期或某一阶段的创作风格起着"先天"的、潜意识的作用。

母亲在我们小时候给我们讲故事，当然绝非想要把我们都培养成为作家；而仅靠听故事一个儿童也不可能直接走上文学道路。

我们所住的那个大院，人家多，孩子也多。我们穷，因为穷而在那个大院中受着种种歧视。父亲远在大西北，因为家中没有一个男人而受着种种欺辱。我们是那个市民大院中的人下人。母亲用故事将我们吸引在而不是囚禁在家中，免得我们在大院里受欺辱或惹是生非，同时用故事排遣她自己内心深处的种种愁苦。

这样的情形至今仍常常浮现在我眼前：电灯垂得很低，母亲一边在灯下给我们缝补衣服，一边用凄婉的语调讲着她那些凄婉的故事。我们几个孩子，趴在被窝里，露出脑袋，瞪大眼睛凝神谛听，讲到可悲处，母亲与我们唏嘘一片。

如果谁认为一个人没有导师就不可能走上文学道路的话，那么我的回答是——我的第一位导师，是母亲。我始终认为这是我的幸运。

如果我认为我的母亲是我文学上的第一位导师不过分，那么也可以说我的这位小学语文老师是我文学上的第二位导师。假若在我的生活中没有过她们，我今天也许不会成为作家。

我的小学

我永远忘不了这样一件事：某年冬天，市里要来一个卫生检查团到我们学校检查卫生，班主任老师吩咐两名同学把守在教室门外，个人卫生不合格的学生，不准进入教室。我是不许进入教室的几个学生之一。我和两名把守在教室门外的学生吵了起来，结果他们从教员室请来了班主任老师。

班主任老师上下打量着我，冷起脸问："你为什么今天还要穿这么脏的衣服来上学？"

我说："我的衣服昨天刚刚洗过。"

"洗过了还这么脏？"老师指点着我衣襟上的污迹。

我说："那是油点子，洗不掉的。"

老师生气了："回家去换一件衣服。"

我说："我就这一件上学的衣服。"

我说的是实话。

老师认为我顶撞了她，更加生气了，又看我的双手，说："回家叫你妈把你两手的皲用砖头蹭干净了再来上学！"接着像扒乱草堆一样乱扒我的头发，"瞧你这满头虮子，像撒了一脑袋大米！叫人恶心！回家去吧！这几天别来上学了，检查过后再来上学！"

我的双手，上学前用肥皂反复洗过，用砖头蹭也未必能蹭干净。而手的生皲，不是我所愿意的。我每天要洗菜，淘米，刷锅，刷碗。家里的破屋子四处透风，连水缸在屋内都结冰，我的手上怎么不生皲？不卫生是很羞耻的，这我也懂，但卫生需要起码的"为了活着"的条件，这一点我的班主任老师便不懂了。阴暗的，夏天潮湿冬天寒冷的，像地窖一样的一间小屋，破炕上每晚拥挤着大小五口人，四壁和天棚每天起码要掉下三斤土，炉子每天起码要向狭窄的空间飞扬四两灰尘……母亲每天早起晚归去干临时工，根本没有精力照料我们几个孩子，如果我的衣服居然还干干净净，手上没皴头上没有虮子，那倒真是咄咄怪事了！我当时没看过《西行漫记》，否则一定会顶撞一句："毛主席当年在延安住窑洞时还当着斯诺的面捉虱子呢！"

我认为，对于身为教师者，最不应该的，便是以贫富来区别对待学生。我的班主任老师嫌贫爱富。我的同学中的区长、公社书记、工厂厂长、医院院长们的儿女，他们都并非品学兼优的好学生，有的甚至经常上课吃零食、打架，班主任老师却从未严肃地批评过他们一次。

对班主任老师尖酸刻薄的训斥，我只有含侮忍辱而已。

我两眼涌出泪水，转身就走。

这一幕却被语文老师看到了。

她说："梁绍生，你别走，跟我来。"扯住我的一只手，将我带到教员室。她让我放下书包，坐在一把椅子上，又说："你的头发也够长了，该理一理了，我给你理吧！"说着就离开了办公室。学校后勤科有一套理发工具，是专为男教师们互相理发用的。我知道她准是取那套理发工具去了。

可是我心里却不想再继续上学了。因为穷，太穷，我在学校里感到一点尊严也没有。而一个孩子需要尊严，正像需要母爱一样。我是全班唯一的一个免费生。免费对一个小学生来说是精神上的压力和心理上的负担。"你是免费生，你对得起党吗？"哪怕无意识地犯了算不得什么错误的错误，我也会遭到班主任老师这一类冷言冷语的训斥。我早听够了！

语文老师走出教员室，我便拿起书包逃离了学校。我一直跑出校园，跑着回家。"梁绍生，你别跑，别跑呀！小心被汽车撞了呀！"我听到了语文老师的呼喊。她追出了校园，在人行道上跑着追我。我还是跑，她紧追。"梁绍生，你别跑了，你要把老师累坏呀！"我终于不忍心地站住了。她跑到我跟前，已气喘吁吁。她说："你不想上学啦？"我说："是的。"她说："你才小学四年级，学这点文化将来够干什么用？"我说："我宁肯和我爸爸一样将来靠力气吃饭，也不在学校里忍受委屈了！"她说："你这种想法是错误的。小学四年级的文化，将来也当不了一个好工人！"我说："那我就当一个不好的工人！"她说："那你将来就会恨你的母校，恨母校所有的老师，尤其会恨我。因为我没能规劝你继续上学！"我说："我不会恨您的。"她说："那我自己也不会原谅我自己！”我满心间自卑、委屈、羞耻和不平，哇的一声哭了。她抚摸着我的头，低声说："别哭，跟老师回学校吧，啊？我知道你们家里生活很穷困，这不是你的过错，没有什么值得自卑和羞耻的。你要使同学们看得起你，每一位老师都喜爱你，今后就得努力学习才是啊！"

我只好顺从地跟她回到了学校。

如今想起这件事，我仍觉后怕。没有我这位小学语文老师，依着我从父亲的秉性中继承下来的那种九头牛拉不动的倔强劲儿，很可能连我母亲也奈何不得我，当真从小学四年级就弃学了。那么今天我既不可能成为作家，也必然像我的那位小学语文老师说的那样——当不了一个好工人。

一位会讲故事的母亲和从小的穷困生活，是造成我这样一个作家的先决因素。狄更斯说过——穷困对于一般人是种不幸，但对于作家也许是种幸运。的确，对我来说，穷困并不仅仅意味着童年生活的不遂人愿。它促使我早熟，促使我从童年起就开始怀疑生活，思考生活，认识生活，介入生活。虽然我曾千百次地诅咒过穷困，因穷困感到过极大的自卑和羞耻。

我发现自己也具有讲故事的"才能"，是在小学二年级。认识字了，语文课本成了我最早阅读的书籍，新课本发下来未过多久，我就先自通读一遍了。当时课文中的生字，标有拼音，读起来并不难。

一天，我坐在教室外的楼梯台阶上正聚精会神地看语文课本，教语文课的女老师走上楼，好奇地问："你在看什么书？"我立刻站起，规规矩矩地回答："语文课本。"老师又问："哪一课？"我说："下堂您要讲的新课——小山羊看家。""这篇课文你觉得有意思吗？""有意思。""看过几遍了？""两遍。""能讲下来吗？"我犹豫了一下，回答："能。"上课后，老师把我叫起，对同学们说："这一堂讲第六课——小山羊看家。下面请梁绍生同学先把这一篇课文讲述给我们听。"

我的名字本叫梁绍生，梁晓声是我在"文革"中自己改的名字。"文革"中兴起过一阵改名的时髦风，我在一张辞去班级"勤务员"职务的声明中首次署了现在的名字——梁晓声。

我被老师叫起后，开始有些发慌，半天不敢开口。老师鼓励我："别紧张，能讲述到哪里，就讲述到哪里。"我在老师的鼓励下，终于开口讲了："山羊妈妈有四个孩子，一天，山羊的妈妈要离开家……"

当我讲完后，老师说："你讲得很好，坐下吧！"看得出，老师心里很高兴。

全班同学都很惊异，对我十分羡慕。

一个穷困人家的孩子，他没有任何值得自我炫耀的地方，当他的某一方面"才能"当众得以显示，并且被羡慕，并且受到夸奖，他心里自然充满骄傲。

以后，语文老师每讲新课，总是提前几天告诉我，嘱我认真阅读，到讲那一堂新课时，照例先把我叫起，让我首先讲述给同学们听。

我们的语文老师，是一位主张教学方法灵活的老师。她需要我这样一名学生，喜爱我这样一名学生。因为我的存在，使她在我们这个班讲的语文课生动活泼了许多。而我也同样需要这样一位老师，因为是她给予了我在全班同学面前显示自己讲故事"才能"的机会。而这样的机会当时对我是重要的，使我幼小的意识中也有一种骄傲存在着，满足着我匮乏的虚荣心。后来，老师的这一语文教学方法，在全校推广了开来，引起区和市教育局领导同志的兴趣，先后到我们班听过课。从小学二年级至小学六年级，我和我的语文老师一直配合得很默契。她喜爱我，我尊敬她。小学毕业后，我还回母校看望过她几次。"文革"开始，她因是市的教育标兵，受到了批斗。记得有一次我回母校去看她，她刚刚被批斗完，握着扫帚扫校园，脸上的墨迹也不许她洗去。

我见她那样子，很难过，流泪了。

她问："梁绍生，你还认为我是一个好老师吗？"

我回答："是的，您在我心中永远是一位好老师。"

她惨然地苦笑了，说："有你这样一个学生，有你这样一句话，我挨批挨斗也心甘情愿了！走吧，以后别再来看老师了，记住老师曾多么喜爱你就行！"

那是最后一次见到她。

不久，她跳楼自杀了。

她不但是我的小学语文老师，还是我小学母校的少先队辅导员老师。她在同学们中组织起了全市小学校的第一个"故事小组"和第一个"小记者委员会"。我小学时不是个好学生，经常逃学，不参加校外学习小组，除了语文成绩较好，算术、音乐、体育都仅是个"中等"生，直到五年级才入队。还是在我这位语文老师的多次力争下有幸戴上了红领巾，也是在我这位语文老师的力争下才成为"故事小组"和"小记者委员会"的成员。对此我的班主任老师很有意见，认为她所偏爱的是一个坏学生。我逃学并非因为我不爱学习。那时母亲天不亮就上班去了，哥哥已上中学，是校团委副书记兼学生会主席，也跟母亲一样，早晨离家，晚上才归，全日制，就苦了我。家里还有两个弟弟一个妹妹，我得给他们做饭吃，收拾屋子和担水，他们还常常哭着哀求我在家陪他们。将六岁、四岁、二岁的小弟小妹撇在家里，我常常于心不忍，便逃学，不参加校外学习小组。班主任老师从来也没有到我家进行过家访，因而不体谅我也就情有可原，认为我是一个坏学生更理所当然。班主任老师不喜欢我，还因为穿在我身上的衣服一向很不体面，不是过于肥大就是过于短小，不仅破，而且脏，衣襟几乎天天带着锅底灰和做饭时弄上的油污。在小学没有一个和我要好过的同学。

语文老师是我小学时期在学校里的唯一的一个朋友。我至今不忘她，永远都难忘。不仅因为她是我小学时期唯一关心过我喜爱过我的一位老师，不仅因为她给予了我唯一的树立起自豪感的机会和方式，还因她将我向文学的道路上推进了一步——由听故事到讲故事。语文老师牵着我的手，重新把我带回了学校，重新带到教员室，让我重新坐在那把椅子上，开始给我理发。语文教员室里的几位老师百思不得其解地望着她。一位男老师对她说："你何苦呢？你又不是他的班主任。曲老师因为这个学生都对你有意见了，你一点不知道？"她笑笑，什么也未回答。她一会儿用剪刀剪，一会儿用推子推，将我的头发剪剪推推摆弄了半天，总算"大功告成"。她歉意地说："老师没理过发，手太笨，使不好推子也使不好剪刀，大冬天的给你理了个小平头，你可别生老师的气呀！"

教员室没面镜子。我用手一摸，平倒是很平，头发却短得不能再短了。哪里是"小平头"，分明是被剃了一个不彻底的秃头。虮子肯定不存在了，我的自尊心也被剪掉剃平。

我并未生她的气。随后她又拿起她的脸盆，领我到锅炉房，接了半盆冷水再接半盆热水，兑成一盆温水，给我洗头，洗了三遍。只有母亲才如此认真地给我洗过头。我的眼泪一滴滴落在脸盆里。她给我洗好头，再次把我领回教员室，脱下自己的毛坎肩，套在我身上，遮住了我衣服前襟那片无法洗掉的污迹。她身材娇小，毛坎肩是绿色的，套在我身上尽管不伦不类，却并不显得肥大。教员室里的另外几位老师，瞅着我和她，一个个摇头不止，忍俊不禁。她说："走吧，现在我可以送你回到你们班级去了！"她带我走进我们班级的教室后，同学们顿时哄笑起来。大冬天的，我竟剃了个秃头，棉衣外还罩了件绿坎肩，模样肯定是太古怪太滑稽了！

她生气了，严厉地喝问我的同学们："你们笑什么？有什么可笑的？哄笑一个同学迫不得已的做法是可耻的行为！如果我是你们的班主任，谁再敢哄笑我就把谁赶出教室！"

这话她一定是随口而出的，绝不会有任何针对我的班主任老师的意思。我看到班主任老师的脸一下子拉长。班主任老师也对同学们呵斥："不许笑！这又不是要猴！"班主任老师的话，更加使我感到被当众侮辱，而且我听出来了，班主任老师的话中，分明包含着针对语文老师的不满成分。语文老师听没听出来，我无法知道。我未看出她脸上的表情有什么变化。她对班主任老师说："曲老师，就让梁绍生上课吧！"班主任老师拖长语调回答："你对他这么尽心尽意，我还有什么话可说？"市教育局卫生检查团到我们班检查卫生时，没因为我们班有我这样一个剃了秃头，棉袄外套件绿色毛坎肩的学生而贴在我们教室门上一面黄旗或黑旗。他们只是觉得我滑稽古怪，惹他们发笑而已……

从那时起直至我小学毕业，我们班主任老师和语文老师的关系一直不融洽。我知道这一点，我们班级的所有同学也都知道这一点，而这一点似乎完全是由于我这个学生导致的。几年来，我在一位关心我的老师和一位讨厌我的老师之间，处处谨小慎微，循规蹈矩，力不胜任地扮演一架天平上的小砝码的角色。扮演这种角色，对于一个小学生的心理，无异于扭曲，对我以后的性格形成不良影响，使我如今不可救药地成了一个忧郁型的人。

我心中暗暗铭记语文老师对我的教诲，学习努力起来，成绩渐好。

班主任老师却不知为什么对我愈发冷漠无情了。

四年级上学期期末考试，我的语文和算术破天荒地拿了"双百"，而且《中国少年报》选登了我的一篇作文，市广播电台"红领巾"节目也广播了我的一篇作文，还有一篇作文用油墨抄写在儿童电影院的宣传栏上。同学对我刮目相待了，许多老师也对我和蔼可亲了。

校长在全校师生大会上表扬了我的语文老师，充分肯定了在我这个一度被视为坏学生的转变和进步过程中，她所付出的种种心血，号召全校老师向她那样对每一个学生树立起高度的责任感。

受到表扬有时对一个人不是好事。

在她没有受到校长的表扬之前，许多师生都公认，我的"转变和进步"，与她对我的教育是分不开的。而在她受到校长的表扬之后，某些老师竟认为她是一个"机会主义者"了。"文革"期间，有一张攻击她的大字报，赫赫醒目的标题即是——"看机会主义者××是怎样在教育战线进行投机和沽名钓誉的！"

而我们班的几乎所有同学，都不知掌握了什么证据，断定我那三篇给自己带来荣誉的作文，是语文老师替我写的。于是流言传播，闹得全校沸沸扬扬。

四年级二班的梁绍生，

是个逃学精，

老师替他写作文，

《少年报》上登，

真该用屁崩！……

一些男同学，还编了这样的顺口溜，在我上学和放学的路上，包围着我讥骂。班主任老师亲眼目睹过我被凌辱的情形，没制止。

班主任老师对我冷漠无情到视而不见的地步。她教算术。在她讲课时，连扫也不扫我一眼了。她提问或者叫同学在黑板上解答算术题时，无论我将手举得多高，都无法引起她的注意。

一天，在她的课堂上，同学们做题，她坐在讲课桌前批改作业本。教室里静悄悄的。"梁绍生！"她突然大声叫我的名字。我吓了一跳，立刻怯怯地站了起来。全体同学都停了笔。"到前边来！"班主任老师的语调中隐含着一股火气。我惴惴不安地走到讲桌前。"作业为什么没写完？""写完了。""当面撒谎！你明明没写完！""我写完了，中间空了一页。"我的作业本中夹着印废了的一页，破了许多小洞，我写作业时随手翻过去了，写完作业后却忘了扯下来。我低声下气地向她承认是我的过错。她不说什么，翻过那一页，下一页竟仍是空页。我万没想到我写作业时翻得匆忙，会连空两页。她拍了一下桌子："撒谎！撒谎！当面撒谎！你明明是没有完成作业！"我默默地翻过了第二页空页，作业本上展现出了我接着做完了的作业。她的脸倏地红了："你为什么连空两页？！想要捉弄我一下是不是？！"

我垂下头，讷讷地回答："不是。"

她又拍了一下桌子："不是？！我看你就是这个用意！你别以为你现在是个出了名的学生了，还有一位在学校里红得发紫的老师护着你，托着你，拼命往高处抬举你，我就不敢批评你了！我是你的班主任，你的小学鉴定还得我写呢！"

我被彻底激怒了！我不能容忍任何人在我面前侮辱我的语文老师！我爱她！她是全校唯一使我感到亲近的人！我觉得她像我的母亲一样，我内心里是视她为我的第二个母亲的！

我突然抓起了讲台桌上的红墨水瓶。班主任以为我要打在她脸上，吃惊地远远躲开我，喝道："梁绍生，你要干什么？！"我并不想将墨水瓶打在她脸上，我只是想让她知道，我是一个人，在忍无可忍的情况下我是会愤怒的！我将墨水瓶使劲摔到墙上。墨水瓶粉碎了，雪白的教室墙壁上出现了一片"血"迹！我接着又将粉笔盒摔到了地上。一盒粉笔尽断，四处滚去。教室里长久的一阵鸦雀无声，直至下课铃响。那天放学后，我在学校大门外守候着语文老师回家。她走出学校时，我叫了她一声。她奇怪地问："你怎么不回家？在这里干什么？"我垂下头去，低声说："我要跟您走一段路。"她沉思地瞧了我片刻，一笑，说："好吧，我们一块儿走。"我们便默默地向前走。她忽然问："你有什么事要告诉我吧？"我说："老师，我想转学。"她站住，看着我，又问："为什么？"我说："我不喜欢我们班级！在我们班级我没有朋友，曲老师讨厌我！要不请求您把我调到您当班主任的四班吧！"我说着想哭。"那怎么行？不行！"她语气非常坚决，"以后你再也不许提这样的请求！"我也非常坚决地说："那我就只有转学了！"眼泪涌出了眼眶。

她说："我不许你转学。"我觉得她不理解我，心中很委屈，想跑掉。

她一把扯住我，说："别跑。你感到孤独是不是？老师也常常感到孤独啊！你的孤独是穷困带来的，老师的孤独……是另外的原因带来的。你转到其他学校也许照样会感到孤独。我们一个孤独的老师和一个孤独的学生不是更应该在一所学校里吗？转学后你肯定会想念老师，老师也肯定会想念你的。孤独对一个人不见得是坏事……这一点你以后会明白的。再说你如果想有朋友，你就应该主动去接近同学们，而不应该对所有的同学都充满敌意，怀疑所有的同学心里都想欺负你……"

我的小学语文老师她已成泉下之人近二十年了。我只有在这篇纪实性的文字中，表达我对她虔诚的怀念。

教育的社会使命之一，就是应首先在学校中扫除嫌贫谄富媚权的心态！

而嫌贫谄富，在我们这个国家，在我们这个国家的小学、中学乃至大学，在二十一世纪的今天，依然不乏其例。

因为我小学毕业后，接着进入了中学，而后又进入过大学，所以我有理由这么认为。

我诅咒这种现象！鄙视这种现象！

我的中学

我的中学时代是我真正开始接受文学作品熏陶的时代。比较起来，我中学以后所读的文学作品，还抵不上我从一九六三年至一九六八年下乡前这五年内所读过的文学作品多。

在小学五六年级，我已读过了许多长篇小说。我读的第一本中国长篇小说是《战斗的青春》；读的第一本外国长篇小说是《钢铁是怎样炼成的》。

而在中学我开始知道了托尔斯泰、巴尔扎克、雨果、车尔尼雪夫斯基、陀斯妥耶夫斯基、高尔基等外国伟大作家的名字，并开始喜爱上了他们的作品。

我在我的短篇小说《这是一片神奇的土地》中有几处引用了希腊传说中的典故，某些评论家们颇有异议，认为超出了一个中学生的阅读范围。我承认我在引用时，有自我炫耀的心理作怪。但说"超出"了一个中学生的阅读范围，证明这样的评论家根本不了解中学生，起码不了解六十年代的中学生。

我的中学母校是哈尔滨市第二十九中学，一所普通的中学。在我的同学中，读长篇小说根本不是什么新鲜事。不分男女同学，大多数都开始喜欢读长篇小说了。古今中外，凡是能弄到手的都读。一个同学借到或者买到一本好小说，首先会在几个亲密的同学之间传看。传看的圈子往往无法限制，有时扩大到几乎全班。

外国一位著名的作家和一位著名的评论家之间曾经有过下面的有趣而明智的谈话：

作家：最近我结识了一位很有天才的评论家。

评论家：最近我结识了一位很有天才的作家。

作家：他叫什么名字？

评论家：青年。你结识的那位有天才的评论家叫什么名字？

作家：他的名字也叫青年。

青年永远是文学的最真挚的朋友，中学时代正是人的崭新的青年时代。他们通过拥抱文学拥抱生活，他们是最容易被文学作品感动的最广大的读者群。今天我们如果进行一次有意义的社会调查，结果肯定也是如此。

我在中学时代能够读到不少真正的文学作品，还应当感激我的母亲。母亲那时已从铁路上被解雇下来，又在一个加工棉胶鞋鞋帮的条件低劣的小工厂参加工作，每月可挣三十几元钱贴补家庭生活。

我们渴望读书。只要是为了买书，母亲给我们钱时从未犹豫过。母亲没有钱，就向邻居借。

家中没有书架，也没有摆书架的地方。母亲为我们腾出一只旧木箱，我们买的书，包上书皮儿，看过后存放在箱子里。

最先获得买书特权的，是我的哥哥。

哥哥也酷爱文学。我对文学的兴趣，一方面是母亲以讲故事的方式不自觉地培养的结果，另一方面是受哥哥的熏染。

我之所以走上文学道路，哥哥起的作用，不亚于母亲和我的小学语文老师的作用。

六十年代的教学，比今天更体现对学生素养的普遍重视。哥哥高中读的已不是"语文"课本，而是"文学"课本。

哥哥的"文学"课本，便成了我常常阅读的"文学"书籍。有一次哥哥上"文学"课竟找不到课本了，因为我头一天晚上从哥哥的书包里翻出来看没有放回去。

一册高中生的"文学"课本，其文学内容之丰富，绝不比目前的一本什么文学刊物差，甚至要比目前的某些文学刊物的内容更丰富，水平更优秀。收入高中"文学"课本中的，大抵是古今中外优秀文学作品的章节。古今中外的诗歌、散文、小说、杂文，无所偏废。

"岳飞枪挑小梁王""鲁提辖拳打镇关西""杜十娘怒沉百宝箱"，鲁迅、郁达夫、茅盾、叶圣陶的小说，郭沫若的词，闻一多、拜伦、雪莱、裴多菲的诗，马克·吐温的小说，欧·亨利的小说，高尔基的小说……货真价实的一册综合性文学刊物。

那时的高中"文学"课多么好！

我相信，六十年代的高中生可能有不愿上代数课的，有不愿上物理课、化学课、政治课的，但如果谁不愿上"文学"课则太难理解了！

我到北大荒后，曾当过小学老师和中学老师，教过"语文"。七十年代的中小学"语文"课本，让我这样的老师根本不愿拿起来，远不如"扫盲运动"中的工农课本。

当年，哥哥读过的"文学"课本，我都一册册保存起来，成了我的首批"文学"藏书。哥哥还很舍不得将它们给予我呢！

哥哥无形中取代了母亲家庭"故事员"的角色。每天晚上，他做完功课，便捧起"文学"课本，为我朗读，我们理解不了的，他就用心启发我们。

一个高中生朗读的"文学"，比一位没有文化的母亲讲的故事当然更是文学的"享受"。某些我曾听母亲讲过的故事，如"牛郎织女""天仙配""白蛇传"，由哥哥照着课本一句句朗读给我们听，产生的感受也大不相同。从母亲口中，我是听不到哥哥从高中"文学"课本读出来的那些文学词句的。我从母亲那里获得的是"口头文学"的熏陶，我从哥哥那里获得的才是真正的文学的熏陶。

感激六十年代的高中"文学"教课本的编者们！

哥哥还经常从他的高中同学们手中将一些书借回家里来看。他和他的几名要好的男女同学还组成了一个"阅读小组"。哥哥的高中母校是哈尔滨一中，是重点学校。在他们这些重点学校的喜爱文学的高中生之间，阅读外国名著蔚然成风。他们那个"阅读小组"还有一张大家公用的哈尔滨图书馆的借书证。

哥哥每次借的书，我都请求他看完后迟还几天，让我也看完。哥哥一向满足我的愿望。

可以说我是从大量阅读外国作品开始真正接触文学的。我受哥哥的影响，非常崇拜苏俄文学，至今认为苏俄文学是世界上伟大的文学。当代苏联文学不但继承了俄罗斯文学传统，在借鉴西方现代派文学方面，也比我们捷足先登。当代苏联文学可以明显地看到现实主义和现代派文学的有机结合。苏联电影在这方面进行了更为成功的实践。

回顾我所走过的道路，连自己也能看出某些拙作受苏俄文学的潜移默化的影响，而在文字上则接近翻译体小说。后来才在创作实践中渐渐意识到自己中国民族文学语言的基本功很弱，才开始注重对中国小说的阅读，才开始在实践中补习中国传统小说这一课。

我除了看自己借到的书，看哥哥借到的书，小人书铺是中学时代的"极乐园"。

那时我们家已从安平街搬到光仁街住了。像一般的家庭主妇们新搬到一地，首先关心附近有几家商店一样，我首先寻找的是附近有没有小人书铺。令我感到庆幸的是，那一带的小人书铺真不少。

从我们家搬到光仁街后到我下乡前，我几乎将那一带小人书铺中我认为好的小人书看遍了。

我看小人书，怀着这样的心理：自己阅读长篇小说时头脑中想象出来的人物是否和小人书上画出来的人物形象一致。二者接近，我便高兴。二者相差甚远，我则重新细读某部长篇小说，想要弄明白个所以然。有些长篇小说，就是在这样的情况下读过两遍的。

谈到读长篇，我想到了《红旗谱》，我认为它是建国以来中国最优秀的长篇小说。由《红旗谱》我又想起两件事。

我买《红旗谱》，只有向母亲要钱。为了要钱才去母亲做活的那个条件低劣的街道小工厂找母亲。

那个街道小工厂，二百多平方米的四壁颓败的大屋子，低矮、阴暗，天棚倾斜，仿佛随时会塌下来。五六十个家庭妇女，一人坐在一台破旧的缝纫机旁，一双接一双不停歇地加工棉胶鞋鞋帮，到处堆着毡团。空间毡绒弥漫，所有女人都戴口罩。几扇窗子一半陷在地里，无法打开，空气不流通，闷得使人头晕。耳畔脚踏缝纫机的声音响成一片，女工们彼此说话，不得不摘下口罩，扯开嗓子。话一说完，就赶快将口罩戴上。她们一个个紧张得不直腰，不抬头，热得汗流浃背。

有几个身体肥胖的女人，竟只穿着件男人的背心。我站在门口，用目光四处寻找母亲，却认不出在这些女人中，哪一个是我的母亲。

负责给女工们递送毡团的老头问我找谁，我向他说出了母亲的名字。

我这才发现，最里边的角落，有一个瘦小的身躯，背对着我，像八百度的近视眼写字一样，头低垂向缝纫机，正做活。

我走过去，轻轻叫了一声："妈……"

母亲没听见。

我又叫了一声。

母亲仍未听见。

"妈！"我喊起来。

母亲终于抬起了头。

母亲瘦削而憔悴的脸，被口罩遮住三分之二。口罩已湿了，一层毡绒附着上面，使它变成了毛茸茸的褐色。母亲的头发上衣服上也落满了毡绒，母亲整个人都变成了毛茸茸的褐色。这个角落更缺少光线，更暗。一只可能是一百度的灯泡，悬吊在缝纫机上方，向窒闷的空间继续散热，一股蒸蒸的热气顿时包围了我。缝纫机板上水淋淋的，是母亲滴落的汗。母亲的眼病常年不愈，红红的眼睑夹着黑白混浊的眼睛，目光呆滞地望着我，问："你到这里来干什么？找妈有事？"

"妈，给我两元钱……"我本不想再开口要钱。亲眼看到母亲是这样挣钱的，我心里难受极了。可不想说的话，说了，我追悔莫及。

"买什么？"

"买书……"

母亲不再多问，手伸入衣兜，掏出一卷毛票，默默点数，点够了两元钱递给我。

我犹豫地伸手接过。

离母亲最近的一个女人，停止做活，看着我问："买什么书啊？这么贵！"

我说："买一本长篇。"

"什么长篇短篇的！你瞧你妈一个月挣三十几元钱容易吗？你开口两元，你妈这两天的活白做了！"那女人将脸转向母亲，又说，"大姐你别给他钱！你是当妈的，又不是奴隶！供他穿，供他吃，供他上学，还供他花钱买闲书看吗？你也太顺他意了！他还能出息成个写书的人咋的？"

母亲淡然苦笑，说："我哪敢指望他能出息成个写书的人呢！我可不就是为了几个孩子才做活的么！这孩子和他哥一样，不想穿好的，不想吃好的，就爱看书！反正多看书对孩子总是有些教育的，算我这两天白做了呗！"说着，俯下身继续蹬缝纫机。

那女人独自叹道："唉，这老婆子，哪一天非为了儿女们累死缝纫机旁！……"

我心里内疚极了，一转身跑出去。

我没有用母亲给我的那两元钱买《红旗谱》。

几天前母亲生了一场病，什么都不愿吃，只想吃山楂罐头，却没舍得花钱给自己买。

我就用那两元钱，几乎跑遍了道里区的大小食品商店，终于买到了一听山楂罐头，剩下的钱，一分也没花。母亲下班后，发现了放在桌上的山楂罐头，沉下脸问："谁买的？"我说："妈，我买的。用你给我那两元钱为你买的。"说着将剩下的钱从兜里掏出来也放在桌上。"谁叫你这么做的？"母亲生气了。我讷讷地说："谁也没叫我这么做，是我自己……妈，我今后再也不向你要钱买书了！……""你向妈要钱买书妈不给过你吗？""那你为什么还说这种话？一听罐头，妈吃不吃又能怎么样呢？还不如你买本书，将来也能保存给你弟弟们看……""我……妈，你别去做活了吧！……"我扑在母亲怀里，哭了。母亲变得格外慈爱。她抚摸着我的头发，许久又说："妈妈不去做活，靠你爸每月寄回家那点钱，日子没法过啊……"《红旗谱》这本书没买，我心里总觉得是一个很大愿望没实现。那时我已有了六七十本小人书，我便想到了出租小人书。我的同学中就有出租过小人书的。一天少可得两三毛钱，多可得四五毛钱，再买新书，以此法渐渐增多自己的小人书。

一个星期天，我将自己的全部小人书背着母亲用块旧塑料布包上，带着偷偷溜出家门，来到火车站。在站前广场，苏联红军烈士纪念碑下，铺开塑料布，摆好小人书。坐一旁期待。

火车站是租小人书的好地方。我的书摊前渐渐围了一圈人，大多是候车或转车的外地人。我不像我的那几个租过小人书的同学，先收钱。我不按小人书的页数决定收几分钱，厚薄一律二分。我预想周到，带了一截粉笔，画线为

"界"。要求看书者们必须在"界"内，我自己在"界"外。这既有利于他们，也方便于我。他们可以坐在纪念碑台阶上，我盘腿坐在他们对面，精力集中地注意他们，防止谁贪小便宜将我的书揣入衣兜。看完了的，才许跨出"界"外，一手还书，一手交钱。我"管理"有方，"生意"竟很"兴隆"，心中无比喜悦。"喂，起来，起来！"背后一个声音忽然对我吆喝，一只皮鞋同时踢我屁股。我站起来，转身一看，是位治安警察。"你们，把书都放下！"戴着白手套的手，朝那些看书的人指。人们纷纷站起，将书扔在塑料布上，扫兴离去。治安警察命令："把书包起来。"我情知不妙，一声不敢吭，赶紧用塑料布将书包起来，抱在怀里。那治安警察将它一把从我怀中夺过去，迈步就走。我扯住他的袖子嚷："你干什么呀你？""干什么？"他一甩胳膊挣脱我的手，"没收了！""你凭什么没收我的书呀？""凭什么？"他指指写有"治安"二字的袖标，"就凭这个！这里不许出租小人书你知道不知道？""我……我不知道，我今后再也不到这儿来出租小人书了！……"我央求他，快急哭了。……"那么说你今后还要到别的地方去出租啦？""不，我不是那个意思，我今后哪儿也不去出租了，你还给我，还给我吧！……""一本不还！"那个治安警察真是冷酷，说罢大步朝站前派出所走去。我哇的一声哭了，我追上他，哭哭啼啼，由央求而哀求。……他被我纠缠火了，厉声喝道："再跟着我，连你也扯到派出所去！"我害怕了，不敢继续哀求，眼睁睁看着他扬长而去………我失魂落魄地往家走。那种绝望的心情，犹如破了产的大富翁。

经过霓虹桥时，真想从桥上跳下去。

回到家里，我越想越伤心，又大哭了一场，哭得弟弟妹妹们莫名其妙。母亲为了多挣几元钱，星期日也不休息。哥哥问我为什么哭，我不说。哥哥以为我不过受了点别人的欺负，未理睬我，到学校参加什么活动去了。

母亲那天下班挺晚。母亲回到家里，见我躺在炕上，坐到炕边问我怎么了。

我因为我那六七十本小人书全部被没收一下子急病了。我失去了一个"世界"呀！我的心是已经迷上了这个"世界"的呀！我流着泪，用嘶哑的声音告诉母亲，我的小人书是怎样在火车站被一个治安警察没收的。母亲缓缓站起，无言地离开了我。我迷迷糊糊睡着了，梦中从那个治安警察手中夺回了我全部的小人书。我迷迷糊糊睡了两个多小时，由于嗓子焦灼才醒过来。窗外，天黑了，屋里拉亮了灯。

我一睁开眼睛，首先发现的，竟是我包小人书的那个塑料布包！我惊喜地爬起，匆匆忙忙地打开塑料布，内中包的果然是我的那些小人书！

外屋，传来嘭、嘭、嘭的响声，是母亲在用铁丝拍子拍打带回家里的毡团。母亲每天都必得带回家十几斤毡团，拍打松软了，以备第二天絮鞋帮用。

"妈！……"我用沙哑的声音叫母亲。母亲闻声走进屋里。我不禁喜笑颜开，问："妈，是你要回来的吧？"母亲"嗯"了一声，说："记着，今后不许你出租小人书！"说完，又到外屋去拍打毡团。我心中一时间对母亲充满了感激。母亲是连晚饭也没顾上吃一口便赶到火车站去的。母亲对那个治安警察说了多少好话，是否交了罚款，我没问过母亲，也永远地不知道了……三天后的中午，哥哥从外面回来，一进门就告诉我，要送我一样礼物，并叫我猜是什么。那一天是我的生日，生活穷困，无论母亲还是我们几个孩子，是从不过生日的。我以为哥哥骗我，不猜。哥哥神秘地从书包里取出一本书："你看！"《红旗谱》！

对我来说，再也没有比它更使我高兴的生日礼物了！哥哥又从书包取出了两本书："还有呢！"我激动地夺过一看——《播火记》！《红旗谱》的两本下部！我当时还不知道《红旗谱》的下部已经出版。我放下这本，拿起那本，爱不释手。哥哥说："是妈叫我给你买的。妈给了我一张五元的钱，我手一松，就连同两本下部也给你买回来了。"我说："妈叫你给我买一本，你却给我买了三本，妈会责备你吧？"哥哥说："不会的。"我放下书，心情复杂地走出家门，走到胡同口母亲做活的条件低劣的街道小工厂。

我趴在低矮的窗上向里面张望，在那个角落，又看到了母亲瘦小的身影，背朝着我，俯在缝纫机前。缝纫机左边，是一大垛轧好的棉胶鞋鞋帮；右边，是一大堆拍打过的毡团。母亲整个人变成了毛茸茸的褐色。

我心里对母亲说："妈，我一定爱惜买的每一本书……"却没有想到只有将来当一位作家才算对得起母亲。至今我仍保持着格外爱惜书的习惯。小时候想买一本书需鼓足勇气才能够开口向母亲要钱，现在见了好书就非买不可。平日没时间逛书店，出差到外地，则将逛书店当成逛街市的主要内容。往往出差归来，外地的什么特产都没带回，带回一捆书，而大部分又是在北京的书店不难买到的。

买书其实莫如借书。借的书，要尽量挤时间早读完归还。买的书，却并不急于阅读了。虽然如此，依旧见了好书就非买不可。

由于我迷上了文学作品，学习成绩大受影响。我在中学时代，是个中等生。对物理、化学、地理、政治一点兴趣也提不起来，每次考试勉强对付及格。俄语初一上学期考试得过一次最高分——九十五，以后再没及格过。我喜欢上的是语文、历史、代数、几何。代数、几何所以也能引起我的学习兴趣，因为像旋转魔方。公式定理是死的，解题却需要灵活性。我觉得解代数或几何题也如同写小说。一篇同样内容的小说，要达到内容和形式的高度完美统一，必定也有一种最佳的创作选择。一般的多种多样，最佳的可能仅仅只有一种。重审我自己的作品，平庸的，恰是创作之前没有进行认真选择角度的。所谓粗制滥造，原因概出于此。

初二下学期，我的学习成绩令母亲和哥哥替我忧郁了，不得不开始限制我读小说。我也唯恐考不上高中，遭人耻笑，就暂时中断了我与文学的"恋爱"。

"文革"风起云涌后，同一天内，我家附近那四个小人书铺，遭到"红卫兵"的彻底"扫荡"。

我记得很清楚，那一天我到通达街杂货店买咸菜，见杂货店隔壁的小人书铺前，一堆焚书余烬，冒着袅袅青烟。窗子碎了。租小人书的老人，泥胎似的呆坐屋里，我常去看小人书，他对我很熟悉。我们隔窗相望一眼，彼此无话可说。我心中对他充满同情。

"文革"对全社会也是一场"焚书"运动，却给我个人带来了占有更多读书的机会。我们那条小街住的大多是"下里巴人"，竟有四户收破烂的。院内一户，隔街对院一户，街头两户。

"文革"初期，他们每天都一手推车一手推车地载回来成捆成捆的书刊。我们院子里那户收破烂的户前屋内书刊铺地。收破烂的姓卢，我称他"卢叔"。他每天一推回书刊来，我是第一个拆捆挑拣的人。书在那场"文革"中成了起祸的根源。不知有多少人，忍痛将他们的藏书当废纸卖掉了。而我成了一个地地道道的"发国难财"的人。《怎么办》《猎人笔记》《白痴》《美国悲剧》《妇女乐园》《白鲸》《堂·吉诃德》……一些我原先连书名也没听说过的，或在书店里看到了想买而买不起的书，都是从"卢叔"收回来的书堆里寻找到的。寻找到一两本时，我打声招呼，就拿走了。寻找到五六本时，不好意思白拿走，象征性地交给"卢叔"一两毛钱，就算买下来。学校停课，我极少到学校去，在家里读那些读也读不完的书。同时担起了"家庭主妇"的种种责任。

最使我感到愉快的时刻，是冬天里，母亲下班前，我将"大子"淘下饭锅的时刻。那时刻，家中很安静，弟弟妹妹们各自趴在里屋炕上看小人书。我则可以手捧一本自己喜爱的文学作品，坐在小板凳上，守在炉前看锅。"子"粥起码两个小时才能熬熟，两个小时内可以认认真真地读几十页书。有时书中人物的命运引起我的沉思和联想，凝视着火光闪耀的炉口，不免出神入化。

一九六八年我下乡前，已经有满满的一木箱书，我下乡那一天，将那一木箱整理了一番，底下铺纸，上面盖纸，落了锁。

我把钥匙交给母亲替我保管，对母亲说："妈，别让任何人开我的书箱啊！这些书可能以后在中国再也不会出版了！"

母亲理解地回答："放心吧，就是家里失了火，我也叫你弟弟妹妹先把你的书箱搬出去！"

对较多数已经是作家的人来说，通往文学目标的道路用写满字迹的稿纸铺垫。这条道路不是百米赛跑，是漫长的"马拉松"，是必须一步步进行的竞走。这也是一条时时充满了自然淘汰现象的道路。缺少耐力，缺少信心，缺少不断进取精神的人，缺少在某一时期内自甘寂寞的勇气的人，即使"一举成名"，声誉鹊起，也可能"昙花一现"。始终"竞走"在文学道路上的大抵是些"苦行僧"。

我的少年时代

怎么的，自己就成了一个四十多岁的人了呢？

仿佛站在人生的山头上。五十岁的年龄已正在向我招手。如俗话常说的——"转眼间的事儿。"我还看见六十岁的年龄拉着五十岁的手。我知道再接着我该从人生的山头上往下走了。如太阳已经过了中午。不管我情愿不情愿，我必须接受这样一个现实……

于是茫然地，不免频频回首追寻消失在岁月里的童年和少年时代。

我是一个穷人家的孩子。父亲是建筑工人，中国的第一代建筑工人。我六岁的时候他到大西北去了。以后我每隔几年才能见到他一面。在十年"文革"中我只见过他三次。我三十三岁那一年他退休了。在我三十三岁至四十岁的七年中，父亲到北京来，和我住过一年多。一九八八年五月他再次来北京，已是七十七岁的老人了。这一年的十月，父亲病逝在北京。

父亲靠体力劳动者的低微工资养活我和弟弟妹妹们长大。我常觉得我欠父亲很多很多。我总想回报。其实没能回报。如今这一愿望再也不可能实现。

母亲也是七十多岁的老人了。在我的印象中，母亲就没穿过新衣服。我是扯着母亲的破衣襟长大的。如今母亲是很有几件新衣服了。但她不穿。她说，都老太婆了，还分什么新的旧的。年轻时没穿过体面的，老了，更没那种要好的情绪了……

小胡同，大杂院，破住房，整日被穷困鞭笞得愁眉不展的母亲，窝窝头、野菜粥、补丁连补丁的衣服、露脚趾的鞋子……这一切构成我童年和少年时期的物质的内容。

那么精神的呢？想不起有什么精神的。却有过一些渴望——渴望有一个像样的铅笔盒，里面有几支新买的铅笔和一支书写流利的钢笔；渴望有一个像样的书包；渴望在过队日时穿一身像样的队服；渴望某一天一觉醒来睁开眼睛，惊喜地发现家住的破败的小泥土房变成了起码像种样子的房子。也就是起码门是门，窗是窗，棚顶是棚顶，四壁是四壁。而在某一隅，摆着一张小小的旧桌子，并且它是属于我的。我可以完全占据它写作业，学习……如果这些渴望都可以算是属于精神的，那么就是了。

小学三年级起我是"特困生""免费生"。初中一年级起我享受助学金。每学期三元五。现在回想起来似乎是不可思议的事情。每学期三元五，每个月七角钱。为了这每个月七角钱的助学金，常使我不知如何自我表现，才能觉得自己是一个够资格享受助学金的学生。那是一种很大的精神负担和心理负担。用今天时髦的说法，"活得累"。对于童年和少年时期的我，由于穷困所逼，学校和家都是缺少亮色和欢乐的地方……

回忆不过就是回忆而已。写出来则似乎便有"忆苦"的意味儿。我更想说的其实是这样两种思想——我们的共和国它毕竟在发展和发达着。咄咄逼人的穷困虽然仍在某些地方和地区存在着，但就大多数人而言，尤其在城市里，当年那一种穷困，毕竟是不普遍的了。如果恰恰读我这一篇短文的同学，亦是今天的一个贫家子弟，我希望他或她能产生这样的想法——梁晓声能从贫困的童年和少年度过到人生的中年，我何不能？我的中年，将比他的中年，还将是更不负年龄的中年呐！

一个人的童年和少年，十分幸福，无忧无虑，被富裕的生活所宠爱着，固然是令人羡慕的。固然是一件幸事。我祝愿一切下一代人，都有这样的童年和少年。

但是，如果一个人的童年和少年不是这样，也不必看成是一件很不幸的事。不必以为，自己便是天下最不幸的人了。更不必耽于自艾自怜。我的童年和少年，教我较早地懂了许多别的孩子尚不太懂的东西——对父母的体恤，对兄弟姐妹的爱心，对一切被穷困所纠缠的人们的同情，而不是歧视他们，对于生活负面施加给人的磨难的承受力，自己要求于自己的种种的责任感，以及对于生活里一切美好事物的本能的向往，和对人世间一切美好情感的珍重……

这些，对于一个人的一生，都是有益处的。也可以认为，是生活将穷困施加在某人身上，同时赏赐于某人的补偿吧。倘人不用心灵去吸取这些，那么穷困除了是丑恶，便什么对人生多少有点儿促进的作用都没有了……

愿人人都有幸福的童年和少年……

写作与语文

每自思忖，我之沉湎于读和写，并且渐成常习，经年又年，进而茧缚于在别人看来单调又呆板的生活方式，主观的客观的原因自然是多方面的。

世上有懒得改变生活方式的人。我即此族同类。

但，我更想说的是，按下原因种种不提——我之爱读爱写，实在的，也是由于爱语文啊！

我是从小学三年级起开始偏科于语文的。在算术和语文之间，我认为，对于普通的小学三年级学生，本是不太会有截然相反的态度的。普通的小学三年级学生更爱上语文课，也许只不过因为算术课堂上没有集体朗读的机会。而无论男孩儿女孩儿，聚精会神背手端坐一上午或一下午，心理上是很巴望可以大声地集体朗读的机会的。那无疑是对精神疲惫的缓解。倘还有原因，那么大约便是——算术仅以对错为标准，语文的标准还联系着初级美学。每一个汉字的书写过程，其实都是一次结构美学的经验过程。而好的造句则尤其如此了……

记得非常清楚，小学三年级上学期的语文课本中，有一篇《山羊和狼》：山羊妈妈出门打草，临行前叮嘱三只小山羊，千万提防着被大灰狼骗开了门，妈妈敲门时会唱如下一支歌：

小山羊儿乖乖，

把门儿开开，

妈妈回来了，

妈妈来喂奶……

那是我上学后将要学的第一篇有一个完整故事的课文。它是那么地吸引我，以至于我手捧新课本，蹲在教室门外看得入神。语文老师经过，她好奇地问我看的什么书。见是语文课本，眯起眼注视了我几秒，什么也没再说，若有所思地走了……

几天后她讲那一篇课文。"我们先请一名同学将新课文的内容叙述给大家听！"——接着她把我叫了起来。教室里一片肃静。同学们皆困惑，不知所以然。我毫无心理准备，一时懵懂，但很快就镇定了下来。普通的孩子对吸引过自己的事物，无论那是什么，都会显示出令大人们惊讶的记忆力。我几乎将课文一字不差地背了下来……同学们对我刮目相看了。那一堂语文课对我意义重大。以后我的语文成绩一直不错，更爱上语文课了。我认为，大人们——家长也罢，托儿所的阿姨也罢，小学或中学教师也罢，在孩子们成长的过程中，若善于发现其爱好，并以适当的方式提供良好的机会，使之得以较充分的表现，乃是必要的。一幅画，一次手工，一条好的造句，一篇作文，头脑中产生的一种想象，一经受到勉励，很可能促使人与文学、与艺术、与科学系成终生之结。

　　我对语文的偏好一直保持到初中毕业。当年我的人生理想是考哈尔滨师范学校，将来当一名小学语文老师。我的中学老师们和同学们几乎都知道我当年这一理想。"文革"斩断了我对语文的偏爱，于是习写成了我爱语文的继续。是获全国小说奖的作家以后，我曾不无得意地作如是想——那么现在，就语文而言，我再也不必因自己实际上只读到初中三年级而自叹浅薄了！在我写作的前十余年始终有这种得意心理。直至近年才意识到我想错了。语文学识的有限，每直接影响我写作的质量。

　　运交华盖欲何求，未敢翻身已碰头。

　　我初三的语文课本中没有鲁迅那一首诗。当然也没谁向我讲解过，"华盖运"是恶运而非幸运。二十余年间我一直望文生义地这么以为——"罩在华丽帷盖下的命运"。也曾疑惑，运既达，"未敢翻身已碰头"句，又该作何解呢？却并不要求自己认认真真查资料，或向人请教，讨个明白。不明白也就罢了，还要写入书中，以其昏昏，使人昏昏。此浅薄已有刘迅同志在报上指出，此不疹唗。

　　读《雪桥诗话》，有"历下人家十万户，秋来都在雁声中"句，便又想当然地望文生义，自以为是凭高远眺，十万人家历历在目之境。但心中委实地常犯嘀咕，总觉得历历在目是不可以缩写为"历下"二字的。所幸同事中有毕业于北师大者，某日有兴，朗朗而诵，其后将心中困惑托出，虔诚就教。答曰："历下"乃指山东济南。幸而未引入写作中，令读者大跌眼镜……

儿子高二语文期中考试前，曾问我"身无彩凤双飞翼，心有灵犀一点通"句，出自何代诗人诗中。我肯定地回答：宋代翰林学士宋子京的《鹧鸪天》。儿子半信半疑：爸你可别搞错了误导我呀！我受辱似的说：呔，什么话！就将你爸看得那么学识浅薄？于是卖弄地向儿子讲"蓬山不远"的文人情爱逸事：子京某日经繁台街，忽然迎面来了几辆宫中车子，闻一香车内有女子娇呼"小宋！"——归后心怅怅然，作《鹧鸪天》云：画毂雕鞍狭路逢，一声肠断绣帘中。身无彩凤双飞翼，心有灵犀一点通……

儿子始深信不疑。语文卷上果有此题，结果儿子丢了五分。我不禁嘿嘿然双手出汗。若是高考，五分之差，有可能改写了儿子的人生啊！众所周知，那当然是李商隐的诗句。子京《鹧鸪天》，不过引前人诗句耳。某日我在办公室中，有同事笑问近来心情，戏言曰：悲欣交集。两位同事，一毕业于师大，一先毕业于师大，后为电影学院研究生。听后连呼：高深了！高深了！……一时又不禁疑惑，料想其中必有我不明所以的知识，遂究根问底。他们反问：真不知道？我说：真的啊！别忘了我委实是不能和你们相比的呀，我才只有初三的语文程度啊！于是告我——乃弘一法师圆寂前的一句话。

我至今也不知"华盖运"何以是恶运？

至今也不知"历下"何以是济南？

所谓知其一不知其二。虽也遍查书典，却终无所获。某日在北京电视台前遇老歌词作家，忍不住虚心就教，竟将前辈也问住了……

几年前，我还将"莘莘学子"望文生义地读做"辛辛"学子。

有次在大学里座谈，有"辛辛"之学子递上条子来纠正我。条子上还这么写着——正确的发音是shen，请当众读三遍。

我当众读了六遍。自觉自愿地用拼音法多读了三遍，从此不复再读错。

在相当长的时期，我仅知"耄耋"二字何义，却怎么也记不住发音。有时就这么想——唉，汉字也太多了，眼熟，不影响用就行了吧！

某次在中国妇女出版社一位编辑的陪同之下出差，机上忍不住请教之。但毕竟记忆力不像小学三年级时了，过耳即忘。空中两小时，所问四五次。发音是记住了，然不明白为什么汉字非用这一词形容八九十岁的老人。是源于汉字的象形呢，还是成词于汉字结构的组意？

三十五六岁后才从诗词中读到"稼穑"一词。

我爱读诗词，除了觉得比自言自语让人看着好些，还有一非常功利之目的——多识生字。没人教我这个只有初三语文程度的作家再学语文了，只有自勉自学了。

一个只有初三语文程度的人，能识多少汉字？不过三千多吧？从前以为，凭了所识三千多汉字，当作家已绰绰有余了吧。不是已当了不少年作家，写了几百万字的小说了嘛！

如今则再也不敢这么以为了。三千多汉字，比经过扫盲的人识的字多不到哪儿去呀。所读书渐多，生词陌字也便时时入眼，简直就不敢不自知浅薄。

望文生义，最是小学生学语文的毛病。因为小学生尚识字不多，见了一半认得一半不认得的字，每蒙着读，猜着理解。这在小学生不失为可爱，毕竟体现着一种学的主动。大抵的，那些字老师以后还会教到，便几乎肯定有纠正错谬的机会。但到了中学高中，倘还有此毛病，则也许渐成习惯。一旦成为习惯，克服起来就不怎么容易了。并且，会有一种特别不正常的自信，仿佛老师竟那么教过，自己也曾那么学过，遂将错谬在头脑之中误认为正确。倘周围有认真之人，自也有机会被纠正；倘并非如此幸运，那么则也许将错谬当正确，错上几年，十几年，乃至二十几年矣……

"悖论"的"悖"字，我读为"勃"音，大约有三年之久。我中学时当然没学过这个字。而且，我觉得，"悖论"一词，似乎是在"文革"结束以后，八十年代初，才在中国的报刊和中国人的话语中被"启用"。也许是因为，中国人终于敢公开地论说悖谬现象了。我是偶尔从北京教育电视台的高中语文辅导节目中知道了"悖"字的正确发音的。

某日我问一位在大学做中文系教授的朋友：我常将"悖论"说成"勃论"，他是否听到过？他回答：在几次座谈会上听到我发言时那么说。又问：何以不纠正？回答：认为你在冷幽默，故意那么说的。再问：别人也像你这么认为的？回答：想必是的吧。要不怎么别人也没纠正过你呢？你一向板着脸发言，谁知你是真错还是假错？……我也不仅在语文基础知识方面浅薄到这种地方，在历史常识方面同样浅薄。记不得在我自己的哪一篇文章中了，我谈到哥白尼坚持"日心说"被宗教势力处以火刑……有读者来信纠正我——被处以火刑的非哥白尼，而是布鲁诺……我不信自己在这一点上居然会错，偷偷翻儿子的历史课本。我对中国历史上王朝更替，皇室权谋，今天你篡位，明天我登基的事件，一点儿也不能产生中国许多男人产生的那种大兴趣。一个时期电视里的清代影视多得使我厌烦，屏幕上一出现黄袍马褂我就脑仁儿疼。但是为了搞清那些令我腻歪的皇老子皇儿皇孙们的关系，我每不惜时间陪母亲看几集，并向母亲请教。老人家倒是能如数家珍一一道来。中国的王朝历史真真可恨至极，它使那么多那么多一代又一代的中国人，包括我母亲这样的"职业家庭妇女"，直接地将"历史"二字就简单地理解为皇族家史了……

一个实际上只有初中三年级文化程度的男人成了作家，就一个男人的人生而言，算是幸事；就作家的职业素质而言，则是不幸吧？起码，是遗憾吧？……写作的过程迫使我不能离开书，要求我不断地读、读、读……读的过程使我得以延续初中三年级以后的语文学习……我是一个大龄语文自修生。

本命年杂感

今年是我的本命年。

最切身的体会，是意识到自己开始和许多中年人经常迷惘地诉说到，或嘴上自我限制得很紧，但内心里却免不了经常联想到的一个字"接火"了。

这个字便是那令人多愁善感的"老"。

"老"也是一个令人意念沮丧心里恓惶的字。一种通身被什么毛茸茸的东西粘住，扯不开甩不掉的感觉。它的征兆，首先总是表现在记忆的衰退方面。

我锁上家门却忘带钥匙的时候越来越多了。仅去年一年内，已七八次了。

以前发生这样的事儿，便往妻的单位打电话。妻单位的电话号码是永远也记不清的。它被抄在小本儿上。而那小本儿自然不可能带在身上。每次得拨"114"询问。于是妻接到电话通告后，骑自行车匆匆往家赶。送交了钥匙，还要再赶回单位上班。再一再二又再三再四，妻的抱怨一次比一次甚，自己的惭愧也就一次比一次大。

于是再发生，就采取较为勇敢的举动，不劳驾妻骑自行车匆匆的赶回来替我开家门了。而冒险从邻家厨房的窗口攀住雨水管道，上爬或下坠到自己家厨房的窗口，捅破纱窗，开了窗子钻入室内。去年一年内，进行了七八次这样的攀爬锻炼。有一次四楼五楼和一楼二楼的邻家也皆无人，是从六楼攀住雨水管道下坠至三楼的，破了我自己的纪录。前年大前年每年也总是要进行几次这样的攀爬锻炼的。那时身手还算矫健敏捷，轻舒猿臂，探扭狼腰，上爬下坠，头不晕，心不慌。正所谓"艺高人胆大"。自去年起就不行了，就觉身手吃力了。上爬手臂发颤了，攀不大住雨水管道了。下坠双腿发抖了，双脚也蹬不大稳了。人贵有自知之明，于是必得在腰间牢系一条长长的绳索保份儿险了。仅仅一年之差，"老"便由记忆扩散向体魄了，心内的悲凉也便多了几重。

也不只是出家门经常忘带钥匙，办公室的钥匙，丢了配，配了丢的，现有的一把，已是第五代"翻版"了。一个时期内再丢也无妨了，最后一次我配了十把。

信箱的钥匙也丢，丢了便得换一次锁。不好意思再求别人换锁，自己懒得换。干脆不上锁了。童影厂一排信箱柜中，唯一没锁的，小门儿上一个圆锁洞的，便是梁晓声的信箱无疑了。

春节前给《中篇小说选刊》的一位女同志回信，不知怎么，寄去的又是空信封。也不知写给她的信，塞往寄给另外什么人的信封邮走了。所幸非是情书，所幸没有情人。否则，非落得个自行的将绯闻传播的下场不可。

最使自己陷入难堪的，乃是其后的一件事儿——因替友人讨公道，致信某官员，历数其官僚主义作风一二三四诸条。同时给那受委屈的人去信，告之我已替他"讨公道"了。且言，倘无答复，定代其向更上一级申诉。结果，两封信相互塞错了信封。

于是数日后友人来长途电话，说晓声坏了坏了，你怎么把写给某某官员的信寄给了我？我说别慌别慌，我再给他写一封信寄他就是了嘛！友人说：我能不慌么？你应该寄给我的信中，都写了人家些什么话呀？人家肯定也收到了，不七窍生烟才怪了呢！你给他本人写的信措辞都那么的不客气，该寄给我的信里，还不尽是骂人家的话呀？我完了，以后没好果子吃了。你这不是替我"讨公道"，你这等于是害我啊！……

所幸那官员的秘书同日也来了电话询问怎么回事儿？我急反问：那信给领导看了么？她说：你又不是写给领导的，我怎么能给领导看呢？我说：撕掉撕掉！塞错信封了。我近日再给领导写一封……她说：我关心的是，你把本该寄给领导的信寄哪儿去了？如果让不该收到的人收到了，影响多不好呀？我说：放心放心。那是绝不会的。本该寄给领导的那封信其实没寄出……我……我已经销毁了……

而此事之后，与几位文学师长同住某招待所观看某电视剧——结束前两日往家中打电话，嘱妻将钥匙留在传达室（不敢随身带着住在招待所，怕丢了）。

有人见我不停地拨，就说兴许你家没人吧？我说不是家里没人，是电话中说——无此号码！这不是咄咄怪事嘛！对方说：是够怪的。晓声你不至于连你自己家的电话号码都记不清吧？我不太有把握地说：我想，也不至于的吧？最终还是不得不往厂里打电话，请总机值班员查查电话表上我家的电话号码告诉我……总机值班员连说好好好——我听出她在那一端强忍着笑。从始至终恰在一旁的林斤澜老，一本正经地说——晓声你以后不要再叫我老师了。咱俩就算平辈儿，论哥们儿得了。不过我还能记住我家的电话号码，冲这一点，我称你晓声老哥，似乎也称得的。想想，不知将记错了的家中的电话号码，虔虔诚诚地抄给过多少人呢！天地良心，绝非成心的。三十儿晚上，给朋友们打电话——拨通了冯亦岱老师家的电话，却开口给袁鹰老师大拜其年……

而拨通了邵燕祥老师家电话，耳听燕祥老师在那一端问找谁——竟一时的头脑空白，愣愣的说不出自己找谁。我想燕祥老师在那一端，必定以为是滋扰电话，静候数秒，也就挂断了。自己赶快看一眼小本儿，心中默念着"邵燕祥邵燕祥"，继续重拨……

初二去看北影厂的老同事，下楼时一手拎垃圾袋儿，一手拎水果袋儿，在楼外抛掉一袋儿，只拎了一袋儿悠悠的往前走。途遇熟人，自然是互道一通儿拜年话儿。

对方就盯着我手中的塑料袋儿，嗫嚅地问：晓声你这是……我说：去看某某同志。没什么带的，带点儿水果……见对方眼神儿不对，低头自看——哪里是一塑料袋儿水果！分明是一塑料袋儿垃圾！幸亏遇见了熟人，否则真拎将去，被热情地迎入门，大初二的，成什么事了呢！……初三几位当年要好的知青战友相聚，瞧着其中一位，怎么也想不起人家姓名。人家却握住我手，笑问：叫不出我姓名了吧？咱们可两个月前还聚过的啊！却嘴硬：怎么会忘了你叫什么呢！那你说我是谁？你不是——那个谁么？你还在……那个单位么？我是那个谁？我在哪个单位？放开我手！你先放开我手嘛！再过十年八年我也能叫出你是谁呀！不用过十年八年，现在就叫！叫不出来，我今天就不放开你手！战友们战友们，你们看这小子认真劲儿的！你们说我能把他的名字都忘了么？！众战友相觑而笑，谁都不打算替我解围。那一顿饭，从始至终没心思吃什么。一直在心里暗想——妈的这小子叫什么来着呢？猛地想起来了，举杯猝起，大叫——×××我和你干这一杯！众战友面面相觑。心中好生的快感，得意洋洋地说：×××，刚才是成心和你别劲儿呢！你说我怎么能把你的姓名都忘了呢？那也太可笑了吧！果然可笑。众战友也果然一个个笑得前仰后合——我猛想起的是别人的姓名，张冠李戴了……

记忆力的减退，使自己对自己的记忆首先丧失信心。同事向我借过几盘录像带，我觉得没还我。人家说还了。心想——肯定是自己记错了，那么录像带哪儿去了呢？我也是借的呀！不久同事不好意思地说，晓声我发现，录像带还在我那儿呐！——敢情别人也有记忆力欠佳的时候。厂里交我看的一部剧本，记得又转给另一位同事看了，可他说没在我这儿啊！心想——肯定是自己记错了，那么剧本哪去了呢？下午作者要来当面听意见的呀！片刻同事不好意思地说，晓声对不起，那剧本儿是在我这儿，刚才找的太粗心……

夜里失眠，冷不丁地想起——几个月前似乎向传达室的朱师傅借过几十元钱不曾归还。第二天带在身上，一边还钱一边不安地解释：朱师傅，我最近记忆不好，几个月前借您的钱，昨天才想起来……不料朱师傅说：晓声你早还了！厂里发了一张春节购物券——同事一再清清楚楚地告诉我，只能在哪家商场用，那商场在什么什么方位……妻去买时，自信地说：我认识！不就是在哪儿哪儿么？觉得妻说的方位，和同事清清楚楚地告诉我的方位，相距实在太远了！有心纠正于妻，可一想——万一自己又记错了呢？于是将一份儿责任感闷在了心里。妻自然是兜了极大极大的一个圈子，跑了很多冤枉路，回到家里，发牢骚说为一张百十来元的购物券，太得不偿失了，搭上了两个半小时！我说：其实，你出门前，我就觉得你说的那地方不对。妻生气地问：那你怎么不告诉我对的地方？我苦笑了一下，倍感罪过地回答：事实证明你错了，我才有把握肯定自己当时是对的呀！在没证明你错了之前，我哪儿敢有那么大的把握呢？……

我是我们这一代人中，年龄不算最大也不算最小的一个。我们这一代，普遍的都开始记忆力明显减退了。尽管我们正处在所谓"年富力强"的年龄，我们过早地被"老"字黏上了。我们自己有时不愿承认，但个个心里都明白。我们宁愿这"老"首先是从体魄上开始的，但它却偏偏首先从心智上向我们发起了频频的攻击。是"三年自然灾害"时期营养不良造成的？还是十年"上山下乡"耗损太大造成的？抑或是目前上有老下有小自己责任多多因而都过早地患了"中年综合疲劳症"的结果？

我们这一代聚在一起，比前十年前几年聚在一起时话都明显地少了，都大有一种欲说还休的意味儿了呢！我是早就欲说还休了。非说不可，三言两语，简明扼要地表达某种意思罢了。

却还在孜孜地写作着。有时宁愿自己变成哑巴，只写不说算了。岂非少了项活着的内容么？似乎所剩精力体能，仅够支配极少的甚至是最单纯的生命活动了。

真是欲休还写欲休还写……

不定哪一天，便由欲休还写而欲写还休了。

于是常常地徒自感伤起来……

中年感怀

我越来越意识到，自己几乎每一天都在失去着一些东西。而所失去的东西，对任何人都是至可宝贵的。

首先是健康。

如果有人看到我于今写作时的样子，定会觉得古怪且滑稽——由于颈椎病，脖子上套着半尺宽的硬海绵颈圈，像一条挣断了链子的狗。由于腰椎病，后背扎着一尺宽的牛皮护腰带。由于颈和腰都不能弯曲，一弯曲头便晕，写作时必得保持从腰到颈的挺直姿势。仅仅靠了颈圈和护腰带，还是挺直不到头不晕的姿势。就得有夹得住稿纸的竖架相配合。小稿纸有小的竖架。大稿纸有大的竖架。大的竖架一立在桌上，占去半个桌面。不像是在写作，像是在制图。大小两个竖架，都是北京人民大学一位退了休的老师让人替她送给我的。可以调换两个倾斜度。我已经使用一年多了，却还没和她见过面。颈圈、护腰带、竖架，自从写作时依赖于这三样东西。写作之前，所做的预备，就如工厂里的技工临上车床似的了。有几次那样子去为客人开门，着实将客人吓了一跳……

于是从此失去了以前写作时的良好状态。每每回想以前，常不免地心生惆怅。看见别人不必"武装"一番再写作，也不免地心生羡慕。

朋友们都劝——快用电脑哇！

是啊，迟早有一天，我也会迫不得已地用起电脑来的。我说"迫不得已"，乃因对"笔耕"这一种似乎已经很原始的写作方式，实在地情有独钟，舍不得告别呢！汲足一笔墨水儿，摆正一叠稿纸，用早已定形了的字体，工工整整地写下题目，标下页码"1"，想着要从这个"1"开始，一页页标下去，一直标到"一百""五百"，乃至"一千"，那一份儿从容，那一份儿自信，那一份儿骑手跨上骏马时的感受，大概不是面对显字屏，手敲按键所能体验到的啊！

想想连这一份儿写作者的特殊的体验也终将失去了，尽管早已将买电脑的钱存着了，还是一味儿地惆怅。

健康其实是人人都在失去着的。一年年的岁数增加着，反而一年比一年活得硬朗的人，毕竟是极少数。人也是一台车床，运转便磨损。不运转着生产什么，便似废物。宁磨损着而生产什么，不似废物般的还天天进行保养，这乃是绝大多数人的活法。人到四十多岁以后，感觉到自我磨损的严重程度了，感觉到自我运转的状况大不如前了，肯定都是要心生惆怅的。

也许惆怅乃是中年人的一种特权吧？这一特权常使中年人目光忧郁。既没了青年的朝气蓬勃，也达不到老者们活得泰然自若那一种睿智的境界。于是中年人体会到了中年的尴尬。体会到了这一种无奈的尴尬的中年人，目光又怎么能不是忧郁的呢？心情又怎么能不常常陷入惆怅呢？

我和我的中年朋友们相处时，无论他们是我的作家同行抑或不是我的作家同行，每每极其敏感到他们的忧郁和他们的惆怅。也无论他们被认为是乐观的人抑或自认为是乐观的人，他们的忧郁和惆怅都是掩盖不了的。好比窗上的霜花，无论多么迷人毕竟是结在玻璃上的。太阳一出，霜花即化，玻璃就显露出来了。而那定是一块被风沙扑打得毛糙了的玻璃。他们开怀大笑时眸子深处隐藏着忧郁和惆怅；他们踌躇满志时眸子深处隐藏着忧郁和惆怅；他们作小青年状时，眸子深处隐藏着忧郁和惆怅；他们装得什么都不在乎时，眸子深处尤其隐藏着忧郁和惆怅。他们的眸子是我的心境。两个中年男人开怀大笑一阵之后，或两个中年女人正亲亲热热地交谈着的时候，忽然的目光彼此凝视住，忽然都从对方眼里看到了那一种企图隐藏到自己的眸子后面而又没有办法做到的忧郁和惆怅，我觉得那一刻是生活中很感伤的情境之一种，比从对方发中一眼发现了一缕苍发是更令中年人感伤的。

全世界的中年人本质上都是忧郁和惆怅的。成功者也罢，落魄者也罢，在这一点上所感受到的人生况味儿，其实是大体相同的。于是中年人几乎整代整代地被吸入了一个人类思想的永恒的黑洞——人生的意义究竟何在？

中年人比青年人更勤奋地工作，更忙碌地活着，大抵因为这乃是拒绝回答甚至回避思考的唯一选择。而比青年人疏懒了，比青年人活得散漫了，又大抵是因为开始怀疑着什么了。

中年人的忧郁和惆怅，对这世界是无害的，只不过构成着人类社会一道特殊的风景线罢了。而人类社会好比是一幅大油画，本不可以没有几笔忧郁的色彩惆怅的色彩。没有，人类社会就是一个大幼儿园了。

中年人的忧郁和惆怅，衬托着少女们更加显得纯洁烂漫，衬托着少年们更加显得努力向上，衬托着青年男女们更加生动多情，衬托着老人们更加显得清心寡欲，悠然淡泊。少女们和少年们，青年们和老者们的自得其乐，归根结底是中年人们用忧郁和惆怅换来的呀！中年人为了他们，将人生况味儿的种种苦涩，都默默地吞咽了，并且尽量关严"心灵的窗户"，不愿被他们窥视到。

中年人的忧郁和惆怅，归根结底也体现着社会的某种焦虑和不安。中年人替少男少女们，替青年们，替老者们，也将社会的某种焦虑和不安，最大剂量地默默地吞咽到肚子里去了。因为中年人大抵是做了父母的人，是身为长兄长姐的人，是仍身为长子长女的人，这是中年人们的一种本能，也是人类的一种本能。

中年人成熟了，又成熟又疲惫。咬紧牙关扛着社会的焦虑和不安，再吃力也只不过就是眸子里隐藏着忧郁和惆怅。

他们的忧郁和惆怅，一向都是社会的一道凝重的风景线。

谁叫他们，不，谁叫我们是中年人了呢！……

也谈"四十不惑"

女人们，如果——你们的丈夫已接近四十岁，或超过了四十岁，那么——我劝你们，重新认识他们。

这是我对于你们的善意的忠告。

否则，"他"也许不再是你当初认识所自以为永远了解的"那一个"男人了。

四十岁左右的男人，"内容"肯定发生变化。

"四十而不惑"，孔子的话。后来几乎成了全体中国男人的"专利"。四十岁左右的男人，大抵都习惯自诩到了"不惑之年"。"不惑"的含义，指向颇多。功名利禄，乃一方面。"不惑"无非是看得淡泊了，想得透彻了。用庄子的话说——"人生天地之间，若白驹之过隙，忽然而已。""不惑"，当然并不等于什么追求皆没有了，而是指追求开始趋向所谓"自我完善"的境界，在品行、德行、节操、人格等方面。

不是，绝不是，从来也不是一切的男人，到了四十岁左右，都是到了"不惑之年"。人家孔子的话，那是说的人家自己，原文，或者说原话是——吾十有五而志于学，三十而立，四十而不惑，五十而知天命，六十而耳顺，七十而从心欲，不逾矩……

吾——非是吾们。

"四十而不惑"，较符合孔子自己人生的阶段特点。人家孔子对自己的分析还是挺实事求是的。

"四十而不惑"，对于一切"三十而立"的男人，起码"而立"之后，权利欲功名欲不再继续膨胀的男人，和虽并未"而立"，但始终恪守靠正当的方式和坚持不懈的努力争取"而立"的男人，也具有较普遍的意义。

《礼记·曲礼上》篇中是这么概括人生的——"人生十年曰幼，学。二十曰弱，冠。三十曰壮，有室。四十曰强，而仕。五十曰艾，服官政。六十曰耆，指使。七十曰老，而传。八十、九十曰耄……"

这篇古文，对人生阶段的划分（不消强调，是指的男人们的人生），与孔子的话就大相径庭了。孔子说自己"四十而不惑"。后者言"四十而仕"——到了理应当官的年龄了。孔子说自己"五十而知天命"，就是说对于自己的"人生价值"要有自知之明了。后者言："五十而服官政"——到了理应掌握权柄的年龄了。孔子说自己"六十而耳顺"，就是说对于别人的话，善于分析了，凡有道理的善于接受了。后者言"六十而指使"——到了该有资格命令别人的年龄了……

一曰"四十而不惑"。

一曰"四十而仕"。

两种思想，两条人生哲学。

中国的许许多多的男人们，几千年来，听的是谁的信奉的是什么呢？历史和现实告诉我们，其实听的信奉的并非孔子的话，而是《礼记·曲礼上》篇——四十岁当官，五十岁掌权，六十岁发号施令，七十岁以上考虑怎样为自己"而传"，考虑盖棺论定的问题……

如此看来，对于许多中国男人，"四十而不惑"，其实是四十而始"惑"——功名利禄，样样都要获得到，仿佛才不枉当一回男人。"不惑"是假，是口头禅，是让别人相信的。"惑"是真，是内心所想。梦寐以求的，是目标，是目的。

我不知《礼记·曲礼上》的著说者何许人。我想，倘他活到今天，倘看了我这篇短文，很可能会和我商榷，甚至展开辩论。

他也许这么反问：孔子"三十而立"，四十当然"不惑"。更多的男人"三十有室"，刚成家，不过刚有老婆孩子，根本谈不到"立"不"立"的，怎么能做到"四十而不惑"呢？"立"不就是今天所谓"功成名就"么？

细思忖之，可不也有一定的道理么？

中国男人们的人生阶段，就多数人而言，大致是这样的——十七十八清华北大（指希望而言）、二十七八电大夜大、三十七八要啥没啥、四十七八等待提拔、五十七八准备回家……

十七八能进入大学"而志于学"的，不过"一小撮"。大多数没这机会，也没这幸运。谁有这机会就是幸运的。"三十而立"之后，还要啥没啥呢。五十七八，差二三年便该退休回家了，短暂的十几年，老百姓话，"一晃"就"晃"过去了，又怎么能达到"不惑"的境界呢？

所以，四十岁左右，差不多成了不论属什么的一切男人们的"本命年"，一个"坎儿"。这个"坎儿"迈得顺了，则可能时来运转，一路地"顺"将下去，而"仕"，而"服官政"，而当这当那而掌握权柄，而发号施令……于是地位有了，房子有了，车子有了，男人的"人生价值"似乎也体现出来了，很对得起老婆孩子了……

绝不能说中国的男人个顶个都是官迷。但说中国的男人到了三十七八四十来岁起码都愿有房子住，工薪高一些，经济状况宽容些，大概是根据充分的。怎么着才能实现能达到呢？当官几乎又是一条捷径。

非常值得注意的，是那些"而志于学"过，那些被认为或自认为"学而优"的，那些因此被社会所垂青，分配到或自己钻营到了权力场名利场上的男人，他们在三十七八四十来岁"要啥没啥"的年龄，内心会发生大冲击、大动荡、大倾斜、大紊乱，甚至——大恶变。由于"要啥有啥"的现实生生动动富于诱惑富于刺激地摆在他们面前，于是他们有的人真正看透了，不屑于与那些坏思想坏作风同流合污，而另一些人却照样学样，毫不顾惜自己的品行、德行、节操、人格，运用被正派人所不齿的手段——见风使舵，溜须拍马，曲意奉迎，谄权媚势，落井下石，墙倒众人推，拉大旗做虎皮，弃节图利等等，以求"而仕""而服官政"、由被指使而"指使"。

女人们，如果你们的丈夫，不幸被我言中，正是那等学坏样的男人，难道你们还不认为你们应该重新认识他们么？

也许某些四十来岁和四十多岁的男人会十分愤慨，会觉得我这篇短文近乎诽谤和污蔑，那便随他们愤慨罢，而我绝不是没有根据的。根据是现实生活提供给我的，在我周围，曾与我有过交往的四十来岁的四十多岁的某些男人，他们的人格和心理的嬗变、裂变、蜕变、恶变，往往令我讶然，不得不重新认识他们。于是我同时想到了他们的妻子和某些女人们，常为她们感到可悲和忧虑。

女人们，重新认识你们的丈夫总之是必要的。即不但要考察他们在你们面前的家庭中的表现如何，也要考察他们在别人眼中在家庭以外究竟是怎样的，正在变成怎样的人。在他们学坏样还没到"舐糠及米"的程度时，也许还来得及扯他们一把，使他们不至于像熊舐掌似的，将自己作为男人的更为宝贵的东西都自行舐光了……

我与儿子

　　我曾以为自己是缺少父爱情感的男人。

　　结婚后，我很怕过早负起父亲的责任，因为我太恋爱安静了。一想到我那十二平方米的家中，响起孩子的哭声，有个三四岁的男孩儿或女孩儿满地爬，我就觉得简直等于受折磨，有点儿毛骨悚然。

　　妻子初孕，我坚决主张"人流"。为此她倍感委屈，大哭一场——那时我刚开始热衷于写作。哭归哭，她妥协了。妻子第二次怀孕，我郑重地声明：三十五岁之前绝不做父亲，她不但委屈而且愤怒了，我们大吵一架——结果是我妥协了。

　　儿子还没出生，我早说了无穷无尽的抱怨话。倘他在母腹中就知道，说不定会不想出生了。妻临产的那些日子，我们都惴惴不安，日夜紧张。

　　那时，妻总在半夜三更觉得要生了。已记不清我们度过了几个不眠之夜，也记不清半夜三更，我搀扶着她去了几次医院。马路上不见人影，从北影到积水潭医院，一往一返慢慢地小心地走，大约三小时。

　　每次医生都说："来早了，回家等着吧！"妻子哭，我急，一块儿哀求。哀求也没用。始终是那么一句话——"回家等着，没床位。"有一夜，妻看上去很痛苦。但她咬紧牙关，一声不吭。她大概因为自己老没个准儿，觉得一次次折腾我，有点儿对不住我。可我看出的确是"刻不容缓"了——妻已不能走。我用自行车将她推到医院。医生又训斥我："怎么这时候才来？你以为这是出门旅行，提前五分钟登上火车就行呀！"反正我要当父亲了，当然是没理可讲的事了。总算妻子生产顺利，一个胖墩墩的儿子出世了。而我半点喜悦也没有，只感到舒了口气，卸下了一种重负。好比一个人被按在水盆里的头，连呛几口之后，终于抬了起来……

　　儿子一回家，便被移交给一位老阿姨了。我和妻住办公室。一转眼就是两年。两年中我没怎么照看过儿子。待他会叫"爸爸"后，我也发自内心地喜爱过他，时时逗他玩一阵。但那从所谓潜意识来讲是很自私的——为着解闷儿。但心里总是有种积怨，因为他的出生，使我有家不能归，不得不栖息在办公室。

夏天，我们住的那幢筒子楼，周围环境肮脏。一到晚上，蚊子多得不得了。点蚊香，喷药，也是起不了多大作用的。蚊子似乎对蚊香和蚊药有了很强的抵抗力。

有一天早晨我回家吃早饭，老阿姨说："几次叫你买蚊帐，你总拖，你看孩子被叮成什么样了？你真就那么忙？"

我俯身看儿子，见儿子遍身被叮起至少三四十个包，脸肿着。可他还冲我笑，叫"爸……"我正赶写一篇小说，突然我认识到自己太自私了。我抱起儿子落泪了……

当天我去买了一顶五十多元的尼龙蚊帐。上海文艺出版社的编辑修晓林初次到我家，没找到我。又到了办公室，才见着我。我挺兴奋地和他谈起我正在构思的一篇小说，他打断我说："你放下笔，先回家看看你儿子吧，他发高烧呢！"

我一愣，这才想起——我已在办公室废寝忘食地写了两天。两天内吃妻子送来的饭，没回过家门。

从这些方面讲，我真不是一位好父亲。人们都说儿子是个好儿子，许多人非常喜欢他。我的生活中，已不能没有他了。我欠儿子的责任和义务太多，至今我觉得对儿子很内疚。我觉得我太自私。但正是在那一二年内，我艰难地一步步地句文坛迈进。对儿子的责任和自己的责任，于我，当年确是难以两全之事。

儿子爱画画，我从未指导过他。尽管我也曾爱画画，指导一个十几岁的孩子，那点儿基础还是够用的。

儿子爱下象棋。我给他买了一副象棋，却难得认真陪他"杀一盘"。他常常哀求："爸爸，和我杀一盘行不行啊？"结果他养成了自己和自己下象棋的习惯。

记得我有一次到幼儿园去接儿子，阿姨对我说："你还是作家呢，你儿子连'一'都写不直，回家好好儿下功夫辅导他吧！"

从那以后，我总算对儿子的作业较为关心。但要辅导他每天写完幼儿园的两页作业，差不多也得占去晚上的两个小时。而我尤视晚上的时间更为宝贵——白天难得安静，读书写作，全指望晚上的时间。

儿子曾有段时间不愿去幼儿园。每天早晨撒娇耍赖，哭哭啼啼，想留在家里。我终于弄明白，原来他不敢在幼儿园做早操。他太自卑，太难为情，以为他的动作，定是极古怪的，定会引起哄笑。

我便答应他，做早操时，到幼儿园去看他。我说话算话。他在院内做操，我在院外做操。有了我的奉陪，他的胆量壮了。

事后我问他："如果你连当众伸伸胳膊踢踢腿都不敢，将来你还敢干什么？比如看见一个小偷在公共汽车上扒人家腰包，你敢抓住他的手腕吗？"

他沉吟许久，很严肃地回答："要是小偷没带刀，我就敢。"

我笑了，先有这点胆量也行。

我又对他说："只要你认为你是对的，谁也别怕。什么也别怕！"

我希望我的儿子在这一点上将来像我一样。谁知道呢?

总而言之，我不是位尽职的父亲。儿子天天在长大，我深知我对他的责任将更大了。我要学会做一位好父亲，去掉些自私，少写几篇作品，多在他身上花些精力。归根到底，我的作品，也许都微不足道。但我教育出怎样一个人交给社会，那不仅是我对儿子的责任，也是我对社会的责任。

我不希望他多么有出息——这超出我的努力及我的愿望。

"过年"的断想

我曾问儿子："是不是经常盼着自己快快长大？"

他摇头断然地回答："不！"

我也曾郑重地问过他的小朋友们同样的话，他们都摇头断然地回答并不盼着自己快快长大，说长大了多没意思哇。现在才是小学生，每天上学就够累了。长大了每天上班岂不更累了？连过年过节都会变成一件累事儿。多没劲啊！瞧你们大人，年节前忙忙碌碌的。年节还没过完往往就开始抱怨——仿佛是为别人忙碌为别人过的……

是的，生活在无忧无虑环境之中的孩子是不会盼着自己快快长大的。他们本能地推迟对任何一种责任感的承担。而一个穷人家庭里的孩子，却会像盼着穿上一件新衣服似的，盼着自己早一天长大。他们或她们，本能地企望能早一天为家庭承担起某种责任。《红灯记》里的李玉和，不是曾这么夸奖过女儿么——提篮小卖拾煤渣，担水劈柴也靠她，里里外外一把手，穷人的孩子早当家。

我从童年起，就是一个早当家的穷人的孩子。

有时我瞧着自己的儿子，在心里默默地问我自己——我十二岁的时候，真的每天要和比我小两岁的弟弟到很远的地方去抬水么？真的每天要做两顿饭么？真的每个月要拉着小板车买一次煤和烧柴么？那加在一起可是五六百斤啊！在做饭时，真的能将北方熬粥的直径两尺的大铁锅端起来么？在买了粮后，真的能扛着二三十斤重的粮袋子，走一站多路回到家里么？……

连我自己也不敢相信，残存在记忆之中的童年和少年时期的生活情形都是真的。而又当然是真的，不是梦……

由于家里穷，我小时候顶不愿过年过节。因为年节一定要过，总得有过年过节的一份儿钱。不管多少，不比平时的月份多点儿钱，那年那节可怎么个过法呢？但远在万里之外的四川工作的父亲，每个月寄回家里的钱，仅够维持最贫寒的生活。我从很小的时候就懂得体恤父亲。他是一名建筑工人。他这位父亲活得太累太累，一个人挣钱，要养活包括他自己在内一大家子七口人。他何尝不愿每年都让我们——他的子女，过年过节时都穿上新衣裳，吃上年节的饭菜呢？我们的身体年年长，他的工资却并不年年涨。他总不能将自己的肉割下来，血灌起来，逢年过节寄回家呵。如果他是可以那样的，我想他一定会那样。而实际上，我们也等于是靠他的血汗哺养着……

穷孩子们的母亲，逢年过节时是尤其令人怜悯的。这时候，人与鸟兽相比，便显出了人的无奈。鸟兽的生活是无年节之分的，故它们的母亲也就无须在某些日子将来临时，惶惶不安地日夜想着自己格外应尽什么义务似的。

我讨厌过年过节完全是因为看不得母亲不得不向邻居借钱时必须鼓起勇气又实在鼓不起多大勇气的样子。那时母亲的样子最使我心里暗暗难过，我们的邻居也都是些穷人家。穷人家向穷人家借钱，尤其逢年过节，大概是最不情愿的事之一。但年节客观地横现在日子里，不借钱则打发不过去。当然，不将年节当成年节，也是可以的。但那样一来，母亲又会觉得太对不起她的儿女们。借钱之前也是愁，借钱之后仍是愁，借了总得还的。总不能等我们都长大了，都挣钱了再还。母亲不敢多借。即或是过春节，一般总借二十元。有时邻居们会善良地问够不够，母亲总说："够！够……"许多年的春节，我们家都是靠母亲借的二十元过的。二十元过春节，在今天看来仿佛是不可思议之事。当年也真难为了母亲……

记得有一年过春节，大约是我上初中一年级十四岁那一年，我坚决地对母亲说："妈，今年春节，你不要再向邻居们借钱了！"

母亲叹口气说："不借可怎么过呢？"

我说："像平常日子一样过呗！"

母亲说："那怎么行？你想得开，还有你弟弟妹妹们呢！"

我将家中环视一遍，又说："那就把咱家这对破箱子卖了吧！"

那是母亲和父亲结婚时买的一对箱子。

见母亲犹豫，我又补充了一句："等我长大了，能挣钱了，买更新的，更好的！"

母亲同意了。

第二天，母亲帮我将那一对破箱子捆在一只小爬犁上，拉到街市去卖。从下午等到天黑，没人买。我浑身冻透了，双脚冻僵了。后来终于冻哭了，哭着喊："谁买这一对儿箱子啊……"

我将两只没人买的破箱子又拖回了家。一进家门，我扑入母亲怀中，失声大哭……

母亲也落泪了。母亲安慰我："没人买更好，妈还舍不得卖呢……"

母亲告诉我——她估计我卖不掉，已借了十元钱。不过不是向同院的邻居借的。而是从城市这一端走到那一端，向从前的老邻居借的，向我出生以前的一家老邻居借的……

如今，我真想哪一年的春节，和父母弟弟妹妹聚在一起，过一次春节，而父亲已经去世了。母亲牙全掉光了，什么好吃的东西也嚼不动了，只有看着的份儿。弟弟妹妹们已都成家了，做了父母了。往往针对我的想法说——"哥你又何必分什么年节呢！你什么时候高兴团聚，什么时候便当是咱们的年节呗！"

是啊，毕竟，生活都好过些，年节的意义，对大人也就不那么重要了。

所以，我现在也就不太把年当年，把节当节了，正如从来不为自己过生日。便是有所准备地过年过节，多半也是为了儿女高兴……

人生的意义在于承担

我曾多次被问到"人生有什么意义？"往往，"人生"之后还要加上"究竟"二字。

我想，"人生有什么意义"这一个问题，从本质上说，是从"现在时"出发对"将来时"的一种叩问，是对自身命运的一种叩问。世界上只有人才关心自身的命运问题。"命运"一词，意味着将来怎样。它绝不是一个仅仅反映"现在时"的词。

"人生有什么意义"这一个问题与人的思想活动有关，古今中外，解答可谓千般百种，形形色色。我也回答过这一问题，可每次的回答都不尽相同，每次的回答自己都不满意。

一般而言，儿童和少年不太会问"人生有什么意义"的话，他们倒是很相信人生总归是有些意义的，专等他们长大了去体会。老年人也不太会问"人生有什么意义"的话，问谁呢？中年人常问"人生有什么意义"。相互问一句，或自说自话一句。一切都似乎不言自明，于是相互获得某种心理的支持和安慰。因为他们是有压力的，压力常常使他们对人生的意义保持格外的清醒。人生的意义在他们那儿的解释是——责任。

是的，责任即意义。责任几乎成了大多数寻常百姓的中年人之人生的最大意义。对上一辈的责任，对儿女的责任，对家庭的责任，对单位对职业的责任。人只有到了中年时，才恍然大悟，原来从小盼着快快长大好好地追求和体会一番的人生的意义，除了种种的责任和义务，留给自己的，即纯粹属于自己的另外的人生的意义，实在是并不太多了。他们老了以后，甚至会继续以所尽之责任和义务尽得究竟怎样，来掂量自己的人生意义。

而在一些年轻人眼中，人生的意义就是享受，他们还没有受什么苦，也没有经历大的波折磨难，在他们看来，世界是美好的，人生要享受眼前的美好。

如果他们经历了点什么困难，他们更有理由了——人活在这个世界这么苦，不好好享受对不起自己。

其实，这是大错特错的。我有一种结论，所谓"人生的意义"，它至少是由三部分组成：一部分是纯粹自我的感受；一部分是爱自己和被自己所爱的人的感受还有一部分是社会和更多有时甚至是千千万万别人的感受。

当一个青年听到一个他渴望娶其为妻的姑娘说"我愿意"时，他由此顿觉人生饱满、有意义了，那么这是纯粹自我的感受。爱迪生之人生的意义，体现在享受电灯、电话等发明成果的全世界人身上；林肯之人生的意义，体现在当时美国获得解放的黑奴们身上。

如果一个人只从纯粹自我一方面的感受去追求所谓人生的意义，那么他或她到头来一定所得极少。最多，也仅能得到三分之一罢了。但倘若一个人的人生在纯粹自我方面的意义缺少甚多，尽管其人生作为的性质是很崇高的，那么在获得尊敬的同时，必然也引起同情。这是自我价值和社会价值的失衡。

权力、财富、地位、高贵得无与伦比的生活方式，这其中任何一种都不能单一地构成人生的意义。而勇于担当的人，即使卑微，对于爱我们也被我们所爱的人而言，可谓大矣！因为他尽到了自己的责任，他承担起了属于自己的义务。这样的人，尽管平凡渺小，但值得钦佩。

辑三

文学与评论

我与文学

　　我对文学的理解，以及我的写作，当然和许多别人一样，曾受古今中外不少作品和作家的影响，影响确乎发生在我少年、青年和中年各个阶段。或持久，或短暂。却没有古今中外任何一位作家的文学理念和他们的作品一直影响着我。而我自己的文学观也在不断变化……

　　下面，我按自己的年龄阶段梳理那一种影响：

　　童年时期主要是母亲以讲故事的方式，向我灌输了某些戏剧化的大众文学内容，如《钓金龟》《铡美案》《乌盆记》《窦娥冤》《柳毅传书》《赵氏孤儿》《一捧雪》等……

　　那些故事的主题，无非体现着民间的善恶观点和"孝""义"之诠释而已。母亲当年讲那些故事，目的绝然不是为了培养我们的文学爱好。她只不过是怕我们将来不孝，使她伤心；并怕我们将来被民间舆论斥为不义小人，使她蒙耻。民间舆论的方式亦即现今所谓之口碑。东北人家，十之八九为外省流民落户扎根。哪里有流民生态，哪里便有"义"的崇尚。流民靠"义"字相互凝聚，也靠"义"字提升自己的品格地位。倘某某男人一旦被民间舆论斥为不义小人，那么他在品格上几乎就万古不复了。我童年时期，深感民间舆论对人的品格，尤其是男人们的品格所进行的审判，是那么的权威，其公正性又似乎那么的不容置疑。故我小时候对"义"也是特别崇尚的。但流民文化所崇尚的"义"，其实只不过是"义气"，是水泊梁山和瓦岗寨兄弟帮那一种"义"。与正义往往有着质的区别，更非仁义，然而母亲所讲的那些故事，毕竟述自于传统戏剧，内容都是经过一代代戏剧家锤炼的，所传达的精神影响，也就多多少少地高于民间原则，比较地具有着文学美学的意义了。对于我，等于是母乳以外的另一种营养。

　　这就是为什么，我早期小说中的男人，尤其那些男知青人物，大抵都是孝子，又大抵都特别义气的原因。我承认，在以上两点，我有按照我的标准美化我笔下人物的创作倾向。

在日常生活中，"义"字常使我临尴尬事，成尴尬人。比如我一中学同学，是哈市几乎家喻户晓的房地产老板。因涉嫌走私，忽一日遭通缉——夜里一点多，用手机在童影厂门外往我家里打电话。白天我已受到种种忠告，电话一响，便知是他打来的。虽无利益关系，真有同学之谊。不见，则不"义"；即往见之，则日后必有牵连。犹豫片刻，决定还是见。于是成了他逃亡国外前见到的最后一人。还要替他保存一些将来翻案的材料，还承诺三日内绝不举报。于是数次受公安司法部门郑重而严肃的面讯。说是审问也差不多。录口供，按手印，记录归档。

这是五六年前的事。

我至今困惑迷惘，不知一个头脑比我清醒的人，遇此事该取怎样的态度才是正确的态度？倘中学时代的亲密同学于落难之境急求一见而不见，结果虚惊一场，日后案情推翻（这种情况是常有的），我将有何面目复见斯人，复见斯人老母，复见斯人之兄弟姐妹？那中学时代深厚友情的质量，不是一下子就显出了它的脆薄性么？这难道不是日后注定会使我们双方沮丧之事么？

但，如果执行缉捕公务的对方们不由分说，先关押我三个月五个月，甚或一年半载，甚至更长时间（我是为一个"义"字充分做好了这种心理准备的），我自身又会落入何境？

有了诸如此类的经历后，我对文学、戏剧、电影有了新的认识。那就是：凡在虚构中张扬的，便是在现实中缺失的，起码是使现实人尴尬的。此点古今中外皆然。因在现实中缺失而在虚构中张扬的，只不过是借文学、戏剧、电影等方式安慰人心的写法。这一功能是传统的功能，也是一般的功能。严格地讲，是非现实主义的，归为理想主义的写法或更正确。而且是那种照顾大众接受意向的浅显境界的理想主义写法。揭示那种种使现实人面临尴尬的社会制度的、文化背景的，以及人性困惑的真相的写法，才更是现实主义的写法。回顾我早期的写作，虽自诩一直奉行现实主义，其实是在理想主义和现实主义之间左顾右盼，每顾此失彼，像徘徊于两岸两片草地之间的那一头寓言中的驴。就中国文学史上呈现的状态而言，我认为，近代的现实主义文学，其暧昧性大于古代；现代大于近代；当代大于现代。原因不唯在当代主流文学理念的禁束，也由于我及我以上几代写作者根本就是在相当不真实的文化背景的影响之下成长起来的。它最良好开明时的状态也不过就是暧昧。故我们先开的写作基因是潜伏着暧昧的成分。即使我们产生了叛逆主流文学理念禁束的冲动，我们也难以有改变我们先天基因的能力。

自幼所接受的关于"义"的原则，在现实之中又逢困惑和尴尬。对于写作者，这是多么不良的滋扰。倘写作者对此类事是不敏感的，置于脑后便是了。偏偏我又是对此类事极为敏感的写作者。这一种有话要说不吐不快的冲动，每变成难以抗拒的写作的冲动。而后一种冲动下快速产生的，自然不可能是什么文学，只不过是文学方式的社会发言而已……

我非是那类小时候便立志要当作家才成为作家的人。在我仅仅是一个爱听故事的孩子的年龄，我对作家这一种职业的理解是那么的单纯——用笔讲故事，并通过故事吸引别人感动别人的人。如果说这一种理解水平很低，那么我后来自认为对作家这一种职业的似乎"成熟"多了的理解，实际上比我小时候的理解距离文学还要远些。因为讲故事的能力毕竟还可以说是作家在新闻评论充分自由的国家和时代，可能使人成为好记者。反之，对于以文学写作为职业的人，也许是一种精力的浪费吧？如果我在二十余年的写作时间里，在千余万字的写作实践中，一直游弋于文学的海域，而不每每地被文字方式的社会发言的冲动所左右，我的文学意义上的收获，是否会比现在更值得自慰呢？

然而我并不特别地责怪自己。因为我明白，我所以曾那样，即使大错特错了，也不完全是我的错。从事某些职业的人，在时代因素的影响下，往往会变得不太像从事那些职业的人。比如"文革"时期的教师都有几分不太像教师；"文革"时期的学生更特别地不像学生。于今的我回顾自己走过的文学路，经常替自己感到遗憾和惋惜，甚至感到忧伤……

比较起来我还是更喜欢那个爱听故事的孩子年龄的我。作家对文学的理解也许确乎越单纯越好。单纯的理解才更能导我走上纯粹的路。而对于艺术范畴的一切职业，纯粹的路上才出纯粹的成果。

少年时期从小学四五年级起，我开始接触文学。不，那只能说是接近。此处所言之文学，也只不过是文学的胚胎。家居的街区内，有三四处小人书铺。我在那些小人书铺里度过了许多惬意的，无论什么时候回忆起来都觉得幸福的时光。今人大概一般认为，所谓文学的摇篮，起码是高校的中文系，或文学系。但对我而言，当年那些小人书铺即是。小人书文字简洁明快，且可欣赏到有水平的甚至堪称一流的绘画。由于字数限制所难以传达的细致的文学成分，在小人书的情节性连贯绘画中，大抵会得以形象的表现。而这一点又往往胜过文学的描写。对于儿童和少年，小人书的美学营养是双重的。

小人书是我能咀嚼文学之前的"代乳品"。

但凡是一家小人书铺，至少有五六百本小人书。对于少年，那也几乎可以说是古今中外包罗万象了。有些取材于当年翻译过来的外国当代作品，那样的一些小人书以后的少年是根本看不到了。

比如《中锋在黎明前死去》——这是一本取材于美国当年的荒诞现实主义电影的小人书，讽刺资本对人性的霸道的侵略。讲一名足球中锋，被一位资本家连同终生人身自由一次性买断。而"中锋"贱卖自己是为了给儿子治病。资本家还以同样的方式买断了一名美丽的芭蕾舞女演员，一头人猿，一位生物学科学家，以及另外一些他认为"特别"的具有"可持续性"商业价值的人。他企图通过生物学科学家的实验和研究，迫使所有那些被他买断了终生人身自由的"特别"人相互杂交，再杂交后代，"培植"出成批的他所希望看到的"另类"人，并推向世界市场。"中锋"却与美丽的芭蕾舞女演员深深相爱了，而芭蕾舞女演员按照某项她当时不十分明白的合同条款，被资本家分配给人猿做"妻子"……

结局自然是悲惨的。美丽的芭蕾舞女演员被人猿撕碎；"中锋"掐死了资本家；生物学科学家疯了……

而"中锋"被判死刑。在黎明前，在一场世界锦标赛的海报业已贴得到处可见之后，"中锋"被推上了绞架……

这一部典型的美国好莱坞讽刺批判电影，是根据一部阿根廷五十年代的剧本改编的，其内容不但涉及资本膨胀的势力与在全世界都极为关注的"克隆"实验，在其内容中也有超前的想象。倘滤去其内容中的社会立场所决定了的成分，仅从文学的一般规律性而言，我认为作者的虚构能力是出色的。

那一本小人书给我留下极深的印象。

比如《前面是急转弯》——这是一部苏联当时年代的社会现实题材小说。问世后很快就拍成了电影，并在当年的中国放映过。但我没有机会看到它，我看到的是根据电影改编的小人书。

它讲述了这样一件事：踌躇满志事业有成的男人，连夜从外地驾车赶回莫斯科，渴望着与他漂亮的未婚妻度过甜蜜幸福的周末时光。途中他的车灯照见了一个卧在公路上的人。他下车看时，见那人全身浸在一片血泊中。那人被另一辆车撞了。撞那人的司机畏罪驾车逃遁了。那人还活着，还有救，哀求主人公将自己送到医院去。在公路的那一地点，已能望见莫斯科市区的灯光了。将不幸的人及时送到医院，只不过需要二十几分钟。主人公看着血泊中不幸的人却犹豫了。他暗想如果对方死在他的车上呢？那么他将受到司法机关的审问，那么他将不能与未婚妻共同度过甜蜜幸福的周末了。难道自己连夜从外地赶回莫斯科，只不过是为了救眼前这个血泊中的人吗？他的车座椅套是才换的呀！那花了他不少的一笔钱呢！何况，没有第三者作证，如果他自己被怀疑是肇事司机呢？那么他的事业，他的地位，他的婚姻，他整个的人生……

　　在不幸的卧于血泊中的人苦苦的哀求之下，他一步步后退，跳上自己的车，绕开血泊加速开走了。

　　他确实与未婚妻度过了一个甜蜜幸福的周末。

　　他当然对谁都只字不提他在公路上遇到的事，包括他深深地爱着的未婚妻。

　　然而他的车毕竟在公路上留下了轮印，他还是被传讯并被收押了。

　　在审讯中，他力辩自己的清白无辜。为了证明他并没说谎，他如实"交代"了自己的真实想法……

　　当然，肇事司机最终还是被调查到了。

　　无罪的他获释了。

　　但他漂亮的未婚妻已不能再爱他。因为那姑娘根本无法接受这样一个事实——她不但爱而且尊敬的这个男人，竟会见死不救。非但见死不救，还在二十几分钟后与她饮着香槟谈笑风生、诙谐幽默，并紧接着和她做爱……

　　他的同事们也没法像以前那么对他友好了……

　　他无罪，但依然失去了许多……

　　这一部电影据说在当年的苏联获得好评。在当年的中国，影院放映率却一点儿也不高。因为在当年的中国，救死扶伤的公德教育深入人心，可以说是蔚然成风。这一部当年的苏联电影所反映的事件，似乎是当年的中国人很难理解的。正如许多中国人当年很难理解安娜·卡列尼娜为什么非离婚不可……

　　我承认，我还是挺欣赏苏联某些文学作品和电影中的道德影响力的。

此刻，我伏案写到此处，头脑中一个大困惑忽然产生了——救死扶伤的公德教育（确切地说应该是人性和人道教育）在当年的中国确曾深入人心，确曾蔚然成风——但"文革"中灭绝人性和人道的残酷事件，不也是千般百种举不胜举吗？为什么一个民族会从前一种事实一下子就转移到后一种事实了呢？

是前一种事实不真实吗？

我是从那个时代成长过来的。我感觉那个时代在那一点上是真实的啊。

是后一种事实被夸张了吗？

我也是从后一个时代经历过来的。我感觉后一个时代确乎是可怕的时代啊。

我想，此转折中，我指的非是政治的而是人性的——肯定包含着某些规律性的至为深刻的原因。它究竟是什么，我以后要思考思考……

倘一名少年或少女手捧一本内容具有文学价值的小人书看着，无论他或她是在哪里看着，其情形都会立刻勾起我对自己少年时代看小人书度过的那些美好时光的回忆，并且，使我心中生出一片温馨的感动……

我至今保留着三十几本早年出版的小人书。

中学时代某些小人书里的故事深印在我头脑中，使我渴望看到那些故事在"大书"里是怎样的。我不择手段地满足自己对文学作品的阅读癖，也几乎是不择手段地积累自己的财富——书。

与我家一墙之隔的邻居姓卢。卢叔是个体收破烂的，经常收回旧书。我的财富往往来自他收破烂的手推车。我从中发现了《白蛇传》和《梁祝》的戏剧唱本，而且是解放前的，有点儿"黄色"内容的那一种。一部破烂不堪的《聊斋志异》也曾使我欣喜若狂如获至宝。

《白蛇传》是我特别喜欢的文学故事。古今中外，美丽的，婉约的，缠绵于爱，为爱敢恨敢舍生忘死拔剑以拼的巨蛇只有一条，那就是白娘子白素贞。她为爱所受之苦难，使是中学生的我那么那么地心疼她。我不怎么喜欢许仙。我觉得爱有时是值得越乎理性的。白娘子对许仙的爱便值得他越乎理性地守住。既可超乎理性，又怎忍歧视她为异类？当年我常想，我长大了，倘有一女子那般爱我，则不管她是蛇，是狮虎，是狼甚至是鬼怪，我都定当以同样程度同样质量的爱回报她。哪怕她哪一天恶性大发吃了我，我也并不后悔。正如今天流行歌曲唱的"何必天长地久，只求此际拥有"。

但是《白蛇传》又从另一方面影响了我的情爱观，那就是——我从少年时期起便本能地惧怕轰轰烈烈的、不顾生不顾死的那一种爱。我觉得我的生命肯定不能承受爱得如此之重。向往之，亦畏之。少年的我，对家庭已有了责任意识，而且是必须担当的责任意识，故常胡思乱想——设若将来果真被一个女子以白蛇那一种不顾生不顾死的方式爱着了，我可究竟该怎么办才好呢？我是明明不可以相陪着不顾生不顾死地爱的啊！倘我为爱陪死了，谁来孝敬母亲呢？谁来照顾患精神病的哥哥呢？进而又想，我若一孤儿，或干脆像孙悟空似的，是从石头里"生"出来的，那多好。那不是就可以无牵无挂地爱了吗？这么想，又立刻意识到对父母对家庭很罪过，于是内疚，自责……

《梁祝》的浪漫也是我极为欣赏的。

我认为这一则文学故事的风格是完美的。以浪漫主义的"欢乐颂"式的喜悦情节开篇；以现实主义的正剧转悲剧的起承跌宕推进人物命运；又以更高境界的浪漫主义情调扫荡悲剧的压抑，达到想象力的至臻至美。它绮丽幽雅，飘逸隽永，"秾纤得衷，修短合度"。

我认为就一则爱情故事而言，其浪漫主义与现实主义相结合的出神入化，古今中外，无其上者。

据说，在某些大学中文系的课堂，《白蛇传》和《梁祝》的地位只不过列在"民间故事"的等级。而在我的欣赏视野内，它们是经典的，绝对一流的，正宗的雅文学作品。

梁斌的《红旗谱》以及下部《播火记》给我的阅读印象也很深。

《红旗谱》中有一贫苦农民是严志和，严志和有二子，长子运涛，次子江涛。江涛虽农家子，却仪表斯文，且考上了保定师专。师专有一位严教授，严教授有一独生女严萍，秀丽、聪慧、善良，具叛逆性格。她与江涛相爱。

中学时期的我，常想象自己是江涛，梦想班里似乎像严萍的女生注意我的存在，并喜欢我。

这一种从未告人的想象延续不灭，至青年，至中年，至于今。往往忘了年龄，觉得自己又是学生。相陪着一名叫严萍的女生逛集市。而那集市的时代背景，当然是《红旗谱》的年代。似乎只有在那样的年代，一串糖葫芦俩人你咬下一颗我咬下一颗地吃，才更能体会少年之恋的甜。在我这儿，一枝红玫瑰的感觉太正儿八经了；倘相陪着逛大商场，买了金项链什么的再去吃肥牛火锅，非我所愿，也不会觉得内心里多么的美气……

当然我还读了高尔基的"三部曲"；读了《牛虻》《钢铁是怎样炼成的》《红岩》《斯巴达克》等。

蒲松龄笔下那些美且善的花精狐妹，仙姬鬼女，皆我所爱。松龄先生的文采，是我百读不厌的。于今，偶游刹寺庙庵，每作如是遐想——倘年代复古，愿寄宿院中，深夜秉烛静读，一边留心侧耳，若闻有女子低吟"玄夜凄风却倒吹，流萤惹草复沾帏"，必答"幽情苦绪何人见，翠袖单寒月上时"，并敞门礼纳……

另有几篇小说不但对我的文学观，而且对我的心灵成长，对我的道德观和人生观发生影响。

陀思妥耶夫斯基的《白夜》。

这是一个短篇。内容：一个美丽的少女与外祖母相依为命。外祖母视其为珠宝，唯恐被"盗"。于是做了一件连体双人衫。自己踏缝纫机时，与少女共同穿上，这样少女就离不开她了，只有端端地坐在她旁边看书。但要爱的心是管不住的。少女爱上了家中房客，一位一无所有的青年求学者，每夜与他幽会。后来他去彼得堡应考，泥牛入海，杳无音信。少女感到被弃了，常以泪洗面。在记忆中，此小说是以"我"讲述的。"我"租住在少女家阁楼上。"我"渐渐爱上了少女。少女的心在被弃的情况下是多么地需要抚慰啊！就在"我"似乎以同情赢得少女的心，就在"我"双手捧住少女的脸颊欲吻她时，少女猛地推开了"我"跑向前去——她爱的青年正在那时回来了……于是他们久久地拥抱在一起，久久地吻着……而"我"又失落又感动，心境亦苦亦甜，眼中不禁盈泪，缓缓转身离去。那一个夜晚月光如水。那是"我"记忆中最明亮的夜……

陀氏以第一人称写的小说极少。甚至，也许仅此一篇吧？此篇一反他一向作品的阴郁冷漠的风格，温馨圣洁。它告诉中学时期的我：爱不总是自私的。爱的失落也不必总是"心口永远的疼"……

马卡连柯的《教育诗》。

内容：职任苏维埃共和国初期的孤儿院长马卡连柯，在孤儿院粮食短缺的情况下，将一笔巨款和一支枪、一匹马交给了孤儿中一个"劣迹"分明的青年，并言明自己交托的巨大信任，对孤儿院的全体孩子们意味着什么。那青年几乎什么也没表示便接钱、接枪，上马走了。半个月过去，人们都开始谴责马卡连柯。但某天深夜，那青年终于疲惫不堪地引领着押粮队回来了，他路上还遇到了土匪，生命险些不保。

他问马卡连柯："院长，您是为了考验我吗？"马卡连柯诚实地回答："是的。""如果我利用了您的考验呢？""当时的情况不允许我这样想。你知道的，只有你一个人能完成任务。""那么，您胜利了。""不，孩子，是你自己胜利了。"高尔基看了《教育诗》大为感动，邀见了马卡连柯院长，促膝长谈。它使中学时期的我相信：给似乎不值得信任的人一次值得信任的机会，未尝不是必要的。人心渴望被信任，正如植物不能长期缺水。但是后来我的种种经历亦从反面教育我——那确乎等于是在冒险。

托尔斯泰的《复活》。

这部小说使中学时期的我害怕：倘一个人导致了另一个人的悲剧，而自己不论以怎样的方式忏悔都不能获得原谅，那么他将拿自己怎么办？

法朗士的《衬衫》。

内容：国王生病，病症是备感自己的不幸福。于是名医开方——找到一件幸福的人穿过的衬衫让国王穿，幸福的微粒就会被国王的皮肤吸收。于是到处寻找幸福的人。举国上下找了个遍，竟无人幸福。那些因权力、地位、财富、名望、容貌而被别人羡慕的人，其实都有种种的不幸福。最令人苦笑不禁的是：有人因自己的妻子是国王的情妇而不幸福；有人也因自己的妻子不能是国王的情妇而不幸福。最后找到了一个在田间小憩的农夫，赤裸上身快乐吹笛。问其幸福否？答正幸福着。于是许以城池，仅求一衫。农夫叹曰：我穷得连一件衬衫都没有……

它使中学时期的我对大人们的人生极为困惑：难道幸福仅仅是一个词罢了？后来我的人生经历渐渐教育我明白：幸福只不过是人一事一时，或一个时期的体会。一生幸福的人，大约真的是没有的……

"文革"中我获得了一个绝好的机会——半个月内，昼夜看管学校图书室。那是我以"红卫兵"的名义强烈要求到的责任。有的夜晚我枕书睡在图书室。虽然只不过是一所中学的图书室，却也有两千多册图书。于是我如饥似渴地读雨果、霍桑、斯汤达、狄更斯、哈代、卢梭、梅里美、莫泊桑、大仲马、小仲马、罗曼·罗兰等等，等等。

于是我的文学视野，由苏俄文学，而拓宽向十八世纪十九世纪西方大师们的作品……

拜伦的激情、雪莱的抒情、雨果的浪漫与恣肆磅礴、托尔斯泰的从容大器、哈代的忧郁、罗曼·罗兰的蕴藉深远以及契诃夫的敏感、巴尔扎克的笔触广泛，至今使我钦佩。

莎士比亚没怎么影响过我。

《红楼梦》我也不是太爱看。

却对安徒生和格林兄弟的童话至今情有独钟。

西方名著中有一种营养对我是重要的。那就是善待和关怀人性的传统以及弘扬人道精神。

今天的某些评者讽我写作中的"道义担当"之可笑。

而我想说：其实最高的道德非他，乃人道。我从中学时代渐悟此点。我感激使我明白这一道理的那些书。因而，在"文革"中，我才是一个善良的红卫兵。因而，大约在一九八四年，我有幸参加过一次《政府工作报告草案》的党外讨论，力陈有必要写入"对青少年一代加强人性和人道教育"。后来，"报告"中写入了。但修饰为"社会主义的人性和革命的人道主义教育"。我甚至在一九七九年就写了一篇辩文是《浅谈"共同人性"和"超阶级的人性"》。以上，大致勾勒出了我这样一个作家的文学观形成的背景。我是在中外"古典"文学的影响之下决定写作人生的。这与受现代派文学影响的作家们是颇为不同的。我不想太现代。但也不会一味崇尚"古典"。因为中外"古典"文学中的许多人事，今天又重新在中国上演为现实。现实有时也大批"复制"文学人物及情节和事件。真正的现代的意义，在中国，依我想来，似应从这一种现实对文学的"复制"中窥见深刻。但这非是我有能力做到的。在中国古典白话长篇小说中，我喜欢的名著依次如下：《三国演义》《西游记》《封神演义》《水浒传》《隋唐演义》《红楼梦》《老残游记》《聊斋志异》……我喜欢《三国演义》的气势磅礴、场面恢宏、塑造人物独具匠心的情节和细节。

中外评家在评到托尔斯泰的《安娜·卡列尼娜》时，总不忘对它的开卷之语溢美有加。正如我们都知道的，那句话是："幸福的家庭是相似的，不幸的家庭各有各的不幸。"

据说，托翁写废了许多页稿纸，苦闷多日才确定了此开卷之语。

于是都知道此语是多么多么的好，此事亦成美谈。然我以为，若与《三国演义》的开卷之语相比，则似乎顿时失色。"话说天下大事，分久必合，合久必分。"我常觉得这是几乎只有创世纪的上帝才能说出来的话。当然，两部小说的内容根本不同，是不可以强拉硬扯地胡乱相比的。我明知而非安相比，实在是由于钦佩。

我一直认为这是一部关于一个国家的一次形成的伟大小说。它所包含的政治的、军事的、"外"交的以及择才用人的思想，直至现今依然是熠熠闪光的。在惊天地泣鬼神的大战役的背景之下刻画人物，后来无其上者。

《三国演义》是绝对当得起"高大"二字的小说。我喜欢《西游记》的想象力。我觉得那是一个人的想象天才伴随着愉快所达到的空前绝后的程度。娱乐全球的美国电影《蝙蝠侠》啦、《超人》啦、《星球大战》啦，一比就都被比得小儿科了。《西游记》乃天才的写家为我们后人留下的第一"好玩儿"的小说。《封神演义》的想象力不逊于《西游记》。它常使我联想到荷马的《伊利亚特》和《奥德修斯》。"雷震子"和"土行孙"二人物形象，证明着人类想象力所能达到的妙境。在全部西方诸神中，模样天真又顽皮的爱神丘比特，也证明着人类想象力所能达到的妙境。东西方人类的想象力在这一点上相映成趣。

《封神演义》乃小说写家将极富娱乐性的小说写得极庄严的一个范本。《西游记》的"气质"是喜剧的；《封神演义》的"精神"却是特别正剧的，而且处处呈现着悲剧的色彩。

我喜欢《水浒传》刻画人物方面的细节。几乎每一个主要人物的出场都是精彩的，而且在文学的意义上是经典的。少年时我对书中的"义"心领神会。青年以后则开始渐渐形成批判的态度了。梁山泊好汉中有我非常反感的二人：一是宋江；一是李逵。我并不从"造反"的不彻底性上反感宋江，因为那一点也可解释成人物心理的矛盾。我是从小说写家塑造人物的"薄弱"方面反感他的。我从书中实在看不出他有什么当"第一把手"的特别的资格。而李逵，我认为在塑造人物方面是更加的失败了，觉得只不过是一个符号。他一出场，情节就闹腾，破坏我的阅读情绪。李逵这一人物简单得几乎概念化。关于他唯一好的情节，依我看来，便是下山接母。《水浒传》中最煞有介事也最有损"好汉"本色的情节，是石秀助杨雄成功地捉了后者妻子的奸的那一回。那一回一箭双雕地使两个酷武男人变得像弄里流氓。杨雄的杀妻与武松的弑嫂是绝不能相提并论的。武松的对头西门庆是与官府过从甚密的势力人物；武松的弑嫂起码还符合着一命抵一命的常理。杨雄杀妻时，从旁幸灾乐祸着的石秀的样子，其实是相当猥琐的。他后来深入虎穴暗探祝家庄的"英雄行为"，洗刷不尽他的污点……

《隋唐演义》自然不如《水浒传》那么著名，但比之《水浒传》，它似乎将"义"的品质提升了层次。瓦岗兄弟的成分，似乎也不像梁山好汉那么芜杂。而且，前者们所反的，直接便是朝廷。他们的目标是明确的而不是暧昧的，他们是比宋江们更众志成城的，所以他们成功了。秦琼这个人物身上所体现的"义"，具有"仁义"的意义，是所有的梁山好汉们身上全都不曾体现出来的……

我不是多么喜欢《红楼梦》这一部小说。

它脂粉气实在是太浓了，不合我阅读欣赏的"兴致"。

我想，男人写这样的一部书，不仅需要对女人体察入微的理解，自身恐怕也得先天地有几分女人气的。曹雪芹正是一位特别女人气的天才。但我依然五体投地那么地佩服他写平凡，写家长里短的非凡功力。我常思忖，这一种功力，也许是比写惊天动地的大事件更高级的功力。西方小说中，曾有"生活流"的活跃，主张原原本本地描写生活，就像用摄像机记录人们的日常生活那样。我是很看过几部"生活流"的样板电影的。那样的电影最大程度地淡化了情节，也根本不铺排所谓矛盾冲突。人物在那样的电影里"自然"得怪怪的，就像外星人来到地球上将人类视为动物而拍的"动物世界"。那样的电影的高明处，是对细节的别具慧眼的发现和别具匠心的表现。没了这一点，那样的电影就几乎没有任何欣赏的价值了。

我当然不认为《红楼梦》是什么"生活流"小说。事实上《红楼梦》对情节和人物命运的设计之讲究，几乎到了考究的程度。但同时，《红楼梦》中充满了对日常生活细节，以及人物日常情绪变化的细致描写。那么细致需要特殊的自信，其自信非一般写家所能具有。

《红楼梦》是用文学的一枚枚细节的"羽毛"成功地"裱糊"了的一只天鹅标本。它的写作过程显然可评为"慢工出细活儿"的范例。我由衷地崇敬曹雪芹在孤独贫病的漫长日子里的写作精神。那该耐得住怎样的寂寞啊。曹雪芹是无比自信地描写细节的大师。《红楼梦》给我的启示是：细细地写生活，这一对小说的曾经的要求，也许现今仍不过时……

我喜欢《老残游记》，乃因它的文字比《二十年目睹之怪现状》《儒林外史》《官场现形记》都好些，结构也完整些；还因它对自然景色的优美感伤的描写。

《聊斋志异》不应算白话小说，而是后文言小说。我喜欢的是它的某些短篇。至于集中的不少奇闻异事，现今的小报上也时有登载，没什么意思的。

我至今仍喜欢的外国小说是：《约翰·克里斯朵夫》《悲惨世界》《九三年》《大卫·科波菲尔》《安娜·卡列尼娜》《红与黑》《红字》《苔丝》《简·爱》，巴尔扎克和梅里美的某些中短篇代表作……

我不太喜欢《雾都孤儿》、《呼啸山庄》那一类背景潮湿阴暗，仿佛各个角落都潜伏着计谋与罪恶，而人物心理或多或少有些变态的小说……

《堂·吉诃德》我也挺喜欢。有三位外国作家的作品是我一直不大喜欢得起来的：陀思妥耶夫斯基、左拉、劳伦斯。

一个事实是那么地令我困惑不解：资料显示，陀氏活着的时候，许多与他同时代的俄国人，甚至可以说大多数与他同时代的俄国人谈论起他和他的作品，总是态度暧昧地大摇其头。包括许多知识分子和他的作家同行们。他们的暧昧中当然有相当轻蔑的成分。一些人的轻蔑怀有几分同情；另一些人的轻蔑则彻底地表现为难容的恶意。陀氏几乎与他同时代的任何一位作家都没有什么密切的往来。更没有什么友好的交往。他远远地躲开着所谓文学的沙龙。那些场合也根本不欢迎他。他离群索居，在俄国文坛的边缘，默默地从事他那苦役般的写作。他曾被流放西伯利亚，患有癫痫病，最穷的日子里买不起蜡烛。他经常接待某些具有激进的革命情绪的男女青年。他们向他请教拯救俄国的有效途径，同时向他鼓吹他们的"革命思想"。而他正是因为头脑之中曾有与他们相一致的思想才被流放西伯利亚的，并且险些在流放前被枪毙。于是他以过来人的经验劝青年们忍受。热忱地向他们宣传他那种"内部革命"的思想。他那种思想有点儿接近"文革"时期毛泽东倡导的"斗私批修""灵魂深处爆发革命"。他相信并且强调，"一个"真的正直的人的榜样的力量是无穷的。他更加热忱地预言，只要这样的"一个"人确乎出现了，千万民众就会首先自己洗心革面地追随其后，于是一个风气洁净美好的新社会就自然而然地形成了。那"一个"人究竟应该是怎样的呢，便是他《白痴》中的梅什金公爵了。一个从精神病院出来的，和他自己一样患有癫痫病的没落贵族后裔。他按照自己的标准，将他用小说为人类树立的榜样塑造成一个单纯如弱智儿，集真善美品质于一身的理想人物。而对于大多数精神被社会严重污染与异化的人们，灵魂要达到那么高的高度显然不但是困难的，而且是痛苦的。他在《罪与罚》中成功地揭示了这一种痛苦，并试图指出灵魂自新的方式。他自信地指出了，那方式便是他"灵魂深处爆发革命"的主张。当然，他的"革命"说，非是针对社会的行为，而是每一个人改造自己灵魂的自觉意识……

综上所述，像他这样一位作家，在活着的时候，既受到思想激进者们的嘲讽，又引起思想保守者们的愤怒是肯定的。因为他的梅什金公爵，分明不是后者们所愿承认的什么榜样。他们认为他是在通过梅什金公爵这一文学形象影射他们的愚不可及。而他欣赏他的梅什金公爵又是那么地由衷，那么地真诚，那么地实心实意。

陀氏在他所处的时代是尴尬的，遭受误解最多的。他的众多作品带给他的与其说是荣耀和敬意，还莫如说是声誉方面的伤痕。

但也有资料显示，在他死后，"俄国的有识之士全都发来了唁电。"

那些有识之士们是哪些人？资料没有详列。

是因为他死了，"有识之士"们忽然明白，将那么多的误解和嘲讽加在他身上是不仁的，所以全都表示哀悼；还有后来研究他的人，认为与他同时代的"有识之士"们对他的态度是可耻的，企图掩盖历史的真相呢？

我的困惑正在此点。

我是由于少年时感动于他的《白夜》才对他发生兴趣的。到"上山下乡"前，我已读了大部分他的小说的中文译本。以后，便特别留意关于他的评述了。

我知道托尔斯泰说过嫌恶陀氏的话，而陀氏年长他七岁，成名早于他十九年，是他的上一代作家。

高尔基甚至这么评价他："陀斯妥耶夫斯基无可争辩，毫无疑问地是天才。但这是我们的一个凶恶的天才。"

车尔尼雪夫斯基更是曾几乎与他势不两立。

苏维埃成立以后，似乎列宁和斯大林都以批判性的话语谈论过他。

于是陀氏在苏联文学史上的地位一再低落。

而相应的现象是，西方世界的文学评论，将他推崇为俄国第一伟大的作家，地位远在屠格涅夫、托尔斯泰之上。这有西方新兴文学流派推波助澜的作用，也有意识形态冷战的因素。

我不太喜欢他，仅仅是不太喜欢他而已，并不反感他。我的不太喜欢，也完全是独立的欣赏感受，不受任何方面的评价的影响。我觉得陀氏的小说中，不少人物身上都有神经质的倾向。在现实生活中我非常难以忍受神经质的人在我眼前晃来晃去，读同样文学状态的小说我亦会产生心烦意乱的生理反应。我一直承认并相信文学对于人的所谓灵魂有某种影响力，但是企图探讨并诠释灵魂问题的小说却是使我望而生畏的。陀氏的小说中有太浓的宗教意味儿，而且远不如宗教理念那么明朗健康。最后一点，在对一切艺术的接受习惯上，"病态美学"是我至今没法儿亲和的。而陀氏的作品，是我所读过的外国小说中病态迹象呈现得显著的……

我觉得高尔基评说陀氏是"一个凶恶的天才"，用词太狠了，绝对的不公正。我认为陀氏是"一个病态的天才"。首先是天才，其次有些病态。因其病态而使作品每每营造出紧张压抑、阴幻异迷的气氛，而这正是许多别的作家们纵然蓄意也难以为之的风格。陀氏的作品凭此风格独树一帜。但那的确非是我所喜欢的小说的风格。他常使我联想到梵高。梵高是一个心灵多么单纯的大儿童啊！西方的评论也认为陀氏是一个心灵单纯的大儿童。我却不这么认为。我觉得恰恰相反。身为作家，也许陀氏的心灵常常处在内容太繁杂太紊乱的状态了。因为儿童是从来不想人的灵魂问题的。成年人难免总要想想的，但若深入地去想，是极糟糕的事。梵高以对光线和色彩特别敏感的眼观察大自然，因而留给我们的是美；陀氏却以对人心特别敏感的、神经质的眼观察罪恶在人心里的起源，因而他难免写出一些使人看了不舒服的东西。这乃是作家与画家相比，作家注定了容易遭到误解与攻讦的前提。除了陀氏的《白夜》，我还喜欢他的《穷人》。我对他这两篇作品的喜欢，和对他某些作品的不喜欢，只怕是难以改变的了……

在二十世纪八十年代以前，对于我这样一个由喜欢看小人书而接触文学的少年，爱弥尔·左拉差不多是一位陌生的法国作家的名字。倒是曾经与他非常友好，后来又化了名在报上攻击他的都德，给我留下极深的记忆。这乃因为，都德的短篇《最后一课》，收入过初中一年级的语文课本里。也被改编成小人书。而且，在收音机里反复以广播小说的形式播讲过。

在我少年时代的小人书铺里，我没发现过由左拉的小说改编的小人书。肯定是由于左拉的小说不适合改编成小人书供少年们看。在我是知青的年龄，曾极短暂地拥有过一部左拉的《娜娜》。

那时我已是"兵团"的文学创作员。每年有一次机会到"兵团"总司令部佳木斯市去接受培训。我的表哥居佳木斯市。我自然会利用每次接受培训的机会去看他。有次他不在家，我几乎将他珍藏的外国小说"洗劫"一空，塞了满满一大手提包带回了我所在的一团宣传股，其中就包括左拉的《娜娜》。手提包里的外国小说其实我都看过，唯《娜娜》闻所未闻。我几次想从提包里翻出来在列车上看，但是不敢。因为当年，一名青年在列车上看一部外国小说已有那么几分冒天下之大不韪。倘书名还是《娜娜》这么容易使人产生猜想的外国小说，很可能会引起"革命"目光的关注。我认识的几名知青曾在探家所乘的列车上传看过《黑面包干》这么一部苏联小说，受到周围"革命"乘客的批评而不以为然，结果"革命"乘客们找来了列车长和乘警。列车长和乘警以"有义务爱护青年们的思想"为由收缴《黑面包干》。那几位知青据理力争，振振有词，说《黑面包干》怀着敬爱之情在小说中写到列宁，是一部好小说。对方说，有些书表面看起来是好的，却在字里行间贩卖修正主义的观点。于是强行收缴了去，使那几名知青一路被周围乘客以看待问题青年的眼光备受关注，言行自然不得……

他们的教训告诉我，还是在列车上不看《娜娜》的好。

而这就使我失去了一次当年领略左拉小说的机会。因为，我回到一团团部，将手提包放在宣传股的桌上，去上厕所的当儿，书已被瓜分一空，急赤白脸地要都没人还回一本。《娜娜》自然也不翼而飞。

在复旦大学中文系的内部阅览室，我借阅过左拉的《小酒店》。序言评价那部小说"无情地揭露了资本主义社会制度"。它写的是一名工人和他的妻子从精神到肉体堕落及毁灭的过程。我觉得左拉式的现实主义"真实"得使人周身发冷，使人绝望——对社会制度作用下的底层人群的集体命运感到绝望。在《小酒店》中，底层人物的形象粗俗、卑贱，几乎完全丧失人的自尊意识，并且似乎从来也没感到过对它的需要。他们和她们生存在潮湿、肮脏，到处充满着污秽气味和犯罪企图的环境里，就像狄更斯《雾都孤儿》里那些被上帝抛弃了的、破衣烂衫的、早晨一睁开双眼便开始寻思到哪儿去偷点儿什么东西的孩子。我们在读《雾都孤儿》时，内心里会情不自禁地涌起一阵阵同情。但是在《小酒店》里，我们的同情被左拉那支笔戳得千疮百孔。因为儿童还拥有将来，留给我们为他们命运的改变作祈祷和想象的前提。而《小酒店》里的成年男女已没有将来。他们的将来被社会也被他们自己扔在劣质酒缸里泡尽了生命的血色……

我是自少年起读另一类现实主义小说长大的，它们被冠以"革命现实主义"。在"革命现实主义"小说里，底层人物的命运虽然穷困无助甚或凄惨，但至少还有一种有希望的东西——那就是赖以自尊和改变命运的品质资本。还有他们和她们那一种往往被描写得美好而又始终不渝，令人羡慕的经得起破坏的爱情。这两种"革命现实主义"小说几乎必不可少的因素，在左拉的批判现实主义小说里是少见的。与许多批判现实主义小说尤其不同的是，左拉的批判现实主义小说的笔触极冷，使人联想到"零度感情"状态之下那一种写作。

我后来对于法国历史有了一点了解，开始承认左拉自称"自然主义"的那一种现实主义，可能更真实地逼近着他所处的法国的时代现实的某一面。

而我曾扪心自问，我对左拉式的现实主义保持阅读距离，当然不是左拉的错，而是由于我自己即使作为读者，也一直缺少阅读另类现实主义小说的心理准备。进一步说，我这样的一个自诩坚持现实主义的中国作家，也许是不太有勇气目光逼近地面对更真实太真实的现实的一种的。

毕竟，我在我的阅读范围伴随之下的成长，决定了我是一个温和的现实主义作家——与左拉的写作相比较而言。

在对现实主义的理念方面，我更倾向于巴尔扎克。

巴尔扎克对现实的批判态度体现得更睿智一些，因而他将他的系列小说统称为《人间喜剧》。左拉对现实的批判态度却体现得更"狠"一些……我在大学里也读了左拉的《娜娜》。那部小说讲述富有且地位显赫的男人们，怎么样用金钱深埋一个风尘女子于声色犬马的享乐的泥沼里；而她怎么样游刃有余地利用她的美貌玩弄他们于股掌之上。结局是她患了一种无药可医的病，像一堆腐肉一样烂死在床上。

娜娜式的人生，确切地说是女人的人生，在中国的现今举不胜举。其大多数活得比娜娜幸运。倘我们不对幸福二字做太过理想主义的理解，那么也可以认为她们的人生不但是幸福的，而且是时兴的。她们中绝少有人患娜娜那一种病，也绝少有人的命运落到娜娜那种可怕的下场。她们生病了，一般总是会在宠养她们的男人们的安排之下，享受比高干还周到的医疗待遇。左拉将他笔下的娜娜的命运下场设计得那么丑秽，证明了左拉的现实主义的确是相当"狠"的一种，比死亡还"狠"。

先我读过《娜娜》的同学悄悄而又神秘地告诉我："那绝对是值得一读的小说，我刚还，你快去借……"

我借到手了。两天内就读完了。

读过哈代的《苔丝》，小仲马的《茶花女》，再读左拉的《娜娜》，只怕是没法儿不失望的。

我想，我的同学说它"绝对是值得一读的"，也许另有含义。

《卢贡家族的命运》和《萌芽》才是左拉的代表作。可惜以后我就远离左拉的小说了，至今没读过。

既没读过左拉的代表作，当然对左拉小说的看法也就肯定是不客观的。比如在以上两部小说中，文学研究资料告诉我，左拉对底层人物形象，确切地说是对法国工人的描写，就由"零度感情"而变得极其真诚热烈了。

好在我写到左拉其实非是要对左拉进行评论，而主要是分析我自己对现实主义的矛盾心理和暧昧理念。

我利用过我与之一向保持距离的左拉的名义一次。那就是在连我自己现在也感到羞耻的小说《恐惧》的写作过程中以及出版以后。

我决定写《恐惧》的初衷是由外部生活现实的"刺激"而产生的。某日接近中午，我从童影厂回家，腋下夹些报刊。五月的阳光暖洋洋的。顺着厂门前人行道刚一拐弯，但见五六十米远处，亦即"清水大澡塘"门前有着行状怪异的三个人——一人伏在地上，双手扳着人行道沿；另外两人各自拽他左右腿……

"清水大澡塘"的前身是"土城饭店"。我们童影的宿舍楼邻它仅十米左右。后来"土城饭店"经过一番门面翻修，变成了"金色朝代"——有卡拉OK包间的那一种地方。于是每至夜里十点，小车泊来；拂晓，幽然而去。一天深夜，几乎全楼居民都被枪声惊醒；又一天傍晚，散步的人们都见从"金色朝代"内冲出手持双筒猎枪的魁汉，追赶两名校官，将其中一名用枪托击倒跪于地，而且朝其头上空放了一枪……那一件事发生后，它停业了一个时期，其后变成了"清水大澡塘"……

当我走到距那三人十米远处，才看到地上有血迹。起初我以为只不过是三个喝醉了的男人在胡闹罢了。不由站住，一时难以判断究竟怎么回事。而那个伏在地上的人，就朝我扭头求救："兄弟，救我一命，兄弟，救我一命……"其声奄奄，目光绝望。我却呆愣着，不知该怎么救他。那时拽他腿的一个人，就放了他的腿，用皮鞋踩他扳住人行道沿的双手。他手一松，自然就被拖着双腿拖向"清水大澡塘"了……

于是他用不堪入耳的话骂我这见死不救的北京人，并惊恐地喃喃自语着："我完了，我死定了……"

他被拖上台阶时，下巴被几级台阶磕出了血。

这时我才从呆愣状况中反应过来。第一个想法是我得跟进去——企图杀人者不至于当着别人的面杀人吧？

我紧走几步，踏上台阶，进了门——顿时一股血腥扑鼻，满地鲜血，墙上溅的也是血。一个人仰面倒在地上，看去似乎已死；一个人靠墙歪坐，颈上有很长很深的伤口，随着喘气一股一股往外涌血……

我又惊呆，生平第一次目睹此现场，心咚咚跳，壮着胆子喝道："不许杀人！杀人要偿命！……"

两个穿黑皮夹克的人中的一个，瞪着我，将一只手探到了怀里……

而那个被拖进来的人却说："他俩都有枪……"

我不知他为什么说这句话，但结果是我退出了门。我想我得报警，但那就只能回厂。我跑回厂里，让一名警卫战士报警。让两名警卫战士跟我去制止杀人。他们不很情愿地跟我匆匆走着。忽然我心冷静了——那个断了两条腿的外地男人，就肯定是好人吗？两名警卫战士还太年轻，且是农村孩子，万一他们遭到什么不测，我将如何向他们的父母交代？于是我又命他们回厂去。他们反倒为我的安危担心起来，偏跟着我了。最后我还是生气地将他们赶了回去……

当我再来到"清水大澡塘"台阶前，那两个穿黑皮夹克的男人恰从门内出来，自我面前踏下台阶，扬长而去。我想到那个双腿断了的外地男人，推开门看时，见他居然没被弄死。他说："幸亏你刚才跟进来了，他们慌了，只顾到二楼去拿钱，才留下我一命……我们是被绑架的，他们是被雇的杀手。"我也不知他说的"我们"，是否即指那一死一伤二人？此时门外才出现人。真正报上了案的是我们童影厂的老厂长于蓝同志……那一天以后，我觉得，某些原本离我很远的事，其实渐渐地离我很近了。"恐惧"二字，总是在头脑中盘桓，挥之而不能去。与另外一些积淀心间的人事相融合，遂产生了写一部小说的冲动。

起初我想将"清水大澡塘"当成中国二十世纪九十年代的《小酒店》来写。其中形形色色的人物当然非是底层人们。底层的人们不去那样的地方"洗澡"。

在写前，我想到了左拉那句名言："无情地揭示社会丑恶的溃疡。"左拉那句话当时确乎唤起了我的一种作家责任感。我发誓我也要"揭示"得"狠"一点儿。

但进入写作状态不久，我的勇气便自行地渐渐减少了。那时我受到一些恐吓威胁。其文学意味和话语中的杀机，完全是黑社会那一套。我想我的写作不能再图痛快而给我自己和家庭带来不安全的阴影了。结果《恐惧》就改变了初衷，放弃了实践一次左拉那种现实主义的打算。

一种打算放弃了，另一种打算却渗入了头脑。那就是对印数的追求。进一步明确地说，是对稿费收获的追求。当时我因自己的种种个人义务和责任，迫切地需要一笔为数不少的钱。第二种打算一旦渗入头脑，写作的冲动和过程就变质了。所谓"媚俗"成为不可避免之事。我在左拉式的批判现实主义与媚俗以迎合市场的打算之间挣扎，却几乎不可救药地越来越滑向后一方面。

那一时期我不失时机地谈左拉"无情地揭示社会丑恶的溃疡"的主张，实则是在替自己写作目的之卑下进行预先的辩护。

《恐惧》出版以后，我常被当众诘问写作动机。于是我只有侃侃地大谈我并不太喜欢的左拉和他的小说。我祭起左拉的文学主张当作自己的盾。虽振振有词，但自己最清楚自己内心里是多么的虚弱。

有一次我又进行很令我头疼的签名售书。有两名中学女生买了《恐惧》。我扣下了她们买的书，让售书员找来了我的另两本书代替之。那一件事后，《恐惧》真的成了我"心口的疼"。尽管它给我带来了比我任何一部书都多的稿酬。我一直暗自发誓要重写它，但一直苦于没有精力。不过这一件事我肯定是要做的。我之利用左拉分明是很卑劣的。我以后的写作实践中再也不会出现那样的"失足"了。由此我常想另一个问题——那就是一部好书的标准究竟是什么？对于这样的问题肯定有各种各样的回答。而且，肯定有争议。但我更希望自己写的书，初中的男孩子女孩子也都是可以看的。家长们不会因他们和她们看我的书而斥责："怎么看这样的书！"——我自己也不会因而有所不安。

我认为《红与黑》《红字》《简·爱》《复活》《安娜·卡列尼娜》《茶花女》《德伯家的苔丝》《巴黎圣母院》《红楼梦》《聊斋志异》等都是初中的男孩子女孩子皆可看的书。只要不影响学业，家长们若加以斥责，老师们若反对，那便是家长和老师们的褊狭了。

至于另外一些书，虽然一向也有极高的定评，比如《金瓶梅》或类似的书，我想，我还是不必去实践着写吧。

写了二十余年我渐渐悟到了这么一点——文学的某些古典主义的原理，在现代还远远没被证明已完全过时。也许正是那些原理，维系着人与文学类的书的古老亲情，使人读文学类的书的时光，成为美好的时光；也使人对文学类的书的接受心理，能处在一种优雅的状态。

我想我要从古典主义的原理中，再多发现和取来一些对我有益的东西，而根本不考虑结果自己会否迅速落伍……

最后我想说，我特别特别钦佩左拉在"德雷福斯"案件中的勇敢立场。他为他的立场付出了全部积蓄，再度一贫如洗。同时牺牲了健康、名誉。还被判了刑，失去了朋友，成了整个法兰西的"敌人"，并且被逐出国。

然而他竟没有屈服。

十二年以后他的立场才被证明是正确的。

我认为那件事是左拉人生的"绝唱"。

是的，我特别特别钦佩他此点。

因为，即使在我是血气方刚的青年时都没勇气像左拉那样；现在，则更没勇气了……

劳伦斯这位英国作家是从八十年代中期才渐入我头脑的。

那当然是由于他的《查泰莱夫人的情人》中译本的出版。

"文革"前那一部书不可能有中译本。这是无须赘言的——但建国前有。

一九七四至一九七七年间，我在复旦大学中文系的"内部图书阅览室"也没发现过那一部书和劳氏的别的书。因而，《查泰莱夫人的情人》中译本出版前，我惭愧地承认，对我这个自认为已读了不少外国小说的"共和国的同龄人"，劳伦斯是一个完全陌生的名字。

读过《查泰莱夫人的情人》的中译本以后，我看到了同名的电影的录像。并且，自己拥有了一盘翻转的。书在当年出版不久便遭禁，虽已是"改革开放"年代，虽我属电影从业人员，但看那样一盘录像，似乎也还是有点儿犯忌。知道我有那样一盘录像的人，曾三四五人神秘兮兮地要求到我家去"艺术观摩"。而我几乎每次都将他们反锁在家里。

好多家出版社当年出版了那一部小说。

不同的出版说明和不同的序，皆将那一部小说推崇为"杰作"。皆称劳氏为"天才"的或"鼎鼎大名"的小说家。同时将"大胆的""赤裸裸的""惊世骇俗"的性爱描写"提示"给读者。当然，也必谈到英国政府禁了它将近四十年。

我读那一部小说没有被性描写的内容"震撼"。

因为我那时已读过《金瓶梅》，还在北影文学部的资料室读到过几册明清年代的艳情小说。《金瓶梅》的"赤裸裸"性爱描写自不必说。明清年代那些所谓艳情小说中的性爱描写，比《金瓶梅》有过之而无不及。在中国各朝各代非"主流"文学中，那类小说俯拾皆是。当然，除了"大胆的""赤裸裸"的性爱描写这一共同点，那些东西是不能与《查泰莱夫人的情人》相提并论的。

有比较才有鉴别。

读而后比较的结果是——使劳氏鼎鼎大名的他的那一部小说，在性爱描写方面，反而显得挺含蓄、挺文雅，甚而显得有几分羞涩似的了。总之我认为，劳氏毕竟还是在以相当文学化的态度在他那部小说中描写性爱的。我进一步认为，毫不含蓄地描写性爱的小说，在很久以前的中国，倒可能是世界上最多的。那些东西几乎无任何文学性可言。

我非卫道士。

但是我一向认为，一部小说或别的什么书，主要以"大胆的""赤裸裸的"性爱描写而闻名，其价值总是打了折扣的。不管由此点引起多么大的沸扬和风波，终究不太能直接证明其文学的意义。

故我难免会按照我这一代人读小说的很传统的习惯，咀嚼《查泰莱夫人的情人》的思想内容。

我认为它是一部具有无可争议的思想内容的小说。

那思想内容一言以蔽之就是——对英国贵族人士表示了令他们难以沉默的

轻蔑。因为劳氏描写了他们的性无能，以及企图遮掩自己性无能真相的虚伪。当然的，也就弘扬了享受性爱的正当权利。

我想，这才是它在英国遭禁的根本缘由。

因为贵族精神是英国之国家精神的一方面，贵族形象是英国民族形象历来引以为豪的一方面。

在此点上，劳氏的那一部书，似又可列为投枪与匕首式的批判小说。

但英国是小说王国之一。

英国的大师级小说家几个世纪以来层出不穷，一位位彪炳文史，名著之多也是举世公认的。与他们的作品相比，劳氏的小说实在没什么独特的艺术造诣。就论对贵族人士及阶层生活形态的批判吧，劳氏的小说也不比那些大师们的作品更深刻更有力度。

但劳氏鼎鼎大名起来的，分明非是他的小说所达到的艺术高度，而是他的《查泰莱夫人的情人》当时及以后所造成的新闻。

我想，也许我错了，于是借来了他的《儿子与情人》认真地看了一遍。

我没从他的后一部小说看出优秀来。

由劳氏我想到了两点：第一点，我们每一个人作为读者，是多么容易受到宣传和炒作的影响啊。正如触目皆是的广告对我们每一个人的消费意识必发生影响一样。这其实不应感到害羞，也谈不上是什么弱点。但如果不能从人云亦云中摆脱出来，那则有点儿可悲了。第二点，我敢断言，中外一切主要因对性的描写程度"不当"而遭禁的书，那禁令都必然是一时的，有朝一日的解禁都是注定了的。虽禁之未必是作者的什么耻辱，但解禁也同样未必便是一部书的荣耀。

人类文明到今天，对性事的禁忌观念已解放得够彻底，评判一部小说的价值，当高出于论性的是是非非。倘在性以外的内容所留的评判空间庸常，那么"大胆"也不过便是"大胆"、"赤裸裸"也不过便是"赤裸裸"……

我这一种极端个人化的读后杂感，仅作一厢情愿的自言自语式的记录而已，不想与谁争辩的。

随提一笔，根据《查泰莱夫人的情人》改编的电影，抹淡了原著对英国贵族人士的轻蔑，裸爱镜头不少，但拍得并不猥琐。尽管算不上一部多么好的电影，却还是可归于文艺片之列的。

我也基本上同意这样的评论：就劳伦斯本人而言，他对性爱描写的态度，显然是诚实的、激情的和健康的。

我不太喜欢他和他的小说，纯粹由于艺术性方面的阅读感觉。

现在，我要回过头来再谈我自己写作实践中的得失。

首先我要提的是《一个红卫兵的自白》。这一本书，对于在"文革"中刚刚出生和"文革"以后出生的很年轻的一代，比较感性地认识"文革"，有一点点解惑的意义。写时的动机正在于此。但也就是一点点的解惑意义而已。因我所经历的"文革"，其具体背景，只不过是一座城市一个省份。而且，只不过是以一名普通中学生的见闻、思想和行为来经历的，自身认识的局限是显然的。虽则"大串联"使我能够写入书中的内容丰富了些，却仍只不过是见闻和一己感受而已。

我更想说的是，也许，此书曾给中国的"新时期"文学，亦即粉碎"四人帮"以后的文学，带了一个很坏的头。它是当年第一部写"文革"中的红卫兵心路的长篇小说。按我的初衷，自然是作为小说来写的。本身曾是红卫兵，自然以第一人称来写。既以第一人称来写，也索性便将自己的真实姓名写入书中了。刊物的编辑收到稿件后来电话说：这部小说很怪呀，你看专辟一个栏目，将它定为"纪实小说"行不行？我说：行呀。有什么不行呢？那大约是一九八五年。我被社会承认是作家才三年多。对于小说以外的文学名堂还所知甚少，也是第一次听到"纪实小说"这一提法。它当年只发表了一半，另一半刊物不敢发表了。似乎正是从此以后，"纪实小说"很流行了一阵子。接二连三，在文学界招惹了不少是是非非，连我自己也曾受此文学谬种的严重伤害。

因为"纪实"而又"小说"的结果是明摆着的——利用小说形式影射攻击的事例，古今中外，举不胜举。此本伤人阴伎，倘再冠以"纪实"，被攻击的人哪有不"体无完肤"的呢？若被文痞们驾轻就熟地惯以用之，喷泄私愤，好人遭殃。

故我对"纪实小说"这一文学种类已无好感。《从复旦到北影》及《京华见闻录》两篇，继《一个红卫兵的自白》之后不久发表。

在复旦我既获得过老师们的关怀爱护，也受到过一些委屈。那些委屈今天看来是微不足道的，与上一代人的人生磨砺相比更是不值言说的。但我当年才二十五六岁，心理承受能力毕竟脆弱。自以为承受能力强大，其实是脆弱的。

何况，从童年至少年至青年，虽然成长于贫穷之境，却一向不乏友爱。难免娇气。又一向被视为好儿童好少年好青年，当知青班长代理排长连队教师，人格方面特别地自尊。偏那委屈又是冲着人格方面压迫来的，于是耿耿心头，不吐不快。

故《从复旦到北影》中，有积怨之气，牢骚之词，也有借题发挥、情节演绎的成分。

它写于十五六年前，证明当年的我，对自己笔下的文字责任感意识不强，要求不高。

倘如今年，心头委屈积怨全释，平和宽厚回望当年人事纷纭，情理梳析，摈弃演绎，娓娓道来，于山雨穴风的政治背景下，翔实客观地反映"工农兵学员"的大学体会和感受，必将是另一面貌，也会有更大的认识价值。

那多好呢！

《京华见闻录》中所录的纪实成分多了，演绎成分少了。就我这样一个具体的中国人的观念而言，就我这样一个当年被视为有"异端思想"的作家而言，却又"正统"多了些，思想拘泥呆板了些。文字的放纵，是弥补不了这一点的。

当年我才三十四五岁。刚入全国作家协会一年多。自以为责人颇宽，克己颇严，其实今天文坛上某些年轻人的轻狂浅薄，刚愎自信，躁行戾气，我身上都是存在过的。

以上两篇，虽能从中看到我的一些真实经历，真实性情，真实心路，真实思想；虽能从中看到一些当年的时代特色，社会状态，人生杂相；虽读起来或挺有意思——但毕竟的，因先天不足，乏大器而呈小器，乏冷静而显浮躁，乏庄重而露轻佻，乏深刻而贩浅薄……

《泯灭》这一部小说，现在看来，前半部较后半部要写得好一点。因为前半部有着自己童年和少年时期的生活为底蕴，可取从容平实，娓娓道来的写法。虽然平实，但情节、细节都是很个人化的，便有独特性，非别人的作品里所司空见惯的。后半部转入了虚构。虚构当然乃是小说家必备的能力，也是起码的能力。但此小说的后半部，实际上是按一个先行的既定的"主题"轨路虚构下去的——对金钱的贪婪使人性扭曲，使人生虽有沉浮荣辱，最终却依然归于毁败。这样的人物，以及由其身上生发出来的这样的主题，当然并没什么不对。

翟子卿式的人物在八十年代以后的中国现实生活中也并不少，有些典型意义。但此"主题"却太古老陈旧了。近几个世纪以来，尤其西方资本主义时期以来，无数作品都反映过这个"主题"。可以说，八十年代以来的第一桩中国经济案中，也都通过真人真事包含了这个主题。而在现实主义小说中，主题对作品有魂的意义。泛化的主题尽管不失为主题，却必然决定了作品的魂方面的简浅常见。

　　在我的友情关系和亲情关系中，很有一些和我一样的底层人家的儿子，中年命达，或为官掌权，或从商暴富。但近十年间，却接二连三地纷纷变成为阶下囚，往日的踌躇满志化作南柯一梦。他们所犯之案，或省级大要案，或列入全国大要案。这使我特别痛心，也每每叹息不已。由于友情和亲情毕竟存在过，法理立场上就难以做到特别的鲜明。这一种沉郁暧昧的心理，需要以一种方式去消解。而写一部小说消解之对我来说是自然而然的方式。直奔一个简浅常见的主题而去，又成了最快捷的方式——我在写作中竟未能从此心理因素的纠缠中明智而自觉地摆脱，全受心理因素的惯力所推，小说便未能在"主题"方面再深掘一层，此一憾也……

　　喜读引我走上了写的不归人生路。然读之于我，在绝大多数情况之下并不是为了促进写。读只不过是少年时养成的习惯。是美好时光的享受而已。我的读又是那么的不系统。索性的，也便不求系统了。我从读中确乎受益匪浅。书对我的影响，少年时大于青年时青年时大于现在。现在我对社会及人生已形成了自己的看法，非是读几本什么书所能匡正或改变的。尽管如此，以后我不写了，仍会是一个习惯了闲读的人。读带给我的一种清醒乃是——明白自己往往写得多么平庸……

文学八问

1. 您对自己二十年的文学创作有没有一个概括的评价？

△较为勤奋。

2. 您觉得在自己的创作中最幸福的事情是什么？而最遗憾的又是什么？

△谈不上幸福。但感到欣慰的时候总是有的。那就是作品受到读者喜欢的时候。就一种心情而言，那欣慰其实与一切热爱自己职业的人因工作完成的较好受到称赞是一样的。没什么大的区别。遗憾的时候不少。自己没写好遗憾。自己认为写的不错却被读者拒绝也遗憾。被读者认为写的不错自己却明知没写好还遗憾。文学不像唱歌，一首歌演唱者在某种情况之下没唱好，失声，走调或唱错了词，被大喝倒彩，并非难以挽回的遗憾。下次在另一种情况之下，将同一首歌唱好就是了。而公开发表了的小说，一般是没有重写一遍再公开发表一次的机会的。只能在收入集子或再版时，做些文字的修改。改动甚大，失了原貌，便是另一篇作品了。我纵观自己迄今为止的全部作品，每觉遗憾多多。因文字的粗糙而遗憾，因缺乏细节而遗憾，因开篇的平庸或因结尾的落入俗套而遗憾。诸种遗憾，当时写作过程中是意识不太到的。发表之初也是意识不太到的。这还不包括经某些读者公开或来信中所指出的用词不当，索引不确，记忆差误等等问题。所以，我常生一念，恨不能将五六百万字的作品篇篇章章、行行句句地重新润色一遍。但这不是说做就有足够的时间和精力投入去做的事。我只能在此向读者保证——某天一定要开始做……

3. 您曾被认为是"知青文学"的代表，您怎样看待"知青文学"？

△我不是什么"知青文学"的代表作家。确切地说，我只能算是"北大荒知青文学"的"代表"。"北大荒文学"是一个概念，这一文学"品种"从五十年代末六十年代初就产生于中国文坛了。比如《雁飞塞北》《大甸风云》以及由当年复转于北大荒的官兵作家们所创作的一系列优秀中短篇。电影方面

还有《老兵新传》这样的经典之作。"知青文学"也是一个相当宽泛的文学概念。由于地域的不同，自然生活形态的不同，插队落户与兵团编制的不同，长期知青经历和短期经历的不同，使知青作家们曾对"知青文学"进行过色彩纷呈大相径庭的实践。我的知青小说根本代表不了"知青文学"，充其量是组成部分。严格地说甚至也不能算是"北大荒知青文学"的"代表"。只不过我写的多了，评论界姑妄言之，媒界姑妄认可，读者姑妄信之，而我自己姑妄由之罢了。所谓"知青文学"，因与一代人的整体命运相关，故总被这一代人青睐着。我身为那总体中的一分子，主观感受太强，作品的主观色彩也太浓。我希望并期待有更客观视角更冷静理念思考更全面更成熟的大作品产生。这是我目前心有余而力不足的。

4. 曾在北大荒生活过近二十年，我觉得北大荒有许多东西还有待于我们进一步认识，您是否还有写北大荒的愿望？

△我同意你的看法。我常有再写北大荒的愿望。而且是写长篇的冲动。但另一方面，我又总受当前社会生活的吸引，总有迫不及待地反映当前社会生活的激情迸发胸间。这种矛盾心态，我个人认为，其实与"浮躁"二字无关。更意味着是一种顾此失彼的无奈。所谓"鱼与熊掌，二者不可得兼"。故我某些小说，有意识地将当前人的社会生活与昨天的北大荒组合在一起，试图达到一种自己的创作满足感……

5. 您是否写出了令自己满意的作品，如果没有，会在什么时候实现这个愿望？

△有些作品当初是满意的，后来渐渐的不满意了，甚至常常很沮丧。嫌恶自己总在不断地写，又总写不出更好的作品。这种沮丧每每困扰着我，纠缠着我。我这个作者几乎从来没有过什么良好感觉。这一点我自己最清楚。毕竟自小读过名著，知道经典是什么水平。我要克服的不是自满，而是沮丧，而是内心深处的大的自卑。故我常阿Q式地安慰自己——总有一天我会写出自己很满意的作品。我有我的明智。那就是——眼高手低，自卑到不敢写下去了，不能写下去了，便成了一个彻底被自卑压倒的人了。自己满意的作品只能由自己一个字一个字写出来。为了拥有它，就得写下去……

6. 您对中国当代文学有没有评价的愿望？

△过去有。现在完全没有。现在精力大不如前了，所以要特别的专一。连

专一都未见得写得更好，怎肯分心？怎敢"花心"？

7. 您觉得在市场经济条件下文学在社会中应有怎样的社会功能？

△我个人认为，文学的社会功能从来是多样化的。这多样化的功能又从来不曾改变过。不曾被任何人的个人意志而转移。当然，这是指文学的世界性而言的。具体到某一个国家的某一个时期，文学的一些功能曾被限制过、偏废过；文学的另一些功能曾被夸张过，神圣过。两种情况，都不利于文学的繁荣。中国迎来了市场经济，这对文学并不是"天灾"，更非"人祸"。细细一想，许多世界名著和世界级的文学大师，也都是在他们各个国家的市场经济条件下诞生的。《茶花女》和《汤姆叔叔的小屋》对于文学爱好者有同样的意义。我也不会去比较金庸和雨果谁更伟大。金庸代表文学的一种功能，雨果代表另一种，林语堂代表第三种，而鲁迅代表最特殊的一种。市场经济更适合文学的诸种功能共存，所以市场经济不是文学的末日。作家应有重视任何一种文学功能的绝对自由。这样才有利于"百花齐放"。具体到中国。我个人认为，从前在"百家争鸣"方面精力消耗太大了。而且一争一鸣，最终必上纲上线。现在情况好多了，都明白"百花齐放"比"百家争鸣"更重要更有意义了。再争再鸣一百年，莫如一百年内每年多出一百部作品。多不可怕，多才有优胜劣汰的前提和余地。倘越"争鸣"作品越少，那样的"争鸣"就可以休矣了……

8. 在剧烈的文化变革中，作家是不是还需要一种相对恒定的文化信仰？

△当然需要。作家作为人没什么特殊性，所以"信仰"只能是相对的。好比"包办婚姻"的封建陋习消除了，男人女人都可以"自由恋爱"了，你怎么享受那"自由"的权利？你又怎么爱？爱什么？这就仁者见仁，智者见智了。就文学而言，仁智之见之争，古来由是。正因为有不同的文化和文学的信仰，才有不同的文化现象和文学现象。对于文化和文学根本不抱什么信仰，只作为一种适合于自己的职业行不行？就像开花店是一种职业行不行？我觉得不但行而且也合情合理。我从前不是这种观点。现在是这种观点了。我不认为我的文化观和文学观因而低俗了。相反，我意识到，想象文化和文学是多么崇高的事，对于文化工作者是有害的，对于作家是有害的。因为那会进而想象自己不一般，不寻常——在文化特别发达了的今天，这具有自慕倾向和可笑性……

文艺三元素

文艺三元素：娱乐，审美，精神（情怀）影响力。人类的文艺的最古老的关系是娱乐的。先祖们在狩猎成功后手舞足蹈，亦吼亦叫，可视为初始的文艺；那是一种欢乐流露。从灵长类动物如猩猩、猴子身上，仍能看到这一现象。到了后来，最擅长者，于是演变为表演者，亦即娱乐提供者。而大多数人，成为娱乐观看者，即受众。

但一个人类历史发展的事实乃是——如果人类的精神意识状态一直停止在对娱乐的需要，那么人类的社会中便断不会有后来的丰富多彩的文艺形式；人类的精神也不会受文艺的影响而提升，那么，人类其实文明不起来。

所以我们说，人类的文明，它不仅仅是科技的进步所推动的，还是人类文艺所熏陶的。地球上只有人类的审美需要；而正是审美需求，使文艺得以在人类社会中渐渐形成，也使人类在精神状态上产生飞跃。审美的基本内容，最初是形式的；体现为对色彩、线条、形状（态）、节律与场景的敏感。动物眼中的世界比我们少色彩。动物会对气味显示出强烈敏感的反应，但对世界上千般百种的线条现象、形状（态）现象、节律和场景却表现迟钝，或基本无动于衷。

动物对气味的敏感是生存层面的，实际上是对领地安全与饥渴直接相关的反应而已，而人对以上诸现象的反应，则体现为超生存层面的敏感。一种精神的而非物质的需要。初始这种需要是在解决了生存困扰之后的需要，后来即使在生存困扰之时也需要，因为发觉这种需要能减轻压力。男愁唱，女愁哭。

人类对色彩的敏感起源于对自然界的色彩的欣赏；人类对线条的敏感起源于对同类首先是女性身体类的欣赏，进而是对动物如鱼、牛、鹿、狮、虎、豹……

人类对形状（态）的敏感起源于对对称及圆、三角的欣赏，许多人类所创造的物体形状都是由对称原理及圆演化的。有了对对称的敏感，才有对不对称美的发现；有了对圆的欣赏才有对半圆、多角形状之美的发现。

滴水的声音，鸟叫的声音，日出，日落，这种种有节律的现象和自然景观，只有人类才能欣赏，从古至今，乐此不疲，也成为文艺的永恒内容。

但人类对文艺的要求还是没有满足，于是文艺又具有了最后一项元素，即对文艺之精神影响力的需求，或曰教化功能。

中国当今之人一听教化往往逆反，以为对文艺的教化功能一旦表示认可，似乎便等于承认自己的精神、心灵低于他者，使他者认为自己是需要被教化的，从而凸显了他者的优越似的。于是反而拒绝，一味只求娱乐。

其实这种思想问题是不对的，也肯定不能成为一个有起码水平的文艺受众。

我个人是这样看待这一问题的——我，人也；他者，亦人也。都是地球上的高等动物。

我们高级就高级在我们创造并享受文艺，而别类动物不能。我们的一个同类，运用文艺的形式载负了精神之影响力，代表了全人类对文艺自觉性的提升能力。而我，理解了，接受了，并且持鼓励和赞成的态度，所以我也代表了全人类对文艺的高级欣赏水平。提供此种文艺的他者，需要我这样的受众。而我这样的受众的存在，决定了他者们存在的意义。尤其是，当大多数人类都更乐于接受娱乐文艺的时期，他者存在的意义和我存在的意义，成为多么不寻常的意义啊！

在我对他者表现出艺术创作力的敬意时，他者将会多么感谢我啊！

具体说，当《卢旺达饭店》的编导演以及投资方知道我们在中国一所大学的课堂上讨论分析他们的影片时，他们一定会觉得一切努力都是那么的值得，他们不但会感激于我们，还会对我们这样的受众回报以敬意。

如果我们如此看待问题，我们是不是就不会对"教化"二字逆反了呢？进言之，没有教化的真诚，他者又非拍这样一部影片干什么呢？而如果所有的他者都不拍这一类影片了，都去争拍既娱乐（取悦）又赚钱的影片，那么人类的文艺之功能，不是又回到了先祖们初始时候的品相了吗？

关键在于，为什么精神、情怀或思想品德会影响我们，其主观愿望与艺术水准是否一致？而下面，我们就来进一步分析这一点。我曾教过你们两种评论之法：

一、比较。比较首先是和我们所看过的比较，其次才是和同类比较。倘我们看过的少，其中没有同类，只有他类——这种情况之下，还怎么比较呢？换言之，还能不能进行比较呢？

我的回答是，那也肯定会进行比较，而且能够进行比较。

因为当谁想要对某一艺术（作品）发表评论之言时，比较是他头脑中的第一反映。事实上，即使在当时，大家在看《卢旺达饭店》这一部影片时，也许某些同学的头脑中已经在下意识对比了。上一节课几名同学所言之感受，很可能也是他们当时之感受的进一步整理。

明明是两类不同的影片，又怎么进行比较呢？比较主观感觉之不同。不同是肯定的。思考那不同的原因，这一思考，实际上便是在对人与文艺之根本关系，即文艺对象与接受心理之间的关系进行思考了。于是思想到了文艺三元素与我前边所谈的，与我们人类精神的提升自觉性的关系，思想到了"教化"等等……

二、比较之后，可进行解构。我们觉得，起码我个人觉得，《卢旺达饭店》是无法解构的。关于解构，我曾作过芭比娃娃与老罗马表、一艘崭新的豪华游轮与弹痕累累的旧战舰的比喻。芭比娃娃解构之后一地鸡毛，豪华游轮解构之后是钢铁；战舰"解构"之后也是钢铁，但钢铁上那些弹痕，却是重大历史事件的见证——后点的不寻常意义解构不了。《列宁在十月》也如此，你可能不赞成革命，但无法否定，它一定程度上再现了历史。而人类永远需要对历史的再现与思考，不管是哪一种历史。

于是我们会觉得，《卢旺达饭店》好比是我们面对老罗马表、弹痕累累的战舰，其对人道主义的正面颂扬，使我们肃然，根本无法解构。

当然，对于文艺，最好还是同类相比；那么，我们会自然而然地联想到《辛德勒的名单》《美丽人生》，甚至想到圣经中的……

关于爱情在文学中的位置

我还是文学少年时，那是颇爱看爱情小说的。我曾写文章公开承认，对于《钢铁是怎样炼成的》和《牛虻》两部书，少年的我首先是被书中的爱情部分所吸引的。连《希腊神话故事》中最吸引我的，也是关于天庭诸神的爱情纠葛。

我是文学青年时，当然便在分析文学的书中读到过这样的话了——爱、生、死乃是文学的"三大永恒主题"。其所言之爱，自然是男女之爱。而所言生、死，大约是指命运面临的严峻抉择。

于今想来，文学的所谓"永恒主题"，当不仅是爱、生、死吧？当还有别的主题也称得上"永恒"的吧？比如人性原则和人道精神，比如平等观念、和平思想……

但我认为，爱在文学中的位置，确乎地近于水分。它使文学，确乎地只有它才使文学有时呈现"水灵灵"的状态。另外诸"主题"，或使文学显得庄严，或使文学显得崇高，或使文学显得深刻、厚重与恢宏，却都不及"爱"那么能使文学显得缠绵悱恻。

谈论此点，回顾一下一九四九年以后的中国文学的面貌，以及那面貌的变化是必要的。

从一九四九年到一九六六年"文革"前，国史上曰"十七年"。这十七年中，出版了几十部"国产"长篇小说。较著名的，也就十几部。我当年读过的如下：

《红岩》《红日》《红旗谱》《创业史》，当年称"三红一创"，还有《暴风骤雨》《林海雪原》《青春之歌》《战斗的青春》《野火春风斗古城》《平原枪声》《铁道游击队》《吕梁英雄传》《山乡巨变》《艳阳天》《上海的早晨》《雁飞塞北》《苦菜花》……或许还读过几部，记不清了。哦，还有当年两位蒙古族作家写的《草原烽火》和《科尔沁草原》，还读过一部属于少年儿童题材的长篇小说《强盗的女儿》。那也许是唯一的一部少年儿童题材的长篇小说。

以上作品中，皆有爱情章节。

但爱情只是一种成分。

如果所反映的是革命斗争年代的内容，那么爱情是革命斗争所加的成分；如果时代背景是解放后，那么爱情是思想斗争及所谓路线斗争所加的成分。古今中外，无论怎样的一部长篇小说，倘完全摈除了爱情成分，那是很不可想象的。文学是人学。文学中的人物不曾爱或被爱，那是多么不可思议。连阿Q都暗恋过吴妈呢！

我要说的其实是这样一种情况——十七年中，中国未出版过一部"纯粹"的长篇爱情小说，即以写爱情为主的长篇小说。也就是说，真正算得上爱情小说的长篇，在十七年中是绝对缺席的。

当然，以上长篇中，某几部关于爱情的描写也是相当有水平的，更有几部给我留下了很深印象。即使在今天重新以特别文学的眼光去看，在情节、细节、典型性格典型语言方面，也是精彩的。比如《红旗谱》及其下部《播火记》。

哦！我刚才忘了一部，它叫《三家巷》。它在当年，颇有点儿爱情长篇的意味。

若非说在十七年中也有很"纯粹"的爱情作品，那么也只在民间传说、神话故事中。它们中有的拍成了电影，比如《画中人》《马兰花》《阿诗玛》《摩雅泰》《刘三姐》。

据我所知，因为周恩来总理关注到了爱情题材在革命文艺中的缺席现象，才有了那些电影的出现。

爱情在长篇小说中既已不能以"题材"的名义独立存在，那么在短篇中是否便被允许获"通行"了呢？

短篇中也几乎没有。

我当年读过一篇发表在《收获》上的短篇《悬崖》，内容似乎是写一名年轻的"机关同志"对自己处长的妻子动了那么点儿"爱"的心思，后经深刻反省，自行剪断情丝。

"悬崖勒马"那么写也是不行的。

不久，我在某些文学刊物上就读到了大块儿的批判文章。

忘年之交陆文长当年也写过一篇《小巷深处》，内容是一名解放后被"改造成新人"的妓女，虽然已成"新人"，却没能重新获得爱和被爱的权利，小说对"她"极为同情。

一经发表，亦即遭批判。

短篇如此，诗歌不然吗？

诗啊，和爱情关系多么密切的文体呀！

也没有过什么纯粹的爱情诗。

著名诗人郭小川曾于当年写过一首《雪花飘飘的夜晚》，似乎试图突破禁区。发表不久，同样受到批判。而它一直被诗界私下里公认为诗人写得极好的一首诗。

还有一位诗人叫闻捷，就是在"文革"中遭审查时，与女作家戴厚英相爱过的那位诗人，一位很有才华的诗人。那一段被"禁止"的爱以他的自杀告终，在戴厚英心灵上也留下了极深的伤痕。

闻捷的诗中是很有几首大胆地咏叹爱情的，但他诗中恋爱着的人们，乃是新疆的少数民族，所以较为例外。倘是汉族，不知会怎样。

十七年中有过一首汉族词曲家创作的表达我们汉族爱情的歌曲吗？

没有。

"文革"一开始，那些作品中的爱情成分，皆定为作者们的罪状之……

粉碎"四人帮"后，即从一九七七年到一九八七年的十年，亦即当代文学史称"新时期文学"的前十年，缺席了十七年加十年共二十七年的爱情，终于又被呼唤到文学中来了。比如：《枫》《老井》《被爱情遗忘的角落》《挣不断的红丝线》《人生》《爱是不能忘记的》，等等。写出了以上爱情小说的作家，可以说都是我的朋友。路遥和张弦，已先后去世了。张弦和我的关系更密切些。他在当代作家中，我认为是相当有意识地为文学呼唤着爱情的。他尤擅长从女性的立场开掘爱情主题，而且在当年开掘得较深。此外，还有一位作家叫李宽定，当年写出系列的旨在表现女性命运的小说。他笔下的女性，命运的悲剧往往与爱情的失落同时经历着。张洁大姐当年为爱情在文学中的位置所发之声，也是影响很大的。此外和我同代的女作家中，铁凝与王安忆，在爱情题材的小说方面，当年也都有令人刮目相看的表现。

但那些关于爱情的小说，总体而言，都是破碎的爱、沉重的爱、受伤的爱、痛苦的爱、悲剧的爱、渴望复苏难以复苏的爱。与诸位同学今天所读的爱情小说，是那么不同。

在此，我请诸位理解，说请多原谅也可以——刚刚经历了"文革"，他们笔下的爱情，又怎么可能不是那样的？！

"新时期文学"的后十年，即一九八七年至一九九七年的十年中，中国数次经历转型期，改革一波三折才获得了今天这么令世界瞩目的成果。而我这一代，以及我以上的几代作家，理念上又都认为文学应为促进时代变革发挥作用，因而笔触往往会自觉不自觉地探入政治的、经济的、国家体制的等等方面的沉疴积疾中去……

中国爱情文学真正多起来，其实是二十世纪九十年代中期以后的事。

诸位既是大学生，也是中国的新生代，目前最"新"的，正知识化着的新生代，你们有权要求文学所涉及的题材更其广泛，你们有权要求看到你们喜欢看的爱情小说。是的，你们当然有权要求更合乎你们口味的爱情小说——正青春着，不读爱情小说，正初恋着，不读爱情小说，那还什么时候才读呢？难道等结了婚以后有了孩子以后为人父母了以后吗？那时的男人女人倘还热衷于读爱情小说，依我想来，对于他们的家庭问题就严重了！

文学有责任考虑到正值青春期的男孩儿女孩儿，他们和她们的眼那是往往一定要睁大了在文学中浏览爱情的！

我自己，恐怕是难以在"爱情题材"方面殷忧倍增地为诸位"服务"了。我没那能力了，也几乎没那热情了。

我猜，与我同代的"一小撮"，倘试图写出合乎你们口味的爱情小说，八成也不怎么容易。

但文学自有后来人啊！

长江后浪推前浪啊！

中国文学所处的时代，正空前地宽松着。

爱情会"大大的有"的！

你们倒是应多少有点儿思想准备，兴许它"呼啦"一下，泛滥得令你们的眼无处可躲……

关于爱情文学的"规律"

这个问题，可以肯定地告诉大家——不是我写作的长项。我也以小说、散文或杂感的文字形式对"爱情"说三道四过，但是从未认真思考爱情文学竟有哪些"规律"。

依我想来，倘爱情在现实生活之中是有"规律"的，那么将肯定反映于文学中。

爱情在现实生活之中究竟有无"规律"呢？我认为是有的。是什么呢？

我想，首先是爱上了一个人；其次是也争取被那个人所爱；最好是两件事同时发生。我只有这么可怜的一点儿常识。

同时发生的情况，通常叫双方"一见倾心"，甚而"相见恨晚"。

倘一方已"名花有主"，而另一方已为人夫，那么爱情对于双方，无疑地有点儿成为"事件"的意味了。这种"事件"，如果成为文学、戏剧或影视的"中心事件"，那么它们当然就是"言情"的了。言就是说，就是讲，就是写出来。这会儿我用这个词，毫无对爱情文学的轻慢企图。尽管非我长项。

比如《安娜·卡列尼娜》——在两句关于幸福的家庭和不幸的家庭的名言之后，托翁紧接着另起一行写道："奥尔良斯基家里，一切都混乱了。"为什么呢？因为"妻子发觉了丈夫和他们家从前的一个法国女家庭教师有暧昧关系，她向丈夫声明她不能再和丈夫在一个屋子里住下去了。这样的状态已经继续了三天……妻子没离开自己的房间一步，丈夫三天不在家了。小孩子们像失了管教一样在家里到处乱跑……"

安娜是赶往哥哥家平息风波的，结果她在火车上遭遇了渥伦斯基，也与她命运的悲惨结局打了个照面儿……

托尔斯泰为什么不从火车站直接写起？奥尔良斯基与渥伦斯基在站台偶见，他向后者讲起了他那社交界人人皆知的妹妹，以及他那在全世界都很有名望的妹夫……

又为什么不干脆从火车上写起？坐在同一包厢里的渥伦斯基的母亲——同样也是贵妇的女人，正向安娜讲她那风流无羁的儿子……

不是因为别的，正是因为，托翁他有意一开始就将某一类爱情的发生当成一类"事件"来展现……

我不太了解女人对男人有多少种爱的方式。对于爱情在男人这儿的方式，我也仅能说出如下，并且是小说告知我的几种：

第一，情欲占有式——比如《卡门》，比如《白痴》。书中的男人因长期占有不成，杀死了女人。无论在生活中，还是在文学中，我认为都是男人可耻的行径。当然，两部作品的意图并不在于道德谴责。前者的创作显然更是由于塑造典型人物卡门而激发的；后者在于揭示出男人病态的强占欲……

第二，情愫怜惜式——比如《红楼梦》。黛玉不是大观园里唯一美的少女，也非是最美的。宝玉对她的爱，有"人生观"比较一致的原因，但另一个原因也许还因为，黛玉是在大观园里错综复杂的人际关系中最容易陷入孤单无依之境的一个"妹妹"。除了是姥姥的贾母，谁还会真的替她的人生着想呢？所以宝玉一定要对她负起怜香惜玉的责任。生活之中许多男人对女人的爱，往往萌生于此点，或大量掺杂有那样的成分。文学作品中自然便不乏例子。宝玉和黛玉之间，甚至有点儿柏拉图的意味。他梦见秦可卿，与袭人初试云雨情，但与黛玉，虽心心相印，却又并不耳鬓厮磨，眉目传情。既或传，传的也常是各自心思。他们仅在一起偷看过一次《西厢记》罢了。宝玉对黛玉，是较典型的怜惜式的爱。是怜惜，不是怜悯。怜悯往往是同情的另一种说法。而怜惜，我以为，几乎是一个有性别的词，几乎专用以分析男人对女人的爱情才比较恰当。对象或人或物，都属娇弱、精致、易受损伤的一类，故"惜"之。"惜"是珍视之意。"惜"而甚，遂生出"怜"。"怜惜"一词，细咀嚼之，有怕、有唯恐的意味。怕自己"惜"得不周，怕所"惜"之人或物结果真的被损伤了。因为太过精致，便又是经不大起损伤的，属于须"小心轻放"一类。黛玉各方面都是个太过精致的人儿。故宝玉爱她，每爱得小心翼翼。在宝玉，是心甘情愿；在黛玉，是她最为满足的一种被爱的感觉。太过精致的人儿，所祈之爱，每是那样的……

第三，负罪式。比如《复活》。

第四，纨绔式。比如《悲惨世界》中芳汀的命运，便是由纨绔的大学生造成，他们"只不过是想开心开心"。

第五，背信弃义式。如《杜十娘》中的李甲。

第六，心胸狭隘的例子，如《奥赛罗》。自尊刚愎的例子，如高尔基的《马卡尔·楚德拉》——女人要向她求婚的男人当众吻她的脚。她并不是不爱他，但她高傲得那样，一种特质的草原游走部落女人的高傲性格；结果他当场杀死了她，随后才跪下吻她的脚。义无反顾，宁要爱情不要王位的例子，那就算温莎公爵做得最干脆了……

女性对男人的爱，以文学作品而言，从前打动我的是《茶花女》和《简·爱》，《乱世佳人》也是不能不提的，那是双方都很执着的一种爱。执着，又企图驾驭对方。双方终于还是谁也没有驾驭得了谁，于是只有爱吧！某种爱有克服一切外在的和内心障碍的能量。

我理解诸位提出你们的问题，其实是在想——如果有些规律，循而写之，不是讨巧吗？那么，在现实生活中，有谁是预先谙熟了爱情的一切规律再开始恋爱的吗？循着所谓创作的规律去写作，那也只能写出似曾相识的作品。当然我也很不赞同"想怎么写就怎么写"的主张。无论在现实生活中，还是文学作品中，爱情发生和进行的过程本质上都是差不多的，甚至可以说是千篇一律，连在神话中都是这样。靠什么区别？——靠情节。靠什么使那情节可信而又有吸引阅读的魅力？——靠细节。诸位若有心表现校园里的爱情"事件"，常觉力有不逮的是什么，我猜首先是情节和细节两方面。情节司空见惯也没什么，爱情本身就是司空见惯的现象。但为一写而储备的细节也司空见惯，那就还不到该落笔的时候。如果根本没有什么细节储备，那就先别急着铺开稿纸。当然，现在诸位都不像我这样用笔写了——那就先别急着开启电脑。开启了，十指频敲，也是敲不出多少意思的。

有一种现象是——企图靠修辞替代细节，而那是替代不了的。一个好的细节，往往胜过几大段文字，反过来并不是那样。以为单靠情节就不必在细节上费心思，那也是徒劳的。谈开去，中国影视，在哪些方面往往功亏一篑？——细节呀！人们对《英雄》颇多微词，以我的眼看，几乎没有剧情细节，而只有制作的细腻。

情节是天使；细节是魔鬼。

天使往往不太超出我们的想象，一旦出现，我们接着能预料到怎样；魔鬼却是千般百种的，总是比天使给我们的印象深得多……

我曾鼓励我的选修班的同学写校园爱情。校园里既然广泛发生着爱情，为什么不鼓励写呢？几名女生也写了，写得很认真。但我又不知如何看待，连意见也提不大出。因为我此前没思想准备，不知校园里爱情也进行得如火如荼，不了解当代学子的恋爱观，甚至也不了解诸位都在什么时候什么情况下幽会……

所以在指导校园爱情文本写作方面，我很惭愧，自觉对不起我的学生。但以后我会以旁观的眼注视大学校园里的爱情现象。旁观者清，那时我或会有点儿建议和指导什么的……

浅谈电影与文学

　　一九七九年秋末的一天傍晚，下着很大的雨，有一个外地青年来到了编辑部。他身上的衣服淋透了，嘴唇冷得有些发紫。他说，他是为了送自己写的电影剧本，专程从外地赶到北京来的。我接待了他。通过交谈，知道他才二十三岁，是河南某县农村中一个务农青年。他向我倾诉了自己对电影艺术的酷爱，表达了他将来要成为一个电影编剧家的志气和决心。然后，从书包里取出了自己写作的电影剧本——三个，极其郑重而又极其自信地交给了我。他希望我能尽早看完。因为他是借宿在别人家里的。考虑到他的具体情况，又见那三个剧本都并不很长，我应允他隔天上午来听答复。第二天一整天，我放下其他一切编辑工作，集中精力认真地阅读了这位青年写作的电影剧本。三个剧本都读完，我感到茫然了。我甚至不知道第二天见到他时，该对他说些什么。"剧本"毫无基础，没有半点经过扶植可能成功的希望。通篇都是错别字，语句不通，还没有掌握标点符号的常识性用法；更不必去谈结构、立意、人物、情节、细节、电影化等其他诸方面了。可以说，他还不是一个文学青年。更严格说，他还不是一个具有起码文化知识水平的青年。当然，这绝不能怪他。十年动乱，剥夺了许多像他这样的青年的学习权力，耽误了许多青年的学习机会。而且有一点他还是令我感动和钦佩的——一个文化程度不高的农村青年（他还没有读完初中），在务农劳动之余，写下近十万字的文字，仅仅这一点，就是需要一些毅力和恒心的。我想到在第一天的交谈中他告诉我，他的家乡那一年受灾，收成不好，工分很低，从河南到北京的路费，要花掉他全年工分收入的三分之一还多。于是我沉思起来，预想着第二天见到他应该怎样对他说，才能既不伤他的心，不使他感到是泼冷水，而又能够使他明确这样一点：对于他来说，首要的先是如何提高自己的起码的文化知识水平和一般文学素养。

　　要写作电影剧本的青年，首先应使自己成为一个文学青年，首先应该对文学的其他形式，如诗歌、散文、特写、报告文学、短篇小说等，具有一定的欣赏能力和阅读水平，具有一定的写作水平或经验。没有这一点做起码的基础，我认为要创作电影剧本并获得成功，是无从谈起的事。仅凭热情、爱好、兴趣是不行的；仅有急于成功的个人愿望也是不行的，甚至可以说是无益的。

有没有并不认识这一点的青年呢？有的。编辑部每个月收到的数以百计的稿件中，相当多一部分就是这样一些青年写来的。

有一位青年在附信中写道："寄给你们的这个剧本，是依据我亲身经历过的一些事写的。我最先想把它写成短篇小说，实践中感到写小说很困难，便打消了念头。也曾想把它写成报告文学，但似乎对我来说更难写，于是决定还是写成电影剧本吧，果然几个晚上就写成功了……"

在这位青年看来，写一个电影剧本，竟是比写一篇短篇小说或报告文学容易得多的事！实际上并非如此。他的剧本写倒是写出来了，但距一般发表水平也还差得远，当然更不可能拍摄了。

还有一位青年在附信中写道："先从散文、小说等一般较短小的文学形式写起，写熟练了，摸索出一定的写作经验了，然后再写电影剧本，才有成功的可能……这一类文章我读过不少，这一类话我也听过不少，但我偏不信邪！电影就那么神秘吗？我偏要起手就从电影剧本写起，我不相信我不可能成功……"

这位青年的坦率是可敬的。电影当然并不神秘。世界上的许多事情，只要下决心去做，都有可能获得成功，都有可能取得成绩。做，就是实践。实践，是要讲究科学性的。科学性的实践，也就是合理性的符合一定规律的实践。只有这样的实践，获得成功的可能性才更大些。我们希望并建议某些酷爱电影创作的青年首先从其他文学形式，如从短篇小说实践起，这是写作电影剧本的一般规律。

可以这样认为，没有文学这位艺术母亲的哺育，便没有电影这位艺术女神的成长。迄今为止，电影史上记载下来的优秀的影片，大抵都是具有文学价值的影片。

一个电影编剧者或一个电影编剧家，他的文学功底、文学修养和文学素质如何，决定他写作出或优或劣的电影剧本来。一个文学功底浅薄、文学修养不高、文学素质低俗的人，即使能够写出电影剧本来，即使这样的电影剧本也发表了、也拍摄了，那也只能是一部平庸的影片。

如果要我给电影下一个"定义"的话，我这样认为：电影是用摄影机的"笔"写在胶片上的文学，不过依赖的不是文字表述手段，而是表演、导演、摄、录、美等艺术手段。电影可能也可以脱离戏剧的艺术程式，但永远也难以彻底脱离文学的属性。脱离了文学属性的电影，很难设想还能成其为电影艺术。电影与文学，像一母所生的两姊妹，既具有迥然不同的艺术特性，也具有彼此相同的艺术共性。既有特性，也有共性，哪一点更为重要呢？我认为是后者。因为，在一般情况下，后者更多地体现在内容方面。而前者更多地体现在形式方面。无论是一个电影编剧者还是一个电影编剧家，如果对电影内容的文学性方面重视不够，就算对电影的特殊表现手段再熟悉，能够掌握和运用得再巧妙，他也最多只能写出内容空洞贫乏，而形式似乎巧妙美好的剧本来。这正如一幅镶在框子里的画一样，是一个整体。倘若画本身并不怎样高明，框子制作得再精细堂皇，也难以被公认为一幅优秀的美术作品。

在这样一篇字数有限的文章中，又不吝惜笔墨去谈一点电影史，无非是要进一步阐明一点：热爱电影创作的青年，首先应培养起对文学的兴趣；要提高自己的文学欣赏水平和文学修养；要有起码的文学创作实践；要积累起码的文学创作经验。科学方面有基础理论，电影艺术方面也有基础理论。要面对这个基础，要承认这个基础论，要信服这个基础论。

诗歌，散文，小说……几乎所有的文学形式的素养，都对写作电影剧本大有益处。

比如古诗词："枯藤老树昏鸦，古道西风瘦马。""窗含西岭千秋雪，门泊东吴万里船。"

简短的两句，就描绘出了优美的景色，就勾勒出了银幕上的可见性很强的画面。

电影与文学相比，其主要的特性之一，就是前者诉诸视像，后者诉诸文字；前者强调可见性，后者强调可读性。古今中外，许多文学作品被改编成电影剧本搬上了银幕，不妨找些来看看，对比地看看。先看原作，后看改编的剧本，有可能的话，再看看搬上银幕的电影。看得多了，从中是可以找出某些规律性来的。

我自己在编辑工作之余，出于提高业务水平的目的，写过几篇短篇小说。

有朋友怂恿我："你已经能够写小说了，为什么不尝试写电影剧本呢？"自己也不免地建立起一点自信心，于是真的就动笔写了。写是写出来了，但并没有成功。没有成功的原因，主要并不是因为我对电影的艺术特点还不够熟悉。这无疑地是一方面的原因。但绝不是主要的原因。主要的原因是什么呢？是内容。主人公的时代脉搏，性格分寸，性格的逻辑和发展，情节的铺陈，细节的真实，矛盾的焦点，思想的开掘等等，等等。一句话，在电影剧本的文学基础方面并没有达到应有的水平。于是我对自己有了一个清醒的分析和认识。于是我不得不承认，自己在不甚熟悉电影艺术特性的同时，文学功底还是很不扎实的，文学修养还是很浅薄的。写作电影文学剧本，对于我来说，还需要较长期的、较深厚的文学基础的预备。

有的青年同志或许会反问："你是不是把电影和文学的关系，把电影的文学性夸大到了不相适的程度呢？"

不，并没有夸大。一个写作电影剧本的人，他的文学修养和水平越低，越肤浅，越模糊，越没有深厚的根基，越没有追求和提高的愿望，他就只能写出最一般化的，缺乏新意和深刻性的，"马马虎虎过得去"的平庸的剧本。即使他能接二连三地写出来，那也充其量是个"电影编剧匠"而已。

我如此强调一个写作电影剧本的人的文学修养和电影艺术本身的文学性，并不意味着我认为可以忽略电影的艺术特性。事实上，作家，包括优秀的作家，未必一定能够写出电影剧本来。某些文学性很强、文学价值很高的小说，也未必能够拍成一部优秀的影片。据说鲁迅先生也曾萌发过写作电影剧本的念头，后来终于还是放弃了。高尔基也曾很想接触电影，甚至亲自动笔写过几个剧本，但既没有发表出来，也没有拍摄出来。但这并非说明电影的艺术特性不可掌握，玄乎其玄。一般说来，电影的艺术特性，更多地体现在导演们的艺术劳动之中。

我阅读过许多这一类剧本，写得像导演的工作脚本一样，推、拉、摇、移、淡出、化入……许多电影艺术手段都运用到了，而且运用得还很熟练，导演拿着这样的剧本，简直就不必进行"艺术再创作"可以直接拍摄了。但这一类剧本往往还是因其文学内容的贫乏而失去可扶植的价值。

目前，电影观众都在呼吁提高电影的艺术质量。电影的艺术质量，包括诸多方面。但我认为目前很需要提高的、也是必须提高的，仍是电影的文学性。

进一步说，是电影编剧队伍本身的文学修养和文学素质。对于职业编剧尚且如此，对于我们热爱电影创作的青年，更是如此了。青年业余电影创作者，是电影编剧队伍的后备力量。此中，有一定生活阅历，有一定素材积累，有对社会对生活的独特见解，如果同时具有一定的文学修养和文学写作水平，如果这种修养和这种水平稳步提高的话，某些青年业余电影创作者，是有希望达到成熟的编剧水平的。

有些青年朋友曾对我说过这样的话："某某，某某，从来也没有过什么文学创作实践，一开始就写电影剧本，而且一举成名，这又作何解释呢？"

一举成名的事，文学界是有的，电影界也是有的。"成名"是结果，而"一举"之前，是有无数次"试举"的。人们习惯于看到别人成功的结果，而在此之前的种种努力，往往不太被人注意。

让我们把兴趣、爱好与热情，变成科学的、刻苦的学习态度，为我们将来可能写出较好的电影文学剧本而努力吧！

评论的尺度

在我的理解之中，评论其实并非是一件事，而是既相似又具有显然区别的两件事——相对于文学艺术，尤其如此。

评说之声，可仅就一位文学艺术家的单独的作品而发；而议论文，则要在消化与一位文学艺术家的或一类文学艺术现象的诸多种文学艺术创作的资料之后，才可能有的放矢。

打一个有几分相似又不是特别恰当的比喻——评像是医学上的单项诊断，而论像是全身的体检报告。

比如，倘若我们仅就张艺谋《英雄》言其得失，那么我们只不过是在评《英雄》，或表述得更明确一些，评张艺谋执导的商业大片《英雄》；而倘若我们仅就《英雄》发现自诩为是"张艺谋论"的看法，那么，结果恐怕是事与愿违的。因为张艺谋执导的电影既有《英雄》之前的《秋菊打官司》和《一个都不能少》等，又有《英雄》之后的《千里走单骑》等。

以上自然是文学艺术之评论的常识，本无须赘言的。我强调二者的区别，乃是为了引出下面的话题，即我的学生们经常对我提出的一个我和他们经常共同面临的问题——文学艺术的评论有标准吗？如果有，又是些怎样的标准？被谁确定为标准的？他们凭什么资格确定那样一些标准？我们为什么应该以那样一些标准作为我们对文学艺术进行评论的标准？如果不能回答以上问题，那么是否意味着所谓文学艺术的评论，其实并没有什么应该遵循的可称之为"正确"的标准？果真如此的话，评论之现象，岂不成了一件原本并没有什么标准，或曰原则，实际上只不过是每一个评论者自说自话的无意义之事了吗？是啊，你说你的，我说我的，没有判断对错的尺度放在那儿，还评个什么劲儿论个什么劲儿呢？这样的话语，人还非说它干吗呢？

我的第一个回答是：尺度确乎是有的。标准或曰原则也确乎是有的。只不过，评有评的尺度、标准、原则，论有论的尺度、标准、原则。而论是比评更复杂的事，因而也需对那尺度、标准和原则，心存较全面的而非特别主观的偏见。

我的第二个回答是：人们看待自然科学的理念是这样的——世界是物质的，物质是运动的，运动是有规律的，规律是可以认知和掌握的。

我想，人们看待文学艺术，不，文学和艺术的理念，当然同样——世界不仅是物质的，而且也是文化的（包括文学和艺术）；文学和艺术体现为人类最主要的文化现象，是不断进行自身之调衡、筛选及扬弃的；其内容和形式乃是不断丰富，不断创新的；文学和艺术古往今来的这一过程，也毕竟总是有些规律可循的；遵循那些规律，世人是可以发乎自觉的，表现能动性也梳理并提升各类文学和艺术的品质的；而评和论的作用，每充分贯穿于以上过程之中……

学生们要求说：老师哎，您的话说来说去还是太抽象，能不能谈得更具体一点儿呢？我思忖片刻，只得又打比方。

我说：亲爱的同学们，人来到世上，不管自己是否是一个与文学和艺术形成职业关系的人，他或她其实都与文学和艺术发生了一个与世人和两个口袋的关系。两个口袋不是指文学和艺术——而是指一个本已包罗万象，内容极为丰富又极为芜杂的口袋，人类文化的口袋和一个起初空空如也的，自己这一生不可或缺的，如影随形的自给自足的纯属个人的文化的口袋。这个口袋对于大多数世人绝不会比钱包还重要。只不过像一个时尚方便的挎包。有最好，没有其实也无所谓的。但是对于一个与文学和艺术形成了热爱的进而形成了职业之关系的人，个人的文化之口袋的有或无，那一种重要性就意义极大，非同小可了。

这样的一个人，他往往是贪婪的。贪而不知餍足。他知道人类的文化的口袋里，对自己有益的好东西太多了。这使他不断地将手伸入进去往外抓取。对于他，那都是打上了前人印章的东西，抓取到了放入自己的文化口袋里，那也不能变成自己的。既然不能变成自己的，抓取对于他就没有什么特殊意义。而要想变成自己的，那就要对自己抓取在手的进行一番辨识，看究竟值不值得放入自己的口袋。他或她依据什么得出值与不值的结论呢？第一，往往要依据前人的多种多样的看法，亦即前人的评和论。第二，要依据自己的比较能力。可以这么说，在比较文学和比较艺术的理论成为理论之前，一个与文学和艺术发生了亲密关系的人，大抵已相当本能地应用着比较之法了。比较文学和比较艺术的理论，只不过总结了那一种比较的本能经验，使本能之经验理论化了。第三，本人的文化成长背景也起着不容忽视的暗示作用。但我们后人实在是应该感激先人。没有先人们作为遗产留下了多种多样的评和论，以及丰富多彩的文学和艺术的作品，那么我们将根本无从参考，也无从比较。

我们与文学和艺术发生了亲密关系的人，不仅仅是些只知一味从人类的文化口袋里贪婪地抓取了东西往自己的文化口袋里放的人。我们这种人的特征，或曰社会义务感，决定了我们还要使自己的文化口袋变成文学和艺术的再生炉。也就是说，我们取之于哪一个口袋，我们就要还之于哪一个口袋。抓取了创作成果之营养的，要还之以创作的成果。抓取了评的或论的成果之营养的，要还之以同样的成果。谁不许我们还都不行。这是我们这类人实现自我价值的唯一方式。我们这类人的一切欣慰，全都体现在所还的质量方面。社会以质作为我们的第一考评标准，其次是量。而在我们这种人，大多数情况乃是——没有一定的量的实践，真是不太会自然而然提交的。一生一部书一幅画一次演出流芳千古的例子，并不是文学史和艺术史上的普遍现象，而是个别的例子……

同学们：老师，你扯得太远了，请直接说出评的尺度和论的尺度！既然您刚才已经言之凿凿地说过有！

我说：亲爱的同学们，耐心点儿，再耐心点。现在，让我告诉你们那尺度都是什么：

第一，和平主义。

第二，审美价值。

第三，爱的情怀。

第四，批判之精神，亦曰文化的道义担当之勇气。

第五，以虔诚之心确信，以上尺度是尺度，以上原则是原则；并以文学的和艺术的眼光，看以上诸条，是否在文学的和艺术的作品中，得到了文学性的和艺术性的或传统的或创新的或深刻的或激情饱满的发挥。总而言之，将要创作什么？为什么创作？怎样与创作结合起来进行评和论？

同学们：老师啊老师，您说的那算是些什么尺度啊！太老生常谈了！半点儿新观念也没有哇！听起来根本不像在谈文学和艺术，倒像是在进行道德的说教！

我说：诸位，稍安勿躁。我只不过才说了我的话的一半。我希望你们日后在进行文学的文艺的评或论的时候，头脑里能首先想到两个主义，一个方法。它们都是你们常挂在嘴边上动辄夸夸其谈的，但是我认为你们中其实少有人真的懂得了那是两个什么样的主义，一个什么样的方法。

第一个主义叫做解构主义。这个主义说白了就是"拆散"一番的主义。也不是主张对一切都"拆散"了之，而是主张在"拆散"之后重新来发现价值。我们都知道的，世上有些事物，有些现象，初看起来，具有某种价值似的，一旦"拆散"，于是了无可求。证明看起来形成印象的那一种价值，原本就是一种虚炫的价值。而还有些事物或现象，是不怕"拆散"的，也是经得住"拆散"的。即使被"拆散"了，仍具有人难以轻弃的价值。比如一个崭新的芭比娃娃或一艘老式战舰。芭比娃娃是经不起一拆的。拆了就只不过一地纤维棉和一地布片。不是芭比娃娃没有它自己的价值，而是强调它的价值一定在它是一个芭比娃娃时才具有。但一艘战舰，即使被拆了，钢铁还有不可忽略的价值。以战舰对比芭比娃娃，太欠公平了。那么就说是一只老式的罗马表"解构"了，也许会发现小部件与小部件之间所镶的钻石。而芯内的钻石，只有在"解构"之后才会被人眼看到。一把从前的玻璃刀也是那样。刀头上的钻石的价值是不应被轻易否定的。故我希望你们明白——这世上确乎存在着连解构主义也对之肃然的事物或现象。凡是解构主义解构来解构去，甚或轻易根本不敢对之进行解构的特别稳定的价值，它若体现在文学或文艺之中了，评和论都要首先予以肯定。连这个态度都丧失了的评和论，就连客观公正也首先丧失了。所以我再说一遍，凡解构主义最终无法解构得了无可取代的价值取向，皆可作评和论的尺度。我刚才举到的只不过是我所重视的，自然非全部。

第二个主义是存在主义。一谈到存在主义，有人就联想到了那样一句话——"凡存在的，即合理的"。在这一句话中，"合理"是什么意思呢？非是指合乎人性情理，也非是指伦理学方面的道理，而是指逻辑学上的因果之理。即其因在焉，其果必存。某些评或论，不究其因，只鞭其果，不是有思想有见识的评和论。所以我希望同学们，发表否定之声的时候，当先自问——那原因我看到了没有？倘看到了，又不敢说，那就干脆缄口，什么都别说了。当老师的人，每顾左右而言其他，圆滑也。圆滑非是评和论的学问或经验，是大忌也，莫学为好。存在主义是评论具有社会批判性的文学和文艺的不可或缺的一种尺度。

现在我们该谈谈那一种方法了。非它，比较之法而已。所谓"比较文学"，即应用比较之法认识文学品质的一种方法。不比较，难鉴别。这是常识。老百姓买东西，还往往货比三家呢。

这一种方法，自评论之事产生，其实一贯为人用也。但那是一种本能性的方法之应用，并未被上升为理论。由经验而理论，只不过是上一个世纪才有的事。一切之人，面对文学或文艺，忽觉有话要说，头脑中那第一反应是什么反应呢？最初的资讯反应而已。民间夸邻家的女孩儿漂亮，怎么说？——呀，这丫头，俊得像……于是夸者联想到了嫦娥；而你们今天，会联想到某某明星、模特。一个人头脑里所储存的资讯越丰富，评起来论起来就越自信。而自信的评和论，与不自信的评和论的区别乃在于——前者之言举一反三，后者却每每只能一味地说："我觉得……"因为除了自己的"觉得"，几乎再就说不出别的什么。所以同学们要多读，多看，使自己关于文学和文艺的资讯背景渐渐厚实起来，以备将来从事与评和论的能力有联系的职业……

最后我要说的是——或言我要作一番解释：我虽仅只大略地归纳了六条尺度，其实它们包含着互相贯通的内在结构。比如在我这儿，想象力的魅力，也是一种类。故《西游记》依我之眼来看，首先是美的文学。《白蛇传》更是古今中外极美之例也。而牺牲精神、正义行为，尤其是美的。故在我这儿，连《赵氏孤儿》都是美的。爱的情怀，当然也不仅仅指男女之爱。《汤姆叔叔的小屋》，大爱之作品也。《雷霆大兵》的主题是什么呢？可不可以说是枪林弹雨之中的人类爱的大情怀的诠释呢？而在批判之精神的感召下，近二百年来，古今中外曾产生了多少优秀的文学和文艺啊！

我的结束语是：将解构主义当成棍棒横扫一切的评和论的现象，是对解构主义不得要领的"二百五"的现象。以"存在的，即合理的"为盾牌，专门做某些显而易见的文化垃圾的卫士的人，犯的乃是理解力方面的低级错误。如果我们正确领会了以上两种主义，再加上善于运用比较之法，则定会在评和论这两件事中，提高自己，有益他人。归根结底，评和论的尺度不但有，而且是需郑重对待的。

写作使人再次成长

人皆一命，这是常识，不管多么喜欢写作的人，不管这样的人成为作家以后文学成就有多大，其肉体生命也还是只有一条。就此点而言，他或她不能例外于自然规律。

我的写作体会使我觉得，写作这件事，仿佛会使人经历再成长一次的过程。

婴儿期、童年、少年、青年、中年、老年——这是人人都要经历的成长过程。婴儿期的人是无为而被动的；童年和少年时期我们的人生开始为自己的生活感受涂上底色，但大抵，也仅仅是感受而已。到了青年时期，人开始有感慨有感悟了，于是生出思想。到了中年，人经历了世事的磨砺之后，思想往往发生嬗变。许多中年人都想再成长一次，但这又怎么可能？步入老年，不管曾多么乐观的人，往往也有难言的忧伤经常萦绕心头了，所谓"不羡神仙羡少年"的一种怅然。

然而喜欢写作的人不同。他或她通过写作这一件事，精神上、心理上足可以再成长一次。除了肉体生命，还有确确实实的一条精神生命伴随着自己。他可以通过写作一次又一次地重新"成长"一遍。即使他已经是一位老人了，他也可以想象自己才刚出生，还是婴儿，并且将此种想象完成为作品，奉献给世人，使更多的人感受"重新成长"的愉悦。

从这个意义上讲，高尔基通过他的《母亲》《童年》《我的大学》"重新成长"；鲁迅通过《社戏》《从百草园到三味书屋》"重新成长"……

写自己，这是写作者精神生命的童年。

写他者，这是写作者精神生命的青年。

写社会，这是写作者精神生命的中年。

写人类命运之远忧近虑，这是写作者精神生命的老年。

大抵如此。

写作者的精神生命越到老年反而越襟怀宽大。

不喜欢写作的人，或以为苦。何必呢？打理好肉体生命之诸事，已然不易，干吗还非有一条什么"精神生命"与自己纠缠不清？

但喜欢写作的人明白——他或她的人生幸而也有"精神生命"的伴随，于是可以抵抗人人有时都难免会心生的虚无情绪，并奉献给他人一些自己的看法。

而这于己于人都往往是有益的。

关于大学校园写作

这当然是一个挺文学的话题。

但我以为这还并不是一个"纯粹"的文学的话题，亦即不是探讨文学本身诸元素的话题。是的，它与文学有关，却只不过是一种表浅的关系。

我理解这个话题的意思其实是这样的——在大学校园里，大学生们普遍以哪几类状态写作？我倾向于鼓励哪几种状态的写作？

我想，大致可以归结如下吧：

第一，性情写作。

中国古典诗词中此类写作的"样品"比比皆是。如诸位都知道的杜甫的诗句"两个黄鹂鸣翠柳，一行白鹭上青天"；如陶渊明的"采菊东篱下，悠然见南山"；如李清照的"知否，知否，应是绿肥红瘦"；如王勃的"青山高而望远，白云深而路遥"；等等。在我这儿，便都视为性情写作。既曰性情写作，定当有写的闲情逸致。有时候给别人的印象是闲情逸致得不得了，也许在作者却是"伪装"，字里行间隐含的是忧思苦绪。有时给人的印象是忧思苦绪满纸张，也许在作者那儿却是"为赋新词强说愁"。最根本的一点是，这一类写作往往毫无功利性，几乎完全是个人心境的记录，不打算发表了博取赞赏，甚至也不打算出示给他人看。此类写作，于古代诗人词人而言乃极为寻常之事。现代的人中，较少有如此这般的现象了。然而我以我眼扫描大学校园写作现象，你们大学生中确乎是有这样的写作之人的。他们和她们，多少还有点儿清高，不屑于向校报和校刊投稿。哪怕它们是爱好文学的同学们自己办的。

我是相当肯定这一类写作状态的。依我想来，这证明着写作与人的最自然最朴素的一种关系。好比一个人兴之所至，引吭高歌或轻吟低唱甚或手舞足蹈。这一类写作，它是为自己的性情"服务"的写作。我们的性情在写的过程中能摆脱浮躁和乖张以及敌戾之气。即使原本那样着，一经写毕，往往也就自

353

行排遣了大半。但我又不主张人太过清高，既写了，自认为不错的话，何妨支持支持办刊的同学？不是说一个好汉还需要三个帮吗？遭退稿了也不必在乎。因为原本是兴之所至自己写给自己看的呀！

第二，感情写作。

感情写作，在我这儿之所以认为与性情写作有些区别，乃因这一类写作往往几乎是不写不行。不写，便过不了那一道感情的"坎儿"。只有写出，感情才会平复一些。那感情，或是亲情，或是爱情，或是友情，或是乡情，或是人心被事物所系所结分解不开的某一种情。通过写，得以自缓。比如李白的《静夜思》；比如杜甫想念李白的诗，王维想念友人的诗；比如季羡林、萧乾、老舍忆母亲的文章；比如朱德的《回忆我的母亲》，无不是感情极真极挚状态之下的写作。与性情写作之写作为性情"服务"相反，这一类写作往往体现为感情为写作"服务"。我的意思是，感情反而是一个载体了，它选择了写作这一种方式来寄托它、来流露它、来表达它。它的品质是以"真"为前提的，不像性情写作，往往有意识或无意识地追求"美""酷""雅"，甚或一味希望表现"深刻""前卫""另类"什么的。它更没有半点儿"为赋新词强说愁"的矫揉造作；它有时也许是仓促的、粗糙的，直白而不讲究任何写作章法和技巧的。但即使那样，它的基本品质也仍是"真"的。而纵然写它的人是清高的、孤傲的、睥睨众生的，一经写出，那也是不拒绝任何人成为读者的。因为他或她实际上希望自己记录了的感情，让更多的人知道、理解、认同。只有这样，那是"债"似的感情，才算偿还了。人性的纠缠之状，才得以平复。心灵的结节，才得以舒展，由此生长出感激。此时人将会明白感激他人、感激人生、感激世界包括感激写作本身，对自己的心灵是多么的必要。

我尤其主张同学们最初进行这样的写作。原因不言自明。如果诸位竟真的不明白，我便更无话可说。我在你们中，太少发现这类写作。笔连着心的状态之下的写作，人更容易领会写作这件事的意味。如果说我也发现过这类写作，那十之八九是记录你们的校园恋情的。我绝不反对校园恋情写作。但诸位似应想一想，问一问自己，值得一写的感情，除了恋情这一件事，在自己内心里，是否还应有别的。确实还有别的，与确实的再就一无所有，对人心而言，状况大为不同。

第三，自悦写作。

这是一种主要由"喜欢"所促进着的写作状态。"喜欢"的程度即是牵动力的大小。性情写作往往是一时性的，离开了校园可能即自行宣告终结。感情写作甚至是一次性的，在校园外其一次性也较普遍地体现着。其"一次性"成果也许是一篇文章，也许是一本书，甚或是一部电影、一部电视连续剧。相对于职业写作者，其"成果"愿望又往往特别执拗，专执一念，不达目的死不罢休。愿望一经实现，仿佛心病剔除，从此金盆洗手，不再染指。

而自悦写作，既是由"喜欢"所促进着的，故有一定的可持续性，也许成为长久爱好。但又不执迷，视为陶冶性情之事而已。他们也有发表欲，发表了尤悦。但又不怎么强烈，不能发表，亦悦。故曰自悦写作。人没了闲情逸致，便呆板。呆板之人，为人处世也僵化。人没了陶冶性情的自觉，便难免心胸狭窄，劣念杂生。闲情和逸致使人性变得润泽，使人生变得有趣。以阅读和写作来载闲情和逸致，除了精力和时间问题，再无须硬性投资。不像收藏字画古玩，得有不少的钱。

故我对自悦写作是极倡导的，因为它几乎可以施益于人人。其实，最传统最古老的自悦式写作，便是写"日记"。我以为，小品文、随笔等文本，一定与古人的"日记"习惯有关。

第四，悦人写作。

这一类写作，是"后自悦写作"现象。此时写作这一件事对于人，已上升为一种超越"自悦"的现象。人开始对写作有了"意义"的意识。希望自己的写作内容也值得别人阅读。在这些人那儿，有意思和有意义，往往结合得较好。这乃是更高层面的一类写作现象。这些人中，日后会涌现优秀的职业写作者或业余写作者。

第五，自娱写作。

此类写作，内容及文风，都带有显见的嬉戏性、调侃性、黄色的灰色的黑色的幽默性。所谓"瘌痢头文化"，与此类写作的兴起有关，也是此类写作乐于汇人的一种"文化场"。一言以蔽之，它带有很大的搞笑性，但又多少高于一般小品相声的水平。其中不乏精妙之例，但为数不多。大学校园里的自娱写作，除了黄色的，其他各色方兴未艾。但不是体现于校报校刊，甚至也不体现于同学们自己办的纯"民间"校园报刊上，而更体现在网上。至于你们化了个名"发表"在网上的自娱写作，是否也不乏浅黄橘黄米黄，我未作了解，不得而知。

坦率地讲，我对自娱写作之说法，起初是莫名其妙的。什么叫自娱写作呢？不得其解。终于明白了以后，我从说法上是不承认的。现在也不承认。不是指我根本否定这类写作，而是认为"自娱写作"的说法其实极不恰当。前边我已谈到，有意思本身即成一种写作的意义，只要那点意思不低级。自娱写作往往在有意思方面优胜于别类写作，我干吗非要反对呢？我不明白的是——倘问一个人在干什么，他说在自悦，这我们不会觉得愕然的。悦就是愉悦啊。一个人在聚精会神地下一盘棋，那也会是他愉悦的时光。但娱是娱乐、欢娱。一个人的写作内容无论多么有意思，多么富有嬉戏性、搞笑性，那也绝不可能仅仅是为了自娱。绝不可能自己写完了，笑够了，于是一件事作罢，拉倒。说是自娱，目的其实在于娱人。没见过一个人说单口相声给自己听，自己搞笑给自己看的。周星驰主演的《大话西游》，乃是搞笑给大众看的。一人乐乐，岂如与人同乐？所以细分析起来，其实只有娱乐性写作一说。在写的人，主要之目的是为了"娱"他人，更多的人。他人不"娱"，则己不能"娱"也。更多的人"娱"了，自己才"娱"。

这种写作不同于以上几种写作。企图听到叫好反应的心思往往是相当强烈的。正如在生活中，开别人的玩笑是为了自己和众人开心。开自己的玩笑也是为了同一目的。生活中有什么现象，文学中便有什么现象。文学中有什么现象，就证明人性对写作这一件事有什么需求。这种写作又可能是一个嘻嘻哈哈的陷阱。在低标准上也许流于庸俗，甚至可能流于痞邪。正如生活中有人专以羞辱耍弄他人为乐，为能事。自得其乐，不以为耻。民间叫"耍狗蹦子"。这类写作在低标准上既如此容易，且往往不无闲男散女的叫好、喝彩和廉价的笑声，所以每诱专善此道的人着迷于此。写的和看的，都到了这份儿上，便是一种文化的吸毒现象了。起码是一种嗜痂现象。

大学学子，尤其是中文学子，始于娱乐写作，无妨。但又何妨超越一下娱乐写作呢？因为是大学生啊！因为是学中文的啊！

以哪一类写作超越之呢？

我主张诸位也要尝试自修写作、人文写作。自修写作，无非启智、言志、省悟人生、感受人性细腻之处兼及解惑于人。人人都希望自强，但不知自修又何谈自强？自修写作，提升我们的认知方法、思想方法、感情方式，能使我们做人处事有原则。而人文写作，弘扬人性、人道和社会良知，乃是人类写作历史延续至今的主要理由之一。

我主张，同学们，尤其是那些也想要写作，但入大学以前，除了作文几乎没进行过别类写作的同学，首先从感情写作并接近文学意义上的写作。当写作这一件事与我们心灵的感情闸门相关了，技巧是处于第二位的。

在文学欣赏教学中，也许会将一篇情真意切的作品解构了，横讲竖讲。仿佛那样一篇作品，是按照最经典的文学原理，以最高超的技法将内容组合起来的，于是才达到了完美似的。其实，我的体会不是那样的。那时的写作者头脑之中，是连读者也不考虑的。那时写作这一件事变得相当纯粹，只是为了记录一种感情而已。因为纯粹，所以写作变得像自然界的事物一样自然而然。

但必须强调，我这样说是相对的……因为修辞能力，体会情感深浅的区别，个人禀赋的区别，使这类习写状态差距极大。

我之所以有此建议，乃因它根本不理会技法和经验。所以往往不至于被技法和经验之类吓住了蒙住了而不敢写。为记录感情写作，人人当敢为之。既为之，所谓技法和经验，则必在过程之中自己体会到。有了些最初的体会再听传授，比完全没有自己体会的情况下，希望听足了再写，要好得多。

总而言之，写作这一件事，只听是不够的。大学中文的教学，听得太多，习写太少，所以容易眼高手低，流于嘴皮子上的功夫。

总而言之，以上一切写作，都比只听不写好。学着中文，只听不写，近乎自欺欺人……

小说是平凡的

××同志：

您促我写创作体会，令我大犯其难。虽中断笔耕，连日怔思，头脑中仍一片空洞，无法谋文成篇。屈指算来，终日孜孜不倦地写着，已二十余个年头了。初期体会多多，至今，几种体会都自行地淡化了。唯剩一个体会，越来越明确。说出写出，也不过就一句话——小说是平凡的。

诚然，小说曾很"高级"过。因而作家也极风光过。但都是过去时代乃至过去的事儿了。站在二十一世纪的门槛前瞻后望，小说的平凡本质显而易见。小说是为读小说的人们而写的。读小说的人，是为了从小说中了解自己不熟悉的人和事才读小说的；也是为了从小说中发现，自己以及自己所属的社会阶层的生活形态，在不同的作家看来是怎样的。这便是当代中国现实主义小说和读者之间的主要联系了吧？至于其他当代现实主义以外的小说，自然另当别论。但我坚持的是小说的现实主义和当代性，也就没有关于其他小说的任何创作体会。据我想来，伟大的现实主义的小说，恰恰伟大在它和读者之间的联系的平凡品质这一点上。平凡的事乃是许多人都能做一做的，所以每一个时代都不乏一批又一批写小说的人。但写作又是寂寞的往往需要呕心沥血的事，所以又绝非是谁都宁愿终生而为的事。所以今后一辈子孜孜不倦写小说的人将会渐少。一辈子做一件需要呕心沥血，意义说透了又很平凡的事，不厌倦，不后悔，被时代和社会漠视的情况下不灰心，不沮丧，不愤懑，不怨天尤人；被时代和社会宠幸的情况下不得意，不狂妄，不想象自己是天才，不夸张小说存在的价值和意义，这就很不平凡了。小说家这一种职业的难度和可敬之处，也正在于此。伟大的小说是不多的。优秀的小说是不少的。伟大也罢，优秀也罢，皆是在小说与读者之间平凡又平易近人的联系中产生的……

作家各自经历不同，所属阶层不同，瞩注时代世事的方面不同，接受和遵循的文学观念不同，创作的宗旨和追求也便不同。以上皆不同，体会你纵我横，你南我北，相背相左，既背既左，还非写出来供人们看，徒惹歧议，倒莫如经常自我梳理，自我消化，自悟方圆的好……

然不交一稿，太负您之诚意，我心不安。权以此信，啰唣三四吧！

我以为一切作家的"创作体会"之类，其实都是极个人化的。共识和共性当然是存在的。但因为是"共"的"同"的，尤其没有了非写出来的必要和意义。恰恰是那极"个人化"的部分，极有歧异的体会，对于张作家或李作家自己，是很重要的，很难被同行理解的，同时也是区别于同行的根本。它甚至可能是偏颇执拗的……

我写我认为的小说

文学是一个大概念，我似乎越来越谈不大清。我以写小说为主。我一向写我认为的小说。从不睥视别人在写怎样的小说。文坛上任何一个时期流行甚至盛行的任何一阵小说"季风"，都永远不至于眯了我的眼。我将之作为文坛的一番番景象欣赏，也从中窃获适合于我的营养。但欣赏过后，埋下头去，还是照写自己认为的那一种小说。

我认为的那一种小说，是很普通的，很寻常的，很容易被大多数人读明白的东西。很高深的，很艰涩的，很需要读者耗费脑细胞去"解析"的小说，我想我这辈子是没有水平去"创作"的。

我从小学五六年级起就开始读小说。古今中外，凡借得到的，便手不释卷地读，甚至读《聊斋》。读《聊斋》不认识的字太多，就翻字典。凭了字典，也只不过能懂个大概意思。到了中学，读外国小说多了。所幸当年的中学生，不像现在的中学生学业这么重，又所幸我的哥哥和他高中的同学们，都是小说迷，使我不乏小说可读。说真话，中学三年包括"文革"中，我所读的小说，绝不比我成为作家以后读的少。这当然是非常羞愧的事。成了作家似乎理应读更多的小说才对。但不知怎么，竟没了许多少年时读小说那种享受般的感受。从去年起，我又重读少年时期读过的那些世界名著。当年读，觉得没什么读不懂。觉得内中所写人和事，一般而言，是我这个少年的心灵也大体上可以随之忧喜的。如今重读，更加感到那些名著品质上的平易近人。我所以重读，就是要验证名著何以是名著。于是我想——大师们写得多么好啊！只要谁认识了足够读小说的字，谁就能读得懂。如此平易近人的小说，乃是由大师们来写的，是否说明了小说的品质在本质上是寻常的呢？若将寻常的东西，当成不寻常的东西去"炮制"，是否有点儿可笑呢？

我曾给我的近八十岁的老母亲读屠格涅夫的《木木》、读普希金的《驿站长》、读梅里美的《卡门》……

老母亲听《木木》时流泪了……

听《驿站长》时也流泪了……

听《卡门》没流泪。虽没流泪，却说出了这样的话——"这个女子太任性了。男人女人，活在世上，太任性了就不好！常言道，进一步山穷水尽，退一步海阔天空，干吗就不能稍退一步呢？……"

这当然与《卡门》的美学内涵相距较大，但起码证明她明白了大概……

是的，我认为的好小说是平易近人的。能写得平易近人并非低标准，而是较高的标准。大师们是不同的，乔伊斯也是大师，他的《尤里西斯》绝非大多数人都能读得懂的。乔伊斯可能是别人膜拜的大师，但他和他的《尤里西斯》都不是我所喜欢的。他这一类的大师，永远不会对我的创作发生影响。

我写字桌的玻璃板下，压着朋友用正楷为我抄写的李白的《将进酒》。那是我十分喜欢的。句句平实得几近于白话！最伟大最有才情的诗人，写出了最平易近人最豪情恣肆的诗，个中三昧，够我领悟一生。

我不能说明白小说是什么。但我知道小说不该是什么。小说不该是其实对哲学所知并不比别人多一点儿的人图解自以为"深刻"的哲学"思想"的文体。人类已进入二十一世纪，连哲学都变得朴素了。连有的哲学家都提出了要使哲学尽量通俗易懂的学科要求，小说家的小说若反而变得一副"艰深"模样的话，我是更不读的。小说尤其长篇小说，不该是其实成不了一位好诗人的人借以炫耀文采的文体。既曰小说，我首先还要看那小说写了什么内容，以及怎样写的。若内容苍白，文字的雕琢无论多么用心都是功亏一篑的。除了悬案小说这一特殊题材而外，我不喜欢那类将情节故布成"文字方程"似的玩艺儿让人一"解析"再"解析"的小说。今天，真的头脑深刻的人，有谁还从小说中去捕捉"深刻"的沟通？

我喜欢寻常的，品质朴素的，平易近人的小说。我喜欢写这样的小说给人看。

或许有人也能够靠了写小说登入什么所谓的"象牙之塔"。但我是断不会去登的，甚至并不望一眼。哪怕它果然堂皇地存在着，并且许多人都先后登入了进去。

我写我认为的小说，写我喜欢写的小说，写较广泛的人爱读而不是某些专门研究小说的人爱读的小说，这便是我的寻常的追求。即使为这么寻常的追求，我也衣带渐宽终不觉，并且终不悔……

睽注平民生活形态

我既为较广泛的人们写小说，既希望写出他们爱读的小说，就不能不睽注平民生活形态。因为平民构成我们这个社会的大多数，还因为我出身于这一个阶层。我和这一个阶层有亲情之缘。

我认为，事实上每一个人都有他或她的"阶层"亲情。这一点体现在作家们身上更是明显得不能再明显。商品时代，使阶层迅速分化出来，使人迅速地被某一阶层吸纳，或被某一阶层排斥。

作家是很容易在心态上和精神上被新生的中产阶级阶层所吸纳的。一旦被吸纳了，作品便往往会很中产阶级气味儿起来。这是一种必然而又自然的文学现象。这一现象没什么不好。一个新的阶层一旦形成了，一旦在经济基础上成熟了，接下来便有了它的文化要求，包括文学要求。于是便有服务于它的文化和文学的实践者。文化和文学理应满足各个阶层的需要。

从"经济基础"方面而言，我承认我其实已属于中国新生的中产阶级阶层。我是这个阶层的"中下层"。作家在"经济基础"方面，怕是较难成为这个新生阶层的"中上层"的。但是作家在精神方面，极易寻找到在这个新生阶层中的"中上层"的良好感觉。

我时刻提醒和告诫我自己万勿在内心里滋生出这一种良好感觉。我不喜欢这个新生的阶层。这个新生的阶层，氤氲成一片甜的、软的、喜滋滋的、乐融融的，介于满足与不满足，自信与不自信，有抱负与没有抱负之间的氛围。这个氛围不是我喜欢的氛围。我从这个阶层中发现不到什么太令我怦然心动的人和事。

所以我身在这个阶层，却一向是转身背对这个阶层的。瞩注的始终是我出生的平民阶层。一切与我有亲密关系乃至亲爱关系的人们，几乎无一例外地仍生活在平民阶层。同学、知青伙伴、有恩于我的、有义于我的。比起新生的中产阶级阶层，他们的人生更沉重些，他们的命运更无奈些，他们中的人和事，更易深深地感动我这个写小说的人。

但是我十分清醒，他们中的大多数，其实是无心思读小说的。我写他们，他们中的大多数也不知道。我将发生在他们中的人和事，写出来给看小说的人们看。

我又十分清醒，我其实是很尴尬——我一脚迈入在新生的中产阶级里，另一只脚的鞋底儿上仿佛抹了万能胶，牢牢地粘在平民阶层里，想拔都拔不动。我的一些小说里，自然而然地流露出了我的尴尬。

这一份儿尴尬，有时成为我写作的独特视角。

于是我近期的小说中多了无奈。我对我出身的阶层中许多人的同情和体恤再真诚也不免有"抛过去"的意味儿。我对我目前被时代划归入的阶层再厌烦也不免有"造作"之嫌。

但是我不很在乎，常想，也罢。在一个时期内，就这么尴尬地写着，也许正应了那句话——前不着村，后不着店，所以才继续地脚不停步地在稿纸上"赶路"。完完全全彻彻底底变成了中国新生的中产阶级的一员，即使仅仅是"中下层"中的一员，我也许就什么都写不出来了……

我是个"社会关系"芜杂的人

中国的作家，目前仍分为两大类——有单位的，或没有单位的。有单位的比如我，从前是北影厂的编辑，如今是童影厂的员工。没单位的，称"专职"作家，统统归在各级作家协会。作家协会当然也是单位，但人员构成未免太单一。想想吧，左邻是作家，右舍也是作家。每个星期到单位去，打招呼的是张作家，不打招呼的是李作家。电话响了，抓起来一听，不是编辑约稿、记者采访，往往可能便是作家同行了。所谈，又往往离不开文坛那点子事儿。

写小说的人常年生活在写小说的人之中，在我想来，真是很可悲呢。

我庆幸我是有单位的。单位使我接触到实实在在的，根本不写小说，不与我谈文学的人。一个写小说的人，听一个写小说的人谈他的喜怒哀乐，与听一个不写小说的谈他的喜怒哀乐，听的情绪是很不一样的。

我接触的人真的很芜杂。三十六行七十二业，都不拒之门外。我的家永远不可能是"沙龙"。我讨厌的地方，一是不干净的厕所，二是太精英荟萃的"沙龙"。倘我在悠闲着，我不愿与小说家交流创作心得，更不愿听小说评论家一览文坛小的"纵横谈"。我愿意的事是与不至于反感我的人聊家常。楼下卖包子的，街口修自行车的，本单位的门卫，在对面公园里放风筝的老人。他们都不反感我，都爱跟我聊，甚至我儿子的同学到家里来，我也搭讪着跟他们聊。我并非贼似的，专门从别人嘴里不花钱就"窃取"了小说的素材。我不那么下作，也不那么精明。我只是觉得，还能有时间和一些头脑里完全没有小说这一根筋，根本不知道还有"文坛"这码子事儿的人聊聊家常，真不失一种幸福啊！多美妙的时光呢！连在早市上给我理过几次头的老理发师傅，也数次到我家串门，向我讲他女儿下岗的烦愁，希望我帮着拿个主意。但凡有精力，我真诚地分担某些信赖我的人们的烦愁。真诚地参与到他们所面临的困境中去，起码帮他们拿拿主意。其实，我是一个顶没能力帮助别人的人。经常的做法是，为这些人的烦愁之事，转而去求助另外的一些人。而求人对我又是极令自己状窘之事，十之七八是白费了口舌，白搭了面子；偶能间接地帮助了别人，如同自己的困难获得了解决一样高兴。这种生活形态，牵扯了我不少时间和精力。但也使我了解到中下层人们的非常具体、非常实际的烦愁。他们的烦愁、他们的命运的无奈，都曾作为情节和细节被我写入到我的小说里。比如《表弟》、比如《学者之死》。二十年前哈市老邻的儿子二小在现今走投无路——为了给已三十七岁的二小安排一条人生出路，我求过那么多人！还亲自到京郊的几处农村去"考察"，希望能为二小在那些地方找到安身立命之所。为使在我家做了两年保姆的四川女孩儿小芳的命运能有改变，我不惜以我的著作权为砝码——谁能帮助她在四川老家附近的县城解决职业，我愿降低条件同意出版我的文集。我为我的一名中学同学的工作问题向赵忠祥求过字；为我的另一名同学的儿子的上学问题向韩美林求过画；为我的一位触犯了刑法的知青战友做过保释人；我每年要想着给北大荒的一位"嫂子"寄几次钱——我当年在北大荒当小学教师，她的丈夫是校长。他们关心和呵护我，如同对待一个弟弟。她丈夫因患癌症去世了。她的儿子也死于不幸事件……

有朋友曾善意地嘲笑我，说——晓声，你呀你呀，我将你好有一比。

我问他比作什么。

他说——旧中国的某些私塾先生，较为善良的那一类。明明没什么能力，又，偏偏的缺少自知之明，一厢情愿地想象自己是观世音，仿佛能普渡众生似的……

我只有窘笑的份儿，承认他的比喻恰当。

我的生活形态，使我心中"囤积"了许许多多中国中下层人们的"故事"。一个个将他们写来，都是充满了惆怅、无奈和忧伤的小说。我只觉时间不够，精力不够，从没产生过没什么可写的那一种困乏。这在我的创作中带来的一个弊端乃是——惜时如金而又笔耕太匆的情况下，某些小说写得毛糙、遣词不斟、行文粗陋。

我意识到的，我就能改正。

以"冷眼向洋看世界"的目光观望别人的烦愁、别人的困境、别人的无奈以及命运，无疑是一种独特的写作视角，无疑能写出独特的好小说，无疑能自成风格，自标一派。

如我似的，常常身不由己地，直接地掺和到别人的烦愁、别人的困境、别人的无奈及命运中去了，便写出了我的某些苦涩的、忧郁的，有时甚至流露出悲哀的小说。这也就是为什么，我近期的小说，以第一人称"我"的叙述方式铺展开来的多了的原因。写那样的小说，在我简直只能以第一人称叙述，而不愿以第三人称叙述。因为我希望读者从中看到较为真切的人和事。一九九七年第一期《十月》发表的中篇《义兄》，也是这一创作心态下的产物。

但——我绝不将我的生活形态作为"经验"向别人兜售。事实上这一种生活形态利弊各一半，甚至可以说弊大于利。好在我已习惯了、接受了这一无奈的现实。谁若也不慎堕入了此种生活形态，并且没有习惯过，他的情绪恐怕会极其躁乱，一个时期内什么也写不下去。

真的，千万别变成我，变成我那是很糟的。感受生活的方式很多，直接地掺和到别人们的烦愁、困境、无奈与命运中去，并非什么好方式。在我，是一种搞糟了的活法罢了。所谓还有"利"可言，实乃是"搞糟了的活法"中的"因势利导"。我还有许多学者朋友——经济学家、伦理学家、心理学家、法学博士……

我还认得一些企业界人士……

一旦有机会和他们在一起，我便接二连三地向他们讨教问题。有时也争论，甚至争论得面红耳赤。讨教和争论的问题，都是所谓"国家大事"——腐败问题、官僚体制问题、贫富悬殊问题、失业问题、法制问题、安定问题等等。

在向他们讨教、和他们争论的过程中，我对国情的了解更多了一些、更宏观了一些、更全面了一些。他们一次次打消掉我的思想方法的种种片面和偏激，我一次次向他们提供具体的生活事例，丰富他们理性思维的根据。不是所有的作家都能和经济学家辩论经济问题。我和他们辩论时，也能如他们一样，扳着手指头例举出这方面那方面接近准确的数字。

这常令他们"友邦惊诧"，愕问我——晓声你是写小说的，怎么了解这么多？

我便颇得意地回答——我关注我所处的时代。

是的，我不讳言，我极其关注我所处的时代。关注它现存的种种矛盾的性质，关注它的危机的深化和转机的步骤，关注它的走向和自我调节的措施……

我认为——既为作家，既为中国的当代作家，对自己所处的当代，渐渐形成较全面的、较多方面的、较有根据的了解，不但是必要的，而且是重要的。因为，对时代大背景的认识较为清楚，才有一种写作的自信。起码自己能赞同自己——我为什么写这个而不写那个，为什么这样写而不那样写？

经常的情况之下，我凭作家的"良知"写作。

有人会反问——"良知"是什么？

我也不能给它下一个定义。

但我坚信它的的确确是有的。对于作家，有一点儿，比一点儿都没有好……

我不走"为文学而文学"的路

这一条路，据言是最本分的，也是最有出息的，最能造就伟大小说家的文学之路。

在当今之中国，我始终搞不大明白——"为文学而文学"，究竟是一条怎样的文学的路。

何况，我也从不想伟大起来。

我愿我的笔，在坚与柔之间不停转变着。也就是说——我愿以我的小说，慰藉中国中下层人们的心。此时它应多些柔情，多些同情，多些心心相印的感情。另一方面，我愿我的小说，或其他文学形式，真的能如矛，能如箭，刺穿射破腐败与邪恶的画皮，使之丑陋原形毕露。

我不知这一条路，该算一条怎样的文学的路？

而有一点我是知道的——我的绝大多数的同行，其实在走着和我一致的路。只不过他们不像我似的，常常自我标榜。我也并非喜欢自我标榜。没人非逼着我写什么说什么，我是从不愿对自己的创作喋喋不休的。被逼着说被逼着写，也就只有一而再，再而三地重复，重复的次数一多，当然也就成了自我标榜。好在和我走着一致的路的作家为数不少，那么我也就不仅仅是在为自己标榜了，也根本不会因伟大不起来而沮丧，反正又不止我自己伟大不起来。何况"为文学而文学"者，也未必就能真的伟大起来。或曰他们的伟大不起来，意味着"为文学而文学"的悲壮的自殉。那么我也想说，我辈的不为"文学"而文学，未尝不是为文学的极平易近人的生命力之体现而自耗。下场并不相差太大，就都由着性子写下去的好。

我不认为商业时代文学就彻底完蛋了。

商业时代使一切都打上了商业的烙印。文学没有任何理由要求幸免。应该看到，商业时代使出版业空前繁荣了。这繁荣的前提之下，文学有相当一部分变质了。但总量上比较，变质的仅仅是一小部分。归根结底，商业时代不太可能毁灭一位有实力的作家，作家的创作往往终结于自身生活源泉的枯竭，创作激情的下降，才能的力有不逮，以及身体、精力、心理等等各方面的"资本"的空虚。

我不惧怕商业时代。但我也尽量要求自己，别过分地去迎合它一个时期的好恶。

小说家没法儿和一个已然商业化了的时代"老死不相往来"。归根结底时代是强大的，小说家本人的意志是脆弱的。比如我不喜欢诸如签名售书、包装、自我推销、"炒作"等创作以外之事，但我时常妥协，违心地去顺从。以前很为此恼火，现在依然不习惯。一旦被要求这样那样配合自己某一本书的发行，内心里的别扭简直没法儿说。但我已开始尽量满足出版社的要求。不过分，我就照办。这没什么可感到羞耻的。

最后，我想说——我认为，归根结底，小说是为世俗大众的心灵需求而存在的。它的生命力延续至今，正是由于这一点。绝大多数名著的生命力延续至今，也正是由于这一点。这是我对小说的最基本的看法。如果有什么所谓"文学殿堂"的话，或者竟有两个——一个是为所谓"精神贵族"而建，一个是为精神上几乎永远也"贵族"不起来的世俗大众而建，那么我将毫不犹豫地走入后者。对前者断然扭转头无视而过。

我常寻思，配在前者中倍受尊崇的小说家，理应都是精神上相当高贵的人吧？

我扫视文坛，我的任何一位同行，骨子里其实都不那么高贵，有些模样分明是矫揉造作的。

我更愿自己这一个小说家，在不那么美妙的人间烟火中从心态上精神上感情上，最大程度地贴近世俗大众，并为他们写他们爱看的小说……

××同志，啰里啰唆，就写到这儿。你要求我可以写15000字，我只能写够你要求的字数之一半。对我自己的创作，我实在没那么多可说的。以上文字，算是些大白话、大实话吧！

再三请谅！

小说平凡了以后

小说有过很不入流的时代。

是的，无论在中国还是在别国，都曾有过那样的时代；或者说那样的世纪更确切。

那样的世纪是诗的世纪。在那样的世纪，连散文和随笔的文学地位，也都在小说之上。比如《唐璜》和《浮士德》，其实更接近着是小说的体裁。文学家们似乎觉得用诗的形式来结构"长篇故事"才足以证明其才华。又比如更早的《荷马史诗》，这种以诗的形式演绎历史的现象，从许多国家都可以找出例子。就说《圣经》吧，诗的成分、意味，也起码和小说的特征是平分秋色的。

但小说确乎很伟大过。它只稍许比诗年轻一点点。虽然至今人们仍用"史诗性"三个字来称道伟大的小说，而伟大的小说却自有其与诗不同的伟大处——没有一首诗能像伟大的小说那样与人类的阅读习惯发生最亲密的接触。

二十世纪中叶以后，诗渐渐地寂寞了。

现在，小说也寂寞了。不但寂寞了，而且平凡了。发达的印刷业，传媒界，加上电视机、影碟机、电脑网络这些科技产品的问世，削减了小说以往对人类生活的影响，甚至挑战了人类古老的阅读习惯。毕竟，图像比单纯的文字对人眼具有更强大的吸引力。写小说这件事，已经像歌唱模仿秀一样，不再高不可攀。

我早在二十世纪八十年代就写过一篇相当长的文章发表于《光明日报》，题目是"奥林匹斯的黄昏"。那时小说还正在中国红得发紫着。那时我预见，在以后的二十年间，中国人的消遣心理，必将欣赏的愿望厚厚地压在底下。以后二十年间的小说，取悦于人们一般消遣的动意，也必日渐明显。

现在的小说总体上正是这样，尽管有我的许多同行们继续努力地做着种种提升它性质的实践；却毕竟的，分明的，普遍之人们对小说的要求更加俗常了。

小说是在这一背景下平凡的。平凡的事物，并非便是已经不值得认真对待的事物。所有写小说的人，在动笔写一篇小说时的状态都无疑是相当认真的。对小说的理解决定着各自不同的认真尺度。在关于小说的一切说法中，经过思考，我最终接受了这样的理念——作家是时代的书记员，小说是时代的备忘录。于是有我现在的一系列小说"出生"，自然包括《档案》这样的小说……

沉思闻一多

多么异常呵，想到一位写了那么多好诗的诗人，首先想到的竟不是他的诗，而是他的死！

他那些如丝一样缠绵，如泉一样明澈，如花一样美丽，如火一样热烈，如瀑布一样激情悬泻，如儿童的哭诉一样打动人心的诗呵——在诗人死后五十六年的这一个夏季，在一个安静的中午，我首先想到的竟不是他的诗，而是他鲜血溅流的死！

斯时亮丽的阳光，洒在他的诗集，和他厚厚的年谱上。

而诗人的死，竟是因为——他不但爱诗，而且，像爱诗一样爱我们的国！

多么压抑呵，想到闻一多，首先想到的竟不是他的才华，不是他的学者气质、教授风范，甚至也不是他那为我们后人所极为熟悉的，嘴角叼着烟斗忧郁地思考着的样子，而是他付出了生命代价的拍案而起！

就因为他的拍案而起，他就成了敌人——成了他所处的时代的特务们的敌人！成了特务们背后的戴笠们的敌人！成了戴笠们背后的蒋介石们的敌人！进而成了整个独裁统治机器的敌人！

而诗人竟也就索性偏然傲然地，以自己是一个敌人的姿态，挺立在他的立场上无所畏惧地挑战了：

"今天，这里有没有特务！你站出来，是好汉的站出来！你出来讲！凭什么要杀死李先生！……"

"前脚跨出大门，后脚就不准备再跨进大门！"

而诗人原本是那么的善良，那么的主张平和，那么的对世界充满了理想主义的憧憬；连是诗人，也曾是一位打算一生"为艺术而艺术"的"新月派"的诗人，即使面对专制得特别黑暗的现实，也不过仅仅将他的一捧捧悲愤糅入他的诗句里……

这样的一位近代诗人惨遭杀害，那么古代的诗人杜甫也就合当被砍头了！

然而杜甫却并非死于非命。

然而闻一多却被子弹像射击敌人一样地杀害了，而且是卑鄙的背后射击。

想来，那样的一种时代，它确乎的已走进了尽头。

想来，那样的一种独裁统治，它确乎的已该灭亡。

想来，一种连抒情诗人也被逼得变成了斗士的时代和政治，肯定是一种坏到了极点的时代和坏到了极点的政治。虽然它本身坏到了那样一种程度，是由于诸多内外矛盾的冲撞导致的结果。虽然在那样一种情况之下，连诗人也变成了斗士，往往意味着是历史的决定。正如普罗米修斯的盗火，是由于听到了人间的呼救之声。

想来，一种好的时代和政治，它似乎应该是没有什么斗士的时代。那时诗人只爱诗不再是逃避现实的选择。那时诗人只爱诗也即意味着爱国。那时诗即诗人的国。而且不被误解。

那时如闻一多一样的诗人，将以另外的一颗心灵感觉着《红烛》；将以另外的一双眼睛注视着他的《发现》。

想来，尽管我们后人将诗人之死祭在肃然起敬的坛上；尽管诗人当得起我们后人永远的缅怀和纪念；尽管我们永远称颂诗人的无所畏惧——但是一想到诗人被特务的子弹所射杀这一种事情，我们还是会不禁地一阵阵心痛啊！正如闻一多是那样地心痛李公朴的死。正如李公朴们是那样地心痛万千底层百姓的挣扎着的生存……

多么自然呵，在首先想到诗人的死之后，我更感动于他的《红烛》了；我也更理解他的《发现》了，更能体会到他面对《死水》的喟叹了，更能以珍惜的心情看待他那些极浪漫极抒情的诗篇了。由那么纯粹的浪漫和抒情到《发现》的如梦初醒到面对《死水》的嫌恶，该是何等痛苦的一个过程啊！如果这过程反过来，无论对诗人还是对一个国家，该是多么值得庆幸的事啊！中国为此，成了世界近代史上付出生命代价最最巨大的一个国家。而尤以诗人闻一多的死，在当时最震骇了它。

因为诗人只不过对暗杀的行径，表达了他作为一个国人终于难以遏制的愤慨。

红烛啊！
这样红的烛！

诗人啊，
吐出你的心来比比。
可是一般颜色？

　　写出这样诗句的诗人，仿佛早已预示下了，他将为他爱诗般爱着的国，溅淌出比红烛的颜色更红的鲜血……

我来了，我喊一声，迸着血泪，
"这不是我的中华，不对，不对！"
我来了，因为我听见你叫我；
鞭着时间的罡风，擎一把火，
我来了，不知道是一场空喜。
……
那不是你，不是我的心爱！
我追问青天，逼迫八面的风，
我问，拳头擂着大地的赤胸，
总问不出消息；我喊着叫你，
呕出一颗心来，——在我心里！

　　写出这样诗句的诗人，分明的已在宣告着，他为着他的国，是肯于连地狱也下的。一切诗人之所以是诗人，皆发乎于对诗的爱。却并非所有爱诗的诗人都同时爱国。有的诗人仅仅爱诗而已，通过爱诗这一件事而更充分地爱自己；或兼及而爱自然，而爱女人，而爱美酒……这样的诗人，永远都是任何一个时代所不伤害的，甚至是恩宠有加的。这样的诗人的命况永远是比较安全的。即使沦落，也起码是安全的。有的诗人，却被时代所选择了去用诗唤醒大众和民族。他们之成为斗士，乃是不由自主的责任。因为他们之作为诗人，几乎天生的已有别于别的诗人。当他们感觉他们的诗已缺乏斗士摧枯拉朽的力量，他们就只有以诗人之躯，拼着搭赔上他们的鲜血和生命了。

相对于一个国家，如爱诗爱自然爱女人一般爱国的诗人，都有着诗人的大诗心。

相对于我们的世界，如爱诗爱自然爱女人一般用诗鼓呼和平的诗人，都是更值得世界心怀敬意的。在他们的诗面前，在他们那样的诗人面前。

台湾有一位诗人叫羊令野，他写过一首咏叹红叶的诗：

> 我是裸着脉络来的，
> 唱着最后一首秋歌的，
> 捧着一掌血的落叶啊！
> 我将归向，我最初萌芽的土地……

闻一多，一九四六年的中国之一片"捧着一掌血的落叶"！一支迎着罡风奋不顾身地点燃了自己于是骤然熄灭的红烛！

他原本是"裸着脉络"为诗而来到世界上的，却为他的国的民主和伸张政治之正义，而卧着自己的血归于他"最初萌芽的土地"。那土地一九四六年千疮百孔。

在世界近代史上，他是唯一一位被子弹从背后卑鄙地射杀的诗人。

虽然我们想到他时，首先想到的是他的死，其后才是他的诗——却也正因为这样，他的诗浸着和红烛一样红的血色，渲透了文学的史，染红了叫做"中华人民共和国"的一个新国家之诞生的生命史。……

闻一多这个名字因而本身具有了交于一切诗的诗性……

关于陕西三作家

在"新时期文学"十年中，陕西作家的文学创作态势相当活跃，而且颇具阵容，曾被誉为"文学陕军"。他们的作品，亦每令全国文坛瞩目。自长篇小说"茅盾文学奖"设立以来，全国只有两个省份的作家两次轮获该奖，一是四川作家，一是陕西作家。正如诸位所知，四川省获"茅盾文学奖"的两位作家是周克芹和阿来；而陕西省获该奖的两位作家是路遥和陈忠实。也正如诸位所知，周克芹和路遥已令人痛惜地去世了。到今天为止，已有三位"茅盾文学奖"获奖作家去世。另一位是湖南作家莫应丰。三位作家中，周克芹逝世时刚刚六十岁左右；而路遥和莫应丰两位，逝世时还都不到五十岁，诚可谓英年早逝。而且，他们又都是在获奖之后不久便去世了的。从前中国人的日子都过得很清苦，几代人严重缺乏营养，身体健康素质是那么的薄弱；而写作，尤其长篇写作，又尤其笔耕式写作，是那么耗心血的事。当年没有电脑，终日伏案，几十万字百余万字地"爬格子"，几近于一种静态的体力劳动。而倘以劳动而论，我认为，又以执笔进行长篇创作这一件事为最苦，连锻炼了肌肉发达的益处都谈不上。相反，只能使肌肉萎缩，并生出多种的病来。在此，诸位，让我们缅怀周克芹、莫应丰、路遥三位作家吧！他们都是对文学创作这一件事特别虔诚的作家，他们的获奖作品，虽然在今天看来，难免有这样那样的思想局限性、艺术缺憾，但仍不失为优秀的长篇。我个人又认为，今人评价十几年前的文学作品时，是不可将其思想局限性和艺术缺憾，一股脑儿视为作家本人认识生活的思想深度和艺术感觉方面的问题的。他们当年并不能像今天的写作者一样，享有如此宽松的创作自由。

让我们话归正题。

路　遥

经过二十余年的时间的筛选，中国之作家队伍，像那部外国的电视纪录片《生存者》所表现的那样，阵容明显地萎缩了。仅以陕西省而论，陈忠实和贾平凹，特别突出地意味着一种筛选后的精粹性。路遥虽然已故，但我们认为，他及他的作品，不可不与陈、贾二位相提并论。谈二十世纪八十年代以来的中国文学，尤其是陕西省文学创作的成就，到任何时候，不谈路遥都是不全面的。

这三位作家，他们有什么共性呢？

第一，他们在文坛上声誉鹊起以前，都有着较长期的陕北农村生活所赋予的后来的创作底蕴。这与父辈或祖父辈曾是农民的作家极为不同。对于后者们，农村只不过是一种家庭出身，是某一个与家庭出身相关的模糊的地方罢了。比如我，虽然祖籍山东一个小村，但父亲十四岁就闯关东成了城里人。而我出生在哈尔滨市，下乡前，除了在城市近郊参加过几次中学生的助农劳动，对农村生活形态、对农民们，是没有太多感性认识的。我尊重农民，但也仅仅当他们是人民的一大部分，纯粹从理性上尊重着罢了。而以上三位陕西作家和我不同，和一切我这样的出生在城市，长大在城市，与农村仅有祖籍关系的作家们是不同的。他们对于农村和农民的了解，毫无疑问要比我这样的作家直接得多、深厚得多、饱满得多。

第二，他们之人生经历、经验、体会和感悟的最温馨，回忆起来最动心的那一部分，亦即构成人的乡情、亲情、爱情、友情"块垒"的那一部分，又往往直接与他们的农村生活时期密切相连。

第三，是文学这一件事，直接或间接地将他们引领到了大城市里，起码是文学这一件事巩固了他们成为大城市里人的自信。故在他们的意识里，文学、农村、农民——乃是他们都不同程度地怀有感激来对待的事情，是他们的作家意识的三角框架。而此点，又不同程度地成为了他们反映农村沧桑，反映农民命运的使命感。

第四，他们对于城市的心理往往是矛盾的。他们当然希望自己是置身于城市文明之中的人，但他们又都十分清楚，有利于他们进行创作的那一种生活养分，在一个不短的时期内，仍须依赖各自积累的农村生活的底蕴。这使他们一拿起笔来创作，意识便本能地转移向了农村。久而久之，依赖变成了惯性式的创作倾向。三人中，要数贾平凹反映城市的冲动最为明显。另外两位的作品，其内容基本上不曾脱离农村。笔触所到，仅探及了小城镇的人情世故的界线而已。

他们的不同：

路遥对农村和农民的感情，是司汤达似的。他笔下的农民形象，从来也没能达到周克芹写"许茂"那么丰满和生动的程度。他的作品的文学贡献更在于——塑造了贯穿八十年代史页的中国农村男性青年的典型形象。如《人生》中的高家林，如《平凡的世界》中的孙正文。由于笔下人物的年龄小于他自己，由于他体恤他们、厚爱他们，故《人生》和《平凡的世界》中，字里行间流露着兄长般的感情。一如司汤达以兄长般的作家感情，同情着笔下的于连。《人生》中的高家林身上，重叠着多么显然的于连的影子啊！而到了《平凡的世界》，给我的感觉是，孙正文这一人物形象，反而不如高家林那么鲜明了。为什么？因为高家林在对待自己与巧珍的关系方面，心灵始终承受着八十年代前后绝大多数中国人所认同的道德尺度的拷问。我们不必深究当年那道德尺度的对错，总之我们知道它曾是那么的强大，令人畏怯。甚至可以从作品中看出，连作者本人对它也是有几分讳莫如深的。作者与作者笔下之人物，一并处在所谓道德抉择的十字路口，一并承受它的压力时，作品就已经具有着"先天"的深刻了。事实上也是那样，《人生》在当年曾引起过这样的争议——高家林是否是一个当代的陈世美？我们今天在看这部小说时，更不必陷入当年那么必然同时又那么肤浅的争议。我们应得出的结论是——高家林这一文学形象，因了他所引起的广泛同情和同情舆论下的争议，成为当年最为重要的中国文学形象。而这是《人生》的殊荣。因为一部作品，倘塑造了一个值得人们广泛参与评说的形象，便已经不失为一部优秀的作品了。以现实主义文学的尺度衡量之，尤其如此。而到了《平凡的世界》，孙正文不同了：他极其正面，特别理想化；他坚忍，正派，感情内敛；他恪守人生原则，不曾做任何会使自己良心不安之事。他所面临的人生问题，一言以蔽之皆是生存问题。路遥对他的同情和体恤，也基本上表现在生存的层面。通过他为了生存而奋斗的过程，向现实发出的叩问是——这么好的一名农村青年，为什么连生存都这么难？应该承认，路遥对农村青年那一种兄长般的厚爱，在《平凡的世界》中流露得淋漓尽致。"谨以此书，献给我生活过的土地和岁月"——这是作者的题记。它更加意味着《平凡的世界》是一部虔诚的小说，更加意味着路遥对农村青年那一种兄长般的厚爱十分由衷。

值得指出的是——孙正文虽然因理想化而比高家林平面化了，但《平凡的世界》一书，据我所知，当年近乎是某些农村青年沐手以读的"圣书"。即使在大学里，也是那样。在来自于农村的某些男女大学生搭在床头的"书架"上（那往往只不过是一块木板），每可见整整齐齐地摆着三卷本的《平凡的世界》。这一部小说，给他们以自强不息的精神力量。孙正文成了来自农村的某些大学女生所敬爱的人物形象。几乎可以肯定地说，她们以后选择丈夫，一般不会选择当了挖煤工并且毁了容的孙正文；但她们又差不多都希望以后是她们丈夫的男人，身上或多或少有孙正文的影子。

一部百万字的小说，并未铺张笔墨地编织什么三角四角的恋爱关系；也根本没有设计什么离奇的情节；更没有整页整页地细写性事；即使写到青年男女相互间的爱慕之情，也不过点到为止，毫不渲染——居然有那么大的吸引力！

说明了什么呢？

说明中国农村的青年们，当年迫切需要一个来自于他们中的可信又可敬爱的文学形象。孙正文虽然是理想化的，但路遥毕竟没有使他变成为一个"高、大、全"的形象。他基本上还是一个平凡的世界中的平凡的农村青年，因而可信。他身上所具有的，基本上还是平凡的可爱之点。这一相当理想化的农村青年的典型形象，在当年，在《平凡的世界》出版之前，在新时期文学的史页上还没有过。也许，路遥敏感地感到了他的农村的"弟弟妹妹"一代的精神需要，他适时地给予了他们。而当年，他们几乎都是怀着对他的感激读他的书的。

路遥若泉下有灵，当自慰也。

今天，就给予过许许多多青年正面的精神营养这一点而言，路遥的文学成就在我之上。

《平凡的世界》一书的成就，意味着现实主义与理想主义相结合的一种小说文本的成就。而这一种二者结合的文学成就，在《平凡的世界》以后，以我的眼看来，再没有过成功的例子。几乎可以说，理想主义的文学元素，在《平凡的世界》以后，似乎不再是一种能获认同的文学元素了，它凝固在《平凡的世界》中……

《平凡的世界》的另一文学特征，在我看来是它较为细致的景物和季节描写。我并不认为路遥是这方面特别擅长的作家，但我极为欣赏路遥小说对这方面的观照。其实我本想用的是"追求"一词，却又觉得此点体现于路遥的两部代表作，还没有达到一种风格追求的状态，只不过是观照到了而已。虽然仅仅是观照到了，也使他的小说增色不少。比如《平凡的世界》吧，开篇第一章，第一页，以及其后第三章、第四章的起笔，或从写景开始，或从写季节开始，这给我一种如读欧洲古典主义小说的感觉，比如哈代的《还乡》，雨果的《巴黎圣母院》，屠格涅夫的某些短篇《磨坊主妇》《阿西亚》等小说的开篇。雨季、古城、水渌渌的石板路、泥泞的县中学操场——路遥笔下的景物并不特别优美。但我读时，却觉字里行间跃动着丝丝缕缕的温馨。是的，路遥是以一种温馨的笔触对那并不优美的景物进行描写的。这种描写，到了他的主人公进入"大城市"，亦即"地区首府"后，不但渐少，而且也没了温馨。这更加证明，城市不能引起他感情的亲和。只有他熟悉的农村能，只有他熟悉的小城镇能。路遥显然是受欧洲古典主义小说影响的，这是他与陈忠实、贾平凹很不同的地方。在路遥笔下，他所厚爱的男女农村知识青年主人公们，身上都或多或少有些欧洲古典主义作品中小知识分子的气息。他们口中会偶尔说出一段诗，是外国诗；头脑中会闪过一句什么格言，是外国文学作品中的；相互谈到别人们的爱情，也是外国小说中的……

二十世纪九十年代以后，中国小说创作的视野由农村由乡土风格而城市而现代风格，观照景物描写的小说越来越少了。路遥小说中的景物和季节描写，尽管够不上多么出色，却仍能引起我对从前阅读享受的某种怀旧。

路遥的创作，生前没能走出农村，其半径最远从农村到县城到达"地区首府"那么远。而他小说中的"地区首府"，也不过就是八十年代陕北的一座处处老旧的古城而已。今天的许多县级市，比他笔下的"地区首府"要大得多，也要繁华得多。

有些作家是——自己的足迹到过哪里，创作的思维便在哪里呈现能动性，于是便可在哪里"生出"笔下的主人公。对于这些作家，笔下的主人公跟着他们的感受走。路遥不是这样。路遥似乎是——不管他走到了哪里，感受到了什么，一拿起笔，就又是他所熟悉的陕西农村、小城镇。他在小说中，就视那样的小城镇为"城市"，称小城镇人为"城里人"。这自然也没错。然我认为，农村、古城小镇、大都市——三者之间，古城小镇的风貌，也许更特别一些。

相对于农村，它们是城市；而相对于大都市，它们只不过又是农村的"派生地方"。我的意思是，路遥如果弄明白过三者的关系，不是站在农村的角度将他笔下的古城小镇当成都市来写，而是站在大都市的角度将它们当成与农村关系很近便的地方来写，那么那些古城小镇，可能会被他写得更加有声有色。欧洲包括俄国的古典主义作家们，是极善于写小城风貌和人情世故的。他们为什么写得那么好？因为他们明白，小城是绝对区别于彼得堡、莫斯科、伦敦和巴黎这等大城市的。对比不出区别，不明白笔下之主人公虽然走进了古城小镇，实际上仍没走到离农村远到哪儿去的地方，仍没走到离真正意义上的城市近到哪儿去的地方，是《平凡的世界》的缺憾之一。在路遥，他以为从农村写到了城市；而我们读的印象是——他只不过从农村写到了一个不是农村的地方，那地方与城市读者概念中的城市区别太大。所以，还莫如不当城市来写那地方，而在主观上当那地方是农村和城市之间的一道特别的风景来写，它既不同于农村也不同于城市的特别……

《平凡的世界》之后，路遥还将写什么？还将怎样写？他的笔，能否写到由他所熟悉的陕西农村和城镇所构成的《平凡的世界》以外更广大的世界里去？

这些，都是谜了……

贾平凹

在陕西省三作家中，我以为，贾平凹是最感性的，也是最智慧的。他好比桷树、海星一类敏感的动植物。人若用手轻挠桷树之皮，顷刻它树冠的叶子就会抖动作响。海星一被触碰，表面看似乎还没有什么反应，其实体内已经迅速起着生理性的化学的变化了。是的，贾平凹正是这样一类作家，几乎随时随地都能被激发起写作的灵感。又比如，倘他与人一道旅游观光了一天，别人都在散漫逍遥的当儿，他却也许在悄没声息地暗自构思着什么了。当然，我认识的贾平凹，似乎不是那种喜欢聚众欢娱的人，而是一个喜欢独处贪静的人。这样一位作家，表面看，似乎与现实生活很隔着。其实不然，他的双耳倾听着呢，他的双眼关注着呢。他可能对某一地某一天内发生的事情不如你知道得多，但他对某一地某一个月某一年内发生的事情，将肯定比那些自以为天天淹在生活里的人更了解。并且，经他那网状的头脑筛过了，可作为创作素材的，都储存在头脑里了。

这世界上不喜欢独处不喜欢静的作家是极少的。那么为什么有的作家写的多些，有的作家写的少呢？一与勤奋或惰性有关；二与敏感的程度有关。当然还有第三种第四种第X种原因。贾平凹是多产作家。他的多产除了证明他的勤奋，一定还证明着他的敏感。我言他是陕西作家中"最感性"的，正是根据的一千余万字的作品总量所作的结论。"感性"并不就是敏感的意思。理性的人也会是很敏感的人。但那敏感激发的是理性思考的活力。我所言"感性"的贾平凹，是指他对生活现象首先作出的反应是形象思维的而非理性思维的。这一点是多产作家的潜质。事实上有些作家刚好相反。面对触动了自己写作欲望的生活现象，首先启动的是主管理性思维的那半边大脑，然后用另半边主管感性思维的大脑里的素材去加工理性。这两种区别并不足以判断作家才情的高下，只不过就是区别而已。但一个事实毫无疑问是——感性反应极度敏感的作家，他握笔在手的时候是经常的，因而他必有总量上多的成果。

贾平凹对他所熟悉的陕西农村和小城镇的生活以及人们，具有着与路遥很不一样的感情。贾平凹对于黄土高坡、窑洞、陕西农村的沟沟梁梁、堑堑岭岭，也许并没有怎样深情厚意的眷恋心理。他笔下也写景，但无温馨。即使写得比路遥优美时，读来也无路遥笔下那种温馨感。在路遥笔下，一写到农村，哪怕几笔，哪怕荒凉，也总是含情脉脉的。贾平凹小说中的写景从未给我这样的印象。只不过是谋篇经验式的写景而已。贾平凹对于陕西的古城小镇，似乎也没什么特别的感情。它们之对于他，更像是古址对于业余考古学家。他迷恋的纯粹是它们隐藏着的什么文化。他因了它们的往往不被外界周知的文化而欣赏它们，而并非因了它们与自己的人生有过什么密切的关系。好比一个男人爱一个女人主要是因为她出身于书香门第，而不是因为曾与她青梅竹马。但在路遥那儿不是这样。路遥对它们的感情方式是——我曾是它们活生生的一部分，它们曾是我人生的见证，所以我爱它们。至于文化不文化，在路遥那儿不重要。即使他也写点儿它们的文化，却常写得漫不经心，顺笔一带而已。贾平凹则一写到它们的文化，则就好比向人展示家藏古物，很自得的一种心理。路遥视他所熟悉的农村的人们为父老乡亲，写他们的缺点也往往透着股亲近劲儿。而贾平凹，只当他们是自己特别熟悉的人罢了。

如此说来，似乎贾平凹内心里根本没有乡情了，也根本没有乡亲意识了？

不，乡情也罢，乡亲也罢，贾平凹内心里自然也是有的，较浓地体现在他早期的作品中，体现在他笔下塑造的些个陕西农村的小女子们身上。

早期的贾平凹，同情她们、怜惜她们、亲爱她们，如蒲松龄之对于自己笔下那些既美且善且仁义的狐女鬼妹。贾平凹的乡情乡亲之情愫，经由对她们的塑造，在早期作品中体现着，也是温情脉脉的。比如他的《满月儿》，他的《腊月·正月》，他的《鸡窝洼人家》。贾平凹小说中的人物，一向没有什么理想主义的色彩，于今是更加的没有了。他笔下的农村的男青年，也一概不属于《平凡的世界》中孙正文那一种近乎榜样的形象，而常是《阿Q正传》中小D那一类。归不到好人一块儿也归不到坏人一块儿的那一类。比如他较新的中篇《阿吉》中的阿吉。评论家一向认为，贾平凹最擅长的是塑造陕西农村招人怜爱的小女子形象。《阿吉》意味着，他塑造同一地域的农村小男人，也颇见经验。

贾平凹最令我刮目相看的，是他将笔探向城市的那一种创作主动性、能动性。他在《浮躁》中已有所尝试，通过《废都》更加证明。

我为什么对此点刮目相看呢？

因为一九四九年以后的中国当代文学，在八十年代以前，差不多仅仅由两类小说构成。一类是革命历史题材的；一类是农村题材的。既是现实题材的，又是城市题材的小说，一二部而已。中短篇也少得很。少得很的几篇中好的，又无一例外地在"反右"中被列为"毒草"，成为压在政治"雷峰塔"下的"禁株"。伴随着"新时期文学"一页的翻开，曾出版过一本集子，所收皆一九五七年前后遭到过批判的短篇。那一本集子里，有王蒙的《组织部来了个年轻人》、陆文夫的《小巷深处》等，算是从前年代的城市小说吧。然毕竟是从前的，印数有限，读的人也少，只不过有种纪念的性质。而"新时期文学"的十年中，城市题材的小说同样少得很。连当年还都年轻着的我这一代作家，所写也大抵是农村题材的小说，或以"广阔天地"为背景的小说。那十年中获奖的中短篇，绝大多数是此类小说。有影响的真正算得上是城市题材的长篇，尤其是"当下时"的长篇小说，已然成为小说读者的一种迫切期待。哪些作家来填写此空白？在我的思想中，首先想到的是我这一代作家当肩起使命。总不能使一部中国当代文学史，凡三十九年中一直像是一部中国当代农村小说史啊。所以，贾平凹的《废都》的出版，我是刮目相看的。路遥的《平凡的世界》，如上所述，并未出色地完成文学题材由农村向城市的拓展；陈忠实那时仍在沉寂着；贾平凹写《废都》所呈现的创作能动性，我认为，在当时，不仅对于写农村小说为擅长的陕西作家们是一种具有积极意义的带动，对于一直还胶着在农村题材小说创作的同代作家们，也是一种激励。

但认真读了《废都》之后，在肯定以上一点的同时，我也确实感到了《废都》令人扼腕叹息的几方面遗憾。

都，大城市也。书名证明，贾平凹要用他的笔反映大城市的创作初衷是十分明确的；废，无非是废弃、荒废、废墟、颓废这些意思。从小说的内容看，那样一座城市，当然还没到自然荒废，将渐成废墟的地步。因而也就不足以令人们废弃。它不是作为《霍乱时期的爱情》之背景的那座小城镇，也不是作为《十日谈》背景的中世纪的小城堡。是的，我认为小说内容并没描绘出那样的大城市危机。即使贾平凹的主观创作意识是力图达到那样的文学效果，而实际上也没有达到。我们只能结合小说内容来理解书名，并通过对书名的理解，来更客观地读解小说内容。基于这样的一种阅读习惯和经验，我个人更愿从颓废的意义上来理解《废都》的"废"。

《废都》——颓废的大城市。

是的，这就是我的理解。

一九八九年，这是贾平凹写《废都》的当年。他个人之人生，那时经历着一场变故。他处在个人情绪的低落时期，苦闷时期。那苦闷与创作的自信与否或许有些微关系。但肯定关系不大。总体而言，贾平凹是一位创作上有成就感，并且一向对自己创作能力较为自信的人。

一九八九年，中国之"改革开放"也与"新时期文学"一样，经历了十年的坎坎坷坷，准备无怨无悔地推开面前的商业时代的对开大门了。那是普遍之中国人的人心极为浮躁的几年。许多中国人的眼，当年看到了中国许许多多方面的颓废现象，包括腐败现象。腐败毫无疑问也是一种社会和时代的颓废现象。感性的、敏感的贾平凹自然更不例外。他要用他的笔来反映那似乎弥漫于城市各个角落的颓废，这种创作初衷也是较难能可贵的。意味着他的创作，当年有了批判现实主义的意识。此前他的创作，其实一直是现实主义的。即使某些作品看起来有批判现实主义的成分，也非是他主观上明确的批判现实主义创作意识促使之下的产物。当年的作家，谁没有过进行批判现实主义创作的冲动呢？那是作家们总体上所不曾习惯，所必然质疑的种种社会的和时代的现象直接作用于作家们创作心理的必然结果。

　　站在今天来回首当年，来重读《废都》，其实无论当年现实生活中的，还是小说中所呈现的种种颓废现象，早已是今人司空见惯，见多不怪的。甚而视为必然、正常、可以理解，无须乎愤世嫉俗的了。但在当年，大多数中国人不能有今天这种极为理性的平常心。

　　但一个创作上的实际问题是——在中国，一位作家，哪怕他是一位出了名的作家，哪怕他的交际面特别广泛，通过小说启动他全部可以启动的人际关系、社交关系，又能牵动起多大面积的一种城市的颓废状态？——倘那城市的状态确乎是颓废的。若并不能如作家所愿结构成一种上下纵横自然调遣的牵动布局，则便不"足以展现"一座城市是"废都"的创作初衷。究竟能否呢？又当然是能够的。对于文学进言之对于作家，其实没有什么创作的意图是不能实现的。但需要较高明的匠心。比如果戈理的《死魂灵》《钦差大臣》，比如左拉的《娜娜》，比如契诃夫的《第六病室》。如诸位所知，以上作品，除《娜娜》外，背景皆是小城市。契诃夫的《第六病室》的创作思想，其实就是主人公医生在小说中说的那一句话："俄罗斯病了。"这一句话也可以看作以上作品的共同的创作思想。颓废之对于一座大城市，当认为是一种病。那么，又不妨认为"城市病了"也是《废都》的创作思想。一个国家"病了"，一座大城市"病了"，这是极有分量的创作思想。果戈理、契诃夫们以小城市为背景来实现他们的创作思想，在小说结构上是独具匠心的。而贾平凹以一座大城市为背景力图实现同样的创作思想，却并没有实现得比前者们更充分更深刻。理应"更"而并没有，何以然呢？在结构的匠心和经验方面功亏一篑。一部《废都》，使我们看来看去，似乎主要地看到的只不过是一个作家或曰一个中国当代文人自身在隐私生活方面即性事方面的颓废情形而已。虽然也由"庄之蝶"牵动了另外一些颓废现象，但只不过净是大城市里小角色的颓废，相对于《废都》这一部书名，那是微不足道的，以轻载重的。好比一个体格瘦小单薄之人，却戴了一顶大而重的盔，给人以内容，"不能承受之重"的感觉。在《娜娜》中，一个妓女所能牵动的那一种大面积的城市的颓废状态，在《废都》中，一个中国当代有些名气的作家"庄之蝶"却未能牵动得了。"娜娜"是颓废的镜子，即不但自身颓废着，也映出了巴黎各层面的颓废；而"庄之蝶"，只不过自己在那儿颓废着而已，间或映出点儿文艺单位的小真相。相对于一座是"都"的大城市而言，怎么也算不上是多棱面的镜子。

又，果戈理、契诃夫、左拉们，他们都是一向生活在大城市里的作家，但是我们从他们的作品看出，他们刻画小城市里的形形色色上上下下的人物，那么的得心应手，一言以蔽之，写出了种种小城市里人物们的共同的气质。那就是，不管他们的身份如何、地位如何，他们既都是区别于农村里人的城市里人，气质上又皆很"小"，区别于大城市里的相应身份和地位的人们。而我读《废都》，却感到贾平凹笔下那些生活在是"都"的大城市里的人物，从"庄之蝶"到他周围的女人们拥戴者巴结者一干人等，总体上都缺少大城市里人的共同气质，与大城市里相应身份和地位的现实中人一比，似乎都刚从小城市小城镇甚至农村而落户在大城市里没多久。倘不一再提醒自己作者写的是大城市里的人和事，我会读着读着就在头脑中浮现一座小城市的背景，比如路遥在《平凡的世界》里称作"地区首府"那样的一座城市而已。至于他笔下那些女子，恕我直言，无论文化水平高点儿的低点儿的，似乎都或多或少有他笔下曾写出过的那些农村女子一摇身变成了城市里的女子的印象。

而这说明了些什么？

我以为实在并不能简单地认为贾平凹的写作才情怎样。他毫无疑问是极具写作才情的作家。

大约也还意味着以下三点：

第一，陕西诸城市，无论大小，包括西安这样的省会城市的人们，他们与农村的关系，也许比全国所有别的城市里的人们与农村的关系都紧密。他们与农村人的关系，仍保持得相当贴近；他们曾是农村人或农村人后代的根性，并没被大城市的生活形态破坏得多么严重。所以，贾平凹《废都》中的大城市里人，也许正是他在他所久居的大城市里感觉的那样。而这一点，如果他在书中适当之处或通过人物对话或通过作者论及，对小说的水平将是有益的。那样，我们就会认同和接受他的写法，消除我们读者对各自稔熟的大城市里人的总体"气质"先入为主的见解。

第二，贾平凹自身也许是相当矛盾的。他是直接来自于农村的大城市里人。他对农村并不眷恋，他对大城市却也亲近不起来。他当然从不以自己是农民的后代为耻；但是他也很有些与大城市生活格格不入，甚至心理上经常发生抵牾。我认为实际上贾平凹始终是一个生活在农村意识形态和城市意识形态临界上的人；一个既不可能再是农村人，也不可能在意识上是彻头彻尾的大城市里的——那样的一个人，那样的一位作家。他希望他的笔也能成为解剖某一座大城市的解剖刀，但是真正那样做的时候，给我的感觉是他却又并不多么兴趣盎然。起码不像陈忠实用自己的笔解剖一个叫作"白鹿原"的地方的人事那么快感。

第三，我在前边说过，贾平凹是感性的。感性的贾平凹在写《废都》时，对"庄之蝶"这一人物的兴趣，远远大于对一座是"都"的大城市的兴趣。显然，"庄之蝶"这一人物，调动了他林林总总的感性积累。而对于一座是"都"的大城市之颓废状态，不能说他毫无感性积累，但说他感性积累不够大约符合事实。总而言之，"庄之蝶"是"庄之蝶"；一座是"都"的大城市是一座是"都"的大城市，二者并不等于，甚至也不约等。写好后者，不但需要比写好"庄之蝶"们更多的感性积累，恐怕还需要足够充分的理性思考的准备，以更高明地处理好一个人物是一座是"都"的大城市的"镜子"与世相之间广阔些的映照关系。

接下来，我们该谈谈《废都》中的性事描写了。

这是我最不能由衷欣赏和称赞《废都》的一点。

我并非卫道士，自己读也罢，写也罢，从来是不讳性事的。然《废都》中的性事，有着不少我读原版《金瓶梅》时的似曾相识的片断。比如"庄之蝶"正和一个女子做那一种事，被另一个女子不料撞着了，于是在第一个女子的怂恿之下，紧接着去与第二个女子做同样的事。事毕第一个女子对第二个女子说——"现在我们是姐妹了"，而第二个女子受宠若惊，而她在身份上又是低于前者的。这简直就是《金瓶梅》中陈经济、潘金莲和丫鬟春梅之间一段性事关系的"盗版"。"庄之蝶"和其他女子之间的性事关系之描写，在明清性色小说中，也屡见不鲜。我认为，借性事描写以展示一座是"都"的大城市的颓废图景，即使在一九八九年，也当写得有点现代感才是的。

人们对于《废都》中性事描写的批评当时较为强烈，而所针对，又主要是那些页里行间标明删去多少字的空格。当然，这是洁本《金瓶梅》和某些明清性色小说的做法。

然一个问题是——倘《废都》中没有那些标明删去多少字的空格，结果又将怎样？

那些强烈的批评还会存在么？

如果还会存在，于是我不解——为什么对其后不久出版的《白鹿原》中的性事描写，人们就缄默无言了呢？倘《废都》中并没有那些标明删去了多少字的空格，与《白鹿原》相比，二者之间性事描写的片断、赤裸程度、自然主义倾向、性事过程中言语的不雅特点，所占各自全书的比例，其实是分不出个谁多谁少谁好谁坏的。

倘批评仅仅是由空格所招致，那么另一个问题是——性事描写之相对于文学，怎样的程度是不至于败坏一部小说品质的？怎样的程度又必然败坏？

标准究竟是什么？

界限究竟在哪里？

身为作家，这始终是我阅读中的一个困惑，包括阅读某些名著时产生的困惑。比如读《尤里西斯》时，那一部使作者由而获诺贝尔文学奖的名著，我在读到它结尾时那些关于性的粗话时，是怎么都难以觉得是享受的……

迄今为止，纵观贾平凹的创作，他的大多数小说，皆是感性的贾平凹笔下的"产品"。感性气质使贾平凹这位作家始终对生活保持着职业性的敏感，创作活力始终未减。但，理性的欠缺、忽视，以及借助理性提高感性积累质量的那一种创作自觉的不足，是贾平凹的局限。也是贾平凹与陈忠实相比，逊于后者的。陈忠实的《白鹿原》证明了此点。

陈忠实和《白鹿原》

《白鹿原》之印刷成书，与《废都》在同样的时间，都是一九九三年六月第一版。我印象中，《废都》之面市，早于《白鹿原》十余日。可以说，是在《废都》因那些空格以及性事描写的沸扬声中，《白鹿原》悄然推出。后来的结果，正如诸位所知，《废都》遭禁，《白鹿原》获奖。《白鹿原》的获奖也并非一路绿灯，顺利异常。歧见不但存在，而且曾体现为一种阻力。主要原因倒不是书中那些性事描写，而是它的"史观"倾向不特别符合一九四九年以后所提倡的一向的"史观"。——其"史观"是正面弘扬革命伟力对旧社会摧枯拉朽的功绩。在我看来，那一届的长篇评奖，总体上是质量偏弱的一次。《白鹿原》以被要求修改后半部，并得到作者明确同意的态度为前提，才最终获奖。

相对于《平凡的世界》和《废都》，《白鹿原》写的是距今百余年前之人事，从百余年前写到新中国成立前大约五十年间的人事。一部小说，有着近五十年的时间跨度，其背景又距今百余年了，自然该归为历史小说一类。

它是一部典型的农村题材的近代历史小说。虽然某些章节写到了当时的渭北城市，但总体内容上是农村的。其实我明白如此评说《白鹿原》这样一部历史小说是不甚妥当的，一种姑且的分类而已。

写一部历史小说，它的作者是怎样看待历史小说的呢？陈忠实自己的题记引用了巴尔扎克的那句名言——"小说被认为是一个民族的秘史"。

巴尔扎克不愧是巴尔扎克。他关于小说的这句话说得极为精辟。巴尔扎克的话，也可以换一种说法，那就是——"小说是史外之史"。这句话是我说过的。在我还不知道巴尔扎克那句名言时，我就是如我自己所理解那么看待小说的。那纯粹是读得渐多之后的一种阅读体会。比如《战争与和平》《悲惨世界》《九三年》《双城记》《静静的顿河》《红旗谱》，都曾使我获得"史外之史"的阅读感受。这似乎更是针对历史小说而言的。实际上包括了优秀现实题材的小说在内。比如左拉的《底层》，在他写作的当年，那小说分明是现实题材的。但今天看来，它也具有着是法国的一种"秘史"的意味。比如柳青的《创业史》，在作者写作的当年，它分明是现实题材的，但今天看来，它是中国农村合作化历史时期的"史外之史"。

陈忠实引用巴尔扎克那句名言作为《白鹿原》的题记，证明他对自己所写的内容，确乎进行过"史观"性的思考。《白鹿原》中人物、家族，当然是他虚构的。能虚构到读来较为真实可信的程度，又证明着一种想象的能力。进一步证明，陈忠实作为作家的想象能力是一流的。类似《白鹿原》小说中的人事，在中国，在相应的一段历史时间内，是不乏其例的。民间老辈人一代代口头传下来的家族人物之命运故事，地方志中的散记杂陈，显然是构成《白鹿原》的原始素材。它们加上作家的一流想象能力，编织为可读性较强的小说是不难的。但若赋予这样的小说以某种思想的深意，则便需要经过理性的提炼了。否则，小说也只不过能写成一般的演绎故事罢了。

陈忠实对他所掌握的原始素材进行了较为不一般化的理性提炼，因而赋予了《白鹿原》以少见的某种思想的深意。

　　我个人在创作方面对历史性题材的小说一向是退避三舍的。不是怕驾驭不了，是不愿陷入故事和情节的泥沼。因为在我看来，历史性题材的小说写起来恰恰是容易的，而现实题材的小说写好了则很难。为什么这样说呢？因为对于后一类小说，人们往往习惯于用现实的人事常规去衡量、去要求、去评价，既要经得起，又要高于现实的人事常规；既要写得有意义，又要写得有意思，不容易。现实题材的小说，要么写得有意义，但读起来没意思；要么读起来挺有意思，但掩卷沉思，又觉得没什么特别值得一读的意义。故我对于文学创作这一件事，一向较为固执地认为——现实小说写得怎样，才见作家真功力。所以，我又一向认为，托尔斯泰的《安娜·卡列尼娜》高于他的《战争与和平》，雨果的《悲惨世界》高于他的《九三年》和《巴黎圣母院》，狄更斯的《雾都孤儿》《大卫·科波菲尔》高于他的《双城记》。反之，一般小说读者，既不太会以现实中的人事常规去衡量、去要求、去评价历史题材小说中的人事，也不太会以历史研究者的眼光去那样对待历史题材的小说。而这就给历史题材的小说留下了远远大于现实题材的小说的虚构空间、编织余地。我认为，这乃是许多既属于历史题材，又不属于纪实性的历史题材的小说总是比许多现实题材的小说在内容上更具有故事性的真相之一。倘雨果只有《九三年》和《巴黎圣母院》，而没有《悲惨世界》，那么他就实际上不比以《三个火枪手》和《基督山伯爵》而出名的大仲马之文学成就高到哪儿去。

　　是怎样的一种理性提炼使《白鹿原》超出了一般这类小说的水平了呢？

　　是黑娃这一个人物而已。

　　这一个人物，他先成了地方的一个革命的带头分子；接着因为革命受到镇压，于是成了流匪；又由于救了真正的地方革命者，于是重新成为革命队伍中的一分子，而且成了新政权的副县长；但最后，终由于当流匪头子时的劣迹（最主要的罪恶恰恰是最委屈的也是最跳进黄河洗不清楚的），被新政权枪毙了。

　　这样的一个人物，在《白鹿原》之前的近当代文学作品中，是少的，极少有的。

　　为什么不说根本没有过呢？

　　因为类似的人物，毕竟是有过。

在我的阅读范围内，似乎《新儿女英雄传》中有过一个类似的人物，先是拉杆子抗日，后来被中国共产党所领导的真正的抗日队伍收编；再接着反水，投到伪军那边当什么副司令；于是成为真正的抗日队伍的敌人；于是最终被从肉体上消灭之……那样的一个文学人物，和《白鹿原》中的黑娃只不过类似，并不完全属于同一类。因为前者在时代的风云变幻中的反复无常，每次都是个人利益得失考虑之下的抉择。即使其立场走向反动，也完全是自主的行为，就是说具有掌控自己命运的能力。而黑娃则不一样，他自己原本是并无主义，也无信仰的；可以说他的主义就是活着，他的信仰就是他的女人小娥。倘这两方面都还算顺遂，那么他未必不愿像他父亲鹿三一样，给任何一位白嘉轩那般和善的主家忠忠实实地当一辈子长工，并且给世界生下几个小黑娃。可是族人们首先是他的父亲坚决地不能容忍他爱他的女人，于是他只有离开"族"这一种群体和村这样一种"根地"，好比非洲大草原上的动物离开了种群。而我们都知道的，这样的一只动物，除非是强悍的猛兽，否则不加入"同纲同科"的新种群，生存的长久性是大成问题的，当然也就养活不了自己的母兽。黑娃，原本非是那么一种强悍的猛兽，他是生存环境普遍恶劣情况之下的个体。他的出场是不谙世事的，自甘低下的，仅求生存的一种状态和心理。他的爱也是既强烈又战战兢兢的，但却无怨无悔。他之参加农民的暴动或曰初级的"革命"，在极大程度上是为了投靠新的种群。只有那一种群和他"同纲同科"，故他只能加入它。而他一旦加入了它，他的命运便更其失控。因为革命这一件事，是世上最不寻常的，前景最难料测之事。只有将革命当成信仰和主义也就是大事业的人，才能在革命中有自主性。他天生不是那样的人，他只不过是被革命裹挟之人。什么叫"秘史"？"秘史"是史的某种真相之一。在中国近代史中，在漫长的内战硝烟下，曾有许许多多黑娃式的人，忽儿红，忽儿白，忽儿在红白之间沦为丐，沦为盗，沦为匪，如河滩卵石，被昨日之潮冲到那里，又被今日之潮冲到这里；一忽儿成了白的眼中钉，一忽儿又成了红的敌人。又比如鹿兆海这一人物，参加十七军原本是抱着一腔热血为抗日的，但十七军是国军，须听蒋介石调遣的，结果并未死在抗日的疆场，而成了红军的枪下鬼。连鹿兆海那等明白自己是去干什么的人，也稀里糊涂身不由己地干了自己不明白的事（"围剿"红军占据的苏区），并且搭上了性命，更遑论黑娃乎？

黑娃这一个文学人物，在当代文学中，在《白鹿原》之前，是从未有过的。而他背后，可以说曾有千千万万命运雷同者。他们被夹匿在史页中，且不留任何痕迹，仿佛根本不曾存在过。这就是中国近现代史的真相之一。是否有作家的视野包含过他们呢？我想肯定也是有的。长期的不言而喻的原因使谁都没写，于是一部中国的近当代文学史，尤其是一九四九年以后被正统化了的文学史，几乎像政治的史一样界限分明了；文学的人物画卷中，便只有革命和反革命两类人物了。"十七年"中的革命斗争长篇小说，皆凸显此点。然而政治的史是一回事，文学的史是另一回事。否则，文学的史就仅仅成为政治的史的复印本了。而文学的人物画卷，理应包容比政治的史更多种多样的人物。另一方面，倘一部五十余万字的长篇小说，仅仅为一个黑娃式的人物而写，而试图令我们感慨万千，那么则未免是用心良苦价值单薄之事。幸而，《白鹿原》中还写了白嘉轩，还写了他的姐夫朱先生两个人物。

白嘉轩这一人物也是此前中国文学画卷中没有过的人物。从所谓阶级成分上论他是地主。父辈也是地主。于是会很自然地使人联想到《白毛女》中的黄世仁，或《红旗谱》中的冯老兰、《暴风骤雨》中的韩老六。但白嘉轩和他们截然相反，他在小说中完全是一个"好地主"的形象。不是虚伪的假善人那种好，而是表里如一的好。而且他的父亲也是这么好的一个地主。父子二人不但对自己家的长工比如鹿三（黑娃的父亲）特别好，对全村全族之人皆好。又非常有对全村和全族的责任感、使命感、义务感和荣誉感。还敢作敢当，亲自到县里去投案，为的是保出因暴动而被捕在押的乡亲们。总而言之，他仿佛是解放后的一位好村长、好支书。好到如此这般的一个地主，解放前的中国究竟是有还是没有呢？我实在是不敢断言，没有调查就没有发言权。但我想，大千世界，芸芸众生，人是千般百种形形色色的，绝非"阶级"二字所能划分得好坏分明的。故我是宁肯相信会有的。何况，书中所写，不由人不信。文学的眼，正是要发现形形色色之人。所以文学之人物，是完全可以超阶级性存在的。

最终我要说的是——白嘉轩实在是被作家陈忠实特别理想化的一个文学人物。

那么一个问题随之是——作家陈忠实为什么要特别理想化地塑造一个地主形象呢？

依我想来，原因大约如下：

第一，作家陈忠实对一向左右中国人思想的"阶级论"是逆反的，至少在潜意识里是逆反的。而这曾是大多数中国作家头脑中的逆反，在不少同代作家的作品中都有不同程度的流露，只不过不像《白鹿原》那么鲜明。

第二，作家陈忠实对农村的社会秩序，也许怀有某种在自己头脑中理想化了的农耕时代的憧憬——它的意识形态的核心是仁义；而载仁义的形式是一种或可曰之为"人文"化了的宗族礼教；而维护和执行其权威的是经过几代那种宗族礼教熏陶和培养的人，比如白嘉轩。他除了仁义，勇于承担责任，执行起那礼教原则来还特别公正，哪怕是自己的亲子触犯之，亦严加惩罚。因而小说中的白嘉轩，只能是好地主，不可能是农民。农民承担不了那么一种重任。

如果我们的思维也随着作者的理想主义倾向进行联想，那么我们会很容易地联想到雨果的《悲惨世界》。雨果笔下的特定时代的世界是悲惨的，陈忠实笔下的也是；雨果于他的《悲惨世界》中，塑造了一个极其理想化的，与他的《巴黎圣母院》中的副主教富洛娄恰好相反的另一类正主教米里哀；陈忠实在他的《白鹿原》中，塑造了一个极其理想化的，与梁斌的《红旗谱》中的冯老兰恰好相反的另一类地主白嘉轩；二者的区别是，米里哀所代表的宗教感召力，成功地影响了冉·阿让的一生，用作品中的话说——"人们从冉·阿让身上看到了米里哀主教的影子。"而白嘉轩所代表的"人文"化了的宗族礼教，只不过感召了一名长工鹿三；在鹿三的儿子黑娃那儿，却遭到了失败；在自己的女儿白灵那儿，也遭到了失败。他们都不以他那一套为然，各走各的路了⋯⋯

白嘉轩这样一个在白鹿村具有权威的人物，何以从不滥用权威，做下过什么损人利己的事呢？——因为他身边有着一位是姐夫的，虽没什么权威，却极具人格魅力的乡下知识分子朱先生。他对白嘉轩，有时起"纪检委"书记的作用，有时起思想启蒙和导师的作用。

朱先生是《白鹿原》的第二个理想人物。这个人物并非前所未有的。比如《红旗谱》中严萍的父亲，保定师专教中文的严教授，便与朱先生有相似的精神品格——无党无派，远避政治，上不媚官，下不傲民，为了一方安宁，往往会正义担当，挺身而出。总之都是自标清流的知识分子形象。但朱先生与严教授又有不同。朱先生其实思考政治，故对国共两党之争，说出过自己的一番观点。严教授不谈国事，甘愿做一个政治上的糊涂人。作家梁斌是尊敬严教授一类知识分子的，但遗憾他们的不问政治；作家陈忠实更是敬仰他自己笔下的朱先生的，并尤其欣赏他对政治那种冷静明白的不卷入立场。五十年代的《红旗谱》和九十年代的《白鹿原》，呈现了不同时期的两位作家对知识分子文学人物的不同的欣赏视角。

一部长篇小说，塑造了两个中国文学画卷中前所未有的人物；一个似曾相识，但刻画视角更具作家思想个性的人物，毫无疑问便称得上是一部优秀作品了。

至于书中另外一些人物，诸如鹿子霖、鹿三、小娥、白灵、鹿兆鹏等等，则就没有什么特别值得评说的价值了。我们也不能要求一部优秀小说中的一概人物都具有评说价值。

至于书中那些性事描写，尤其小说开篇是现在这样的，而非别种样的，恕我斗胆直言，给我以很商业化写作的印象。我们将《白鹿原》与《废都》与《平凡的世界》相比较，我的结论是——路遥的创作意识是最没受文学商业化影响的。《平凡的世界》初版于一九八六年，那时出版界还没开始实行版税。诸位显然已经注意到，我对前两部小说始终用的是"性事"一词，而非"性爱"，更非"爱情"。我认为，作家陈忠实也许不曾想到——他的《白鹿原》包含着比他自己写作时估计到的更多的文学价值。倘他想到了，我以为，对于书中那些"性事"的片断，他也许会呈现给我们另一种更符合一部优秀长篇小说品质的写法。我的感觉是，那些"性事"片断使《白鹿原》优秀长篇小说的品质下坠，尽管它的发行量或许正因为那些片断而大大增加。

我认为，倘从"史外史"的角度看，仅读《红旗谱》，对中国农村革命这件事，极易得出简单的印象；而若以为肯定更是《白鹿原》所写的那样，也是另一种片面和幼稚。只有两部小说都看了，才算了解得全面了些。《红旗谱》和《白鹿原》，好比一枚镍币的正反两面。《红旗谱》若算正史，那么《白鹿原》颇为成功地完成了"秘史"的创作初衷。

现在，让我们将陕西作家们曾写出的重要小说按年代顺序排列在一起，它们是：

《白鹿原》《刘志丹》《保卫延安》《创业史》《鸡窝洼人家》《正月·腊月》《人生》《平凡的世界》《废都》……

我们会获得一种怎样的大印象呢？

那就是——陕西的作家们，用他们的笔，分阶段地、共同地完成了一个省份的从百年前到现在的文学性质的史。在这一个省份经历过的历史沧桑，几乎全凸显于他们笔下了。全国还没有哪一个省份的作家们的作品，排列在一起会给我们这一种大印象。而有趣的是，同代的三位作家，即陈忠实、贾平凹、路遥——一个的笔写百余年前，补上了关于这个省份的近代的文学"秘史"；一个的笔写到了大城市，写出了它在转型向商业时代必然经历的阵痛和必然出现的扭曲世相；而另一个的笔，真诚地记录了在它的土地上的共和国儿女们迷惘又自强不息的心路和人生之旅……

陈忠实对于他所熟悉的那片土地的感情是罗贯中写《三国演义》式的。是超脱式的，但又是剪不断的。比如《白鹿原》中白嘉轩赴乡绅们的宴时心中的反复诘问——"他们这是吃的谁们的钱？"——分明也是对今天农村鱼肉乡里的现象的质问。我作为陈忠实的同行，认为他所面临的一个创作问题那就是——接下来写什么？怎样写？我认为，评价一位作家，另有一条很重要的标准那就是——他用他的笔，对他所处的当代，进行了哪些方面的文学性的反映、诠释和记载？这是他这样一位中国当代重要作家不可回避的。而迄今为止，即使不说他在这方面做得不够，也起码可以说太少。欣慰的是，据我所知，他正在创作着另一部我们期待着的当代题材的长篇小说……

关于王小波

确实，我在向你们谈论一位具有写作才华的人。进言之，是在向你们谈论一位具有特殊写作才华的人。这一种特殊性，在他的几部作品出版以前，是中国近当代小说写作现象中少见的。我不敢肯定地说完全没有。我虽然自信是很关注小说写作现象。但我的阅读范围毕竟是极其有限的。

这个人就是王小波。

大家都知道的，他已于一九九七年去世了。

我向诸位谈论他，一是因为他的才华；二是因为他的作品一经出版，首先在各大学学子中引起过一阵"王小波热"，而至今他的作品的影响依然存在。那么我作为讲当代文学课程的教师，向你们分析他特殊的写作才华和他作品的与众不同，实在是教学义务之内的事。

我认为，一个人只要写出了超过一百万字的小说，只要其作品在一定范围的读者中发生影响，便总是有几分写作才能的。当然也不一定非得超过一百万字。我其实强调的是那一种可持续性的写作才能。王小波具有它。倘他现在还活着，我相信他会有更好的作品问世。而据我看来，某些人并不具有可持续性的写作才能。他们在特定的时代，写了几篇或仅仅一两篇作品后，再就写不出什么来了。他们写的仅仅是演绎了的个人经历罢了。个人经历演绎完了，那一份写作的才能也就丧失掉了。不可持续证明他们之写作才能的单薄。诸位肯定注意到了，我谈论王小波时，用的是"才华"一词。我认为相对于写作这一件事，可持续的才能才接近是一种才华，否则只不过是才能。

对于我，至今有如下几位作家我是刮目相看的。

一是湖南的女作家残雪。她的小说有显见的意识流风格。文字也很特别。既不同于同代男女作家，也不同于后来的"新生代"作家，给我一种神经质的印象。她笔下的许多文句，仿佛一个极其敏感的人对她的下意识的记录，足令阅读者的神经也随之敏感。我曾戏言——有了二十余年写作实践的自己，几乎可以模仿古今中外不少作家的风格写一两篇"仿作"。这里指的是短篇，中篇很难，长篇不行。比如模仿蒲松龄，写一篇文言的关于花精鬼魅的小说，能不能呢？能的。比如模仿屠格涅夫，以翻译体写一篇《木木》那类的短篇，也能的。但读过残雪早期的一些小说后，我对自己老老实实地承认——我的这位女同行的作品，我是根本无法模仿的。无法模仿她的写作思维，无法模仿她的语言。别人特殊到了自己连模仿一下都不可能，所以刮目相看。

《围城》那样的小说也是我根本模仿不来的。书中的幽默气质和睿智的比喻，显示出一种禀赋。属于人的禀赋的东西，那是别人模仿不到的。

《尤里西斯》对于我来说更是只有刮目相看的一部书。我也得老老实实地承认我并不喜欢这一部大名鼎鼎的书。它完全不符合我的阅读胃口。我之所以硬是耐心地将它读完了，乃因国外评论它是一部"登峰造极"的优秀小说。而我读完了还是怎么也喜欢不起来。也没读出它优秀在哪儿，足见我的浅薄和没出息。甚至也可以说，我挺排斥它的。但对残雪和钱钟书的书，我却是亲和的。

王小波是至今为止第四位令我刮目相看的同行。他的作品我也是根本无法模仿的。指他的小说。他的小说之所以给我"具有特殊写作才华"的印象，乃因我也同样从中看出了属于先天禀赋而非后天实践经验的东西。

那么，王小波的写作才华到底特殊在哪几方面呢？

我认为，如下：

第一，逻辑学对小说写作思维和小说文体的介入。在我看来这是王小波小说最主要的特别之点。逻辑是古典哲学的筋脉。逻辑学在基础的水平上是研学古典哲学的入门之学；而在高级水平上是提升哲学认知价值的辅助学问。王小波小说中的逻辑学现象，非是多么高级的那一类，而是很基础的，ABC的，"三段论"那一类的。即假设A＝B或A≠B那么A将与C关系怎样怎样的那一类。在代数中即为"推导"。我一向认为，基础逻辑常识是很枯燥乏味的。但王小波信手拈来的将其写进小说中，读来竟饶有趣味。有时甚至妙趣横生。他或者以此分析"自己"即小说中"我"的心理；或者以此分析笔下人物，于是"我"和笔下人物命运的两难之境跃然纸上。心理分析是小说家写人物的常规方式。但是直接地将逻辑学的ABC常识引入了分析人物，仿佛使作者和读者顿时都变成了孩子。而作者本人尤其像一个大儿童，天真、郑重其事，对读者有很大的亲和吸引力，使小说之字面呈现较高的可笑性。而这就是"趣"。"趣"是当代小说读者读小说的一种越来越显然的要求。王小波深谙此点，尽量给读者以满足。他的父亲是逻辑学教授。分明的，他对逻辑学的兴趣乃受其父影响。大概是基因里带来的，也可以说是一种先天禀赋。就我的阅读范围而言，从王小波的小说中第一次读到逻辑学意味，此前从没有的一种阅读感觉。

第二，哲学对小说思维和小说文体的介入。王小波是在国外留过学的。他既然对逻辑学感兴趣，对哲学感兴趣便顺理成章了。将自己的小说本能地注入哲学意味，也就成了他小说的另一特点。八十年代晚期，国内的某些小说家也有刻意追求小说之哲学意味的。那样写往往是为了证明自己的深刻，但其深刻却每给我以故作的印象。王小波并不。哲学意味在他的小说里，其实也首先体现于一个"趣"字。中国特色的人生现象或社会现象，一经由他信手拈来，借西方哲学的光来照射，呈现出比就人论人就事论事更大的荒唐性。

逻辑学也罢，哲学也罢，对小说家也很可能是陷阱，介入到小说里，弄巧成拙即变为卖弄。王小波在那陷阱边上跃来跃去，显得较为自如。每当我就要以为他在卖弄了，他便适可而止，明智的将笔触转向正常的，也就是我们习惯了的叙述方面去了。逻辑学也罢，哲学也罢，在他的小说里是点到为止之事。与其说是为了表现什么深刻，还莫如说是为了逗读者开心。在这一点上，他有点儿像周星驰。周星驰在"周氏"电影中，往往也正儿巴经地作深刻状。很哲学的一副样子。比如《大话西游》中他演的孙悟空就很哲学。但周星驰迷们看他演的电影，不是去看深刻，而是去看周星驰式的"深刻"所呈现的那一种好玩状态。喜欢看"周氏"电影的，想必也较喜欢读王小波的书。反言之，谁如果喜欢读王小波的书，那么对周星驰的电影大约也情有独钟的吧？如果谁喜欢"周氏"电影竟不喜欢王小波的书，那么其人一定……我再写下去，便近乎王小波那种游戏逻辑学了。但我难得其趣。因为他天生似乎是乐观的，而我天生是悲观的；他天生是幽默的，我天生是忧郁的……

第三，王小波式的语言是我所少见的。其语言的特殊风格在他自己视为"宠儿"的《黄金时代》中，并没给我这个读者留下什么"特别"的印象。我斗胆说一句——我觉得那一本书里所呈现的也只不过是很一般的语言水平。内容也很一般。我这一代作家笔下常见的内容而已。但是到了《青铜时代》，在我看来不一般了。也不是全书章章节节的语言都不一般，而是某些片断的语言特点不一般。一行行一页页的短句，简练又急促地扑面而来。那情形给我这么一种感觉——仿佛作者非是在写小说，像是坐在辩论席上的主辩者。他要在规定之时间内进行决定胜负的陈述和驳辩；他必得在规定之时间内最大程度地说明自己一方的立论根据，最大程度地援引有利于自己一方的信息量，并且一举驳倒对方。仿佛那又是在对抗驳论的时刻，只要他稍一停顿，便会给对方打断自己的机会，结果话语主动权被对方抢去了似的。正是这么一种行文风格，如同磁石般吸引住读者的眼，深受作者影响地急促地读下去。当然的，我们又看出，那急促体现于作者只不过是一种假象。实际上他从容得很。叙述的间或，绝不忘得幽默时便幽一默，能调侃时则调侃，为的是缓解一下我们的阅读神经。这一种语言风格，到了《白银时代》，更趋成熟、自然，也显得细致优雅了。如果说《青铜时代》的王小波给人以某类评书艺人似的印象，那么到了《白银时代》，尤其他的前十几页，则给人以唯美古典主义小说家的印象了。那十几页的描写真是好。我喜欢得不得了。其间不乏精妙比喻，使我联想到《围城》。而《围城》是不怎么写景物的，王小波却有一流的写景写物的能力……

第四，王小波是学历史的。他善于将历史和现实编织在一起。时空交错的写法在他显然是一种愉快的写法。仿佛天生善于此道，轻车熟路一般。而《青铜时代》，却是他第一次以那样的写法完成的书。

第五，他的知识结构是多方面的。对自然科学知识的了解颇丰，信手拈来，而且用得恰到好处。比如《白银时代》中形容"我"为蛇颈龙和响尾蛇。我对动物也感兴趣，但响尾蛇在夜间用脸"看"周围，则是从他的小说中获得的知识……

第六，关于比喻。前边提到了一下，这里还要格外提到。他真是格外的善于比喻。有些比喻之精妙，依我看不在钱钟书之下……

诸位，关于王小波的写作才华，大致归结如上。一位如此有才华的作家，他的早逝，是令人扼腕叹息的。也是令人心疼的。倘说是中国当代文坛的一种损失，算不得肉麻的奉承。奉承他并不能抬高我。

但我所感觉到的一种遗憾乃是——王小波作品本身的文学价值究竟有多大？

我为什么要提这样的问题呢？

因为据我想来，一位作家的才华是一回事，他的作品的文学价值也许是另一回事。

举个不怎么恰当的例子——好比一个人天生一副能成为大歌唱家的好嗓子，却并不意味着从他口中不管唱出一首什么歌都是经典歌曲。天生有好嗓子的人，除非禁止他唱歌；而只要他一开口唱歌，别人便会听出他嗓子好，听出他的音域、音质的一流特点。即使他唱的是"文革"时期的"语录歌"，或解放前的"提起那王老三，两口子卖大烟"之类，也还是不能埋没他的好嗓子。一位作家也是如此，除非禁止他写，否则，哪怕他写的只不过是一封致贺信，或犯罪交代书，都能看出他的写作才能和才华来。有才华的作家，你只要让他写五千字以上，不管写的是什么，只要不是抄菜单，他的写作才华都必有所呈现。哪怕他自己一遍一遍告诫自己千万别流露才华都不行。但我们看出他的才华的同时，并不意味着他所写的一概都具有了与他的写作才华相一致的重要价值。

我对于写作这一件事所持的观念骨子里是比较传统的。我认为一部好书一定是这样的书——有意义而且有意思。意义是传统观念上的社会认识价值、审美价值和弘扬人文精神的价值等等，意思就是那种时下常说的可读性。可读性是一个包含多方面成分的概念。王小波的小说具有较大的可读性，这一点不容置疑。但王小波小说的意义何在呢？而这就是我说不清楚的了。真的难以像对他的才华那么说得自信而且比较周到。关于他的写作才华，其实由于时间关系，我并没有展开来细说。世上有没有虽然有意义但没意思的小说呢？我以为是有的。比如车尔尼雪夫斯基的《怎么办》，在我看来就是那么一类书。在当时，它的意义真是很大，通过三角爱情关系探讨人性所能达到的"利他主义"的道德高度，这样的书能说意义小么？但那真是一部叙述和描写都极为沉闷的小说，比《似水流年》还需要阅读的耐性。世上有没有挺有意思但没什么太大意义的书呢？从前留下的这样的小说极少，因为可能被时间筛掉了，也可能还有我这样一类人的罪过。由于强调意义，或由于对意义心存偏解，一旦有机会梳理文学的史，就给埋没了。但据我所知，现在只在乎有意思没意思，忽视甚至轻蔑意义的写作倾向多起来了，甚至在大学里也是。现在我也是大学里的一分子了，对此现象多少有点儿发言权了。大学学子中盛行自娱写作。认为自娱就是一种意义。有意思本身就是一种意义。一旦出版，由自娱而娱人，便等于有了社会的广泛的意义。这么看待写作这件事对不对呢？有一定的逻辑上的道理，绝不能说全然不对。在当今时代，普遍人的心理压力都很大，电影娱人，电视剧及电视节目娱人，小说娱人，当然是一种意义。王小波是从大学里出来的"自由作家"，我以为，他对写作这件事的观点，是很受大学里盛行的那一种写作观点的影响的。他在他的《黄金时代》的"后记"中强调，他之写小说不是为了教诲不良青年的，也拒绝接受好小说必得有一个"积极向上"的主题的观点。

而我要解释的是，我所强调优秀小说的"意义"，当然不是指什么教诲不良青年的功能；也当然不是指什么"积极向上"的主题，而是指我如上所谈的那些传统小说观念方面的意义元素。

其实，我认为王小波是很在乎"意义"的，而绝非那类只一味追求可读性的作家。否则，他的第一部小说就不会是《黄金时代》，而会直接是《青铜时代》了。《黄金时代》的内容是有意义的。正因为有意义，许多作家在王小波之前写过了同样的内容。王小波就同一内容写在其后，情节上有些自己的考虑，但思想性并未突破前人们，才华也没得以充分展现。

王小波的写作才华在《青铜时代》中得到了相当充分的展现，但其内容，比如历史上殉葬的红拂、被酷刑处死的无双、鱼玄机等女性的命运，究竟意味着些什么，我还没想清楚。我对《青铜时代》的一种思想是清楚的，那就是古代男权的邪恶。这其实也是一种世界史上的丑陋现象。王小波将此点写得很明白。但我以为，凭他的才华、他思想的睿智、他的历史知识，是应该为我们提供多一些的"东西"的。

我的总体的感觉是：

王小波写《黄金时代》，本能地意识到着一种意义，但写得有意思的水平还不是特别高明。

王小波写《青铜时代》，写得"有意思"的才华一下子变得很高明，但是对意义却并没有提炼得相应的"高明"，给我的印象是陷在"有意思"的泥潭里了。而且，我再斗胆说一句，恰恰是在一些不值得大费笔墨细写的方面……

王小波写《白银时代》，写作的才华已令我钦佩之至，但我实在是不太喜欢那个"师生恋"的故事。与"道德"二字毫无关系。我看过几部外国的"师生恋"内容的电影，很喜欢。要以传统的小说方式讲好一个故事不容易，以现代的方式更不容易。王小波选择的是后一种方式，我想，大约他自己比我更能体会其中的不容易吧？

而我的切身感受是——但凡是个作家，总在想着的关于写作的问题主要是两个——怎么写？写什么？经验不够丰富的作家想怎样写多一些。

像王小波那么有才华的作家想写什么则必然多一些，大抵如此。而且，越是有才华的作家，越是生活积累和人性感受充分的作家，越是对写什么掂量来掂量去的。因为他明白，他的才华只有体现于或曰载于特别有价值的内容，他的才华才更令人钦佩。

我听到过不少关于盛赞王小波的"三部曲"的话语。而我却从他的"三部曲"中似乎看到另一种真相，即作家对他所写的那些内容并不感到极其欣慰。他所写的只不过是他的灵感仓促情况之下紧紧抓住的一种内容，而不是他掂量来掂量去之后的决定。

当然，也许完全错了的是我。也许王小波认为，写作这一件事，本该是很随意的事，根本犯不着掂量。我前边已声明过，我对写作这一件事的观念是很传统的，也可以说是很守旧的、落伍的。所以即使对一位有才华的作家，也难免凭主观臆断，妄作评价。

而我所了解的一点点情况是——王小波自己说他的《黄金时代》是他的"宠儿"；某些读者津津乐道的却是他的《青铜时代》。《青铜时代》里塞入了太满的关于性和专施于小女子们的酷刑。那也许"有意思"，但在我看来，则恰恰是抵消王小波写作才华的"杂质"。而这一点，是否也是王小波不愿说《青铜时代》是他的"宠儿"的原因呢？

具备一流写作才华的王小波已然英年早逝，我在充分地虔诚地肯定他的写作才华的同时，却没有对他的作品像他的妻子李银河博士那么满怀深情地去高度评价，这使我不安。我无意贬低他的作品的价值，因为这根本抬高不了我自己。正如我也满怀深情和敬意地谈论他的写作才华抬高不了我一样。我只不过是凭着我老老实实的态度有一说一有二说二尽我讲到他的义务。

王小波如果地下有灵，也许会嘲讽我。也许竟不，竟认为我倒真的比较客观也比较体恤地理解了他。理解了一位有一流写作才华的作家，要寻找到足令自己欣慰的写作内容的那份期盼和不容易。

最后我想说的是，对王小波收在《沉默的大多数》一书中的文章，我都认真拜读了，都比较喜欢。在那一本书里，我认为，他的才华、他的睿智、他的思考成果，才真正地与内容相协调了，溶解在内容之中了。或反过来说，那一本书的内容，因他的才华和睿智而显得格外有意义了。

唉，好小说总是比好文章更难一筹，对于具有一流写作才华的作家也是如此……

金庸和克莉斯蒂

为什么中国产生金庸，英国产生克莉斯蒂，而不是反过来呢？

又为什么，那么多那么多的中国人，几乎从小都爱读武侠小说，而那么多那么多的欧洲人，几乎从小都爱读侦探推理小说呢？——起码从前是这样的。

将金庸先生和阿嘉莎·克莉斯蒂联起来想一想，是会发现一些颇有意思的文学现象的。而且，其现象超出文学本身的话题，与我们人类的休闲方式关系密切。

不消说，读书是人类传统的休闲方式。于是便有了伟大的休闲小说作家。我觉得，金庸先生乃是当代接近于伟大的一位休闲小说家，而克莉斯蒂则确乎是伟大的了。金庸先生的小说，将中国武侠故事演绎得别开生面，荡气回肠，几乎全部被改编成了电影或电视连续剧。半个世纪以来，受到着最广大的华人的喜欢，引起西方汉学家的高度重视。

一位小说家，以他的小说作品为占世界四分之一的人之休闲阅读服务，服务效应获得普遍的公认，难道还不接近于伟大么？

至于克莉斯蒂，其服务效应就更加令世人瞩目了。这非凡的女性，一生写了近百本书，除了八十本侦探推理小说外，还写过许多短篇小说和十几部剧本。在全球她的侦探小说被译成百余种文字出版，在西方，她的侦探小说重印达一百九十八次，总印量仅次于《圣经》。

真的，在我看来，这位名副其实的侦探小说女王，其成就实在是前无古人，后无来者啊！一百年内，在世界短跑史上，会有人超过女"飞人"乔依娜么？一百年内，在世界文学史上，会有人的成就举目公认地超过克莉斯蒂么？这么一想，不禁的心生肃然。当柯南·道尔逝世以后，英国举国悲哀。《泰晤士报文学副刊》曾这样评论——"英国再也不可能产生第二个柯南·道尔了"。

似乎偏偏要证明这一评论是错误的，克莉斯蒂的成就和影响实际上远远超过了柯南·道尔。比利时籍的私家侦探"波洛"的知名度，也和福尔摩斯的知名度一样高。

像金庸先生的中国武侠小说也深受许多中国读书人士推崇一样，克莉斯蒂的侦探推理小说同样征服了许多欧洲知识分子，甚至连法国前总统戴高乐、英国前首相威尔逊、英国皇太后玛丽，都曾公开承认欣赏她的小说。

《纽约时报》曾报道过这样一件事：某夜白宫的总统睡房里灯光彻夜长明。第二天早上员工们看出卡特总统双眼微肿，关心地说："国家公务重要，总统先生的身体也很重要。"但卡特总统却诚实地回答："谢谢。我其实几乎一整夜都在读克莉斯蒂的小说。"为什么中国产生金庸，英国产生克莉斯蒂，而不是反过来呢？要知道，中国文学中，探案小说的渊源也很长久啊，要知道，英国的历史中，足以构成一部部侠士小说的素材也不少啊！

又为什么，那么多那么多的中国人，几乎从小都爱读武侠小说，而那么多那么多的欧洲人，几乎从小都爱读侦探推理小说呢？——起码从前是这样的。

爱读武侠小说的中国人，于休闲的同时，亦获得另外别的什么心得呢？爱读侦探推理小说的欧洲人（二十世纪六十年代以后的日本人，也开始爱读此类休闲小说），其兴趣又为什么会维持至今呢？显然，武侠小说的"文学气质"是反对旧秩序而且张扬民间正义的。显然，侦探推理小说的"文学气质"是一种法制前提之下形成的"气质"；是协助法制的，是反刑事罪恶，破坏刑事阴谋的；是称颂法制智慧的。

因而，我们从克莉斯蒂的小说，以及由她的小说改编的影视中，除了看到大智慧的波洛，同时几乎必看到代表国家司法的官方办案人员。只不过后者们在波洛面前往往显得经验不足罢了。

在旧时代，人心向往武侠，向往清官。有道是："武侠小说是成年人的童话。"金庸小说反映的旧时代，武侠代表了人们的向往，难免带有民间意识形态的色彩。

茶馆里，大侠一剑挥去，威而恶者人头落地，听书的人们往往一片齐声叫——"好！"

读克莉斯蒂的侦探推理小说，则肯定不能是集体的休闲，则肯定是静悄悄的时光。克莉斯蒂的小说中，几乎没有也完全不必要有什么民间意识形态的色彩。

克莉斯蒂曾公开表示——她创作侦探推理小说，并非出于什么高贵的目的，只不过是要娱乐读者，给阅读的人带来满足的喜悦。

这肯定也是金庸先生创作他那些武侠小说的出发点吧？

人类对休闲的需要，永远强过于接受某些高贵教育的自觉，而这是符合人性的。

娱乐读者，给阅读的人带来满足的喜悦，这样的小说，这样一种为人类的休闲服务的精神，细细想来，其实本身就是应受到尊敬和感激的啊！

目前，贵州人民出版社已经全部买下了克莉斯蒂的毕生心血之作——八十种侦探推理小说，且已翻译出版。它们的出版，为我们当代中国人的休闲又提供了可喜的内容。

愿克莉斯蒂在中国也渐渐地家喻户晓……

论雨果

——夹在铁钳齿口的作家

《九三年》是雨果的最后一部长篇小说。它在一八七三年出版时，雨果已经七十一岁了。十二年后的五月八日，雨果患肺炎，身体开始虚弱。他在病中说："欢迎死神来临！"五月二十二日，雨果从昏迷中醒来，又说："大幕降落，我看见了黑色的光明……"只有他的孙儿和孙女听到了此话；那是他留给世界的最后一句话。生前，他在遗嘱中添加了如下内容：

将五万法郎送给穷苦人，希望躺在他们的枢车里去墓地……拒绝任何教堂的祈愿，而要求为所有的灵魂祷告……我相信上帝。

雨果一生和宗教的关系怨怨和和。在他还是一个青年的时候，他的第一部长篇《巴黎圣母院》，使他成为宗教咬牙切齿的文化敌人。

在他中年的时候，他却又用他的笔塑造了一位与《巴黎圣母院》中虚伪丑恶之极的教士福娄洛截然相反的教会人物——《悲惨世界》中的米里哀主教，其无私和仁慈几近完美，简直就如同上帝本人的人间化身。米里哀主教是欧洲文学史上最高尚的教会人物。

"我相信上帝"一句话中的"上帝"，对于雨果这一位全欧洲最具有哲学家和思想家气质的诗人、作家，究竟意味着什么呢？他所言的"上帝"是一位神，抑或是一条"真理"？除了他自己，没有人清楚。

雨果和宗教的关系，与薄伽丘和宗教的关系相似。后者在四十岁那一年完成了《十日谈》，于是受到宗教审判。其晚年不但皈依上帝，而且干脆想去做一名教士。

在欧洲，像雨果和薄伽丘一样，与宗教发生怨怨和和之关系的文化人物不在少数。他们与宗教的关系最终皆以和而告终——这是特别耐人寻味的西方文化现象……

雨果终生不悔的，乃是他与法兰西共和国那一种唇亡齿寒、一荣俱荣、一毁俱毁的关系；是与他的《人权权宣》休戚与共的关系；是与底层民众同呼吸共命运的关系。

正是这一种关系，令他的人生起伏跌宕。他曾在共和国的普选中成为得票率第二多的国民公会的议员；也曾被复辟了的波拿巴王朝驱逐出境，度过了近二十年的流亡岁月。

当局还下达过对他的通缉令，宣布："捉住或打死雨果的人，可获二点五万法郎赏金。"

雨果曾满怀深情地在日记中写道："我之所以没有被逮捕，没有被枪杀，能活到今天，全凭了朱丽叶·德鲁埃夫人。是她冒着失去个人自由乃至生命的危险，为我排除一个个陷阱，丝毫不松懈地保护我，为我不断寻找安全的避难所。"

朱丽叶——雨果终生的"红颜知己"。雨果对流亡的回答是——拒绝一切赦免。

他在拒绝书上写道："如果只剩下十个人（不忏悔者），我将是第十名。如果唯余最后一人，那就是我。"

雨果在流亡时期依然是坚定不移地反对封建王朝的战士。他写下了《侏儒拿破仑》《惩罚集》《静观集》等一系列讨伐共和国"共和"原则之敌的战斗檄文……

雨果是一个满怀政治正义感的激情和深情的爱国者。

古今中外名垂史册的诗人们和作家们几乎都是如此这般的爱国者。

但雨果的不同在于，从法兰西诞生了共和国那一天起，他所爱的便只有以《人权宣言》为国家信条的法国了。

从此他不能爱另一种法国。也不能认为，法国再变成一个什么样的国家，跟他是毫无关系的事情。

于是一切企图背叛的《人权宣言》的人，也都必然成为他的敌人。

一个事实乃是，在他和他的敌人之间，他从未妥协过。

复辟势力获胜以后，路易·波拿巴在登基典礼刚一结束时便迫不及待地单独召见雨果，希望雨果能转变立场成为他的支持者。而雨果即使在王权主动向自己示好的情况之下，也并没有受宠若惊。他当面坚持他的共和思想。他在日记中记述那一次谈话时，用"愚蠢透顶"形容新的国王……正因为雨果是这样的，在他逝世以后，法国政府决定将他的遗体停放在巴黎凯旋门供民众瞻仰，然后举行国葬。

当时是记者的罗曼·罗兰这样描写那些民众夜里守灵的情景："在协和广场，在法国的所有城市，人们都在哀悼……在一束束鲜花一堆堆花圈中，显现穷人的黑色枢车，上面只放着两个玫瑰花环。那是最后的一次对照了。二百万人跟随灵车，从星形广场将诗翁穷酸的棺材送进了先贤祠……"

此种宏大场面使维持治安的骑警们深感震撼。法国是全世界的第一革命摇篮。在一七八九年，欧洲发生了两桩大事件。美利坚合众国诞生，于是有了《独立宣言》。巴黎的起义人民攻占了象征封建专制王朝最后堡垒的巴士底狱，于是有了《人权宣言》。这两份宣言的基本内容和精神是一致的，那就是——民主的国家原则加上自由、平等、博爱的人权和人道义务。雨果对于这两桩大事件的评论是——"赶走民族的敌人只需十五天，而推翻一个封建王朝却得用一千五百年。"

意思是——取得美国独立战争决定性胜利的一役，是一场历时15天的战役；而在一千五百余年中，法国人民发动了大大小小无数次起义，才彻底推翻了封建王朝。

没有确凿的根据可以证明——没有法国的革命，就一定没有后来俄国的革命，就一定没有后来中国的革命，就一定没有后来发生在许多国家里的无产阶级革命……

没有确凿的根据可以证明——没有《人权宣言》，就没有后来的《共产党宣言》……但有确凿的根据可以证明——没有巴黎公社，就没有后来在世界各地不胫而走的一个惊心动魄的词汇——"革命"……但有确凿的根据可以证明——伏尔泰、卢梭、孟德斯鸠、罗伯斯庇尔、马拉、巴贝夫这样一些法国知识分子，与"革命"有着生死与共的关系。在伏尔泰、卢梭之前，人类历史上没有什么"革命"，只有起义、造反、暴动而已。在孟德斯鸠之前，王权即国家。在罗伯斯庇尔、马拉、巴贝夫之前，世上没有"革命者"……

雨果是他们的信徒。是诗人和作家的雨果，也具有绘画的天分。他曾创作过两幅油画——《风暴中的大树》和《我的命运》。

在《九三年》中，雨果通过郭文这一共和国联军司令官之口，说出了他对"革命"的感受——病朽的大树将在风暴中倒下，常青之树将在风暴中生长。新世界诞生以前，清扫是必要的。这是一种要靠流血和牺牲来进行的"工作"，一种伟大的"工作"……

而《我的命运》，画的是一只被海浪拱起的帆船；看起来，它随时都会"粉身碎骨"。雨果是早有准备接受更凶险的命运的……"革命"是有潜伏期的；法国大革命之前的欧洲动荡不安……闵采尔在德国领导了农民起义，因此遭受酷刑之后被砍头……相应地，革命国人民斩下了查理一世的头……而美国独立了。《独立宣言》的基本思想，其实便是伏尔泰和卢梭"天赋人权"的思想……正是——我家长花他家开。这对于饱受封建专制之苦的法国人，是一种刺激……于是——一七八九年七月十四日，法国巴黎的起义人民推翻了王权的专制统治。但大资产阶级和自由派贵族们暗中庇护着国王……一七九二年八月九日，巴黎民众又举行了起义，掠走了路易十六国王，并将其囚禁……九月二十一日，由普选产生的国民公会开幕，通过了废除君主立宪制的议案，宣布法兰西第一共和国成立……其后，路易十六国王和他的王后被推上了断头台……先后被断头台斩下头颅的还有王室的其他成员，以及企图营救国王和王后的保王党勇士。

是的，那些明知山有虎，偏向虎山行的保王党分子，他们也是完全当得起"勇士"二字的。他们站立在断头台上视死如归，一齐高呼"国王万岁"……

根据《法国革命史》一书的记载，成千上万围观的民众霎时肃静。

勇敢是不分阶级的。

每一个阶级都有自己的勇士。

第一共和国将国王和王后斩首的做法，使整个欧洲震惊。这反而激怒了保王党残余势力，在英国等外国干涉军的支持之下，各地保王党纠集残军，发动暴乱，对革命实行血腥报复。并且，他们决定攻占巴黎。而共和国的军队中，也一再有高级将领叛变或预谋叛变。在巴黎，执政的一派叫"吉伦特派"，他们多由资产阶级人士和贵族民主人士组成。他们对于激进的革命开始心生厌烦，打算里应外合。于是巴黎民众发动了第三次起义，推翻了"吉伦特派"，将自己更信任的雅各宾派选举为"领导核心"。这是由平民知识分子组成的政治派别，他们倒是对民众的一次次暴力色彩的起义习以为常了。

雅各宾派临危受命号召人民，任派将领，指挥军队，击退敌人，肃清内奸，挽救和保卫共和国……

这就是法国的一七九三年。这就是雨果的《九三年》的大背景。

《九三年》中的三个主要人物是两个相互仇恨的阵营的代表，而且是那两个阵营的高级代表人物。故他们更具有代表性。两个阵营之间的深仇大恨，被他们"代表"得淋漓尽致。

一方的口号是"国王万岁！"

另一方的口号是"共和国万岁！"

双方都不乏喊着口号的英雄，喊着口号慷慨就义的"勇士"——或者，用鲁迅的说法——"猛人"。

一方要恢复一种国家秩序。那种秩序将人分成高低贵贱的等级，靠法来实行所谓"高贵"的人对"低贱"的人的专制。其专制权力的象征是国王。这一种专制已经持续了千百年，这本身似乎便意味着是一种理所当然的理由。"钟表匠的儿子做议员，贵族的看门人居然成了将军"——这样的事也发生了，在他们看来是一个国家的奇耻大辱……

另一方用猛烈的暴力摧毁了以上一种国家秩序。他们认为那是他们的权利，是"天赋"之"人权"。是绝对正当的。他们有自己的思想家，便是伏尔泰和卢梭。伏尔泰告诉他们——反对平等就是反对道德；只有高贵的心灵，没有高贵的阶级。而卢梭告诉他们，国家必须体现人民的意志，政治的职责仅仅是执行"公意"，而不是人民的主人。如果政府无视人民的"公意"，人民有权利推翻它……

保卫共和国的阵营说："一个也不宽大！"要复辟王权的阵营说："一个也不饶恕！"前一个阵营提醒自己："不睡觉，也不怜悯。"后一个阵营勉励自己："利用一切，提防一切，拼命杀人。"前一个阵营意识到，自己必须流更多的血，牺牲更多的生命。必须在所不惜。

后一个阵营意识到，他们"需要一个领袖和火药"。而那个领袖，"只要有利嘴和爪子就行。"——总而言之，需要"一个铁腕人物，一个掌刀的，真正的刽子手！"——电影《列宁在十月》中资产阶级政客们的话语。

前一个阵营说：如果共和国不存在了，我们的命运又将如何？后一个阵营说：弑君者们斩下了路易十六的头，我们要把弑君的人肢解。……雨果在

《九三年》中，通过人物的对话，将阶级与阶级，"豺狼与豺狼"之间不可调和的，你死我活的仇恨，呈现得令读者不寒而栗。如果一个人不但是一个坚决拥护共和制度的人，而且还是一个不折不扣的人道主义至上的人，那么他将拿自己怎么办呢？

偏偏，雨果正是这样的一个人。共和制度——雨果所要也。人道主义——雨果所要也。于是，雨果被钳在一把巨钳的齿口间了。他在忍着他所感受到的思想疼痛的同时，带着呻吟般的声调高喊着他自己的口号："在绝对正确的革命之上，是绝对正确的人道主义！"

因为他认为革命是"绝对正确的"，所以也不可能不是保王党阵营的敌人。因为他居然认为人道主义原则高于革命原则，后来的革命家们一致将他视为一个仅仅同情革命的同路人而已。

朗德纳克——一个保王党阵营所需要的，"有着利嘴和爪子"的人物；一个本身即是亲王的人物；一个身负使命并且极具使命感的人物；一个十分明白自己在干什么的人。为了完成自己的使命他一往无前，可以做到不动声色地杀死任何一个人，以及成千上万的人。可以做到连正在哺乳着的母亲也不放过。当然，他不需要亲自动手。他只下达命令。在他的命令下，敌人不但应被杀死，而且任由部下去肢解。他冷静、果敢、意志坚定，自己也可以做到从容赴死。

最重要的是，他有他的一套关于国家的理念。

他认为："假使伏尔泰被吊死，卢梭被送去当苦工囚犯，这一切（革命）就不至于发生了！有思想的人是怎样的灾祸啊！一切都是那些烂文人和坏诗人引起的！还有百科全书！狄德罗！达朗拜尔！这些可恶的无赖！我们这一帮人都是执法者。你可以看见这里（牢狱）墙上分尸轮的痕迹。我们并不开玩笑，我们不要舞文弄墨的人！只要有烂文人在东涂西抹，就会产生颠覆秩序的人！只要有墨水，就永远有污点。只要有人拿着笔，那些毫无价值的言论就会变成造反的暴行！书籍传播罪恶！人权！人民的权力！都是十分空洞、可笑、虚妄而该死的胡扯！……"

倘秦始皇地下有灵，肯定会为朗德纳克大鼓其掌。因为后者替他"焚书坑儒"的暴行做了"精彩绝伦"的辩护。

一个在东方，一个在西方，相隔一千几百年，理念却是那么一致。

由此可见，只要一个社会它是害怕和仇恨思想的，它骨子里就必是迷恋封建专制的。

正是这样的一个朗德纳克，居然在从共和国联队的包围圈中逃脱以后，为了救出三个陷于火海中的穷人的孩子，竟又自投罗网地回到了包围圈里……

他是比沙威"高级"得多的沙威。

于是，他的人性的"复归"，也似乎比沙威"高级"得多。

雨果塑造了一个他希望看到的人。因为他在现实中所见的那样的人太少了。尤其是在两个阵营你死我活地进行搏斗的情况之下，那样的人更少。

理想主义者有时难免像一厢情愿的好孩子。

郭文——他既是共和国联军的总司令官，也是一个有贵族血统的人。他是卓越的年轻将军，是共和国的忠诚保卫者。他的使命就是捉到朗德纳克，审判后者，绞死后者。消灭了朗德纳克，共和国就多了一分安全。他捉住了敌方阵营的最高将领，却又放了。因为，将一个不惜牺牲自己生命而拯救三个穷人的孩子的生命的人送上断头台，那是他根本做不到的。同样的事朗德纳克做起来会毫不犹豫。怎样对待三个孩子和怎样对待死敌，在朗德纳克的头脑中是两码事。在郭文看来却是同样的事——都是人应该怎样对待人的问题……

郭文明知自己将会因此而被共和国的军事法庭处死。事实上也是那么一种结果。但是他无怨无悔。他不但从容镇定，而且几乎是心甘情愿地充满快意地赴死。他认为——革命所实现了的共和国，其实并不是他最终想要的共和国。他想要的共和国是更理想的一种共和国。那样的共和国不是把人变为它的"兵蚁"，而是要把人变成公民，使每一个人都变成有思想的人，仁慈的人……

在《九三年》中，人物之间精彩的对话比比皆是。而郭文与西穆尔登的对话之精彩，在我看来简直是无有其上的。是一位革命的现实主义思想家和一位革命的理想主义思想家之间的"高峰辩论"。

西穆尔登曾是郭文的思想导师。他们之间曾有思想上的父子般的亲情。但是西穆尔登作为共和国的一位最高执法者，必须依照共和国的军事法律判处郭文死刑。

西穆尔登是共和国的缔造者之一，是共和国的思想之父。他确信，在社会的结构里，只有用极端的办法才能巩固政权。仅就此点而言，他与朗德纳克要巩固的政权和他所要的巩固的政权是不一样的政权。

西穆尔登确信必须而且只能用同一种方法巩固不一样的政权。他为共和国而实行恐怖。"他享有冷酷无情的人的权威。他是一个自认为不会犯错误无懈可击的人。他是社会法则的化身。是不能近的，冰冷的。是一个可怕的正直的人。"他是共和国阵营中的朗德纳克。他的思想"像箭一样直射目标"。而雨果的结论是——在社会发展中，"直线是可怕的"。而郭文在思想上背叛了西穆尔登。正如亚里士多德后来在哲学上否定自己的老师柏拉图。郭文的头被斩下了。西穆尔登在那同时开枪自杀。因为经由与郭文的一番思想辩论，他不得不承认——他的学生，他的思想的儿子，"走到他前边去了。"甚至简直也可以说，他的思想的儿子，反过来变成为他的思想之父了。但导致他自杀的绝不是嫉妒，而是悲哀。他因为自己的处境而悲哀。一个思想者，他的眼一旦看清了将来必是怎样的，他的理智就难以面对现实了。将来引导他成为仁者，现在要求他继续杀人。他、郭文和雨果一样，被夹在巨钳的齿口了。他或者成为一对钳柄中的一柄，或者在巨钳的齿口被夹碎。

郭文选择了被杀。西穆尔登选择了自杀。雨果是幸运的——因为他既不是共和国的联军总司令官，也不是共和国的最高法官。所以实际上被夹住的只不过是他的思想……革命是血流成河尸横遍野的事。所以它既是某些知识分子的正义感所预言、所同情甚至声援的事，也往往是令他们双手遮眼的事。知识分子要成为彻底的革命家，仅仅自己不怕死是不够的。还必须成为习惯于看到别人身首异处的人。许多知识分子过不了这一关。革命家便讥嘲他们天生怯懦。其实，大多数的他们，只不过是心软。所以，后来的列宁教诲高尔基："把怜悯丢掉吧，高尔基同志！……"在我读过的小说中，如果由我指出哪一部的对话和议论是最棒的，那么当然是《九三年》。在这一部长篇小说中，连普通士兵们、水手和流浪汉的话语，都是值得人咀嚼再三的。至于那些议论，许多早已成为格言。

《九三年》——它既是一部小说，也是一部文学化了的世界近代史。其后在俄国，在中国，在许多国家爆发的革命，都上演过法国的《九三年》的那一种血雨腥风，都产生过西穆尔登或朗德纳克式的人物……

偶尔，也产生郭文式的悲剧……即使到了今天，在世界的某些地方，某些国家，仍有他们的幽灵在呼风唤雨。

关于希腊神话的人文解读

希腊神话故事几乎全面影响了罗马神话故事；而罗马神话故事也深刻影响了罗马宗教文化；罗马宗教又几乎影响了整个欧洲。于是我们可以说，希腊神话乃是西方文艺和文化形成的端点，其后漫长的几世纪中，西方戏剧、文学、绘画皆取材于斯，影响直至现当代西方。

在希腊神话和罗马神话中，有以下几点是其重要人文元素：

一、权力观

奥林匹斯山是众神生活、开会和各自办公的神山，包括众神之王宙斯在内，共十二位神组成类似常委会的领导核心。在这个核心集体中，尽管宙斯的权力和威力是最大的，但其权力却不是无限大的，威力也不是战无不胜的。如果在某事上大多数骨干神与他意见相反，那么他很难独断专行。如果他企图靠威力强大一意孤行，那么有些骨干神极可能联合起来，以共同的神威挑战他单一的神威。所以宙斯必须既维护自己众神之王的特殊权力地位，又必须极善于团结其他骨干神们。该让步妥协，则只能让步妥协。有一个例子可以说明。

人间有一位国王叫坦塔斯，是宙斯在人间播下的风流种子。他仗着自己特殊的出身背景，骄横傲慢于人间。还仗着自己血统中的高贵基因，经常企图与诸神平起平坐。有一次，他在王宫中宴请几位每对他另眼相看的神，为了试探他们是否真的具有超能力，竟残忍地将自己的少年之子杀死，煎烹成菜肴，观察那几位神是否吃出异常。神们当然洞察到了他的卑劣歹毒，于是一齐向宙斯汇报，强烈要求将坦塔斯打入地狱，令他遭受最严厉的惩罚，永世不得超脱。神们认为，一个对自己的亲子都那般残忍的人，其残忍便不可救药了。而宙斯虽然心存姑息，但碍于神们的义正词严，不得不勉强同意。惩罚确乎是严厉的——坦塔斯被浸于地狱中的一个水洞里，水中有各种毒虫，噬咬他的皮肉，吸吮他的血液，而水深没及他的颈部。在他眼前，各类美果悬于枝头，近离分寸，但他就是无论如何也吃不到，连嘴唇都能触到的，还是吃不到。即使他想要喝一口那肮脏的潭水也是痴心妄想，因为被铁链拴在一块巨石上，才一低头，水便退浅。古希腊人将他们受的惩罚概括为"坦塔斯的折磨"，至今这仍是一句希腊名言。在全部希腊神话中，有着特殊的出身背景和神祇血统的人物不少。但无论哪一个，只要做了恶事，最终都难逃惩罚。包括宙斯在内的无论哪一位神，打算庇护也不能够。

神权在善恶和正义面前，往往顿失自作主张的权威。

还有一个例子，意在直接强调——最大的权力肯定是公权力，拥有公权力的人，包括广受敬爱的神，如果公权私用，那么也必会付出代价，受到惩罚。

太阳神阿波罗就是一位广受敬爱的神。他对他年仅十二岁的小儿子宠爱有加，简直可以说儿子要求什么，他便尽量满足什么。有一次小儿子纠缠他，闹着非要驾他的天火神车在天穹兜一圈。天火神车体现阿波罗的职责，他每日亲驾神车巡行于天穹时，是谓人间白日。他明知儿子的请求太过任性，可最后竟还是答应了。结果神车翻在天穹，事故殃及人间，造成了一场灾难。他的小儿子，也被天火活活烧死。后来有几位神出于对悲恸欲绝的阿波罗的同情以及对他的小儿子的怜悯，既齐心协力减轻了人间的灾难，又使他的小儿子复活了。而太阳神父子，从此深刻地铭记住了那可怕的教训。

公权力是神圣的。"神圣"一词在古希腊人的思想意识中包含有超神性。超神性是谓古希腊人思想意识中的"圣"原则。

二、民生观

在诸神中，组成核心集体的十二位神分别是：众神之王宙斯、天后赫拉、太阳神阿波罗、战神、火神、海神、信使之神、智慧兼和平女神、月亮兼狩猎女神、谷物女神、美神、佑家女神。

在中国神话故事中，也有佑家之神，即火土神，证明古今中外，家庭在人类的思想意识中同样重要。但以上诸神中的许多位，在中国神话故事中是缺席的。天后赫拉可以比作中国神话中的王母娘娘，但王母娘娘只不过是玉皇大帝的老伴，并无具体职责。赫拉却是有职责的——保护人间妇女勿受不公平对待。尽管在希腊神话中，她对自己的职责履行得并不怎么样。但直接由天后来负起保护人间妇女的职责，这一种想象诉求，毕竟是意味深长的，证明在古希腊人的思想意识中，妇女不仅仅是男人的性偶，而且和男人一样，也应该受到神的关爱和合理庇护。除了赫拉，还有一位女神，专门负责保护少女的贞洁不受野蛮侵犯。如果说在古希腊人的思想意识中妇女不可能不等于弱者，那么少女当然是弱者中的弱者。男人们对她们的侵犯，也大抵表现在贞洁即性侵犯方面，所以她们需要由一位女神来专职予以保护。应该说，人类生活安全的方方面面，几乎都由人们来担起责任了。特别要强调指出的是这样两点——信使之神名列十二大神之列，证明古希腊人对掌握信息是何等重视；而智慧女神兼和平女神，则证明古希腊人早已意识到，和平难求，故而需要智慧……

三、正义观

《荷马史诗》是希腊神话的重要内容，《奥德赛》等于是一场战争史。

战争是这样引起的——有次诸女神聚会，没请一位不该忽略的女神，即不和女神。结果使不和女神心内恼火，偏做不速之客，并出示一个金苹果，说是要献给最美的女神。于是天后赫拉、可美女神和爱神争执起来。宙斯在妻子、女儿和情人之间，殊是为难，私下里求不和女神，干脆将金苹果给予凡间一个叫海伦的女子算了。海伦原本只不过是宙斯亲雕的一尊石像，因为他太喜爱自己的作品了，青春女神给予了她生命，爱神给予了她女人味儿，智慧女神给予了她聪慧。不和女神给了宙斯面子，但天后赫拉郁闷了，运用神力使特洛伊城国王的小儿子诱拐了海伦。这又令宙斯极为恼火，因为他已使海伦成为了人间一个极有势力的国王的王后。当然，对于海伦，这是一件无爱可言的事情。宙斯这么安排，存在他对海伦的不轨之心。而天后赫拉的做法，实际上是为杜绝宙斯的非分之想。彼国的王后被一个小国的小王子拐走，当然要召集各路人马，大兴问罪之师。于是，人间发生了一场攻与守的大战，著名的《荷马史诗》中《奥德赛》的故事，便这样拉开了序幕……

这样的神话故事又究竟有什么特别呢？为什么说它包含着影响西方各国的浓厚的人文元素呢？

且看故事中具体发生了什么事——

攻城一方的将领中，有一位叫阿喀琉斯的大英雄。他受战神雅典娜的庇护，骁勇无敌。雅典娜是宙斯的妹妹，战争立场自然站在攻城的军队一方。一次双方交战城下，阿喀琉斯与诱拐海伦的特洛伊城的小王子决斗。后者自然非是他的对手，被击落了剑和盾，可怜地在地上乱爬。

神话中为什么要有这一情节呢？

正是要传达这样一种思想——谁若以不光彩的方式使他人蒙羞，那么他自己也必加倍地蒙耻。城上观看这一幕的人中，包括爱他的父王在内，以及他的亲人、将士和人民。幸而，他的哥哥赫克托耳千钧一发之际杀来，救了他一命。

阿喀琉斯有一个表弟，是个爱虚荣的青年战士。他平时羡慕极了阿喀琉斯的英名，有次偷偷穿上表哥的铠甲，冒充表哥叫阵，结果死在赫克托耳的矛下。

这又想要传达什么思想呢？

虚荣之人，必付出代价。在战时，往往会付出生命的代价。一言以蔽之，虚荣害死人。

阿喀琉斯因而大怒，叫阵要与赫克托耳单独决斗，结果赫克托耳又死在阿喀琉斯的矛下。并且，阿喀琉斯策马在城下拖其尸。赫克托耳也是一位大英雄，并且受太阳神阿波罗庇护。那么阿波罗为什么能容忍他死得又惨又备受羞辱呢？因为这是赫克托耳必付的代价。他从外地赶回城中，本应劝说自己的弟弟将海伦送出城去，但他却表示了对弟弟和海伦之间真爱的理解，放弃了争取和平解决问题的可能性，不惜使全城将士以及百姓和他一道，为他弟弟的一己之情共担生死存亡之险……

无论两个人爱到何种地步，若以众生的生命为代价，这是绝不会受到任何一位神的保佑的。谁支持了这样的爱情，谁就要为自己的不正确的做法付出代价。

最悲伤、最受辱的，莫过于特洛伊城的老国王。小儿子在阵前连滚带爬，大儿子战死后又被拖尸，他的心都要碎了。他本是一位好国王，但他实在有些咎由自取。他不但是父亲，还是国王。他要为他对小儿子的溺爱付出代价……

最终，特洛伊城被攻破了，阿喀琉斯被赫克托耳的弟弟以箭射死。因为英雄和英雄决斗，生死由命。但侮辱对方的尸体，也是神所不容的。那样做了的人，也要为自己的不人道付出代价。

而老国王被敌方的国王杀死了。神不保护一位为了使自己的儿子高兴便拿全城人的生命来赌输赢的国王。

敌方的国王又被赫克托耳的妻子杀死了，因为他虽出师有名，但全无了仁慈悲悯之心。神反对一位君主杀死另一位君主，更愤怒于获胜的一方不但下屠城令，还要霸占一位英雄的未亡人……

但是神们对于真爱，还是网开一面了——特洛伊城的小王子，在混乱中带着海伦逃到了连宙斯都发现不了的地方，从此过起了平静的凡人夫妻的生活。

战争发生在人间，又似乎是天上的神们在进行神力的较量。每一个人，不管他是怎样的英雄，怎样的国王，不管他受哪一位神的暗中庇护，只要他做了严重的错事，他都要付出惨重的乃至生命的代价。什么又是严重的错误呢？自私，虚荣，将亲情感觉摆放于众生命运之上，胜利者的残暴而不是应有的仁慈悲悯，侮辱死者，都是人不应该犯的最严重的错误。在这一点上，虽然又有着一种原则连神们也不敢冒犯——便是我们后来称之为人文主义的基本思想和基本原则。而这一点，也是后来的中国古代思想家们所竭力传播的，只不过希腊神话、罗马神话的形成，比中国古代思想家们诞生的年代还要早四五个世纪……

既然以上都是很严重的错误，悲剧的发生完全是由于特洛伊城的小王子和海伦两个人引起的，却又偏偏是他们保全了性命——这公平吗？

在从古至今的西方文化中，真爱每每是获得宽恕的，宽恕并不等于赞同。

《荷马史诗》的下部《伊利亚特》，讲的便是大战结束以后，一位叫俄底修斯的英雄，怎样率部下返回家园的历险故事。他历经苦难，受到美丽的海妖的诱惑，受到更美丽的太阳神的女儿的诱惑，被骗之下吃过"忘忧果"，但都不能改变他早日回到家乡、回到妻子身边的决心。他对太阳神的女儿说："你比我的妻子美丽一百倍，但我的妻子是我在这个世界上唯一爱的女人。"而他的妻子，同样在家乡面对一切诱惑，相信自己的丈夫总有一天会回来……

这与其说是历险的故事，毋宁说更是关于爱情的誓约的故事。古代的西方人类，用这样的故事想要表明，神真正鼓励的爱情，正是如此爱情。

所谓神的思想，在古代的西方，更是人性最高境界的思想，只不过借神的言行传播向人间而已。

一位正派的西方人士，他的诸种人生信条中，肯定有一条是——"我有权保卫自己的生活不受别人的影响和侵犯，但我也绝不做影响和侵犯别人生活的事。"

四、生活质量观

在古希腊人的思想意识中，有质量的生活，或曰有品质的生活，那一定是人人知识化了的、文艺内容丰富的生活。故在希腊神话中，共有九位女神分别掌管各类文艺和知识，统称缪斯。在古希腊物质和文化最发达的时期，国王甚至要求每个公民都至少应该擅长一类文艺，或作诗，或绘画，或歌唱，或舞蹈，或器乐，或雕塑，或戏剧，或表演等。但我们必须明白，那时的古希腊，终究只不过是奴隶制的社会形态。对于奴隶们，根本不可能是什么理想国。但奴隶们也有一线希望，那就是——如果他们中有谁在文艺或知识方面表现出极优的才华，那么将有可能摆脱自己只不过是"会说话的工具"的不幸命运。伊索便是一例。他后来不但获得了自由人身份，还做过希腊的外派官吏。文艺使古希腊人具有特别浪漫的气质和想象力——时序女神、雨虹女神、夜女神、梦女神，还有妩媚、优雅、纯洁三女神，这些在中国古代神话中是没有的。在古希腊人的思想意识中，不浪漫的生活，虽然不是有品质的生活，而这也正是西方文艺复兴运动后来发生的社会理由之一……

五、英雄观

希腊神话中英雄多多，但普罗米修斯乃是英雄中的英雄，是最受爱戴的英雄。他的母亲是大地之神，那么他也有着神的血统。他"造"出了人，是人类之父。他却从来也不因而傲慢于人类，仅仅要求自己做人类忠实无私的朋友。他教人类观察天体运行、日月升落、星辰密疏的现象，以使人类了解宇宙规律，对可能发生的灾难预先做出预防；他教人类掌握农耕、造船、驯养牲畜以及航海、采矿、制药医病的种种能力；他还教人类创造文字、数字和影响人类喜爱文艺……当然，他最果敢无畏的英雄事迹是为人类盗火。

普罗米修斯所做之一切，归根结底是为了使人类也变得文明起来，在神们的眼中树立起应有的尊严和存在的权利。

后来，一位大英雄发现了他在遭受着的苦难，射死了宙斯派遣天天啄食他腑脏的神鹰；并且，另有一位半人半兽的神感动于他的事迹，宁肯冒充他将自己缚在山上，以使他避免宙斯的进一步迫害，得以为人类去寻找潘多拉的盒子，好将希望也从盒子里放出到人间来……

普罗米修斯的故事，是希腊神话的第二篇。第一篇讲述的是宙斯如何成为众神之王的内容。也就是说，新的一种神权形成不久，人类便诞生了。而人类从诞生之日起，既不得不诉求神权的保护和关爱，也不得不与神权进行着长期不懈的主张人权利的抗争。在这一种抗争过程中，人类是弱势的，往往陷于孤立无援之境，所以特别需要普罗米修斯这样的人权利的无私的保护者。

在古希腊神话中，"英雄"二字频繁出现，英雄事迹林林总总；却恰在普罗米修斯这一名字前边，从未出现过"英雄"二字。有的人物，人类用"英雄"二字来称颂他们已显得太不够了，普罗米修斯便是。

普罗米修斯就是普罗米修斯。他曾对宙斯派来对他行刑的一名神吏说："如果谁明知某事正义而且冒险，他却决定了去做，那么他即使失败了，也应无怨无悔地承受因而导致的个人苦难。"普罗米修斯这个名字高于英雄，使神的权威也黯然失色。

他的话，至今也是几乎一切敢于像他那样去行动的人间英雄的信条……

六、浪漫中的理性

希腊神话中最浪漫之点乃在于——举凡一切我们今天耳熟能详，其职能和人类现世生活的关系特别密切的神，大抵为女性，而且几乎全都美丽，只不过各有各的不同美点罢了。

这是为什么呢？

有一种观点认为，和母系氏族社会的深远影响有关。但母系氏族社会是我们中华民族的先祖们也同样经历过的，为什么在我们的神话故事中，情形却不是那样的呢？比如在我们的神话故事中，天宫诸神，排开列队，几乎清一色的都是起起武夫形象的男神。

恐怕有一点更是原因，即古希腊人对于美，当时已有超乎寻常的敏感。他们的神话想象具有显然的唯美倾向。希腊国土乃是由四百余座美丽岛屿组成的。生存环境之美，使人类的早期想象力必然具有唯美倾向。所谓"一方水土养一方人"。

但古希腊神话并不仅仅是一味浪漫，一味唯美的。不知女神在神话中的存在，证明理性思想的哲学萌芽已产生。

如果说世界原本是和谐的，那么自从有了人类，人类与世界的关系一直是难以和谐的。人类社会自身的关系也一直是难以和谐的。和谐是愿望，是主观的、相对的；不和谐是现实，是客观的、绝对的。一种和谐达成了，另一种不和谐会随之产生；一个时期的和谐实现了，不和谐将可能潜伏在下一个时期里。

人类社会永远不能一蹴而就地摆脱此种苦恼。这是人类哲学思想力始终不渝的动力。不和女神的千古存在，乃是古西方、中国和外国之哲学思想千古存在的最直接、最具针对性的理由，最根本的理由。对于后世的人类，也是如此。

故，我们不但要尊敬自己那些文化经典，也须尊敬别人的文化经典。无论我们的还是别人的文化经典，都是全人类的……

图书在版编目（CIP）数据

我与文学 / 梁晓声著. —北京：中国文史出版社，2017.9
（政协委员文库）
ISBN978-7-5034-9619-6

Ⅰ. ①我… Ⅱ. ①梁… Ⅲ. ①中国文学—当代文学—作品综合集

Ⅳ. ① I217.2

中国版本图书馆 CIP 数据核字（2017）第 246913 号

责任编辑：程　凤

出版发行：**中国文史出版社**
网　　址：www.chinawenshi.net
社　　址：北京市西城区太平桥大街 23 号　邮编：100811
电　　话：010—66173572　66168268　66192736（发行部）
传　　真：010—66192703
印　　装：北京地大彩印有限公司
经　　销：全国新华书店
开　　本：787×1092　1/16
印　　张：26.75　　　插页：1
字　　数：435 千字
版　　次：2017 年 12 月北京第 1 版
印　　次：2017 年 12 月第 1 次印刷
定　　价：75.00 元

文史版图书，版权所有，侵权必究。
文史版图书，印装错误可与发行部联系退换。